TERRY GOODKIND

Der Palast des Kaisers

Buch

Nicci, die Schwester der Finsternis in Kaiser Jagangs Diensten, hat Richard, den Herrscher des D'Haranischen Reichs, in die Alte Welt entführt, wo ihm die dortige Lebensweise vor Augen geführt werden soll. Und sie bindet den Mann mit einem tückischen Zauber an sich: Jedes Leid, das ihr zugefügt wird, muss gleichzeitig Kahlan erleiden. Diese Reise in das Herz des Feindeslandes erweist sich als Einblick in eine zutiefst rückständige Gesellschaft – Richard erlebt das Elend und die Resignation der Untertanen des fanatischen Fürsten. Die Brüder des Ordens, Erfüllungsgehilfen Kaiser Jagangs, üben eine Schreckensherrschaft aus, die das Reich der Alten Welt in Chaos und Gleichgültigkeit versinken lässt. Unterdessen ist Kahlan in der Neuen Welt auf sich allein gestellt. Aber wie kann es ihr ohne den charismatischen Richard gelingen, den Imperialen Truppen die Stirn zu bieten und zu verhindern, dass Kaiser Jagang sich die Midlands unterwirft?

Autor

Mit dem »Schwert der Wahrheit« legt Terry Goodkind eine Fantasy-Saga vor, die mit Witz und Spannung, Phantasie und Wirklichkeitsnähe neue Maßstäbe setzt. Gleich der erste Roman »Das erste Gesetz der Magie« erzielte einen enormen Erfolg bei Lesern und Kritikern. *Piers Anthony* schrieb dazu: »Eine phänomenale Fantasy, die alles Dagewesene in den Schatten stellt, und für Terry Goodkind der Beginn einer großen Karriere.« Tatsächlich sind alle folgenden Bände seines Zyklus »Schwert der Wahrheit« international äußerst erfolgreich. *Marion Zimmer Bradley* nannte ihn den »wahren Erben von J. R. R. Tolkien«. Terry Goodkind lebt in einem Haus in den Wäldern von Neuengland und schreibt an der Fortsetzung seines Erfolgs-Epos.

Von Terry Goodkind bereits erschienen:

Das Schwert der Wahrheit: 1. **Das erste Gesetz der Magie** (24614), 2. **Der Schatten des Magiers** (24658), 3. **Die Schwestern des Lichts** (24659), 4. **Der Palast der Propheten** (24660), 5. **Die Günstlinge der Unterwelt** (24661), 6. **Die Dämonen des Gestern** (24662), 7. **Die Nächte des roten Mondes** (24773), 8. **Der Tempel der vier Winde** (24774), 9. **Die Burg der Zauberer** (35247), 10. **Die Seele des Feuers** (35260), 11. **Schwester der Finsternis** (24777), 12. **Der Palast des Kaisers** (24778)

Weitere Bände sind in Vorbereitung.

Terry Goodkind

Der Palast des Kaisers

Das Schwert der Wahrheit 12

Aus dem Amerikanischen
von Caspar Holz

BLANVALET

Die amerikanische Originalausgabe erschien
unter dem Titel »Faith of the Fallen« (Chapters 34–71)
bei Tor Books, New York

Umwelthinweis:
Alle bedruckten Materialien dieses Taschenbuches
sind chlorfrei und umweltschonend.

Blanvalet Taschenbücher erscheinen im Goldmann Verlag,
einem Unternehmen der Verlagsgruppe Random House GmbH.

Deutsche Erstveröffentlichung 4/2002

Published in agreement with Baror International, Inc.,
Bedford Hills, New York, USA,
in association with Scovil Chichak Galen Literary Agency
Umschlaggestaltung: Design Team München
Umschlagillustration: Agt. Schlück/Berni
Satz: deutsch-türkischer fotosatz, Berlin
Druck: GGP Media, Pößneck
Verlagsnummer: 24778
Redaktion: Werner Bauer
V. B. · Herstellung: Peter Papenbrok
Printed in Germany
ISBN 3-442-24778-0
www.blanvalet-verlag.de

1 3 5 7 9 10 8 6 4 2

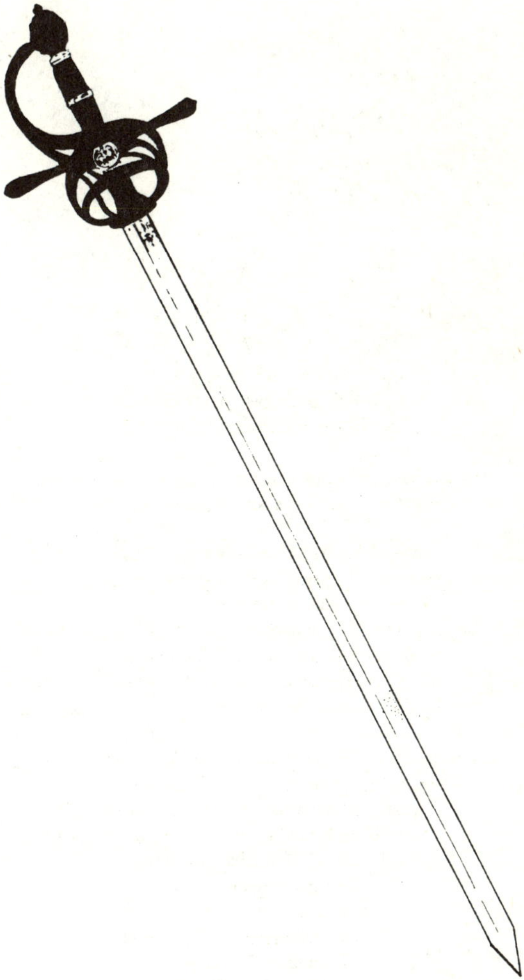

WESTLAND
DIE GRENZE
KERNLAND
OBERER VEN
DIE WEITE AGADEN
TRUNT LAKE
SOUTHAVEN
SCHLAMM-MENSCHEN
KÖNIGSPFORTE
DRUN

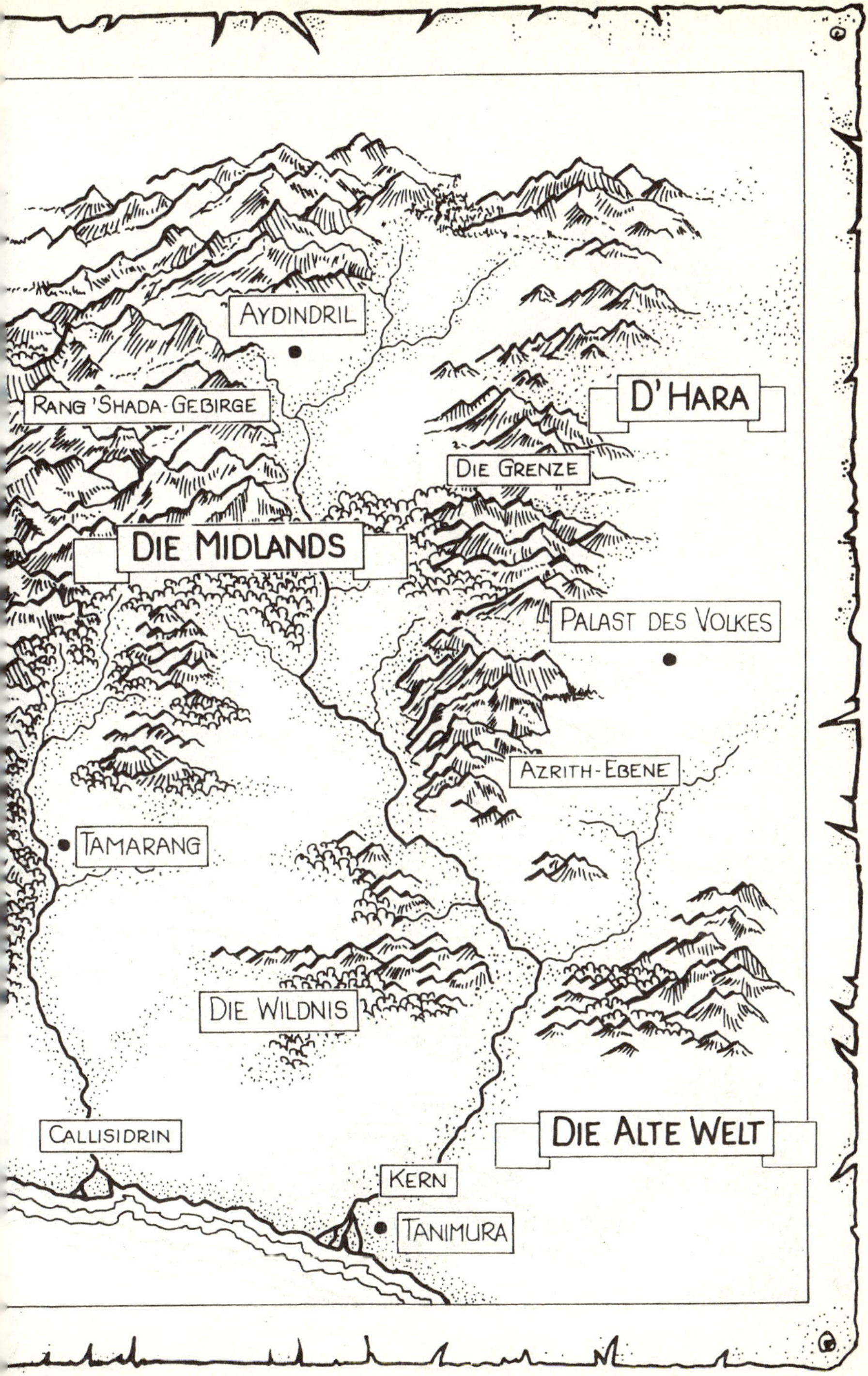
AYDINDRIL
RANG 'SHADA-GEBIRGE
D'HARA
DIE GRENZE
DIE MIDLANDS
PALAST DES VOLKES
AZRITH-EBENE
TAMARANG
DIE WILDNIS
CALLISIDRIN
DIE ALTE WELT
KERN
TANIMURA

1. Kapitel

Behutsam bog Warren den schneebeladenen Fichtenzweig für sie zur Seite, und Kahlan spähte durch die Lücke.

»Dort unten«, sagte er mit leiser Stimme. »Seht Ihr?«

Nickend spähte Kahlan mit zusammengekniffenen Augen hinunter in das enge, tief unter ihnen liegende Tal. Das Bild einer mit weißem Raureif überzogenen Landschaft bot sich ihr – weiße Bäume, weiße Felsen, weiße Wiesen. Die feindlichen, durch den weit entfernten Talgrund marschierenden Truppen glichen einer dunklen Ameisenkolonne, die sich ihren Weg durch Puderzucker bahnte.

»Ich glaube, es ist nicht nötig, dass du flüsterst, Warren«, meinte Cara hinter Kahlans anderer Schulter. »Sie können dich nicht hören, nicht auf diese Entfernung.«

Warrens blaue Augen wandten sich der Mord-Sith zu. Wäre sie nicht in einen Wolfspelz gehüllt gewesen, der sie mit dem Hintergrund aus pulverschneebestäubtem Dickicht verschmelzen ließ, ihre rote Lederkleidung wäre einem wie ein Leuchtfeuer ins Auge gesprungen. Kahlans Pelzüberwurf fühlte sich warm und geschmeidig an auf ihren Wangen; manchmal erinnerte das Gefühl auf ihrer Haut an Richards zarte, beschützende und wärmende Liebkosungen, schließlich hatte er ihn für sie gemacht.

»Aber wenn wir uns nicht zusammennehmen, können die mit der Gabe uns hören, Cara, selbst auf diese Entfernung.«

Cara rümpfte die Nase. »Was wollt Ihr damit sagen?«

»Wenn wir zu laut sind«, raunte ihr Kahlan in einer Weise zu, die ihr nahe legte, etwas mehr Vorsicht walten zu lassen und still zu sein.

Der Gedanke an Magie ließ Cara angewidert das Gesicht verziehen. Ihr Gewicht auf den anderen Fuß verlagernd, widmete sie sich wieder der Beobachtung der langsam das Tal hinaufmarschierenden Soldatenkolonne und hielt den Mund.

Als sie genug gesehen hatte, gab Kahlan ein Handzeichen, und die drei machten sich auf den Rückweg durch den knöcheltiefen Schnee. In dieser Höhenlage im Gebirge befanden sie sich unmittelbar unterhalb der bedrückend grauen Wolkendecke, wodurch der Eindruck entstand, als blickten sie aus einer anderen Welt hinunter. Was sie dort unten gesehen hatte, gefiel ihr ganz und gar nicht.

Sie stapften über den eng mit Föhren und kahlen Espen bestandenen Hang zum dicht bewaldeten Kamm hinauf, wo der felsige Bergrücken an manchen Stellen – einem nur unvollständig verschütteten Gerippe gleich – die Schneedecke durchbrach. Ihre Pferde warteten ein gutes Stück weiter unten am Hang; noch weiter den Berg hinunter, dort wo Warren und Kahlan sie gegen eine Entdeckung etwa durch die Truppen der Imperialen Ordnung sichernden Personen mit der Gabe gefeit glaubten, wartete eine Eskorte d'Haranischer Gardisten, die General Meiffert zum Schutz von Kahlan und den beiden sie ebenfalls beschützenden Begleitern eigenhändig ausgewählt hatte.

»Versteht Ihr jetzt?«, fragte Warren, nur wenig lauter als im Flüsterton. »Sie sind immer noch dabei – sie schaffen immer mehr Truppen auf diesem Weg in die Berge und versuchen uns unbemerkt zu umgehen.«

Kahlan hielt sich den Wolfspelzüberwurf schützend vors Gesicht, als eine leichte Bö einen Schleier aufgewirbelten Schnees an ihnen vorüberwehte. Glücklicherweise hatte es noch nicht wieder angefangen zu schneien.

»Das glaube ich nicht, Warren.«

Er sah sie fragend an. »Und was dann?«

»Ich glaube, sie wollen, dass es so aussieht, als ob sie Truppen in unserem Rücken aufmarschieren lassen, damit wir Soldaten abziehen und bis hier herauf schicken, um ihnen nachzusetzen.«

»Ein Ablenkungsmanöver?«

»Ich glaube, ja. Es findet gerade nahe genug statt, sodass wir es aller Wahrscheinlichkeit nach entdecken werden, andererseits aber immer noch weit genug entfernt und in so unwegsamem Gelände, dass wir unsere Truppen aufteilen müssten, wenn wir in irgendeiner Weise darauf reagieren wollten. Außerdem sind unsere Kundschafter bis auf den letzten Mann unversehrt zurückgekommen.«

»Das ist doch gut.«

»Freilich ist es das. Aber was, wenn sie, wie du vermutest, Personen mit der Gabe bei sich haben? Wie kommt es, dass alle unsere Kundschafter diese massiven Truppenbewegungen melden konnten, ohne dass auch nur ein Einziger auf der Strecke geblieben ist?«

Warren ließ sich das einen Augenblick durch den Kopf gehen, während die drei vorsichtig über einen kleinen Felsgrat kletterten und anschließend die andere Seite des glatten, steil abfallenden Felsens auf dem Hinterteil hinunterrutschten.

»Ich glaube, sie wollen uns damit ködern«, sagte Cara, als ihre Stiefel hinter ihnen mit einem dumpfen Aufprall wieder auf festem Boden landeten. »Die kleinen Fische lassen sie durch die Maschen schlüpfen, in der Hoffnung, damit die größeren anzulocken.«

Kahlan klopfte sich den Schnee vom Hinterteil. »Genau wie wir.«

Warren wirkte skeptisch. »Glaubt Ihr, das Ganze ist ein ausgetüftelter Trick, um Offiziere und Personen mit der Gabe in die Falle zu locken?«

»Das nicht gerade«, erwiderte Kahlan. »Das wäre für sie nur ein angenehmer Nebeneffekt. Ich glaube, ihre eigentliche Absicht besteht darin, uns als Reaktion auf diese – wie sie uns glauben machen wollen – bedrohliche Truppenbewegung zum Aufteilen unserer Truppen zu verleiten.«

Warren wühlte mit einer Hand in seinen blonden, lockigen Haaren. Seine blauen Augen wanderten zurück in die Richtung, aus der die drei vom Kamm herabgestiegen waren, so als wollte er versuchen, das, was er längst nicht mehr sehen konnte, noch einmal in Augenschein zu nehmen.

»Aber sollte uns das nicht zu denken geben, wenn sie ein gewaltiges Truppenkontingent nach Norden marschieren lassen – erst recht, wenn es einen Teil unserer Truppen fortlocken soll?«

»Natürlich sollte es das«, antwortete Kahlan. »Wenn es denn stimmt.«

Warren blickte flüchtig zu ihr hinüber, während sie sich durch tieferen Schnee kämpften, der unter die Felsklippen geweht worden war, unter denen sie auf ihrem Weg einen steilen, kleinen Anstieg hinauf hindurchstapften. Die Anstrengung ließ ihre Beine müde werden, deshalb reichte Warren ihr eine Hand, um ihr eine hohe Stufe hinaufzuhelfen. Dann wiederholte er die Geste bei Cara, doch diese gab ihm gebärdenreich zu verstehen, sie sei auf seine Hand nicht angewiesen, verzichtete allerdings darauf, ihn dabei böse anzufunkeln. Kahlan war froh über jedes Anzeichen dafür, dass Cara lernte, ein bescheidenes Hilfsangebot einfach als Höflichkeit und nicht zwangsläufig als einen Vorwurf der Schwäche aufzufassen.

»Jetzt bin ich aber verwirrt«, meinte Warren keuchend.

Kahlan machte Halt und ließ die anderen wieder zu Atem kommen. Mit dem Arm deutete sie hinter sich auf die feindlichen Truppen jenseits des Kamms.

»Nun wenn es stimmt, dass uns Truppen in großer Zahl umgehen, um nach Norden zu marschieren, dann sollte uns das beunruhigen. Aber ich glaube, in Wirklichkeit tun sie das gar nicht.«

Warren wischte sich eine blonde Locke aus der Stirn. »Ihr glaubt nicht, dass all diese Soldaten Richtung Norden marschieren? Aber wohin dann?«

»Nirgendwohin«, erwiderte Kahlan.

»So viele Soldaten? Ihr macht wohl Scherze.«

Sie musste über seinen Gesichtsausdruck lächeln. »Ich halte das Ganze für ein Täuschungsmanöver. Ich glaube, in Wahrheit handelt es sich nur um eine sehr geringe Anzahl von Soldaten.«

»Aber die Kundschafter berichten von gewaltigen Massen von Soldaten, die seit mittlerweile drei Tagen nach Norden marschieren!«

»Leise«, warnte Cara, sich so mit einer Miene gespielten Tadels revanchierend. Als Warren merkte, dass er geradezu geschrien hatte, schlug er sich beide Hände vor den Mund.

Sie waren wieder bei Atem, also brach Kahlan abermals auf und führte sie, ihren auf dem Hinweg erzeugten Fußstapfen folgend, über eine kleine Anhöhe in ebeneres Gelände.

»Erinnerst du dich noch, was die Kundschafter gestern berichteten?«, fragte sie ihn. »Dass sie versucht hätten, die Berge auf der anderen Seite des Tales zu erklimmen, um die örtlichen Begebenheiten sowie die durchmarschierenden Truppen in Augenschein zu nehmen, die Pässe jedoch zu schwer bewacht gewesen seien?«

»Ich erinnere mich.«

»Ich glaube, soeben bin ich hinter den Grund dafür gekommen.« Sie fuhr fort, mit der Hand einen Kreis beschreibend. »Ich denke, was wir hier sehen, ist eine verhältnismäßig kleine Gruppe der immer selben Soldaten, die einfach in einem großen Kreis herummarschiert. Wir bekommen sie immer nur an jener Stelle zu Gesicht, wo sie durch dieses Tal hinaufmarschieren. Tagelang sehen wir Truppen vorüberziehen und schließen daraus, dass eine große Zahl von Soldaten verlegt wird, ich glaube aber, es handelt sich um die immer selben Soldaten, die ein ums andere Mal im Kreis herumwandern.«

Warren blieb stehen und starrte sie an. Sein Gesicht wurde ernst, als ihm dämmerte, was das bedeutete. »Man will uns also glauben machen, sie verlegen eine Armee hier herauf, damit wir als Reaktion darauf unsere Armee aufspalten und einen Teil von ihr hinter dieser Phantomstreitmacht herschicken.«

»Zahlenmäßig sind wir ihnen jetzt schon unterlegen«, sagte Cara, bei sich nickend, »wir haben allerdings den Vorteil, ein für unsere Zwecke günstiges Gelände zu verteidigen. Sollte es ihnen aber gelingen, unsere Zahl einfach dadurch erheblich zu verringern, dass sie uns dazu verleiten, einen großen Teil unserer Truppen vorher noch auf einen Einsatz zu schicken, würde das ihre gesamte Streitmacht endlich in die Lage versetzen, die geschrumpfte Zahl der zurückgebliebenen Verteidiger glatt zu überrennen.«

»Klingt logisch.« Warren strich sich nachdenklich übers Kinn und schaute zurück zum Kamm. »Und wenn Ihr Euch täuscht?«

Kahlan drehte sich ebenfalls um und schaute zurück zum Kamm. »Nun, wenn ich mich täusche, dann …«

Stirnrunzelnd betrachtete Kahlan den keine zehn Fuß entfernten, mächtigen alten Ahornbaum und glaubte zu sehen, wie sich die Rinde bewegte. Die feine Schicht aus Pulverschnee auf der schuppigen, grauen zerfurchten Borke begann sich aufzulösen und auf einer zusehends größer werdenden Fläche abzuschmelzen. Die Rinde bewegte sich wie der Schaum auf einem brodelnden Kessel.

Kahlan japste erschrocken, als Warren sie und Cara am Kragen packte und sie beide rücklings zu Boden riss. Kahlan hatte es den Atem verschlagen; als sie versuchte sich aufzurichten, warf Warren sich zwischen sie auf die Erde und drückte sie wieder nach unten.

Noch bevor Kahlan Gelegenheit fand, wieder zu Atem zu kommen oder zu fragen, was denn los sei, blitzte ein blendend grelles Licht in der Stille des Waldes auf. Ein ohrenbetäubender Knall zerriss die Luft und erschütterte den Boden unter ihr. Geborstenes Holz, von feinen Splittern bis hin zu zaunpfahldicken Bruchstücken, sirrte heulend wenige Zoll über ihr Gesicht hinweg. Riesige Baumstammteile prallten mit hölzern trockenem Klacken von Felsen ab. Andere kreiselten, von Baumstämmen zurückgeworfen, durch die Luft. Einzelne über den Erdboden polternde Stücke wirbelten mit gefrorenen Erdpartikeln durchsetzten Schnee auf. Die Luft verfärbte sich weiß, als die Druckwelle der Explosion eine Wand aus Schnee in die Höhe schleuderte.

Hätte einer von ihnen aufrecht gestanden, es hätte ihn in Stücke gerissen.

Kaum waren die letzten Holzstücke mit dumpfem Poltern auf dem Boden gelandet, wälzte Warren sich hinüber zu Kahlan. »Das waren die mit der Gabe«, flüsterte er.

Kahlan sah ihn stirnrunzelnd an. »Was?«

»Die mit der Gabe«, wiederholte er ebenso leise. »Sie richten ihre Kraft auf einen gefrorenen Baumstamm und bringen ihn innerlich zum Kochen, bis er explodiert. Deswegen haben wir so hohe Verluste erlitten, als wir uns während der allerersten Schlacht, unmittelbar bevor ihr zu uns gestoßen seid, im Tal gesammelt hatten. Damit haben sie uns überrascht.«

Kahlan nickte. Sie sah sich suchend um, konnte aber niemanden entdecken, schließlich schaute sie zu Cara hinüber, um zu sehen, ob sie wohlauf war.

»Wo ist Cara?«, fragte sie in dringlichem Flüsterton.

Warren spähte vorsichtig nach vorn und ließ den Blick suchend über den Schauplatz der Explosion wandern. Als Kahlan, auf die Ellbogen gestützt, leicht den Kopf hob, sah sie dort, wo eben noch Cara gelegen hatte, nichts als aufgewühlten Schnee.

»Gütiger Schöpfer«, entfuhr es Warren. »Ihr glaubt doch nicht etwa, sie ist entführt worden, oder?«

Kahlan entdeckte Fußspuren, die vorher noch nicht dagewesen waren und sich zur Seite hin entfernten. »Ich glaube …«

Ein Schrei, der selbst einem unerschrockenen Mann die Farbe aus dem Gesicht getrieben hätte, hallte durch die Bäume.

»Cara?«, rief Warren zögernd.

»Das glaube ich nicht.«

Sich vorsichtig aufrichtend sah Kahlan, dass in das dichte Blätterdach des Waldes ein Loch gerissen worden war, sodass grelles Licht in den schattigen, geschützten Wald darunter fiel. Der Boden ringsum war mit zersplittertem Holz, abgeknickten Ästen, umgestürzten Riesenstämmen und von anderen Bäumen abgerissenen Zweigen übersät. Ausgehend von einer trichterförmigen Mulde, wo eben noch der Baum gestanden hatte, reichten rillenförmige Vertiefungen im Schnee strahlenförmig in den dunklen Wald hinein. Überall lagen Bruchstücke von Stämmen und Wurzeln umher, einige waren sogar in den umstehenden Bäumen hängen geblieben.

Warren legte ihr eine Hand auf die Schulter und drängte sie liegen zu bleiben, während er mit einer Körperdrehung in die Hocke ging. Sie wälzte sich auf den Bauch und stemmte sich vorsichtig mit Händen und Knien hoch.

Plötzlich sprang Kahlan auf und zeigte zum Wald. »Dort!«

Sie sah Cara zwischen den Bäumen hindurch zurückkommen. Die Mord-Sith scheuchte einen offensichtlich unter Schmerzen leidenden winzigen Mann vor sich her. Jedesmal wenn er stolperte und hinfiel, trat sie ihm in die Rippen und trieb ihn weiter. Er schrie, seine Worte waren ein weinerliches Wimmern, das Kahlan wegen der großen Entfernung nicht verstehen konnte. Allerdings war es nicht übermäßig schwer, sich vorzustellen, was er sagte.

Cara hatte einen mit der Gabe Gesegneten gefangen genommen. Die Mord-Sith waren für Aufgaben wie diese erschaffen worden; für einen mit der Gabe Gesegneten war der Versuch, Magie gegen eine Mord-Sith einzusetzen, ein schwerer Fehler, der ihn der Kontrolle über seine eigenen Fähigkeiten beraubte.

Sich den Schnee abklopfend, stand Kahlan auf. Warren, dessen violettes Gewand mit Schnee überkrustet war, erhob sich ebenfalls, von dem Anblick wie gebannt. Das also war einer jener Zauberer, die für den Tod so vieler Soldaten verantwortlich waren, als die D'Haraner sich – nach dem Beginn des Vorrückens der Imperialen Ordnung Richtung Norden – im Tal gesammelt hatten; das also war eine jener bösartigen Bestien, die auf Geheiß Jagangs handelten. Jetzt jedoch, da er flennend und flehend vor seiner unerbittlichen, ihn vor sich herscheuchenden Häscherin lag, wirkte er ganz und gar nicht wie eine bösartige Bestie.

Er war nichts weiter als ein um sich schlagendes Lumpenbündel, als ihn ein letzter mächtiger Fußtritt vor die Füße von Kahlan und Warren beförderte. Dort blieb er wie ein kleines Kind wimmernd mit dem Gesicht nach unten liegen.

Cara bückte sich, griff ihm in das verfilzte, dunkle Haar und riss ihn auf die Beine.

Es war ein Kind.

»Lyle?« Warren starrte ihn ungläubig an. »Lyle? Du warst das?«

Tränen strömten aus seinen freudlos kalten Augen. Sich mit der Rückseite seines zerlumpten Ärmels die Nase abwischend, funkelte der Junge Warren wütend an. Der kleine Lyle schien ein Junge von vielleicht zehn oder zwölf Jahren zu sein, doch da Warren ihn kannte, vermutete Kahlan, dass er ebenfalls aus dem Palast der Propheten stammte. Lyle war ein junger Zauberer.

Als Warren sich anschickte, das blutverschmierte Kinn des Jungen in die Hand zu nehmen, hielt Kahlan Warren am Handgelenk zurück. Der Junge warf sich nach vorn, um Warren in die Hand zu beißen, doch Cara war schneller; ihn an den Haaren zurückreißend, rammte sie ihm ihren Strafer in den Rücken.

Vor Schmerzen kreischend, sackte er in sich zusammen. Sie trat dem schwer verletzten Knaben in die Rippen.

Warren breitete flehentlich die Hände aus. »Cara, nicht ...«

Sie sah ihn aus ihren eiskalten blauen Augen herausfordernd an. »Er hat versucht, uns umzubringen. Er hat versucht, die Mutter Konfessor zu töten.«

Die Zähne zusammengebissen und Warrens Augen noch immer fest im Blick, versetzte sie dem wimmernden Jungen einen weiteren Tritt.

Warren benetzte sich die Lippen. »Ich weiß ... aber ...«

»Was aber?«

»Er ist doch noch so klein. Das ist nicht richtig.«

»Und deswegen wäre es besser, wir ließen einfach zu, dass er uns umbringt? Würde es in deinen Augen dadurch vielleicht richtiger werden?«

Kahlan wusste, dass Cara Recht hatte. So schwer es war, es mitansehen zu müssen, Cara hatte Recht. Wenn sie starben, wie viele Männer, Frauen und Kinder würde die Imperiale Ordnung noch dahinmetzeln? Obwohl noch ein Kind, war er bereits ein Handlanger der Imperialen Ordnung.

Nichtsdestoweniger gab Kahlan Cara zu verstehen, dass es reichte. Auf Kahlans Zeichen hin krallte Cara ihre Faust in Lyles verfilzten Schopf aus schmutzigen Haaren und hievte ihn auf die Beine. Caras Schenkel im Rücken, stand er zitternd da, während ihm das Blut über das Gesicht strömte und sein Atem in kurzen, ungleichmäßigen Stößen ging.

Kahlan blickte hinunter in die verängstigten, tränengefüllten Augen und setzte ihr Mutter-Konfessorgesicht auf, jenes Gesicht, das ihre Mutter ihr beigebracht hatte, als sie noch ein kleines Mädchen gewesen war, jenes Gesicht, hinter dem sich ihre ganze innere Erregung verbarg.

»Ich weiß, dass Ihr da seid, Jagang«, sagte sie mit leiser Stimme, die jede innere Anteilnahme vermissen ließ.

Der blutverschmierte Mund des Jungen verzog sich zu einem Feixen, das nicht ihm gehörte.

»Euch ist ein Fehler unterlaufen, Jagang. Wir werden in Kürze eine Armee ausgesandt haben, die Eure Truppen aufhalten wird.«

Der Junge lächelte ein ausdrucksloses Lächeln, erwiderte aber nichts.

»Lyle«, versuchte es Warren mit schmerzgequälter, spröder Stimme, »du kannst dich vom Traumwandler befreien. Du brauchst nur Richard die Treue zu schwören, und schon bist du frei. Glaube mir, Lyle. Versuche es. Ich weiß, wie du dich fühlst. Versuche es, Lyle, und ich schwöre, ich werde dir helfen.«

Kahlan dachte, dass er sich in Anwesenheit Warrens, eines Mannes, den er kannte, vielleicht auf das unerwartet durch die offene Tür seines Verlieses fallende Licht stürzen würde. Der Junge hinter dem Lächeln, das nicht sein eigenes war, sah Warren mit einer Sehnsucht an, die langsam zu Abscheu gerann. Dieses Kind hatte mitansehen müssen, dass der Kampf um die Freiheit den Menschen nichts als Grauen und Tod brachte, und hatte gelernt, dass knechtischer Gehorsam Lohn und Überleben bedeutete. Er war noch zu jung, um zu begreifen, dass es um weit mehr ging.

Mit sanftem Druck ihrer Finger drängte Kahlan Warren zurück. Er gehorchte, wenn auch widerstrebend.

»Dies ist nicht der erste Zauberer Jagangs, den wir gefangen genommen haben«, sagte sie ganz beiläufig zu Warren. Ihre Worte galten jedoch nicht ihm.

Kahlan hob den Blick, sah Cara in ihre ernsten, blauen Augen und dann kurz zur Seite, in der Hoffnung, die Mord-Sith würde den Wink verstehen.

»Marlin Pickard«, sagte Kahlan, so als wollte sie Warren den Namen ins Gedächtnis rufen, obwohl ihre Worte noch immer an Cara gerichtet waren. »Er war erwachsen, und obwohl er auf Geheiß seines aufgeblasenen Kaisers handelte, war er nicht im Stande, uns größere Schwierigkeiten zu bereiten.«

In Wirklichkeit hatte Marlin ihnen eine Menge Schwierigkeiten beschert; um ein Haar hätte er sowohl Cara als auch Kahlan getötet. Kahlan hoffte, Cara würde sich erinnern, wie dürftig ihre Kontrolle über einen vom Traumwandler besessenen Menschen war.

Im lautlosen Wald herrschte eine Stimmung angespannter Stille, als der Junge Kahlan wütend anfunkelte.

»Wir haben Eure Machenschaften rechtzeitig durchschaut, Jagang. Es war ein Fehler, zu glauben, Ihr könntet unsere Späher unbemerkt passieren; ich hoffe nur, Ihr befindet Euch bei diesen Männern, damit wir Euch die Kehle durchschneiden können, wenn wir sie vernichten.«

Das Feixen wurde breiter. »Auf Seiten der Schwachen steht eine Frau wie Ihr am falschen Platz«, erwiderte der Junge im drohenden Tonfall eines erwachsenen Mannes. »In den Diensten der Starken und der Imperialen Ordnung hättet Ihr viel mehr Spaß.«

»Ich fürchte, meinem Gemahl gefällt es, wo ich jetzt stehe.«

»Und wo befindet sich Euer Gemahl derzeit, Schätzchen? Ich hatte gehofft, ihn begrüßen zu können.«

»Er ist hier«, antwortete Kahlan im selben leidenschaftslosen Tonfall.

Sie sah Warren auf ihre Bemerkung hin eine Bewegung machen, die seine Überraschung allzu deutlich verriet.

»Ist er das?« Die Augen des Jungen wanderten von Warren zurück zu Kahlan. »Wie kommt es, dass ich Euch nicht glaube?«

Als sie sein grausames Grinsen sah, hätte sie dem Jungen am liebsten die Zähne eingetreten. Kahlans Gedanken überschlugen sich, während sie sich auszurechnen versuchte, was Jagang womöglich bereits wusste, und was er in Erfahrung zu bringen versuchte.

»Ihr werdet Ihn noch früh genug zu sehen bekommen, wenn wir diesen armen Jungen zurück ins Lager bringen. Ich bin sicher, Richard Rahl wird Euch in Eure feige Visage lachen wollen, wenn ich ihm erzähle, wie wir den Plan des großen Kaisers durchschaut haben, heimlich Truppen nach Norden zu verlegen. Ich nehme an, er wird Euch ins Gesicht sagen wollen, was für ein Narr Ihr seid.«

Der Junge versuchte, einen Schritt auf sie zuzumachen, doch Caras Hand in seinem Haar hielt ihn zurück. Er benahm sich wie ein angeleinter Puma, der noch immer an seinen Ketten zerrte. Das blutverschmierte Grinsen verharrte auf seinem Gesicht, war aber nicht mehr ganz so selbstgefällig wie zuvor. Kahlan glaubte in seinen braunen Augen ein leichtes Zögern zu erkennen.

»Ach was, ich glaube Euch kein Wort«, sagte er, als verlöre er bereits das Interesse. »Wir wissen beide, dass er keineswegs dort ist. Nicht wahr, Schätzchen?«

Kahlan beschloss, ein Wagnis einzugehen. »Ihr werdet ihn schon bald mit eigenen Augen sehen.« Sie tat, als wollte sie sich abwenden, drehte sich stattdessen aber noch einmal zu ihm um.

Kahlan ließ ein sarkastisches Lächeln um ihre Lippen spielen. »Ach – Ihr denkt dabei an Nicci?«

Das Lächeln im Gesicht des Jungen erlosch. Seine Brauen zogen sich zusammen, trotzdem gelang es ihm, sich die Verärgerung in seiner Stimme nicht anmerken zu lassen.

»Nicci? Ich habe nicht die leiseste Ahnung, wovon Ihr sprecht, Schätzchen.«

»Eine Schwester der Finsternis? Gute Figur, blonde Haare, blaue Augen, schwarzes Kleid? An eine so betörend schöne Frau würdet Ihr Euch doch gewiss erinnern? Oder seid Ihr, neben all Euren anderen Unzulänglichkeiten, auch noch Eunuch?«

Die Augen starrten sie an, und in ihnen konnte Kahlan deutlich sehen, wie jedes ihrer Worte sorgsam abgewogen wurde. Es waren jedoch Niccis Bemerkungen über Jagang, an die sie sich erinnerte.

»Ich weiß sehr wohl, wer Nicci ist. Ich kenne jeden Zoll ihres Körpers, bis hin zu den intimsten Stellen. Eines schönen Tages werde ich Euch ebenso gut kennen wie sie.«

Irgendwie klang eine solch obszöne Drohung aus dem Mund eines kleinen Jungen noch erschreckender. Ihr wurde speiübel, als sie hörte, wie ein Kind Jagangs abstoßende Gedanken aussprach.

Der Arm des Jungen gestikulierte anstelle seines Herrn und Meisters. »Sie ist eine meiner Schönheiten, und eine überaus tödliche noch dazu.« Kahlan glaubte aus Jagangs kehligem Geknurre einen Hauch der aufgesetzten Prahlerei eines Mannes herauszuhören, der blufft. Fast so, als wäre es ihm erst nachträglich eingefallen, setzte er noch hinzu: »In Wirklichkeit habt Ihr sie gar nicht gesehen.«

Kahlan hörte in dieser Feststellung den leisen Anklang einer Frage, die er nicht zu stellen wagte, was ihr verriet, dass mehr dahinter steckte. Sie hätte nur zu gerne gewusst, was.

Sie zuckte abermals mit den Achseln. »Tödlich? Davon ist mir nichts bekannt.«

Er leckte das Blut von seinen Lippen. »Das dachte ich mir.«

»Und zwar deswegen, weil sie ganz und gar nicht so auf mich gewirkt hat. Sie hat keinem einzigen von uns Schaden zufügen können.«

Das Grinsen kehrte zurück. »Ihr lügt, Schätzchen. Wärt Ihr Nicci tatsächlich begegnet, hätte sie, wenn schon nicht alle, so doch wenigstens ein paar von euch getötet. Diese Frau lässt sich nicht unterkriegen, ohne vorher noch jemandem die Augen auszukratzen.«

»Ach wirklich? Sind wir uns da so sicher?«

Der Junge brach in dröhnendes Gelächter aus. »Ich kenne Nicci ganz genau, Schätzchen.«

Kahlan sah dem Jungen verächtlich lächelnd in seine braunen Augen. »Ihr wisst, dass ich die Wahrheit sage.«

»Ach, ja?«, erwiderte er, immer noch amüsiert in sich hineinlachend. »Und woher?«

»Weil sie eine Eurer Sklavinnen ist und es Euch eigentlich möglich sein sollte, in ihren Verstand einzudringen. Aber das könnt Ihr nicht, und ich weiß auch, warum. Ihr seid zwar nicht sonderlich helle, trotzdem werdet Ihr vermutlich nicht allzu lange überlegen müssen, um auf den Grund zu kommen.«

Blinder Zorn blitzte in den Augen des Jungen auf. »Ich glaube Euch kein Wort.«

Kahlan zuckte mit den Achseln. »Ganz, wie Ihr wollt.«

»Wenn Ihr sie gesehen habt, wo ist sie dann jetzt?« Ihm den Rücken zukehrend, sagte sie ihm die brutale, bittere Wahrheit und überließ es ihm, seine eigenen Schlüsse daraus zu ziehen. »Als ich sie das letzte Mal sah, war sie auf dem Weg in die Vergessenheit.«

Kahlan vernahm das Brüllen hinter ihrem Rücken. Sie wirbelte herum und sah, wie Cara ihn mit ihrem Strafer zurückzuhalten versuchte, hörte, wie der Knochen seines Armes brach. Der Junge hielt nicht einmal inne, sondern stürzte sich, die Hände zu Krallen gebogen und die Zähne gebleckt, völlig außer sich vor Wut auf Kahlan.

Ihm halb zugewandt, hob Kahlan eine Hand, um den Jungen abzuwehren, der ihr mit seinem ganzen Gewicht an den Hals zu springen versuchte. Seine schmächtige Brust streifte ihre Hand. Es fühlte sich nicht so an, als stürzte er sich auf sie, eher glich es dem Flaum einer Pusteblume, den ihr ein zarter Lufthauch entgegenwehte.

Ihr Augenblick war gekommen.

Kahlan brauchte nicht einmal ihr Geburtsrecht zu Hilfe zu nehmen, sie musste lediglich ihre diesbezügliche Zurückhaltung aufgeben. Auf Gefühle konnte sie sich jetzt nicht verlassen, allein die Wahrheit konnte ihr noch weiterhelfen.

Dies war kein kleiner, verletzter Junge, allein gelassen, voller Angst.

Dies war der Feind.

Die Heftigkeit, mit der die angestaute Kraft aus ihrem Inneren hervorbrach und alle Fesseln abstreifte, war atemberaubend; aus dem tiefen dunklen Kern in ihrem Inneren emporwallend überschwemmte sie gehorsam jede Faser ihres Seins.

Sie konnte jede einzelne schmale Rippe mit ihren Fingern zählen.

Sie kannte weder Hass, noch Zorn oder Entsetzen ... und auch keinen Kummer. In diesem unendlich kurzen Augenblick war ihr Geist umgeben von einer Leere, in der es keine Gefühle gab, nur den alles verzehrenden Ansturm der außer Kraft gesetzten Zeit.

Er hatte nicht den Hauch einer Chance. Er gehörte ihr.

Kahlan zögerte keine Sekunde.

Sie entfesselte ihre Kraft.

Jene Kraft, die sich als Teil ihres innersten Wesens aus dem Zustand der Geistigkeit zum allumfassenden Sein enfaltete.

Donner ohne Hall ließ – mit einer ungeheuren Heftigkeit und Wucht, und völlig ungehemmt in diesem einen unverfälschten Augenblick – die Luft erzittern.

Das Gesicht des Jungen verzog sich unter dem Hass des Mannes, der von ihm Besitz ergriffen hatte. Wenn sie in diesem einzigartigen Augenblick die völlige Abwesenheit jeglichen Gefühls darstellte, so war er geradezu dessen Verkörperung. Kahlan schaute in das Gesicht dieses verlorenen Kindes und erkannte, dass sie dort nur ihre eigenen erbarmungslosen Augen sah.

Sein Geist, alles, was er war und was ihn einst ausgemacht hatte, existierte längst nicht mehr.

Die Wucht der Erschütterung ließ die Bäume ringsum erzittern, Schnee fiel von Ästen und Zweigen. Die ungeheure Druckwelle erzeugte einen Ring aus Schnee, der um die beiden herum immer weitere Kreise zog.

Kahlan hatte gewusst, dass Jagang zwischen den Gedanken, wo

Zeit als solche nicht existierte, in den Verstand eines Menschen hinein- und wieder herausschlüpfen konnte. Sie hatte keine andere Wahl als so zu handeln, wie sie dies soeben getan hatte; ein Zaudern konnte sie sich nicht erlauben. Wenn Jagang im Verstand eines Menschen saß, konnte nicht einmal Cara ihn kontrollieren.

Auf seiner Flucht aus diesem jungen Verstand hatte Jagang sämtliche Brücken hinter sich eingerissen.

Der Junge brach vor Kahlans Füßen tot zusammen.

2. Kapitel

Kahlan stand auf wackeligen Beinen über den in sich zusammengesunkenen Körper des Jungen gebeugt und spürte, wie ihre Empfindungen zurückfluteten. Wie stets ließ der Gebrauch ihrer Konfessorkraft sie völlig leer und erschöpft zurück. Im ersten Augenblick danach schien der Wald stumm über sie Gericht zu sitzen, das tiefrote Beweismaterial da und dort rings um den Jungen ausgebreitet im jungfräulichen Schnee.

Mit einem Mal stutzte Kahlan und überlegte, ob sie nicht vielleicht auch Cara getötet hatte.

Eine Mord-Sith würde die Berührung einer Konfessor nicht lange überleben. Sie hatte keine andere Wahl gehabt, außerdem hatte sie alles getan, um Cara zu warnen und ihr zu verstehen zu geben, sie solle sich entfernen. Letztendlich aber durfte sich Kahlan in ihrem Entschluss von nichts anderem beinflussen lassen als von dem unausweichlichen Gebot der Situation; jedes Zögern hätte in die Katastrophe münden können.

Jetzt jedoch, als es vorbei war, wurde ihr angst und bange.

Kahlan blickte um sich und sah Cara rechts von sich ausgestreckt im Schnee liegen. Wenn sie den Jungen berührt hatte, als Kahlan ihre Kraft entfesselte …

Cara stöhnte. Wankend ging Kahlan zu ihr hin und ließ sich auf ein Knie sinken. Den Pelz an Caras Schultern packend, drehte sie sie in einer gewaltigen Kraftanstrengung um.

»Cara – seid Ihr wohlauf?«

Cara schaute aus halb zusammengekniffenen Augen hoch, mit einem schmerzhaft gequälten Blick, der allmählich in Überdruss und Ärger umschlug. »Selbstverständlich bin ich wohlauf. Ihr habt doch nicht etwa geglaubt, ich sei so töricht, den Jungen festzuhalten, oder?«

Kahlan lächelte froh und erleichtert. »Nein, natürlich nicht. Ich dachte nur, Ihr hättet Euch beim Fortspringen vielleicht das Genick gebrochen.«

Cara spuckte Schnee und Erde. »Beinahe.«

Warren half den beiden auf die Beine. Mit schmerzverzerrter Miene rieb er sich erst die Schultern, dann die Ellbogen. Immer wieder war Kahlan zu Ohren gekommen, dass es ein überaus schmerzhaftes Erlebnis sei, einer Konfessor zu nahe zu kommen, wenn sie ihre Kraft entfesselte, ein Erlebnis, das einem wie ein quälender Schock in sämtliche Glieder fuhr. Zum Glück richtete es keinen bleibenden Schaden an, und die Schmerzen ließen rasch nach.

Als Warren zu dem toten Jungen hinübersah, wurde ihr bewusst, dass es noch einen anderen Schmerz gab, der nicht so rasch abklingen würde.

»Gütiger Schöpfer«, sagte Warren leise bei sich. Er drehte sich zu Kahlan und Cara um. »Er war doch noch ein kleiner Junge. War es wirklich nötig …«

»Ja«, schnitt Kahlan ihm entschieden das Wort ab. »Ich bin mir vollkommen sicher. Cara und ich waren schon einmal in derselben Situation – bei Marlin.«

»Aber Marlin war ein erwachsener Mann. Lyle dagegen noch so zart … so jung. Welchen Schaden hätte er denn …«

»Fang jetzt bitte nicht damit an, was alles hätte sein können, Warren. Jagang hatte von seinem Verstand Besitz ergriffen, genau wie damals bei Marlin. Was das bedeutet, wissen wir. Er war eine tödliche Gefahr.«

»Wenn ich ihn nicht halten konnte«, meinte Cara, »dann hätte ihn auch sonst nichts halten können.«

Warren seufzte, ihm war hundeelend zumute. Er sank neben dem Jungen auf die Knie und sprach leise ein Gebet, während er dem Jungen mit den Fingern über die Schläfe strich.

»Vermutlich liegt die wahre Schuld bei Jagang.« Warren erhob sich und klopfte sich den Schnee von den Knien. »Letztendlich hat Jagang das zu verantworten.«

In der Ferne konnte Kahlan die Umrisse ihrer Soldaten erkennen, die den Hang heraufgestürmt kamen, um sie zu retten. Sie machte sich auf und ging ihnen entgegen.

»Wenn du es so sehen willst.«

Cara blieb unmittelbar in ihrer Nähe. Warren musste sich mühsam durch den Schnee kämpfen, um sie einzuholen. Er bekam Kahlans Arm zu fassen und riss sie zurück, sodass sie gezwungen war, stehen zu bleiben.

»Damit meint Ihr Ann, nicht wahr?«

Kahlan zügelte ihren Zorn, als sie Warren in seine blauen Augen schaute.

»Warren, auch du warst ein Opfer dieser Frau. Man hat dich, als du klein warst, in den Palast der Propheten verschleppt, nicht wahr?«

»Das mag ja sein, aber …«

»Kein Aber. Sie sind einfach gekommen und haben dich mitgenommen, genauso wie sie gekommen sind und dieses arme, tote Kind da hinten mitgenommen haben.« Kahlans Fingernägel gruben sich in ihre Handflächen. »Richard haben sie auf die gleiche Weise geholt.«

Warren berührte sachte Kahlans Arm, um sie zu beschwichtigen. »Ich weiß, so muss es erscheinen. Prophezeiungen sind oft …«

»Das da!« Kahlan zeigte wütend auf den toten Jungen. »Das ist es, was es mit Prophezeiungen auf sich hat! Nichts als Tod und Elend – und alles im heiligen Namen der Prophezeiungen!«

Warren wagte nicht, ihr in ihrem Zornesausbruch zu widersprechen.

Kahlan zwang sich, wenn schon nicht die dahinter verborgenen Gefühle, so doch wenigstens ihre Stimme zu zügeln. »Wie viele Menschen müssen noch aus falsch verstandenem Eifer bei der Erfüllung von Prophezeiungen sinnlos sterben? Hätte Ann Verna nicht geschickt, um Richard zu holen, nichts von alldem wäre je passiert.«

»Woher wollt Ihr das wissen? Ich kann ja durchaus nachempfinden, wie Euch zumute ist, aber was macht Euch so sicher?«

»Dreitausend Jahre lang hat die Barriere gehalten. Nur ein mit beiden Seiten der Magie geborener Zauber hätte sie einreißen können, und den gab es erst, als Richard in Erscheinung trat. Ann sandte Verna aus, um ihn zu holen. Hätte sie das nicht getan, stünde die Barriere immer noch an ihrem Platz, und Jagang und die Imperiale Ordnung befänden sich jenseits davon. Die Midlands wären in Sicherheit, und dieser Junge dort würde irgendwo Ball spielen.«

»Es ist nicht so einfach, wie es Euern Worten nach erscheint, Kahlan.« Warren breitete verzweifelt seine Hände aus. »Ich will mit Euch nicht darüber streiten, trotzdem möchte ich Euch begreiflich machen, dass Prophezeiungen auf mannigfaltige Weise in Erfüllung gehen können; oft suchen sie sich ihre Lösung selbst. Gut möglich, dass sich Richard, hätte Ann nicht nach ihm geschickt, aus irgendeinem anderen Grund hierher gewagt und die Barriere zu Fall gebracht hätte. Wer kennt schon die genauen Gründe? Begreift Ihr nicht? Es wäre möglich, dass es so geschehen musste, und Ann lediglich ein Mittel zum Zweck war. Und wenn nicht sie, dann jemand anderes.«

Wutschnaubend sog Kahlan die Luft durch ihre zusammengebissenen Zähne. »Wie viel Blut, wie viele Tote, wie viel Kummer ist noch nötig, bis du endlich begreifst, wie viel Leid die Prophezeiungen über die Welt gebracht haben?«

Warren lächelte traurig. »Ich bin Prophet und habe immer ein Prophet sein wollen, damit ich anderen helfen kann. Wäre ich aufrichtig davon überzeugt, dass sie nichts als Leid und Unrecht verursachen, würde ich niemals an sie glauben.« Dann kam ihm ein Gedanke, und sein Lächeln hellte sich auf. »Vergesst nicht, ohne Prophezeiungen wärt Ihr Richard nie begegnet. Geht es Euch nicht sehr viel besser, seit Richard in Euer Leben trat? Auf mich trifft das zu, das weiß ich.«

Kahlans wütend kalter Blick wischte das freundliche Lächeln aus seinem Gesicht.

»Lieber wäre ich zu einem Leben ohne Liebe und in Einsamkeit verdammt, als zu wissen, dass ihm nur deshalb Unrecht widerfährt, weil er in mein Leben trat. Lieber hätte ich ihn niemals kennen gelernt, als erst zu spüren, wie wertvoll er mir ist, nur um anschließend zu erfahren, dass alles, was diesen Wert ausmacht, auf dem Altar dieses wahnwitzigen Glaubens an Prophezeiungen geopfert wird.«

Warren schob seine Hände in die Ärmel seines purpurnen Gewandes und senkte den Blick zu Boden. »Ich kann verstehen, dass Ihr so empfindet. Bitte, Kahlan, sprecht mit Verna.«

»Warum? Sie war es doch, die Anns Befehle ausgeführt hat.«

»Sprecht einfach mit ihr. Ich hätte Verna um ein Haar verloren, weil sie ebenso empfand wie Ihr.«

»Verna?«

Warren nickte. »Sie war zu der Überzeugung gelangt, auf üble Weise von Ann benutzt worden zu sein. Zwanzig Jahre lang hat sie ergebnislos nach Richard gesucht, dabei wusste Ann die ganze Zeit genau, wo er sich befand. Könnt Ihr Euch vorstellen, wie Verna zumute war, als sie dahinter kam? Da waren auch noch andere Dinge. So brachte sie uns durch eine Täuschung dazu zu glauben, sie sei tot. Mit einer List verhalf sie Verna in das Amt der Prälatin.« Warren zog eine Hand aus seinem Ärmel und hielt Daumen und Zeigefinger einen Zoll weit auseinander. »Sie war so dicht davor, ihr Reisebuch ins Feuer zu werfen.«

»Sie hätte es tun sollen.«

Warrens trauriges Lächeln kehrte zurück. »Ich will damit nur sagen, dass Ihr Euch möglicherweise besser fühlen werdet, wenn Ihr mit ihr sprecht. Sie wird verstehen, wie Euch zumute ist.«

»Und was soll das nützen?«

Warren zuckte mit den Achseln. »Selbst wenn Ihr Recht behalten solltet, was macht das schon? Geschehen ist geschehen, wir können nichts mehr daran ändern. Nicci hat Richard in ihrer Gewalt, die Imperiale Ordnung steht hier, in der Neuen Welt. Was immer diese Ereignisse hervorgerufen hat, sie sind jetzt Wirklichkeit für uns, eine Wirklichkeit, mit der wir uns befassen müssen.«

Kahlan taxierte seine funkelnden blauen Augen. »Bist du durch das Studium der Prophezeiungen darauf gekommen?«

Sein Lächeln weitete sich zu einem Grinsen. »Nein, das hat Richard mir beigebracht. Außerdem hat mir soeben eine ziemlich kluge Frau geraten, mich nicht damit zu befassen, was alles hätte sein können.«

Kahlan spürte, wie der Zorn, trotz aller Entschlossenheit, ihn festzuhalten, ihr entglitt. »Ich bin mir nicht sicher, wie klug sie wirklich ist.«

Warren bedeutete den mit blank gezogenen Schwertern den Hang heraufstürmenden Soldaten durch ein Handzeichen, dass alles in Ordnung sei. Die Männer verringerten ihr Tempo zu schnellem Gehen, schoben ihre Waffen aber noch nicht zurück in die Scheide.

»Nun«, meinte Warren, »jedenfalls war sie klug genug, Jagangs Plan zu durchschauen, und hat während des Angriffs eines seiner mit der Gabe gesegneten Günstlinge ihre Gedanken zusammengehalten und ihn durch eine List glauben gemacht, sie sei auf seine Machenschaften hereingefallen.«

Kahlans Gesicht nahm einen Ausdruck gereizten Unmuts an. »Wie alt bist du, Warren?«

Die Frage schien ihn zu überraschen. »Ich bin vor kurzem einhundertachtundfünfzig geworden.«

»Das erklärt alles«, murrte Cara, unverwandt den Hang hinunterstarrend. »Hör auf, so jung und unschuldig zu tun, Warren. Das kann einem gewaltig auf die Nerven gehen.«

Als Kahlan, Caral und Warren mitsamt ihrer Eskorte aus Gardisten mehrere Stunden darauf ins Lager zurückkehrten, hatte dieses sich in einen Ort hektischer Betriebsamkeit verwandelt. Karren wurden beladen, Pferde eingespannt und Waffen einsatzbereit gemacht. Obwohl die Zelte noch nicht abgebrochen wurden, scharten sich Soldaten, die letzten Bissen ihres Abendessens hinunterschlingend, in Lederrüstungen und Kettenpanzern um ihre Offiziere und lauschten den Anweisungen für den Augenblick, da der Befehl zum Aussenden einer Streitmacht gegeben werden würde, die dem Feind auf seinem Weg nach Norden den Weg abschneiden und ihn aufhalten sollte. Andere Offiziere standen über ihre Karten gebeugt in Zelten, an denen Kahlan vorüberkam.

Das Aroma eines Eintopfgerichts in der nachmittäglichen Luft erinnerte sie daran, wie ausgehungert sie war. Die winterliche Dunkelheit setzte zeitig ein, und der bedeckte Himmel ließ einen glauben, es sei bereits Abend. Die endlosen wolkenverhangenen Tage begannen, auf das Gemüt zu drücken. Es gab nur wenig Hoffnung, die Sonne zu Gesicht zu bekommen, und schon bald würden selbst die heftigeren Schneefälle bis hier unten in den Süden vordringen.

Kahlan stieg ab und überließ einem jungen Soldaten ihr Pferd. Sie ritt längst kein mächtiges Schlachtross mehr, sondern war – wie der größte Teil der Kavallerie auch – auf ein kleineres, beweglicheres Tier umgestiegen. Zwar verliehen große Schlachtrösser beim Aufeinanderprallen großer Truppenverbände dem Angriff zusätzliche Wucht, doch da die d'Haranischen Streitkräfte zahlenmäßig so deutlich unterlegen waren, hatte sie entschieden, dass es das Beste sei, Masse gegen Geschwindigkeit und Wendigkeit einzutauschen.

Dank dieser taktischen Veränderungen, nicht nur bei der Kavallerie, sondern in der gesamten Armee, war es Kahlan und General Meiffert gelungen, die Imperiale Ordnung wochenlang auf Trab zu halten. Immer wieder verleiteten sie den Feind dazu, in einer gewaltigen Kraftanstrengung zu einem alles vernichtenden Schlag auszuholen, nur um diesem dann so knapp auszuweichen, dass sie sich gerade retten konnten und gleichzeitig erreichten, dass sich die aufreizend nah herangekommenen Ordenstruppen völlig verausgabten.

War die Imperiale Ordnung durch die Anstrengungen solch gewaltiger Attacken dann geschwächt und hielt, um ihre Kräfte zu sammeln, inne, ordnete General Meiffert kleinere Blitzangriffe an, um ihnen auf die Zehen zu treten und Unruhe zu stiften. Hatten sich die Ordenstruppen in Erwartung eines Angriffs eingegraben, beorderte Kahlan ihre Truppen zurück in weiter entfernte Stellungen, was die Bemühungen des Ordens, Verteidigungsanlagen zu errichten, sinnlos machte.

Versuchte die Imperiale Ordnung dasselbe ein zweites Mal, setzten die D'Haraner ihre Verfolgung Tag und Nacht fort, umschwärmten sie wie zornige Hornissen, blieben aber außer Reichweite eines entscheidenden Gegenschlags. War die Imperiale Ordnung es schließlich leid, ihre Zähne nicht in den Feind schlagen zu können und gab ihren Streitkräften eine neue Richtung vor, indem sie Bevölkerungszentren attackieren ließ, setzte Kahlan sie mit ihren Truppen aus dem Rückraum unter Druck und jagte ihnen Pfeile in den Rücken, während sie sich verzweifelt zu befreien versuchten. Gewöhnlich waren sie nach einer Weile gezwungen, von ihren Plünderungsplänen Abstand zu nehmen, kehrtzumachen und sich dem Angriff zu stellen.

Die Taktik der D'Haraner, ihnen ohne Unterlass auf den Fersen zu bleiben, trieb die Imperiale Ordnung zur Raserei. Diese Art des Kämpfens war für Jagangs Soldaten eine Beleidigung; sie glaubten, dass sich echte Männer auf dem Schlachtfeld von Angesicht zu Angesicht für einen offenen Schlagabtausch gegenübertraten. Selbstverständlich belastete es keineswegs ihr Ehrgefühl, dass sie den D'Haranern zahlenmäßig haushoch überlegen waren. Kahlan wusste, dass ein solches Aufeinandertreffen blutig enden würde und nur für die Imperiale Ordnung von Vorteil sein konnte. Wie man dort darüber dachte, interessierte sie nicht, sie interessierte nur deren Untergang.

Je wütender und desillusionierter die Truppen der Imperialen Ordnung wurden, desto unbekümmerter und leichtfertiger verhielten sie sich; sie begannen schwungvolle Offensiven gegen gut geordnete Verteidigungsstellungen oder zwangen – um Boden zu gewinnen, der auf diese Weise nicht zu gewinnen war – Soldaten zu unbesonnenen, von vornherein zum Scheitern verurteilten Attacken. Gelegentlich verblüffte es Kahlan, zu sehen, wie die Feinde in Scharen in die Reichweite ihrer eigenen Bogenschützen gerieten und fielen, nur um gleich darauf erleben zu müssen, wie unmittelbar hinter ihnen immer mehr Soldaten nachrückten, die das ohnehin bereits mit Sterbenden und Verwundeten übersäte Schlachtfeld mit einem nie versiegenden Strom aus Leichen versorgten. Es war der pure Wahnsinn.

Die D'Haraner hatten Verluste von mehreren Tausend Toten und Verwundeten erlitten. Andererseits, schätzten Kahlan und General Meiffert, hatten sie weit mehr als fünfzigtausend Feinde getötet oder verwundet, was in etwa dem Zertreten einer einzelnen Ameise einer aus ihrem Bau hervorströmenden Kolonie entsprach. Sie hatte keine andere Idee, wie sie vorgehen sollten, als genau so weiterzumachen. Es blieb ihnen nichts anderes übrig.

Kahlan, Cara dicht neben sich, kämpfte sich durch einen Strom aus Soldaten, um zu den mit blauen Stoffstreifen markierten Kommandozelten vorzudringen. Wenn man den Farbenschlüssel des Tages nicht kannte, war es nahezu unmöglich, die Kommandozelte zu finden. Aus Angst, ein Eindringling oder ein mit der Gabe gesegneter Feind könnte eine Gruppe versammelter hoher Offiziere aufspüren und umbringen, kamen diese ausschließlich in unauffälligen Zelten zusammen. Viele Zelte waren mit bunten Stoffstreifen markiert – die Soldaten benutzten dieses System, um ihre Einheiten bei einem kurzfristigen Abzug, was recht oft geschah, wiederzufinden –, daher hatte Kahlan den Einfall gehabt, dasselbe System für die Kennzeichnung der Kommandozelte zu übernehmen. Der Farbenschlüssel wechselte häufig, damit keine Farbe sich als die Farbe der Offiziere einprägte.

Im Inneren des drangvoll engen Zeltes blickte General Meiffert von einem Tisch mit einer schräg ausgerollten Karte auf, über die er sich soeben gebeugt hatte. Lieutenant Leiden aus Kelton war zugegen, des Weiteren Captain Abernathy, der Befehlshaber jener galeanischen Streitkräfte, die Kahlan Wochen zuvor mitgebracht hatte.

Adie saß als Vertreterin der mit der Gabe Gesegneten schweigend in einer Ecke und verfolgte das Geschehen aus ihren vollkommen weißen Augen. Bereits als junge Frau geblendet, hatte Adie gelernt, mit Hilfe ihrer Gabe zu sehen.

Sie war eine Hexenmeisterin von bemerkenswerten Fähigkeiten, überaus bewandert darin, diese Fähigkeiten zum Schaden des Feindes einzusetzen. Jetzt war sie hier, um die Begabungen der Schwestern mit den Erfordernissen der Armee abzustimmen.

Auf Kahlans Frage antwortete Adie: »Zedd befindet sich unten bei den südlichen Linien und sieht nach den Sonderkommandos.«

Kahlan dankte ihr mit einem Nicken. »Warren ist ebenfalls dort unten und hilft ihm.«

Kahlan bewegte ihre eiskalten Zehen in den Stiefeln hin und her, um wieder ein wenig Gefühl in sie zu bekommen. Sie blies sich warmen Atem in die hohlen Hände und wandte ihre Aufmerksamkeit dem wartenden General zu.

»Wir werden eine Streitmacht von beträchtlicher Größe aufstellen müssen – etwa zwanzigtausend Mann.«

General Meiffert machte seiner Enttäuschung mit einem Seufzer Luft. »Dann versuchen sie uns also mit einer ganzen Armee zu umgehen.«

»Nein«, erwiderte sie. »Das ist ein Täuschungsmanöver.«

Die drei Offiziere runzelten verwirrt die Stirn und warteten auf eine Erklärung.

»Ich bin, ganz zufällig, Jagang über den Weg gelaufen …«

»Ihr seid was?«, schrie General Meiffert in ungezügelter Panik.

Kahlan winkte ab, um seine Befürchtungen zu beschwichtigen. »Nicht so, wie Ihr denkt. Ich begegnete ihm im Körper eines seiner Sklaven.« Sie steckte die Hände unter die Achseln, um sie zu wärmen. »Das Wichtigste ist, dass ich mich auf Jagangs Machenschaften eingelassen und ihn im Glauben gelassen habe, wir würden auf seinen Plan hereinfallen.«

Kahlan erläuterte, wie Jagangs Kriegslist funktionieren sollte, und dass sein eigentlicher Plan darauf abzielte, eine Streitmacht beträchtlichen Ausmaßes fortzulocken, um auf diese Weise die zurückbleibenden Truppen zu schwächen. Die Männer lauschten aufmerksam, während sie seinen Plan, die einzelnen Positionen auf einer Karte zeigend, in allen Einzelheiten darlegte.

»Wenn wir tatsächlich so viele Truppen abziehen lassen«, fragte Lieutenant Leiden, »würden wir damit nicht genau das tun, was Kaiser Jagang will?«

»Das ist richtig«, antwortete sie ihm, »nur werden wir eben gerade das nicht tun. Ich möchte, dass diese Männer das Lager verlassen, damit es so aussieht, als täten wir genau das, was er erwartet.«

Sie beugte sich über die Karte, zeichnete mit einem Stück Holzkohle einige der umliegenden Gebirgszüge ein, die sie noch vor kurzem durchquert hatte, und zeigte ihnen, wie sich mehrere von ihnen auf einem nicht sehr hoch gelegenen Pass umgehen ließen.

Captain Abernathy ergriff das Wort. »Meine galeanischen Truppen stehen uns zur Verfügung – ihre Stärke entspricht in etwa der Zahl, die Ihr als Lockvogel benötigt.«

»Genau das war auch meine Überlegung«, sagte General Meiffert.

»Dann wäre das erledigt«, beendete Kahlan die Diskussion und deutete abermals auf die Karte. »Umgeht diese Berge hier, Captain, damit Eure Männer, sobald die Imperiale Ordnung unser Feldlager angreift, in deren weiche Flanke vorstoßen können, und zwar genau an dieser Stelle, wo sie es nicht erwarten.«

Captain Abernathy, ein fescher Mann mit einem ergrauenden buschigen, zu seinen Augenbrauen passenden Schnauzbart, verfolgte nickend, wie Kahlan die Marschroute auf der Karte veranschaulichte. »Seid unbesorgt, Mutter Konfessor, die Ordenstruppen werden glauben, dass wir fort sind, aber sobald sie Euch angreifen, werden wir bereit stehen, ihnen einen Stoß mitten zwischen die Rippen zu versetzen.«

Kahlan wandte ihre Aufmerksamkeit abermals dem General zu. »Darüber hinaus müssen wir heimlich eine weitere Streitmacht aus dem Lager schmuggeln, die gegenüber von Captain Abernathy auf der anderen Talseite warten wird, sodass wir den Ordenstruppen, sobald sie durch die Talmitte anrücken, von beiden Seiten gleichzeitig in die Flanke stoßen können. Sie werden kaum wollen, dass wir einen Teil ihrer Streitmacht abteilen und einschließen, und daher den Rückzug antreten. Das ist der Augenblick, wenn unsere Hauptstreitmacht ihnen den Stahl in ihren verwundbaren Rücken stoßen kann.«

Die drei Offiziere dachten schweigend über ihren Plan nach, während draußen das lärmende Chaos in unverminderter Stärke anhielt. Pferde galoppierten vorbei, man hörte das Knarzen und Rattern von Karren, unter den Füßen der vorübergehenden Soldaten knirschte der Schnee, und Männer riefen Befehle.

Lieutenant Leiden hob den Blick und sah Kahlan an. »Mutter Konfessor, diese andere Streitmacht könnten meine Keltonier stellen. Sie dienen alle bereits seit langem gemeinsam in der Armee und sind in ihren Einheiten unter meinem Kommando eingespielt. Wir könnten uns sofort auf den Weg machen, uns aus dem Lager stehlen und uns dort unten sammeln, um den Angriff abzuwarten. Ihr könntet uns eine Schwester mitgeben, die ein vorher abgesprochenes Signal bestätigt, woraufhin ich, sobald Captain Abernathy von der entgegengesetzten Seite attackiert, meine Männer in die Schlacht führen könnte.«

Kahlan war sich darüber im Klaren, dass der Mann in ihren Augen um Wiedergutmachung bemüht war; außerdem war er bestrebt, für Kelton ein gewisses Maß an Eigenständigkeit innerhalb des d'Haranischen Reiches durchzusetzen.

»Der Ort ist gefährlich, Lieutenant; falls etwas schief gehen sollte, werden wir Euch nicht zu Hilfe kommen können.«

Er nickte. »Aber meine Männer sind mit dem Gelände vertraut, außerdem sind wir es gewohnt, uns im Winter in gebirgigem Gelände zu bewegen. Die Imperiale Ordnung stammt aus einer wärmeren Gegend. Was Wetter und Gelände anbetrifft, sind wir ihnen gegenüber im Vorteil. Wir werden es schaffen, Mutter Konfessor.«

Kahlan straffte sich, atmete hörbar aus und musterte den Mann abschätzend. General Meiffert würde die Idee gefallen, das wusste sie, Captain Abernathy ebenfalls; Galea und Kelton standen traditionell in Konkurrenz zueinander, daher würden sie sich beide ebenso gerne allein und auf getrennten Wegen durchschlagen.

Richard hatte diese Länder zusammengeführt, damit sie das Gefühl bekamen, eine Einheit zu bilden, was für ihren Fortbestand überlebenswichtig war. Sie vermutete, dass sie für die gleichen Ziele kämpften, in dieser Hinsicht zogen sie also am selben Strang – sie würden ihre Angriffe aufeinander abstimmen müssen. Auch was Lieutenant Leiden sagte, klang durchaus vernünftig; seine Truppen waren Gebirgskrieger.

»Also gut, Lieutenant.«

»Vielen Dank, Mutter Konfessor.«

Kahlan hielt es für angebracht, ein Versprechen hinzuzufügen. »Bewährt Ihr Euch hierbei, Lieutenant, könnte Euch das eine Beförderung eintragen.«

Lieutenant Leiden salutierte mit einem Faustschlag auf sein Herz. »Meine Männer werden ihre Königin mit Stolz erfüllen.«

Kahlan nahm sein Versprechen mit dem für die Mutter Konfessor charakteristischen Nicken entgegen. An alle gewandt sagte sie: »Wir sollten jetzt besser an die Arbeit gehen.«

Brummend bekundete General Meiffert sein Einverständnis. »Es ist eine günstige Gelegenheit, ihre Stärke beträchtlich zu reduzieren. Wenn wir auch nur halbwegs erfolgreich sind, werden wir sie diesmal ordentlich zur Ader lassen.« Er wandte sich den beiden anderen Offizieren zu. »Lasst uns anfangen. Eure Männer müssen unverzüglich aufbrechen, damit sie genügend Zeit haben, um bis zum

Morgen ihre Stellungen zu beziehen. Schwer zu sagen, wie lange sie mit ihrem Angriff auf sich warten lassen, aber sollte er bereits im Morgengrauen erfolgen, möchte ich, dass Ihr in den Stellungen bereit steht.«

»Die Imperiale Ordnung greift mit Vorliebe im Morgengrauen an«, erklärte Captain Abernathy. »In einer knappen Stunde können wir unterwegs sein. Für den Fall, dass sie frühzeitig angreifen, werden wir bis spätestens zum Morgengrauen in Position sein.«

»Wir ebenso«, bestätigte Lieutenant Leiden.

Die beiden Offiziere verbeugten sich und machten Anstalten, sich zu entfernen.

»Captain«, rief Kahlan. Die Männer drehten sich um.

»Mutter Konfessor.«

»Habt Ihr eine Idee, was Prinz Harold und Eure restliche Armee aufgehalten haben könnte? Er hätte längst hier sein sollen. Wir könnten Eure restlichen Männer wirklich gut gebrauchen.«

Captain Abernathy nestelte mit dem Daumen an einem beinernen Knopf auf der Vorderseite seiner dunklen Uniformjacke. »Tut mir Leid, Mutter Konfessor. Auch ich war der Meinung, dass sie längst hätten hier sein sollen. Ich vermag mir nicht vorzustellen, was den Prinzen aufgehalten haben könnte.«

»Er hätte längst hier sein sollen«, widerholte sie kaum hörbar bei sich. Sie hob den Kopf und sah den Offizier an. »Das Wetter?«

»Das wäre eine Möglichkeit, Mutter Konfessor. Wenn es Unwetter gegeben hat, könnte ihn das behindert haben. Wahrscheinlich ist das der Grund; in diesem Fall, denke ich, wird er in Kürze hier eintreffen. Unsere Soldaten üben im Gebirge unter solchen Witterungsbedingungen.«

Kahlan seufzte. »Hoffen wir also, dass er bald eintreffen wird.«

Captain Abernathy erwiderte ihren Blick voller Zuversicht. »Ich weiß mit absoluter Gewissheit, dass der Prinz es kaum erwarten konnte, seine Männer zu sammeln, um hierher zu eilen und uns beizustehen. Galea erstreckt sich durch das gesamte Tal des Callisidrin.

Der Prinz vertraute mir persönlich an, es sei in unserem eigenen Interesse, die Imperiale Ordnung hier unten aufzuhalten, statt sie tiefer in die Midlands vorrücken zu lassen, wo unsere Ländereien und Familien der Schreckensherrschaft des Feindes anheim fallen würden.«

Kahlan konnte Lieutenant Leiden an den Augen ablesen, dass er dachte, falls Prinz Harold stattdessen beschließen sollte, zum selbstsüchtigen Schutz seiner Heimat Galea bereits im Tal des Callisidrin Widerstand zu leisten, könnte ein solches Hindernis den Vormarsch der Imperialen Ordnung in nordöstlicher Richtung um das dazwischen liegende Gebirge herum bis hinein in die Ebene des Kern ablenken – genau in Leidens Heimat Kelton. Falls der Lieutenant einen solchen Verrat witterte, so war er zumindest klug genug, dies nicht offen auszusprechen.

»Ich weiß, das Wetter war sehr schlecht, als ich aus den Bergen kam«, antwortete Kahlan. »Schließlich ist es Winter. Ich bin sicher, Prinz Harold wird in Kürze eintreffen, um seiner Königin und seinen Brudervölkern im D'Haranischen Reich beizustehen.«

Kahlan bedachte die beiden mit einem Lächeln, um der unterschwelligen Drohung etwas von ihrer Schärfe zu nehmen. »Ich danke Euch, Gentlemen. Am besten, Ihr nehmt die Aufgabe unverzüglich in Angriff. Mögen die Gütigen Seelen Euch den Rücken freihalten.«

Nachdem die Männer salutiert und sich eilends an die Arbeit gemacht hatten, stützte Adie ihre Hände auf die Knie und stemmte sich auf die Beine.

»Wenn Ihr mich nicht mehr braucht … ich muss mich darum kümmern, die Schwestern, Zedd und Warren über unsere Pläne ins Bild zu setzen.«

Kahlan nickte erschöpft. »Danke, Adie.«

Adie, deren Augen vollkommen weiß waren, sah wie gesagt mit Hilfe ihrer Gabe; und genau diesen Blick der Gabe spürte Kahlan jetzt in ihrem Rücken.

»Du hast von deiner Kraft Gebrauch gemacht«, sprach die alte Hexenmeisterin. »Ich kann es dir im Gesicht ansehen. Du brauchst dringend Ruhe.«

»Ja, ich weiß«, erwiderte Kahlan. »Aber es gibt Dinge, die dringend erledigt werden müssen.«

»Sie werden unerledigt bleiben, wenn du krank wirst oder stirbst – was durchaus geschehen könnte.« Adie ergriff mit ihren dürren Fingern Caras Arm. »Sorgt dafür, dass die Mutter Konfessor eine Weile ungestört ist, damit sie, wenn schon sonst nichts, wenigstens den Kopf auf den Tisch legen und ein wenig ruhen kann.«

Cara zog den Klappstuhl heran, stellte ihn neben den Tisch und deutete, Kahlan einen strengen Blick zuwerfend, darauf.

»Setzt Euch. Ich werde Wache stehen.«

Kahlan war in der Tat erschöpft; der Einsatz ihrer Konfessorkraft hatte sie geschwächt. Deshalb brauchte sie Zeit, um sich auszuruhen, zumal der anstrengende Ritt zurück ins Lager alles noch verschlimmert hatte. Sie ging um den Tisch herum und ließ sich schwer auf den Klappstuhl fallen. Dann öffnete sie ihren Pelzüberwurf und ließ ihn auf die Schultern gleiten. Sie machte sich gar nicht erst die Mühe, ihr Schwert abzulegen.

Als Adie sah, dass Kahlan ohne Murren gehorchte, machte sie sich lächelnd auf den Weg. Während Cara am Zelteingang Posten bezog, sank Kahlans Kopf bereits auf das Kissen ihrer Arme. Um nicht von den grauenhaften Ereignissen des Tages überwältigt zu werden, kehrte sie in Gedanken zu Richard zurück und stellte sich sein gewinnendes Lächeln, seine eindringlichen grauen Augen und die sanfte Berührung seiner Hände vor. Ihr fielen die Augen zu. Sie war so müde, dass sich Stuhl und Tisch zu drehen schienen. Augenblicke später spürte sie, Richard noch immer vor ihrem inneren Auge, wie sie in den Schlaf hinüberglitt.

3. Kapitel

»Mutter Konfessor?«

Die Augen halb geöffnet, sah Kahlan hoch zu der dunklen, über sie gebeugten Gestalt; blinzelnd befreite sie sich von dem Schleier vor ihren Augen und erkannte, dass es Verna war. Auf dem goldenen Ring mit dem Sonnenaufgangssymbol der Prälatin der Schwestern des Lichts schimmerte schwach der Schein der Lampe. Das abendliche Zwielicht ließ die Zeltleinwand in ihrem Rücken rostrot erglühen.

Kahlan rieb sich den Schlaf aus den Augen. Verna trug ein langes, graues Wollkleid und darüber einen dunkelbraunen Umhang. Am Hals wies das Kleid einen Besatz aus weißer Spitze auf, der ihrem Aufzug ein wenig von seiner Strenge nahm, aus ihren braunen Augen jedoch sprachen Unruhe und Besorgnis.

»Was gibt es, Verna?«

»Wenn Ihr einen Augenblick erübrigen könntet, ich würde gerne mit Euch reden.«

Verna hatte zweifellos mit Warren gesprochen. Jedesmal wenn Kahlan die beiden zusammen sah, tauschten sie vertrauliche Blicke aus, und ihre verstohlenen, zufälligen Berührungen erinnerten sie daran, was Richard und sie füreinander empfunden hatten. Zu wissen, dass sie verliebt war, dass sie, was das anbetraf, überhaupt zu Empfindungen fähig war, milderte den Eindruck, den ihr strenges Äußeres auf Kahlan machte. Kahlan war sich darüber im Klaren, dass sie, wenn es um zärtliche Gefühle ging, ganz bestimmt mit der gleichen Neugier, wenn nicht gar Verwunderung betrachtet wurde.

Seufzend fragte sie sich, ob dies ein »Gespräch« über Ann und Prophezeiungen werden würde. Dafür war Kahlan nicht bei Laune.

»Wie lange habe ich geschlafen, Cara?«

»Einige Stunden. Es wird bald dunkel.«

Verspannt und schmerzhaft, wie ihre Schultern und ihr Hals vom Schlafen mit dem Kopf auf dem Tisch waren, konnte sie die späte Stunde kaum überraschen. Sie streckte sich zur Seite hin und sah die zerbrechlich wirkende Hexenmeisterin auf einer kurzen Bank sitzen; sie hatte eine dunkle Decke über ihren Schoß gebreitet.

»Wie fühlst du dich?«, erkundigte sich Adie.

»Großartig.« Kahlan sah ihren Atem in der kalten Luft. »Was ist mit den Truppen, die wir ausgesandt haben?«

»Beide Einheiten sind seit mehr als einer Stunde unterwegs«, antwortete Adie. »Die erste Gruppe, die Galeaner, sind alle gleichzeitig in großen Kolonnen aufgebrochen. Die Keltonier haben sich in kleinen Gruppen heimlich aus dem Lager gestohlen, die von feindlichen Spionen nicht so schnell bemerkt werden dürften.«

Kahlan gähnte. »Gut.«

Sie wusste, dass sie bereits bei Tagesanbruch einen Angriff der Imperialen Ordnung fürchten mussten. Zumindest sollte das ihren Soldaten genug Zeit lassen, ihre Positionen zu erreichen und sich einsatzbereit zu machen. Das Warten auf den Angriff war ihr auf den Magen geschlagen, und auch die Männer waren ohne Zweifel nervös und würden wahrscheinlich kaum Schlaf finden.

Adie fuhr sich müßig mit einem dürren Finger über die roten und gelben Perlen am Ausschnitt ihres bescheidenen Gewandes. »Ich bin nach dem Aufbruch der Galeaner wieder hergekommen, um Cara zu helfen, alle Besucher abzuwimmeln, damit du nicht in deiner Ruhe gestört wirst.«

Kahlan bedankte sich mit einem Nicken. Entweder war Adie der Meinung, Kahlan habe genug geruht, oder aber sie hielt Vernas Besuch für wichtig.

»Um was geht es denn, Verna?«

»Wir haben … eine Entdeckung gemacht. Nicht so sehr eine Entdeckung gemacht, als vielmehr eine Idee gehabt.«

»Wer ist ›wir‹?«

Verna räusperte sich und bat den Schöpfer leise um Vergebung, bevor sie fortfuhr: »Um die Wahrheit zu sagen, es war meine Idee, Mutter Konfessor. Einige meiner Schwestern haben mir geholfen, aber ich war es, die den Einfall hatte. Die Verantwortung liegt also ganz bei mir.«

Kahlan fand die Formulierung eigenartig und hatte den Eindruck, dass Verna alles andere als erfreut war über ihren Einfall, worum immer es sich handeln mochte. Schweigend wartete Kahlan, dass sie fortfuhr.

»Nun, seht Ihr, wir haben gewisse Schwierigkeiten, Dinge an den mit der Gabe Gesegneten auf Seiten des Feindes vorbeizuschmuggeln. Sobald wir versuchen, gewisse Gegenstände …«

»Gegenstände?«

Verna schürzte die Lippen. »Waffen.«

Als Kahlans Brauen sich daraufhin fragend zusammenzogen, bückte Verna sich und hob etwas vom Boden auf. Sie zeigte Kahlan eine Ansammlung kleiner Kieselsteine in ihrer geöffneten Hand.

»Zedd hat uns beigebracht, wie man die unscheinbarsten Dinge in alles vernichtende Waffen verwandelt. Wir können sie mit Hilfe unserer Kraft schleudern, oder wir können kleine Gegenstände, wie diese Kieselsteine hier, anhauchen und sie kraft unserer Magie schneller fliegen lassen als einen Pfeil, sogar schneller als einen Armbrustpfeil. Auf diese Weise wurden die Kiesel so schnell, dass sie manchmal die Körper eines halben Dutzends Soldaten durchschlagen haben.«

»Ich kann mich an die Berichte erinnern«, sagte Kahlan. »Aber das funktioniert nicht mehr, seit die mit der Gabe Gesegneten die List durchschaut haben und sich gegen diese Dinge zu verteidigen wissen.«

Kahlan kannte diesen erschöpften Blick, den die Last der Verantwortung in Vernas braunen Augen erzeugte. »So ist es. Die Imperiale Ordnung hat gelernt, wie sie nach magischen Dingen oder auch nur von Magie angetriebenen Dingen Ausschau halten muss. Mittlerweile ist der größte Teil unserer nach einem ähnlichen Prinzip funktionierenden Zauberei wirkungslos geworden.«

»Genau das hat auch Zedd mir erklärt – dass man im Krieg meist gar keine Magie zu sehen bekommt, weil es beiden Seiten lediglich gelingt, die jeweils andere aufzuheben.«

Verna nickte. »Genau so ist es; wir verfahren mit ihnen ebenso. Mittlerweile können wir den Dingen entgegenwirken, die sie anfangs eingesetzt haben, und auf diese Weise unsere Männer schützen. Unsere Alarmhörner zum Beispiel: Wir haben herausgefunden, dass wir ihren Ton mit einer geringen Portion Magie verschlüsseln müssen, um zu wissen, dass er echt ist.«

Kahlan hüllte sich bis über den Hals in ihren Pelzüberwurf; sie fror bis auf die Knochen und schien einfach nicht warm werden zu können. Was nicht überraschte, da sie sich fast ohne Unterlass im Freien aufhielt. Es war Wahnsinn, unter diesen Witterungsbedingungen einen Krieg zu führen; allerdings war ein Krieg bei schönem Wetter vermutlich nicht weniger wahnsinnig. Dennoch sehnte sie sich nach einem Dach über dem Kopf und nach einem gemütlichen Feuer.

»Und was ist Euch nun eingefallen?«

Als hätte sie jemand an die Kälte erinnert, zog Verna ihren Umhang fester um die Schultern. »Nun ja, ich dachte mir, wenn die mit der Gabe auf Seiten des Feindes alles Magische oder auch nur von Magie Angetriebene herausfiltern, dann brauchen wir etwas, das nichts mit Magie zu tun hat.«

Kahlan bedachte Verna mit einem unbarmherzigen Lächeln. »Das haben wir bereits, man nennt es Soldaten.«

Verna erwiderte das Lächeln nicht. »Nein, ich meinte etwas, das die mit der Gabe tun können, um die feindlichen Truppen kampfunfähig zu machen, ohne gleichzeitig unsere eigenen Männer zu gefährden.«

Adie kam herbeigeschlurft und schaute über Kahlans linke Schulter, als Verna in ihren Umhang griff und einen kleinen, mit einer Zugschnur verschlossenen Lederbeutel hervorholte. Sie warf ihn vor Kahlan auf den Tisch und legte ein Blatt Papier daneben.

»Bitte schüttet ein wenig davon auf das Blatt Papier.« Verna hielt sich den Bauch, als leide sie unter Magengrimmen. »Aber achtet darauf, dass es weder mit Euren Fingern oder mit Eurer Haut in Berührung kommt – und was immer Ihr tut, blast nicht hinein; seid sorgsam darauf bedacht, es nicht einmal anzuhauchen.«

Adie beugte sich vor, um zu sehen wie Kahlan eine winzige Menge eines glitzernden Staubes aus dem Beutel auf das Papierrechteck schüttete. Mit einem Zipfel des Beutels schob sie das kleine Häufchen zusammen. Man sah Spuren matter Farben, größtenteils war er jedoch von einer blassen, glitzernden graugrünen Farbe. »Was ist das? Eine Art magischer Staub?«

»Glas.«

Kahlan sah auf. »Glas. Das ist Euer Einfall, Glas?«

Verna schnalzte mit der Zunge, als ihr bewusst wurde, wie töricht sie geklungen haben musste. »Nein, Mutter Konfessor. Mein Einfall bestand darin, es zu zermahlen. Seht Ihr, dies ist ganz normales Glas, das man zerschlagen und zu winzig kleinen, beinahe staubfeinen Stücken zerrieben hat. Allerdings haben wir unser Han benutzt, um das Glas mit Mörser und Stößel zu zerkleinern. Wir können das Glas mit Hilfe unserer Gabe in winzige Stücke zerbrechen, allerdings auf ganz besondere Weise.«

Verna beugte sich darüber, während ihre Finger über dem kleinen, gräulichgrünen Häufchen schwebten. Cara schob den Kopf an ihr vorbei, um das gefährliche Etwas auf dem Blatt Papier in Augenschein zu nehmen.

»Dieses Glas – jeder einzelne Splitter – ist scharfkantig und zackig, und das, obwohl die einzelnen Stücke winzig sind, kaum größer als Staubpartikel. Und sie wiegen, ebenso wie Staub, fast nichts.«

»Gütige Seelen«, entfuhr es Adie, bevor sie ein Gebet in ihrer eigenen Sprache folgen ließ.

Kahlan räusperte sich. »Ich kann Euch nicht ganz folgen.«

»Wir kommen mit unserer Magie nicht an der Verteidigung der mit der Gabe Gesegneten innerhalb der Imperialen Ordnung vorbei. Sie sind auf alles Magische vorbereitet, selbst wenn es sich um einen einfachen Kieselstein handelt, der ihren Truppen lediglich mit Hilfe von Magie entgegengeschleudert wird. Dieses Glas dagegen weist, obwohl wir es mit Hilfe von Magie zerkleinert haben, keinerlei magische Eigenschaften auf – absolut keine. Es ist nichts weiter als tote Materie, genau wie der Staub, den sie mit ihren Füßen aufwirbeln. Sie können es nicht als Magie erkennen, weil es keine ist. Mit ihrer Gabe werden sie dies einfach als Staub, Dunst oder vielleicht auch Nebel wahrnehmen, je nach den jeweiligen atmosphärischen Gegebenheiten.«

»Aber wir haben ihnen doch bereits Staubwolken entgegengeschleudert«, hielt Kahlan dagegen. »Staub, der bei ihnen Übelkeit erzeugt und Ähnliches mehr. In den meisten Fällen hatten sie ein Gegenmittel.«

Zur Unterstreichung ihres Arguments hob Verna einen Finger, ein hartes Lächeln im Gesicht. »Aber das waren Staubwolken, die Magie enthielten. Dieser Staub hingegen ist völlig frei davon, Mutter Konfessor. Versteht Ihr nicht? Er ist so leicht, dass er sich lange in der Luft hält. Wir könnten eine einfache Magie dazu benutzen, ihn in die Luft zu schleudern, und diese anschließend zurückziehen, oder wir könnten ihn auch nur einfach in den Wind streuen. In beiden Fällen müssten wir nur darauf achten, dass ihre Truppen hindurchmarschieren.«

»Also gut.« Kahlan kratzte sich an einer Braue. »Aber was wird er bei ihnen bewirken?«

»Er wird sich ihnen in die Augen setzen«, erklärte Adie mit ihrer schnarrenden Stimme hinter Kahlans Schulter.

»Ganz genau«, bestätigte Verna. »Er setzt sich ihnen in die Augen, genau wie jeder andere Staub auch. Anfangs würde er sich auch ganz genauso anfühlen, und sie würden versuchen, ihn fortzublinzeln. Da die winzigen Bruchstücke aber nach wie vor schartig und rasiermesserscharf sind, werden sie in das Körpergewebe eindringen. Staub wird ihre Augen verkleben und sich unter ihren Lidern sammeln, wo er mit jedem Blinzeln tausende winziger Schnitte auf ihren Augen erzeugt. Je mehr sie blinzeln, desto schneller zerfrisst er ihre empfindlichen Augäpfel.« Verna straffte sich und zog ihren Umhang enger um sich. »Am Ende wird er sie blenden.«

Der Irrwitz ließ Kahlan ungläubig erstarren.

»Seid Ihr sicher?«, fragte Cara. »Wird er sie nicht bloß reizen, wie grobkörniger Staub?«

»Wir sind absolut sicher«, erwiderte Verna. »Wir ... es hat einen Unfall gegeben, daher wissen wir nur zu gut, was er bewirkt. Möglicherweise richtet er noch größeren Schaden an, sobald er in Hals, Lungen und Darm eindringt – darüber haben wir noch keine Kenntnisse – aber wir wissen mit Sicherheit, dass solches Spezialglas, vorausgesetzt, wir zermahlen seine Partikel zur richtigen Größe, in der Luft schwebt und jeden, der in diese Wolke hineingerät, in bemerkenswert kurzer Zeit blendet. Ein Soldat, den wir blenden können, ist kampfunfähig. Der Staub wird ihn vielleicht nicht töten, aber solange er geblendet ist, kann er weder uns töten, noch kann er sich wehren, wenn wir ihn töten.«

Cara, die die Aussicht, Feinde umzubringen, gewöhnlich in Hochstimmung versetzte, wirkte in diesem Augenblick seltsam berührt. »Wir brauchten sie nur in einer Linie aufzureihen und abzuschlachten.«

Kahlan schlug die Hände vor dem Kopf zusammen.

»Ihr wollt meine Zustimmung für einen solchen Einsatz, nicht wahr? Deswegen seid Ihr hergekommen.«

Verna schwieg; schließlich sah Kahlan auf.

»Das ist es doch, was Ihr wollt, nicht wahr?«

»Mutter Konfessor, ich muss Euch nicht erklären, dass die Schwestern des Lichts es verabscheuen, Menschen Leid zuzufügen. Hier jedoch handelt es sich um einen Krieg, in dem es um unsere nackte Existenz geht, um das nackte Überleben freier Menschen. Wir wissen, dass wir keine Wahl haben. Wäre Richard hier … ich dachte nur, Ihr würdet wollen, dass man Euch davon unterrichtet, und dass Ihr diejenige seid, die einen solchen Befehl erlässt.«

Kahlan starrte die Frau an und begriff in diesem Augenblick, warum sie ihre Hand über ihren schmerzenden Bauch hielt.

»Wisst Ihr eigentlich, Prälatin«, sagte Kahlan mit einer Stimme, die kaum mehr war als ein Flüstern, »dass ich heute ein Kind getötet habe? Nicht etwa aus Versehen, sondern in voller Absicht; und ich würde es ohne das geringste Zögern wieder tun. Aber diese Gewissheit lässt mich auch nicht ruhiger schlafen.«

»Ein Kind? War es wirklich erforderlich, ein … Kind zu töten?«

»Sein Name war Lyle. Ich glaube, Ihr kennt ihn; er ist ebenfalls ein Opfer von Anns Schwestern des Lichts.«

Verna, das Gesicht mittlerweile aschfahl, verschloss die Augen gegen die Neuigkeit.

»Ich denke, wenn ich fähig bin, ein Kind zu töten«, fuhr Kahlan fort, »dann sollte es mir auch nicht schwer fallen, Euch den Befehl zu erteilen, Euer Spezialglas gegen diese Ungeheuer einzusetzen, die ein Kind als Waffe missbrauchen. Ich habe geschworen, kein Pardon zu geben, und das war und ist mein bitterer Ernst.«

Adie legte eine knotige Hand auf Kahlans Schulter.

»Kahlan«, sagte Verna mit sanfter Stimme, »ich verstehe, wie Euch zumute ist. Ann hat auch mich benutzt, ohne dass ich verstanden hätte, warum. Früher dachte ich, sie spannt jeden für ihre selbstsüchtigen Ziele ein, und eine Zeit lang hielt ich sie für einen verachtenswerten Menschen. Ihr habt allen Grund, so zu denken, wie Ihr es im Augenblick tut.«

»Trotzdem täusche ich mich, Verna? Wolltet Ihr das nicht noch hinzufügen? Ich wäre an Eurer Stelle nicht so sicher; Ihr musstet heute keinen kleinen Jungen töten.«

Verna nickte voller Mitgefühl, widersprach ihr aber nicht.

»Adie«, fragte Kahlan, »glaubst du, du kannst der Frau, die versehentlich geblendet wurde, auf irgendeine Weise helfen? Kannst du etwas für sie tun?«

Adie nickte. »Das ist eine gute Idee. Bringt mich zu ihr, Verna, und lasst mich sehen, was ich machen kann.«

Als die beiden Frauen sich zum Zelteingang begaben, neigte Kahlan lauschend ihren Kopf zur Seite. »Habt Ihr das gehört?«

»Das Horn?«, fragte Verna.

»Ja. Klingt wie Alarmhörner.«

Verna kniff vor Konzentration die Augen halb zusammen und drehte, aufmerksam lauschend, den Kopf zur Seite.

»Ja, es klingt tatsächlich wie Alarmhörner«, erklärte sie schließlich, »aber der Hauch von Magie, mit dem sie durchzogen sind, stimmt nicht. Das tun sie oft – die Feinde versuchen uns mit einem Falschalarm zum Handeln zu verleiten. In letzter Zeit geschieht das immer häufiger.«

Kahlan runzelte die Stirn. »Tatsächlich? Warum?«

»Warum was?«

Kahlan erhob sich. »Wenn wir wissen, dass es sich um Falschalarm handelt und niemand darauf reagiert, warum sollte die Imperiale Ordnung dann ihre Bemühungen verstärken? Das ist doch unlogisch.«

Vernas Blick schweifte umher, so als suchte sie vergeblich nach einer Antwort. »Nun, ich weiß nicht, kann es mir auch nicht vorstellen. Ich bin keine Expertin in taktischer Kriegsführung.«

Cara machte kehrt und wollte nachsehen gehen.

»Vielleicht sind es nur Kundschafter, die zurückkehren.«

Kahlan drehte lauschend den Kopf. Sie hörte das Getrappel galoppierender Pferde, doch das kam nicht gerade selten vor. Möglicherweise kehrten tatsächlich Kundschafter mit Berichten zurück, wie Cara verkündet hatte. Dem Klang der Hufe nach handelte es sich um große Tiere.

Sie hörte Männer brüllen. Es folgte das Klirren von Stahl – durchsetzt mit Schmerzensschreien.

Kahlan zog ihr königlich-galeanisches Schwert und wollte hinter dem Tisch hervorstürzen. Noch bevor eine von ihnen auch nur einen Schritt weit gekommen war, erzitterte das Zelt unter einem heftigen Schlag gegen seine Seitenwände.

Einen Augenblick lang kippte das Ganze in unmöglichem Winkel zur Seite, dann fetzten mit Stahlspitzen versehene Lanzen durch die Leinwand, und das Zelt stürzte mit einem heftigen Luftzug um sie herum in sich zusammen.

Im Zusammenbrechen drückte die schwere Leinwand Kahlan zu Boden. Sie fand keinen festen Halt, als das Zelt sie herumwälzte und mitzuschleifen begann. Hufe donnerten, unmittelbar neben ihrem Kopf auf den Erdboden stampfend, vorüber.

Sie witterte den Geruch von Lampenöl, als dieses über die Zeltleinwand gegossen wurde; mit einem lauten Zischen fingen Zeltleinwand und Öl Feuer. Der Rauch ließ Kahlan husten; sie vernahm das Knistern und Knacken von Flammen, doch sehen konnte sie nichts. Sie saß in der Falle – eingewickelt in das sich ruckweise fortbewegende, über den Erdboden schleifende Zelt.

4. Kapitel

Fest in eine steife Zeltleinwand gehüllt, war Kahlan jegliche Sicht genommen. Der dichte, beißende Qualm, der ihr in den Lungen brannte, drohte sie zu ersticken. Sie versuchte sich wie von Sinnen an der Zeltleinwand zerrend zu befreien, aber hin- und hergeworfen auf dem holprigen Boden, kam sie mit der Wiedererlangung ihrer Freiheit keinen Schritt voran. Die Hitze der Flammen unmittelbar neben ihrem Gesicht lösten bei ihr Panik aus. Ihre Müdigkeit war vergessen und sie schlug wie wild nach Luft schnappend mit Händen und Füßen um sich.

»Wo seid Ihr?«

Das war Caras Stimme. Es klang, als ob sie ganz in der Nähe wäre, so als würde sie ebenfalls mitgeschleift und kämpfte unter Aufbietung aller Kräfte ums Überleben. Cara war klug genug, solange sie von Feinden umgeben waren, weder Kahlans Namen noch Titel zu rufen; hoffentlich war auch Verna so vernünftig.

»Hier!«, antwortete Kahlan ihr mit einem lauten Schrei.

Kahlans Schwert hatte sich verfangen, die eingerollte Zeltleinwand presste es gegen ihre Beine. Durch Hin- und Herbewegen gelang es ihr, die linke Hand bis zum Messer in ihrem Gürtel hochzuschieben. Sie riss es heraus und musste ihr Gesicht abwenden, als ihr die Hitze der ölgespeisten Flammen entgegenschlug. Das erstickende, blendende Gefühl des Rauchs war beängstigend.

Mit wütender Entschlossenheit stach Kahlan auf die Zeltleinwand ein und bohrte ihr Messer hindurch. Just in diesem Augenblick prallte das Zelt gegen ein Hindernis, und sie wurden in die Luft geschleudert. Die harte Landung presste ihr den Atem aus den Lungen; ein keuchender Atemzug füllte sie mit erstickendem Rauch.

Wieder bohrte Kahlan ihr Messer in die schwere Zeltleinwand und schlitzte ein Loch hinein, als ihr gesamtes Leichentuch in Flammen aufging.

Sie schrie abermals nach Cara. »Ich kann mich nicht …«

Das Zelt prallte gegen einen festen Gegenstand. Wuchtig stieß sie mit der Schulter gegen etwas, das sich wie ein Baumstumpf anfühlte, dann wurde sie nach oben und darüber hinweg gerissen. Hätte sie nicht ihre steife Lederrüstung angehabt, der Aufprall hätte ihr gewiss die Schulter zertrümmert. Nach der harten Bruchlandung auf der anderen Seite wurde Kahlan Hals über Kopf heraus und quer durch den Schnee geschleudert. Sie breitete die Arme aus, um ihr Rollen abzufangen.

Kahlan sah, wie General Meiffert nach oben langte, mit seiner Hand in einen Kettenpanzer griff, und den Mann aus dem Sattel riss, der ihr Zelt mitgeschleift hatte. Die Augen des Mannes funkelten hinter langen, fettigen Locken hervor. Sein untersetzter Körper war unter Häuten und Fellen verborgen, die er über Kettenpanzer und Lederrüstung trug. Ihm fehlten die oberen Zähne. Als er sich auf den General stürzen wollte, verlor er schlagartig auch noch den Kopf.

Immer mehr Truppen der Imperialen Ordnung ließen ihre mächtigen Schlachtrösser kreisen und droschen auf die d'Haranischen Soldaten ein, die in panikartiger Hektik bemüht waren, den Hieben auszuweichen und gleichzeitig ihre Gegenwehr zu organisieren. Eines der Schlachtrösser, dessen Reiter sich, einen Morgenstern schwingend, aus dem Sattel beugte, stürmte auf Kahlan zu. Sie schnappte sich die Lanze des Soldaten, der das Zelt hinter sich hergeschleift hatte, riss die Langwaffe hoch und konnte sich gerade noch rechtzeitig drehen, um das hintere Ende in eine gefrorene Karrenspur zu stemmen und das mit einer Stahlspitze versehene Ende dem heranstürmenden Schlachtross in die Brust zu bohren.

Der Ordenssöldner mit dem Morgenstern sprang von seinem taumelnden Pferd und zog mit der freien Hand sein Schwert. Kahlan zögerte keine Sekunde; er war noch nicht ganz gelandet, als sie, ihr eigenes Schwert in der Hand, herumwirbelte und ihm einen kräftigen Rückhandschlag gegen seine linke Gesichthälfte verpasste.

Gleich darauf musste sie sich, einer Klinge ausweichend, zwischen die Beine eines anderen Pferdes werfen, als dessen Reiter nach ihr schlug. Auf der anderen Seite aufspringend, hackte sie dem Reiter das Bein zweimal durch bis auf den Knochen, bevor sie sich gerade noch rechtzeitig drehen konnte, um ihr Schwert bis zum Heft in die Brust eines weiteren Pferdes zu stoßen, das sich bei dem Versuch, sie zwischen sich und dem anderen Tier zu zermalmen, von der Seite herangedrängt hatte. Als das Tier sich daraufhin wild wiehernd aufbäumte, riss Kahlan ihr Schwert wieder heraus und wälzte sich, unmittelbar bevor das mächtige Tier stampfend wieder landete, zur Seite. Das Bein des Reiters war eingeklemmt, und er saß in einer ungünstigen Position, um sich zu verteidigen. Kahlan machte aus der Gelegenheit das Beste.

Im Augenblick war ihre unmittelbare Umgebung überschaubar, was es ihr erlaubte, zum Zelt hinüberzurobben, wo der General auf den Knien liegend am ineinander verhedderten Durcheinander aus Zeltleinwand und Seilen zerrte. Immer mehr Kavallerie der Imperialen Ordnung galoppierte donnernd vorüber und drohte Verna, Adie und Cara zu zertrampeln, die immer noch im Durcheinander des Zeltes gefangen waren.

Seite an Seite mit General Meiffert arbeitete Kahlan daran, die Zeltleinwand zu entwirren und in Stücke zu schneiden. Schließlich rissen sie eine Öffnung in den schweren Stoff und befreiten Adie und Verna. Die beiden Frauen lagen, zusammen umwickelt, einander fest in den Armen. Adie blutete am Kopf, stieß Kahlans Hände jedoch zurück, als diese besorgt nach ihr greifen wollte. Verna kam aus dem Kokon zum Vorschein und rappelte sich, noch immer benommen von der wilden Rutschpartie, taumelnd hoch.

Kahlan half Adie auf, der Kratzer auf ihrer Stirn sah nicht übermäßig ernst aus. General Meiffert zerrte wie von Sinnen an der

Leinwand, obwohl sie sie nicht mehr hören konnten, lag irgendwo dort drinnen noch immer Cara.

Kahlan packte Vernas Arm. »Ich dachte, der Alarm sei falsch gewesen!«

»War er auch!«, beharrte Verna. »Sie haben uns ganz offensichtlich getäuscht.«

Ringsum waren Soldaten in eine offene Feldschlacht mit der Kavallerie der Imperialen Ordnung verwickelt; Männer stürzten sich mit wütendem Gebrüll in den Kampf, andere schrien auf, als sie verwundet oder getötet wurden; wieder andere befahlen Kommandos brüllend die Organisation einer Gegenwehr, während die berittenen Soldaten sich zum Angriff formierten.

Einige der Kavalleristen setzten Karren, Zelte und Vorräte in Brand. Andere stürmten, Männer und Zelte niederreitend, vorüber. Reiterpaare taten sich zusammen, um einzelne Soldaten herauszugreifen und niederzustrecken und sich unmittelbar darauf auf ihr nächstes Opfer zu stürzen.

Sie setzten dieselbe Taktik ein, die die D'Haraner angewendet hatten; sie taten, was Kahlan ihnen vorgemacht hatte.

Als sich ein in schmutzige Felle und Waffen gehüllter Soldat, seinen Übermut hinausschreiend und eine mit glänzenden blutverschmierten Dornen besetzte Keule über dem Kopf schwingend, auf sie stürzte, schlug Kahlan ihm mit einem blitzschnellen Hieb die Hand ab. Wankend blieb er stehen und starrte sie völlig verdutzt an. Noch im selben Atemzug bohrte sie ihm ihr Schwert in den Unterleib und verriss es vor dem Herausziehen mit einer heftigen Drehung. Als er krachend in ein Lagerfeuer stürzte, wandte sie ihre Aufmerksamkeit etwas anderem zu. Seine Schreie verschmolzen mit denen anderer.

Kahlan ließ sich abermals auf die Knie hinunter, um General Meiffert dabei zu helfen, Cara zu befreien, die er mittlerweile inmitten des Gewirrs aus Stricken und ineinander verschlungener Zeltleinwand gefunden hatte. Ab und zu musste sich einer von ihnen umdrehen, um einen versprengten Angreifer abzuwehren. Kahlan sah Caras rote Stiefel unter der Zeltleinwand hervorlugen, sie lagen aber völlig still.

Ein Stück Zeltleine hatte sich um Caras Beine verheddert. Dank einer gemeinsamen Anstrengung gelang es Kahlan und dem General, sich durch das dichte Geflecht aus Schnüren zu hacken und Cara schließlich daraus zu befreien. Sie hielt sich stöhnend den Kopf. Sie war noch bei Bewusstsein, aber schwer angeschlagen und hatte die Orientierung verloren. Kahlan entdeckte eine Schwellung auf der rechten Seite unter ihrem Haaransatz, die aber nicht blutete. Cara versuchte sich aufzusetzen, doch Kahlan drückte sie wieder auf den Rücken.

»Bleibt liegen. Ihr habt einen Schlag auf den Kopf bekommen. Ich möchte vorerst nicht, dass Ihr aufsteht.«

Kahlan blickte über ihre Schulter und sah ganz in der Nähe Verna, die sich Soldaten der Imperialen Ordnung herausgriff und mit jedem Zucken ihrer Hände einen feurigen Bann bewirkte, der sie von ihren Pferden sprengte oder sie mit einer Schneide aus verdichteter Luft – scharf wie eine Klinge, nur flinker und unfehlbarer – niederstreckte. Da sie selbst weder mit der Gabe gesegnet waren, noch unter dem Schutz eines mit der Gabe Gesegneten standen, bot ihnen ihr einfacher Harnisch keinen Schutz.

Kahlan lenkte Vernas Aufmerksamkeit auf sich und bat sie mit einem Wink um Hilfe. Sie packte den Umhang der Frau an den Schultern, zog Verna ganz nah heran und schrie ihr ins Ohr, um im Getöse der Schlacht gehört zu werden.

»Seht nach, wie es ihr geht, ja? Und helft ihr.«

Verna nickte, dann schmiegte sie sich dicht neben Cara, während Kahlan und der General sich einem erneuten Kavallerieangriff zuwandten. Als ein Reiter, seine Lanze senkend, im Galopp ganz nah heranpreschte, tauchte General Meiffert unter dem Stoß weg, packte den Sattelknauf und klammerte sich seitlich an das Pferd. Ächzend vor Anstrengung und Wut, durchbohrte er den Reiter mit seinem Schwert. Überrascht griff der Mann nach der in seinem weichen Unterleib steckenden Klinge. Der General riss sein Schwert heraus, packte den Mann bei den Haaren und zerrte ihn aus dem Sattel. Noch während der Sterbende seitlich herunterglitt, zog General Meiffert sich bereits an seiner Stelle in den Sattel hoch. Kahlan fing die Lanze des gefallenen Kavalleristen auf.

Der kräftig gebaute d'Haranische General riss das mächtige Schlachtross herum und ließ es inmitten der heranstürmenden feindlichen Kavallerie kreisen, um Verna und Cara Deckung zu geben. Kahlan schob ihr Schwert in die Scheide und setzte die Lanze mit durchschlagender Wirkung gegen die Schlachtrösser ein. Oft sahen Menschen in ihnen nichts weiter als dumme Tiere, aber wenigstens waren Pferde klug genug, um zu begreifen, dass es keineswegs erstrebenswert war, sich mit einer spitzen Lanze durchbohren zu lassen, und reagierten dementsprechend.

Durch das Scheuen und Aufbäumen der Pferde, die Kahlan mit ihrer Lanze zu durchbohren versuchte, kamen zahlreiche Reiter zu Fall. Einige verletzten sich beim Sturz auf das überall verstreut herumliegende Kriegsgerät oder den gefrorenen Boden, die meisten jedoch fielen den Angriffen der von allen Seiten herbeiströmenden D'Haraner zum Opfer.

Vom Sattel seines Schlachtrosses der Imperialen Ordnung aus erteilte General Meiffert seinen Männern den Befehl zur Bildung einer Verteidigungsformation. Nachdem er ihnen ihre Positionen zugewiesen hatte, galoppierte er, eine Reihe von Befehlen brüllend, davon. Er hatte seinen Männern nicht gesagt, wen sie beschützen mussten, um Kahlan nicht an den Feind zu verraten, trotzdem begriffen sie rasch, was er von ihnen verlangte. D'Haraner schnappten sich die gegnerischen Lanzen oder eilten mit ihren eigenen Langspießen herbei, und kurz darauf entstand eine waffenstarrende Front aus stahlspitzenbewehrten Langwaffen, ein tödliches Hindernis für die heranstürmende Kavallerie des Feindes.

Kahlan rief Soldaten rechts und links von sich Kommandos zu

und befahl ihnen, in Stellung zu gehen, um einer ungefähr zweihundert Mann starken Kavallerieeinheit der Imperialen Ordnung, die sich aus dem Staub zu machen versuchte, den Weg abzuschneiden. Es mochte zwar sein, dass der Feind den Überfällen der D'Haraner auf das Feldlager der Imperialen Ordnung nachgeeifert hatte, aber Kahlan hatte nicht die Absicht, ihnen das durchgehen zu lassen. Ihr Scheitern war beschlossene Sache.

Die feindlichen Pferde scheuten, als sie auf die massive Front aus vorrückenden Soldaten trafen. Nachrückende Fußsoldaten im Rücken der Kavallerie der Imperialen Ordnung ließen einen Pfeilhagel niedergehen. D'Haraner zerrten eingeschlossene Reiter aus ihren Sätteln herunter in den blutigen Bodenkampf Mann gegen Mann.

»Ich will nicht, dass auch nur ein einziger von ihnen aus dem Lager lebend entkommt!«, feuerte sie ihre Männer an. »Kein Pardon!«

»Kein Pardon!«, brüllte jeder D'Haraner in Hörweite zurück.

Die feindlichen Truppen, so siegesgewiss und hochmütig sie in der Vorfreude darauf, d'Haranisches Blut vergießen zu können, ins Lager eingefallen waren, waren nun, da die D'Haraner sie zu Tode hackten, nicht mehr als ein bemitleidenswerter, ungeordneter Haufen, gefangen in den Klauen ihrer eigenen Verzweiflung.

Jetzt, da die Verteidigungsformation stand und der Feind eingeschlossen war, ließ Kahlan die Soldaten mit ihren Lanzen und Langspießen allein, lief zwischen Lagerfeuern und erstickenden Rauchschwaden zurück und machte sich auf die Suche nach Verna, Adie und Cara. Allenthalben lagen über den Boden verteilt Soldaten beider Armeen, denen sie ausweichen musste. Wer von den gefallenen Angreifern noch nicht vollends kampfunfähig war, versuchte nach ihren Knöcheln zu greifen; sie war gezwungen, mehrere von ihnen zu erstechen.

Der Feind wusste, wer sie war, oder war sich zumindest ziemlich sicher. Jagang hatte sie gesehen und seinen Männern zweifellos eine Beschreibung der Mutter Konfessor mitgegeben. Kahlan war sicher, dass ein außerordentlich hoher Preis auf ihren Kopf ausgesetzt war.

Überall im gesamten Feldlager konnte man versprengte Soldaten der Imperialen Ordnung sehen. Sie bezweifelte, dass der Angriff von Fußsoldaten durchgeführt worden war; dem Anschein nach waren es ausnahmslos Kavalleristen, die ihre Tiere verloren hatten; Pferde boten Speeren und Pfeilen oft ein leichter zu treffendes bewegliches Ziel als Soldaten. In der aufkommenden Dunkelheit waren feindliche Soldaten schwer auszumachen, da sie sich auf der Jagd nach lohnenden Zielen – wie Offizieren oder gar der Mutter Konfessor – oftmals unbemerkt durchs Lager schleichen konnten.

Die Ausbildung unter ihrem Vater war eine gute Grundlage für die geheimen taktischen Lehren gewesen, in denen Richard sie während ihrer Genesung von ihren Verletzungen in Kernland unterwiesen hatte. Damals waren Richards Methoden ihr überaus seltsam vorgekommen, jetzt erschienen sie ihr geradezu selbstverständlich. Ganz ähnlich einem leichteren Pferd, das ein schwerfälliges Schlachtross auszumanövrieren vermochte, war ihr geringeres Gewicht von Vorteil. Masse war für sie unnötig, weil sie sich dem Feind nicht, wie er dies erwartete, auf traditionelle Weise stellte. Einem Kolibri gleich blieb sie stets außerhalb seiner Reichweite, nur um durch seine schwerfälligen Bewegungen hindurchzustoßen und wirkungsvoll Tod und Verderben zu verbreiten.

Diese Art sich zu bewegen stand keinesfalls im Widerspruch zu dem Kampfstil, den ihr Vater gelehrt hatte, sondern rundete ihn auf eine Weise ab, die ihr sehr entgegen kam. Richard hatte sie nicht mit dem Schwert ausgebildet, sondern mit einer Weidenrute, einem schadenfrohen Grinsen und einem gefährlichen Funkeln in den Augen; jetzt diente Richards Schwert, das sie über ihren Rücken geschnallt trug, als allgegenwärtige Erinnerung an diese spielerischen Unterrichtsstunden, die nicht nur unerbittlich, sondern durchaus auch von tödlichem Ernst gewesen waren.

Schließlich fand sie Verna, über Cara gebeugt, den General aber konnte sie nirgendwo entdecken. Kahlan packte Verna am Ärmel.

»Wie geht es ihr?«

»Sie hat sich übergeben, aber offenbar hat ihr das gut getan, nachdem es vorbei war. Vermutlich wird sie noch eine Weile etwas wackelig auf den Beinen sein, ansonsten aber denke ich, geht es ihr den Umständen entsprechend.«

»Ihr Schädel ist geschwollen«, sagte Adie. »Gebrochen ist er nicht, aber sie sollte eine Weile still liegen – wenigstens, bis sie ihr Gleichgewicht wiedergefunden hat.«

Caras Hände tappten suchend umher, so als hätte sie Schwierigkeiten, den Boden unter ihrem Körper zu finden. Trotz ihrer unübersehbaren Benommenheit bedachte sie die Prälatin mit Flüchen und versuchte sich aufzurichten. Kahlan, die neben Cara hockte, drückte ihre Schultern auf den Boden zurück.

»Ich sitze genau neben Euch, Cara, es geht mir gut. Bleibt ein paar Minuten still liegen und rührt Euch nicht.«

»Ich mache sie fertig!«

»Später«, beruhigte sie Kahlan. »Seid völlig unbesorgt, Ihr werdet Eure Chance noch bekommen.« Jetzt erst bemerkte sie, dass Adies Kopf vom Blut gesäubert worden war. »Wie geht es dir, Adie? Was macht dein Kopf?«

Die Hexenmeisterin machte eine wegwerfende Handbewegung. »Pah, mir geht es ausgezeichnet. Ich habe einen dickeren Schädel als Cara.«

Inzwischen hatten sich einige Soldaten um sie geschart und bildeten einen stählernen Schutzwall. Verna, Adie und Kahlan saßen über Cara gebeugt und hielten ein Auge auf das umliegende Gelände; in ihrer unmittelbaren Umgebung schienen die Kämpfe jedoch abgeflaut zu sein. Obwohl noch immer vereinzelte Scharmützel im Gang waren, waren die Frauen dank der großen Zahl von Soldaten, die zu ihrem Schutz die Reihen geschlossen hatten, erst einmal in Sicherheit.

Schließlich kehrte auch General Meiffert zurück; er durchbrach die Reihen der d'Haranischen Verteidiger, die sich für ihn teilten, und sprang von seinem feindlichen Schlachtross, das wegen der Schmach, von einem Feind geritten zu werden, augenblicklich die Flucht ergriff. Der junge d'Haranische General ging auf Caras anderer Seite in die Hocke und begann zu sprechen, obwohl er völlig außer Atem war.

»Ich war unten und habe mir den Frontverlauf angesehen. Dies ist ein Überfall, ganz ähnlich dem, den wir bei ihnen durchgeführt haben. Er sah heftiger aus, als er tatsächlich war. Nachdem sie die Mutter Konfessor ausgemacht hatten, beorderten sie sämtliche Soldaten in diesen Teil des Lagers, daher konzentriert sich der Schaden im Wesentlichen auf diesen Lagerabschnitt.«

»Wieso haben wir nichts davon gewusst?«, fragte Kahlan. »Was hat mit dem Alarmsignal nicht funktioniert?«

»Ich bin nicht sicher.« Er schüttelte den Kopf, immer noch nach Atem ringend. »Zedd ist der Meinung, sie hätten unsere Codes in Erfahrung gebracht, sodass sie, als wir Alarm bliesen, die darin verwobene Magie, die unseren mit der Gabe Gesegneten verrät, dass es sich um einen echten Angriff handelt, mit Hilfe subtraktiver Magie leicht verändern konnten.«

Kahlan schnaubte wütend; allmählich begann alles einen Sinn zu ergeben. »Deswegen wurde so oft falscher Alarm geschlagen. Sie wollten uns daran gewöhnen, damit wir, in der irrigen Annahme, unser Alarm sei nichts als ein Falschalarm des Feindes, im Falle eines echten Angriffs unbekümmert sein würden.«

»Ihr habt vermutlich Recht.« Frustriert ballte und entspannte er seine Faust, dann fiel sein Blick auf Cara und er bemerkte, dass sie wütend zu ihm hochschaute. »Cara. Geht es Euch gut? Ich war sehr um Euch – ich meine, wir alle dachten, Ihr wärt schwer verletzt.«

»Nein«, erwiderte sie mit einem kühlen Seitenblick auf Verna und Kahlan, die ihre Schultern jeweils mit einer Hand zu Boden drückten. Beiläufig schlug sie ihre Fersen übereinander. »Ich dachte bloß, Ihr würdet schon damit fertig werden, und beschloss ein Nickerchen zu machen.«

General Meiffert bedachte sie mit einem flüchtigen Lächeln und wandte sich dann mit ernster Miene an Kahlan.

»Die Lage spitzt sich zu. Dieser Kavallerieangriff war ein Ablenkungsmanöver. Obwohl der Angriff uns glauben machen sollte, er sei nichts weiter als ein Überfall, wollten sie Euch ganz ohne Zweifel dadurch in die Hände bekommen.«

Kahlan spürte, wie die Angst sie frösteln machte. »Sie greifen an, nicht wahr?«

Er nickte. »Und zwar mit der gesamten Streitmacht. Sie sind immer noch ein gutes Stück entfernt, aber Ihr habt völlig Recht, sie sind auf dem Weg hierher. Das Ganze sollte nur Verwirrung stiften und uns ablenken.«

Kahlan starrte wie vom Donner gerührt ins Nichts. Nie zuvor hatte die Imperiale Ordnung bei Sonnenuntergang angegriffen. Die Aussicht eines Sturmangriffs von hunderttausenden und aberhunderttausenden von Truppen der Imperialen Ordnung in der Dunkelheit der Nacht konnte einem das Blut in den Adern gefrieren lassen.

»Sie haben ihre Taktik geändert«, sagte Kahlan leise bei sich. »Er lernt schnell. Ich dachte, ich hätte ihn getäuscht, dabei war ich es, die übertölpelt wurde.«

»Was murmelt Ihr da?«, wollte Cara wissen, die Hände lässig über ihrem Bauch gefaltet.

»Ich spreche von Jagang. Er hat damit gerechnet, dass ich mich von seinen im Kreis marschierenden Truppen nicht in die Irre führen lassen würde. Ich sollte glauben, ich hätte ihn überlistet. Er hat mich zum Narren gehalten.«

Cara zog ein Gesicht. »Was?«

Kahlan wurde übel, als sie die Folgen bedachte. Sie presste eine Hand gegen die Stirn, als ihr die grausige Wahrheit in ihrem ganzen Ausmaß bewusst wurde.

»Jagang wollte mich in dem Glauben lassen, ich hätte sein Spiel durchschaut, damit wir so tun, als würden wir mitspielen und unsere Truppen aussenden. Vermutlich hatte er damit gerechnet, dass sie nicht seinem Köder hinterhergeschickt, sondern stattdessen zur Vereitelung seines eigentlichen Angriffsplans eingesetzt werden würden. Das war ihm aber egal. Er hatte von Anfang an vor, seine Taktik zu ändern, und hat lediglich den Abzug dieser Truppen abgewartet, um angreifen zu können, bevor sie ihre Stellungen erreicht hatten und unsere Zahl solange reduziert war.«

»Soll das heißen«, wandte Cara ein, »die ganze Zeit, während Ihr mit ihm gesprochen und so getan habt, als glaubtet Ihr, er lasse seine Truppen nach Norden marschieren, hat er gewusst, dass Ihr ihm etwas vormacht?«

»Ich fürchte, ja. Er hat mich überlistet.«

»Vielleicht, vielleicht aber auch nicht«, meinte General Meiffert. »Noch hat er nicht gewonnen. Schließlich sind wir nicht gezwungen, ihm seinen Willen zu lassen. Wir können unsere Streitkräfte verlagern, bevor er zuschlagen kann.«

»Können wir die ausgesandten Truppen nicht zurückrufen?«, fragte Verna. »Ihre Zahl wäre ein große Hilfe.«

»Zurzeit marschieren sie Stunden von hier entfernt durch das Hinterland zu den ihnen zugewiesen Stellungen«, erwiderte General Meiffert. »Sie würden niemals rechtzeitig zurück sein, um uns noch heute Abend beistehen zu können.«

Statt weiter darüber nachzudenken, wie tölpelhaft sie sich angestellt hatte, beschäftigte Kahlan sich ernsthaft mit dem unmittelbaren Problem. »Wir müssen so schnell wie möglich abrücken.«

Der General pflichtete ihr nickend bei. »Wir könnten auf unsere ursprünglichen Pläne zurückgreifen und uns aufteilen und in kleinen Einheiten in die Berge zerstreuen.«

Er fuhr sich mit den Fingern durch sein blondes Haar, eine Geste der Verzweiflung, die Kahlan unerwartet an Richard erinnerte. »Aber in diesem Fall müssten wir den größten Teil unserer Vorräte zurücklassen. Im Winter, noch dazu ohne Vorräte, würde ein Großteil unserer Truppen nicht lange durchhalten. Ob man nun im

Kampf getötet wird oder an Hunger und Kälte stirbt – tot ist man in jedem Fall.«

»Zersprengt würden wir ein leichtes Opfer abgeben«, pflichtete Kahlan ihm bei. »Das mag als allerletzter Ausweg vielleicht später einmal sinnvoll sein, aber nicht jetzt. Gegenwärtig müssen wir die Armee zusammenhalten, wenn wir den Winter überstehen und die Imperiale Ordnung auch weiterhin von ihren Eroberungsplänen ablenken wollen.«

»Auf keinen Fall dürfen wir sie widerstandslos in eine Stadt einmarschieren lassen. Das hätte nicht nur ein Blutbad zur Folge, sondern wir stünden auch vor der nahezu unlösbaren Aufgabe, sie wieder zu vertreiben.« Der General schüttelte den Kopf. »Letzten Endes könnte das all unsere Hoffnungen zunichte machen, sie jemals wieder in die Alte Welt zurückzutreiben.«

Kahlan deutete über ihre Schulter. »Was ist mit dem Tal dort hinten, über das wir gesprochen haben? Der Pass dort oben ist überaus schmal – falls erforderlich, kann er auf dieser Seite von zwei Männern und einem Hund verteidigt werden.«

»Das war auch meine Überlegung«, antwortete er. »Dort ließe sich die Armee zusammenhalten – und die Ordenstruppen wären gezwungen, sich auch weiterhin mit uns zu befassen, statt ihr Augenmerk auf irgendwelche Städte zu richten. Für den Fall, dass sie versuchen sollten, uns auf ihrem Weg in die Midlands zu umgehen, gibt es bequeme, in nördlicher Richtung aus dem Tal führende Routen, die wir einschlagen könnten. Nachschub ist bereits unterwegs, außerdem können wir noch mehr anfordern; wir müssen zusammenbleiben und unsere Kampfhandlungen mit der Armee der Imperialen Ordnung fortsetzen, bis diese Truppen eintreffen.«

»Worauf warten wir dann?«, fragte Verna. »Ziehen wir ab.«

Er bedachte sie mit einem besorgten Blick. »Im Augenblick besteht das Problem darin, dass wir mehr Zeit benötigen, wenn wir in das Tal gelangen wollen, bevor die Imperiale Ordnung über uns herfallen kann. Für Karren ist der Pass zu schmal. Die Pferde können es schaffen, nicht aber die Karren – man wird sie auseinandernehmen müssen. Unsere Ausrüstung ist größtenteils so beschaffen, dass sie zerlegt und notfalls getragen werden kann; die wenigen Teile, bei denen das nicht möglich ist, werden wir zurücklassen müssen. Der Aufbruch selbst wird nicht viel Zeit kosten, es wird jedoch eine Weile dauern, sämtliche Männer und Vorräte durch dieses Nadelöhr zu schleusen – vor allem bei Dunkelheit.«

»In einer Marschkolonne ohne Lücken dürften Fackeln ausreichen«, meinte Adie. »Die Soldaten brauchen nur ihrem Vordermann zu folgen, das schaffen sie auch bei schlechtem Licht.«

Kahlan erinnerte sich an den Handabdruck aus leuchtendem Staub. »Die mit der Gabe könnten eine Leuchtspur legen, an der sich die Männer orientieren können.«

»Das wäre in der Tat hilfreich«, sagte der General. »Bleibt noch unser grundsätzliches Problem. Die Imperiale Ordnung wird bereits hier sein, während unsere Männer noch damit beschäftigt sind, unsere Ausrüstung zu zerlegen und mitsamt den Vorräten abzutransportieren. Wir würden mitten in eine offene Feldschlacht verwickelt, wenn wir uns zeitgleich mit unserem Rückzug zu verteidigen versuchten. Ein Rückzug setzt voraus, dass man in der Lage ist, sich entweder schneller zu bewegen als der Feind, oder ihn wenigstens in Schach zu halten; beides lässt der Pass nicht zu.«

»Wir haben sie schon früher auf Distanz gehalten«, wandte Verna ein. »Das ist nicht ihr erster Angriff.«

»Da habt Ihr Recht.« Er deutete nach links. »Wir könnten stattdessen versuchen, uns in dieses Tal zurückzuziehen, allerdings wäre das im Dunkeln und bei einem gleichzeitigen Angriff der Imperialen Ordnung ein Fehler. Diesmal ist Dunkelheit das Problem. Sie werden unbeirrbar weiter vorrücken. Bei Tageslicht könnten wir Befestigungen errichten und Widerstand leisten – aber nicht nachts.«

»Wir haben hier doch bereits Verteidigungsanlagen aufgestellt«, wandte Cara ein. »Wir könnten die Stellung halten und uns ihnen frontal entgegenwerfen.«

General Meiffert biss sich auf die Unterlippe. »Das war auch meine erste Überlegung, Herrin Cara, und ist nach wie vor eine Möglichkeit, allerdings behagen mir unsere Erfolgsaussichten bei einer solchen direkten Konfrontation nicht sonderlich, jedenfalls nicht nachts, wenn sie Männer in großer Zahl ganz nah heranschmuggeln können. Im Dunkeln können wir unsere Bogenschützen nicht vorteilhaft einsetzen. Weder könnten wir ihre Truppenbewegungen noch ihre Zahl genau erkennen, somit wären wir außer Stande, unsere Männer entsprechend in Stellung zu bringen. Es ist eine Frage der Truppenstärke; ihre Zahl ist nahezu unbegrenzt, unsere dagegen nicht. Zudem haben wir nicht genügend mit der Gabe Gesegnete, um alle Möglichkeiten abzudecken – und im Krieg wird stets das getroffen, was man nicht gedeckt hat. Der Feind könnte in Massen durch eine Bresche stoßen und uns unbemerkt in der Dunkelheit umgehen; das wäre unser Ende.«

Alles schwieg, als jedem von ihnen bewusst wurde, was dies wirklich bedeutete.

»Das ist auch meine Meinung«, sagte Kahlan. »Der Pass ist unsere einzige Chance, wenn wir vermeiden wollen, heute Nacht eine Entscheidungsschlacht – und einen Großteil unserer Truppen – zu verlieren. Wir wären schlecht beraten, wenn wir das Risiko eingingen, ohne erkennbaren Vorteil die Stellung zu behaupten und zu kämpfen.«

Der General musterte ihre Augen. »Bleibt immer noch das Problem, wie wir den Pass überqueren sollen, bevor sie uns aufreiben.«

Kahlan wandte sich an Verna. »Ihr müsst den Feind aufhalten, damit wir ausreichend Zeit gewinnen, das Heer über den Pass zu schaffen.«

»Was wünscht Ihr, soll ich tun?«

»Setzt Euer Spezialglas ein.« Der General verzog das Gesicht. »Euer was?«

»Eine Waffe der Magie«, erklärte Cara. »Um die feindlichen Truppen zu blenden.«

Verna schien wie vom Blitz getroffen. »Aber ich bin noch nicht soweit. Wir haben erst eine kleine Menge hergestellt. Ich bin noch nicht fertig.«

Kahlan wandte sich erneut an den General. »Wie viel Zeit bleibt uns nach Aussage der Kundschafter noch bis zum Eintreffen der Imperialen Ordnung?«

»Die Imperiale Ordnung kann frühestens in einer, spätestens aber in zwei Stunden hier sein. Wenn wir sie nicht aufhalten, werden wir es niemals mit unseren Männern und Vorräten aus diesem Tal heraus schaffen. Finden wir keine Möglichkeit, sie aufzuhalten, bleiben uns nur zwei Möglichkeiten: entweder wir fliehen in die Berge, oder wir halten die Stellung und kämpfen. Zu beiden Alternativen würde ich nur im äußersten Notfall greifen.«

»Wenn wir einfach nur in die Berge fliehen«, meinte Adie, »sind wir so gut wie tot. Gemeinsam sind wir lebendig und stellen für den Feind wenigstens eine gewisse Gefahr dar. Teilen wir uns aber auf, wird die Imperiale Ordnung die Gelegenheit beim Schopf ergreifen und Städte überfallen und erobern. Wenn unsere einzige Alternative darin besteht, uns entweder aufzuteilen oder die Stellung zu halten und zu kämpfen, können wir uns nur für Letzteres entscheiden. Besser, wir wagen einen Versuch, als einer nach dem anderen in den Bergen umzukommen.«

Kahlan rieb sich mit den Fingern über die Stirn und versuchte nachzudenken. Jagang hatte seine Taktik geändert und beschlossen, sie in eine nächtliche Schlacht zu verwickeln. Das hatte er noch nie zuvor getan, weil es ihn zu viele Opfer gekostet hätte; angesichts seiner gewaltigen Überzahl schien ihn das jedoch nicht mehr zu kümmern. Menschenleben waren für Jagang nur von untergeordneter Bedeutung.

»Wenn wir ihm hier und jetzt eine offene Feldschlacht liefern müssen«, erwiderte Kahlan resigniert, »haben wir den Krieg vermutlich bis zum Morgengrauen verloren.«

»Das ist auch meine Meinung«, sagte der General schließlich. »So wie ich es sehe, bleibt uns gar keine Wahl. Wir müssen schnell handeln und so viele Männer wie möglich über den Pass bringen. Alle, die wir vor Eintreffen der Imperialen Ordnung nicht hinüberschaffen, werden wir verlieren, aber zumindest werden wir einige wenige retten können.«

Die vier verfielen einen Augenblick in Schweigen, während sich jeder das Entsetzliche der Tatsache vergegenwärtigte, dass Menschen zurückbleiben und sterben würden. Das hektische Treiben ringsum nahm kein Ende: Männer liefen eilig umher, löschten Feuer, fingen von Panik ergriffene Pferde ein, versorgten Verwundete und kämpften mit den wenigen noch zurückgebliebenen Eindringlingen, die sie eingekreist hatten. Die Ordenstruppen waren bei weitem in der Unterzahl – doch das würde sich bald ändern.

Kahlans Gedanken rasten. Sie konnte nicht anders, sie war wütend auf sich, weil sie sich hatte übertölpeln lassen. Immer wieder gingen ihr Richards Worte durch den Kopf: Denk über die Lösung nach, nicht über das Problem. Die Lösung war das Einzige, was in diesem Augenblick zählte.

Kahlan schaute abermals hinüber zu Verna. »Uns bleibt noch eine Stunde, bis sie hier sind. Ihr müsst es versuchen, Verna. Was meint Ihr, habt Ihr eine Chance, Euer Spezialglas herzustellen und zur Entfaltung zu bringen, bevor der Feind uns erreicht hat?«

»Ich werde mein Möglichstes tun – darauf habt Ihr mein Wort. Ich wünschte, ich könnte Euch mehr versprechen.« Verna erhob sich schwerfällig. »Natürlich werde ich alle Schwestern benötigen, die die Verwundeten versorgen. Was ist mit denen, die an der Front arbeiten und der feindlichen Magie entgegenwirken? Könnte ich von denen auch ein paar bekommen?«

»Nehmt sie alle«, entschied Kahlan. »Wenn wir damit keinen Erfolg haben, ist alles andere ohnehin egal.«

»Dann nehme ich also alle, jede einzelne«, sagte Verna. »Es ist die einzige Chance, die wir haben.«

»Fangt augenblicklich an«, meinte Adie zu Verna. »Geht hinunter in die Nähe der Front, auf dieser Seite des Tals, wo Euch der Wind aus der Angriffsrichtung entgegenschlägt. Ich mache mich sofort daran, die Schwestern zusammenzurufen und sie hinunterzuschicken, damit sie Euch helfen.«

»Wir brauchen Glas«, wandte Verna sich an den General. »Gleich welcher Art. Wenigstens ein paar Fässer voll.«

»Ich werde veranlassen, dass sofort Männer mit dem ersten Fass dort unten erscheinen. Können wir Euch nicht wenigstens beim Zerkleinern helfen?«

»Nein. Ob es beim Hineinwerfen in die Fässer zerbricht, spielt keine Rolle, aber danach muss es von denen mit der Gabe weiterbehandelt werden. Schafft einfach alles Glas herbei, das Ihr zusammentragen könnt, mehr könnt Ihr nicht tun.«

Der General versprach ihr, sich darum zu kümmern. Ihren hinderlichen Saum raffend, eilte Verna davon, um sich, dicht gefolgt von Adie, an die Arbeit zu machen.

»Ich werde die Männer sofort abmarschieren lassen«, meinte der General, sich schwerfällig erhebend, zu Kahlan. »Die Kundschafter werden den Pfad markieren; anschließend können wir gleich mit dem Abtransport des schwereren Geräts beginnen.«

Sollte es tatsächlich klappen, würden sie sich Jagangs Zugriff mit knapper Not entziehen können.

Über eins war Kahlan sich im Klaren: wenn Verna keinen Erfolg hatte, konnte es sein, dass bis zum Morgengrauen ihr aller Leben – und der Krieg – verloren war. General Meiffert hielt einen Augenblick inne, sah sie kurz zögernd an und gab ihr damit eine letzte Chance, es sich noch anders zu überlegen.

»Fangt an«, sagte sie an den General gewandt. »Cara – auf uns wartet Arbeit.«

5. Kapitel

Kahlan ließ ihr Pferd jäh anhalten, als sie spürte, wie ihr das Blut heiß ins Gesicht schoss. »Was habt Ihr vor?«, fragte Cara, als Kahlan ihr Bein über den Hals des Pferdes schwenkte und zu Boden sprang.

Der Mond schien auf eine dünne Schicht aus eilig dahinziehenden Wolkenschleiern, was der Landschaft einen matten, friedlichen Glanz verlieh. Die dünne Schneeschicht schien das gedämpfte Mondlicht einzufangen, wodurch er heller leuchtete, als dies sonst der Fall gewesen wäre.

Kahlan deutete in die Richtung der kleinen Gestalt, die sie im schwachen Licht gerade eben erkennen konnte. Das hagere, wohl kaum mehr als zehn Jahre alte Mädchen stand an einem Fass, in das es einen Metallstößel rammte, um das Glas auf dessen Boden zu zerstoßen. Kaum dass Kahlan abgestiegen war, übergab sie die Zügel an Cara.

Kahlan stapfte hinüber zu den Schwestern, die auf dem verschneiten Boden arbeiteten. Vor ihr erstreckte sich eine wegen des dringend erforderlichen Rückenwindes scheinbar wahllos angeordnete Reihe von über einhundert Frauen, die sich ganz auf die Arbeit vor sich konzentrierten. Viele hatten ihre Umhänge wie ein Zelt über sich selbst und das, was sie dort taten, gespannt.

Sie war noch nicht weit an der Reihe entlanggegangen, als Kahlan sich vorbeugte und der Prälatin eine Hand unter den Arm schob, um ihr aufzuhelfen. Eingedenk der ernsten Arbeit, die allenthalben verrichtet wurde, versuchte Kahlan wenigstens die Stimme zu senken, wenn sie schon keine Sympathie hineinzulegen vermochte.

»Was hat Holly hier unten zu suchen, Verna?«

Verna blickte flüchtig über die Köpfe der ein Dutzend Schwestern hinweg, die, den leichten Wind im Rücken, vor einer langen Planke knieten und Glassplitter behutsam mit Stößeln in Mörsern zerkleinerten. Da nicht annähernd genug Mörser und Stößel vorhanden waren, verwendeten zur anderen Seite hin zahlreiche Frauen mit einer Vertiefung versehene Felsen und rundgeschliffene Steine, um die Glassplitter sorgfältig zu zermahlen. Allen Frauen stand die Konzentration ins Gesicht geschrieben. Der Unfall, bei dem eine Schwester geblendet worden war, hatte sich zugetragen, als der Wind plötzlich umgeschlagen war, und eine Bö ihr Werk aufgewirbelt und ihr ins Gesicht geweht hatte. Das Gleiche konnte jederzeit wieder passieren, obwohl sich der Wind mit Einbruch der Dunkelheit etwas abgeschwächt hatte und zu einer steten Brise geworden war.

Holly war in einen viel zu großen Umhang gewickelt. Mit einem Ausdruck der Entschlossenheit im Gesicht hob und senkte sie den Stößel in dem etwas abseits der gefährlichen Arbeit der Schwestern aufgestellten Fass. Kahlan fiel auf, dass der Stößel schwach grünlich schimmerte.

»Sie hilft uns, Mutter Konfessor.«

»Sie ist noch ein Kind!«

Verna deutete hinaus in die Dunkelheit, auf etwas, das Kahlan offenbar entgangen war. »Das sind Helen und Valery auch.«

Kahlan fasste ihren Nasenrücken zwischen Zeigefinger und Daumen und atmete tief durch. »Welcher Wahn hat von Euch Besitz ergriffen, dass Ihr Euch hier, in unmittelbarer Nähe der Front, von Kindern helfen lasst, Menschen blind zu machen?«

Verna sah kurz zu den in der Nähe arbeitenden Frauen hinüber, fasste Kahlans Arm am Ellbogen und führte sie außer Hörweite der anderen. Als sie allein waren, wo die anderen sie vermutlich nicht mehr belauschen konnten, verschränkte sie die Arme vor dem Körper und setzte jene strenge Miene auf, die ihr wie selbstverständlich zuzufliegen schien.

»Holly mag noch ein Kind sein, Kahlan, aber sie ist ein mit der Gabe gesegnetes Kind und außerdem alles andere als dumm. Das Gleiche gilt auch für Valery und Helen. Holly hat in ihrem jungen Leben sehr viel mehr gesehen, als irgendein Kind sehen sollte. Sie weiß, was heute Nacht bei diesem Angriff geschehen wird, und was uns erwartet. Sie hatte entsetzliche Angst – wie all die anderen Kinder auch.«

»Und deshalb bringt Ihr sie hierher an die Front – wo die Gefahr am größten ist?«

»Was hätte ich Eurer Meinung nach stattdessen tun sollen? Sie irgendwohin schicken, wo sie von Soldaten bewacht wird? Wollt Ihr, dass ich sie in einem Augenblick wie diesem allein lasse, damit sie vor Angst zittert?«

»Aber das hier ist …«

»Sie hat die Gabe. So entsetzlich es erscheinen mag, es ist besser so für sie – für die anderen übrigens auch. Sie ist in Gesellschaft der Schwestern, die, anders als andere, sie und ihre Begabung verstehen. Könnt Ihr Euch noch erinnern, wie tröstlich die Gesellschaft älterer Konfessoren für Euch war, die wussten, wie Euch bei manchen Dingen zumute war?«

Kahlan erinnerte sich durchaus, behielt es jedoch für sich.

»Für sie und die anderen Novizinnen sind die Schwestern jetzt die einzigen Angehörigen, die sie haben. Holly ist nicht allein und verängstigt. Vielleicht hat sie Angst, aber sie tut etwas, um uns zu helfen, diese Angst in eine Richtung zu lenken, die den Grund ihrer Angst überwinden hilft.«

Kahlans Gesicht zeigte noch immer kein Verständnis. »Sie ist noch ein Kind, Verna.«

»Und Ihr musstet heute ein Kind töten, ich verstehe schon. Trotzdem solltet Ihr nicht zulassen, dass dieses fürchterliche Ereignis Holly das Leben zusätzlich erschwert. Es stimmt, das, wobei sie hilft, ist fürchterlich, aber so liegen die Dinge zurzeit nun mal. Gut möglich, dass sie heute Nacht gemeinsam mit uns allen stirbt. Könnt

Ihr Euch überhaupt vorstellen, was diese Rohlinge vorher noch mit ihr anstellen würden? Zumindest das übersteigt die Einbildungskraft ihres jungen Verstandes; was sie versteht, ist entsetzlich genug.

Hätte sie sich irgendwo verstecken wollen, ich hätte sie gelassen, aber wenn sie sich so entscheidet, hat sie ein Recht darauf, zu ihrer eigenen Rettung beizutragen. Sie besitzt die Gabe und kann ihre Kraft dazu verwenden, mit einfachen Mitteln bei dem, was getan werden muss, zu helfen. Sie hat mich geradezu angefleht, sie mithelfen zu lassen.«

Besorgt raffte Kahlan ihren Fellüberwurf am Hals zusammen und schaute über ihre Schulter hinüber zu dem kleinen Mädchen, das mit seinen dünnen Ärmchen den schweren Stahlstößel hob und senkte, um das Glas auf dem Boden des Fasses zu zerkleinern. Das Gesicht angespannt, konzentrierte Holly sich darauf, gleichzeitig ihre Gabe zu benutzen und den schweren Stößel anzuheben.

»Gütige Seelen«, meinte Kahlan leise bei sich, »welch ein Wahnsinn.«

Ungeduldig verlagerte Cara ihr Gewicht auf das andere Bein; nicht etwa aus Gleichgültigkeit gegenüber der Situation, sondern schlicht weil es die Dringlichkeit gebot. Wahnsinn oder nicht, ihnen blieb nicht mehr viel Zeit, und wie Verna angedeutet hatte, konnten sie allesamt sterben, bevor die Nacht vorüber war. So grausam es klang, es gab Wichtigeres als das Leben eines Kindes beziehungsweise dreier Kinder.

»Wie geht die Arbeit voran? Werdet Ihr rechtzeitig fertig sein?«

Vernas durch nichts zu erschütternder Gesichtsausdruck geriet schließlich doch ins Wanken. »Ich weiß es nicht.« Zögernd hob sie ihre Hand und deutete auf das dunkel vor ihnen liegende Tal. »Der Wind steht genau richtig, allerdings ist die Front, auf der sie gegen unsere Streitkräfte vorrücken, im Tal sehr breit. Nicht, dass wir gar nichts hätten, aber wir müssen unbedingt eine ausreichende Menge Glasstaub herstellen, um ihn über die gesamte Breite des Schlachtfeldes verteilen zu können, sobald der Feind nahe genug ist.«

»Nun, ein wenig habt Ihr ja schon. Der bislang hergestellte Staub wird dem Feind doch sicherlich Schaden zufügen.«

»Aber wenn es nicht genug ist, können sie ihn vielleicht umgehen, oder aber er ist nicht konzentriert genug, um so viel Schaden anzurichten, dass ihr Vormarsch ins Stocken gerät. Eine geringfügige Anzahl von Verwundeten wird sie kaum davon abhalten, ihren Angriff fortzusetzen.« Verna presste ihre geballte Faust mit der anderen Hand zusammen. »Wenn der Schöpfer die Imperiale Ordnung wenigstens nur noch eine Stunde aufhielte, dann hätten wir vermutlich genug beisammen.«

Kahlan fuhr sich mit der Hand übers Gesicht. Das war viel verlangt, in Anbetracht der Dunkelheit hielt sie es jedoch nicht für völlig ausgeschlossen, dass die Imperiale Ordnung so langsam marschieren musste, um Verna und den Schwestern die Zeit zu lassen, die sie brauchten.

»Und Ihr seid sicher, dass wir nicht helfen können? Es gibt nichts, was jemand ohne die Gabe tun könnte, um Euch zu unterstützen?«

Vernas Gesicht, im Schein des Mondes deutlich zu erkennen, bekam wieder den maskenhaften Ausdruck von Autorität.

»Nun, doch, da ist in der Tat etwas.«

»Und das wäre?«

»Ihr könntet mich allein lassen, damit ich arbeiten kann.«

Kahlan seufzte. »Versprecht mir nur eins.« Verna zog die Brauen hoch, so als sei sie gewillt, aufmerksam zuzuhören. »Könntet Ihr, wenn der Angriff erfolgt, und Ihr dieses Spezialglas einsetzen müsst, vorher die Kinder von hier fortschaffen? Bringt sie zur Nachhut, von wo aus sie über den Pass und in Sicherheit gebracht werden können.«

Verna lächelte erleichtert. »In diesem Punkt sind wir uns einig, Mutter Konfessor.«

Während Verna sich wieder eilig an ihre Arbeit machte, gingen Kahlan und Cara zurück, vorbei an jener Stelle, wo Holly das Glas für die mit der Gabe gesegneten Frauen präparierte. Kahlan konnte nicht anders, sie blieb auf ein Wort stehen.

»Wie kommst du voran, Holly?«

Als das Mädchen den Stößel gegen die Seitenwand des Fasses lehnte, betrachtete Cara, der jeder Hang zur Magie abging, das schwach leuchtende Metall mit einem argwöhnischen Stirnrunzeln. Als Holly ihre kleinen Hände von dem Metall löste, verblasste das grünliche Leuchten, so als hätte man einen magischen Docht heruntergedreht.

»Ganz gut, Mutter Konfessor; mir ist bloß kalt. Mittlerweile bin ich es schrecklich leid, immerzu zu frieren.«

Freundlich lächelnd strich Kahlan Holly mit zarter Hand über ihr feines Haar. »Genau wie wir alle.« Kahlan ging neben dem Mädchen in die Hocke. »Sobald wir drüben im nächsten Tal sind, wirst du dich an einem gemütlichen Feuer wärmen können.«

»Das wäre großartig.« Sie warf einen verstohlenen Blick auf ihren stählernen Stößel. »Ich muss wieder an die Arbeit, Mutter Konfessor.«

Kahlan konnte nicht widerstehen, das Mädchen an sich zu ziehen und ihr einen Kuss auf die eisig kalte Wange zu drücken. Nach anfänglichem Zögern gab Holly allen Widerstand auf und schlang Kahlan ihre dünnen Ärmchen um den Hals.

»Ich hab solche Angst«, meinte sie leise.

»Ich auch«, erwiderte Kahlan ebenso leise, während sie das Mädchen fest an sich drückte. »Ich auch.«

Holly richtete sich auf. »Wirklich? Habt Ihr auch Angst, dass diese schrecklichen Männer uns umbringen könnten?«

Kahlan nickte. »Manchmal fürchte ich mich auch, aber ich weiß trotz allem, dass wir eine Menge tapferer Menschen haben, die uns sicher behüten werden. Sie arbeiten, genau wie du, so hart sie können, damit wir uns eines Tages sicher fühlen können und keine Angst mehr zu haben brauchen.«

Das Mädchen steckte ihre Hände unter ihren Fellüberwurf, um sie zu wärmen. Sie senkte den Blick auf den Boden vor ihren Füßen. »Ann fehlt mir auch.« Sie sah wieder auf. »Ist Ann in Sicherheit?«

Kahlan suchte nach einem Wort des Trostes. »Es ist noch nicht lange her, dass ich Ann gesehen habe; da ging es ihr gut. Ich glaube, du brauchst dir um sie keine Sorgen zu machen.«

»Sie hat mich gerettet. Ich hab sie lieb und vermisse sie sehr. Wird sie bald wieder bei uns sein?«

Kahlan legte eine Hand an die Wange des Mädchens. »Ich weiß es nicht, Holly. Sie hatte wichtige Geschäfte zu erledigen, aber ich bin sicher, dass wir sie wiedersehen werden.«

Erfreut über diese Neuigkeiten und scheinbar erleichtert darüber, dass sie mit ihren Ängsten nicht allein war, machte Holly sich mit wiedergewonnener Entschlossenheit an ihre Arbeit.

Kahlan und Cara waren gerade dabei, ihre Rösser abzuholen, als sie hörten, wie sich ein Pferd im Galopp näherte. Bevor sie den Reiter erkennen konnte, sah Kahlan den schwarzen Klecks auf seinem Hinterteil und erkannte ihn. Als er sie winken sah, ließ Zedd Spinne zu ihr zurücktraben.

»Sie kommen«, verkündete der Zauberer ohne Vorrede.

Verna hatte Zedd heranreiten sehen und kam herbeigestürzt. »Es ist noch zu früh! So früh sollten sie gar nicht hier sein!«

Er starrte sie offenen Mundes an. »Verdammt, Frau, soll ich ihnen vielleicht erzählen, dass uns ein Angriff im Augenblick etwas ungelegen käme, und sie bitten, sich noch ein wenig zu gedulden und uns später umzubringen?«

»Ihr wisst genau, was ich meine«, fuhr sie ihn an. »Wir haben noch nicht genug Glas hergestellt.«

»Wie lange wird es noch dauern, bis sie hier sind?«, fragte Kahlan.

»Zehn Minuten.«

Diese winzige Zeitspanne war alles, was sie noch vom sicheren Untergang trennte. Kahlan glaubte ihr Herz bis zum Hals schlagen zu fühlen, als sie sich schlagartig an das Gefühl vollkommener Verlassenheit erinnerte, als man sie überfallen und beinahe zu Tode geprügelt hatte. Verna geriet aus stummer Verzweiflung, Wut und Angst ins Stammeln.

»Habt Ihr schon etwas fertig?«, erkundigte sich Zedd seelenruhig, so als wollte er wissen, was es zum Abendessen gibt.

»Ja, natürlich«, antwortete sie. »Aber wenn sie so schnell hier sind, wird es nicht reichen. Gütiger Schöpfer, wir haben nicht annähernd so viel, wie wir brauchen, um es über die gesamte Front zu verteilen; und zu wenig ist so gut wie überhaupt nichts.«

»Wir haben jetzt keine andere Wahl mehr.« Zedd starrte in die Dunkelheit, Dinge sehend, die womöglich nur ein Zauberer sah. Um seinen Mund hatte sich ein Zug bitterer Enttäuschung festgesetzt. Er sprach mit einer körperlosen Stimme, wie ein Mann, der nur so tut als ob, obwohl er längst weiß, dass er am Ende seiner Möglichkeiten, vielleicht sogar seines Glaubens angelangt ist. »Fangt mit dem an, was Ihr habt; wir werden einfach auf das Beste hoffen müssen. Ich habe Boten bei mir und werde General Meiffert über die Lage auf dem Laufenden halten. Er wird die Informationen dringend brauchen.«

Mitansehen zu müssen, dass Zedd scheinbar alle Hoffnung aufgegeben hatte, ließ ihr Schicksal in einem überaus erschreckenden Licht erscheinen. Zedd war stets derjenige gewesen, der ihnen ihr Ziel vor Augen gehalten und Mut gemacht, der ihnen Zuversicht und Selbstbewusstsein gegeben hatte.

»Warte«, rief Kahlan.

Er hielt inne und drehte sich zu ihr um. Seine Augen glichen einem Fenster in eine matte, erschöpfte Seele. Sie vermochte sich nicht vorzustellen, wie viele Kämpfe er in seinem Leben oder auch nur in den letzten Wochen ausgefochten hatte. Tausend Gedanken schienen Kahlan durch den Kopf zu schießen, als sie wie von Sinnen nach einer Möglichkeit suchte, ihr bitteres Schicksal abzuwenden.

Kahlan konnte Zedd unmöglich im Stich lassen. So oft hatte er sie unterstützt, jetzt brauchte er die Schulter eines anderen Menschen, der ihm half, die Belastung zu ertragen. Sie warf ihm einen wild entschlossenen Blick zu, bevor sie sich der Prälatin zuwandte.

»Und wenn wir das Glas nicht wie geplant freisetzen, Verna? Was, wenn wir es nicht einfach verwehen lassen und darauf hoffen, dass der Wind es dorthin trägt, wo wir es haben wollen?«

Verna breitete verblüfft die Hände aus. »Wie meint Ihr das?«

»Braucht man nicht nur deswegen mehr von diesem Glas – eben jene Menge, die Ihr Eurer Meinung nach benötigt – damit es sich über das ganze Tal verteilen kann, und trotzdem genug übrig bleibt, um in der Luft zu schweben?«

»Nun ... ja, natürlich, aber ...«

»Angenommen«, fragte Kahlan, »wir setzen es entlang einer Linie unmittelbar vor ihrer vordersten Angriffsreihe frei? Genau da, wo es gebraucht wird? Dann würde man doch weniger benötigen, oder?«

»Vermutlich schon.« Verna warf die Hände in die Luft. »Aber ich habe es Euch doch schon erklärt, wir dürfen auf keinen Fall Magie zu Hilfe nehmen, sonst entdecken sie unseren Zauber und schirmen das Glas ebenso schnell ab, wie wir es freisetzen, und alles wäre umsonst. Besser, wir setzen das frei, was wir haben, und hoffen auf das Beste.«

Kahlan ließ den Blick über die menschenleere, von den friedlichen, den Mond verschleiernden Wolken schwach beleuchtete Ebene schweifen. Draußen im Tal war nichts zu sehen, doch das würde sich bald ändern. Bald würden mehr als eine Million Soldatenstiefel den jungfräulichen Schnee zertrampeln.

Nur das Geräusch von Glas, das zerkleinert wurde, sowie das Stampfen der stählernen Stößel störte die lautlose Dunkelheit. Bald würde ein Schlachtgebrüll die Stille der Nacht zerreißen, das einem das Blut in den Adern gefrieren ließe.

Kahlan spürte dieselbe erdrückende Angst wie damals, als ihr bewusst wurde, dass all die Männer sie ganz allein überrascht hatten. Und denselben Zorn.

»Sammelt zusammen, was Ihr bis jetzt hergestellt habt«, erklärte sie. »Und dann bringt es zu mir.«

Alles starrte sie an.

Zedds Stirn zog sich zu einem faltigen Knäuel zusammen. »Was in aller Welt hast du dir jetzt ausgedacht?«

Kahlan strich sich das Haar aus dem Gesicht, während sie rasch ihren Plan zurechtlegte, damit er wenigstens in ihrem Kopf ein klares Bild ergab.

»Der Feind wird gegen den Wind angreifen – nicht ganz genau, aber für unseren Zweck genau genug. Ich habe mir Folgendes überlegt: Wenn ich parallel zu unserer vordersten Linie unmittelbar vor den feindlichen Truppen herreite und dabei den Glasstaub herausrieseln lasse, wird der Wind ihn hinter mir erfassen und dem Feind geradewegs ins Gesicht wehen. Indem wir ihn genau dort verteilen, wo er gebraucht wird, benötigen wir längst nicht so viel, als wenn wir ihn, in der Hoffnung, dass er sich über das ganze Tal verteilt, von hier aus verwehen lassen würden.« Ihr Blick wanderte von einem verdutzten Gesicht zum anderen. »Versteht Ihr, was ich meine? Würde man näher am Feind nicht viel weniger für unseren Zweck benötigen?«

»Gütiger Schöpfer«, wandte Verna ein, »macht Ihr Euch überhaupt eine Vorstellung davon, wie gefährlich das wäre?«

»Ja«, erwiderte Kahlan wild entschlossen. »Erheblich weniger gefährlich, als sich einem Frontalangriff ihrer gesamten Streitmacht auszusetzen. Also, würde es funktionieren? So redet doch, wir haben nicht mehr viel Zeit.«

»Ihr habt Recht – man würde nicht annähernd so viel benötigen.« Verna legte einen Finger an die Lippen, starrte hinaus in die Dunkelheit und überlegte. »Eins ist sicher, es wäre besser als unsere Methode.«

Kahlan begann sie zu drängen. »Sammelt es ein, sofort. So beeilt Euch doch.«

Verna verzichtete auf weitere Proteste und lief los, um das vorhandene Glas einzusammeln. Cara wollte gerade einen ganzen Schwall von Einwänden loslassen, als Zedd eine Hand hob, so als wollte er sie bitten, das stattdessen ihm zu überlassen.

»Das klingt, als könnte an deiner Idee etwas dran sein, aber jemand anderes soll das übernehmen. Es wäre geradezu töricht, zu riskieren …«

»Ich werde ein Ablenkungsmanöver brauchen«, schnitt sie ihm das Wort ab. »Irgendetwas, das ihre Aufmerksamkeit auf etwas anderes lenkt. Ich werde im Dunkeln vor ihnen herreiten, daher werden sie mich wahrscheinlich nicht bemerken, trotzdem wäre es am besten, wenn irgendetwas ihre Aufmerksamkeit in Anspruch nähme, nur für alle Fälle, etwas, das sie dazu verleitet, woanders hinzuschauen – solange sie noch sehen können.«

»Wie gesagt, ein anderer kann das …«

»Nein«, erwiderte sie ruhig und entschieden. »Ich werde niemanden bitten, mir das abzunehmen. Die Idee stammt von mir, also werde ich sie auch ausführen.«

Kahlan glaubte sich persönlich für die Gefahr verantwortlich, in der sie steckten. Sie war es, die einen groben Fehler begangen und auf Jagangs Trick hereingefallen war. Sie hatte den Plan vorgebracht und die Truppen ausgesandt. Sie war es, die Jagangs nächtlichen Überfall überhaupt erst ermöglicht hatte.

Kahlan war sich der schrecklichen Angst, die alle in Erwartung des Angriffs empfanden, nur zu bewusst. Sie musste an Holly denken, die sich vor den plündernden und mordenden Bestien fürchtete, die aus dem Dunkel der Nacht über sie herfallen würden. Ihre Angst war nur zu begründet.

Und Kahlan würde auch den Krieg für sie alle in dieser einen Nacht verlieren, wenn es ihnen nicht gelang, ihre Armee über den Pass in Sicherheit zu bringen.

»Ich mache es selbst«, wiederholte sie. »Genau so wird es geschehen. Während wir hier herumstehen und diskutieren, verspielen wir vielleicht nur unsere Chance. Also, ich benötige ein Ablenkungsmanöver, und zwar schnell.«

Zedd schnaubte verärgert; das Feuer war in seine Augen zurückgekehrt. Mit einer fahrigen Handbewegung deutete er den Hang hinunter. »Dort unten wartet Warren auf mich. Wir beide werden getrennte Stellungen beziehen und dir dein Ablenkungsmanöver verschaffen.«

»Was werdet ihr tun?«

Schließlich gab Zedd sich geschlagen und zeigte ihr ein erbarmungslos verschlagenes Grinsen. »Nichts Besonderes diesmal. Keine ausgetüftelten, in die Irre führenden Tricks, wie sie es zweifellos erwarten. Diesmal werden wir ihnen ein gutes, altmodisches Feuergefecht liefern.«

Kahlan riss einmal hart an dem über ihren Rippen spannenden Riemen, mit dem ihre Lederrüstung an Schultern, Brust und Rücken befestigt war, und zog ihn stramm. Ein Nicken von ihr besiegelte den Pakt.

»Dann also Zaubererfeuer.«

»Halte beim Reiten ein Auge nach rechts, auf unsere Seite; ich möchte nicht, dass du etwas von dem abbekommst, was ich eigentlich unseren Feinden zugedacht habe. Außerdem musst du darauf achten, was ihre mit der Gabe Gesegneten in meine Richtung schleudern.«

Während sie ihren Umhang festhakte, bestätigte sie Zedds Anweisungen mit einem Nicken. Sie überprüfte die Riemen ihrer Beinpanzer und vergewisserte sich, dass sie fest angezogen waren.

Verna kam zurückgeeilt, an jedem vom Gewicht gestreckten Arm einen großen Eimer. Einige Schwestern trippelten hastig neben ihr her.

»Also gut«, keuchte die Prälatin völlig außer Atem. »Gehen wir.«

Kahlan langte nach den Eimern. »Ich werde …«

Verna riss sie zurück. »Könnt Ihr mir verraten, wie ihr reiten und dabei gleichzeitig dieses Zeug ausstreuen wollt? Das ist zu viel. Außerdem kennt Ihr die Eigenschaften des Glases nicht.«

»Verna, ich werde auf keinen Fall zulassen, dass Ihr …«

»Hört auf, Euch wie ein halsstarriges Kind zu benehmen. Reiten wir los.«

Cara schnappte sich einen der Eimer. »Verna hat Recht, Mutter Konfessor. Ihr könnt Euch unmöglich auf dem Pferd festhalten, diesen Glasstaub freisetzen und gleichzeitig noch beide Eimer schleppen. Ihr beide nehmt den einen, und ich diesen hier.«

Mit einem schnellen Schritt stand die gertenschlanke Schwester Philippa neben Cara und nahm den Eimer auf. »Herrin Cara hat Recht, Prälatin. Ihr und die Mutter Konfessor könnt unmöglich beide Eimer nehmen. Ihr nehmt den einen, und Herrin Cara und ich werden den anderen übernehmen.«

Für einen Streit mit drei fest entschlossenen Frauen war keine Zeit. Niemand konnte Kahlan davon abbringen, was sie tun musste, und wahrscheinlich empfanden sie ganz genauso. Außerdem hatten sie nicht ganz Unrecht.

»Also gut«, sagte Kahlan, ihre Handschuhe überstreifend.

Sie schnürte den Pelzüberwurf, den sie über ihrem Umhang trug, fest um ihren Körper; sie wollte nicht, dass irgendetwas im Wind flatterte. Er verdeckte das Heft ihres Schwertes, allerdings rechnete sie nicht damit, dass sie es brauchen würde. Hinter ihrer Schulter ragte zudem das Heft von Richards Schwert in die Höhe, ihre allgegenwärtige Erinnerung an ihn – als ob es derer bedurft hätte.

Verna warf eine Hand voll des flockig trockenen Schnees in die Höhe, um zu sehen, woher der Wind kam. Seine Richtung war unverändert, er wehte leicht, aber gleichmäßig. Wenigstens das sprach zu ihren Gunsten.

»Ihr zwei reitet zuerst«, sagte Kahlan an Cara gewandt. »Verna und ich werden etwa fünf Minuten warten, damit der von Euch freigesetzte Glasstaub Zeit hat, zum Feind hinüberzuwehen, und wir nicht selbst hineingeraten. Anschließend folgen wir Euch quer durchs Tal; auf diese Weise stellen wir sicher, dass sich unser Staub mit Eurem überschneidet und keine Lücken bleiben. Wir müssen auf jeden Fall verhindern, dass sichere Passagen entstehen, durch die die Imperiale Ordnung vordringen könnte. Vernichtung und Panik müssen so gleichmäßig und weit verbreitet wie möglich sein.«

Schwester Philippa hatte mitbekommen, was Kahlan getan hatte, und verschnürte ebenfalls ihren Umhang fest an Hals und Hüften. »Klingt vernünftig.«

»Eine solche Verdoppelung wäre auf jeden Fall wirkungsvoller«, bestätigte Verna.

»Ich schätze, wir haben keine Zeit mehr, gegen diese Torheit anzugehen«, murrte Zedd, packte Spinnes Mähne und zog sich hoch, bis er mit dem Bauch quer über dem Pferderücken lag. Er schwang ein Bein über Spinnes Hinterteil und richtete sich auf. »Lasst mir ein oder zwei Minuten Vorsprung, damit ich Warren Bescheid geben kann; anschließend werden wir der Imperialen Ordnung ein paar echte Zauberkunststücke zeigen.«

Er lenkte sein Pferd herum und feixte; es war ermutigend, ihn endlich wieder lächeln zu sehen.

»Ich kann nur hoffen, dass nach dieser ganzen Plackerei auf der anderen Seite des Passes dort oben jemand mit einem Abendessen auf mich wartet.«

»Und wenn ich es eigenhändig für dich zubereiten muss«, versprach Kahlan.

Der Zauberer winkte ihr noch einmal munter zu, dann verschwand er galoppierend in der Dunkelheit.

6. Kapitel

Kahlan zwängte einen Stiefel in den Steigbügel, ergriff den Knauf und zog sich schwungvoll in den Sattel. Das kalte Leder knarzte, als sie sich zur Seite beugte und Verna eine Hand entgegenstreckte, um ihr heraufzuhelfen. Kaum hatte sich die Prälatin dicht hinter Kahlan geschmiegt, reichten ihr zwei Schwestern behutsam den schweren Holzeimer hinauf. Cara und Schwester Philippa saßen bereits auf ihrem Pferd bereit; die Schwester balancierte den Eimer auf den Oberschenkeln.

»Schafft die Kinder über den Pass«, befahl Verna.

Schwester Dulcinias grauer Haarschopf bewegte sich heftig auf und ab. »Ich werde mich darum kümmern, Prälatin.«

»Was immer Ihr noch bis zum Aufbruch der Mutter Konfessor und mir an zusätzlichem Glasstaub fertigstellen könnt, solltet ihr zur Sicherheit noch in den Wind streuen, anschließend verteilt ihr euch hinter unseren Linien und fasst mit an, falls der Imperialen Ordnung ein Durchbruch gelingen sollte. Sollten wir keinen Erfolg haben, müssen die Schwestern alles tun, um den Feind aufzuhalten, während sich so viele wie möglich über den Pass in Sicherheit bringen.«

Schwester Dulcinia versicherte abermals, die Befehle der Prälatin ausführen zu wollen.

Schweigend wartete alles einige Minuten, um Zedd den nötigen Vorsprung zu geben, sodass er mit seinen Anweisungen zu Warren gelangen konnte. Alles schien gesagt. Kahlan konzentrierte sich lieber auf das, was sie zu tun hatte, statt sich den Kopf zu zerbrechen, ob es gelingen würde. In einem entlegenen Winkel ihres Verstandes jedoch wusste sie, wie unausgereift solche im letzten Augenblick entwickelten Schlachtpläne bekanntermaßen waren.

Als sie ihrer Einschätzung nach solange gewartet hatten, wie sie dies riskieren durften, gab Kahlan Cara das Zeichen zum Aufbruch. Die beiden wechselten einen letzten Blick, und Cara wünschte ihr mit einem kurzen Lächeln viel Glück – dann jagte sie mit Schwester Philippa davon, die einen Arm um die Hüfte der Mord-Sith geschlungen hatte und mit ihrer anderen Hand den Eimer auf dem Oberschenkel festhielt.

Noch während das Getrappel der Hufe von Caras Pferd allmählich in der Nacht verklang, nahm Kahlan in der Ferne zum allerersten Mal bewusst die vereinten Schreie hunderttausender Soldaten der Imperialen Ordnung wahr. Als ihr Angriff näher rückte, verschmolzen die unzähligen Stimmen zu einem einzigen, unablässigen Gebrüll. Fast klang es wie das Stöhnen eines unheimlichen Windes, der durch die fangzahnähnlichen Felsen einer Bergschlucht weht. Ihr Pferd schnaubte und scharrte auf dem gefrorenen Boden. Das entsetzliche, monotone Summen ließ Kahlans Puls noch schneller schlagen. Am liebsten wäre sie auf und davon gerast, bevor die Männer zu nahe kamen, sie musste jedoch warten, bis der Wind den von Cara und Schwester Philippa freigesetzten Glasstaub fortgetragen hatte.

»Ich wünschte, wir könnten Magie zu unserem Schutz einsetzen«, meinte Verna gefasst, fast so, als wollte sie auf Kahlans Gedanken antworten.

Kahlan nickte, sie hatte kaum gehört, was die Frau sagte. Verna plapperte einfach drauflos, was ihr gerade in den Sinn kam, nur um nicht dasitzen und darauf lauschen zu müssen, wie der Feind immer näher rückte.

Die bittere Kälte längst vergessen, saß Kahlan vollkommen still, während ihr das Herz bis in die Ohren schlug, starrte hinaus in die leere Nacht und versuchte, sich bis in alle Einzelheiten auszumalen, was sie gleich tun musste, versuchte, alles vorab in Gedanken durchzuspielen, um nicht von unabwägbaren Risiken überrascht zu werden und erst dann entscheiden zu können, was zu tun war. Besser, man kam, sofern man die Möglichkeit hatte, den Ereignissen zuvor, als auf sie zu reagieren.

Bewegungslos auf ihrem Pferd sitzend, ließ sie den Zorn in sich hochkochen; Zorn machte einen zu einem besseren Krieger als Angst.

Diesen Zorn speiste Kahlan mit den Bildern von all den entsetzlichen Dingen, die sie die Imperiale Ordnung der Bevölkerung der Midlands hatte antun sehen. In Gedanken ließ sie all die Toten, die sie gesehen hatte, an sich vorüberziehen, so als träten sie vor die Mutter Konfessor hin, um mit stummer Zunge um Vergeltung zu flehen. Sie rief sich all die Frauen ins Gedächtnis, die ihre ermordeten Kinder, Ehemänner, Geschwister, Mütter und Väter beklagten. Sie erinnerte sich, wie bärenstarke Männer in hilfloser Seelenqual das sinnlose Abschlachten ihrer Freunde und Lieben mitansehen mussten. Vor ihrem inneren Auge sah sie, wie diese Männer, Frauen und Kinder durch die Hände eines Volkes bestraft wurden, dem sie nicht das Geringste angetan hatten.

Die Imperiale Ordnung war nichts weiter als eine Bande von gefühllosen Mördern, sie verdienten keine Gnade. Und man würde ihnen keine gewähren!

Sie dachte an Richard, der sich in der Hand dieses Feindes befand, und ließ sich ihr Versprechen auf der Zunge zergehen, wenn es sein musste, jeden Einzelnen von ihnen zu töten, bis sie Richard zurückbekam.

»Es ist soweit«, sagt Kahlan zähneknirschend. Ohne über die Schulter zu schauen, fragte sie: »Seid Ihr bereit?«

»Ich bin bereit. Lasst Euch von nichts aufhalten, sonst werden wir am Ende auch noch ein Opfer des Staubes. Unsere einzige Chance ist ein steter Luftzug über unseren Köpfen, der das Glas von uns fortträgt. Wir sind erst in Sicherheit, wenn wir auf der anderen Seite angelangt sind und ich alles verstreut habe. Bis dahin dürfte sich unter den Truppen der Imperialen Ordnung massenhafte Verwirrung, wenn nicht gar vollständige Panik ausgebreitet haben.«

Kahlan nickte. »Haltet Euch fest, es geht los.« Das Pferd, vermutlich wegen der immer näher kommenden Schreie bereits in höchster Erregung, schoss viel zu schnell davon, so dass Verna beinahe abgeworfen wurde. Kahlan langte rechtzeitig nach hinten, bekam Vernas Ärmel zu fassen und hielt sie fest. Während sie dahinjagten, hatte Verna alle Mühe, ihr Gleichgewicht wiederzuerlangen; der Eimer drohte zu kippen, Verna gelang es jedoch, ihn wieder gerade zu halten. Glücklicherweise ging nichts verloren.

Der kräftige Wallach raste ihrem Kommando gehorchend davon, doch das Gewicht der beiden Reiter machte ihn scheu und unberechenbar. Er war gut trainiert und hatte oft genug Schlachten mitgemacht; die immer lauter werdenden Schlachtrufe machten ihn vermutlich deshalb nervös, weil er genau wusste, was sie bedeuteten. Kahlan wusste nur, er war stark und schnell, und bei dem, was sie vorhatten, bedeutete Schnelligkeit Überleben.

Kahlans Herz schlug im Rhythmus des galoppierenden Pferdes, als sie durch das nachtschwarze Tal donnerten. Der Feind war mittlerweile sehr viel näher als bei Caras Ritt quer durch das Tal. Manchmal übertönten die Hufschläge des Pferdes das Schlachtgebrüll der unzähligen feindlichen Soldaten zu ihrer Linken.

Beängstigende Erinnerungssplitter von schlagenden Fäusten und Stiefeltritten kamen ihr ungebeten in den Sinn, als sie Männer blutrünstig brüllend im Dunkeln auf sie zukommen hörte. Noch nie war sie sich ihrer Verletzbarkeit so bewusst gewesen. Kahlan verwandelte die angstbesetzten Erinnerungen in Wut über die Greueltaten dieser Rohlinge, die in die Midlands eingefallen waren und ihr Volk abschlachteten. Jeder Einzelne von ihnen sollte leiden, jedem Einzelnen von ihnen wünschte sie den Tod.

Es war unmöglich, genau zu orten, wie weit der Feind bereits vorgerückt war, oder, mit dem Mondlicht im Rücken, ihre eigene Richtung zu bestimmen. Kahlan befürchtete, den Abstand zu knapp bemessen zu haben und sich unerwartet einer Mauer aus blutrünstigen Soldaten gegenüberzusehen. Sie wollte ganz nahe heran, um ihnen den blendenden Staub unmittelbar ins Gesicht zu streuen, zweifellos versprach das die größten Aussichten auf Erfolg, wenn sie ihren Angriff zurückschlagen wollten. Sie widerstand dem Drang, ihr Pferd nach rechts zu lenken, fort von den feindlichen Soldaten.

Plötzlich ließ ein grelles, gelbes Licht die Nacht erglühen. Die eben noch grauen Wolken erstrahlten leuchtend gelborange; weißer Schnee loderte in grellbunten Farben. Ein Furcht einflößendes Dröhnen vibrierte tief in ihrem Brustkorb.

Einhundert Fuß vor ihr und vielleicht zehn Fuß über dem Boden schoss ein flüssiges, gelbblaues Licht sich überschlagend quer über ihren Pfad, das, einen Schweif aus wallendem, schwarzem Qualm hinter sich herziehend, Feuer in sämigen Tropfen verlor. Der brodelnde Ball aus Zaubererfeuer ließ den Boden unter sich taghell erglühen. Obwohl nicht auf sie gerichtet, war das Geräusch allein schlimm genug, dass Kahlan am liebsten verängstigt zurückgeschreckt wäre.

Sie wusste genug über Zaubererfeuer und wie hartnäckig es auf der Haut haftete, um mehr als vorsichtig darauf zu reagieren. Hatte einen dieses lebendige Feuer erst einmal gestreift, ließ es sich nicht mehr entfernen. Oft fraß sich schon ein einziger Tropfen durch das Fleisch bis auf die Knochen. Kein Mensch war mutig oder dumm genug, sich nicht davor zu fürchten. Nur wenige, die je mit einer solchen durch Zauberei erzeugten Flamme in Berührung gekommen waren, hatten überlebt, um von dieser grauenhaften Erfahrung zu berichten; und wer es überlebte, den verfolgte seine Besessenheit nach Rache bis an sein Lebensende. Schließlich erblickte Kahlan im Schein dieser grellen, quer über das Tal schießenden Flamme die ihre Schlachtrufe herausbrüllende, ihre Schwerter, Morgensterne, Langspieße und Lanzen in die Luft reckende Horde. All diese Männer, die wild, Angst einflößend und voller Ingrimm aus der Nacht hervorstürzten, waren ergriffen von einer völlig enthemmten Lust auf diesen Kampf. Jetzt, im Schein des Mondes, erblickte Kahlan zum allerersten Mal, seit sie sich der Armee angeschlossen hatte, die feindlichen Truppen in ihrem vollen Ausmaß. Die Berichte hatten nicht gelogen, und doch waren sie der Wirklichkeit dieses Anblicks nicht gerecht geworden. Die Zahl der Soldaten überstieg jedes ihr bekannte Maß, und ihr Begriffsvermögen versagte. Augen und Mund aufgerissen, entfuhr ihr ein ehrfürchtiges Stöhnen.

Erschrocken stellte Kahlan fest, dass der Feind viel näher war als erwartet. Überall auf diesem weiten Soldatenmeer funkelten zum Legen von Bränden mitgeführte Fackeln, so als spiegelte sich der Schein des Mondes auf einem endlosen, das gesamte Tal überflutenden Meer. Am Horizont verschmolz das Mondlichtschimmern auf den zahllosen Waffen zu einer einzigen horizontalen Fläche, auf der sie beinahe erwartete, Schiffe segeln zu sehen.

Die in Wellen verlaufende erste Frontlinie, die von Schilden und Speeren nur so strotzte, drohte ihr den Weg abzuschneiden. Kahlan drückte ihrem Pferd die rechte Ferse in die Flanke, um es ein wenig mehr nach rechts zu lenken und der ersten Angriffswelle der Soldaten auszuweichen. Nachdem sie seinen Lauf korrigiert hatte, trommelte sie ihre Fersen in die Flanke des Tieres und trieb es weiter.

Dann plötzlich, als die ersten Pfeile vorübersirrten und Speere sich unmittelbar vor ihr mit dumpfem Geräusch ins Erdreich bohrten, wurde ihr schlagartig bewusst, dass der Feind im Licht des Zaubererfeuers auch sie erkennen konnte.

Die Kugel des Zaubererfeuers, die sie den Feinden offenbart hatte, verschwand heulend und zischend in der Dunkelheit und ließ sie, zehntausende von Soldaten, über deren Köpfe sie hinwegsegelte, auf einen Schlag beleuchtend, im Schatten zurück. Weit in der Ferne, im Rücken der angreifenden Horden, ging das Feuer schließlich krachend zu Boden und löste inmitten der Kavallerie eine Feuersbrunst aus. Oft hielt man die Reiter zurück, damit sie, sobald ihre Infanterie auf die d'Haranischen Linien traf, zum Sturmangriff bereit waren. Ferne Todesschreie von Mensch und Tier erhoben sich in die Nacht.

Ein Pfeil prallte von ihrem Beinpanzer ab, andere sirrten vorüber. Einer bohrte sich unmittelbar unter ihrem Bauch ins Sattelleder, als sie sich über den Widerrist des galoppierenden Pferdes beugte.

»Wieso sind sie nicht geblendet?«, rief Kahlan über ihre Schulter.

Sie sah, wie sich hinter ihnen eine Wolke bildete, die sich kaum vom Staub des galoppierenden Pferdes unterschied; Verena presste den Eimer an ihre Oberschenkel und kippte mal mehr, mal weniger in Richtung der feindlichen Linien, um die herausströmende Menge so zu dosieren, dass sich ein gleichmäßiger Schweif ergab. Obwohl Cara längst vorüber war, zeigte sich bei den Soldaten keine unheilvolle Wirkung.

»Es dauert eine Weile, bis er wirkt«, rief Verna in Kahlans Ohr. »Sie müssen erst ein wenig blinzeln.«

Unmittelbar hinter ihnen raste ein Feuerball vorbei. Feurige Tropfen klatschten in den Schnee, zerspritzten beim Aufprall und zischten wie Regen auf dem heißen Steinkranz um ein Lagerfeuer. Der Panik nahe, raste das Pferd schnaubend weiter. Kahlan beugte sich über seinen Widerrist und strich ihm beruhigend über den Hals, um es daran zu erinnern, dass es nicht allein war.

Kahlan ließ ihren Blick über die anrückenden Frontlinien des Feindes schweifen, während sie vor ihnen herraste, und stellte fest, dass die Männer kaum blinzelten. Ihre Augen waren im Eifer der bevorstehenden Schlacht weit aufgerissen.

Das Zaubererfeuer, das das Pferd so in Angst und Schrecken versetzt hatte, schlug explodierend eine Schneise in die feindlichen Reihen. Flüssiges Feuer ergoss sich über die Masse der Soldaten und löste ein schrilles Getöse entsetzlicher Schreie aus, brennende Soldaten stürzten scheppernd gegen ihre Kameraden und bespritzten auch sie mit Feuer, wodurch die Panik noch weiter um sich griff. Wieder andere Männer traten, kopflos durch die Nacht rennend, auf die am Boden Liegenden, nur um gleich darauf selbst den Stand zu verlieren und hinzuschlagen.

Wieder dröhnte eine Feuerkugel vorbei, ging krachend nieder und verspritzte ihre Flammen wie ein geborstener Damm sein Wasser. Die Explosion war so gewaltig, dass die Druckwelle Soldaten fortschleuderte und sie in einer brennenden Flut mitriss.

Ein gewaltiger Feuerball brach zwischen den feindlichen Linien unweit vor Kahlan hervor und hielt auf die d'Haranische Front zu. Sofort näherte sich von rechts dröhnend eine kleine blaue Feuerkugel und prallte mitten in der Luft gegen den trägen, gelben Flammenball. Der Zusammenprall ließ um sie herum einen Feuerschauer niedergehen, als sie die Stelle passierte. Erschrocken verriss Kahlan die Zügel nach links, als ein dicker Klumpen des herabstürzenden Feuers unmittelbar vor ihnen zu Boden krachte und seine Flammen ringsum verteilte.

Sie verfehlten das Feuer um Haaresbreite, mussten aber feststellen, dass sie sich dem Feind in beängstigendem Tempo näherten. Kahlan konnte ihnen bereits die ersten obszönen Flüche von den Lippen ablesen. Sie gab dem völlig verängstigten Tier die Sporen und drängte es nach rechts, woraufhin es ein wenig zur Seite abdrehte, wenn auch nicht genug, um zu verhindern, dass sie schräg in die feindlichen Linien hineingaloppierten.

Glühende Feuerpartikel gingen sowohl über den Soldaten als auch im offenen Gelände nieder. Von Panik ergriffen raste das Pferd dahin, es war viel zu verängstigt, um auf Kahlans Kommandos zu reagieren. Der Gestank brennenden Leders schürte die Angst des Tieres noch zusätzlich. Sie schaute nach unten und erblickte einen brennenden Feuerpartikel auf ihrer ledernen Beinmanschette. Die kleine, aber giftig lodernde Flamme flackerte wild im Wind. Kahlan traute sich nicht, den glühenden Feuertropfen fortzuwischen, aus Angst, er könnte an ihrer Hand kleben bleiben. Die Vorstellung, wie er sich schließlich brennend durch das Leder fraß, machte ihr Angst. Sollte es dazu kommen, würde sie die Schmerzen ertragen müssen; sie hatte keine andere Wahl.

Verna hatte von alldem nichts mitbekommen; den Körper zur Seite gedreht, ließ sie noch immer den Glasstaub aus dem Eimer herausrieseln. Kahlan konnte sehen, wie die Wolke hinter ihnen fortgetragen wurde. Die lange Staubspur krümmte sich, vom Wind getragen, bis hin zu den feindlichen Soldaten, vorbei an den ersten feindlichen Linien, und verlor sich inmitten der Soldatenmassen in der Dunkelheit. Weiter hinten in den Reihen der Ordenstruppen beschienen Fackeln die Staubwolke, als diese sich mit dem vom gefrorenen Boden aufgewirbelten Staub vermengte.

Ein Pfeil streifte das Pferd an der Schulter und wurde nach oben abgelenkt. Eine vorwärts drängende Masse von Männern sah sie kommen und kam unbeherrscht und wie von Sinnen angerannt, um ihr den Weg zu versperren. Kahlan zerrte an den Zügeln und versuchte, den Kopf des kräftigen Pferdes nach rechts zu verreißen. Das Tier, gepackt von wildem Entsetzen, galoppierte geradeaus weiter. Mit dem Gefühl wachsender Hilflosigkeit versuchte sie es zum Abschwenken zu bewegen. Es half nichts – sie hielten genau auf eine Wand aus Männern zu.

»Wir kommen zu nah!«, brüllte Verna ihr ins Ohr.

Kahlan war zu beschäftigt, um zu antworten. Ihr Arm zitterte vor Anstrengung, als sie an den Zügeln zerrte und versuchte, den Kopf des Pferdes nach rechts hinüber zu lenken, doch das Pferd hatte sich in die Trense verbissen und war sehr viel kräftiger als sie. Schweiß rann ihr in den Nacken. Sie streckte ihr rechtes Bein nach hinten und bohrte dem Tier ihren Absatz in die Flanke, um es zu lenken. Die Männer vor ihnen schwenkten ihre Langspieße und Schwerter, um auf sie loszugehen. Kämpfen war eine Sache, etwas völlig anderes war es, ohne jede Möglichkeit der Einflussnahme mitansehen zu müssen, wie das Schicksal seinen Lauf nahm.

»Kahlan, was tut Ihr da?«

Mit dem Druck ihres Absatzes unmittelbar vor seinem rechten Hinterbein zwang sie das Pferd schließlich herum, doch es reichte nicht, sie würde das durchgegangene Pferd nicht von seinem Kurs abbringen können. Der Feind glich einem stählernen Stachelschwein, das auf sie zugeflogen kam.

Drei Schritte entfernt senkte das Pferd seinen Kopf.

»Guter Junge!«, schrie sie.

Vielleicht hatte es eine Chance, über die Langspieße hinwegzusetzen. Kahlan nahm ihr Gewicht aus dem Sattel und beugte sich mit durchgedrücktem Rücken nach vorn. Die Arme angewinkelt, legte sie ihre Hände zu beiden Seiten neben seinen Hals und ließ die Zügel schießen. Mit den Unterschenkeln wahrte sie den Druck, doch davon abgesehen ließ sie ihm die Freiheit, die es brauchte.

Sie wusste nicht, ob es mit dem zusätzlichen Gewicht funktionieren würde. Wenn nur die Langspieße kürzer wären! Kahlan schrie Verna zu, sie solle sich festhalten.

Plötzlich zischte ein tief fliegendes Zaubererfeuer genau vor ihnen vorüber. Die Männer, die in einer geschlossenen Reihe herangestürmt waren, um Kahlan den Weg zu versperren, warfen sich zu Boden; die gesamte Front vor ihnen brach zusammen. Das Feuer segelte heulend unmittelbar über ihre Köpfe hinweg, um schließlich ein Stück weit links neben Kahlans Bein einzuschlagen. Das Gebrüll von mehr als tausend Mann klang ihr in den Ohren.

Das Pferd streckte seinen gesenkten Kopf und zog die Fesselgelenke unter seinen Körper. Im allerletzten Augenblick verkürzte sich sein Hals, und sein Kopf kam hoch, als es sich mit seinen kraftvollen Hinterbeinen nach vorne schnellte und absprang. Sein Rücken wurde rund, als sie über die erste Angriffsreihe aus Soldaten hinwegsegelten. Verna, den Arm wie einen Haken um Kahlans Hüfte geschlungen, stieß einen Schrei aus. Sie landeten inmitten der Soldaten, die sich flach zu Boden geworfen hatten. Das Gewicht in den Steigbügeln, federte Kahlan den Aufprall mit den Beinen ab – Verna konnte das nicht. Wegen des zusätzlichen Gewichts geriet das Pferd bei der Landung um ein Haar ins Straucheln, fing sich jedoch wieder und raste weiter. Endlich hatten sie die Soldaten der Imperialen Ordnung hinter sich gelassen.

»Was fällt Euch ein!«, schrie Verna. »Macht so was nicht, sonst kann ich den Staub nicht gleichmäßig verteilen!«

»Tut mir Leid«, rief Kahlan über ihre Schulter.

Trotz des beißend kalten Windes auf ihrem Gesicht lief ihr der Schweiß aus den Haaren. Die Soldaten der Imperialen Ordnung schienen links hinter ihnen zurückzufallen. Eine Woge überschäumender Erleichterung überkam sie, als sie sah, dass sie die Ausbuchtung der vordersten Angriffsreihe der Imperialen Ordnung hinter sich gelassen hatten.

Weit hinter ihnen erhellte ein Feuersturm die Nacht. Zedd und Warren lieferten ihnen ein gutes, altmodisches Feuergefecht, wie Zedd sich ausgedrückt hatte. Es war eine beängstigende Demonstration, wenn auch kaum ausreichend, um einen so übermächtigen Feind wie die Imperiale Ordnung aufzuhalten. Als die mit der Gabe Gesegneten des Ordens an den Schauplatz des Geschehens eilten und in aller Eile ihre Schilde errichteten, schränkte dies Tod und Zerstörung ein, doch da hatten die beiden Zauberer Kahlan und Verna längst die Zeit verschafft, die sie benötigten.

Im Herangaloppieren hörte Kahlan, wie Cara ihr Pferd anhalten ließ.

Da Caras Pferd ihnen den Weg verstellte, blieb das mit schaumigem Schweiß bedeckte Pferd augenblicklich stehen. Das Tier war völlig ausgelaugt, genau wie Kahlan. Als sie neben Cara und Schwester Philippa abstiegen, ließ Verna den leeren Eimer auf den Boden fallen. Kahlan war froh, dass es dunkel genug war, damit die anderen nicht sehen konnten, wie ihre Beine zitterten. Erleichtert stellte sie fest, dass der Feuertropfen verglüht war, bevor er sich durchs Leder hatte brennen können.

Die vier beobachteten, wie die Nacht in einem flammenden Inferno versank; zwar explodierten die meisten Feuerbälle an den magischen Schilden, doch wer zu nahe stand, dem fügten sie immer noch beträchtlichen Schaden zu. Zedd und Warren schleuderten einen sich überschlagenden Feuerball nach dem anderen; die Schreie der Soldaten waren entlang der gesamten Front zu hören. Das Feuer wurde erwidert und brannte eine Schneise des Todes in die d'Haranischen Reihen, doch mittlerweile errichteten auch hier die Schwestern ihre Schilde.

Die gewaltige Armee war noch immer im Vormarsch begriffen. Die tödlichen Flammen bremsten ihren Vormarsch bloß bedingt und rissen ihre geordnete Angriffsformation nur teilweise auseinander.

Schließlich bekamen die mit der Gabe auf beiden Seiten das Geschehen in den Griff, und es gelang ihnen, ihre feurigen Attacken gegenseitig aufzuheben. Kahlan war sich darüber im Klaren, dass die vordersten Reihen der D'Haraner nicht darauf hoffen konnten, den heranstürmenden Massen der Ordenstruppen standzuhalten; sie konnten nicht einmal darauf hoffen, ihren Vormarsch abzubremsen. Im Schein des Mondes konnte sie erkennen, wie sie begannen, ihre Stellungen aufzugeben.

»Wieso funktioniert es nicht?«, fragte Kahlan leise, halb bei sich. Sie beugte sich hinüber zu Verna. »Seid Ihr sicher, dass Euch bei der Herstellung kein Fehler unterlaufen ist?«

Verna, die das ungestüme Anrennen des Feindes, noch dazu im Getöse der Schlachtrufe, beobachtete, schien die Frage überhört zu haben. Kahlan sah nach ihrem Schwert, doch gleichzeitig wurde ihr klar, wie sinnlos der Versuch zu kämpfen wäre. Sie spürte Richards Schwert auf ihrem Rücken und spielte mit dem Gedanken es zu ziehen, entschied aber, dass es besser wäre, die Flucht zu ergreifen. Sie drängte Verna zu ihrem völlig verausgabten Pferd, während Cara dasselbe bei Schwester Philippa tat.

Bevor sie den Fuß in den Steigbügel stellen konnte, bemerkte Kahlan, wie die Imperiale Ordnung langsamer wurde. Sie sah Männer straucheln; einige hatten die Arme blindlings tastend ausgestreckt, andere stürzten hin.

Verna zeigte. »Seht doch!«

Ein endloses Stöhnen, hervorgerufen durch Angst und grauenhafte Schmerzen, begann sich in die Nacht zu erheben und gewann immer mehr an Heftigkeit. Männer fielen taumelnd übereinander, manche schlugen mit dem Schwert nach einem unsichtbaren Feind und verstümmelten stattdessen ihre blinden Kameraden.

Der Vormarsch an vorderster Front verlangsamte sich zum Kriechtempo. Immer mehr Soldaten drängten nach und kollidierten mit der stecken gebliebenen ersten Angriffswelle. Kavalleriepferde gerieten in Panik und warfen ihre Reiter ab. Die völlig verängstigten Pferde stoben in alle Himmelsrichtungen auseinander, blind für die Soldaten, die sie niedertrampelten. Rasende Karren überschlugen sich. Bestürzung und Chaos machte sich in den feindlichen Reihen breit.

Der Vormarsch brach in sich zusammen. Stockend kam die Imperiale Ordnung zum Stillstand.

Zedd und Warren kamen angeritten und stiegen ab, beide trotz der eiskalten Nachtluft schweißgebadet. Kahlan drückte Zedds knochige Hand.

»Ihr beide habt uns da draußen den Hals gerettet.«

Zedd deutete auf Warren. »Das war er, nicht ich.«

Warren zuckte mit den Achseln. »Ich habe gesehen, in welch misslicher Lage Ihr wart.«

Staunenden Blicks verfolgten sie, wie der Armee das Augenlicht genommen wurde.

»Ihr habt es geschafft, Verna«, sagte Kahlan. »Ihr habt uns mit Eurem Glas gerettet.«

Schließlich umarmten sich Verna und Kahlan, während ihnen Tränen der Erleichterung über die Wangen liefen.

7. Kapitel

Kahlan war eine der Letzten, die den Pass überquerte. Das dahinter liegende Tal war durch hoch aufragende Felswände rings um seine Südhälfte gut geschützt, und der Weg um diese Berge herum war lang und beschwerlich, falls denn die Imperiale Ordnung tatsächlich auf die Idee verfallen sollte, hier zu attackieren. Obgleich die Truppen des D'Haranischen Reiches nicht die geringste Absicht hatten, sich in diesem Tal einschließen zu lassen, war dies, zumindest vorübergehend, ein sicherer Ort.

Der Sattel zwischen den umliegenden Bergen war mit hohen, alten Fichten bestanden, was ihnen auch ein wenig Schutz vor dem Wind bot. Überall war der Waldboden mit Zelten bedeckt. Es tat gut, all die Lagerfeuer zu sehen und den Holzrauch zu riechen – ein Zeichen, dass die Männer sich selbst dafür sicher genug fühlen durften. Die spätabendliche Luft war erfüllt von Essensduft; es hatte großer Anstrengungen bedurft, die Armee mitsamt ihrer Ausrüstung über den Pass zu schaffen, und die Männer waren nun über die Maßen ausgehungert.

General Meiffert wirkte so hocherfreut, wie dies jeder General wäre, dessen bereits verloren geglaubte Armee endlich in Sicherheit war – wenn auch nur vorübergehend. Er führte Kahlan und Cara durch die von tausenden von Lagerfeuern erhellte Dunkelheit zu den Zelten, die er für sie hatte errichten lassen. Unterwegs brachte er sie bezüglich des Zustandes der Armee auf den neuesten Stand der Dinge und ging die Liste der wenigen Ausrüstungsgegenstände durch, die sie hatten zurücklassen müssen.

»Es wird eine kalte Nacht werden«, sagte General Meiffert, als sie bei den Zelten anlangten, die er ein wenig abseits zwischen zwei hoch aufragenden Fichten hatte aufstellen lassen. »Ich habe Euch einen Sack mit Kieselsteinen an einem Feuer erhitzen lassen, Mutter Konfessor. Für Euch ebenfalls, Herrin Cara.«

Kahlan dankte ihm, woraufhin er sich verabschiedete, um seinen Verpflichtungen nachzugehen. Cara wollte sich auf die Suche nach etwas Essbarem machen, und Kahlan erklärte ihr, sie solle ruhig gehen, denn sie selbst wolle einfach nur schlafen.

Drinnen im Zelt, auf einem kleinen Tisch, sah Kahlan *Seele* stehen, deren stolze Körperhaltung von der an der Firststange des Zeltes hängenden Lampe angestrahlt wurde. Sie hielt inne, um mit dem Finger den Schwung ihres fließenden Gewandes nachzuzeichnen.

Kahlan, der vor Kälte die Zähne klapperten, konnte es kaum erwarten, in ihr Bett zu kriechen und den Sack mit angewärmten Kieselsteinen unter ihren Fellüberwurf zu ziehen.

Sie überlegte, wie sehr sie fror, verließ jedoch statt sich ins Bett zu legen, noch einmal das Zelt und suchte das dunkle Lager ab, bis sie eine Schwester aufgetrieben hatte. Deren Wegbeschreibung folgend, wanderte Kahlan zwischen etlichen Zelten hindurch, bis sie die dicht mit jungen Bäumen bestandene Stelle erreichte, wo sie die winzige Pultdachhütte fand, die man zum Schutz gegen Wind und Wetter inmitten der Zweige errichtet hatte.

Sie ging in die Hocke, spähte hinein und betrachtete das Deckenbündel, das sie im Licht der nahen Lagerfeuer gerade eben erkennen konnte.

»Holly? Bist du da drinnen?«

Ein kleiner Kopf kam zum Vorschein. »Mutter Konfessor?« Das Mädchen bibberte vor Kälte. »Was ist denn? Braucht Ihr mich?«

»Ja, das tue ich tatsächlich. Komm mit mir, bitte.« Holly krabbelte in eine Decke gewickelt heraus. Kahlan ergriff ihre kleine Hand und führte sie schweigend zurück zu ihrem Zelt. Holly machte große, runde Augen, als Kahlan sie hineinbat. Vor dem kleinen Tisch blieb das Mädchen wie angewurzelt stehen, um *Seele* staunend zu betrachten.

»Gefällt sie dir?«, fragte Kahlan.

Zitternd vor Kälte strich Holly ehrfürchtig mit ihren zierlichen Fingern über *Seeles* Arm. »Wo habt Ihr nur so etwas Wunderschönes her?«

»Das hat Richard für mich geschnitzt.«

Holly löste ihren Blick von der kleinen Statue und sah zu Kahlan hoch. »Ich vermisse Richard.« In der stillen Luft im Inneren des Zeltes konnte Kahlan Hollys Atem sehen. »Er ist immer nett zu mir gewesen. Eine Menge Leute waren ziemlich gemein, aber Richard ist immer nett gewesen.«

Unvermutet verspürte Kahlan einen kummervollen Stich. Sie hatte nicht damit gerechnet, dass sie auf Richard zu sprechen kommen würden.

»Was wollt Ihr denn von mir, Mutter Konfessor?«

Kahlan riss sich aus ihren sorgenvollen Gedanken und lächelte. »Ich war stolz auf dich, wie du heute mitgeholfen hast, uns alle zu retten. Ich habe dir versprochen, dass du dich wärmen kannst. Heute Abend ist es soweit.«

Dem Mädchen klapperten die Zähne. »Wirklich?«

Kahlan legte das Schwert der Wahrheit auf die andere Seite des Bettes, dann zog sie einige ihrer schwereren Kleidungsstücke aus, löschte die Lampe und setzte sich auf das strohgefüllte Nachtlager. Der Schein der nahen Lagerfeuer ließ die Zeltwände in mattem Licht erglühen.

»Komm, klettere zu mir ins Bett. Heute Nacht wird es sehr kalt werden. Ich brauche dich, um mich zu wärmen.«

Holly musste nicht lange überlegen.

Kahlan legte sich auf die Seite, zog erst Hollys Rücken an ihren Bauch, dann den Sack mit den aufgeheizten Kieselsteinen an das Mädchen heran. Als Holly daraufhin den Sack mit den Armen umschlang, ließ die Begeisterung über die Wärme sie wohlig aufstöhnen. Kahlan musste lächeln, als sie das zufriedene Seufzen hörte.

Sie lächelte noch lange und genoss die schlichte Freude, zu wissen, dass Holly sich warm und geborgen fühlte. Die Anwesenheit des dicht an ihren Körper geschmiegten Mädchens half Kahlan, all die entsetzlichen Dinge zu vergessen, die sie an diesem Tag gesehen hatte.

Hoch oben in den Bergen stimmte ein einzelner Wolf sein langes, einsames Geheul an. Das Echo hallte verklingend durch das Tal, um mit verzweifelter Hartnäckigkeit immer wieder aufs Neue zu beginnen.

Jetzt, da sein Schwert hinter ihrem Rücken lag, wanderten ihre Gedanken zu Richard. Während sie an ihn dachte und sich fragte, ob er in Sicherheit war, weinte sie sich leise in den Schlaf.

Am nächsten Tag zog der Schnee von den höher gelegenen Bergen herunter und wütete in den südlichen Regionen der Midlands. Die Unwetter tobten zwei volle Tage lang; in der zweiten Scheesturmnacht teilte Kahlan ihr Zelt mit Holly, Valery und Helen. Sie hockten unter Decken, aßen Eintopf, sangen Lieder, erzählten sich Geschichten von Prinzen und Prinzessinnen und schliefen dicht aneinandergeschmiegt, um sich zu wärmen.

Als die Schneestürme schließlich mit einem trüben Sonnenaufgang endeten, reichten die Schneeverwehungen vor den meisten größeren Zelten auf der dem Wind zugewandten Seite bis an die Firststange; die kleineren waren völlig darunter begraben. Während der darauffolgenden Wochen zog ein Sturm nach dem anderen über sie hinweg und schneite sie immer mehr ein. Bei diesen Witterungsbedingungen war es schwierig, zu kämpfen oder auch nur eine Armee über eine größere Strecke marschieren zu lassen. Kundschafter berichteten, die Imperiale Ordnung habe sich einen Wochenmarsch weit nach Süden zurückgezogen.

Die Versorgung der Geblendeten würde eine schwere Belastung sein. Einen Tagesmarsch im Umkreis jener Stelle, wo man das Spezialglas freigesetzt hatte, hatten die d'Haranischen Kundschafter weit über sechzigtausend erfrorene, mittlerweile unter Schneeverwehungen begrabene Leichen gesichtet – blinde Soldaten, die sich unter diesen harten Bedingungen nicht mehr hatten selbst versorgen können.

Vermutlich waren sie von der Imperialen Ordnung ihrem Schicksal überlassen worden. Ein paar Dutzend Geblendeten war es gelungen, auf der Suche nach Hilfe und um Gnade flehend den Pass zu überqueren. Kahlan hatte sie hinrichten lassen.

Es war schwierig, die genaue Anzahl der von Vernas Spezialglas Geblendeten anzugeben; durchaus möglich, dass viele von ihnen mit der Imperialen Ordnung den Rückzug antraten, weil man sie für niedrige Tätigkeiten vorgesehen hatte. Wahrscheinlich aber stellten die Leichen, von denen die Kundschafter berichtet hatten, das Gros der Geblendeten dar. Kahlan konnte sich durchaus vorstellen, dass Jagang sie nicht in seinem Feldlager haben wollte, weil sie Lebensmittel und andere Vorräte verbrauchten und seine Männer an ihren schmerzlichen Rückzug erinnerten.

Sie war sich jedoch darüber im Klaren, dass ein Rückzug für Jagang nur einen vorübergehenden Rückschlag und nicht etwa eine Neubewertung seiner eigentlichen Ziele bedeutete. Der Orden verfügte über genug Soldaten, um den Verlust der seit Beginn der Kämpfe gefallenen einhunderttausend Mann mit einem Achselzucken abzutun. Doch erst einmal verhinderte das Wetter einen Gegenschlag Jagangs.

Kahlan hatte nicht vor, still zu sitzen und auf ihn zu warten. Als einen Monat später der Abgesandte Herjborgues eintraf, traf sie sich umgehend mit ihm in der kleinen Fallenstellerhütte, die sie oben zwischen den Bäumen auf der Westseite des Tales entdeckt hatten. Die Hütte stand – abseits jener freien Flächen, auf denen sich die Zelte drängten – im Schutz hoch aufragender, uralter Föhren; sie war zu Kahlans häufig benutztem Quartier geworden und diente ihr oft als Kommandozentrale.

Für General Meiffert bedeutete es eine große Erleichterung, wenn Kahlan statt eines Zeltes die Hütte bewohnte. Es gab ihm das Gefühl, dass die Armee etwas unternahm, um der Mutter Konfessor –

der Gemahlin des Lord Rahl – ein angemesseneres Quartier zur Verfügung zu stellen. Zwar wussten Kahlan und Cara die Nächte durchaus zu schätzen, die sie in der Hütte schliefen, trotzdem wollte Kahlan nicht, dass jemand glaubte, sie sei den Bedingungen, die alle Übrigen auszuhalten hatten, nicht gewachsen. Deswegen bestand sie manchmal darauf, stattdessen die Mädchen zusammen mit einigen Schwestern in der Hütte übernachten zu lassen, und manchmal, dass Verna dort mit Holly, Valery und Helen nächtigte; die Prälatin zu überreden war nicht übermäßig schwierig.

Kahlan begrüßte den Abgesandten Theriault aus Herjborgue und bat ihn in die gemütliche Hütte. Er wurde von einer mehrköpfigen Gardeeinheit begleitet, die draußen wartete. Herjborgue war ein kleines Land, dessen Beitrag zu den Aufwendungen des Krieges sich auf den Bereich ihres einzigen Erzeugnisses beschränkte: Wolle. Kahlan brauchte den Mann dringend.

Nachdem der Abgesandte Theriault niedergekniet war und die traditionelle Begrüßung durch die Mutter Konfessor empfangen hatte, erhob er sich schließlich und schob grinsend seine schwere Kapuze nach hinten auf die Schultern.

»Mutter Konfessor, wie gut zu sehen, dass Ihr wohlauf seid.«

Sie erwiderte sein Lächeln von ganzem Herzen. »Ganz meinerseits, Abgesandter Thierault. Hier, kommt ans Feuer und wärmt Euch auf.«

Am steinernen Kamin streifte er seine Handschuhe ab und hielt seine Hände vor die knisternden Flammen. Als er einen flüchtigen Blick auf das glänzende Heft des Schwertes der Wahrheit warf, das hinter ihrer Schulter hervorlugte, fiel ihm die Figur *Seele* auf dem Sims ins Auge. Staunend betrachtete er sie, wie alle, die die stolze Figur erblickten.

»Wir haben gehört, man hat Lord Rahl gefangen genommen«, sagte er schließlich. »Gibt es schon Nachricht?«

Kahlan schüttelte den Kopf. »Wir wissen, dass man ihm nichts angetan hat, aber das ist auch schon so ziemlich alles. Ich kenne meinen Gemahl, er weiß sich zu helfen. Deshalb bin ich zuversichtlich, dass er einen Weg finden wird, hierher zurückzukehren und uns beizustehen.«

Der Mann nickte, und während er zuhörte, legte sich seine Stirn in Falten.

Cara stand neben dem Tisch und ließ, durch Kahlans Worte an ihren Lord Rahl erinnert, ihren Strafer beiläufig durch die Finger rollen. Der Blick in Caras blauen Augen und die Art, wie sie die Waffe schließlich wieder an dem feinen Goldkettchen um ihr Handgelenk baumeln ließ, verriet Kahlan, dass der Strafer, der über die Bande mit dem derzeitigen Lord Rahl verbunden war, noch immer seine Kraft besaß. Solange er funktionierte, konnten sie sicher sein, dass Richard noch lebte; andere Informationen besaßen sie nicht.

Der Mann schlug seinen schweren Reiseumhang auf. »Wie geht es mit dem Krieg voran? Alle warten begierig auf Neuigkeiten.«

»So weit wir dies einschätzen können, konnten wir mehr als einhunderttausend Soldaten ihrer Streitkräfte töten.«

Dem Mann verschlug es die Sprache. Eine derart gewaltige Zahl hatte auf jemanden aus einem so kleinen Land wie seiner Heimat Herjborgue eine Schwindel erregende Wirkung.

»Dann sind sie zweifellos besiegt. Sind sie in die Alte Welt zurück geflohen?«

Statt seinen Blick zu erwidern, starrte Kahlan auf die laufend ihre Farbe verändernden Scheite in der flirrenden Gluthitze der Flammen. »Ich fürchte, der Verlust so vieler Männer wird die Imperiale Ordnung kaum schwächen. Wir verringern ihre Zahl, allerdings verfügen sie über eine Armee, die mehr als zehnmal so groß ist. Sie sind, gerade mal einen Wochenmarsch südlich von hier, nach wie vor eine Bedrohung.«

Kahlan hob den Kopf und bemerkte, dass er sie anstarrte. Der Blick in seinen Augen verriet ihr, dass er Mühe hatte, sich so viele Menschen vorzustellen. Sein vom Wind gerötetes Gesicht hatte beträchtlich an Farbe verloren.

»Gütige Seelen …«, sagte er leise. »Natürlich haben wir die Gerüchte gehört, aber zu erfahren, dass sie der Wahrheit entsprechen …« Er schüttelte den Kopf, einen Ausdruck der Verzweiflung im Gesicht. »Wie soll man einen Feind von dieser Größe jemals besiegen können?«

»Wenn ich mich recht erinnere, wart Ihr vor einigen Jahren in Aydindril, um den Rat aufzusuchen, und hattet im Anschluss an ein Festbankett ein wenig Ärger. Dieser Hüne aus Kelton – sein Name ist mir entfallen – prahlte und äußerte sich abfällig über Euer kleines Land. Erinnert Ihr Euch noch an diesen Abend? – Wie nannte er Euch gleich?«

Die Augen des Abgesandten Thierault funkelten, als er zu lächeln begann.

»Unbedeutend.«

»Unbedeutend, ganz recht. Ich vermute, er dünkte sich Euch überlegen, weil er das Doppelte Eurer Körperfülle aufzuweisen hatte. Ich erinnere mich noch, dass jemand den Tisch freiräumte, und Ihr beide Euch im Armdrücken gemessen habt.«

»Nun, damals war ich noch jünger, außerdem hatte ich zum Essen das eine oder andere Glas Wein getrunken.«

»Ihr habt gewonnen.«

Er lachte leise. »Nicht durch Körperkraft. Er war ziemlich hochnäsig, ich dagegen vielleicht klüger und schneller – das ist alles.«

»Ihr habt gewonnen; das war das Ergebnis. Diese einhunderttausend Mann der Imperialen Ordnung sind nicht weniger tot, nur weil sie uns zahlenmäßig überlegen waren.«

Sein Lächeln erlosch. »Jetzt verstehe ich. Die Imperiale Ordnung sollte wohl den Kampf jetzt verloren geben, solange sie noch Soldaten hat. Ich erinnere mich noch sehr gut, wie jene fünftausend galeanischen Rekruten unter Eurer Führung die fünfzigtausend Mann starke Streitmacht angegriffen und vernichtet haben.« Er stützte sich mit einem Arm auf dem grob behauenen Kaminsims ab. »Wie auch immer, ich verstehe, worauf Ihr hinauswollt. Wenn man es mit einem kräftemäßig überlegenen Gegner zu tun hat, muss man seinen Verstand gebrauchen.«

»Ich brauche Eure Hilfe«, erklärte Kahlan dem Mann.

Der Feuerschein spiegelte sich in seinen braunen Augen, als er sich zu ihr herumwandte. »Was immer Ihr wünscht, Mutter Konfessor. Was immer Ihr wünscht, solange es in meiner Macht steht.«

Kahlan bückte sich und schob ein weiteres Scheit ins Feuer; wirbelnd stiegen die Funken durch den Schornstein in die Höhe.

»Wir brauchen wollene Umhänge für die Männer – mit Kapuze.«

Er musste nicht lange überlegen. »Sagt mir einfach, wie viele, und ich werde mich darum kümmern. Ich bin sicher, es wird sich einrichten lassen.«

»Ich benötige mindestens einhunderttausend Stück – für die gesamte derzeit hier versammelte Truppe. Wir erwarten jeden Augenblick Verstärkung, wenn Ihr also noch einmal die Hälfte dieser Menge drauflegen könntet, würde uns das bei der Zerschlagung der Imperialen Ordnung ein großes Stück weiterbringen.«

Während er in Gedanken einige Berechnungen anstellte, schob Kahlan das Scheit mit dem Feuereisen in den Hintergrund des Feuers. »Ich weiß, worum ich Euch bitte, das ist keine leichte Aufgabe.«

Er kratzte sich durch sein dichtes graues Haar den Schädel. »Ihr braucht gar nicht zu erfahren, wie schwierig es sein wird, das wird Euch ohnehin nicht zum Sieg verhelfen, lasst mich also einfach erklären, Ihr werdet sie bekommen.«

Die Zusage des Abgesandten Thierault war so verlässlich wie Gold und ebenso wertvoll. Sie erhob sich und sah ihm ins Gesicht.

»Außerdem möchte ich, dass sie aus gebleichter Wolle hergestellt werden.«

Er zog fragend eine Braue hoch. »Aus gebleichter Wolle?«

»Ihr werdet sicherlich verstehen, dass wir sehr geschickt vorgehen müssen. Die Imperiale Ordnung stammt tief unten aus dem Süden. Richard war einmal dort, er erzählte mir, dass dort ein völlig anderes Klima herrscht als hier in der Neuen Welt; ihre Winter sind mit unseren nicht zu vergleichen. Wenn ich mich nicht irre, ist die Imperiale Ordnung weder mit dem Winter vertraut, noch ist sie es gewöhnt, unter diesen Witterungsbedingungen zu überleben, geschweige denn zu kämpfen. Die winterlichen Verhältnisse mögen schwierig sein, aber durch diesen Umstand werden sie uns zum Vorteil gereichen.«

Kahlan hielt ihm die geballte Faust vors Gesicht. »Ich will ihnen gnadenlos zusetzen. Ich will mir das winterliche Wetter zunutze machen, um sie leiden zu lassen. Ich will sie aus der Reserve locken und sie zwingen, unter Bedingungen zu kämpfen, mit denen sie längst nicht so vertraut sind wie wir. Die Kapuzenumhänge sollen dabei unseren Männern als Tarnung dienen, um bei Überfällen ganz nah an den Feind heranzuschleichen und anschließend vor seinen Augen zu verschwinden.«

»Haben sie keine mit der Gabe Gesegneten in ihren Reihen?«

»Doch, aber keine Hexenmeisterin wird ihnen sagen können, wohin jeder einzelne Bogenschütze mit seinen Pfeilen zielen soll.«

Er strich sich nachdenklich übers Kinn. »Ja, ich verstehe, was Ihr meint.« Er schlug gegen den Sims, wie um seine Zusage zu besiegeln. »Ich werde unsere Handwerker sofort anfangen lassen. Darüber hinaus werden Eure Männer warme Handschuhe benötigen.«

Kahlan lächelte anerkennend. »Sie werden Euch dafür dankbar sein. Weist Eure Handwerker an, mit der Auslieferung der Umhänge sofort zu beginnen, sobald die ersten fertig sind. Wartet nicht, bis die Produktion abgeschlossen ist. Wir werden unsere Überfälle mit jeder noch so geringen Zahl beginnen; später dann, sobald Ihr mehr liefert, können wir die Einsatztrupps vergrößern.«

Der Abgesandte Theriault zog seine Kapuze über den Kopf und schloss seinen schweren Wollumhang. »Der Winter hat eben erst begonnen. Je mehr Zeit Ihr habt, sie langsam zu dezimieren, solange Ihr ihnen gegenüber aufgrund des Wetters im Vorteil seid, desto besser. Am besten mache ich mich unverzüglich auf den Weg.«

Kahlan fasste sich mit dem Mann bei den Armen – eine Geste, zu der sich eine Mutter Konfessor normalerweise nicht hinreißen ließ, die aber bei jedem anderen als aufrichtige Anerkennung für angebotene Hilfe durchaus verständlich gewesen wäre.

Als sie und Cara draußen vor der Tür standen und zusahen, wie der Abgesandte und seine Gardisten durch den Schnee von dannen stapften, hoffte Kahlan, dass schon bald die ersten Umhänge eintreffen und sie sich als so nützlich erweisen würden wie erwartet.

»Glaubt Ihr wirklich, wir können den Krieg im Winter erfolgreich vorantreiben?«, fragte Cara.

Kahlan wandte sich zur Tür herum. »Wir haben gar keine andere Wahl.«

Kahlan wollte gerade wieder hineingehen, als sie eine Prozession zwischen den Bäumen den Hang heraufkommen sah. Als sie ein wenig näher waren, erkannte sie, dass es General Meiffert war, der sie zu Fuß anführte. Des Weiteren konnte sie Adie, Verna, Warren und Zedd erkennen, die neben vier Reitern hergingen. Funkelnd spiegelte sich die Mittagssonne auf dem Schwert des führenden Reiters.

Kahlan stockte der Atem, als sie sah, um wen es sich handelte.

Ohne noch einmal in die Hütte zu gehen, um ihren Umhang oder Fellüberwurf zu holen, rannte sie durch den Schnee hinunter, um ihn zu begrüßen: Cara folgte ihr dicht auf den Fersen.

»Harold!«, rief sie. »Was für eine Freude, dich zu sehen!«

Dann erkannte Kahlan hinter ihrem soeben aus Galea eingetroffenen Halbbruder einige der anderen Männer, und wieder stockte ihr vor Überraschung der Atem. Captain Ryan, Befehlshaber jener galeanischen Rekruten, an deren Seite sie gekämpft hatte, war darunter, sowie sein Lieutenant, Flin Hobson. Im Hintergrund glaubte sie Sergeant Frost zu erkennen. Ihr tat das Gesicht weh, so sehr strahlte sie, als sie ihnen durch den tiefen Schnee entgegenlief.

Am liebsten hätte Kahlan ihren Halbbruder vom Pferd gezogen und umarmt; in der Uniform eines galeanischen Stabsoffiziers, die weit weniger auffällig war als seine Paradeuniform, bot er auf seinem edlen Schlachtross einen prachtvollen Anblick. Erst jetzt wurde ihr in vollem Ausmaß bewusst, wie besorgt sie über sein verspätetes Eintreffen gewesen war.

Ganz der Prinz, der er war, neigte Harold sein Haupt in ihre Richtung, als er sich im Sattel verbeugte, und ließ dabei ein nur dünnes, fast verstohlenes Lächeln sehen.

»Mutter Konfessor, ich bin erfreut, Euch wohlauf zu sehen.«

Captain Ryan strahlte über das ganze Gesicht, auch wenn Prinz Harold offenbar nicht danach zumute war. Bradley und Flin waren Kahlan noch in bester Erinnerung, ebenso wie ihre Tapferkeit, ihr Mut und Charakter. Die Kämpfe damals waren grauenvoll gewesen, an die Gesellschaft dieser hervorragenden Soldaten aber, alles prächtige, junge Burschen, erinnerte sie sich noch gern. Schon einmal hatten sie Unmögliches vollbracht, und jetzt waren sie gekommen, um dieses Kunststück zu wiederholen.

Neben seinem Pferd stehend, langte Kahlan nach Harolds Hand. »Komm herein, drinnen brennt ein schönes, warmes Feuer.« Sie machte dem Captain, dem Lieutenant und dem Sergeant ein Zeichen. »Ihr auch. Kommt herein und wärmt Euch auf.«

Prinz Harold trat vom Steigbügel auf den Boden. »Mutter Konfessor, ich …«

Kahlan vermochte nicht zu widerstehen; sie schlang ihrem Halbbruder die Arme um den Hals. Er war ein Bär von einem Mann, genau wie ihr gemeinsamer Vater, König Wyborn. »Ich bin so erleichtert, dich zu sehen. Wie geht es Cyrilla?«

Cyrilla, Harolds Schwester und Kahlans Halbschwester, war ein Dutzend Jahre älter als Kahlan. Nach ihrer Gefangennahme durch die Imperiale Ordnung hatte man sie zusammen mit einer Bande von Mördern und Vergewaltigern ins Verlies geworfen. Harold hatte sie befreit, die Misshandlungen jedoch, die sie über sich hatte ergehen lassen müssen, hatten sie in einem Zustand geistiger Umnachtung zurückgelassen, in der sie die Menschen in ihrer Umgebung nicht mehr wahrnahm. Nur äußerst selten erlangte sie das Bewusstsein zurück; und wenn sie aus ihrem Zustand erwachte, schrie und weinte sie meist unkontrollierbar. In einem ihrer klaren Augenblicke hatte sie Kahlan das Versprechen abgenommen, Königin von Galea zu werden und für die Sicherheit ihres Volkes zu sorgen.

Harold, der es vorzog, Befehlshaber der galeanischen Armee zu bleiben, hatte die Krone abgelehnt; widerstrebend hatte Kahlan seinem Wunsch stattgegeben.

Harolds Augen wechselten kurz hinüber zu den anderen. »Mutter Konfessor, wir haben etwas zu besprechen.«

8. Kapitel

Während Captain Ryan und seine beiden Begleiter sich auf Anweisung Prinz Harolds um ihre Truppen und die Pferde kümmern gingen, drängten sich die Übrigen in die winzige Fallenstellerhütte. Zedd und Warren setzten sich auf eine Bank, die aus einer über zwei Stammstümpfen gelegten Planke bestand; Verna und Adie hatten auf einer weiteren Bank an der gegenüberliegenden Wand Platz genommen. Cara schaute zum winzigen Fenster hinaus. General Meiffert hatte sich neben Cara postiert und beobachtete, wie der Prinz mit dem Finger immer wieder über die Tischkante strich; Kahlan hatte ihre gefalteten Hände vor sich auf den Tisch gelegt.

»Also«, begann sie, das Schlimmste befürchtend, »wie geht es denn nun Cyrilla?«

Harold strich die Vorderseite seiner Uniformjacke glatt. »Die Königin … ist wieder gesund.«

»Die Königin …?« Kahlan erhob sich langsam von ihrem Stuhl. »Cyrilla hat sich erholt? Das sind wundervolle Neuigkeiten, Harold. Und sie hat endlich wieder ihre Krone in Besitz genommen? Umso besser!«

Kahlan war hocherfreut, von ihrer Rolle als Königin Galeas entbunden zu sein; es war eine lästige Pflicht, der Cyrilla sehr viel eher gerecht wurde als eine Mutter Konfessor. Mehr noch aber war sie erleichtert zu hören, dass ihre Halbschwester endlich wieder genesen war. Obgleich die beiden sich nie wirklich nahe gestanden hatten, respektierten sie einander.

Stärker noch als ihre Freude über Cyrillas Genesung war Kahlans Gefühl der Erleichterung, weil Harold endlich seine Truppen hergeführt hatte, um sich ihnen anzuschließen. Sie hoffte, dass es ihm gelungen war, jene einhunderttausend Mann bereitzustellen, über die sie bereits gesprochen hatten; sie würden einen guten Grundstock für jene Armee bilden, die aufzustellen Kahlan gezwungen war.

Harold benetzte seine vom Wetter rissigen Lippen. Seine hängenden Schultern schienen ihre Vermutung zu bestätigen, dass das Aufstellen der Armee schwierig und mühsam und die Reise hierher beschwerlich gewesen war. Noch nie hatte sie sein Gesicht so todmüde und erschöpft gesehen; sein Blick war unbestimmt und leer und erinnerte sie an ihren Vater.

Kahlan, entschlossen, ihre Dankbarkeit zu zeigen, lächelte überschwänglich. »Wie viele Truppen hast du mitgebracht? Wir können die einhunderttausend Mann zweifellos gebrauchen, sie würden unsere derzeit hier versammelten Streitkräfte nahezu verdoppeln. Die Seelen wissen, wie dringend wir sie benötigen.«

Niemand sagte etwas. Als sie von einem zum anderen blickte, vermieden es alle, ihr in die Augen zu sehen.

Das Gefühl der Erleichterung, das Kahlan eben noch empfunden hatte, zerplatzte wie eine Seifenblase »Wie viele Truppen hast du mitgebracht, Harold?«

Er fuhr sich mit seinen fleischigen Fingern durch sein langes, dichtes dunkles Haar. »Ungefähr eintausend Mann.«

Sprachlos sank sie zurück auf ihren Stuhl. »Eintausend?«, murmelte sie dann kaum hörbar.

Er nickte und wagte es noch immer nicht, ihr in die Augen zu sehen. »Captain Bradley und seine Männer. Die, die du schon einmal angeführt und an deren Seite du schon einmal gekämpft hast.«

Kahlan spürte, wie ihr das Blut heiß ins Gesicht schoss. »Wir brauchen deine gesamten Truppen. Harold, was wird hier gespielt?«

Endlich sah er ihr in die Augen. »Königin Cyrilla hat meinen Plan abgelehnt, unsere Truppen nach Süden zu führen. Kurz nach deinem Besuch bei ihr erwachte sie aus ihrer Krankheit. Sie war wieder ganz die Alte – sie sprühte geradezu vor Ehrgeiz und Leidenschaft. Du weißt ja, wie sie war und ist: unermüdlich im Einsatz für

Galea.« Seine Finger trommelten beiläufig auf den Tisch. »Aber ich fürchte, ihre Krankheit hat sie verändert, denn sie fürchtet sich vor der Imperialen Ordnung.«

»Das tue ich auch«, erwiderte Kahlan mit leisem, unterdrücktem Zorn. Sie spürte den Druck von Richards Schwert auf ihrer Schulter und merkte, wie Harold es mit den Augen musterte. »In den Midlands hat jeder Angst vor der Imperialen Ordnung. Gerade deshalb brauchen wir ja diese Truppen.«

Nickend fuhr er fort: »Das alles habe ich ihr auch erklärt, wirklich. Daraufhin erwiderte sie, sie sei Königin von Galea und als diese verpflichtet, unser Land über alles andere zu stellen.«

»Aber Galea hat sich dem d'Haranischen Reich angeschlossen!«

Er breitete in einer Geste der Hilflosigkeit die Hände aus. »Während ihrer Krankheit muss ihr das wohl ... entgangen sein. Sie sagte, sie habe dir die Krone nur deshalb überlassen, damit du die Sicherheit ihres Volkes gewährleistest, aber nicht, um seine Souveränität preiszugeben.« Er ließ die Hände sinken. »Sie behauptet, diese Befugnis habest du niemals besessen, und weigert sich, die Abmachung einzuhalten.«

Kahlan betrachtete die anderen Anwesenden, die schweigend über sie Gericht zu sitzen schienen.

»Harold, das alles haben du und ich doch in der Vergangenheit längst abgesprochen. Die Midlands werden bedroht.« Sie machte eine ausholende Armbewegung. »Die gesamte Neue Welt wird bedroht! Diese Bedrohung müssen wir zurückweisen, und zwar nicht, indem wir jedes Land für sich verteidigen – oder jedem einzelnen Land seine Verteidigung selbst überlassen. Wenn wir das tun, werden wir einer nach dem anderen untergehen. Wir müssen unbedingt zusammenhalten.«

»Im Prinzip gebe ich dir Recht, Mutter Konfessor. Aber Königin Cyrilla nicht.«

»Dann ist Cyrilla auch nicht wieder gesund, Harold. Sie ist noch immer krank.«

»Mag sein, aber darüber steht mir kein Urteil zu.«

Die Ellbogen auf dem Tisch, stützte Kahlan ihre Stirn auf die Fingerspitzen. Dröhnende Gedanken wirbelten ihr durch den Kopf und forderten, dass dies nicht wahr sein dürfe.

»Was ist mit Jebra?«, erkundigte sich Zedd, der etwas abseits saß. Kahlan war erleichtert, seine Stimme zu hören, es war, als kehrte mit ihr die Vernunft in den Wahnsinn zurück, den sie hier zu hören bekam, als könnte das Gewicht einer zusätzlichen Stimme alles wieder ins Lot rücken. »Wir haben die Seherin zurückgelassen, damit sie dir hilft, Cyrilla zu versorgen. Jebra hat ihr doch gewiss von diesem Vorgehen abgeraten?«

Harold ließ erneut den Kopf hängen. »Ich fürchte, Cyrilla hat Jebra ins Verlies werfen lassen. Mehr noch, die Königin ordnete an, Jebra die Zunge herauszuschneiden, sollte sie auch nur eine einzige – wie sie es nennt – lästerliche Bemerkung von sich geben.«

Kahlan musste sich zwingen, zu blinzeln. Längst war es nicht mehr Cyrillas Betragen, das sie so völlig aus der Fassung brachte. Ihre Worte klangen dürr und spröde, die leere Hülle erloschenen Respekts.

»Harold, warum befolgst du die Befehle einer Wahnsinnigen?«

Sein Kinn nahm einen entschlossenen Ausdruck an, so als hätte ihr Ton ihn gekränkt. »Mutter Konfessor, sie ist nicht nur meine Schwester, sondern auch meine Königin. Ich habe einen Eid darauf geleistet, meiner Königin zum Schutze des galeanischen Volkes zu gehorchen. All unsere Soldaten hier draußen, die in deiner Armee gekämpft haben, sind ebenfalls darauf vereidigt, in erster Linie das galeanische Volk zu beschützen. Ich habe ihnen die Befehle unserer Königin bereits übermittelt. Wir müssen unverzüglich nach Galea zurückkehren. Tut mir Leid, aber jedes andere Vorgehen ist völlig ausgeschlossen.«

Kahlan schlug mit der Faust auf den Tisch und sprang auf.

»Galea liegt am oberen Ende des Callisidrintales! Von dort aus hat man Zugang bis in das Herz der Midlands! Begreifst du nicht, wie verlockend diese Marschroute für die Imperiale Ordnung wäre? Siehst du nicht, dass sie es möglicherweise darauf abgesehen hat, die Midlands zu spalten?«

»Selbstverständlich tue ich das, Mutter Konfessor.«

Sie deutete mit gestrecktem Arm auf das jenseits der Hütte liegende Armeelager.

»Und du erwartest einfach, dass all diese Männer dort draußen sich mit Leib und Leben zwischen dich und die Imperiale Ordnung stellen? Königin Cyrilla und du, ihr geht einfach ganz selbstverständlich davon aus, dass diese Männer dort draußen sterben, nur um euch zu beschützen? – während ihr gemütlich in Galea sitzt und darauf hofft, dass sie die Imperiale Ordnung schon daran hindern werden, jemals bis zu euch vorzudringen?«

»Natürlich nicht, Mutter Konfessor.«

»Was ist nur in dich gefahren? Siehst du nicht, dass du die Bevölkerung deiner Heimat schützt, wenn du an unserer Seite dafür kämpfst, der Imperialen Ordnung Einhalt zu gebieten?«

Harold benetzte sich die Lippen. »Wahrscheinlich entspricht alles, was du sagst, der Wahrheit, Mutter Konfessor; doch gleichzeitig ist es völlig bedeutungslos. Ich bin Befehlshaber der galeanischen Armee und habe mich mit meinem gesamten Leben dem Dienst am galeanischen Volk und meinem Regenten verschrieben – erst meiner Mutter und meinem Vater, später dann meiner Schwester. Ich hockte noch als kleiner Junge zu meines Vaters Füßen, als man mir bereits beibrachte, den Schutz Galeas über alles zu stellen.«

Kahlan gab sich größte Mühe, ihre Stimme in der Gewalt zu haben. »Harold, Cyrilla ist ganz offensichtlich noch immer krank. Solltest du ernsthaft daran interessiert sein, dein Volk zu beschützen, musst du einsehen, dass du das mit deinem jetzigen Vorgehen niemals wirst erreichen können.«

»Mutter Konfessor, meine Königin hat mich mit dem Schutz des Volkes von Galea beauftragt. Ich kenne meine Pflicht.«

»Pflicht?« Kahlan wischte sich mit der Hand durchs Gesicht.

»Du kannst dich unmöglich blindlings den Launen dieser Frau ausliefern, Harold. Es gibt nur einen Weg ins Leben und in die Freiheit, und der führt über die Vernunft. Cyrilla ist vielleicht Königin, aber unser einzig wahrer Herrscher kann nur die Vernunft sein. Wer sich in dieser Angelegenheit nicht von Vernunft leiten lässt, macht sich geistiger Anarchie schuldig.«

Er sah sie an, als wäre sie ein bedauernswertes kleines Kind, das die Welt der Erwachsenenpflichten nicht begreift.

»Sie ist meine Königin. Die Königin ist dem Volk zur Treue verpflichtet.«

Kahlan trommelte mit den Fingern auf den Tisch. »Cyrilla ist nichts weiter als ein Hirngespinst jener Geister, die sie noch immer heimsuchen. Sie wird deinem Volk schaden. Und du wirst ihr dabei helfen, dein Volk ins Verderben zu stürzen, weil du dir eine Wahrheit wünschst, die so nicht existiert. Du siehst sie als das, was sie einst war, nicht wie sie derzeit ist.«

Er zuckte mit den Achseln. »Ich kann verstehen, warum du jetzt so darüber denkst, Mutter Konfessor, aber das kann nichts daran ändern. Ich muss tun, was meine Königin mir befiehlt.«

Die Ellbogen auf dem Tisch, stützte Kahlan, zitternd vor Wut über den Irrsinn, den sie zu hören bekam, ihr Gesicht für eine Weile in die Hände; schließlich sah sie auf und erwiderte den festen, starren Blick ihres Halbbruders.

»Galea ist Teil des d'Haranischen Reiches, Harold. Galea besitzt allein mit Duldung des Reiches eine Königin. Cyrilla mag vielleicht Königin sein, trotzdem ist sie – und war es immer, auch wenn sie die Oberherrschaft des d'Haranischen Reiches nicht anerkennt – der Mutter Konfessor der Midlands Untertan. In meiner Funktion sowohl als Mutter Konfessor als auch, in Abwesenheit des Lord Rahl, als Führerin des d'Haranischen Reiches, beende ich diese Duldung hiermit in aller Form. Cyrilla ist von jetzt an ohne Machtbefugnis und abgesetzt. Sie ist Königin von gar nichts mehr, und schon gar nicht von Galea.

Ich befehle dir, nach Ebinissia zurückzukehren und Cyrilla zu ihrem eigenen Schutz unter Arrest zu stellen, Jebra freizulassen und mit der Seherin und – bis auf eine Bürgerwehr für die Stadt der Krone mit sämtlichen galeanischen Streitkräften wieder zu dieser Armee zu stoßen.«

»Mutter Konfessor, es tut mir Leid, aber meine Königin hat befohlen ...«

Kahlan schlug mit der flachen Hand krachend auf den Tisch. »Genug!«

Er verstummte, als Kahlan sich erhob. Die Fingerspitzen auf den Tisch gestemmt, beugte sie sich zu ihm.

»Als Mutter Konfessor befehle ich dir, meine Befehle unverzüglich auszuführen. Das ist mein letztes Wort. Ich will nichts mehr hören.«

Die schwer wiegenden Konsequenzen der Ereignisse schienen den Raum ergriffen zu haben. Jedes einzelne Gesicht beobachtete verhalten, wie es weitergehen würde.

Harold antwortete mit einer Stimme, die Kahlan an ihren Vater erinnerte.

»Mir ist bewusst, dass es dir vielleicht sinnlos erscheint, Mutter Konfessor, aber ich muss meine Pflicht gegenüber meinem Volk über meine Pflicht dir gegenüber stellen. Cyrilla ist meine Schwester. König Wyborn verlangte von mir stets, der Armee ein guter Befehlshaber zu sein. Als Offizier bin ich verpflichtet, meiner Königin zu gehorchen. Meine Männer hier unten haben von ihrer Königin Befehl erhalten, unverzüglich zurückzukehren und Galea zu beschützen. Meine Ehre verpflichtet mich zum Schutz meines Volkes, wie von meiner Königin befohlen.«

»Du aufgeblasener Narr! Wie kannst du es wagen, mir von Ehre zu sprechen? Deinen Wahnvorstellungen von Ehre opferst du das Leben unschuldiger Menschen. Ehre bedeutet Ehrlichkeit gegenüber der Wirklichkeit, nicht blinder Gehorsam gegenüber den eigenen Wunschvorstellungen. Du hast kein Ehrgefühl, Harold.«

Kahlan ließ sich auf ihren Stuhl sinken. Sie schaute seitlich an ihm vorbei und starrte in die Flammen des Feuers. »Ich habe dir meine Befehle mitgeteilt. Du weigerst dich, sie zu befolgen?«

»Das muss ich, Mutter Konfessor. Lass mich nur so viel sagen, es geschieht nicht aus bösem Willen.«

»Harold«, erklärte sie mit ausdrucksloser Stimme, »du begehst Verrat.«

»Ich bin mir darüber im Klaren, dass du es möglicherweise so siehst, Mutter Konfessor.«

»O ja, das tue ich. Das tue ich in der Tat. Verrat an deinem Volk, Verrat an den Midlands, Verrat an unserem d'Haranischen Zusammenschluss gegen die Imperiale Ordnung sowie Verrat an der Mutter Konfessor. Wie sollte ich deiner Meinung nach darauf reagieren?«

»Wenn du deiner Sache in diesem Punkt so sicher bist, würde ich erwarten, dass du mich hinrichten lässt, Mutter Konfessor.«

Sie schaute zu ihm hoch. »Wenn du Verstand genug besitzt, das zu erkennen, was hast du dann davon, unterwürfig an den Befehlen einer Wahnsinnigen festzuhalten? Die einzige Folge wäre dein Tod, und in diesem Fall würdest du die Befehle deiner Königin erst recht nicht ausführen können. Bleibst du bei diesem Kurs, führt das günstigstenfalls dazu, dass dein Volk auf deine Hilfe verzichten muss, was du angeblich ja unbedingt vermeiden willst. Warum tust du nicht einfach das Richtige und unterstützt uns bei der Hilfe für dein Volk? Deine Weigerung beweist doch nur, dass dir in Wahrheit jeder gesunde Menschenverstand abgeht, von Ehrgefühl ganz zu schweigen.«

Seine Augen, erfüllt von glühendem Zorn, wandten sich zu ihr; die Knöchel seiner Finger traten weiß hervor.

»Ich werde jetzt angehört werden, Mutter Konfessor. Wenn ich zu meiner Ehre stehe, selbst wenn es mich das Leben kostet, dann ehre ich damit meine Familie, meine Schwester, meine Königin und mein Heimatland. Ein Heimatland, das von meinem Vater, König Wyborn, und meiner Mutter, Königin Bernadine, unter großen Mühen geschaffen wurde. Als ich noch klein war, wurde mein Vater, mein Herrscher und König, meiner Mutter, meiner Familie und meiner Heimat Galea entrissen, er wurde von den Konfessoren geraubt, überwältigt durch Konfessorenkraft wegen ihres eigensüchtigen Wunsches nach einem Gemahl für deine Mutter, weil diese sich in ihrem Egoismus nach einem starken Mann sehnte, der ihr ein Kind zeugen sollte – dich. Und jetzt wagst du es, Mutter Konfessor – die Ausgeburt jenes Menschenraubs, der uns unseren geliebten Vater nahm, als ich noch ein kleiner Junge war – mich meiner Schwester fortzunehmen? Und auch sie unserem Land zu nehmen? Du wagst es, mich von meiner Pflicht zu entbinden, meiner Königin, meinem Land und vor allem meinem Volk zu dienen? Der letzte Dienst, den mein Vater von mir verlangte, bevor deine Mutter ihn uns nahm, um ihn aus keinem anderen Grund als dem, dass er rechtschaffen war und sie ihn haben wollte, war, dass ich stets meine Pflicht gegenüber meinem Land und meiner Schwester erfüllen sollte. Diesen letzten Wunsch meines Vaters werde ich erfüllen, selbst wenn du das für Wahnsinn hältst.«

Kahlan starrte ihn schockiert und dennoch vollkommen ruhig an. »Es tut mir Leid, dass du so empfindest, Harold.«

Sein Gesicht wirkte um Jahre gealtert .»Ich weiß, du bist nicht verantwortlich für das, was vor deiner Entstehung geschah, und ich werde jenen Teil von dir, der mich an meinen Vater erinnert, stets lieben, trotzdem bin noch immer ich es, der mit alldem leben muss. Im Augenblick muss ich mir selbst und meinen Gefühlen treu bleiben.«

»Deinen Gefühlen«, wiederholte sie.

»Ganz recht, Mutter Konfessor. Das sind meine Gefühle, und denen muss ich Glauben schenken.«

Kahlan schluckte, obwohl sich ihre Kehle schmerzhaft zusammenschnürte. Ihre kraftlos vor ihr auf dem Tisch liegenden Finger kribbelten.

»Glaube und Gefühle. Harold, du bist genauso verrückt wie deine Schwester.«

Sie richtete sich stolz auf und faltete die Hände, wechselte einen letzten Blick mit ihrem Halbbruder, einem Mann, von dem sie kaum mehr kannte als den Namen, und sprach das Urteil über ihn.

»Vom morgigen Sonnenaufgang an befinden sich das d'Haranische Reich und Galea im Krieg. Solltest du nach dem morgigen Sonnenaufgang von mir oder einem unserer Männer gesehen werden, wird man dich wegen des Verbrechens des Verrats hinrichten.

Ich werde nicht zulassen, dass diese tapferen Männer dort draußen ihr Leben für einen Verräter lassen. Aller Wahrscheinlichkeit nach wird sich die Imperiale Ordnung nach Norden wenden und durch das Tal des Callisidrin marschieren. Du wirst ganz auf dich gestellt sein. Sie werden deine Armee bis auf den letzten Mann abschlachten, genau wie sie die Bevölkerung Ebinissias abgeschlachtet haben. Und Jagang wird deine Schwester seinen Männern als Hure vorwerfen.

All dies wird deine Schuld sein, Harold, weil du dich geweigert hast, deinen Verstand zu gebrauchen und stattdessen deinen Gefühlen gefolgt bist und deinem Glauben an etwas, das überhaupt nicht existiert.«

Harold, die Hände hinter dem Rücken verschränkt, das Kinn emporgereckt, lauschte schweigend, während Kahlan fortfuhr.

»Richte Cyrilla aus, sie täte gut daran, auf das von mir soeben geschilderte Schicksal zu hoffen, denn wenn die Imperiale Ordnung nicht in Galea einmarschiert, werde ich es tun. Ich habe geschworen, dem Orden kein Pardon zu geben. Der Verrat Galeas verdammt dieses Land zu demselben Schicksal wie die Imperiale Ordnung. Fällt Cyrilla nicht in die Hände der Imperialen Ordnung, dann, das schwöre ich, wird sie mir in die Hände fallen; und wenn es soweit ist, werde ich sie nach Aydindril zurückbringen, sie eigenhändig wieder in jenes Verlies werfen, aus dem du sie gerettet hast, und sie dort unten mit jedem verbrecherischen Bastard, den ich finde, bis an ihr Lebensende schmoren lassen.«

Harold fiel der Unterkiefer herunter. »Das würdest du … nicht tun, Mutter Konfessor.«

Kahlans Augen verrieten ihm etwas anderes. »Vergiss du nur nicht, Cyrilla auszurichten, was sie erwartet. Vermutlich hat Jebra es ihr beizubringen versucht und wurde dafür in den Kerker geworfen. Cyrilla verschließt die Augen vor dem Schlund, der sich vor ihr auftut, und du wirst ihr dort hinein folgen. Schlimmer noch, du reißt dein unschuldiges Volk mit ins Verderben.«

Kahlan zog ihr königlich galeanisches Schwert blank und packte es an beiden Enden. Die Zähne zusammengebissen, stemmte sie ihr Knie gegen die flache Klingenseite, woraufhin der Stahl sich bog und schließlich mit einem lauten Knall zerbrach. Sie schleuderte ihm die zerbrochene Klinge vor die Füße.

»Und jetzt geh mir aus den Augen.«

Er wandte sich zum Gehen, doch bevor er einen Schritt machen konnte, war Zedd aufgestanden und hob eine Hand, so als wollte er ihn bitten stehen zu bleiben.

»Mutter Konfessor«, sagte Zedd, seine Worte mit Bedacht wählend, »ich glaube, du bist im Begriff, dich von deinen Gefühlen leiten zu lassen.«

Harold, erleichtert über Zedds Fürsprache, deutete auf Kahlan. »Erklärt Ihr es ihr, Zauberer Zorander. Erklärt es ihr.«

Kahlan traute ihren Ohren nicht. Sie verharrte, wo sie war und starrte in Zedds haselbraune Augen. »Würde es dir etwas ausmachen, mir meine gefühlsmäßige Verirrung zu erläutern, Oberster Zauberer?«

Zedd warf einen kurzen Blick auf Harold, dann sah er wieder Kahlan an. »Mutter Konfessor, Königin Cyrilla ist ohne Zweifel geistig verwirrt. Prinz Harold erweist ihr nicht nur einen schlechten Dienst, sondern er ermöglicht ihr, das Schreckgespenst des Todes über ihr Volk zu bringen. Schlüge er sich auf die Seite der Vernunft, würde er sein Volk beschützen und die bewundernswerten Dienste respektieren, die sie in der Vergangenheit geleistet hat, als sie noch bei klarem Verstand war.

Stattdessen verriet er seine Pflicht gegenüber seinem Volk, indem er ihre Wunschvorstellungen übernahm, statt sich der Wahrheit zu stellen. Auf diese Weise nimmt er den eigenen Tod sowie den seines Volkes billigend in Kauf.

Prinz Harold wurde zu Recht des Verrats für schuldig befunden. Deine Gefühle für ihn beeinträchtigen jedoch dein Urteilsvermögen. Offenkundig stellt er derzeit eine Gefahr für unsere Sache, für das Leben unserer Völker und das Leben seines eigenen Volkes dar. Man darf ihm auf keinen Fall erlauben, das Lager zu verlassen.«

Harold schien wie vom Donner gerührt. »Aber Zedd ...«

Selbst Zedds haselbraune Augen schienen ihn eines entsetzlichen Vergehens für schuldig zu befinden. Er wartete, so als wollte er den Mann auffordern, einen weiteren Beweis für seinen Verrat zu liefern. Harolds Kiefer mahlte, doch er brachte kein einziges Wort hervor.

»Ist jemand anderer Meinung als ich?«, fragte Zedd.

Er sah Adie an; sie schüttelte den Kopf. Verna tat es ihr nach. Warren sah Harold einen Moment unverwandt an, bis schließlich auch er den Kopf schüttelte.

Harolds Züge nahmen einen empörten Ausdruck an. »Das lasse ich mir nicht gefallen. Die Mutter Konfessor hat mir bis zum Morgen Zeit gegeben, mich zu entfernen. Ihr müsst ihr Urteil respektieren.«

Er machte zwei Schritte Richtung Tür, dann plötzlich hielt er inne und griff sich an die Brust. Mit einer langsamen Körperdrehung begann er in sich zusammenzusinken und verdrehte die Augen. Seine Beine knickten ein, sodass er krachend auf den Fußboden schlug.

Kahlan saß da wie gelähmt. Niemand rührte sich oder sprach. General Meiffert ließ sich neben der Leiche nieder, untersuchte Prinz Harolds Atmung und Puls, dann blickte er zu Kahlan hoch und schüttelte ungläubig den Kopf.

Sie sah erst Zedd an, dann wanderte ihr Blick zu Adie und schließlich zu Verna und Warren: keines der Gesichter verriet irgendeine Regung.

Kahlan erhob sich und sagte leise: »Ich möchte niemals erfahren, wer von euch das getan hat. Ich sage nicht, ihr hättet etwas falsch gemacht … ich möchte es einfach nicht wissen.«

Die vier mit der Gabe Gesegneten nickten.

An der Tür blieb Kahlan einen Augenblick im strahlenden Sonnenschein stehen und suchte, die kalte Luft auf ihrem Gesicht spürend, bis sie Captain Ryan gefunden hatte, der an einem kräftigen, jungen Ahornstamm lehnte. Er nahm Haltung an, als sie durch den Schnee auf ihn zugeschritten kam.

»Bradley, hat Euch Prinz Harold mitgeteilt, weshalb er hergekommen ist?«

Dass sie ihn mit seinem Taufnamen und nicht mit seinem Rang anredete, verlieh der Frage einen völlig anderen Charakter. Seine starre Haltung lockerte sich ein wenig.

»Das hat er, Mutter Konfessor. Er glaubte Euch ausrichten zu müssen, dass ihm seine Königin den Befehl gegeben hat, Galea zu verteidigen und die in Euern Diensten stehenden Männer zurück nach Galea zu bringen.«

»Was tut Ihr dann noch hier? Warum seid Ihr überhaupt mit Euern Männern geritten, wo er doch ohnehin jeden zurückbringen sollte?«

Er reckte sein kantiges Kinn ein wenig vor und betrachtete sie aus seinen klaren, blauen Augen. »Weil wir desertiert sind, Mutter Konfessor.«

»Ihr seid was?«

»Prinz Harold hat mir seine Befehle mitgeteilt, so wie ich sie Euch soeben gemeldet habe. Ich erklärte ihm, das sei nicht richtig, und unser Volk könne dadurch nur Schaden nehmen. Daraufhin erwiderte er, über diese Dinge stünde mir kein Urteil zu. Es sei nicht meine Aufgabe, nachzudenken, sondern Befehle auszuführen.

Ich habe an Eurer Seite gekämpft, Mutter Konfessor. Ich glaube Euch besser zu kennen als Prinz Harold – ich weiß, dass Ihr Euch ganz dem Schutz des Lebens der Menschen in den Midlands verschrieben habt, daher erklärte ich ihm, was Cyrilla tue, sei falsch. Er wurde wütend und wiederholte, es sei ausschließlich meine Pflicht, zu tun, was man mir befiehlt.

Ich erklärte ihm, in diesem Fall würde ich die galeanische Armee verlassen und mich stattdessen auf Eure Seite stellen. Erst dachte ich, er würde mich für diesen Ungehorsam hinrichten lassen, aber dann hätte er alle eintausend von uns umbringen lassen müssen, denn die Männer empfanden alle ganz genauso. Eine ganze Reihe von ihnen trat vor und sagte ihm das auch. Daraufhin schien ihn aller Eifer zu verlassen, und er ließ uns ihn hierher begleiten.

Ich hoffe, Ihr seid nicht erzürnt über uns, Mutter Konfessor.«

Kahlan brachte es in diesem Augenblick nicht über sich, sich wie die Mutter Konfessor zu benehmen. Sie schloss ihn in die Arme.

»Danke, Bradley.«

Sie fasste ihn bei den Schultern und lächelte ihn mit tränenfeuchten Augen an. »Ihr habt Euern Verstand benutzt; deswegen könnte ich Euch niemals böse sein.«

»Ihr meintet einmal zu uns, wir seien wie ein Dachs, der einen Ochsen in einem Stück zu verschlingen sucht. Mir scheint, jetzt Ihr habt Euch darauf verlegt, es selber zu versuchen. Wenn es jemals einen Dachs gab, der im Stande wäre, einen Ochsen in einem Stück zu verschlingen, dann Ihr, Mutter Konfessor; aber vermutlich wollten wir nicht, dass Ihr es versucht, ohne dass wir Euch dabei helfen.«

In diesem Augenblick drehten sie sich um und sahen, wie General Meiffert einigen seiner Leute Anweisungen gab. Sie trugen Prinz Harolds schlaffen Leichnam, ihn an Schultern und Füßen haltend, aus der Hütte; seine Hände schleiften im Schnee.

»Ich hatte schon damit gerechnet, dass dies kein gutes Ende nehmen würde«, meinte der junge Captain. »Seit Cyrilla verwundet wurde, scheint Prinz Harold einfach nicht mehr er selbst gewesen zu sein. Ich war dem Mann stets sehr zugetan; es war schmerzlich für mich, ihm abtrünnig zu werden. Aber was er tat und sagte, hatte einfach weder Hand noch Fuß.«

Kahlan legte ihm eine tröstende Hand auf die Schulter, während sie beobachteten, wie die Leiche abtransportiert wurde. »Es tut mir Leid, Bradley. Genau wie Ihr, so hatte auch ich stets eine hohe Meinung von ihm. Wahrscheinlich hat es ihn um den Verstand gebracht, mitansehen zu müssen, wie seine Schwester und Königin solange in den Klauen dieser Krankheit gefangen war. Versucht ihn in guter Erinnerung zu behalten.«

»Das werde ich, Mutter Konfessor.«

Kahlan wechselte das Thema. »Ich werde einen Eurer Männer brauchen, um Cyrilla eine Nachricht zu überbringen. Ich hatte sie Harold mitgeben wollen, aber jetzt werden wohl wir einen Boten brauchen.«

»Ich werde mich darum kümmern, Mutter Konfessor.«

Erst jetzt wurde ihr bewusst, wie kalt es hier draußen war und dass sie keinen Umhang trug. Als der Captain sich entfernte, um seine Männer einquartieren zu lassen und einen Soldaten als Boten zu bestimmen, kehrte Kahlan in die Hütte zurück.

Cara war gerade damit beschäftigt, Holz nachzulegen; Verna und Adie waren gegangen. Warren war dabei, eine zusammengerollte Karte aus dem in der Ecke stehenden Korb mit Landkarten und Diagrammen auszuwählen.

Er wollte schon gehen, als Kahlan ihn am Arm festhielt. Sie schaute dem Zauberer in seine blauen Augen und erinnerte sich daran, dass sie sehr viel älter waren, als es den Anschein hatte. Richard war nicht müde geworden, Warren als einen der klügsten Menschen zu bezeichnen, denen er je begegnet war. Im Übrigen lag Warrens eigentliche Begabung angeblich auf dem Gebiet der Prophezeiungen.

»Werden wir alle in diesem wahnsinnigen Krieg umkommen, Warren?«

Ein ebenso verlegenes wie schelmisches Grinsen milderte seine Züge. »Ich dachte, Ihr glaubt nicht an Prophezeiungen, Kahlan.«

Sie ließ seinen Arm los. »Das tue ich wohl auch nicht. Nichts für ungut. »

Cara, die noch etwas Feuerholz suchen wollte, folgte Warren nach draußen. Sich vor dem Kamin aufwärmend, betrachtete Kahlan die auf dem Sims stehende Figur der *Seele.* Zedd legte ihr tröstend eine Hand auf die Schulter.

»Was du gerade zu Harold über den Gebrauch des Verstandes, über die Vernunft gesagt hast, war sehr klug, Kahlan. Du hattest Recht.«

Sie strich mit den Fingern über das schmeichelnd weiche Walnussholzgewand von *Seele.* »Das waren auch Richards Worte, als er mir erklärte, er sei sich endlich darüber klar geworden, was er tun müsse. Damals meinte er, der einzige Souverän, dem er sich jemals unterwerfen würde, sei die Vernunft.«

»Das hat Richard gesagt? Genau das waren seine Worte?«

Kahlan nickte, den Blick noch immer auf *Seele* gerichtet. »Er erklärte mir, das erste Gesetz der Vernunft besagt: was existiert, existiert; was ist, ist, und auf dieses nicht weiter reduzierbare, unumstößliche Prinzip gründe sich alles Wissen. Er meinte, das sei die Grundlage, von der aus sich einem das Leben erschließt.

Das Denken, erklärte er, biete einem die Möglichkeit, Entscheidungen zu treffen; Wünsche und Launen seien weder Tatsachen noch ein Weg, diesen auf die Spur zu kommen. Vermutlich hat Harold soeben den Beweis geliefert, wie Recht er damit hatte. Richard sagte, Vernunft sei unsere einzige Möglichkeit, die Wirklichkeit zu erfassen – und damit unser wichtigstes Mittel im Überlebenskampf. Zwar steht es uns frei, uns die Mühe des Denkens zu ersparen – und die Vernunft abzulehnen –, doch entgehen wir damit keineswegs der Strafe jenes Abgrunds, den zu sehen wir uns weigern.«

Sie lauschte auf das Knacken des Feuers zu ihren Füßen, während sie den Blick über die Linien der Figur wandern ließ, die er für sie geschnitzt hatte. Als sie von Zedd nichts hörte, sah sie über ihre Schulter. Er starrte unverwandt in die Flammen, während eine Träne über seine Wange rollte.

»Was ist denn nur, Zedd?«

»Der Junge ist ganz von allein darauf gekommen.« Aus der Stimme des alten Zauberers sprach die unglückliche Mischung von Verlorenheit und stillem Stolz. »Er hat es begriffen und vollkommen richtig gedeutet, und obendrein hat er es ganz von allein erkannt, indem er es angewendet hat.«

»Was denn erkannt?«

»Das wichtigste Gesetz, das es gibt, das Sechste Gebot des Zauberers; der einzige Souverän, dem man sich unterwerfen darf, ist die Vernunft.«

Spiegelungen des Feuerscheins tanzten in seinen haselbraunen Augen. »Das Sechste Gebot ist der Dreh- und Angelpunkt, um den alle anderen Gebote kreisen. Es ist nicht nur das wichtigste aller Gebote, sondern auch das einfachste; nichtsdestoweniger ist es dasjenige, das am häufigsten missachtet und verletzt und bei weitem am häufigsten verschmäht wird. Man muss ihm, dem unablässigen Protestgeschrei der Gottlosen zum Trotz, unbedingt Geltung verschaffen.

In den Schatten seines strahlenden Lichts, wo Halbwahrheiten gläubige Anhänger, tief empfindende Gläubige und selbstlose Jünger in die Falle locken, lauern Elend, Ungerechtigkeit und völliges Verderben.

Glaube und Gefühle sind das gefährlich lockende Wesen des Bösen. Anders als Vernunft setzen Glauben und Gefühle der Selbsttäuschung und Launenhaftigkeit keine Grenzen. Sie sind ein bösartiges, ansteckendes Gift, das einem für jede jemals ersonnene Verdorbenheit die betäubende Illusion moralischer Rechtfertigung verschafft.

Glaube und Gefühl sind der Schatten des strahlend hellen Lichts der Vernunft. Vernunft ist das Wesen der Wahrheit, die ganze Herrlichkeit des Lebens lässt sich nur durch Vernunft erfassen, durch dieses Gebot. Setzt man sich darüber hinweg, indem man die Vernunft verschmäht, schließt man den Tod in seine Arme.«

Am nächsten Morgen hatte sich ungefähr die Hälfte der galeanischen Streitmacht abgesetzt und war, wie von Prinz Harold vor seinem Tod angeordnet, in ihre Heimat und zu ihrer Königin zurückgekehrt. Die Übrigen, wie Captain Ryan und seine jungen Soldaten, hielten dem d'Haranischen Reich die Treue.

Lieutenant Leiden sowie seine gesamte Streitmacht aus keltonischen Truppen waren mit Tagesanbruch ebenfalls abgezogen. Er hinterließ Kahlan ein Schreiben, in dem er erklärte, nach der Entscheidung Galeas, mit dem d'Haranischen Reich zu brechen, sei auch er gezwungen umzukehren, um zum Schutze Keltons beizutragen, da das eigensüchtige Vorgehen der Galeaner zweifellos die Wahrscheinlichkeit erhöhe, dass die Imperiale Ordnung das Tal des Flusses Kern hinaufmarschieren und Kelton bedrohen werde. Er schrieb, er hoffe, die Mutter Konfessor werde einsehen, wie ernst die Gefahr für Kelton sei, und Verständnis dafür haben, dass es nicht seine Absicht sei, sie oder das d'Haranische Reich im Stich zu lassen, sondern lediglich sein Volk zu beschützen.

Kahlan war über den Abzug der Männer unterrichtet; General Meiffert und Warren hatten sie davon in Kenntnis gesetzt. Sie hatte damit gerechnet und ihn mit eigenen Augen verfolgt. Sie trug General Meiffert auf, sie ziehen zu lassen, so dies ihr Wunsch sei, denn ein Krieg im eigenen Lager konnte kein gutes Ende nehmen. Die Moral der zurückgebliebenen Männer erhielt dadurch Auftrieb, dass sie das Gefühl hatten, auf der richtigen Seite zu stehen und das Richtige zu tun.

An jenem Nachmittag – sie war gerade dabei, ein dringendes Schreiben an General Baldwin, den Oberbefehlshaber aller keltonischen Truppen, aufzusetzen – suchten General Meiffert und Captain Ryan sie auf. Nachdem sie sich ihren Plan angehört hatte, erteilte sie Captain Ryan die Erlaubnis, mit einer ähnlich großen Anzahl von General Meifferts handverlesenen Spezialtruppen der d'Haranischen Streitkräfte aufzubrechen und überfallartige Angriffe gegen die Streitmacht der Imperialen Ordnung durchzuführen.

Warren sowie sechs Schwestern wurden zu seiner Begleitung mitgeschickt.

Da sich die Imperiale Ordnung so weit nach Süden zurückgezogen hatte, benötigte Kahlan Informationen über ihr gegenwärtiges Vorgehen sowie über den Zustand ihrer Streitmacht. Darüber hinaus wollte sie den Feind weiterhin unter Druck setzen, solange die schlechten Witterungsverhältnisse für sie vorteilhaft waren. Captain Bradley Ryan und seine Truppe von nahezu eintausend Mann waren erfahrene Gebirgsjäger und unter eben diesen rauen Bedingungen aufgewachsen. Kahlan hatte an der Seite des Captains und seiner jungen galeanischen Soldaten gekämpft und sie in den Methoden im Kampf gegen eine gewaltige Übermacht ausgebildet. Wenn nur die feindlichen Truppen nicht mehr als eine Million Mann zählen würden …

General Meifferts Spezialeinheiten, die er bis zu seiner Beförderung durch Kahlan vortrefflich befehligt hatte, standen jetzt unter dem Kommando von Captain Zimmer, einem jungen D'Haraner mit kantigem Kinn und Stiernacken, sowie einem ansteckenden Lächeln. Sie waren all das dreifach, was Captain Ryans junge Soldaten damals waren: erfahren, unter Druck sachlich nüchtern, unermüdlich, furchtlos und von kalter Durchschlagskraft, wenn es ums Töten ging. Was die meisten Soldaten erblassen ließ, entlockte ihnen bestenfalls ein Lächeln.

Am liebsten kämpften sie einfach so, wenn sie von einengenden Schlachttaktiken befreit waren und stattdessen ihre besonderen Begabungen zum Einsatz kommen konnten. Sie wussten es zu schätzen, wenn man sie von der Leine ließ und sie das tun konnten, worauf sie sich am besten verstanden. Statt sie zu zügeln, ließ Kahlan ihnen vollkommen freie Hand.

Jeder dieser D'Haraner sammelte Feindesohren.

Sie fühlten sich Kahlan sehr verbunden, teils weil sie niemals versuchte, sie zu bevormunden und in die größere Armee einzugliedern, aber vielleicht noch mehr, weil sie nach jeder Rückkehr von einem Einsatz darum bat, ihre Ohrenkette sehen zu dürfen. Sie mochten es, wenn man ihre Arbeit zu schätzen wusste.

Kahlan beabsichtigte, sie später Jagd auf galeanische Ohren machen zu lassen.

9. Kapitel

Kahlan schaute flüchtig über ihre Schulter auf die über den Kartenkorb in der Ecke gebeugte Prälatin. Fast eine volle Mondphase war es jetzt her, dass Warren mit den Captains Ryan und Zimmer zu diesem Einsatz aufgebrochen war. Obwohl die Dauer eines solchen Einsatzes nur schwer präzise abzuschätzen war, hätten sie mittlerweile längst zurück sein müssen. Kahlan wusste nur zu gut, welche Sorgen sich zweifellos hinter dem keinen Unfug duldenden Äußeren der Frau verbargen.

»Verna«, fragte Kahlan, sich die Arme reibend, »könntet Ihr im Vorübergehen noch etwas Holz ins Feuer nachlegen, bitte?«

Cara sprang auf von ihrem Hocker, auf dem sie gesessen und Kahlan über die Schulter geschaut hatte. »Ich werde das machen.«

Verna zog eine Karte heraus und bedankte sich auf dem Weg zurück zu ihrem Tisch bei Cara. »Hier, bitte, Zedd. Ich glaube, auf dieser Karte ist das Gebiet, von dem Ihr gesprochen habt, deutlicher zu erkennen.«

Zedd entrollte die neue Karte über der, die bereits ausgebreitet auf dem Tisch vor Kahlan lag. Sie wies einen größeren Maßstab auf und gestattete einen detaillierteren Blick auf die südlichen Regionen der Midlands.

»Hmmm« meinte Zedd gedehnt, während er die neue Karte in Augenschein nahm. »Seht Ihr, hier?« Er tippte auf den Fluss Drun. »Seht Ihr, wie sehr sich das Tiefland hier unten im Süden bis zu dieser Stelle verjüngt? Genau das meinte ich. Unwegsames Gelände und steile Felswände, die an verschiedenen Stellen den Fluss einfassen. Aus diesem Grund glaube ich nicht, dass sie versuchen werden, das Druntal hinaufzumarschieren.«

»Vermutlich habt Ihr Recht«, sagte Verna.

»Außerdem« – Kahlan deutete mit einer fahrigen Geste auf ein Gebiet im Norden der ersten Karte – »befindet sich in dieser Richtung eigentlich nur Nicobarese. Die Menschen dort oben leben ziemlich abgeschieden und bieten demzufolge ein verlockendes Ziel, andererseits ist das Land alles andere als reich; Kriegsbeute und Wirtschaftsgüter dürften mager ausfallen. Die Chancen für eine Eroberung stehen für die Imperiale Ordnung weitaus besser, wenn sie hier drüben bleiben. Seht Ihr übrigens, wie viel Mühe es sie kosten würde, ihre Armee ein weiteres Mal über das Rang'Shada-Gebirge zu setzen, wenn sie den Drun hinaufmarschieren? In strategischer Hinsicht wäre der Weg hier hinauf weniger sinnvoll.«

Verna nestelte untätig an einem Knopf ihres blauen Kleides, während sie die Karte eingehend betrachtete. »Ja, ... ich sehe, was Ihr meint.«

»Aber Euer Einwand ist nicht unberechtigt«, meinte Kahlan. »Es wäre keine schlechte Idee, wenn Ihr ein oder zwei Schwestern losschicken würdet, um das Gebiet im Auge zu behalten; dass es strategisch nicht so sinnvoll ist, bedeutet noch lange nicht, dass Jagang es nicht versuchen wird. Zweifellos wird er uns bei Frühlingsanfang angreifen. Schließlich möchten wir nicht davon überrascht werden, dass die Imperiale Ordnung durch die Hintertür nach Aydindril einfällt.«

Auf ein Klopfen hin ging Cara zur Tür; es war ein Oberkundschafter namens Hayes. Kahlan erhob sich, als sie durch die geöffnete Tür zwischen den nahen Bäumen Captain Ryan erblickte, der ebenfalls auf die Hütte zugestapft kam.

Hayes salutierte mit einem Faustschlag auf sein Herz.

»Freut mich zu sehen, dass Ihr zurück seid, Corporal Hayes«, begrüßte Kahlan ihn.

»Danke, Mutter Konfessor. Es tut gut, wieder hier zu sein.«

Er sah aus, als könnte er eine Mahlzeit vertragen. Nachdem Captain Ryan hastig durch die Tür getreten war, drückte Cara sie gegen den hereinwehenden Schnee zu. Hayes trat zur Seite, um dem Captain Platz zu machen.

Kahlan war erleichtert, den jungen galeanischen Offizier zu sehen. »Wie ist es gelaufen, Captain? Wie geht es den anderen?«

»Gut«, antwortete der Captain. »wir haben uns sehr gut geschlagen. Die Schwestern konnten einige unserer Verwundeten heilen. Einige mussten ein Stück weit transportiert werden, bevor die Schwestern sie versorgen konnten, was uns ein wenig aufgehalten hat. Wir haben einige Verluste erlitten, aber längst nicht so viele wie befürchtet. Warren war eine große Hilfe.«

»Wo ist Warren?«, fragt Zedd.

Als hätte er seinen Namen vernommen, platzte Warren von einer wirbelnden Schneebö begleitet zur Tür herein. Kahlan blinzelte mit halb zusammengekniffenen Augen in den schmalen, grellen Lichtspalt, bis die Tür wieder zugedrückt wurde. Der Ausdruck auf Vernas Gesicht war ihr nicht entgangen, und sie musste daran denken, wie froh sie stets gewesen war, wenn sie Richard nach einer Trennung sicher hatte zurückkehren sehen. Warren drückte Verna einen flüchtigen Kuss auf die Wange.

Kahlan sah den Blick, den beide dabei wechselten, auch wenn ihn sonst niemand bemerkte. Sie freute sich für die beiden, trotzdem versetzte ihr die Erinnerung an ihre hilflose Sorge und ihren Kummer über Richard einen schmerzhaften Stich.

»Habt Ihr es ihnen schon erzählt?«, fragte Warren, seinen Umhang aufknöpfend.

»Nein«, antwortete Captain Ryan. »Dazu sind wir noch nicht gekommen.«

Zedd runzelte die Stirn. »Was denn erzählt?«

Warren seufzte schwer. »Nun ja, Vernas Spezialglas hat besser funktioniert, als wir dachten. Wir haben mehrere Männer gefangen genommen und sie ausgiebig verhört. Die Toten, die wir im Tal gesehen haben, waren nur die, die gleich zu Anfang umgekommen sind.«

Verna half Warren aus seinem schweren, schneeverkrusteten Umhang und legte ihn neben dem Feuer auf den Boden, wo bereits Captain Ryan seine braune Jacke zum Trocknen ausgebreitet hatte.

»Allem Anschein nach«, fuhr Warren fort, »sind sehr viele – möglicherweise weitere sechzig- bis siebzigtausend Mann – nicht vollständig erblindet, sondern haben nur ein Auge, beziehungsweise einen Teil ihrer Sehkraft verloren. Die Imperiale Ordnung konnte sie schlecht zurücklassen, da sie noch gut genug sehen, um bei den Übrigen zu bleiben, aber was wichtiger ist, man hofft, dass diese Männer möglicherweise wieder genesen und ihr Augenlicht vollständig zurückerlangen – und damit ihre Kampftauglichkeit.«

»Das ist nicht sehr wahrscheinlich«, warf Verna ein.

»Ich glaube das auch nicht«, sagte Warren, »aber das denken sie jedenfalls. Eine weitere beträchtliche Zahl, vielleicht fünfundzwanzig bis dreißigtausend Mann, sind erkrankt – ihre Augen und Nasen sind gerötet und stark entzündet.«

Verna nickte. »Eine typische Auswirkung des Glases.«

»Einige andere, vielleicht ungefähr die Hälfte dieser Zahl, klagt über Atembeschwerden.«

»Das ergibt dann«, meinte Kahlan, »zusammen mit den Getöteten und den so schwer Verletzten, die nicht mehr wirkungsvoll als Kämpfer eingesetzt werden können, nahezu einhundertfünfzigtausend Mann, die durch den Glasstaub aus dem Weg geräumt wurden. Eine ganz ordentliche Leistung, Verna.«

Verna schien ebenso zufrieden wie Kahlan. »Dann hat sich der Ritt, der mich beinahe vor Angst um den Verstand gebracht hat, ja gelohnt. Wärt Ihr nicht auf die Idee gekommen, es auf diese Weise zu versuchen, es hätte niemals funktioniert.«

»Und wobei wart Ihr erfolgreich, Captain?«, fragte Cara, während sie vortrat und sich hinter Kahlan stellte.

»Captain Zimmer und ich hatten genau den Erfolg, den wir uns erhofft hatten. Ich schätze, in der Zeit, die wir dort unten waren, haben wir annähernd zehntausend Mann ausgeschaltet.«

Zedd ließ ein leises Pfeifen vernehmen. »Das müssen aber ziemlich heftige Kämpfe gewesen sein.«

»Eigentlich nicht. Nicht, wie die Mutter Konfessor es uns beigebracht hat, und auch nicht, wie Captain Zimmer arbeitet. Meist schalten wir den Feind so wirkungsvoll wie möglich aus und versuchen gar nicht erst in die Verlegenheit zu kommen, kämpfen zu müssen. Wenn Ihr einem Mann im Schlaf die Kehle aufschlitzt, erreicht Ihr sehr viel mehr, und die Wahrscheinlichkeit, dabei verletzt zu werden, ist geringer.«

Kahlan lächelte. »Es freut mich, dass Ihr ein so gelehriger Schüler wart.«

Captain Ryan deutete mit dem Daumen auf Warren. »Der Zauberer und die Schwestern haben uns sehr geholfen, die erforderlichen Stellungen unbemerkt zu erreichen. Gibt es schon Neuigkeiten von den wollenen Umhängen? Die könnten wir wirklich gebrauchen. Eins kann ich Euch mit Bestimmtheit sagen, mit ihrer Hilfe hätten wir weit mehr ausrichten können.«

»Gerade vorgestern haben wir unsere erste Lieferung erhalten«, erklärte Kahlan ihm. »Mehr als genug für Eure und Captain Zimmers Männer; in ein paar Tagen werden wir noch mehr bekommen.«

Captain Ryan rieb sich die Hände, um sie zu wärmen. »Captain Zimmer wird sich freuen.«

Zedd deutete nach Süden. »Konntet Ihr in Erfahrung bringen, warum sie sich so weit aus dem bereits eroberten Gebiet zurückgezogen haben?«

Warren nickte. »Von den Männern, die wir verhört haben, erfuhren wir, dass in ihrem Feldlager ein Fieber ausgebrochen ist. Das hat nichts mit uns zu tun; es handelt sich einfach um das übliche Fieber, zu dem es unter den beengten Verhältnissen in einem Feldlager häufiger kommt. Sie haben sich zurückgezogen, um ein wenig auf Distanz zu gehen und etwas Raum zum Atmen zu bekommen. Und sie sind keineswegs besorgt, uns nicht vertreiben zu können, wann immer sie dies wollen.«

Das klang logisch. Angesichts ihrer gewaltigen Zahl war es nur natürlich, dass sie bis hin zur Arroganz überzeugt waren, jedweden Widerstand brechen zu können. Kahlan konnte nicht verstehen, warum Warren und Captain Ryan so entmutigt wirkten, spürte aber, dass trotz all der guten Nachrichten etwas nicht in Ordnung war.

»Gütige Seelen«, versuchte Kahlan sie ein wenig aufzumuntern. »Ihre gewaltige Zahl schmilzt wie Schnee rings um ein Lagerfeuer. Das klingt besser als …«

Warren hob eine Hand. »Ich bat Hayes hier, mitzukommen und Euch aus erster Hand Bericht zu erstatten. Ich denke, Ihr lasst ihn besser ausreden.«

Kahlan bedeutete dem Mann, vorzutreten. Forsch trat er an ihren Tisch und nahm zackig Haltung an.

»Lasst hören, was Ihr zu berichten habt, Corporal Hayes.«

Sein Gesicht war kreidebleich, und trotz der Kälte schwitzte er.

»Mutter Konfessor, mein Kundschaftertrupp stand unten im Südwesten, beobachtete die aus der Wildnis herführenden Straßen für den Fall, dass die Imperiale Ordnung versuchen sollte, uns in weitem Bogen zu umgehen. Um es kurz zu machen, wir haben eine Kolonne erspäht, die sich auf dem Weg nach Westen befand, um die Ordenstruppen zu verstärken und mit Vorräten zu versorgen.«

»Ihre Armee ist riesig«, erwiderte Kahlan. »Es ist ganz natürlich, dass sie Nachschub aus ihrer Heimat kommen lassen, um ihre Kriegsbeute zu ergänzen. Und eine Nachschubkolonne würde gewiss auch von einem Geleittrupp gesichert werden.«

»Ich blieb ihnen eine Woche lang auf den Fersen, um ihre korrekte Zahl zu ermitteln.«

»Wie viele waren es?«, fragte Kahlan.

»Weit über eine Viertelmillion Mann, Mutter Konfessor.«

Kahlans Haut prickelte, als ob eisige Nadeln darüber tanzten.

»Wie viele?«, fragte Verna.

»Wenigstens zweihundertfünfzigtausend Mann unter Waffen, dazu Fahrer, sowie Zivilisten mit Vorräten.«

Alles, worauf sie hingearbeitet hatten, all die Opfer, all die Mühen, um die Imperiale Ordnung zu dezimieren, waren mit einem Schlag zunichte gemacht worden. Mehr als zunichte gemacht worden, denn die feindlichen Truppen waren nahezu noch einmal um dieselbe Zahl an Männern angewachsen.

»Gütige Seelen«, sagte Kahlan leise, »Wie viele Männer kann die Imperiale Ordnung denn noch gegen uns ins Feld führen?«

Als sie Warrens Blick begegnete, wusste sie, dass selbst diese Zahl für ihn alles andere als eine Überraschung war.

Warren deutete auf den Kundschafter. »Hayes hat nur die erste Gruppe zu Gesicht bekommen. Die Männer, die wir gefangen nehmen konnten, haben uns von den Verstärkungen berichtet. Erst waren wir nicht sicher, ob sie uns die Wahrheit erzählen – wir dachten, sie wollten uns vielleicht Angst einjagen –, aber dann stießen wir auf Corporal Hayes, der sich gerade auf dem Rückweg befand, und führten noch ein paar Verhöre und Erkundungsgänge durch – weshalb sich unsere Rückkehr auch verspätet hat.«

»Eine weitere Viertelmillion …« Kahlan ließ den Satz unbeendet. Alles erschien ihr so hoffnungslos.

Warren räusperte sich. »Das ist nur die erste Kolonne frischer Truppen; weitere sind bereits unterwegs.«

Kahlan ging zum Kamin, wärmte sich die Hände und starrte in die Flammen. Sie stand genau unter der kleinen Figur, die Richard zu ihrer Aufmunterung geschnitzt hatte. Wie gerne hätte sich Kahlan in diesem Augenblick an das Gefühl trotzigen Widerstands erinnert, für das *Seele* stand. Ihr war, als bliebe ihr als einziger Ausweg nur der Tod.

Die Nachricht von den Verstärkungen für die Imperiale Ordnung und vom Abzug der Galeaner und Keltonier breitete sich in Windeseile im gesamten Lager aus. Kahlan, Zedd, Warren, Verna, Adie, General Meiffert sowie all die anderen Offiziere verschwiegen den Männern nichts. Diese Männer riskierten Tag für Tag ihr Leben und hatten ein Recht darauf, die Wahrheit zu erfahren. Wenn Kahlan durch das Lager ging und ein Soldat mutig genug war, sie darauf anzusprechen, erklärte sie ihm alles, was sie wusste. Obwohl sie zugleich versuchte, ihnen Selbstvertrauen einzuflößen, log sie sie niemals an.

Die Männer kämpften schon solange, dass Angst für sie ein Fremdwort war. Die gedrückte Stimmung wurde zu einem fast mit den Händen greifbaren Leichentuch, unter dem jede Spur von Leben zu ersticken drohte. Wie benommen gingen sie ihrer Arbeit nach, nahmen ihr Schicksal hin, das jetzt besiegelt schien, und fügten sich ins Unvermeidliche. Die Neue Welt bot ihnen keinen Schutz, keinen sicheren Ort, nichts, wo sie sich vor der uneingeschränkten Bedrohung der Imperialen Ordnung noch hätten verstecken können.

Kahlan zeigte den Soldaten ein entschlossenes Gesicht, sie hatte keine andere Wahl. Captain Ryan und seine Männer hatten eine ähnlich verzweifelte Lage schon einmal durchgestanden und waren über die Neuigkeiten weniger beunruhigt. Sterben konnten sie nicht mehr, denn sie waren schon lange tot. Die jungen Galeaner hatten, gemeinsam mit Kahlan, einen Todesschwur geleistet, und konnten erst wieder zum Leben erweckt werden, wenn die Imperiale Ordnung endgültig vernichtet war.

Nichts von alldem war für Captain Zimmer und seine Männer von übermäßiger Bedeutung. Sie wussten, was zu tun war, und ließen sich durch nichts davon abbringen. Mittlerweile war jeder von ihnen im Besitz mehrerer Ohrenketten; bei jeweils einhundert fingen sie eine neue an. Es war für sie eine Frage der Ehre, nur das jeweils rechte Ohr zu behalten, sodass keine zwei Ohren vom selben Opfer stammten.

Der Abgesandte Theriault aus Herjborgue hielt Wort. Die benötigten Wollumhänge, Mützen und Handschuhe trafen in wöchentlichen Abständen ein und halfen den Männern, sich zu tarnen, die sich regelmäßig auf einen Einsatz begaben, um die Imperiale Ordnung zu attackieren, solange das Wetter für sie günstig war. Da viele im Lager des Ordens von der Krankheit geschwächt und zahlreiche Feinde sehbehindert waren, erwiesen sich diese Einsätze als außerordentlich erfolgreich. Darüber hinaus wurden in Tarnumhänge gehüllte Truppen ausgesandt, um sich auf die Lauer zu legen und jedweden Nachschubzug abzufangen, in der Hoffnung, die Verstärkungen auf diese Weise niederzukämpfen, bevor sie zur Hauptstreitmacht des Feindes stoßen konnten.

Nichtsdestoweniger waren diese Attacken für die Imperiale Ordnung kaum mehr als eine lästige Störung.

Nach einer Zusammenkunft mit einem soeben zurückgekehrten Trupp traf Kahlan Zedd allein in der Hütte an, als er gerade die letzten in die Karten eingetragenen Informationen durchging.

»Wir hatten Glück«, meinte sie, als er den Kopf hob und ihr beim Ablegen ihres Pelzüberwurfs zusah. »Die Männer, die gerade zurückgekommen sind, haben nur geringe Verluste erlitten, außerdem ist es ihnen gelungen, einen größeren Trupp zu stellen, der gerade auf Patrouille war. Sie konnten ihnen den Weg abschneiden und sie allesamt erledigen, darunter auch eine von Jagangs Schwestern.«

»Warum dann das lange Gesicht?«

Kahlan konnte bloß in einer hilflosen Geste der Sinnlosigkeit die Hände heben.

»Du solltest dich nicht so entmutigen lassen«, riet Zedd ihr. »Verzweiflung ist oft die Dienerin des Krieges. Ich kann dir gar nicht sagen, wie lange das jetzt her ist, als ich noch ein kleiner Junge war, und jeder, der in diesem Krieg damals ums nackte Überleben kämpfte, überzeugt war, es sei nur eine Frage der Zeit, bis man uns vernichtend schlagen würde. Wir hielten durch und siegten.«

»Das weiß ich doch, Zedd, ich weiß.« Kahlan rieb sich die Kälte aus den Händen. Fast war es ihr zuwider, es auszusprechen, schließlich tat sie es aber doch. »Richard ist nicht gekommen, um die Führung der Armee zu übernehmen, weil er meinte, dass wir nach dem gegenwärtigen Stand der Dinge unmöglich gewinnen könnten. Ob wir gegen die Imperiale Ordnung kämpfen oder nicht, ihr Schatten wird sich über die Welt legen, und wenn wir kämpfen, hätte das nur noch mehr Tote zur Folge – unsere Seite würde vernichtend geschlagen werden, die Imperiale Ordnung würde trotzdem die Welt beherrschen, und jede Chance, in Zukunft zu obsiegen, wäre verspielt.«

Zedd betrachtete sie aus einem Auge. »Was tust du dann hier?«

»Richard war überzeugt, dass wir nicht gewinnen können, nur kann ich mich nicht recht überwinden, das zu glauben. Lieber würde ich im Kampf um die Freiheit, die Freiheit meines Volkes, sterben, als das Dasein eines Sklaven zu fristen. Andererseits bin ich mir darüber im Klaren, dass ich mich damit Richards Wünschen, seinem Rat und seinen Befehlen widersetze. Ich habe ihm mein Wort gegeben ... mir ist, als ob ich mich durch den Treibsand des Verrats kämpfe und jeden mitreiße.«

Sie suchte in seinem Gesicht nach einem Zeichen, dass Richard sich getäuscht haben könnte. »Du hast gesagt, er sei ganz von allein auf das Sechste Gebot des Zauberers gekommen – demzufolge wir unseren Verstand gebrauchen müssen, um die Wahrheit zu erkennen. Ich hatte mir Hoffnungen gemacht und dachte, er müsse sich über die Aussichtslosigkeit dieses Krieges täuschen, aber jetzt ...«

Zedd lächelte bei sich, so als fände er Gefallen an etwas, das für sie ein einziges Grauen bedeutete.

»Dieser Krieg wird lange dauern; er ist alles andere als hoffnungslos und erst recht noch nicht entschieden. Das ist das Quälende an der Führerschaft in einem solchen Kampf – die Zweifel, die Ängste, die Gefühle der Hoffnungslosigkeit. Aber all das sind Gefühle – die nicht notwendigerweise den Tatsachen entsprechen. Jedenfalls noch nicht, denn wir haben noch viele Möglichkeiten der Einflussnahme.

Richards Äußerungen fußen auf dem Stand der Dinge zu dem Zeitpunkt, als er sie machte. Wer will behaupten, das Volk sei mittlerweile nicht bereit, sich ihm zu beweisen? Bereit zu beweisen, dass es gewillt ist, sich der Imperialen Ordnung zu widersetzen? Vielleicht ist das, was Richard brauchte, um sich auf diesen Kampf einlassen zu können, längst eingetroffen.«

»Aber ich weiß doch, wie sehr er mir davon abriet, diesen Kampf aufzunehmen. Er meinte, was er sagte. Trotzdem ... ich besitze nicht Richards Kraft, die Kraft, mich einfach abzuwenden und den Dingen ihren Lauf zu lassen.« Kahlan deutete auf das Tintenfass auf dem Tisch. »Ich habe Briefe geschrieben, in denen ich darum bitte, uns zusätzliche Truppen zu schicken.«

Wieder lächelte er, so als wollte er sagen, dies sei ein weiterer Beweis dafür, dass man es schaffen könne.

»Es wird ununterbrochener Anstrengungen bedürfen, die Zahl der Feinde zu dezimieren. Ich glaube, wir haben der Imperialen Ordnung noch immer keinen wirklich ernsthaften Schlag versetzt, aber das werden wir noch tun. Die Schwestern und ich werden uns etwas einfallen lassen. In Angelegenheiten dieser Art weiß man nie; gut möglich, dass wir ganz plötzlich etwas tun, das sie bis in die Grundfesten erschüttert.«

Lächelnd strich Kahlan ihm über die Schulter. »Danke, Zedd. Ich bin so froh, dich bei uns zu haben.« Ihr Blick wanderte hinüber zu der kleinen Statue, die stolz über der Feuerstelle stand. Sie trat vor den Kaminsims wie vor einen Altar mit einer heiligen Schnitzfigur. »Gütige Seelen, wie vermisse ich ihn.«

Ihre Worte enthielten eine unausgesprochene Frage sowie die Hoffnung, er werde sie mit einem Einfall überraschen, wie man Richard zurückbekommen konnte.

»Ich weiß, Liebes. Ich vermisse ihn auch. Aber er lebt – das ist das Wichtigste.«

Kahlan vermochte nur zu nicken.

Zedd klatschte in die Hände, als sei er geradezu entzückt über einen fröhlichen Einfall. »Was wir im Augenblick mehr als alles andere brauchen, ist etwas, das uns alle eine Weile von den schwierigen Aufgaben ablenkt, die uns in nächster Zukunft erwarten. Etwas, das den Männern einen Anlass bietet, sich gemeinsam über etwas zu freuen; das würde ihnen besser tun als alles andere.«

Kahlan sah stirnrunzelnd über ihre Schulter. »Was denn, zum Beispiel? Meinst du eine Art Spiel oder etwas Ähnliches?«

Seine Züge waren vor lauter Nachdenken ganz verzerrt. »Ich weiß nicht, irgendetwas Fröhliches. Etwas, das ihnen vor Augen führt, dass uns die Imperiale Ordnung nicht daran hindern kann, unser Leben zu leben und uns unseres Lebens – und all dessen, um was es im Leben eigentlich geht – zu erfreuen.« Er fuhr mit dem Daumen über den ausgeprägten Schwung seines Kinns. »Irgendwelche Vorschläge?«

»Na ja, ich wüsste wirklich nicht …«

Genau in diesem Augenblick platzte Warren herein und vermeldete: »Soeben ist ein Bericht aus dem Druntal eingetroffen. Heute ist unser Glückstag – keinerlei Truppenbewegungen, wie wir erwartet hatten.«

Er blieb wie angewurzelt stehen, die Hand noch immer an der Türklinke, während sein Blick zwischen Zedd und Kahlan hin und her wanderte.

»Was ist denn los? Was geht hier vor? Wieso schaut Ihr mich so an?«

Verna schloss zu Warren auf und schob ihn ins Innere der Hütte. »Geh schon, so geh doch endlich hinein. Was ist bloß los mit dir? Es ist eiskalt hier draußen.«

Verärgert schnaubend schloss Verna selbst die Tür. Als sie sich umdrehte und Zedd und Kahlan erblickte, wich sie einen Schritt zurück.

»Verna, Warren«, meinte Zedd mit Honig in der Stimme, »tretet doch bitte ein.«

Verna runzelte argwöhnisch die Stirn. »Was heckt ihr zwei gerade aus, das Euch so amüsiert?«

»Nun«, sagte Zedd gedehnt mit einem Augenzwinkern zu Kahlan, »die Mutter Konfessor und ich sprachen gerade über das große Ereignis.«

Vernas Stirnrunzeln verfinsterte sich noch, als sie sich vorbeugte. »Welches große Ereignis? Mir ist nichts von einem großen Ereignis bekannt.«

Selbst Warren, dem dies eher fremd war, runzelte jetzt die Stirn. »Genau. Welches große Ereignis?«

»Eure Hochzeit«, erklärte Zedd.

Die finsteren Mienen von Verna und Warren waren im Nu verflogen, und ein überraschtes, albernes, strahlendes Grinsen kam über sie. »Wirklich?«, fragte Warren. »Wirklich«, entfuhr es Verna. »Ja, wirklich«, bestätigte Kahlan.

10. Kapitel

Die Vorbereitungen für die Hochzeit von Verna und Warren nahmen mehr als zwei Wochen in Anspruch. Nicht, dass man es nicht hätte schneller bewerkstelligen können, vielmehr wollte Zedd, wie er Kahlan erklärt hatte, »die ganze Geschichte ein wenig in die Länge ziehen«. Er wollte jedem ausgiebig Zeit lassen, sich seine Gedanken zu machen und einen prunkvollen Rahmen zu überlegen; Zeit, die Dinge zu organisieren, Dekorationen herzustellen und besondere Speisen zuzubereiten, einen Zeitraum, in dem alle in der freudig angespannten Erwartung des großen Festes sich die Muße nehmen konnten, ausgiebig darüber zu tratschen.

Die Soldaten, anfangs bestenfalls erfreut, ließen sich schon bald vom Schwung des Ereignisses mitreißen, das sich zu einem gigantischen, unterhaltsamen Zeitvertreib entwickelte.

Warren war allseits beliebt, die Sorte Mann, der jedem ein wenig Leid tat, und der Beschützerinstinkte weckte – der etwas linkische, schüchterne Typ. Die meisten hatten nicht die geringste Ahnung von den meisten Dingen, über die er sich unablässig ausließ. Man hielt ihn einfach nicht für den Typ Mann, dem es je gelingen würde, eine Frau zu finden. Dass er es, in ihren Augen ganz offenkundig gegen jede Wahrscheinlichkeit, dennoch geschafft hatte, machte die Männer insgeheim stolz darauf, dass er zu ihnen gehörte – und geschafft hatte er es zweifellos: er hatte das Herz einer Frau gewonnen. Das gab den Soldaten die Hoffnung, eines Tages selbst zu heiraten, also eine Frau zu finden und eine Familie zu gründen; auch wenn sie befürchteten, oft selber linkisch und schüchtern zu sein.

Nicht einmal aus ihrer Freude für Verna machten die Männer ein Hehl. Sie respektierten sie zwar, hatten sich aber nie recht für sie erwärmen können. Ihre unverhohlenen Glückwünsche brachten sie ganz aus der Fassung.

Das gesamte Feldlager ließ sich von der vorfestlichen Stimmung mitreißen, sogar noch mehr, als Kahlan gehofft hatte. Nach anfänglichem kurzem Zögern, während es ihnen zu Bewusstsein kam, ließen sich die Männer, die nicht nur der Kampf gegen diese große Übermacht, der Verlust ihrer Freunde, der endlos lange Aufenthalt im Feld fernab ihres Heims und ihrer Lieben erschöpft hatte, sondern auch die rauen, schwierigen und trostlosen Witterungsbedingungen, voller Begeisterung auf diese Ablenkung ein.

Man räumte einen großen zentralen Platz frei – Zelte wurden umgesetzt und die Fläche bis auf den nackten Erdboden vom Schnee befreit. An der Stirnseite der freigeräumten Fläche wurde eine über im Boden fest verankerte Vorratskarren gelegte Plattform errichtet, auf der die eigentliche Vermählung stattfinden sollte. Die Plattform war nötig, damit die Männer die Zeremonie besser verfolgen konnten. Seitlich richtete man eine Tanzfläche ein, und wer von den Männern ein Musikinstrument besaß und keinen Dienst hatte, verbrachte Tag und Nacht mit Üben. Ein Chor wurde gebildet, der sich in eine abgelegene Schlucht zurückzog, um zu proben. Wohin Kahlan auch kam, vernahm sie Pfeifen und Trommeln, die durchdringenden Klänge einer Schalmei oder die melodischen Akkorde von Saiteninstrumenten. Das ging so weit, dass Soldaten einen falsch gespielten Ton mehr fürchteten als die Truppen der Imperialen Ordnung.

Da mehr als einhundert Schwestern zur Verfügung standen, kam der Vorschlag auf, man könnte nach der Trauungszeremonie doch einen Tanz abhalten. Die Schwestern waren von der Idee ganz angetan, bis sie anfingen nachzurechnen und ihnen klar wurde, wie viele Männer auf eine Frau kamen und wie oft sie würden tanzen müssen. Dennoch versetzte die Aussicht, bei einer Tanzveranstaltung mit Aufmerksamkeit überhäuft zu werden, sie in eine überaus wohlige Erregung, und sie erklärten sich einverstanden. Frauen im Alter von mehreren hundert Jahren erröteten wieder wie junge Mädchen, als sie von knapp oder gut zwanzigjährigen Männern um das Versprechen gebeten wurden, mit ihnen beim Hochzeitstanz eine Runde zu drehen.

Als die Hochzeit näher rückte, legten die Männer eine Art Straßennetz an, das auf gewundenem Kurs durch das Lager führte, damit die Hochzeitsgesellschaft nach der Trauung durch das gesamte Feldlager defilieren konnte. Jeder wollte Gelegenheit erhalten, das frischvermählte Paar zu begrüßen und ihm Glück zu wünschen.

Kahlan hatte die Idee, dass Warren und Verna nach ihrer Trauung die Hütte bekommen sollten. Es sollte ihr Hochzeitsgeschenk an sie sein, daher behielt sie es so gut es ging für sich. Kahlan wies Cara an, zur allgemeinen Täuschung ein wenig abseits ein Zelt für das frischvermählte Paar errichten zu lassen. Cara räumte Vernas Sachen in das Zelt, das sie mit Kräutern und gefrorenen Zweigen voller wilder Beeren ein wenig ausschmückte. Das Täuschungsmanöver gelang; Verna glaubte, das Zelt sei für Warren und sie bestimmt, und weigerte sich, ihn hineinzulassen, bevor sie getraut waren.

Der Tag der Hochzeit dämmerte unter einem strahlend blauen Himmel herauf und war nicht so kalt, dass man befürchtete musste, sich Frostbeulen zu holen. Der frisch gefallene Schnee des Vortags war rasch vom zentralen Platz fortgeräumt, sodass die Festlichkeiten stattfinden konnten, ohne dass die Schwestern beim Tanzen Schnee in ihre Stiefel bekamen. Einige der Schwestern kamen aus ihren Zelten hervor, um die Tanzfläche in Augenschein zu nehmen, und schlenderten umher, um den Männern Gelegenheit zu geben, sich anzusehen, mit wem sie – mit ein bisschen Glück – vielleicht das Tanzbein würden schwingen können. Dies alles geschah mit viel Humor und bei bester Stimmung.

Während Verna den frühen Nachmittag in ihrem Zelt damit verbrachte, sich artig unter großem Getue das Haar frisieren und ihr Hochzeitskleid von einer ganzen Schar von Schwestern richten zu lassen, konnte Kahlan endlich mit der gebotenen Heimlichkeit die Hütte schmücken. Drinnen befestigte sie federleichte, duftende Balsamzweige an einer Schnur, die sie in Girlanden am oberen Rand sämtlicher Wände befestigte. Sie flocht rote Beeren – da sonst nichts zu bekommen war – in die Zweige, um ihnen ein wenig Farbe zu verleihen.

Eine der Schwestern hatte Kahlan ein Stück einfarbigen, gewebten Stoffes geschenkt, aus dem Kahlan einen Vorhang für das Fenster genäht hatte. Sie hatte daran gearbeitet, wenn sie sich abends auf ihre Hütte zurückzog, und es mit Mustern bestickt, um dem schlichten Stoff einen Hauch von Spitze zu verleihen. Unter ihrem Bett bewahrte sie ihn auf, damit Warren und Verna, wenn sie in die Hütte kamen, um Schlachtfeldstrategien durchzugehen, nichts davon bemerkten. Endlich konnte Kahlan die Duftkerzen, die ihr verschiedene Schwestern zum Geschenk gemacht hatten, im ganzen Raum verteilen und schließlich auch den Vorhang auf einem geraden, von seiner Rinde befreiten Ast aufhängen.

Einen Gegenstand war Kahlan jedoch nicht bereit, als Schmuck für das frischvermählte Paar in der Hütte zurückzulassen: *Seele.* Sie würde sie hinübertragen in ihr neues Zelt.

Kahlan war gerade dabei, das Bett mit frischen Laken zu beziehen, als Cara, ein blaues Knäuel in den Armen, zur Tür hereinkam.

Kahlan steckte das Laken am Fußende unter der strohgefüllten Matratze fest, während sie zusah, wie Cara die Tür hinter sich schloss.

»Was habt Ihr da?«

»Ihr werdet es nicht glauben«, erwiderte Cara grinsend. »Breite, blaue Seidenborte. Die Schwestern haben Verna an einen Stuhl gebunden, während sie sich über sie hermachen, und Zedd hat Warren irgendwohin fortgeschickt, deshalb dachte ich, wir beide könnten die Borte doch dazu benutzen, die Hütte ein wenig auszuschmücken und alles damit zu drapieren, damit es hübsch aussieht.« Sie deutete nach oben. »Dort zum Beispiel – wir könnten sie um die Balsamzweige winden, die Ihr aufgehängt habt, damit es ein bisschen nach was aussieht.«

Kahlan traute ihren Ohren kaum. »Was für eine bezaubernde Idee.«

Sie wusste nicht, was sie mehr erstaunte, Cara tatsächlich mit Seidenborte in den Händen zu sehen, oder sie die Worte »ausschmücken« und »hübsch« in ein und demselben Atemzug ausprechen zu hören. Sie lächelte bei sich, froh darüber, etwas derart Unerhörtes zu erleben. Zedd war ein größerer Zauberer, als er ahnte.

Kahlan und Cara arbeiteten sich, beide auf einem Stück Baumstamm stehend, an der Wand entlang, und schlangen die Borte um die girlandenartig aufgehängten Balsamzeige. Der Anblick, als die erste Wand fertig war, war so wunderhübsch, dass Kahlan gar nicht mehr aufhören mochte hinzusehen und zu strahlen. Dann nahmen sie die zweite Wand gegenüber der Tür in Angriff, wo sie, der besseren Wirkung wegen, wenn Verna und Warren ihr neues Zuhause zum ersten Mal betraten, besonders verschwenderisch mit der Borte umgingen.

»Wo habt Ihr all die Borte eigentlich her?«, fragte Kahlan, den Mund voller Stecknadeln.

»Benjamin hat sie für mich besorgt.« Cara lachte amüsiert in sich hinein, während sie die Borte um die Schnur fädelte. »Habt Ihr so was schon gehört? Ich musste ihm versprechen, nicht zu fragen, woher er sie hat.«

Kahlan nahm die Nadeln aus dem Mund. »Wer?«

»Wer was?«, murmelte Cara, bevor sie ihre Zunge, immer noch damit beschäftigt, eine Nadel in eine etwas widerspenstige Stelle hineinzubohren, in den Mundwinkel wandern ließ.

»Wer, sagtet Ihr, hat Euch die Borte besorgt?« Cara hielt einen weiteren Streifen blauer Seide unter die Decke. »General Meiffert. Ich habe keinen blassen Schimmer, wo er …«

»Ihr erwähntet eben einen gewissen Benjamin.«

Cara ließ die Borte sinken und starrte Kahlan an. »Nein, hab ich nicht.«

»Doch, habt Ihr.«

»Ich sagte General Meiffert. Ihr dachtet bloß, ich hätte …«

»Ich wusste gar nicht, dass General Meifferts Vorname Benjamin lautet.«

»Na ja …«

»Ist ›Benjamin‹ nun General Meifferts Vorname oder nicht?«

Hätte Cara ihren roten Lederanzug angehabt, ihr Gesicht wäre farblich nicht davon zu unterscheiden gewesen. Wie die Dinge lagen, entsprach ihr finsterer Gesichtsausdruck durchaus dem braunen Lederanzug, den sie trug.

»Das wisst Ihr doch.«

Das Lächeln auf Kahlans Lippen wurde breiter. »Ja, jetzt weiß ich es.«

Kahlan trug ihr weißes Mutter-Konfessor-Kleid. Ein wenig überrascht stellte sie fest, dass es etwas locker saß, alles in allem war das vermutlich jedoch zu erwarten gewesen. Wegen der Kälte legte sie zusätzlich ihren Wolfspelzüberwurf an, den Richard ihr gemacht hatte, drapierte ihn aber eher wie eine Stola über die Schultern. Den Rücken durchgedrückt, das Kinn leicht angehoben, verfolgte sie aufmerksam die Zeremonie und blickte hinaus über die zehntausende angespannter Gesichter. In ihrem Rücken befand sich eine üppig grüne Wand aus ineinander verflochtenen Zweigen, die es den weiter entfernt stehenden Zuschauern erleichterte, die sechs Personen oben auf der Plattform zu erkennen. Zarter Atemdunst erhob sich lautlos in die stille, goldene, spätnachmittägliche Luft.

Während der Trauungszeremonie stand Zedd mit dem Rücken zu ihr. Fasziniert stellte Kahlan fest, dass er sein welliges weißes Haar, sonst im Zustand steten Durcheinanders, jetzt gebürstet und geglättet hatte. Er trug sein elegantes kastanienbraunes Gewand mit den schwarzen Ärmeln und dem kuttenartigen Schulterbesatz. Silberbrokat säumte die Manschetten, während ein Streifen Goldbrokat um den Hals herum und an der Vorderseite herablief. Ein roter, mit einer goldenen Schnalle versehener Samtgürtel raffte den Aufzug an der Hüfte. Neben ihm stand Adie in ihrem schlichten Hexenmeisterinnengewand mit den gelben und roten Perlen rings um den Ausschnitt; im Kontrast wirkte es irgendwie genauso eindrucksvoll.

Verna trug ein reich verziertes violettes Kleid, dessen rechteckiger Ausschnitt mit goldenen Stickereien besetzt war. Die feine, ganz in Gold gehaltene Nadelarbeit zog sich an den engen Ärmeln entlang, die unter geschlitzten, am Ellbogen mit goldenen Bändern befestigten Überärmeln hervorschienen. Die feine Smokarbeit über dem Mittelteil weitete sich trichterförmig zu einem bis dicht über den Boden reichenden Bahnenrock. Vernas welliges braunes Haar war mit Girlanden aus blauen, goldenen und karminroten Blüten durchflochten, die die Schwestern aus kleinen seidenen Stoffschnipseln gefertigt hatten. Mit ihrem heiteren Lächeln gab sie neben ihrem gut aussehenden blonden Bräutigam in seinem violetten Zaubergewand eine wunderschöne Hexenmeisterinnenbraut ab.

Alles schien sich gespannt vorzubeugen, als die Zeremonie ihren Höhepunkt erreichte.

»Willst du, Verna, diesen Zauberer für den Rest deines Lebens zum Gemahl nehmen«, fuhr Zedd mit klarer Stimme fort, die über die gesamte Menge trug, »eingedenk seiner Gabe und seiner Pflicht ihr gegenüber, und schwörst du, ihn zu lieben und zu ehren ohne Unterlass, bis dass der Tod euch scheidet?«

»Ich will«, antwortete Verna mit seidenweicher Stimme.

»Willst du, Warren«, sprach Adie, ihre Stimme im Kontrast zu Vernas noch schnarrender, »diese Hexenmeisterin für den Rest deines Leben zur Gemahlin nehmen, eingedenk ihrer Gabe und ihrer Pflicht ihr gegenüber, und schwörst du, sie zu lieben und zu ehren ohne Unterlass, bis dass der Tod euch scheidet?«

»Ich will«, sagte Warren im Tonfall tiefster Überzeugung.

»Somit erkläre ich dich, Hexenmeisterin, so dies dein freier Wille ist, für geeignet, und erteile dieser Verbindung mit Freuden meinen Segen.« Zedd reckte seine ausgestreckten Arme gen Himmel. »Ich bitte die Gütigen Seelen, den Schwur dieser Frau mit einem Lächeln zu bedenken.«

»Somit erkläre ich dich, Zauberer, so dies dein freier Wille ist, für geeignet, und erteile dieser Verbindung mit Freuden meinen Segen.« Adie reckte ihre ausgestreckten Arme gen Himmel. »Ich bitte die Gütigen Seelen, den Schwur dieses Mannes mit einem Lächeln zu bedenken.«

Die vier kreuzten ihre Arme und gaben sich die Hände; als sie die Köpfe neigten, erstrahlte die Luft in der Mitte ihres Kreises in einem glühenden Licht, das auf die Verbindung herableuchtete. Aus dem gleißend hellen Lodern schoss ein Lichtstrahl gen Himmel, so als wollte er den Schwur zu den Gütigen Seelen hinauftragen.

Gemeinsam sprachen Zedd und Adie die Worte: »Von heute an bis in alle Ewigkeit seid ihr durch euern Eid, durch eure Liebe und jetzt auch durch die Gabe vermählt als Mann und Frau.«

Das magische Licht löste sich, am unteren Ende beginnend, auf, bis es nur noch ein einzelner Stern am leeren spätnachmittäglichen Himmel über ihnen war.

Zehntausende verfolgten in der stillen Winterluft mit gebannten Augen, wie eine bebende Verna Warrens Kuss erwartete, mit dem eine Vermählung besiegelt wurde, wie sie sie wahrscheinlich nicht noch einmal zu sehen bekommen würden: die Vermählung einer Hexenmeisterin mit einem Zauberer, verbunden durch mehr als einen bloßen Eid – verbunden auch durch ein feierliches Bündnis der Magie.

Als Verna und Warren, beide über das ganze Gesicht strahlend, sich voneinander lösten, geriet die Menge vor Begeisterung außer sich. Jubelschreie wurden laut, Kopfbedeckungen in die Luft geschleudert.

Nachdem sie sich zu den Soldaten herumgedreht hatten, fassten sich Verna und Warren, noch immer strahlend, bei den Händen und winkten ihnen mit ihrem freien Arm zu. Die Soldaten jubelten, applaudierten und pfiffen, als wäre es ihre eigene Schwester oder ihr bester Freund, der soeben geheiratet hatte.

Dann schwollen die Stimmen des Chors zu einem lang anhaltenden Ton an, der im gesamten Wald ringsum widerhallte. Das Berückende seines Klangs jagte Kahlan einen Schauer über den Rücken, der Ton ließ überdies das gesamte Tal in Ehrfurcht verstummen.

Cara beugte sich ganz nahe zu Kahlan hin und erzählte erstaunt flüsternd, der Chor singe ein uraltes d'Haranisches Lied zur Trauungszeremonie, dessen Ursprung tausende von Jahren zurückreiche. Da die Männer sich zurückgezogen hatten, um völlig ungestört zu proben, hatte Kahlan es vor der Hochzeit noch nie gehört. Es war von einer solchen Kraft, dass das Auf und Ab der vereinten Stimmen sie völlig überwältigte. Verna und Warren standen, gleichermaßen ergriffen von dem schmerzlich schönen Lied zu ihrer Verbindung, am Rand der Plattform.

Flöten fielen ein, und schließlich Trommeln. Die Soldaten, größtenteils D'Haraner, lauschten der ihnen allen vertrauten Musik mit einem Lächeln im Gesicht. In diesem Augenblick kam es Kahlan in den Sinn, dass sie, die D'Hara solange als Feindesland betrachtet hatte, sich niemals wirklich hatte vorstellen können, dass D'Haraner eine Tradition besaßen, die bedeutend, anrührend oder gar liebenswert sein konnte.

Kahlan sah zu der neben ihr stehenden Cara hinüber, die entrückt lächelnd der Musik lauschte. Es gab ein ganzes Land mit Namen D'Hara, das Kahlan in weiten Teilen ein Rätsel war; sie hatte nur seine Soldaten kennen gelernt. Von ihren Frauen wusste sie – bis auf die Mord-Sith, die kaum als typisch gelten konnten – nichts, ebensowenig wie von ihren Kindern, Häusern oder Sitten. Sie hatte es sich zur Gewohnheit gemacht zu glauben, sie seien endlich alle vereint, doch jetzt wurde ihr bewusst, dass dies ein ihr unbekanntes Volk war, ein Volk mit ganz eigener Vergangenheit und Tradition.

»Es ist wunderschön«, raunte Kahlan Cara zu.

Cara nickte verzückt, mitgerissen von den Klängen einer Musik, die für sie eine alte Bekannte war, für Kahlan dagegen ein Wunder an Exotik.

Als der Chor sich dem Ende seiner Huldigung des frisch vermählten Paares näherte, langte Verna hinter sich und drückte Kahlans Hand. Es sollte eine Art Entschuldigung bedeuten – ein Eingeständnis, wie schwierig diese Zeremonie für Kahlan sein musste.

Kahlan weigerte sich, dieses freudige Ereignis von ihrem Schmerz überschatten zu lassen, und erwiderte Vernas kurzen Blick mit einem strahlenden Lächeln. Sie trat vor und legte, hinter Verna und Warren stehend, um jeden von ihnen einen Arm. Das Getöse der Menge verklang, damit Kahlan das Wort ergreifen konnte.

»Diese beiden Menschen sind füreinander bestimmt und waren es vielleicht schon immer. Jetzt sollen sie es sein für alle Zeiten. Mögen die Gütigen Seelen stets mit ihnen sein.«

Wie aus einem Mund sprach die gesamte Menge das Gebet nach.

»Ich möchte Verna und Warren von ganzem Herzen dafür danken«, sagte Kahlan, den Blick auf die zehntausende von Gesichtern gerichtet, die ihr entgegenblickten, »dass sie uns daran erinnert haben, worum es im Leben wirklich geht. Es gibt keinen überzeugenderen Beweis für die einfache und doch so tiefe Bedeutung unseres Anliegens als diese Hochzeit am heutigen Tag.«

Soweit ihre Augen reichten, sah sie ein Meer zustimmend nickender Köpfe.

»Und nun«, rief Kahlan in die Menge, »wer möchte sehen, wie die beiden den Tanz eröffnen?«

Unter dem Jubel und Gejohle der Männer teilte sich die Menge, um den zentralen Platz in der Mitte freizugeben.

Kahlan legte Zedd einen Arm um die Schultern und gab ihm einen Kuss auf die Wange.

»Das war der beste Einfall, den du jemals hattest, Zauberer.«

Er schaute sie aus seinen haselbraunen Augen an, die bis auf den Grund der Seele zu blicken schienen.

»Geht es dir gut, Liebes? Ich weiß, wie schwer das für dich sein muss.«

Kahlan nickte, ihr Lächeln entschlossen beibehaltend.

»Mir geht es gut, bloß für dich muss es doppelt schwer sein.«

Unerwartet übermannte ihn ein Lächeln. »Da hast du es wieder, Mutter Konfessor. Immer zerbrichst du dir den Kopf für andere.«

Kahlan schaute zu, wie Verna und Warren lachend und leichtfüßig Arm in Arm über die freigeräumte, von applaudierenden Soldaten umringte Fläche tanzten.

»Wenn die beiden fertig sind«, sagte Kahlan, »und du Adie deinen ersten Tanz geschenkt hast, würdest du dann mit mir tanzen und sozusagen für ihn einspringen? Ich bin sicher, er würde das wollen.«

Kahlan brachte es nicht über sich, in diesem Moment seinen Namen auszusprechen, sonst wäre der Bann des freudigen Ereignisses gebrochen worden.

Zedd zog in gespieltem Entzücken eine Braue hoch. »Wie kommst du darauf, ich könnte tanzen?«

Kahlan lachte. »Weil es nichts gibt, was du nicht kannst.«

»Ich könnte eine Menge Dinge nennen, die dieser knochendürre alte Mann nicht kann«, meinte Adie lächelnd, als sie sich ihm von hinten heranschlurfend näherte.

Als der Tanz vorüber war und andere sich hinzugesellten, während das frischvermählte Paar zum zweiten Tanz ansetzte, traten Zedd und Adie hinaus in das Rund, um selbst ein Tänzchen zu riskieren und es den jungen Leuten vorzumachen. Kahlan stand, Cara unmittelbar neben sich, am Rand des Kreises, während General Meiffert sich lachend einen Weg zu ihnen bahnte, Männern die Hände schüttelnd, anderen auf die Schultern klopfend.

»Mutter Konfessor!« Das Gedrängel der Menge schob ihn unmittelbar bis vor sie hin. »Mutter Konfessor, ist das nicht ein wundervoller Tag? Habt Ihr jemals so etwas erlebt?«

Kahlan konnte nicht anders, sie musste angesichts seiner überschäumenden Begeisterung lächeln. »Nein, General Meiffert, ich glaube nicht.«

Er sah kurz zu Cara hinüber. Einen Augenblick lang blieb er verlegen stehen, dann drehte er sich herum, um den Tanzenden zuzuschauen. So gut die Männer sie mittlerweile kannten, sie war immer noch eine Konfessor – eine Frau, deren Nähe – und erst recht Berührung – den Menschen Angst einflößte. Es war alles andere als wahrscheinlich, dass jemand sie zum Tanz aufforderte.

Sie oder eine Mord-Sith.

»General?«, fragte Kahlan, ihm von hinten auf die Schulter tippend. »General, würdet Ihr mir einen persönlichen Gefallen tun?«

»Aber ja, selbstverständlich, Mutter Konfessor«, stammelte er. »Was immer Ihr verlangt. Was kann ich für Euch tun?«

Kahlan deutete auf die Tanzfläche und auf die Soldaten und Schwestern, die sie umstanden. »Würdet Ihr bitte tanzen? Ich weiß, wir sollten auf der Hut sein, für den Fall, dass irgendein Unheil geschieht, aber ich glaube, den Männern würde es den wahrhaft heiteren Charakter dieses Festes vor Augen führen, wenn ihr General dort draußen einen Tanz riskierte.«

»Einen Tanz?«

»Ja, bitte.«

»Aber, ich – das heißt, ich weiß nicht recht, mit wem ...«

»Ach, so hört doch auf, Euch herauszureden.« Kahlan drehte sich um, als hätte sie plötzlich eine Idee. »Cara. Möchtet Ihr nicht mit ihm dort draußen hingehen und tanzen, damit seine Männer sehen, dass es in Ordnung ist, sich anzuschließen?«

Caras blaue Augen wechselten zwischen Kahlan und dem General. »Na ja, ich wüsste nicht wieso ...«

»Würdet Ihr es mir zuliebe tun? Bitte, Cara?« Kahlan drehte sich wieder zum General um. »Ich glaube, ich habe jemanden erwähnen hören, Euer Vorname sei Benjamin?«

Er kratzte sich verlegen an der Schläfe. »Das ist richtig, Mutter Konfessor.«

»Cara, Benjamin hier benötigt eine Tanzpartnerin. Wie wäre es mit Euch? Bitte. Mir zuliebe.«

Cara räusperte sich. »Also schön, von mir aus. Euch zuliebe, Mutter Konfessor.«

»Und brecht ihm nicht die Rippen. Wir brauchen ihn noch.«

Cara warf einen finsteren Blick über ihre Schulter, als ein strahlender Benjamin sie von dannen führte.

Kahlan verschränkte die Arme und sah schmunzelnd zu, wie der Mann Cara in die Arme schloss. Es war ein nahezu perfekter Tag. Nahezu.

Kahlan war noch damit beschäftigt, zuzusehen, wie Benjamin Cara elegant über die Tanzfläche wirbelte und andere Soldaten plötzlich schüchtern gewordene Schwestern aus den die Tanzfläche säumenden Zuschauerreihen zogen, als Captain Ryan sich zögernd näherte. Vor ihr angekommen, straffte er seinen Körper. »Mutter – Konfessor ... äh, na ja, wir haben eine Menge zusammen durchgemacht, und wenn es Euch nicht zu dreist erscheint, dürfte ich Euch vielleicht zum ... Ihr wisst schon, zum Tanz auffordern?«

Kahlan blinzelte den hochgewachsenen, jungen, breitschultrigen Galeaner überrascht an.

»Aber gern, Bradley, ich würde gerne mit Euch tanzen, sehr gerne sogar. Doch nur, wenn Ihr mir versprecht, mich nicht so anzufassen, als wäre ich aus Glas. Ich möchte mich dort draußen nicht blamieren.«

Er nickte grinsend. »Einverstanden.«

Sie legte eine Hand in seine und die andere auf seine Schulter. Er schob seine Hand unter ihren geöffneten Wolfspelzüberwurf, legte sie auf ihre Hüfte und tanzte mit ihr schwungvoll mitten unter die sich Amüsierenden. Kahlan ließ es, mal lächelnd und mal lachend, über sich ergehen. Erst als sie an *Seele* dachte und sich kraft ihres Willens auf deren Stärke besann, konnte sie das Fest als das nehmen, was es war, ohne ständig daran denken zu müssen, was ihr fehlte, während ein anderer sie, wenn auch schüchtern, in seinen Armen hielt.

»Ihr seid ein wunderbarer Tänzer, Bradley.« Seine Augen leuchteten vor Stolz. Sie spürte, wie er lockerer wurde und die Musik immer geschmeidiger in seine Bewegungen einfließen ließ. Nicht weit entfernt erblickte Kahlan Cara und Benjamin, die es nach Kräften vermieden, sich beim Tanzen in die Augen zu sehen. Als er sie, den Arm fest um ihre Hüfte gelegt, um sich herumwirbelte, segelte Caras langer, blonder Zopf hinter ihr durch die Luft, und Kahlan sah Cara tatsächlich in Benjamins blaue Augen schauen und lächeln.

Kahlan war erleichtert, als das Lied endete und Zedd beim nächsten Tanz Captain Ryans Platz einnahm. Sie zog ihn eng an sich, als sie mit ihm zu einer langsameren Melodie tanzte.

»Ich bin stolz auf dich, Mutter Konfessor. Du hast diesen Männern ein wunderbares Geschenk gemacht.«

»Und das wäre?«

»Mut.« Er legte seinen Kopf schräg. »Du hast ihnen einen Grund gegeben, an das zu glauben, was sie hier tun.«

Kahlan zog eine Braue hoch. »Du Gauner, du. Andere magst du vielleicht täuschen können, aber nicht mich. Du warst es doch, der mir Mut gemacht hat.«

Zedd lächelte bloß. »Weißt du, seit der allerersten Mutter Konfessor hat kein Marin es mehr verstanden, eine solche Frau zu lieben, ohne von ihrer Kraft zerstört zu werden. Ich bin froh, dass es mein Enkelsohn war, der dieses überaus schwierige Unterfangen gemeistert hat, und dass er es aus Liebe zu dir getan hat. Ich liebe dich wie meine Enkeltochter, Kahlan, und freue mich schon auf den Tag, wenn du endlich wieder mit ihm zusammen sein kannst.«

Kahlan zog Zedd ganz nahe an sich heran und legte den Kopf auf seine Schulter, solange die beiden ihren Erinnerungen nachhängend weitertanzten.

Während das Tanzvergnügen seinen Lauf nahm, traten nach und nach Fackeln und wärmende Feuer an die Stelle der goldenen Strahlen der untergehenden Sonne. Obwohl die Schwestern nach jedem Tanz den Partner wechselten, verlor sich die Schlange gut gelaunter, auf ein Tänzchen – und keineswegs nur mit den jüngeren, attraktiveren Schwestern – wartender Soldaten noch immer jenseits des Blickfeldes. Kochgehilfen stellten einfache Speisen auf Tafeln bereit, kosteten mal hier, mal dort und scherzten, während sie ihrer Arbeit nachgingen, mit den Soldaten. In den Tanzpausen probierten Warren und Verna von der Vielfalt der Speisen auf den verschiedenen Tischen.

Kahlan tanzte noch einmal mit Captain Ryan und riskierte auch mit Zedd einen weiteren Tanz, dann aber ging sie dazu über, sich sowohl mit Offizieren als auch mit Mannschaften zu unterhalten, um mit niemand tanzen zu müssen, falls jemand seinen Mut zusammennahm und sie verlegen darum bat. Ohne die Verpflichtung, tanzen zu müssen, fiel es ihr erheblich leichter, das Fest zu genießen.

Sie begrüßte gerade eine Gruppe junger Offiziere, die ihr erklärten, wie sehr ihnen das Fest gefiel, als jemand Kahlan auf die Schulter tippte. Sie drehte sich um und sah den grinsenden Warren vor sich.

»Es wäre mir eine große Ehre, wenn Ihr mit mir tanzen würdet, Mutter Konfessor.«

Kahlan bemerkte, dass Verna mit Zedd tanzte, und sie antwortete: »Mit dem gutaussehenden Bräutigam würde ich sehr gerne tanzen, Warren.«

Seine Bewegungen waren überaus geschmeidig und ganz und gar nicht unsicher, wie sie erwartet hatte. Er schien selig und im Frieden mit sich selbst zu sein, und weder das Geschiebe der Menschen noch die Soldaten, die ihm ständig auf die Schulter klopften oder die scherzhaften Bemerkungen von einigen der Schwestern schienen ihn nervös zu machen.

»Ich wollte Euch einfach dafür danken, dass Ihr mir den schönsten Tag meines Lebens beschert habt, Mutter Konfessor.«

Lächelnd blickte Kahlan hoch in sein junges Gesicht, seine alterslosen Augen. »Danke, dass du diesem Fest zugestimmt hast, Warren. Ich weiß, normalerweise entspricht das nicht ganz deiner …«

»Aber ja doch, das tut es. Es ist genau das Richtige. Früher nannten mich die Menschen Maulwurf.«

»Tatsächlich? Warum das?«

»Weil ich normalerweise niemals aus den Gewölbekellern hervorkam, in denen ich die Prophezeiungen studierte. Nicht nur, dass ich gerne in den Büchern las – ich hatte geradezu Angst davor, die Gewölbe zu verlassen.«

»Aber schließlich hast du es doch getan.«

Er drehte sie schwungvoll im Rhythmus der Musik. »Richard hat mich da herausgeholt.«

»Tatsächlich? Das wusste ich noch gar nicht.«

»In gewisser Weise habt Ihr zu dem, was er ins Rollen gebracht hat, ebenfalls beigetragen.« Warren lächelte gedankenverloren. »Ich wollte Euch einfach danken. Ich weiß, wie sehr er mir fehlt, und wie sehr er Verna fehlt. Ich weiß, dass die Männer ihren Lord Rahl sehr vermissen.«

Kahlan vermochte bloß zu nicken.

»Und ich weiß auch, wie sehr Ihr Euren Gemahl vermisst. Aus diesem Grund wollte ich mich bei Euch bedanken – dafür, dass Ihr uns, trotz Euers Kummers, Euer Wohlwollen geschenkt habt. Jeder hier empfindet mit Euch. Ihr sollt wissen, dass Ihr mit diesem Gefühl nicht allein steht, und dass Ihr unter Menschen seid, die für ihn ganz ähnlich empfinden.«

Lächelnd brachte Kahlan ein »Danke« hervor.

Während sie über die freigeräumte Fläche tanzten, über die fröhliche Melodie lachten und sich über die unbeholfenen Bewegungen einiger der Soldaten amüsierten, verebbte schlagartig die Musik.

In diesem Augenblick vernahm sie die Hornklänge.

Ein Gefühl der Bestürzung bemächtigte sich der versammelten Soldaten, als Männer zu ihren Waffen liefen, bis einer der Posten seinen Arm schwenkend herbeigerannt kam und allen zurief, sie sollten Platz machen, es handele sich um befreundete Truppen.

Verwirrt reckte Kahlan, wie alle anderen auch, ihren Hals und versuchte etwas zu erkennen. Es waren keine Streitkräfte ausgesandt worden; sie hatte allen gestattet, an den Hochzeitsfeierlichkeiten teilzunehmen.

Die Menge teilte sich, als Pferde durch das Gedränge trabten. Kahlan zog erstaunt die Brauen hoch, und ihr Mund klappte auf. In der vordersten Reihe ritt, auf einem kastanienbraunen Wallach sitzend, der vornehme General Baldwin, Befehlshaber der gesamten keltonischen Streitkräfte. Schneidig brachte er sein Pferd zum Stehen und musterte, mit dem Zeigefinger über seinen grau durchsetzten, dunklen Schnauzer streichend, die Menge, die sich inzwischen um ihn gebildet hatte. Sein ergrauendes Haar wucherte bis über beide Ohren, und auf dem Scheitel schimmerte sein Schädel durch. Er bot einen eindrucksvollen Anblick in seinem mit zwei Knöpfen über einer Schulter befestigten Cape aus feiner Wolle, unter dem man das kostbare grüne Seidenfutter erkennen konnte. Seinen dunkelbraunen Übermantel zierte ein heraldisches Emblem, durchtrennt von einer schwarzen Diagonalen, die einen gelbblauen Schild teilte. Die hohen Stiefel des Mannes waren bis unter die Knie heruntergekrempelt. Hinter dem breiten, mit einer verzierten Schnalle abgesetzten Gürtel steckten lange schwarze Handschuhe, deren ausgestellte Manschetten nach vorne umgeschlagen waren.

Die dicht gedrängte Menge der Soldaten machte Platz für Kahlan. »General.«

Er hob auf die ihm eigene noble Art die Hand, und ein breites Lächeln ging über sein Gesicht. »Wie gut, Euch zu sehen, Mutter Konfessor.«

Kahlan wollte soeben etwas erwidern, als eine weitere Gruppe von Reitern durch die vor ihnen zurückweichende Menge preschte. Einem vom Wind gepeitschten Feuer gleich stürmten sie auf die Tanzfläche – ein Dutzend Mord-Sith in rotem Leder. Eine der Frauen sprang von ihrem Pferd.

»Rikka!«, entfuhr es Cara.

Der unerschrockene Blick der Frau glitt über die versammelten Menschen; schließlich bemerkte sie Cara und musterte sie eingehend. Cara löste sich aus General Meifferts Armen. »Cara«, sagte sie anstelle einer Begrüßung. Sie blickte sich flüchtig um und fragte: »Wo ist Hania?«

Cara trat näher. »Hania? Sie ist nicht hier.«

Die Frau presste enttäuscht die Lippen aufeinander.

»Das dachte ich mir fast. Als ich keine Antwort erhielt, fürchtete ich, wir hätten sie verloren. Trotzdem, ich hatte gehofft ...«

Kahlan trat vor, ein wenig pikiert, weil die Frau es offenbar für angebracht hielt, sich vor General Baldwin zu drängen. »Rikka war der Name, richtig?«

»Sieh an«, sagte Rikka, während ein wissendes Lächeln über ihre Züge kam, »Ihr könnt niemand anderes sein als die Gemahlin des Lord Rahl – die Mutter Konfessor. Man hat mir Euch beschrieben.« Die Frau salutierte mit einem lässigen Faustschlag auf ihr Herz. »Ganz recht, ich bin Rikka.«

»Freut mich, Euch hier bei uns begrüßen zu können – und Eure Schwestern des Strafers.«

»Gleich nachdem Berdine Euern Brief erhalten hatte, bin ich von Aydindril aus aufgebrochen; er hat eine Menge erklärt. Sie und ich haben darüber diskutiert und beschlossen, dass ich mit einigen meiner Schwestern herreiten sollte, um bei unseren gemeinsamen Bemühungen zu helfen. Sechs Schwestern habe ich bei Berdine zurückgelassen; sie sollen über Aydindril und die Burg der Zauberer wachen. Des Weiteren habe ich zwanzigtausend Soldaten mitgebracht.« Sie deutete mit dem Daumen hinter sich. »Auf den General hier sind wir vor einer Woche ganz zufällig gestoßen.«

»Wir können Eure Hilfe sehr gut gebrauchen. Das war klug von Berdine – ich weiß, wie gern sie selber hergekommen wäre, andererseits sind ihr Stadt und Burg vertraut. Freut mich, dass sie sich an *meine* Anweisungen gehalten hat.« Kahlan ließ ihren höchst beunruhigenden Mutter-Konfessor-Blick auf Rikka zur Ruhe kommen. »Und nun, wenn es Euch nichts ausmacht, Ihr habt General Baldwin unterbrochen.«

Cara schob Rikka beiseite und drängte sie zurück und aus dem Weg. »Wir haben etwas zu besprechen, Rikka, bevor du so weit bist, dass du Lord Rahl und seiner Gemahlin dienen kannst, die übrigens zufällig eine Schwester des Strafers ist.«

Rikka zog überrascht eine Braue hoch. »Tatsächlich? Wie konnte …«

»Später«, schnitt Cara ihr lächelnd das Wort ab, bevor Rikka alles noch schlimmer machen konnte, und drängte die Frau mitsamt ihren Mord-Sith-Schwestern zurück. Zedd, Adie und Verna rückten unauffällig näher an Kahlan heran.

General Baldwin, mittlerweile abgestiegen, trat schließlich vor, ließ sich auf ein Knie hinunter und verbeugte sich. »Meine Königin, Mutter Konfessor.«

»Erhebe dich, mein Kind«, antwortete Kahlan, sich der förmlichen Antwort bedienend, unter den Augen des gesamten Feldlagers, das die Szene mit derselben gespannten Aufmerksamkeit verfolgte wie bereits zuvor die Hochzeit. Dies war für alle von einiger Tragweite.

Der General erhob sich wieder. »Ich bin unmittelbar nach Erhalt Eures Briefes aufgebrochen, Mutter Konfessor.«

»Wie viele Männer habt Ihr mitgebracht?«

Ihre Frage schien ihn zu überraschen. »Nun ja … alle selbstverständlich. Einhundertsiebzigtausend Mann. Wenn meine Königin mich bittet, eine Armee aufzustellen, dann soll sie auch eine bekommen.«

Ein Raunen ging durch die Reihen der Männer, als sie die Kunde nach hinten durchgaben.

Kahlan war überwältigt. Sogar die Kälte spürte sie kaum noch. »Das ist großartig, General. Sie werden dringend gebraucht. Wie ich in meinem Brief dargelegt habe, haben wir es mit einem ausgewachsenen Krieg zu tun. Die Imperiale Ordnung erhält unablässig Verstärkungen. Diese Versorgungsrouten müssen wir abschneiden.«

»Verstehe. Zusammen mit den D'Haranern, die sich uns aus Aydindril kommend angeschlossen haben, werden wir Eure hier versammelten Streitkräfte fast verdreifachen.«

»Zusätzlich können wir noch weitere Truppen aus D'Hara herschaffen«, meinte General Meiffert.

Kahlan spürte, wie der Glaube an ihre Möglichkeiten zu einem glühenden Funken der Hoffnung in ihrer Brust anschwoll.

»Zum Frühlingsanfang werden wir sie ohne Zweifel brauchen.« Sie sah General Baldwin herausfordernd an. »Was ist mit Lieutenant Leiden?«

»Mit wem? Ach, Ihr meint sicher Sergeant Leiden. Zurzeit leitet er nur einen Spähtrupp. Wer Verrat an seiner Königin begeht, kann von Glück reden, wenn er seinen Kopf behält, andererseits tat er so, als wollte er ihr Volk beschützen, deshalb habe ich ihn zur Sicherung eines entlegenen Passes abkommandiert. Ich hoffe, der Mann hat sich warm angezogen.«

Am liebsten hätte Kahlan dem feschen General Baldwin die Arme um den Hals geschlungen; stattdessen legte sie ihm zum Zeichen ihrer Dankbarkeit die Finger auf den Arm. »Ich danke Euch, General. Wir brauchen diese Männer wirklich dringend.«

»Nun, sie stehen ein Stück weiter im Landesinnern, einen halben Tagesmarsch von hier. Ich konnte sie ja schlecht hier bei Eurer Armee unterbringen.«

»Ausgezeichnet.« Kahlan winkte die Mord-Sith zu sich. »Ich freue mich wirklich sehr, Euch ebenfalls hier zu sehen, Rikka. Die Mord-Sith werden es uns ermöglichen, die Feinde mit der Gabe besser in den Griff zu bekommen; vielleicht gelingt es uns sogar, das Blatt zu wenden. Cara hier hat bereits eine ganze Reihe von ihnen ausgeschaltet, aber ich fürchte, Lord Rahl hat ihr befohlen, für meine Sicherheit zu sorgen, und das wird sie auch weiterhin tun. Ihr dagegen habt, was die Verfolgung derer mit der Gabe anbetrifft, völlig freie Hand.«

Rikka verneigte sich. »Es wird mir ein Vergnügen sein.« Lächelnd trat sie näher. »Berdine hat mich vor ihr gewarnt«, raunte sie Cara zu.

»Dann solltest du auch auf Berdine hören«, erwiderte Cara und gab ihr einen Klaps auf den Rücken. »Komm, ich helfe dir, ein Quartier zu finden …«

»Kommt nicht in Frage«, meinte Kahlan, sodass sie auf der Stelle stehen blieben. »Heute wird ein Fest gefeiert. Der General, Rikka und ihre Schwestern sind herzlich eingeladen. Um genau zu sein, ich bestehe darauf.«

»Gut«, hellte sich Rikkas Miene auf, »solange wir die Gemahlin des Lord Rahl damit beschützen, wird es uns eine Freude sein, zu bleiben.«

Kahlan ergriff Rikkas Arm und zog sie zu sich. »Es gibt hier jede Menge Männer und nur sehr wenige Frauen. Dies ist eine Tanzveranstaltung; also geht hin und tanzt.«

»Was! Habt Ihr den Verst ...«

Kahlan schob sie auf die Tanzfläche und gab den Musikern fingerschnippend ein Zeichen. »Sollen wir fortfahren?« Sie wandte sich General Baldwin zu. »General, Ihr seid in einem wunderbaren Augenblick gekommen, einem Augenblick, in dem wir ein Fest begehen. Würdet Ihr mit mir tanzen, bitte?«

»Mutter Konfessor?«

»Ich bin auch Eure Königin. Generäle tanzen doch mit Königinnen, nicht?«

Er bot ihr lächelnd seinen Arm. »Selbstverständlich tun sie das, meine Königin.«

Lange nachdem es dunkel geworden war, begab sich die Hochzeitsprozession, sämtliche Männer begrüßend, auf ihren Rundgang über die behelfsmäßigen Straßen. Tausende von Soldaten gratulierten Warren und Verna zu ihrer Vermählung, erteilten ihnen scherzhafte Ratschläge, klopften ihnen behutsam auf die Schulter oder winkten ihnen einfach gut gelaunt zu.

Kahlan konnte sich an eine Zeit erinnern, als die Midlands diese Männer fürchteten. Unter der Herrschaft Darken Rahls waren sie gefürchtete Eroberer gewesen, die Angst und Entsetzen verbreitet hatten. Sie war erstaunt, wie höflich und zuvorkommend diese Männer sein konnten, und wie menschlich, wenn man ihnen nur Gelegenheit dazu gab. Im Grunde war es Richard, der ihnen diese

Chance ermöglicht hatte. Sie wusste, dass viele von ihnen sich dessen bewusst waren und es zu schätzen wussten.

Gegen Ende des langen und mäandernden Spaziergangs durch das ausgedehnte Feldlager näherten sie sich endlich jenem Zelt, von dem Warren und Verna glaubten, es solle ihres werden. Wer sie begleitet hatte, wünschte dem Paar eine gute Nacht, schlenderte zurück zum Fest und ließ die drei allein zurück.

Kahlan erlaubte Verna und Warren gar nicht erst, ihre Schritte zu verlangsamen, sondern trat zwischen sie, hakte sich bei beiden unter und geleitete sie zu dem Pfad, der zwischen den hoch aufragenden Bäumen hindurchführte. Das durch die Zweige fallende Mondlicht warf flackernde Muster in den Schnee. Da sie nicht wussten, was sie vorhatte, protestierten weder Verna noch Warren, als Kahlan sie nötigte, weiterzugehen.

Schließlich konnte Kahlan ein Stück weiter vorn zwischen den Bäumen die Hütte erkennen. Sie blieb in einiger Entfernung stehen, damit die beiden den Kerzenschein sahen, der hinter den spitzenartigen Gardinen hervorschimmerte.

»Dies ist ein langer und beschwerlicher Kampf«, wandte Kahlan sich an sie. »Unter diesen Bedingungen eine Ehe einzugehen ist eine grausame Belastung. Ich kann Euch gar nicht sagen, wie sehr ich mich freue, dass Ihr Euch in einer Zeit wie dieser entschlossen habt, diesen mutigen Schritt zu wagen. Er bedeutet uns allen sehr viel; wir sind alle sehr glücklich über Euch. Vor allem möchte ich Euch beiden dafür danken, dass Ihr Euch für das Leben in all seiner Herrlichkeit entschieden habt.

Eines Tages werden wir weiterziehen müssen, da die Imperiale Ordnung sich zweifellos mit Frühlingsbeginn, wenn nicht schon früher, wieder in Bewegung setzen wird. Im Augenblick jedoch möchte ich, dass diese Hütte Euch gehört; wenigstens das kann ich Euch schenken, dieses kleine bisschen ganz normalen Beisammenseins.«

Verna brach unvermittelt in Tränen aus und vergrub ihr Gesicht an Kahlans Schulter. Kahlan strich der schluchzenden Prälatin über den Rücken und war insgeheim amüsiert, weil es so untypisch für Verna war, derart viel Gefühl zu zeigen.

»Es ist keine gute Idee, Verna, Euren frisch gebackenen Ehemann Eure Tränen sehen zu lassen, wo er Euch doch jeden Augenblick zu seinem Bett führen wird.«

Das gab den Ausschlag, und auch Verna musste lachen. Sie fasste Kahlan bei den Schultern und sah ihr suchend in die Augen.

»Ich weiß gar nicht, was ich sagen soll.«

Kahlan gab ihr einen Kuss auf die Wange. »Liebt einander, seid gut zueinander und haltet Euer Zusammensein in Ehren – ich würde das jetzt lieber als alles andere tun.«

Warren umarmte sie und flüsterte ihr seinen Dank ins Ohr. Kahlan sah zu, wie er Verna das letzte Stück des Weges bis zur Hütte führte. An der Tür drehten sich beide um und winkten. Im allerletzten Augenblick hob er sie von den Füßen; ihr fröhliches Lachen hallte durch den Wald, als er sie über die Schwelle trug.

Endlich allein, machte Kahlan kehrt und ging zurück ins Lager.

11. Kapitel

Die Tür wurde einen Spalt weit geöffnet und ein blutunterlaufenes Auge spähte heraus in den schäbigen Hausflur. »Gibt es hier eine Unterkunft? Meine Frau und ich sind auf Zimmersuche.« Bevor der Mann die Tür wieder schließen konnte, setzte Richard rasch hinzu: »Man hat uns gesagt, Ihr hättet eins frei.«

»Na und?«

Obwohl es offensichtlich war, antwortete Richard höflich: »Wir wissen nicht, wo wir unterkommen sollen.«

»Wieso kommt ihr mit euern Problemen zu mir?«

Aus dem oberen Stockwerk hörte Richard einen wütenden Wortwechsel zwischen einem Mann und einer Frau. Hinter mehreren Türen im Flur schrien ohne Unterlass irgendwelche Säuglinge; der schwere Geruch von ranzigem Öl hing in der muffigen Luft. Draußen, vor der auf eine enge Gasse hin geöffneten Hintertür, tobten kreischend kleine, von älteren Rabauken gejagte Kinder durch den kalten Nieselregen.

Ohne große Erwartungen sprach Richard in den schmalen Schlitz hinein. »Wir benötigen dringend ein Zimmer.«

Ein kleines Stück die Hinterhofgasse hinauf bellte mit monotoner Hartnäckigkeit ein Hund.

»Eine Menge Leute brauchen dringend ein Zimmer. Ich habe bloß eins, und das kann ich euch nicht geben.«

Nicci drängte Richard vorsichtig beiseite und schob ihr Gesicht ganz nahe an den Spalt.

»Wir haben genug Geld für die erste Woche.« Als er die Tür daraufhin zu schließen begann, drückte sie mit der Hand dagegen.

»Das Zimmer ist für alle da. Es ist Eure Pflicht, dafür zu sorgen, dass jeder ein Zimmer bekommt.«

Der Mann stemmte sich mit seinem ganzen Gewicht gegen die Tür und drückte sie ihr vor der Nase ins Schloss.

Richard wandte sich bereits zum Gehen, als Nicci gegen die Tür zu pochen begann. »Vergiss es«, meinte er. »Gehen wir ein Brot besorgen.«

Für gewöhnlich folgte Nicci seinem Beispiel ohne ein Wort des Widerspruchs, der Ermahnung oder auch nur des Kommentars, diesmal jedoch hämmerte sie hartnäckig gegen die Tür, statt auf ihn zu hören. Der Anstrich blätterte schichtenweise unter ihren Knöcheln ab, in allen Farben von Blau über Gelb bis hin zu Rot.

»Es ist Eure Pflicht«, rief Nicci gegen die geschlossene Tür. »Ihr habt kein Recht, uns abzuweisen.« Es erfolgte keine Antwort. »Dann werden wir Euch eben melden.«

Die Tür öffnete sich erneut einen Spalt weit. Das Auge spähte bedrohlich funkelnd heraus.

»Hat er Arbeit?«

»Nein, aber …«

»Dann verschwindet, alle beide – oder ich melde euch!«

»Und weswegen, wenn ich fragen darf?«

»Hör mal, Frau, ich habe ein Zimmer, aber das muss ich für Leute zurückhalten, die ganz oben auf der Liste stehen.«

»Woher wollt Ihr wissen, dass wir nicht ganz oben auf der Liste stehen?«

»Weil ihr das in diesem Fall gleich als Erstes gesagt und mir eure Bewilligung mit dem Siegel darauf gezeigt hättet. Wer oben auf der Liste steht, wartet schon seit geraumer Zeit auf eine Unterkunft. Ihr dagegen seid nichts weiter als Diebe, die versuchen, einem rechtschaffenen, gesetzestreuen Bürger seine Unterkunft wegzuschnappen. Und jetzt verschwindet, sonst notiere ich eure Namen für den Quartierverwalter.«

Wieder fiel die Tür krachend ins Schloss. Die Drohung, ihre Namen könnten erfasst werden, schien Niccis Durchsetzungswillen einen beträchtlichen Dämpfer aufzusetzen. Sie seufzte beleidigt, schließlich entfernten sie sich über die durchhängenden, unter ihren Füßen knarrenden und ächzenden Dielen. Wenigstens waren sie für eine kurze Weile aus dem Regen rausgekommen.

»Wir werden einfach weitersuchen müssen«, meinte sie zu ihm. »Wahrscheinlich wäre es hilfreich, wenn du erst einmal eine Arbeit fändest. Vielleicht kannst du dich morgen nach Arbeit umsehen, während ich weiter auf Zimmersuche gehe.«

Wieder draußen im kalten Regen, überquerten sie die schlammige Straße zum gepflasterten Gehweg auf der anderen Seite. Es gab noch andere Häuser, in denen sie nachfragen konnten, Richard machte sich jedoch keine Hoffnungen mehr auf ein Zimmer; längst hatte er zu zählen aufgehört, wie oft man ihnen schon die Tür vor der Nase zugeschlagen hatte. Aber Nicci wollte unbedingt eins, also setzten sie ihre Suche fort.

Das Wetter sei ungewöhnlich kalt für so weit südlich in der Alten Welt, hatte Nicci ihm erklärt. Es hieß, die Kälteperiode und der Regen würden bald vorüber sein. Noch wenige Tage zuvor war es drückend heiß gewesen, daher hatte Richard keinen Grund, an ihrer Einschätzung zu zweifeln. Es verwirrte ihn, mitten im tiefsten Winter Wälder und Felder mit üppig grüner Vegetation zu sehen. Einige wenige Bäume hatten der Jahreszeit entsprechend ihre Blätter abgeworfen, die meisten aber präsentierten sich in ihrer vollen Pracht.

So weit südlich in der Alten Welt, wie sie derzeit waren, wurde es nie so kalt, dass es fror. Die Leute blickten ihn nur völlig verständnislos an, wenn er von Schnee erzählte. Erklärte Richard daraufhin, Schnee bestehe aus Flocken gefrorenen Wassers, das vom Himmel fiel und sich wie eine weiche Decke über die Erde legte, reagierten manche Leute verärgert, weil sie glaubten, er wolle sie auf den Arm nehmen.

Zuhause, das wusste er, wütete im Augenblick der Winter. Das

Wissen, dass Kahlan höchstwahrscheinlich warm und gemütlich in der von ihm erbauten Hütte saß, bescherte ihm ein Gefühl innerer Ruhe; in diesem Licht betrachtet, war nichts in seinem neuen Leben so wichtig, dass es ihn bedrücken konnte. Kahlan hatte genug zu essen, genug Feuerholz, um nicht zu frieren, und Cara als Gesellschaft; vorübergehend war sie in Sicherheit. Der Winter würde allmählich zu Ende gehen, und im Frühling würde sie die Hütte verlassen können. Seine Gedanken und Erinnerungen an sie waren sein einziger Trost.

Die engen Gassen wurden von einem chaotischen Gemisch von Obdachlosen bevölkert, die jedes Stückchen festen Materials, dessen sie habhaft werden konnten, dazu verwendeten, ein behelfsmäßiges Dach über ihren Köpfen zu errichten. Völlig durchnässte Decken dienten als Wände. Vermutlich konnten auch er und Nicci auf diese Weise weiterexistieren, er hatte jedoch Angst, Nicci könnte in der Kälte und Nässe krank werden – und befürchtete, dass dann auch Kahlan erkranken würde.

Nicci sah auf das Blatt Papier, das sie bei sich trug. »Die Häuser in dem Verzeichnis, das man uns mitgegeben hat, stehen angeblich Neuankömmlingen zur Verfügung, nicht nur irgendwelchen in eine Liste eingetragenen Personen. Es werden doch Arbeiter gebraucht, dann sollten sie auch ein wenig genauer dafür Sorge tragen, dass diese Häuser tatsächlich frei sind. Verstehst du jetzt, Richard? Verstehst du, wie schwierig es für normale Menschen ist, sich im Leben durchzuschlagen?«

Richard, die Hände tief in den Taschen vergraben und die Schultern gegen Wind und Regen hochgezogen, fragte: »Und wie kommen wir jetzt auf eine solche Liste?«

»Wir werden eine Quartierstelle aufsuchen und einen Antrag auf ein Zimmer stellen müssen. Anschließend kann man uns dann auf eine Obdachliste setzen.«

Das klang einfach, wie sich jedoch herausstellte, waren die Dinge weitaus komplizierter, als sie sich anhörten.

»Wie soll uns ein Platz auf einer solchen Liste eine Unterkunft verschaffen, wenn es nicht genügend Zimmer gibt?«

»Es sterben doch ständig Menschen.«

»Hier gibt es Arbeit, deswegen sind wir schließlich hergekommen – genau wie alle anderen. Ich werde hart arbeiten, dann können wir es uns leisten, mehr zu bezahlen. Noch haben wir ein wenig Geld. Wir müssen bloß ein Haus finden, wo man ein Zimmer zum richtigen Preis vermietet – ohne diesen ganzen Unfug mit den Listen.«

»Bist du wirklich so unmenschlich, Richard? Wie sollen denn die weniger vom Glück Begünstigten jemals ein Zimmer finden? Der Orden legt die Preise fest, um den Wucherern das Handwerk zu legen. Er sorgt dafür, dass es keine Günstlingswirtschaft gibt. Das erzeugt Gerechtigkeit für alle. Wir müssen bloß auf eine Zimmerliste gelangen, dann wird sich alles weitere finden.«

Den Blick im Gehen auf die glänzenden Pflastersteine gesenkt, fragte sich Richard, wie lange sie wohl auf eine Unterkunft warten mussten, bis ihr Name auf der Liste ganz nach oben geklettert war. Ihm schien, als müssten eine Menge Menschen sterben, bevor sein und Niccis Name für ein Zimmer in Frage käme – während wieder andere darauf warteten, dass auch sie endlich krepierten.

Er wich erst zur einen, dann zur anderen Seite aus, um nicht mit dem Menschenstrom zusammenzustoßen, der, bemüht, nicht in den Straßenkot zu treten, auf dem Weg in die entgegengesetzte Richtung an ihnen vorüberwirbelte. Wieder einmal zog er in Erwägung, draußen vor der Stadt zu bleiben – viele taten das. Es gab jedoch massenhaft Banditen und Verzweifelte, die wiederum von jenen zehrten, die gezwungen waren, unter freiem Himmel zu kampieren, wo es keine Stadtwache gab. Wäre Nicci dieser Idee nicht abgeneigt gewesen, Richard hätte weiter außerhalb einen Platz gesucht und einen Unterschlupf gebaut, vielleicht zusammen mit ein paar anderen, um sich so gemeinsam allen Ärger vom Leib zu halten.

Die Idee stieß bei Nicci auf keinerlei Verständnis, denn sie wollte unbedingt in der Stadt leben, in die gewaltige Menschenmassen auf der Suche nach einem besseren Leben strömten. Es gab Listen, in die man sich eintragen, Schlangen, wo man sich anstellen musste, wenn man irgendwelche Amtspersonen sprechen wollte. Die Chancen dafür standen besser, behauptete sie, wenn man ein Zimmer in der Stadt hatte.

Es wurde allmählich spät. Die Schlange vor der Bäckerei reichte bis zur Tür heraus und ein Stück um den Häuserblock herum.

»Wieso stehen all diese Menschen Schlange?«, raunte Richard Nicci zu. Jeden Tag bot sich ihnen dasselbe Bild, wenn sie ein Brot kaufen wollten.

Sie zuckte mit den Achseln. »Vermutlich gibt es nicht genug Bäckereien.«

»Angesichts dieser Massen von Kunden sollte man meinen, dass mehr Leute eine Bäckerei eröffnen wollen.«

Nicci beugte sich ganz nah zu ihm, während ein tadelnd missbilligender Blick ihre Miene verfinsterte. »Die Welt ist nicht so einfach, wie du sie gerne hättest, Richard. Früher verhielt es sich so in der Alten Welt; man gestattete der verderbten Natur des Menschen zu gedeihen. Die Menschen legten die Preise für ihre Waren eigenhändig fest – wobei ihr einziges Interesse Habgier war, und nicht etwa das Wohl ihrer Mitmenschen. Nur die Wohlhabenden konnten es sich leisten, Brot zu kaufen. Jetzt sorgt die Imperiale Ordnung dafür, dass jeder die Dinge des täglichen Bedarfs zu einem gerechten Preis erhält. Der Orden kümmert sich um alle, nicht nur um die, die sich einen unlauteren Vorteil verschafft haben.«

Stets schien sie die Leidenschaft zu packen, wenn sie von der verderbten Natur des Menschen sprach. Richard wunderte sich, dass ausgerechnet eine Schwester der Finsternis sich um das Böse sorgte, machte sich aber nicht die Mühe nachzufragen.

Die Schlange kam nur langsam voran. Die Frau vor ihm, durch ihr Getuschel misstrauisch geworden, warf einen bitterbösen Blick über ihre Schulter.

Richard erwiderte ihren Blick mit einem freundlichen Lächeln.

»Guten Tag, Ma'am.« Ihr schwermütiger, düsterer Blick verlor angesichts seines strahlenden Grinsens ein wenig von seiner Härte. »Wir sind neu in der Stadt« – er deutete hinter sich – »meine Frau und ich. Ich bin auf Arbeitssuche, aber natürlich brauchen wir auch ein Zimmer. Wisst Ihr vielleicht, was ein junges Paar, das fremd ist in der Stadt, tun könnte, um an ein Zimmer zu kommen?«

Ihre Leinentasche mit beiden Händen festhaltend, vollführte sie eine halbe Drehung, ließ die Arme sinken und lehnte sich mit beiden Schultern an die Wand. Ihre Tasche enthielt nichts außer einer gelblichen Käseecke. Offenbar waren Richards Lächeln und sein freundlich verbindlicher Ton – so aufgesetzt beides war – so ungewöhnlich, dass sie sich außer Stande sah, ihr abweisendes Benehmen aufrechtzuerhalten.

»Ihr braucht unbedingt eine Arbeit, wenn Ihr Euch Hoffnung auf ein Zimmer machen wollt. Zurzeit, da all die vielen neuen Arbeitskräfte, die, bedingt durch den Überfluss, den der Orden in seiner Weisheit bereit hält, hierher kommen, gibt es in der Stadt nicht genug Zimmer. Wenn Ihr arbeitstauglich seid, müsst Ihr auch Arbeit haben, dann setzt man Euern Namen auf eine Liste.«

Immer noch lächelnd kratzte sich Richard am Kopf, während die Schlange langsam vorwärts schlurfte. »Ich kann es gar nicht abwarten, zu arbeiten.«

»Es ist einfacher, ein Zimmer zu bekommen, wenn man nicht arbeiten kann«, vertraute ihm die Frau an.

»Aber habt Ihr nicht gerade gesagt, man braucht unbedingt Arbeit, wenn man sich Hoffnung auf ein Zimmer machen will?«

»Das stimmt, vorausgesetzt Ihr seid arbeitstauglich, und das scheint ja der Fall zu sein. Wer bedürftig ist, weil er nicht für sich selber sorgen kann, hat von Rechts wegen einen Anspruch auf Mildtätigkeit und auf einen besseren Listenplatz – mein Mann, zum Beispiel, der arme Kerl. Er leidet fürchterlich unter Schwindsucht.«

»Das tut mir Leid«, sagte Richard.

Sie nickte; die Schwere ihrer Bürde schien sie zu erdrücken. »Es ist der Menschheit jämmerliches Los, zu leiden, daran kann man nichts ändern. Deshalb hat es auch gar keinen Sinn, es zu versuchen, denn erst im nächsten Leben erhalten wir unseren Lohn. In diesem Leben ist es die Pflicht jedes Einzelnen, der dazu fähig ist, den unglücklichen Not leidenden Seelen beizustehen. Auf diese Weise verdienen sich die Tüchtigen ihren Lohn im nächsten Leben.«

Richard widersprach ihr nicht. Sie drohte ihm mit erhobenem Finger.

»Wer arbeiten kann, ist es denen, die das nicht können, schuldig, sein Möglichstes zum Wohle aller beizutragen.«

»Ich kann arbeiten«, versicherte Richard ihr. »Wir kommen aus … einer kleinen Ortschaft. Wir sind einfache Leute – aus einer Farmersfamilie. Wie kennen uns in diesen Dingen, wie man es anstellt, in der Stadt Arbeit zu finden, nicht besonders gut aus.«

»Der Orden hat den Menschen Arbeit im Überfluss gegeben«, warf ein hinter Nicci stehender Mann ein und lenkte damit Richards Aufmerksamkeit auf sich. Die geölte Leinenjacke des Mannes war bis zum Hals zugeknöpft. Seine großen braunen Augen blinzelten träge wie die einer wiederkäuenden Kuh, ein Eindruck, den sein sich beim Sprechen seitlich verschiebender Unterkiefer noch unterstrich. »Der Orden nimmt jeden mit offenen Armen auf, der sich an unserem Kampf beteiligen will, aber er muss – wie es dem Wunsch des Schöpfers entspricht – die Bedürfnisse der anderen achten und sich in angemessener Form um Arbeit bemühen.«

Richard lauschte den salbungsvollen Erklärungen des Mannes mit knurrendem Magen. »Erst einmal muss man einem bürgerlichen Arbeiterkollektiv angehören; es vertritt die Rechte der Bürger des Ordens. Für die Genehmigung, dem Arbeiterkollektiv beizutreten, müsst Ihr vor einem Prüfungsausschuss sowie vor einer Eignungskommission erscheinen, wo Ihr erfahrt, welcher Sprecher des bürgerlichen Arbeiterkollektivs bereit ist, für Euch zu bürgen. Das müsst Ihr tun, bevor Ihr auf Arbeitssuche gehen könnt.«

»Warum kann ich nicht einfach irgendwohin gehen und mich vorstellen? Wieso kann man mich nicht einstellen, wenn ich den Anforderungen entspreche?«

»Nur weil Ihr vom Land seid, heißt das noch lange nicht, dass Ihr nicht darauf achten müsstet, zum größeren Wohl des Ordens beizutragen.«

»Natürlich nicht«, erwiderte Richard. »Aber ich habe immer auf eigene Rechnung gearbeitet – und Land bewirtschaftet, um meine Mitmenschen mit Lebensmitteln zu versorgen, wie es unsere Pflicht ist. Ich weiß nicht, ob größere Betriebe so etwas machen.«

Das Zwinkern der großen braunen Augen setzte vorübergehend aus. Argwöhnisch musterte der Mann ihn einen Augenblick, dann nahmen seine Augen wieder ihren abwesenden Ausdruck an. Sein Kiefer verfiel abermals in seine mahlenden Bewegungen, während er seine Worte bedächtig hervorkaute.

»Die vorrangige Verantwortung der Betriebe besteht darin, auf die Bedürfnisse der Menschen zu reagieren, zum öffentlichen Wohl beizutragen und die Gerechtigkeit zu wahren. Es geht um sehr viel mehr als um die Verfolgung eng begrenzter, wirtschaftlicher Ziele.«

»Verstehe«, sagte Richard. »Ich wäre Euch dankbar, wenn Ihr mir verraten könntet, wie ich es richtig anstellen muss.« Er schaute kurz zu Nicci hinüber. »Ich möchte ein guter Bürger sein und alles richtig machen.«

Der Stolz des Mannes auf seine Erläuterungen, und die Art und Weise, wie seine großen Augen immer hektischer zu blinzeln begannen, während er das Gesagte lang und breit kommentierte, ließ Richard vermuten, dass der Mann auf irgendeine Weise an diesem verworrenen Prozess beteiligt war. Richard wagte nicht zu fragen, wie man einen Sprecher des bürgerlichen Arbeiterkollektivs dazu bewegte, für einen zu bürgen. Die Schlange schob sich Zoll um Zoll voran, während der Mann unterschiedliche Arten von Arbeit bis in die feinsten Einzelheiten erklärte, was für jede einzelne benötigt wurde, und wie all dies zum Wohle jener gereichte, die innerhalb des

Ordens der Imperialen Ordnung und unter der Gnade des Schöpfers lebten.

Während er seine Informationen eintönig leiernd und doch mit einer gewissen selbstgefälligen Zufriedenheit weitergab, beobachtete Nicci heimlich, aber kommentarlos Richard, der den Verhaltensregeln lauschte. Jeden Augenblick schien sie zu erwarten, dass seine Höflichkeit in tödlichen Zorn umschlug, doch Richard wusste, es war sinnlos, diesem Mann zu widersprechen, daher blieb er höflich.

Wie sich herausstellte, schien der Mann, dessen Name Mr. Gudgeons lautete, am besten über die Arbeiter im Steinbruch informiert zu sein. Da Richard nur wenig über Steinbrüche wusste, vertrieb er sich die Wartezeit in der Schlange damit, ein paar Fragen zu stellen, deren – wortreiche – Beantwortung Mr. Gudgeons offenbar größtes Vergnügen bereitete.

Das Geschäft hatte zu wenig Brot und schloss, bevor sie welches kaufen konnten. Die Schlange der Wartenden löste sich unter allgemeinem Gemurmel, mit dem sie sich ausgiebig über ihr jammervolles Los beklagten, im strömenden Regen auf. Richard bedankte sich bei der Frau und Mr. Gudgeons, bevor er und Nicci weitergingen.

An einer Querstraße blieb Richard stehen, während Nicci ihren Zettel mit der Zimmerliste studierte. Ringsum ragten die klotzigen Umrisse von Gebäuden aus der Dunkelheit. Die rote Farbe an der Seitenwand eines Gebäudes war so verschossen, dass die dort aufgemalte Figur einem errötenden Gespenst ähnelte; der verblichene Kalkanstrich der Schrift unter dem langsam dahinschwindenden Mann war nicht mehr zu entziffern.

Männer, die vorüberkamen, stierten Nicci in ihren nassen, am Körper anliegenden Kleidern an, ohne ihr ein einziges Mal ins Gesicht zu sehen. Das Haar klebte auf ihrem Kopf, ihr Unterkiefer bibberte, und ihre Hände zitterten, trotzdem beklagte sie sich nie, wie alle anderen, über das Wetter. Man hatte ihnen mitgeteilt, dass sie vor dem nächsten Tag keine andere Liste mit neuen, erst kürzlich frei gewordenen Zimmern mehr bekommen konnten, daher versuchte Nicci zu verhindern, dass ihre jetzige in Fetzen ging, was in dem Regen jedoch letztlich ein aussichtsloser Kampf war.

Räudige Pferde stapften schwerfällig durch den Matsch, Karren hinter sich herziehend, von denen manch einer unter dem Gewicht seiner Ladung ächzte und stöhnte. Nur die wichtigsten Hauptverkehrsstraßen, so wie jene, auf der sie sich gerade befanden, waren breit genug, um Pferdegespanne und große Karren problemlos in beiden Richtungen passieren zu lassen. Manche Straßen waren gerade so breit, dass die Karren sie in einer Richtung durchfahren konnten; einige von diesen wiederum wurden – dort, wo es keinen Platz zum Ausweichen gab – von liegen gebliebenen Karren blockiert. In einer schmalen Straße sah Richard ein totes Pferd liegen; das verwesende Tier, umschwärmt von einer Wolke schwarzer Fliegen, war immer noch vor seinen Karren gespannt und wartete darauf, abtransportiert zu werden. Die blockierten Straßen trugen noch zur allgemeinen Verstopfung der anderen bei; viele der schmaleren Passagen erlaubten ausschließlich Fußgängerverkehr.

Der üble Geruch des Mülls und der Gestank der gleichzeitig als offene Kanalisation dienenden Straßen waren so ekelhaft, dass Richard sich in der ersten Woche, bis er empfindungslos dagegen wurde, am liebsten ständig übergeben hätte. Am schlimmsten waren die kleinen, engen Gassen, in denen er und Nicci übernachtet hatten. Der Regen diente bestenfalls dazu, den Dreck aus jedem Loch hervorzuspülen und ins Freie zu schwemmen, aber wenigstens wusch er einem, vorausgesetzt man stand aufrecht, einen Teil des Drecks herunter.

Sämtliche Städte, die Richard seit ihrer Ankunft in der Alten Welt und auf ihrer Reise von Tanimura aus nach Süden gesehen hatten, ähnelten dieser; sie alle litten unter bedrückender Armut und unmenschlichen Lebensbedingungen. Allenthalben schien die Zeit still zu stehen, alles schien gefangen in einem Sumpf aus Fäulnis, so als wären die Städte einst Orte voller Hoffnung und Ehrgeiz, voll blühenden Lebens gewesen, in denen die Menschen die Erfüllung ihrer

Träume angestrebt hatten; doch diese Träume hatten sich wohl irgendwann zersetzt und übrig geblieben war nur ein graues Leichentuch aus Stillstand und Verfall. Niemanden schien das groß zu kümmern. Jeder schien, gefangen in einem Dämmerzustand, auszuharren und darauf zu warten, dass sich sein Schicksal zum Besseren wendete, ohne auch nur eine Vorstellung davon zu haben, wie dieses bessere Leben aussehen oder wie es zu Stande kommen sollte. Alle zehrten nur von einem inhaltslosen Glauben und vertrauten allein darauf, dass das Leben nach dem Tod vollkommen sein würde.

Die Städte, die Richard gesehen hatte, glichen auf erschreckende Weise seiner Vision dessen, was die Zukunft unter dem Joch der Imperialen Ordnung für die Neue Welt bereithielt.

Dies jedoch war die größte einzelne Stadt, die Richard je zu Gesicht bekommen hatte. Hätte er sie nicht mit eigenen Augen gesehen, er hätte ihre Größe niemals für möglich gehalten. Heruntergekommene Gebäude inmitten eines chaotischen Straßengewirrs, in dem es von Menschen nur so wimmelte, erstreckten sich meilenweit über eine Reihe flacher Hügel und quer durch ein endloses Schwemmgebiet am Zusammenfluss zweier Ströme. Gedrungene, baufällige Hütten, aufs Geratewohl aus mit Lehm beworfenem Flechtwerk, Holzabfällen oder wiederverwerteten Ziegeln aus Schlamm und Stroh errichtet, umschlossen den Stadtkern bis weit hinaus in das umliegende Land wie die stinkende Schlacke an einem fauligen Stamm in einem stehenden Tümpel.

Dies war die Stadt Altur'Rang – die Namensschwester jenes Landes, das jetzt das Herzstück der Alten Welt und des Ordens der Imperialen Ordnung bildete – die Heimstatt Kaiser Jagangs.

Anfangs, als sie auf ihrem Weg nach Süden und nach Altur'Rang in die Alte Welt eingetreten waren, hatten Richard und Nicci in der am weitesten nördlich gelegenen Großstadt – der Alten Welt, in Tanimura, Halt gemacht, wo einst der Palast der Propheten gestanden hatte. Tanimura, einer der letzten Orte der Alten Welt, die unter die Herrschaft der Imperialen Ordnung gefallen waren, bot einen prachtvollen Anblick mit seinen breiten Prachtstraßen, die von Bäumen und reich verzierten, mehrere Stockwerke in die Höhe ragenden und mit Säulenfassaden sowie hohen, das Licht hereinlassenden Fenstern versehenen Gebäuden gesäumt wurden. Wie sich herausstellte, war Tanimura trotz seiner Größe nicht mehr als ein Vorposten der Alten Welt und so abgelegen, dass die Fäulnis erst jetzt dort eintraf.

Für die Dauer von ein wenig mehr als einem Monat hatte Richard in Tanimura als einer von einem Dutzend Zulieferer für einen Steinmetz Arbeit gefunden, und hatte für ein gedrungenes, unansehnliches Gebäude Steine herbeigeschleppt und Mörtel angerührt. Die Steinmetze besaßen schlichte Hütten, in denen die Arbeiter mit ihren Familien hausten, daher hatte Nicci ein Dach über dem Kopf. Nach einer Weile gelangte der Meister zu der Erkenntnis, dass Richard mit seinen Steinmetzen mithalten könne. Als einer seiner Steinbehauer krank wurde, bat man Richard, beim Behauen der Granitblöcke für die Steinmetze einzuspringen.

Hammer und Meißel in der Hand zu halten, Steine zu behauen – und sie nach seinem Willen zu gestalten – kam für ihn einer Offenbarung gleich. In mancherlei Hinsicht glich es dem Schnitzen von Holz … doch auf gewisse Weise war es weit mehr als das.

Von Zeit zu Zeit schaute der Meister, die Fäuste in die Hüften gestemmt, Richard zu, wie er rechtwinklige Kanten in den harten Granit meißelte; gelegentlich korrigierte er Richards Arbeitsweise mit barscher Stimme. Nach einer Weile, nachdem der Meister erkannt hatte, dass Richard Gefallen an der Arbeit fand und einen Block auf Maß behauen konnte, machte er sich nicht mehr die Mühe, ihn zu beaufsichtigen. Nicht lange, und Richards Blöcke galten unter den Steinmetzen bei Grund- und Ecksteinen als erste Wahl.

Andere Steinbehauer trafen ein, um anspruchsvollere Arbeiten auszuführen – den Fassadenschmuck. Kurz nach ihrem Erscheinen war Richard noch ganz versessen darauf, ihre Arbeiten zu sehen. In die Fassade aus Steinquadern, die den Eingang einfassen sollte, schlugen sie eine riesige, das Licht des Schöpfers darstellende Flamme; darunter meißelten sie eine geduckt kauernde Menschenmenge.

Richard hatte an den verschiedenen Orten, die er besucht hatte – angefangen im Palast der Konfessoren in Aydindril bis hin zum Palast des Volkes in D'Hara – eine ganze Reihe von Steinmetzarbeiten gesehen, doch noch nie hatte er etwas diesen Figuren Vergleichbares erblickt, deren Entstehung er jetzt an dem Gebäude in Tanimura verfolgen konnte. Sie ließen jegliche Eleganz und Pracht vermissen, noch hatten sie etwas Anregendes, ganz im Gegenteil: Es waren missgestaltete, grobschlächtige, kriecherische Gestalten, die sich unter dem Licht zu ducken schienen. Einer der Künstler erklärte Richard, dies sei die einzig korrekte Art, den Menschen darzustellen – als lasterhaft, abstoßend und sündig. Richard konzentrierte sich weiter darauf, rechteckige Steinquader zu behauen.

Mit Fertigstellung der Steinmetzarbeiten für das Hauptquartier der Imperialen Ordnung endete auch seine Arbeit. Die Zimmerleute benötigten keine Helfer mehr, doch die Künstler sagten, sie könnten noch jemanden gebrauchen, der ihnen half, die Seelenqual der Menschen in Stein zu meißeln, und boten Richard diese Stelle an. Er lehnte ab, indem er ihnen erklärte, er habe kein Talent für die Bildhauerei. Zudem war Nicci schon seit einer Weile ganz versessen darauf, weiterzuziehen. Tanimura war nur eine Gelegenheit gewesen, sich etwas Geld zu verdienen, um für die lange Reise, die vor ihnen lag, Vorräte einzukaufen. Richard war froh, den deprimierenden Anblick dieser Steinmetzarbeiten hinter sich lassen zu können.

Überall auf ihrem Weg nach Südosten und nach Altur'Rang sah Richard in den Städten, durch die sie kamen, zahlreiche Bildhauerarbeiten an Gebäuden und weit mehr noch frei stehend auf öffentlichen Plätzen oder vor Gebäudeeingängen. Es waren ausnahmslos Darstellungen grauenhafter Dinge: Menschen, die von einem hämischen Hüter der Unterwelt ausgepeitscht wurden; Menschen, die sich eigenhändig die Augen ausstachen; leidende Menschen mit verdrehten, missgestalteten und verkrüppelten Körpern; Menschen, die

Hundemeuten gleich auf allen vieren laufend über Frauen und Kinder herfielen; Menschen, die bis zu wandelnden Skeletten abgemagert oder mit Schwären übersät waren; erbärmliche Gestalten, die sich in Gräber stürzten. In den meisten dieser Szenen wachte das Licht des allwissenden Schöpfers in Gestalt einer Flamme über die bedauernswerten Menschen.

Die Alte Welt war eine einzige Verherrlichung des Elends.

Auf ihrem Weg nach Süden hatten sie in einer Reihe von Städten Halt gemacht, wo es Richard gelang, niedere Arbeiten für einen so begrenzten Zeitraum aufzutun, dass man sich in keine Wartelisten einzutragen brauchte. Nicci und er durchlebten Phasen, in denen sie sich von größtenteils aus Wasser bestehender Kohlsuppe ernährten. Manchmal gab es Reis oder Linsen oder Buchweizenbrei, und ab und zu sogar gepökeltes Schweinefleisch. Hin und wieder gelang es Richard, Fische, Vögel oder auch mal einen einzelnen Hasen zu fangen. Sich selbst zu versorgen erwies sich in der Alten Welt jedoch als schwierig, da eine Menge andere Leute auf dieselbe Idee gekommen waren. Beide waren sie auf ihrem langen Marsch hagerer geworden, und allmählich dämmerte Richard, was es mit den Bildwerken der ausgezehrten Menschen auf sich hatte.

Nicci hatte zwar ihr Ziel bestimmt, machte ihm aber ansonsten kaum Vorschriften und überließ ihm die meisten Entscheidungen, denen sie sich dann klaglos unterwarf. Woche um Woche marschierten sie, manchmal ein paar Kupferpfennige bezahlend, um sich von einem in ihre Richtung fahrenden Wagen mitnehmen zu lassen. Sie überquerten Flüsse inmitten von Städten, die groß genug für mehrere Steinbrücken waren, und passierten eine Ortschaft nach der anderen. Es gab endlose Felder mit Weizen, Hirse oder Sonnenblumen, sowie jede Menge anderer Getreidesorten, auch wenn ein großer Teil des Landes brach lag. Er sah sogar Schaf- und Rinderherden.

Farmer verkauften den Reisenden Ziegenkäse und Milch. Seit die Gabe in ihm erwacht war, konnte Richard Fleisch nur dann verzehren, wenn er nicht gerade kämpfte. Möglicherweise gehörte dies zu den Dingen, die er als Ausgleich für sein Verlangen, gelegentlich ein Leben zu vernichten, brauchte. Da er gerade nicht kämpfte, konnte er Fleisch essen, ohne dass ihm übel davon wurde. Bedauerlicherweise konnten sie sich Fleisch nur selten leisten. Käse, den er früher gern gemocht hatte, vertrug er fast überhaupt nicht mehr, seit die Gabe in ihm zum Leben erwacht war. Leider hieß es sehr oft, entweder Käse zu essen oder zu verhungern.

In erster Linie aber war es die Größe der Alten Welt und insbesondere ihre Einwohnerzahl, die ihn am meisten beunruhigten. Naiverweise hatte Richard angenommen, die Alte und die Neue Welt müssten sich im Großen und Ganzen ähnlich sein, doch das waren sie keineswegs. Die Neue Welt war nicht mehr als ein Floh auf dem Rücken der Alten.

Von Zeit zu Zeit begegneten ihnen auf ihrer Reise nach Süden gewaltige Marschkolonnen bewaffneter Soldaten, die sich auf dem Weg nach Norden befanden, in die Midlands. Mehrmals hatte es mehrere Tage gedauert, bis sämtliche Soldaten an ihnen vorübermarschiert waren. Jedesmal, wenn er Reihe auf Reihe von Soldaten erblickte, verspürte er eine Woge der Erleichterung, dass Kahlan in ihrem Zuhause in den Bergen festsaß. Die Vorstellung, sie könnte in einer Armee kämpfen, die so vielen Soldaten gegenüberstand, wie er in den Krieg ziehen sah, behagte ihm überhaupt nicht.

Im Frühling, wenn sie ihre Berghütte schließlich würde verlassen können und all diese Truppen der Imperialen Ordnung ernsthaft mit ihrer Belagerung der Neuen Welt beginnen konnten, würde jeglicher Widerstand, den das D'Haranische Reich aufzubieten im Stande wäre, gebrochen werden. Richard hoffte, dass General Reibisch sich nicht dazu entschied, die Imperiale Ordnung anzugreifen. Die Vorstellung, all die tapferen Männer könnten unter der Wucht des bevorstehenden Ansturmes zermalmt werden, war ihm unerträglich.

In einer dieser kleinen Städte war Nicci zum Fluss hinuntergestiegen, um ihre Kleider auszuwaschen, während Richard den Tag über in einem großen Stall arbeitete und Pferdeboxen ausmistete. Eine Reihe von Beamten war in die Stadt gekommen, und es gab mehr Pferde, als der Stallmeister bewältigen konnte. Richard war zur rechten Zeit am rechten Ort gewesen und hatte die Arbeit bekommen. Kurz nachdem die Beamten eingetroffen waren und sämtliche Zimmer im Gasthaus belegt hatten, marschierte eine riesige Einheit von Truppen der Imperialen Ordnung ein und schlug am Stadtrand ihr Feldlager auf.

Glücklicherweise befand Nicci sich am anderen Ende der Stadt und wusch ihre Wäsche. Weniger glücklich traf es sich, dass ein Trupp durch die Stadt ziehender und sich betrinkender Soldaten auf die unrühmliche Idee verfiel, Freiwillige zu rekrutieren. Richard hielt sich bedeckt, während er die Pferde mit Wasser versorgte, der Sergeant bemerkte ihn trotzdem. Nun zur falschen Zeit am falschen Ort, wurde Richard als »Freiwilliger« in die Armee der Imperialen Ordnung aufgenommen. Die frischen Freiwilligen wurden im Zentrum des gewaltigen Feldlagers einquartiert.

Als es an jenem Abend endlich dunkel war und die meisten Männer schliefen, schied Richard ebenso freiwillig wieder aus. Es dauerte bis drei Stunden vor Sonnenaufgang, sich aus den Diensten der Armee der Imperialen Ordnung eigenhändig wieder zu entlassen. Nicci war zu den Stallungen gegangen und hatte in Erfahrung gebracht, was ihm widerfahren war. Richard fand sie in ihrem Lager, wo sie im Dunkeln auf und ab lief. Rasch suchten sie ihre Siebensachen zusammen und marschierten den Rest der Nacht nach Süden. Wegen des hellen Mondscheins wanderten sie querfeldein und nicht über Straßen, für den Fall, dass eine Patrouille nach ihnen suchen sollte. Von da an machte Richard sich beim Anblick von Soldaten möglichst unsichtbar.

Im Allgemeinen aber war das kein ernsthaftes Problem. Ganze Scharen von Jugendlichen, die es auf die in Aussicht gestellte Kriegsbeute abgesehen hatten, waren nur zu gerne bereit, in die Armee einzutreten. Oft mussten sie Wochen oder gar Monate warten, bis man sie aufnahm, um sie auszubilden, so gewaltig war die Zahl derer, die sich für die Armee meldeten. Richard hatte ganze Scharen von ihnen in den Städten gesehen, wo sie Spiele spielten, zockten, sich betranken oder rauften – junge Männer, die von der Ehre träumten, die gottlosen Feinde der mächtigen Imperialen Ordnung hinzumetzeln. Wenn sie in die Armee eintraten, um loszuziehen und die erschreckende Verruchtheit und Sündhaftigkeit zu bekämpfen, die angeblich die Neue Welt verpestete, war ihnen die Bewunderung der Bevölkerung gewiss. Richard war entsetzt, welch ungeheure Menschenmassen die Alte Welt bevölkerten, denn das bedeutete, dass die bereits in der Neuen Welt stehende Armee des Ordens zahlenmäßig kaum ins Gewicht fiel. Er hatte angenommen, der Imperialen Ordnung könnte ihre Begeisterung für einen bislang nur von ihrem Heimatland aus geführten Krieg abhanden kommen, oder die Menschen der Alten Welt könnten die Mühsal, die ein solcher Krieg erforderte, leid werden. Jetzt wurde ihm klar, dass dieser Gedanke nichts als ein hinfälliger Wunschtraum gewesen war.

Man musste weder Zauberer noch Prophet sein, um zu wissen, dass die Armeen, die die Neue Welt aufzustellen im Stande war, selbst bei hemmungslos optimistischer Betrachtung nicht die geringste Chance hatten, sich gegen die Abermillionen von Soldaten zu behaupten, die Richard nach Norden hatte strömen sehen – von denen, die er nicht gesehen hatte, und die vermutlich andere Marschrouten eingeschlagen hatten, ganz zu schweigen. Das Schicksal der Midlands war besiegelt.

Spätestens als die Bewohner Anderiths sich für den Orden und gegen die Freiheit entschieden hatten, war ihm im Grunde seines Herzens klar, dass die Neue Welt in die Hand der Imperialen Ordnung fallen würde. Die Erkenntnis, wie Recht er damit behalten hatte, bereitete ihm keinerlei Genugtuung. Angesichts der Größe dieser Armee erkannte er, dass der Kampf um den Frieden verloren und der Widerstand gegen die Imperiale Ordnung Selbstmord war.

Der Lauf der Dinge schien unumkehrbar, die Welt schien verloren an die Imperiale Ordnung. Seine und Kahlans Zukunft sah nicht weniger hoffnungslos aus.

Der mit Abstand merkwürdigste Ort, den er und Nicci auf ihrer Reise in den Südosten aufgesucht hatten, ein Ort, den sie später nie wieder erwähnte, hatte weniger als eine Woche südlich von Tanimura gelegen. Richard war noch immer niedergeschlagen von den Bildhauerarbeiten, die er gesehen hatte, als Nicci in einen alten, selten benutzten Fahrweg abseits der Hauptstraße einbog. Er führte zurück in die Berge, zu einer kleinen Stadt am Ufer eines ruhigen Flusses.

Die meisten Geschäfte lagen verlassen da, der Wind wehte den Staub nach Belieben durch die zersprungenen Fenster der Lagerhäuser. Viele Wohnhäuser waren verfallen, ihre Dächer eingestürzt, und Unkraut und Kletterpflanzen taten ihr Bestes, bucklige Wände zum Einsturz zu bringen. Nur die Wohnhäuser in den Außenbezirken waren noch bewohnt, meist von Leuten, die Viehzucht betrieben und das umliegende Land bewirtschafteten.

Am Nordrand der Stadt hatte sich ein einzelner kleiner Laden gehalten, der Handelsgüter an die in der Nähe lebenden Farmer verkaufte. Außerdem gab es ein kleines Geschäft für Lederwaren, einen Wahrsager und ein einsames Gasthaus. Einige Gebäude standen zwar noch, die meisten waren jedoch längst eingestürzt. Als Richard und Nicci zu Fuß das Stadtzentrum durchquerten, war ein launenhafter Wind ihr einziger Zeuge.

Am Südrand der Stadt stießen sie auf die Überreste dessen, was einst ein großes Ziegelgebäude gewesen war.

Wortlos verließ Nicci die Straße und hielt zielbewusst auf das verlassene Gelände zu. Holzbalken und Dachkonstruktion waren den Flammen zum Opfer gefallen, eine undurchdringliche Schicht aus Unkraut und Gestrüpp hatte sich des hölzernen Fußbodens bemächtigt; im Grunde standen nur noch die Ziegelmauern, doch die waren größtenteils zu Trümmern zerfallen, und nur ein Stück der Ostwand war noch hoch genug, um einen einsamen Fensterrahmen vollends zu umschließen.

Der Wind zauste Niccis sonnenbeschienenes Haar, während sie an den völlig ausgehöhlten Überresten des Gebäudes entlangblickte. Die Arme erschöpft neben ihrem Körper, den Rücken nicht ganz so aufrecht wie gewohnt, stand sie verwundbar an einer Stelle, wo einst ein Dach ihr Schutz geboten hätte.

Fast eine ganze Stunde lang verlor sie sich unter den Geistern der Vergangenheit.

Richard stand ein wenig abseits, die Hüfte an die verkohlten Überreste einer Werkbank gelehnt, einer der wenigen Gegenstände, die im Inneren des Ziegelbaus noch erhalten geblieben waren.

»Kennst du dieses Gebäude?«, fragte er sie schließlich.

Auf seine Frage hin kniff sie die Augen halb zusammen; dann sah sie ihm lange unverwandt in die Augen, so als wäre auch er ein Geist. Schließlich ging sie zu ihm, um in Erinnerungen schwelgend mit den Fingern über die Reste der Werkbank zu streichen.

»Ich bin in dieser Ortschaft aufgewachsen«, antwortete sie gedankenverloren.

»Oh.« Richard deutete auf ihre Umgebung. »Und dieses Gebäude hier?«

»Hier wurden Rüstungen hergestellt«, sagte sie leise.

Er vermochte sich nicht vorzustellen, warum sie ausgerechnet einen Ort wie diesen aufsuchen wollte. »Rüstungen?«

»Die besten Rüstungen im ganzen Land. Doppelte Standardstärke. Könige und Edelleute kamen hierher, um ihre Rüstungen zu kaufen.«

Richard ließ den Blick verwundert über die Trümmer des Gebäudes schweifen und fragte sich, was außerdem noch hinter der Geschichte steckte.

»Kanntest du den Mann, der diese Rüstungen hergestellt hat?«

Ihre blauen Augen sahen offenkundig wieder Geister, als sie den Kopf schüttelte.

»Nein«, erwiderte sie leise. »Es tut mir sehr, sehr Leid, aber ich habe ihn niemals wirklich kennen gelernt.«

Eine Träne lief ihr über die Wange und tropfte von ihrem glatten Kinn. In diesem Augenblick wirkte sie ganz wie ein Kind, allein in der Welt und voller Angst.

Hätte er nicht gewusst, was er über sie wusste, Richard hätte dieses verlorene, zarte Kind in die Arme genommen und getröstet.

12. Kapitel

Nicci war müde, sie fror und wurde ungeduldig. Sie wollte unbedingt ein Zimmer.

Dass sie Richard in das Zentrum des Reiches, nach Altur'Rang, brachte, hatte zum Ziel, ihn unmittelbar mit der gerechten Sache der Imperialen Ordnung zu konfrontieren. Sie kannte Richard als zutiefst moralischen und rechtschaffenen Menschen und wollte herausfinden, wie er reagierte, wenn man ihm die unbestreitbare Tugendhaftigkeit der Absichten seines Feindes vor Augen führte.

Richard sollte lernen, wie schwer es für gewöhnliche Menschen war, zu überleben und in der Welt zu bestehen. Sie war neugierig, wie es ihm unter diesen Umständen ergehen würde – sie wollte ihn sozusagen ins Feuer werfen und sehen, wie er auf die übergroße Hitze reagierte. Eigentlich hatte sie erwartet, dass er mittlerweile erschüttert und verzweifelt sein würde, er blieb jedoch gleichgültig und gelassen.

Sie hatte geglaubt, er würde außer sich geraten, als er erfuhr, was nötig war, um eine Arbeit zu bekommen, stattdessen hatte er diesem Mr. Gudgeons zugehört, als der ihm die fast nicht zu bewältigende Aufgabe erläuterte, der sich jeder Arbeitsuchende gegenübersah. Nicci hatte erwartet, er würde diesem aufgeblasenen Beamten eins verpassen; stattdessen hatte Richard sich in aller Freundlichkeit bei ihm bedankt. Es war, als hätten die Dinge, für die er in seiner ganzen Naivität eingetreten war und die er so selbstlos verteidigt hatte, als sie ihn damals kannte, jegliche Bedeutung für ihn verloren.

Als sie im Palast der Propheten seine Lehrerin gewesen war, hatte er jedes Mal, wenn sie genau zu wissen glaubte, wie er reagieren würde, etwas getan, das sie niemals vorhergesehen hatte. Jetzt verhielt es sich fast ebenso, wenn auch auf leicht veränderte Weise. Was zuvor sozusagen ziellose jugendliche Rebellion gewesen war, erwies sich als der gefährlich prüfende Blick eines Raubtieres. Nur die Kette um sein Herz hinderte ihn daran, seine Krallen in sie zu schlagen.

Bei Richards Gefangennahme war Nicci die im Fenster seiner Hütte stehende Schnitzerei einer stolzen Frau aufgefallen. So sicher wie auf den Tag die Nacht folgte, hatte Nicci gewusst, dass Richard sie angefertigt hatte; sie verriet seinen einzigartigen Blick, den sie sofort in aller Deutlichkeit erkannte. Die Figur war der greifbare Beweis für eine verborgene Seite seiner Gabe; sie stellte eine Art Gegengewicht zu seinen kriegerischen Fähigkeiten dar, und doch vermochte sie nichts Magisches in ihr zu entdecken.

Die Gewissheit, dass Richard sie geschnitzt hatte, hatte Nicci zu der Annahme verleitet, er sei an der Arbeit als Bildhauer interessiert, die man ihm unten in Tanimura angeboten hatte, doch er hatte abgelehnt. Danach war er tagelang launisch gewesen und hatte kaum ein Wort gesprochen.

Wann immer sie durch eine neue Stadt kamen, konnte sie beobachten, wie er die Statuen und Reliefarbeiten aufmerksam betrachtete. Da er selbst schnitzte, hatte sie erwartet, er würde diese Werke faszinierend finden, doch das war nicht der Fall; für sie war das vollkommen unverständlich. Zugegeben, nichts davon war so fein ausgeführt wie seine eigenen Arbeiten, aber trotzdem waren dies bildhauerische Werke, für die er sich ihrer Meinung nach zumindest hätte interessieren müssen. Seine bedrückte Stimmung, sobald er eines von ihnen erblickte, verwirrte sie jedes Mal aufs Neue.

Einmal hatte sie einen kleinen Umweg eingeschlagen, aus keinem anderen Grund als dem, ihm einen berühmten Stadtplatz mitsamt des heroischen Kunstwerks zu zeigen, das dort stolz ausgestellt war. Ihr Hintergedanke war, ihm eine kleine Freude zu bereiten, indem sie dieses viel gerühmte Werk zeigte. Er war alles andere als erfreut gewesen. Überrascht hatte sie ihn gefragt, warum er die Skulptur mit dem Titel *Vision der Qual* so ganz offensichtlich nicht mochte.

»Sie bedeutet den Tod«, hatte er, sich von dem allseits verehrten Kunstwerk abwendend, in kaltem Ekel geantwortet.

Es handelte sich um eine eindrucksvoll komponierte Szene, bestehend aus einer Gruppe von Personen, von denen sich einige nach dem Anblick der Vollkommenheit des Lichts des Schöpfers die Augen ausstachen. Andere Figuren im Sockel der Statue, die sich nicht geblendet hatten, wurden von Bestien aus der Unterwelt zerfleischt. Die Günstlinge des Hüters wichen vor den Geblendeten zurück, die über das, was sie gesehen hatten, bevor sie sich eigenhändig das Augenlicht nahmen, in Wehklagen verfielen.

»Aber nein«, erwiderte Nicci, die Mühe hatte, nicht loszulachen und ihn damit wegen seiner unaufgeklärten Sichtweise zu verletzen. Stattdessen suchte sie seine Sichtweise des berühmten Kunstwerks zu korrigieren, indem sie es ihm erklärte.

»Es handelt sich um eine Darstellung der nichtswürdigen Natur des Menschen. Es werden Männer gezeigt, die soeben Zeugen der Vollkommenheit Seines Lichts geworden sind, was ihnen die Aussichtslosigkeit der Verderbtheit des Menschen vor Augen geführt hat. Dass sie sich daraufhin diese selbst austechen wollen, ist ein Beweis für die Vollkommenheit des Schöpfers, denn sie können ihren eigenen Anblick nicht länger ertragen.

Die Männer in diesem Kunstwerk sind Helden, denn sie zeigen uns, dass wir nicht danach streben dürfen, uns in unserer Überheblichkeit über unser korruptes Wesen hinwegzusetzen, denn das käme einem sündhaften Vergleich mit unserem Schöpfer gleich. Es beweist uns, dass wir nichts weiter sind als gesichtslose, unbedeutende Teile einer größeren Gesamtheit der Menschen, die Er erschaffen hat, deshalb kann ein einzelnes Leben unmöglich irgendeine Bedeutung haben. Dieses Werk lehrt uns, dass nur die Gesellschaft als Ganzes lohnend sein kann. Die ganz unten, hier, die es nicht geschafft haben, es ihren Mitmenschen gleichzutun und sich zu blenden, erleiden ihr unbarmherziges, ewiges Schicksal durch die Hand des Hüters.

Verstehst du jetzt? Es respektiert den Menschen in seiner ganzen Fehlerhaftigkeit; wir sollen erkennen, dass jeder Einzelne von uns sich ganz der Besserung unserer Mitmenschen verschreiben muss, denn allein dadurch können wir Gutes tun und das Werk des Schöpfers ehren – uns selbst. Du siehst also, es geht überhaupt nicht um Tod, sondern um die wahre Natur des Lebens.«

Man hatte Nicci beigebracht, die Statue sei erhebend für die Menschen, weil in ihr all das zum Ausdruck komme, was die Menschen längst als wahr erkannt hätten.

Noch nie in ihrem ganzen Leben hatte sie sich unter einem Blick so klein gefühlt wie in diesem Augenblick, da Richard sie ansah.

Entsetzt über diesen Blick in seinen Augen musste Nicci schlucken – er war das genaue Gegenteil jenes schwer fassbaren Etwas, das sie bei ihm zu finden hoffte. Ohne ein einziges Wort der Erwiderung, hatte er in ihr in diesem Augenblick den Wunsch geweckt, am liebsten unter einen Stein zu kriechen und zu sterben.

Sie verstand nicht, wie er es anstellte, aber er gab ihr das Gefühl, des Lebens unwürdig zu sein. Auf verwirrende Art gab ihr dieser Blick das Gefühl, ebenso blind zu sein wie die Männer in der Statue. Er hatte kein einziges Wort gesagt, trotzdem dauerte es Tage, bis sie es über sich brachte, ihm wieder in die Augen zu sehen.

Manchmal wirkte Richard sanft und freundlich, wenn sie Heftigkeit erwartete, manchmal schien er tief bewegt, wo sie mit Gleichgültigkeit rechnete. Sie begann sich zu fragen, ob sie sich vielleicht getäuscht hatte, als sie dachte, er sei etwas Besonderes.

Einmal hatte sie sogar ihrem Zweifel nachgegeben, ob er tatsächlich etwas an sich hatte, das sich zu entdecken lohnte. Während sie ihn im Schlaf beobachtete – mutlos, weil sie zu hoffen gewagt hatte, dem Leben eine Bedeutung zu entlocken, die über das, was ihre Mutter sie gelehrt hatte, hinausging –, hatte sie den traurigen Entschluss gefasst, am nächsten Tag, nach dem Besuch des Ortes, an dem sie aufgewachsen war, dem ganzen sinnlosen Unterfangen ein Ende zu machen und zu Jagang zurückzukehren.

Doch nach dem Besuch der Manufaktur ihres Vaters hatte sie wieder diese Eigenart in seinen Augen gesehen und jenseits allen Zweifels gewusst, dass sie sich nicht getäuscht hatte.

Der Tanz hatte soeben erst begonnen.

Sie gingen durch den schlecht beleuchteten Flur eines Logierhauses, als sie Richard ein Zeichen gab, beiseite zu treten. Nicci wollte dieses Zimmer unbedingt; sie wollte sich an einem trockenen Ort niederlegen und schlafen. Beherzt klopfte sie an eine Tür, die aussah, als könnte sie auseinanderfallen, wenn man nicht Acht gab.

Suchend überflog sie ihre Liste, stopfte sie wieder in ihren Rucksack und wartete darauf, dass jemand öffnete. Angeblich sollte das Logierhaus, genau wie all die anderen, die sie bereits aufgesucht hatten, Zimmer an jene vermieten, die neu in der Stadt waren. Kaiser Jagang brauchte dringend Arbeitskräfte.

Richard behielt die Treppe jenseits der Tür im Auge, an die Nicci gerade ein weiteres Mal klopfte. Die Treppe führte von ihnen fort deshalb konnte sie nicht verstehen, warum er ständig alle möglichen Dinge beobachtete, verließ sich aber auf seine Ahnungen. Seinem Ausdruck nach war er über das im Schatten liegende Treppenhaus nicht gerade begeistert. Als Schwester der Finsternis konnten sie die einfachen Dinge kaum schrecken, die andere Menschen ängstigen. Sie klopfte abermals.

Eine Stimme von drinnen forderte sie auf, zu verschwinden.

»Wir brauchen dringend ein Zimmer«, verkündete Nicci vor verschlossener Tür, und das in einem Ton, der keinen Zweifel daran ließ, dass sie gedachte, es auch zu bekommen. Sie klopfte fester. »Ihr steht auf der Liste. Wir wollen dieses Zimmer haben.«

»Das ist ein Versehen«, ließ sich die gedämpfte Stimme von drinnen vernehmen. »Hier ist nichts frei.«

»Jetzt passt mal auf«, rief Nicci erregt, »es wird allmählich spät ...«

Drei junge Burschen, die, von ihr unbemerkt, auf der Treppe gehockt hatten, kamen großspurig um den Geländerpfosten herumstolziert. Sie trugen alle drei kein Hemd und stellten ihre Muskeln zur Schau, wie dies junge Burschen zu tun pflegen. Alle drei hatten Messer.

»Sieh mal einer an«, meinte einer der jungen Kerle mit einem dreisten Grinsen im Gesicht, während er sie lüstern mit den Augen musterte. »Was haben wir denn hier? Zwei kleine nasse Ratten?«

»Ich mag das schicke, kleine Zöpfchen von der blonden Ratte«, frohlockte ein zweiter.

Richard packte sie am Arm und schob sie wortlos zur Eingangstür hinaus, zurück in den Regen. Nicci sperrte sich, den ganzen Weg über mit leiser Stimme protestierend. Sie konnte einfach nicht glauben, dass Lord Rahl höchstpersönlich, der Sucher der Wahrheit und der Bringer des Todes, sich von drei Männern – eigentlich noch jungen Burschen – einschüchtern ließ.

Als sie die wackelige Freitreppe vor der Eingangstür hinuntergingen, schob Richard seinen Kopf ganz dicht an sie heran, zog eine Braue hoch und meinte: »Du bist nicht im Besitz deiner Kraft, schon vergessen? Mit dieser Sorte Ärger wollen wir nichts zu tun haben. Ich möchte wegen eines Zimmers kein Messer in den Bauch bekommen, ein solcher Streit wäre sinnlos. Zu wissen, wann man besser nicht kämpft, ist ebenso wichtig wie zu wissen, wie.«

Nicci hatte das Zimmer unbedingt haben wollen, musste sich aber schließlich eingestehen, dass Richard wahrscheinlich Recht hatte. Die drei spöttisch grinsenden jungen Kerle blickten ihnen an der Tür herumlungernd hinterher und überschütteten Richard mit Beschimpfungen. Es war nicht das erste Mal, dass sie solchen jungen Kerlen begegnet war. Diese jüngste Ausgabe unterschied sich in nichts von all den anderen – arrogant, aggressiv und oft gefährlich. Wenigstens gaben sie gute Soldaten für Jagangs Armee ab.

Richard schob sie die Straße entlang. Er nahm eine Abkürzung durch einige schmale Durchgänge und bog mehrere Male aufs Geratewohl ab, um sicherzugehen, dass ihnen niemand folgte.

Die Stadt Altur'Rang schien endlos, unter dem bedeckten Himmel und in diesem Regen war die Sicht allerdings begrenzt. Die völlig vom Zufall bestimmte Anordnung der Straßen und kleinen Gassen ergab ein verwirrendes Labyrinth. Das letzte Mal war sie vor vielen Jahren hier gewesen; allen Anstrengungen des Ordens zum Trotz erlebte die Stadt noch immer schlechte Zeiten. Sie wagte sich kaum vorzustellen, wie es ihr ergangen wäre, wäre die Imperiale Ordnung nicht mit ihrer Hilfe zur Stelle gewesen.

Als sie auf eine breitere Straße hinaustraten, fanden sie unter einem schmalen, überstehenden Dach gemeinsam mit einem kleinen Häuflein anderer, die vor dem Regen Schutz suchten, Unterschlupf. Nicci schlang sich gegen die Kälte die Arme um den Körper. Richard schaute, genau wie die anderen, die sich unter das Vordach drängten, den Wagen zu, die sich ab und an mühsam einen Weg durch den Kot der Straße bahnten. Sie begriff nicht, wie Richard es schaffte, in diesem Wetter warm zu bleiben, wusste aber seine Körperwärme zu schätzen, als sie in der kleinen Menschentraube gegen ihn geschoben wurde. Richard blickte auf sie hinab, konnte sich aber nicht überwinden, einen Arm um sie zu legen, um sie zu wärmen. Sie bat ihn auch nicht darum.

Nicci seufzte; in der Alten Welt war es nie lange kalt. Ein, zwei Tage noch, dann würde es wieder warm und drückend sein.

Zwischen den eingefallenen Trümmern der Manufaktur ihres Vaters hatte es kurz vor ihrem Aufbruch fast so ausgesehen, als wollte Richard den Arm um sie legen und sie trösten. Sosehr er sie hasste, sosehr er von ihr fliehen wollte – sie hatte sein Mitgefühl erregt. Nicci hatte inmitten der Trümmer gestanden und sich, in den köstlichsten Seelenqualen schwelgend, von einer Woge der Erinnerungen durchfluten lassen …

Irgendetwas erregte Richards Aufmerksamkeit. Sie folgte seinem Blick und sah, dass sich nicht weit die Straße hinunter ein Wagen seltsam schaukelnd fortbewegte. Beinahe im selben Augenblick, als sie ihn erblickte, brach mit lautem Krachen das Rad.

Wegen der Beanspruchung, die auf dem im Kot wegrutschenden

und schlingernden Wagen lastete, waren die Speichen unter dem Gewicht der Ladung weggebrochen. Die Seitenwand der Ladefläche klappte klatschend auf; Leute auf dem Gehweg wurden mit Kot bespritzt und verwünschten die beiden Männer auf dem Bock. Das aus vier Pferden bestehende Gespann konnte, als die ungleich verteilte Ladung zum Achsenbruch führte, nur mit Mühe anhalten, was zur Folge hatte, dass auch die Speichen des unversehrten Hinterrades brachen; der gesamte hintere Teil des Wagens versank im Morast.

Die beiden Männer kletterten herunter, um sich den Schaden anzusehen. Der grobknochige Fahrer trat fluchend gegen das schräg aus dem Morast ragende Rad. Der andere, kleiner und stämmig gebaut, inspizierte derweil ruhig den Rest des Wagens sowie dessen Ladung.

Neugierig die Stirn runzelnd, hielt Richard, Nicci vor sich herschiebend, die Straße entlang auf den Wagen zu. Sie ließ es, nicht sonderlich begeistert, den Schutz des Daches verlassen zu sollen, nur widerstrebend mit sich geschehen.

»Da hilft alles nichts«, meinte der Stämmige mit ruhiger Entschlossenheit. »Es ist ja nur ein kurzes Stück.«

Der andere stieß erneut einen Fluch aus. »Das ist nicht meine Arbeit, Ishaq, und das weißt du. Kommt nicht in Frage!«

Daraufhin warf Ishaq in einer hilflosen Geste seine Hände in die Luft, während sein dickköpfiger Partner zum vorderen Ende des Wagens ging und das Gespann zum Weitergehen drängte, bis es ihm endlich gelang, den Wagen an den Straßenrand zu ziehen und für die anderen Wagen Platz zu schaffen, die sich bereits die Straße hinunter zu stauen begannen. Nachdem er den Wagen zur Seite geschafft hatte, ging er sofort daran, die Pferde auszuspannen.

Der Mann am hinteren Wagenende drehte sich um und musterte die Schaulustigen.

»Ich brauche jemanden, der mir hilft«, rief Ishaq in den spärlichen Menschenauflauf.

»Wobei?«, wollte ein Mann ganz in der Nähe wissen.

»Ich muss diese Ladung Eisen ins Lagerhaus bringen.«

Er reckte seinen dicken Hals und zeigte. »Gleich da drüben – in dem Backsteingebäude mit der verblichenen roten Farbe an der Seite.«

»Was lässt du dafür springen?«, erkundigte sich der Passant.

Ishaq ließ die ersten Anzeichen von Verzweiflung erkennen, als er über die Schulter blickte und seinen Partner die Pferde fortführen sah. »Ich bin nicht befugt, etwas zu zahlen, jedenfalls nicht ohne Genehmigung, aber ich bin sicher, wenn du morgen früh vorbeischaust ...«

Die Zuschauer lachten wissend, angewidert, und gingen ihrer Wege. Der Mann stand bis zu den Knöcheln im Morast, allein gelassen im strömenden Regen. Seufzend drehte er sich zu seinem Wagen um und schlug die Plane zurück, unter der Eisenbarren zum Vorschein kamen.

Richard trat auf die Straße. Nicci wollte sich vor dem Dunkelwerden noch ein paar weitere Zimmer ansehen und hielt ihn am Ärmel fest, doch er sah sie nur tadelnd an. Mit einem missfällig verärgerten Schnauben folgte sie ihm, als er sich schwerfällig einen Weg durch den Morast bahnte, schließlich doch hinüber zu dem Mann, der soeben unter großen Mühen einen langen Eisenbarren vom Wagen zog.

»Du heißt Ishaq, richtig?«, fragte Richard.

Der Mann wandte sich um und nickte Richard zu. »Das ist richtig.«

»Angenommen ich helfe dir, Ishaq«, erkundigte sich Richard, »bekomme ich dann morgen wirklich Geld dafür? Raus mit der Sprache.« Ishaq, ein kräftiger Kerl, auf dem Kopf eine komische rote Mütze mit schmaler, ganz umlaufender Krempe, schüttelte schließlich resigniert den Kopf.

»Na schön«, fuhr Richard fort. »Angenommen, ich helfe dir, die Ladung in dein Lagerhaus zu tragen, würdest du dann mir und meiner Frau erlauben, dort drinnen zu übernachten, damit wir für die Nacht aus dem Regen rauskommen?«

Der Mann kratzte sich im Nacken. »Ich darf dort niemand reinlassen. Was, wenn etwas passiert? Oder wenn plötzlich irgendwas fehlt? Dann wäre ich meine Arbeit los« – er schnippte mit den Fingern –, »und zwar so schnell.«

»Nur bis morgen. Ich möchte sie halt aus dem Regen rausbringen, bevor sie ernsthaft krank wird. Im Übrigen habe ich keine Verwendung für Eisenbarren. Und ich bestehle niemanden.«

Sich abermals im Nacken kratzend, blickte er über seine Schulter hinüber zum Wagen. Dann warf er einen kurzen Blick auf Nicci. Sie zitterte am ganzen Körper, und das war nicht gespielt. Er musterte Richard.

»Eine Übernachtung im Lagerhaus, das ist kein angemessener Preis dafür, dass du das ganze Zeug hier nach drüben schleppst. Das wird Stunden dauern.«

»Wenn du einverstanden bist, und ich auch«, versuchte Richard das Rauschen des Regens zu übertönen, »dann ist es ein angemessener Preis. Ich habe nicht mehr verlangt und bin bereit, es für diesen Preis zu machen.«

Der Mann starrte Richard an, als hätte er womöglich den Verstand verloren. Er zog seine rote Mütze vom Kopf und kratzte sich in seinen dunklen Haaren. Dann strich er sein nasses Haar nach hinten und setzte die Mütze wieder auf.

»Ihr müsstet gleich morgen früh verschwinden, sobald ich mit einem anderen Wagen komme. Sonst kriege ich am Ende Ärger …«

»Ich werde dafür sorgen, dass du wegen mir keinen Ärger bekommst. Sollte man mich schnappen, werde ich behaupten, ich sei eingebrochen.«

Der Mann überlegte einen Augenblick; das letzte Angebot, das Richard gemacht hatte, um die Sache unter Dach und Fach zu bringen, schien ihn ein wenig überrascht zu haben. Er blickte noch einmal über seine Schulter auf die Ladung, dann willigte er nickend ein.

Ishaq hob einen langen Eisenbarren an und stemmte seine Schulter darunter. Richard schnappte sich deren zwei, ließ den schweren Stahl auf die geballten Muskeln seiner Schulter sinken, und schob den Arm nach vorn, um sie zu stabilisieren.

»Komm mit«, sagte er an Nicci gewandt. »Gehen wir nach drinnen, wo du dich endlich trocknen und aufwärmen kannst.«

Sie wollte helfen und versuchte, einen Eisenbarren anzuheben, doch das ging über ihre Kräfte. Manchmal vermisste Nicci ihre Kraft; wenigstens spürte sie sie über ihre Verbindung zur Mutter Konfessor. Neben Richard hertrottend, folgte sie dem Mann in den trockenen Lagerraum, den Richard soeben für sie ergattert hatte.

Der nächste Tag dämmerte unter einem wolkenlosen Himmel, obwohl das Regenwasser noch immer von den Traufen tropfte. Am Abend zuvor hatte Nicci, während Richard Ishaq dabei half, die Ladung in das Lagerhaus zu schleppen, eine dünne Schnur aus Richards Rucksack zwischen den Regalen aufgespannt, um ihre nassen Sachen zum Trocknen aufzuhängen. Am Morgen waren die meisten ihrer Kleidungsstücke leidlich trocken.

Sie hatten auf hölzernen Pritschen genächtigt, denn die einzige Alternative wäre der nackte Fußboden gewesen. Alles roch nach Eisenstaub und war mit einer hauchfeinen, schwarzen Schicht überzogen. Von einer einzigen Laterne abgesehen, die Ishaq ihnen dagelassen hatte, und über der Nicci sich wenigstens die Hände wärmen konnte, gab es im Lagerhaus nichts, das ihnen Wärme hätte spenden können. Sie schliefen, so gut es ging, in ihren feuchten Kleidern. Am Morgen waren auch diese halbwegs trocken.

Nicci hatte den größten Teil der Nacht kein Auge zugetan, aber im Licht der ihre Hände wärmenden Laterne hatte sie Richard im Schlaf beobachtet und dabei über seine grauen Augen nachgedacht. Es war ein schwerer Schlag für sie gewesen, diese Augen in der Manufaktur ihres Vater auf sie gerichtet zu sehen, und es hatte eine Flut von Erinnerungen zurückgerufen.

Richard öffnete das Tor der Lagerhalle gerade weit genug, um sich hindurchzuzwängen, und trug ihre Siebensachen hinaus in den anbrechenden Morgen. Der Himmel über der Stadt schien von Rost befallen. Er ließ sie als Bewachung bei ihren Sachen zurück und ging noch einmal hinein, um das Tor von innen zu verriegeln. Sie hörte, wie er über die Regale der Lagerhalle zu einem Fenster hinaufkletterte; an der Außenseite musste er hinunterspringen.

Als Ishaq schließlich mit einem anderen Wagen die Straße heraufkam, saßen Richard und Nicci bereits auf einer niedrigen Mauer an der Zufahrt zum Lagerhallentor. Während der Wagen an ihnen vorbei auf den Hof vor dem Gebäude rollte und schließlich vor der Doppeltür hielt, sah Nicci, dass an den Zügeln jener Fahrer saß, der Ishaq am Abend zuvor im Stich gelassen hatte.

Der schlaksige Fahrer zog, sie misstrauisch musternd, die Feststellbremse an.

»Was geht hier vor?«, fragte er Richard.

»Tut mir Leid, wenn ich Euch störe, aber ich wollte einfach hier sein, bevor Ihr aufmacht, damit ich mich erkundigen kann, ob es hier vielleicht Arbeit gibt.«

Mit einem kurzen Blick auf Nicci stellte Ishaq fest, dass sie trocken war. Das verriegelte Tor beäugend, sah er, dass Richard Wort gehalten und ihn davor bewahrt hatte, dass er Ärger bekam, weil er jemand in der Halle hatte schlafen lassen.

»Wir sind nicht berechtigt, jemanden einzustellen«, erklärte der Fahrer. »Du musst zum Büro gehen und deinen Namen in eine Liste eintragen lassen.«

Richard seufzte. »Verstehe. Vielen Dank, Leute, ich werde es versuchen. Schönen Tag Euch beiden.«

Nicci hatte gelernt, es Richards Stimme anzuhören, wenn er etwas im Schilde führte. Suchend schaute er erst rechts, dann links die Straße hinunter, so als wollte er sich orientieren. Jetzt führte er zweifellos etwas im Schilde. Er schien Ishaq Gelegenheit geben zu wollen, sich für die geleistete Hilfe etwas großzügiger zu revanchieren.

Am Abend zuvor hatte er Richard einen doppelt so großen Anteil der Wagenladung schleppen lassen. Richard hatte es ohne ein Wort des Protestes über sich ergehen lassen.

Ishaq räusperte sich. »Warte mal.« Er kletterte vom Wagen herunter, um das Tor aufzuschließen, blieb aber kurz vor Richard stehen. »Ich bin hier der Lademeister. Wir brauchen noch einen zusätzlichen Mann. Du siehst aus, als könntest du ganz ordentlich anpacken.« Er zeichnete mit der Stiefelspitze eine kleine Karte in den Morast. »Geh rüber ins Büro« – er deutete mit dem Daumen über die Schulter – »die Straße hier runter bis zur dritten Biegung, dann nach rechts bis zur sechsten Querstraße.« Er malte ein Kreuz in den Morast. »Das Büro ist hier. Lass deinen Namen in die Liste eintragen.«

Richard lächelte und verneigte sich. »Werd ich machen, Sir.«

Nicci wusste ganz genau, dass Richard Ishaqs Namen nicht vergessen hatte, aber wegen des Fahrers, dem Richard nicht über den Weg traute, weil der Mann seinen Kumpel am Abend zuvor im Stich gelassen hatte, tat er so, als kenne er ihn nicht. Was Richard nicht recht verstand, war, dass der Fahrer ausschließlich die ihm zugeteilte Arbeit ausgeführt hatte.

Offenbar war es nicht gestattet, Arbeiten zu übernehmen, die anderen gehörten; vielleicht war es auch Diebstahl. Die Ladung fiel in die Verantwortung des Ladearbeiters, nicht des Fahrers.

»Erst einmal musst du dich beim Kollektiv der Ladearbeiter einschreiben lassen«, erklärte ihm Ishaq, »das geht hier alles seinen geregelten Gang. Die haben ihr Büro im selben Gebäude. Dann gehst du hin und setzt deinen Namen auf die Liste für die Arbeitsstelle. Ich gehöre dem bürgerlichen Arbeiterkollektiv an, das vom Prüfungsausschuss bei der Berücksichtigung neuer Antragsteller gehört wird. Setz dich einfach hin und warte draußen. Bei unserer Versammlung später werde ich mich dann für dich verbürgen.«

Der Fahrer beugte sich zur Seite und spie aus. »Wieso tust du das, Ishaq? Du kennst den Kerl doch gar nicht.«

Ishaq sah den Fahrer missmutig an. »Hast du bei der Innung irgendjemanden gesehen, der so kräftig war wie dieser Bursche hier? In der Lagerhalle brauchen wir noch einen zusätzlichen Ladearbeiter. Wir haben gerade einen verloren und benötigen dringend Ersatz. Willst du vielleicht, dass man mir irgendeinen klapprigen alten Kerl ans Bein bindet, damit ich am Ende alles allein machen muss?«

Der Fahrer lachte amüsiert. »Wohl kaum.«

Ishaq deutete auf Nicci. »Außerdem, sieh dir seine junge Frau an. Sie braucht dringend etwas Fleisch auf die Rippen, findest du nicht? Scheint mir ein ganz nettes junges Paar zu sein.«

Ishaq, bereits auf dem Weg zur Halle, um die Tür dort aufzuschließen, bedachte Richard beiläufig mit einer fahrigen Handbewegung. »Und sieh bloß zu, dass du auch kommst.«

»Ich werde da sein.«

Ishaq blieb stehen und drehte sich um. »Das hätte ich beinahe vergessen – wie heißt du?«

»Richard Cypher.«

Ishaq nickte ihm zu und wandte sich herum zur Tür. »Ich bin Ishaq. Dann bis heute Abend, Richard Cypher. Und lass mich bloß nicht im Stich – hast du verstanden? Wenn sich rausstellt, dass du ein fauler Hund bist, der andere im Stich lässt, ziehe ich dir das Fell über die Ohren und lasse dich mit einem Eisenbarren um den Hals in den Fluss schmeißen.«

»Ich werde dich nicht enttäuschen, Ishaq.« Richard grinste. »Ich bin zwar ein guter Schwimmer, aber so gut auch wieder nicht.«

Als sie durch die morastigen Straßen stapften, um noch etwas zu essen aufzutreiben, bevor sie das Büro aufsuchten, um sich in die Liste der Arbeitssuchenden einschreiben zu lassen, fragte Richard: »Was hast du?«

Nicci schüttelte angewidert den Kopf. »Normale Menschen haben nicht so viel Glück wie du, Richard. Normale Menschen müssen hart arbeiten und sich anstrengen, aber du findest einfach mit Glück eine Arbeit.«

»Wenn das Glück war«, entgegnete Richard, »wie kommt es dann, dass mir vom Schleppen der Fuhre Eisenbarren bis ins Lagerhaus der Rücken wehtut?«

13. Kapitel

Als Richard den letzten Wagen mit Eisenbarren abgeladen hatte, stützte er die Hände auf den Stapel und ließ keuchend den Kopf hängen. Die Muskeln in seinen Armen und Schultern pochten. Normalerweise wäre es einfacher gewesen, wenn man für das Abladen der Eisenbarren zwei Mann zur Verfügung gehabt hätte, einen auf dem Wagen und einen unten, aber der Mann, der ihm mit der Fuhre hatte helfen sollen, hatte einige Tage zuvor mit der Begründung gekündigt, er sei nicht korrekt behandelt worden. Im Grunde vermisste Richard ihn aber nicht allzu sehr, denn selbst wenn der Mann einmal den Hintern hochbekam, war er eher eine Last als eine Hilfe.

Das durch die hohen Fenster hereinfallende Licht wurde schwächer, und zurückblieb ein tief violetter Himmel im Westen. Der Schweiß lief ihm in den Nacken, feine Bahnen durch den schwarzen Eisenstaub ziehend. Am liebsten hätte er sich jetzt in einen kühlen Bergsee gestürzt; schon die Vorstellung hatte etwas Erfrischendes. Während er verschnaufte, ließ er seine Gedanken dorthin wandern.

Ishaq kam mit einer Laterne durch den Mittelgang. »Du arbeitest zu hart, Richard.«

»Ich dachte, deswegen hätte man mich eingestellt.«

Ishaq musterte Richard einen Augenblick, wobei sich der grelle Schein der Laterne in seiner Hand in einem Auge spiegelte. »Hör auf meinen Rat. Du arbeitest zu hart, und das wird dir nur Ärger einbringen.«

Mittlerweile arbeitete Richard, Wagen be- und entladend, seit drei Wochen im Lagerhaus. Er hatte eine ganze Reihe der anderen Arbeiter kennen gelernt und konnte sich ziemlich genau vorstellen, was Ishaq meinte.

»Die Vorstellung, mit einem Eisenbarren um den Hals schwimmen zu müssen, beschäftigt mich eben immer noch.«

Ishaqs finstere Miene hellte sich ein wenig auf und er lachte brummig. »An dem Tag hab ich bloß den Mund aufgerissen, wegen Jori.«

Jori war der Fahrer, der sich geweigert hatte, mit anzupacken, als der Wagen einen Radbruch hatte. Richard gähnte. »Weiß ich doch, Ishaq.«

»Wir sind hier nicht auf einer Farm, wie da, wo du herkommst. Das hier ist was anderes, hier lebt man nach den Gepflogenheiten des Ordens. Du darfst niemals die Bedürfnisse der anderen aus den Augen verlieren, wenn du nicht anecken willst. Das ist nun mal der Lauf der Welt.«

Der zur Vorsicht gemahnende Unterton in Ishaqs Stimme war Richard ebensowenig entgangen wie die Bedeutung seiner versteckten Warnung.

»Du hast Recht, Ishaq. Danke, ich werde versuchen daran zu denken.«

Ishaq deutete mit seiner Laterne Richtung Tür. »Heute Abend ist Arbeiterkollektivversammlung. Am besten, du machst dich sofort auf den Weg.«

Richard stöhnte. »Ich weiß nicht. Es ist spät, und ich bin müde. Ich würde lieber –«

»Du solltest darauf achten, dass dein Name sich nicht rumspricht. Es ist nicht gut, wenn die Leute sich den Mund zerreißen, dass es dir an sozialer Einstellung fehlt.«

Richard feixte. »Ich dachte, die Versammlungen wären freiwillig.«

Ishaq entfuhr abermals ein bellendes Lachen. Richard ging seinen Rucksack aus einem Regal in der hinteren Ecke holen und lief dann zum Tor, damit Ishaq es verriegeln konnte.

Draußen, wo es inzwischen immer dunkler wurde, konnte Richard Niccis üppige Gestalt gerade eben noch auf der Mauer am Eingang des Lagerhauses sitzen sehen. Ihre Kurven erinnerten ihn oft an nichts so sehr wie an eine Schlange. Da sie noch immer kein Zimmer hatten, schaute sie oft am Lagerhaus vorbei, nachdem sie den größten Teil des Tages damit zugebracht hatte, für Brot und andere Dinge des täglichen Bedarfs anzustehen. Gewöhnlich gingen sie anschließend zusammen zu ihrem Unterschlupf in einer ruhigen, ungefähr eine Meile entfernten Gasse. Richard hatte ein paar dort herumlungernden Jungen ein bisschen Geld in die Hand gedrückt, damit sie ihr Nachtlager bewachten und darauf aufpassten, dass es sich kein anderer unter den Nagel riss. Die Burschen waren jung genug, um für den kleinen Geldbetrag dankbar zu sein, gleichzeitig alt genug, ihre Arbeit mit einer gewissen Sorgfalt zu verrichten.

»Hast du Brot bekommen?«, fragte Richard.

Nicci sprang von der Mauer herunter. »Heute gab es keins – es war schon ausverkauft. Ich werde uns eine Suppe kochen.«

Richard knurrte der Magen. Er hatte sich Hoffnungen auf Brot gemacht, um gleich an Ort und Stelle ein Stück davon essen zu können. Suppe würde dauern.

»Wo ist dein Rucksack? Und wenn du Kohl eingekauft hast, wo ist er dann?«

Lächelnd holte sie einen kleinen Gegenstand hervor, den sie im Gehen vor sich hielt, sodass er sich vor dem tiefvioletten Himmel der Abenddämmerung abzeichnete. Es war ein Schlüssel.

»Ein Zimmer? Wir haben ein Zimmer?«

»Ich war heute Nachmittag in der Quartiervermittlung. Unser Name war endlich an der Reihe. Man hat uns ein Zimmer zugewiesen, für Mr. und Mrs. Cypher. Heute Nacht werden wir ein Dach über dem Kopf haben. Das ist auch gut so, denn es sieht nach Regen aus. Ich habe meine Sachen schon in unser Zimmer gebracht.«

Richard rieb sich seine schmerzenden Schultern. Er spürte, wie ihn angesichts der Heuchelei, zu der sie ihn und auch Kahlan zwang, eine Woge des Abscheus überkam.

Manchmal gab es Augenblicke, in denen er in dem, was sie war und tat, einen Anflug tieferer Bedeutung zu entdecken glaubte, meist jedoch fühlte er sich von dem Irrsinn des Ganzen einfach nur erdrückt.

»Und wo liegt dieses Zimmer?« Er hoffte, es war nicht ganz auf der anderen Seite der Stadt.

»Es ist eins von denen, wo wir schon einmal waren – nicht allzu weit von hier. Das mit dem Flecken an der Wand gleich neben der Tür.«

»Nicci, sie hatten alle Flecken an den Wänden.«

»Ich meinte den, der aussieht wie ein Pferdehintern mit wedelndem Schwanz. Du wirst schon sehen.«

Richard war völlig ausgehungert. »Ich muss heute Abend wieder zu einer Versammlung des Arbeiterkollektivs.«

»Oh«, machte Nicci. »Die Versammlungen des Arbeiterkollektivs sind wichtig. Sie helfen einem, nicht aus den Augen zu verlieren, worauf es wirklich ankommt, und dass jeder eine Verpflichtung gegenüber seinen Mitmenschen hat.«

Die Versammlungen waren die reinste Qual. Nie passierte dabei irgendetwas von Bedeutung; manchmal zogen sie sich über Stunden hin. Es gab allerdings Leute, die geradezu für die nächste Versammlung lebten, damit sie sich vor den anderen produzieren und vom Ruhm des Ordens berichten konnten. Das war ihre Glanzstunde, ihr Augenblick, in dem sie etwas darstellten, in dem sie wichtig waren.

Wer sich auf den Versammlungen nicht blicken ließ, konnte leicht in den Verdacht umstürzlerischer Umtriebe geraten. Dass ein solcher Verdacht jeder Grundlage entbehrte, war bedeutungslos. In einem Land, in dem Gleichheit als oberstes Ideal galt, gab es manchen Leuten ein Gefühl größerer Wichtigkeit, eine Anschuldigung vorzubringen.

Ständig schien die Gefahr eines Umsturzes, einer dunklen Wolke gleich, über der Alten Welt zu schweben. Der Anblick von Stadtgardisten, die Personen wegen des Verdachts auf umstürzlerische Umtriebe in Gewahrsam nahmen, war ganz und gar nichts Ungewöhnliches. Folter brachte Geständnisse hervor, die wiederum die Glaubwürdigkeit des Anklägers unter Beweis stellten. Dieser Logik entsprechend hatten die Leute, die sich auf Versammlungen lang und breit über irgendetwas ausließen, zu Recht mit dem Finger auf eine Reihe von Unruhestiftern gezeigt – wie deren Geständnisse ja bewiesen.

Die allgegenwärtige, unterschwellige Spannung in Altur'Rang ließ viele in ständiger Sorge über die Geißel des Umsturzes – die angeblich aus der Neuen Welt drohte. Beamte des Ordens zögerten nicht, einen solchen Umsturz niederzuschlagen, wann immer man ihn entdeckte. Andere verzehrten sich so sehr vor Angst, jemand könnte mit dem Finger auf sie zeigen, dass die Denunzianten auf den Versammlungen der Arbeiterkollektive sich einer großen Schar eifriger Anhänger sicher sein konnten.

Auf manch öffentlichem Platz ließ man Leichen der Unruhestifter – als Mahnung, was geschehen konnte, falls man in falsche Gesellschaft geriet – an hohen Pfählen aufhängen, bis die Vögel ihre Gebeine blank gepickt hatten. Ein häufig gehörter Scherz, falls ein unvorsichtiger Mensch auch nur die geringste nicht obrigkeitskonforme Bemerkung fallen ließ, lautete: »Möchtest du etwa im Himmel begraben werden?«

Richard gähnte abermals, als sie in die Straße einbogen, die zum Versammlungssaal führte. »Ich kann mich an keinen Fleck erinnern, der wie ein Pferdehintern aussah.«

Steine knirschten unter ihren Stiefeln, als sie die dunkle Straßenseite entlangliefen. Weit vor sich sahen sie Ishaqs schwingende Laterne, als der Mann zur Versammlung eilte.

»Du hattest gerade auf etwas anderes geachtet. Es ist das Zimmer, wo diese drei wohnen.«

»Diese drei was?«

Mehrere andere Leute, die er zum Teil kannte und zum Teil nicht, hasteten auf ihrem Weg zur Versammlung durch die Straße.

Da fiel es Richard wieder ein. Er blieb stehen.

»Meinst du etwa dieses Logierhaus, wo die drei Angeber wohnen – die drei mit den Messern?«

Im trüben Licht konnte er kaum sehen, wie sie nickte. »Genau das meinte ich.«

»Großartig.« Richard wischte sich mit der Hand durchs Gesicht, während sie weitergingen. »Hast du dich erkundigt, ob wir vielleicht ein anderes Zimmer bekommen können?«

»Wer neu in die Stadt kommt, kann von Glück reden, wenn er überhaupt ein Zimmer bekommt. Die Zimmer werden zugeteilt, sobald der betreffende Name an der Reihe ist. Lehnt man ab, rutscht man in der Liste wieder nach ganz unten.«

»Hast du dem Wirt schon etwas bezahlen müssen?«

Sie zuckte mit den Achseln. »Nur, was ich bei mir hatte.«

Richard biss die Zähne aufeinander, ging aber weiter. »Das war alles, was wir für den Rest der Woche hatten.«

»Ich kann die Suppe verlängern.«

Richard traute ihr nicht über den Weg. Wahrscheinlich hatte sie irgendwie dafür gesorgt, dass man ihnen ausgerechnet dieses Zimmer zugewiesen hatte. Vermutlich wollte sie herausfinden, was er jetzt, da er der Situation nicht aus dem Weg gehen konnte, gegen die drei jungen Burschen unternehmen würde. Ständig tat sie so etwas, stellte seltsame Fragen und machte unverschämte Bemerkungen, nur um zu sehen, wie er darauf reagierte, wie er sich verhielt. Er vermochte sich nicht vorzustellen, was sie eigentlich von ihm wollte.

Wegen dieser drei Burschen begann er sich allerdings Sorgen zu machen, denn er erinnerte sich noch recht gut, wie Caras Strafer Kahlan dieselben Schmerzen hatte erleiden lassen wie Nicci. Wenn die drei Nicci verletzten, würde Kahlan ebenfalls darunter leiden. Bei der Vorstellung brach ihm der kalte Schweiß aus vor Sorge.

Während der Versammlung des Arbeiterkollektivs hockten Richard und Nicci auf Bänken im rückwärtigen Teil eines verrauchten Saales, während sich weiter vorne irgendwelche Leute über den Ruhm des Ordens ausließen, und wie dieser allen Menschen zu einem sittsamen Leben verhalf. Richards Gedanken wanderten zu dem kleinen Bach hinter der Hütte, die er gebaut hatte, zu den sonnendurchfluteten Nachmittagen, an denen er Kahlan dabei zugesehen hatte, wie sie ihre Füße im Wasser baumeln ließ. Er verging fast vor Sehnsucht, als er in Gedanken den Schwung ihrer Beine vor sich sah. Die Vorträge handelten von der Pflicht eines jeden Arbeiters gegenüber seinem Mitmenschen. Viele dieser Abhandlungen wurden in leierndem, monotonem Tonfall vorgetragen; sie waren bereits so oft wiederholt worden, dass den Worten jegliche Bedeutung abhanden gekommen war und allein noch die Tatsache zählte, dass man sie überhaupt herunterleierte. Richard musste an Kahlans Lachen denken, als er die Fische fing, die er für sie in die Gläser gesetzt hatte. Viele der Anwesenden, die Leiter der Kollektive sowie die Sprecher der Stadt, trugen voller Inbrunst und Leidenschaft ihr Lob über die Methoden des Ordens vor. Ein paar der Anwesenden erhoben sich und brachten die zur Sprache, die nicht anwesend waren, gaben ihre Namen an und beklagten sich darüber, welch bedauernswerte Einstellung sie gegenüber ihren Arbeiterkameraden hätten; Getuschel ging durch die Menge.

Nach den Reden erhoben sich einige der Arbeiterfrauen und erklärten, in letzter Zeit hätten sie zusätzlichen Bedarf, da sie gerade ein Kind bekommen hätten, ihre Männer ans Bett gefesselt oder aber die Angehörigen, die sie versorgten, krank seien. Nach jeder Wortmeldung wurde per Handzeichen abgestimmt. Wenn man sich korrekt verhalten und ihnen durch die Gruppe helfen lassen wollte, hob man seine Hand.

Wer seine Hand nicht hob, wurde namentlich notiert. Ishaq hatte Richard erklärt, wenn man anderer Meinung war, sei es durchaus gestattet, seine Hand nicht zu heben, mache man das aber zu oft, werde man auf eine Beobachtungsliste gesetzt. Richard wusste nicht, was eine Beobachtungsliste war, allerdings war das unschwer zu erraten; außerdem hatte Ishaq Richard erklärt, er solle zusehen, dass er nicht auf einer landete und darauf achten, dass er seine Hand meistens hob.

Richard hob sie jedes einzelne Mal. Im Grunde war es ihm egal, was passierte. Er hatte kein Interesse, sich an irgendetwas zu beteiligen, kein Interesse, die Dinge zum Besseren zu wenden, und er interessierte sich nicht dafür, wie gut oder schlecht es anderen erging. Die meisten schienen zu wollen, dass der Orden mit seinen Annehmlichkeiten ihr Leben regelte und ihnen die Mühe abnahm, selbst nachzudenken. Ganz so wie in Anderith. Nicci schien überrascht und gelegentlich sogar enttäuscht zu sein, seine Hand jedes Mal hochgehen zu sehen, brachte aber weder Einwände vor, noch stellte sie Fragen.

Er merkte es kaum noch, wenn er seine Hand hob. Innerlich musste er lächeln, als er sich an Kahlans Gesichtsausdruck und das Staunen in ihren grünen Augen erinnerte, als sie zum ersten Mal *Seele* erblickt hatte. Richard hätte ihr einen ganzen Berg geschnitzt, nur um noch einmal zu erleben, wie ihr beim Anblick von etwas, das sie bewunderte, dem sie zugetan war und das sie schätzte, vor Freude die Tränen kamen.

Mittlerweile hatte ein anderer Mann das Wort ergriffen und beklagte sich über ungerechte Arbeitsbedingungen, dass er gezwungen gewesen sei, zu kündigen, weil er sich nicht den Misshandlungen durch das Fuhrunternehmen habe aussetzen wollen. Es war der Mann, der die Arbeit hingeschmissen und Richard mit der Fuhre allein gelassen hatte. Richard hob zusammen mit allen anderen die Hand, um dem Mann als Entschädigung sechs Monate vollen Lohnausgleich zu bewilligen.

Nachdem die Abstimmung erfolgt war und sämtliche Verpflichtungen unter einigem Getuschel und dem Geräusch kratzender Federn auf Papier zusammengerechnet wurden, bekamen die gesunden Arbeitskräfte ihren gerechten Anteil zugesprochen, mit dem sie die Bedürftigen unterstützen durften. Wer arbeitsfähig war, so hatte man Richard mitgeteilt, war verpflichtet, nach besten Kräften Gewinn zu erwirtschaften, um denen helfen zu können, die dazu nicht in der Lage waren.

Sobald die Namen der Männer aufgerufen wurden, erhoben diese sich, um zu erfahren, welchen Anteil man ihnen von ihrem nächsten Wochenlohn abziehen würde. Da er neu war, wurde Richards Namen zuletzt aufgerufen. Er stand auf und sah gedankenverloren quer durch den schlecht beleuchteten Saal zu den Leuten in den mottenzerfressenen Jacken hinüber, die hinter einem langen, aus zwei alten Türen errichteten Tisch saßen. An einem Ende saß Ishaq, der den anderen bei jeder Abstimmung beipflichtete. Mehrere Frauen steckten noch immer die Köpfe zusammen. Als sie fertig waren, flüsterten sie dem Vorsitzenden etwas zu, woraufhin dieser nickte.

»Richard Cypher, da du sozusagen neu bei uns bist, hast du, was deine Pflichten gegenüber dem Arbeiterkollektiv anbelangt, noch einiges nachzuholen. Dein nächster Wochenlohn wird demzufolge vollständig als Hilfszahlung einbehalten.«

Einen Augenblick lang stand Richard wie benommen da. »Und wovon soll ich essen – oder meine Miete bezahlen?«

Menschen im Saal wandten sich herum und warfen ihm missbilligende Blicke zu. Der Vorsitzende ließ seine flache Hand auf den Tisch niederkrachen und bat sich Ruhe aus.

»Du solltest deinem Schöpfer dafür danken, dass du mit guter Gesundheit gesegnet bist und arbeiten kannst, junger Mann. Jetzt, in diesem Augenblick, gibt es Menschen, die nicht so viel Glück im Leben haben wie du, die bedürftiger sind als du. Leiden und Not gehen vor persönlicher Bereicherung.«

Richard seufzte. Was spielte es im Grunde für eine Rolle? Schließlich hatte er Glück im Leben.

»Jawohl, Sir. Ich verstehe, was Ihr meint. Ich werde den Bedürftigen mit Freuden meinen Anteil zur Verfügung stellen.«

Wenn nur Nicci nicht ihr ganzes Geld weggegeben hätte.

»Nun«, sagte er zu Nicci, als sie in die Nacht hinausschlenderten. »Ich schätze, wir können den Wirt bitten, uns den Mietzins zurückzugeben und bleiben, wo wir zuvor gewohnt haben, bis ich etwas mehr arbeiten und ein wenig Geld zurücklegen kann.«

»Mietzins wird niemals zurückerstattet«, sagte sie. »Der Wirt wird Verständnis für unsere Notlage haben und unsere Schulden auflaufen lassen, bis wir mit der Rückzahlung beginnen können. Du wirst bei der nächsten Versammlung einfach bei der Prüfungskommission vorstellig werden und deine Notlage erklären müssen. Wenn du sie in angemessener Form darlegst, wird man dir Mittel aus dem Barmherzigkeitsfonds bewilligen, damit du deine Miete zahlen kannst.«

Richard war erschöpft. Er kam sich vor wie in einem albernen, idiotischen Traum.

»Barmherzigkeit? Das ist mein Lohn – für die Arbeit, die ich geleistet habe?«

»Das ist eine eigensüchtige Betrachtungsweise, Richard. Die Arbeit wurde dir von Gnaden des Arbeiterkollektivs, der Gesellschaft und des Ordens überlassen.«

Er war zu müde, um zu widersprechen. Außerdem erwartete er ohnehin keine Gerechtigkeit bei irgendetwas, das im Namen des Ordens geschah. Er wollte einfach in ihr neues Zimmer gehen und ein wenig schlafen.

Als sie die Tür aufmachten, war einer der drei jungen Burschen gerade damit beschäftigt, Niccis Rucksack zu durchwühlen. Ein paar ihrer Wäschestücke in seiner Hand haltend, schaute er einfältig grinsend über seine Schulter zu ihnen hinüber.

»Sieh mal einer an«, meinte er, sich aufrichtend. Er trug noch immer kein Hemd. »Es scheint, die beiden nassen Ratten haben ein Loch gefunden, in dem sie hausen können.« Sein lüsterner Blick glitt zu Nicci, und es war nicht ihr Gesicht, das ihn interessierte.

Nicci riss ihm erst den Rucksack aus der einen, dann ihre Wäsche aus der anderen Hand. Während er ihr die ganze Zeit grinsend dabei zusah, stopfte sie ihre persönlichen Wäschestücke zurück in den Rucksack. Richard befürchtete, sie könnte ihre Verbindung zu Kahlan aufgeben, um von ihrer Kraft Gebrauch zu machen, doch sie funkelte den Burschen nur wütend an.

Im Zimmer stank es nach Schimmel. Die niedrige Decke gab Richard das Gefühl, bedrohlich eingezwängt zu sein. Früher schien die Decke wohl einmal weiß getüncht gewesen zu sein, jetzt jedoch war sie von Kerzen- und Lampenruß schwarz, was dem Zimmer etwas Höhlenähnliches verlieh. Eine auf einer rostigen Wandhalterung stehende Kerze war die einzige Lichtquelle. In einer Ecke vor den schmutzigen, mit Fliegendreck übersäten Wänden stand schräg ein Kleiderschrank. Dem Kleiderschrank fehlte eine Tür. Zwei Holzschemel vor einem unter dem einen winzigen Fenster in der gegenüberliegenden Wand stehenden Tisch waren die einzige Sitzmöglichkeit, wenn man nicht mit dem verzogenen und durchhängenden Fußboden aus Fichtenplanken vorlieb nehmen wollte. Eine Vielzahl von Anstrichen in den unterschiedlichsten Farben hatte die kleinen Fensterglasquadrate undurchsichtig gemacht. Durch ein winziges Dreieck, wo das Glas herausgebrochen war, konnte Richard die graue Mauer des gegenüberliegenden Gebäudes erkennen.

»Wie bist du hier reingekommen?«, fuhr Nicci ihn barsch an.

»Mit dem Hauptschlüssel.« Er wedelte damit hin und her, wie mit einem Pass des Königs. »Mein Vater ist hier der Wirt, müsst ihr wissen. Ich habe eure Sachen bloß nach umstürzlerischen Schriften durchsucht.«

»Du kannst tatsächlich lesen?«, meinte sie spöttisch. »Das müsste ich hören und sehen, um es zu glauben.«

Das trotzige Grinsen geriet keinen Augenblick ins Wanken. »Wir würden es gar nicht gerne sehen, wenn wir Umstürzler unter unserem Dach wohnen hätten. Sie könnten alle anderen in Gefahr bringen. Mein Vater ist verpflichtet, alle verdächtigen Umtriebe sofort zu melden.«

Richard trat beiseite, um den jungen Mann auf seinem Weg zur Tür vorbeizulassen, doch als der Bursche die Kerze aufnahm, hielt er ihn am Arm fest.

»Die Kerze gehört uns«, sagte Richard.

»Ach ja? Und wie kommst du auf die Idee?« Richard schloss seinen Griff fester um den nackten, hageren, aber muskulösen Arm. Ihm in die Augen sehend, deutete er auf die Kerze.

»Auf der Unterseite sind unsere Initialen eingeritzt, dort.«

Instinktiv, ohne nachzudenken, drehte der junge Kerl die Kerze herum, um nachzusehen. Das heiße Wachs lief über seine Hand, woraufhin er die Kerze mit einem Aufschrei fallen ließ.

»Oje, das tut mir Leid«, meinte Richard. Er bückte sich und hob die Kerze auf. »Ich hoffe doch, du bist nicht verletzt. Du hast doch nichts von dem heißen Wachs in die Augen bekommen, oder? Heißes Wachs in den Augen ist äußerst schmerzhaft.«

»Ach ja?« Er wischte sich sein glattes, schwarzes Haar aus dem Gesicht. »Und woher willst du das wissen?«

»Da, wo ich herkomme, habe ich gesehen, wie einem armen Teufel so etwas passierte.«

Richard beugte seinen Oberkörper hinaus in den Flur und in den Schein eines anderen, auf einem Sims stehenden Wachslichts und tat, als ritze er mit dem Daumennagel ein R und ein C in die Unterseite der Kerze. »Siehst du, hier: meine Initialen.«

Der Junge sah nicht einmal hin. »Schon gut.«

Er wankte zur Tür hinaus. Richard begleitete ihn und entzündete ihre Kerze an der Flamme der im Flur brennenden. Bevor er sich entfernte, drehte sich der junge Kerl noch einmal um, einen überheblichen Ausdruck im Gesicht.

»Wie kann man nur so blöde sein, heißes Wachs in die Augen zu bekommen? War das auch so ein stumpfsinniger Ochse wie du?«

»Nein«, meinte Richard ganz beiläufig. »Ganz im Gegenteil. Er war ein dreister, ziemlich hochnäsiger Bursche, der den Fehler beging, die Ehefrau eines anderen anzufassen. Der Ehemann war es, der ihm das heiße Wachs in die Augen träufelte.«

»Ach ja? Und wieso hat der dämliche Trottel nicht einfach die Augen zugemacht?«

Zum ersten Mal bekam Richards Lächeln, als er den jungen Mann ansah, etwas Tödliches.

»Weil man ihm zuvor die Lider abgeschnitten hatte, damit er sie nicht schließen konnte. Siehst du, da, wo ich herkomme, kann einer, der eine Frau gegen ihren Willen anfasst, nicht auf Nachsicht rechnen.«

»Hört, hört.«

»Ja. Die Lider waren übrigens nicht das Einzige, was man dem jungen Mann abgeschnitten hat.«

Der junge Bursche wischte sich abermals das Haar aus dem Gesicht. »Willst du mir etwa drohen, du Ochse?«

»Nein. Nichts, was ich tun kann, könnte dir mehr schaden als das, was du dir schon lange selber antust.«

»Was soll denn das jetzt heißen?«

»Aus dir wird nie etwas werden, du wirst immer der wertlose Dreck bleiben, den andere sich von ihren Schuhen kratzen. Man hat nur ein einziges Leben, und du bist auf dem besten Wege, deines zu vergeuden. Das ist eine entsetzliche Schande. Ich bezweifele, ob du jemals erleben wirst, was es heißt, wirklich glücklich zu sein, jemals etwas von Bedeutung zu Stande zu bringen, jemals aufrichtig stolz auf dich zu sein. All das brockst du dir selber ein, etwas Schlimmeres könnte ich dir unmöglich antun.«

»Ich kann nicht ändern, was das Leben für mich bereit hält.«

»Doch, das kannst du. Jeder schafft sich sein eigenes Leben.«

»So? Wie kommst du denn auf die Idee?«

Richard deutete um sich. »Schau dir doch den Schweinestall an, in dem du haust. Dein Vater ist der Hauswirt. Wieso beweist du nicht ein bisschen Stolz und bringst das Haus in Ordnung?«

»Er ist der Hauswirt, nicht der Eigentümer. Der Mann, dem es gehörte, war ein geldgieriger Bastard, der mehr Miete haben wollte, als viele sich leisten konnten. Der Orden hat das Haus übernommen, und der Besitzer wurde wegen seiner Verbrechen an den Menschen zu Tode gefoltert. Meinem Vater hat man anschließend den Posten des Wirts übertragen. Wir verwalten diese Bruchbude nur, um armen Narren wie dir zu helfen, die kein Dach über dem Kopf haben; wir haben kein Geld, um das ganze Gebäude hier auf Vordermann zu bringen.«

»Geld?« Richard zeigte auf die Tür. »Braucht man etwa Geld, um den Müll fortzuräumen, den jemand im Flur liegen gelassen hat?«

»Ich habe ihn nicht dort hingeschmissen.«

»Und diese Wände – es kostet kein Geld, die Wände abzuwaschen. Sieh dir diese Zimmerdecke an; sie ist seit mindestens einem Jahrzehnt nicht mehr abgewaschen worden.«

»Ich bin keine Putzfrau, verdammt.«

»Und was ist mit der Treppe vor der Eingangstür? Irgendjemand wird sich noch den Hals auf ihr brechen, vielleicht du oder dein Vater. Warum tust du nicht zur Abwechslung einmal etwas Sinnvolles und reparierst sie?«

»Hab ich doch schon gesagt, wir haben kein Geld für Reparaturen.«

»Dazu braucht man kein Geld. Du brauchst sie bloß auseinanderzunehmen, die Verbindungen zu säubern, und ein paar neue Winkel einzusetzen. Die kann man aus irgendeinem Stück Holzabfall sägen, der hier überall rumliegt.«

Der junge Bursche wischte sich die Hände an seiner Hose ab. »Wenn du so schlau bist, wieso reparierst du dann nicht die Treppe?«

»Gute Idee. Das werde ich auch tun.«

»Ach?« Sein höhnisches Grinsen kehrte zurück. »Ich glaube dir kein Wort.«

»Morgen, wenn ich von der Arbeit nach Hause komme, werde ich die Treppe reparieren. Wenn du kommst, zeige ich dir, wie man das macht.«

»Vielleicht komme ich bloß, um zu sehen, wie irgendein Trottel sich die Mühe macht, etwas zu reparieren, das nicht einmal ihm gehört, und das auch noch umsonst.«

»Ich mache das nicht umsonst. Ich mache es, weil auch ich die Treppe benutze, und weil ich mich an dem Ort, wo ich wohne, wohlfühlen möchte. Mir ist es nicht egal, ob meine Frau hinfällt und sich ein Bein bricht. Aber falls du kommst, um zu lernen, wie man eine Treppe repariert, wirst du dir aus Achtung vor den Frauen im Haus ein Hemd anziehen.«

»Und wenn ich dir zusehen komme und nicht wie ein alter Mummelgreis ein dämliches Hemd anhabe?«

»In diesem Fall hätte ich nicht genug Achtung vor dir, um dir zu zeigen, wie man die Treppe repariert, und du würdest nichts lernen.«

»Und wenn ich gar nichts lernen will?«

»Dann hätte ich stattdessen etwas über dich gelernt.«

Er verdrehte seine dunklen Augen. »Wieso sollte es mich interessieren zu lernen, wie man irgendeine blöde Treppe repariert?«

»Du musst dich nicht unbedingt dafür interessieren, wie man eine Treppe repariert, aber wenn du dir selbst nicht völlig gleichgültig bist, solltest du daran interessiert sein, etwas zu lernen – auch wenn es ganz einfache Dinge sind. Man entwickelt nur dann ein Gefühl des Stolzes, wenn man etwas vollbringt, und sei es nur die Reparatur einer alten Treppe.«

»Ach ja? Ich bin auch so stolz auf mich.«

»Du schüchterst Menschen ein und verwechselst deren Reaktion mit Respekt. Andere Menschen können dir keine Selbstachtung geben, nicht einmal andere Menschen, denen du etwas bedeutest. Alles, was du im Augenblick kannst, ist rumstehen und ein dummes Gesicht machen.«

Er verschränkte die Arme. »Willst du etwa behaupten, ich bin ...«

Richard stieß dem jungen Burschen einen Finger gegen die Brust und drängte ihn einen Schritt zurück. »Du hast nur ein Leben. Ist das alles, was du dir davon erhoffst – herumstehen und Leute beschimpfen und ihnen mit deiner Bande Angst einjagen? Mehr erhoffst du dir nicht von dem einzigen Leben, das du hast?

Jeder, der sich ein wenig mehr von seinem Leben erhofft, der seinem Leben einen Sinn geben möchte, hätte Interesse daran, etwas zu lernen. Morgen werde ich diese Treppe reparieren. Morgen werden wir sehen, aus welchem Holz du geschnitzt bist.«

Der junge Bursche verschränkte abermals die Arme und nahm eine trotzige Haltung an. »Ach ja? Vielleicht möchte ich meine Zeit ja lieber mit meinen Kumpels verbringen.«

Richard zuckte mit den Achseln. »Genau das ist der Grund, weshalb dein Los im Leben nichts mit Schicksal zu tun hat. Auf einen großen Teil meines Lebens habe ich keinen Einfluss, aber die Entscheidungen, die ich treffen kann, treffe ich sinnvollerweise in meinem besten Interesse. Ich habe mich entschieden, diese Treppe zu reparieren und den Ort, an dem ich lebe, ein wenig lebenswerter zu gestalten – statt nur herumzujammern und darauf zu warten, dass ein anderer etwas für mich tut. Ich bin stolz darauf, zu wissen, dass ich das selber in die Hand nehmen kann.

Die Reparatur einer Treppe macht aus dir noch keinen Mann, aber sie wird dir ein wenig mehr Selbstvertrauen geben. Wenn du magst, bring deine Freunde mit, dann bringe ich euch allen bei, wie man die Messer, die ihr da habt, zu etwas Sinnvollerem benutzt, als damit Leuten vor dem Gesicht herumzufuchteln.«

»Vielleicht kommen wir, um dich beim Arbeiten auszulachen, Ochse.«

»Schön. Aber falls du und deine Kumpels etwas Sinnvolles lernen wollt, dann solltet ihr damit beginnen, dass ihr mir euern Lernwillen beweist, und zwar indem ihr Respekt zeigt und mit Hemden erscheint. Wenn ihr es nicht von Anfang an richtig macht, werden eure Entscheidungsmöglichkeiten im weiteren Verlauf immer eingeschränkter werden. Im Übrigen lautet mein Name Richard.«

»Wie schon gesagt, vielleicht kriegen wir bei dir ja wenigstens was zu lachen.« Er verzog das Gesicht. »Richard.«

»Lach, so viel du willst. Ich kenne meinen Wert und brauche ihn niemandem zu beweisen, der seinen eigenen nicht kennt. Du weißt, was du zu tun hast, wenn du etwas lernen willst. Solltest du aber mir – oder, noch schlimmer, meiner Frau – noch ein einziges Mal mit dem Messer drohen, wird das der letzte der vielen Fehler in deinem Leben sein.«

Der Bursche beschloss, die Drohung durch gesteigertes Maulheldentum zu überspielen. »Was soll bloß aus mir werden? Irgend so ein Gimpel wie du vielleicht, der sich für diesen geldgierigen Ishaq und seine Transportfirma bucklig schuftet?«

»Wie heißt du?«

»Kamil.«

»Also schön, Kamil, ich arbeite als Gegenleistung für einen Lohn, um mich und meine Frau zu ernähren. Ich besitze etwas sehr Wertvolles – mich selbst; und offenbar schätzt jemand meinen Wert so hoch ein, dass er bereit ist, mich für meine Zeit und meine Fähigkeiten zu bezahlen. Im Augenblick gehört der Entschluss, mir mit dem Beladen von Wagen meinen Unterhalt zu verdienen, zu den wenigen Entscheidungen, die ich in meinem Leben fällen kann.« Richards Blick verengte sich. »Und überhaupt, was hat Ishaq eigentlich damit zu tun?«

»Ishaq? Ihm gehört das Fuhrunternehmen.«

»Ishaq ist dort nur Lademeister.«

»Früher wohnte Ishaq hier, damals, bevor der Orden das Gebäude übernahm. Mein Vater war mit ihm befreundet. Um genau zu sein, ihr schlaft in seinem Wohnzimmer. Damals war das noch sein Fuhrunternehmen. Allerdings hat er, vor die Wahl gestellt, den Pfad der Erleuchtung seiner Geldgier vorgezogen. Er hat sich vom bürgerlichen Arbeiterkollektiv darin unterweisen lassen, wie man ein besserer Bürger wird, und gelernt, wo sein Platz unter dem Schöpfer ist. Mittlerweile weiß er, dass er nicht besser ist als irgendeiner von uns – mich eingeschlossen.«

Richard schaute kurz hinüber zu Nicci, die mitten im Zimmer stehend das Gespräch verfolgte, er hatte sie vollkommen vergessen. Ihm war nicht länger nach vielem Reden zumute, deshalb sagte er kurzerhand: »Also dann bis morgen Abend, ob du nun kommst, um dich zu amüsieren oder um zu lernen. Es ist dein Leben, Kamil, die Entscheidung liegt ganz bei dir.«

14. Kapitel

Die Sonne war soeben im Begriff aufzugehen, und die ersten staubdurchsetzten Sonnenstrahlen fielen durch die hohen Fenster schräg ins Lagerhaus. Richard sah Ishaq durch den Mittelgang kommen, der ihm die Frachtliste mit den Eisenfuhren für die verschiedenen Wagen übergeben wollte, und sprang von dem Gestell herunter, auf dem er gewartet hatte.

Richard hatte den Lademeister eine Woche lang nicht gesehen. »Ishaq, ist alles in Ordnung mit dir? Wo bist du gewesen?«

Der stämmige Lademeister kam eilig den Gang herauf. »Dir auch einen guten Morgen.«

»Entschuldige – guten Morgen. Ich hab mir Sorgen gemacht. Wo warst du?«

Er verzog das Gesicht. »Versammlungen, nichts als Versammlungen. Warte in diesem Büro, warte in jenem Büro. Man bekommt keinen Handschlag getan und muss wegen jeder Kleinigkeit auf eine Versammlung. Ich hätte Leute aufsuchen und versuchen müssen, dringend benötigte Lieferungen abzuklären. Manchmal glaube ich, niemand hat wirklich ein Interesse daran, dass in dieser Stadt überhaupt Güter befördert werden. Für die meisten wäre es einfacher, wenn alle bezahlt würden, ohne dafür arbeiten zu müssen – dann brauchten sie ihren Namen nicht unter ein Stück Papier zu setzen und sich nicht den Kopf zu zerbrechen, ob sie deswegen vielleicht eines Tages zur Rechenschaft gezogen werden.«

»Ist es wahr, Ishaq, dass das Fuhrunternehmen früher dir gehört hat?«

Der Mann hielt inne, um zu verschnaufen. »Wer erzählt denn so etwas?«

»Nun red schon. War das früher dein Fuhrunternehmen oder nicht?«

Ishaq zuckte mit den Achseln. »Schätze, das ist es noch immer.«

»Was ist passiert?«

»Was passiert ist? Nichts ist passiert, außer vielleicht, dass ich schlau geworden bin und mir ausgerechnet habe, dass es mehr Arbeit macht, als ich gebrauchen kann.«

»Womit hat man dir gedroht?«

Ishaq musterte Richard eine Weile abschätzend. »Woher kommst du eigentlich? Du scheinst anders zu sein als all die Farmerburschen, die mir bis jetzt über den Weg gelaufen sind.«

Richard schmunzelte. »Du hast meine Frage nicht beantwortet, Ishaq.«

Der Mann gestikulierte gereizt. »Warum willst du etwas über die Vergangenheit wissen? Vorbei ist vorbei. Man muss die Dinge sehen wie sie sind und versuchen, das Beste aus seinem Leben zu machen. Man hat mich vor eine Wahl gestellt, und ich habe mich entschieden. Die Dinge sind so, wie sie sind. Mit Wunschdenken bekomme ich meine Kinder nicht satt.«

Plötzlich kam Richard sein neugieriger, missbilligender Gesichtsausdruck hart und unbarmherzig vor, deshalb ließ er davon ab. »Ich verstehe, Ishaq. Wirklich. Tut mir Leid.«

Der Mann zuckte abermals mit den Achseln. »Jetzt arbeite ich hier wie alle anderen. Ist viel einfacher. Wenn ich meine Stelle nicht verlieren will, muss ich dieselben Regeln befolgen wie alle anderen auch. Hier sind jetzt alle gleich.«

»Gelobt sei der Orden.« Richards Stichelei brachte Ishaq zum Schmunzeln. Richard streckte ihm die Hand entgegen. »Lass mal die Liste sehen.«

Der Lademeister reichte ihm das Blatt. Außer den Namen zweier Empfänger sowie Qualitäts-, Längen- und Mengenangaben stand nichts darauf.

»Was ist das?«, fragte Richard.

»Wir brauchen einen Lader, der auf den Wagen mitfährt, das Eisen auflädt und dafür sorgt, dass es ausgeliefert wird.«

»Dann arbeite ich jetzt also auf den Wagen. Ich dachte, du brauchst mich im Lagerhaus.«

Ishaq nahm seine rote Mütze ab und kratzte seinen dunklen, schütter werdenden Haarschopf. »Wir haben einige ... Beschwerden erhalten.«

»Über mich? Was habe ich angestellt? Du weißt, dass ich hart gearbeitet habe.«

»Zu hart.« Ishaq setzte seine Mütze wieder auf und rückte sie zurecht. »Es gibt Männer im Lagerhaus, die behaupten, du bist kleinlich und boshaft. Das haben sie gesagt, nicht ich. Sie behaupten, du gibst ihnen das Gefühl, minderwertig zu sein, indem du mit deiner Jugend und Kraft angibst.«

Viele der Männer waren jünger als Richard und alles andere als schwächlich.

»Ishaq, ich habe nie ...«

»Ich weiß, ich weiß. Aber sie empfinden das eben so. Mach dich deswegen nicht verrückt, Richard. Was zählt, ist ihr Eindruck, nicht das, was wirklich ist.«

Richard seufzte entnervt. »Aber im Arbeiterkollektiv hat man mir erklärt, ich sei im Gegensatz zu anderen arbeitstauglich und solle meine ganze Arbeitskraft in den Dienst der weniger Arbeitstauglichen stellen, die nicht über meine Leistungsfähigkeit verfügen, und ihnen einen Teil ihrer Belastung abnehmen. Es hieß, ich würde meine Arbeit verlieren, wenn ich nicht die volle Leistung bringe.«

»Da wandelt man auf einem schmalen Grat.«

»Und ich bin übergetreten.«

»Sie wollen, dass du entlassen wirst.«

Richard seufzte. »Dann bin ich also hier fertig?«

Ishaq winkte ab. »Ja und nein. Du bist wegen mangelhafter Einstellung aus dem Lagerhaus entlassen. Aber ich konnte das Komitee überzeugen, dir eine zweite Chance zu geben und deiner Versetzung zu den Wagen zuzustimmen. Die Arbeit auf den Wagen ist nicht ganz so schwer, weil du sie nur beladen darfst und entladen, sobald du an deinem Bestimmungsort angelangt bist. Auf diese Weise kannst du dir nicht allzu viel Ärger einhandeln.«

Richard nickte. »Danke, Ishaq.«

Ishaqs Blick suchte Zuflucht zwischen den mit Eisen vollgepackten Gestellen, den Behältern für die Holzkohle und den langen Reihen kostbaren Metalls, das dringend ausgeliefert werden musste. Er kratzte sich an der Schläfe.

»Die Bezahlung ist geringer.«

Richard klopfte sich den Eisen- und Erzstaub von Händen und Hosenboden. »Was macht das für einen Unterschied? Man wird mir ohnehin alles fortnehmen und verteilen. Im Grunde geht nicht mir der Lohn verloren, sondern den anderen.«

Ishaq lachte amüsiert in sich hinein und versetzte Richard einen Schulterklaps. »Du bist der Einzige hier, auf den ich zählen kann, Richard. Du bist anders als die anderen – ich habe das Gefühl, dass ich mit dir reden kann, ohne dass gleich ein anderer Wind davon bekommt.«

»Das würde ich dir niemals antun.«

»Weiß ich. Deswegen erzähle ich dir auch Dinge, die ich den anderen nicht erzähle. Man erwartet von mir, dass ich genauso bin wie alle anderen und genauso schufte wie sie, andererseits verlangt man von mir, dass ich Arbeitsplätze schaffe. Sie haben mir meinen Betrieb weggenommen, erwarten aber immer noch, dass ich ihn für sie führe. Verrückte Welt.«

»Du weißt noch längst nicht alles, Ishaq. Also, was ist jetzt mit der Arbeit als Wagenbelader? Was soll ich für dich tun?«

»Der Schmied draußen auf der Großbaustelle macht mir die Hölle heiß.«

»Warum?«

»Man hat Werkzeuge bei ihm bestellt, aber er hat kein Eisen. Eine

Menge Leute warten auf ihre Bestellungen.« Er deutete mit einer ausladenden Handbewegung auf das mit Eisen vollgepackte Gestell. »Das meiste davon wurde bereits letzten Herbst bestellt. Letzten Herbst! Mittlerweile ist es fast Frühling, und ich habe es erst jetzt hereinbekommen. Das alles ist längst denen zugesagt, die es lange vorher bestellt haben.«

»Und warum hat es solange gedauert, bis es hier eintraf?«

Ishaq schlug sich die Hand vor die Stirn. »Vielleicht bist du ja doch ein unwissender Farmerbursche. Wo hast du in der letzten Zeit gesteckt? Unter irgendeinem Stein? Man bekommt nicht einfach deswegen irgendwelche Dinge, weil man sie haben will. Man muss warten, bis man an der Reihe ist. Deine Bestellung muss erst von einem Prüfungsausschuss bewilligt werden.«

»Warum?«

»Warum, warum, warum. Mehr fällt dir dazu nicht ein?«

Ishaq seufzte und machte leise eine Bemerkung über den Schöpfer, der seine Geduld auf die Probe stelle. Er schlug seine geballte rechte Hand in die linke Handfläche und erklärte es Richard.

»Weil man an die anderen denken muss, deswegen. Man muss stets die Bedürfnisse der anderen bedenken und das Wohl aller im Auge behalten. Bekäme ich alle Fahrten für die Abholung und Auslieferung von Eisen, welche Chance bliebe dann für die anderen, die das Gleiche tun wollen? Es wäre ungerecht, wenn ich alle Aufträge bekäme. Menschen würden ihren Arbeitsplatz verlieren. Das Vorhandene muss unter allen aufgeteilt werden. Der Kontrollausschuss hat dafür zu sorgen, dass alles für alle gleich ist. Manche können die Bestellungen nicht so schnell abwickeln wie ich, oder sie haben Schwierigkeiten, vielleicht kriegen sie auch keine Arbeitskräfte, oder ihre Arbeiter haben Schwierigkeiten, deshalb muss ich warten, bis sie nachkommen können.«

»Aber es ist doch dein Betrieb, warum kannst du nicht …«

»Warum, warum, warum. Hier, nimm die Bestellung. Ich bin nicht scharf darauf, dass dieser Schmied noch einmal den weiten

Weg hierher macht und mich anbrüllt. Er ist mit seinen Aufträgen im Verzug und braucht das Eisen dringend.«

»Und warum ist er in Schwierigkeiten? Ich dachte, jeder hat zu warten, bis er an der Reihe ist.«

Ishaq zog eine Braue hoch und senkte seine Stimme. »Sein Auftraggeber ist der Ruhesitz.«

»Der Ruhesitz? Was ist das?«

»Der Ruhesitz.« Die Arme ausbreitend, deutete Ishaq etwas außerordentlich Großes an. »So lautet der Name des Palastes, der zurzeit für den Kaiser errichtet wird.«

Richard hatte den Namen noch nie gehört. Der neue Kaiserpalast war also der Grund dafür, dass all die zahllosen Arbeitskräfte nach Altur'Rang strömten. Vermutlich hatte Nicci deswegen auch darauf bestanden, dass sie in diese Stadt kamen. Offenbar war sie recht interessiert daran, dass er an diesem gewaltigen Vorhaben Teil hatte. Vermutlich zeigte sich darin ihr etwas wunderlicher Sinn für Ironie.

»Der neue Palast wird gewaltig werden«, erklärte Ishaq, abermals seine Arme schwenkend. »Massenhaft Arbeit für eine ganze Masse von Menschen. Der Bau des Palastes bedeutet Arbeit für viele Jahre.«

»Und wenn die Materialien für den Orden bestimmt sind, dann tust du gut daran zu liefern, nehme ich an.«

Ishaq lächelte und machte eine knappe, tiefe Verbeugung. »Endlich fängst du an zu begreifen, mein lieber Richard. Warumwarumwarum. Der Schmied arbeitet unmittelbar auf Bestellung der Bauherren des Palastes, die den allerhöchsten Stellen Rechenschaft ablegen müssen. Die Erbauer benötigen Werkzeuge, müssen bestimmte Dinge anfertigen lassen. Sie haben keine Lust, sich die Ausflüchte eines einfachen Schmieds anhören zu müssen. Und der Schmied will von mir keine Ausflüchte hören, ich dagegen muss mich danach richten, was der Prüfungsausschuss sagt – er nicht, er richtet sich nach den Vorgaben des Palastes. Und ich sitze mitten zwischen sämtlichen Stühlen.«

Ishaq hielt inne, als sich einer der anderen Lader mit einem Stück Papier durch den Mittelgang näherte. Ishaq überflog den Zettel, den der Mann ihm reichte, während dieser Richard mit einem verstohlenen Seitenblick bedachte. Ishaq seufzte und erteilte dem Mann ein paar knappe Anweisungen. Als er gegangen war, wandte Ishaq sich wieder Richard zu.

»Ich darf nur befördern, was mir der Prüfungssausschuss bewilligt. Dieses Schreiben gerade – das war die Anweisung des Ausschusses, ich solle eine Holzlieferung an die Minen zurückhalten, weil dieser Lieferauftrag an eine Firma gehen soll, die auf den Auftrag dringend angewiesen ist. Verstehst du jetzt? Ich kann nicht einfach irgendwelche anderen aus dem Geschäft drängen, indem ich mehr ausliefere als sie, weil sie dann in Schwierigkeiten geraten, und ich gegen einen anderen ausgetauscht werden würde, der sich seinen Mitbewerbern gegenüber nicht so unfair verhält. Tja, es ist nicht mehr so wie früher, als ich noch jung und töricht war.«

Richard verschränkte die Arme. »Soll das etwa heißen, du bekommst Scherereien, wenn du gute Arbeit machst – genau wie ich?«

»Gute Arbeit! Wer will schon bestimmen, was gute Arbeit heißt? Alle müssen gemeinsam für das Wohl aller arbeiten. Das bedeutet gute Arbeit – wenn man seinen Mitmenschen hilft.«

Richard beobachtete zwei Männer, die ein gutes Stück entfernt einen Wagen mit Holzkohle beluden. »Du glaubst diesen hochtrabenden, sentimentalen Unfug doch nicht etwa wirklich, oder, Ishaq?«

Ishaq seufzte ausgiebig und leidgeprüft. »Richard, bitte belade den Wagen, sobald du bei der Gießerei eintriffst, fahr anschließend raus zum Ruhesitz und lade die Fuhre bei der Werkstatt des Schmieds ab. Bitte. Und sieh zu, dass du mir nicht unpässlich wirst, keinen schlimmen Rücken bekommst, und deine Kinder nicht mitten in der Fuhre krank werden. Ich bin nicht scharf darauf, den Schmied noch einmal hier zu sehen; es könnte sein, dass ich sonst mit einem Eisenbarren um den Hals schwimmen gehen muss.«

Richard entfuhr ein brummiges Lachen. »Meinem Rücken geht es ausgezeichnet.«

»Sehr gut. Ich lasse einen Fahrer herkommen, der den Wagen fahren wird.« Ishaq drohte Richard mit erhobenem Finger. »Und komm nicht auf die Idee, den Fahrer zu bitten, dir beim Auf- oder Abladen zu helfen. Wir können gern drauf verzichten, dass diese Art von Missstand bei der nächsten Versammlung zur Sprache gebracht wird. Ich musste Jori geradezu anflehen, dass er keine Beschwerde vorbringt, nachdem ich gebeten hatte, mir an jenem Tag, als es so geregnet hat und wir einen Radbruch hatten, beim Abladen zu helfen – an dem Tag, an dem du mir geholfen hast, die Ladung ins Lagerhaus zu schleppen – erinnerst du dich noch?«

»Ich erinnere mich noch.«

»Also, mach Jori bitte keine Schwierigkeiten. Und Finger weg von den Zügeln, das ist seine Arbeit. Wirst du dich zusammenreißen? Und dich darum kümmern, dass das Eisen aufgeladen und wieder abgeladen wird, damit der Schmied nicht noch einmal hier auftaucht?«

»Sicher, Ishaq. Ich werde dir keinen Ärger machen. Du kannst dich auf mich verlassen.«

»So ist es recht.« Ishaq wandte sich zum Gehen, drehte sich aber noch einmal um. »Auf der Farm gab es nicht so viele Schwierigkeiten, was?«

»Nein, die gab es nicht. Mittlerweile wünsche ich mir, ich wäre wieder dort.«

Er war noch nicht weit gekommen, als Ishaq sich abermals umdrehte. »Und vergiss bloß nicht, dich von deiner untertänigsten Seite zu zeigen, sobald du einen von diesen Priestern erblickst, hast du verstanden?«

»Priester? Was für Priester? Woran erkenne ich die?«

»Braunes Gewand und Kappen mit einem Kniff – sei unbesorgt, du wirst sie ganz bestimmt erkennen, sie sind ja nicht zu übersehen. Wenn du einen vor dir hast, leg deine besten Manieren an den Tag.

Sollte ein Priester auf die Idee kommen, dich der mangelhaften Einstellung gegenüber dem Schöpfer oder Ähnlichem zu verdächtigen, kann er dich foltern lassen. Die Priester sind die Jünger von Bruder Narev.«

»Bruder Narev?«

»Der Hohepriester der Bruderschaft des Ordens.« Ishaq fuchtelte ungeduldig mit den Armen. »Ich muss Jori holen gehen, damit er mit dem Wagen herkommt. Tu bitte, was ich dir sage, Richard. Dieser Schmied verheizt mich in seiner Esse, wenn ich ihm das Eisen heute nicht liefere.«

Richard bedachte Ishaq mit einem Lächeln, um seine Nerven zu beruhigen.

»Du hast mein Wort, Ishaq. Der Schmied wird sein Eisen bekommen.«

Ishaq tat einen schweren Seufzer, dann eilte er davon, um den Fahrer zu suchen.

15. Kapitel

Es war bereits spät an jenem drückend heißen Nachmittag, als sie auf der Baustelle des Ruhesitzes eintrafen, bei dessen Anblick Richard, der neben Jori auf dem Wagenbock saß, als sie die letzte Hügelkuppe überquerten, von einem Gefühl ehrfürchtiger Scheu ergriffen wurde. Sie war mehr als gewaltig. Aus tausenden von Männern bestehende Kolonnen, die tief unterhalb von ihnen wie Ameisenkolonien aussahen, waren – in Transportketten arbeitend – damit beschäftigt, mit Hilfe von Schaufeln und Körben die Konturen der Landschaft zu verändern.

Jori würdigte das Bauwerk keines Blickes, spuckte nur seitlich aus dem Wagen und brachte auf Richards Fragen bloß ein gelegentliches »Kann schon sein« über die Lippen.

Man war noch immer damit beschäftigt, das Fundament in tiefen Gräben zu verankern, was es Richard, der von der Straße aus hinunterblickte, ermöglichte, den Grundriss des zukünftigen Bauwerkes zu erkennen. Es fiel schwer, sich auszumalen, wie gewaltig das Gebäude letztendlich ausfallen würde. Angesichts der winzigen Punkte, die sich kaum merklich in seiner Nähe bewegten, war es nicht einfach, sich vorzustellen, dass es sich dabei um Menschen handelte.

Der schieren Größe nach konnte es das Gebäude mit allem aufnehmen, was Richard jemals zu Gesicht bekommen hatte. Das Gelände und die Gärten erstreckten sich über Meilen. Soeben war mit der Errichtung von Zierbrunnen und anderen hoch aufragenden Bauten entlang der Zufahrtsstraßen begonnen worden. Auf endlosen Flächen wurden aus Hecken bestehende Irrgärten angelegt, und ganze Hänge waren mit Bäumen übersät, die man nach einem groß angelegten Plan dort eingepflanzt hatte.

Die Vorderseite des Ruhesitzes blickte auf einen in einem Gelände liegenden See, aus dem künftig ein majestätischer Park entstehen sollte. Die schmale Seitenfront des Gebäudes würde sich eine Viertelmeile weit den Fluss entlang hinziehen. Steinernes Pfahlwerk, über dem soeben mit dem Bau einer Reihe von Verbindungsbögen begonnen wurde, reichte bis weit in den Fluss. Offenbar sollte ein Teil des Palastes, dort, wo sich die Anlegestellen für die Vergnügungsboote des Kaisers befanden, über dem Wasser errichtet werden.

Jenseits des Flusses setzte sich die Stadt fort; auch auf der Palastseite des Flusses erstreckte sich die Stadt in alle Richtungen, wenn auch in respektvoller Entfernung von dem Ruhesitz. Sich vorzustellen, wie viele Gebäude und Menschen wegen dieses Bauwerks umgesiedelt worden waren, überstieg Richards Phantasie. Was hier entstand, war keineswegs ein entrückter, abgeschiedener Kaiserpalast; das Bauwerk bildete den absoluten Mittelpunkt von Altur'Rang. Unter Verwendung von Millionen von Pflastersteinen wurden Straßen angelegt, die es den gewaltigen Massen der Bürger der Imperialen Ordnung ermöglichten, bis zu diesem gewaltigen Bauwerk zu gelangen und es zu besichtigen. Bereits jetzt bildeten sich hinter den aus Seilen errichteten Absperrungen Menschentrauben, die den Fortgang der Bauarbeiten verfolgten.

Aller Armut in der Alten Welt zum Trotz konnte man sich des Eindrucks nicht erwehren, dass dies ein Kronjuwel von unübertroffener Pracht werden sollte.

Steine verschiedenster Herkunft lagen zu hohen Stapeln aufgeschichtet bereit. In der Ferne konnte Richard sehen, wie Arbeiter sie zu den gewünschten Formen zurechtschnitten. Die drückende Nachmittagshitze war erfüllt vom fernen Klingen aberhunderter Hämmer und Meißel. Man sah Vorräte von Granit und Marmor in einem Sortiment unterschiedlichster Farben sowie gewaltige Mengen von Kalksteinquadern. Spezielle Wagen aus den Steinbrüchen warteten in langen, sich windenden Schlangen darauf, mehr davon anliefern zu können. Die länglichen Steinquader, Stützen genannt, wurden mit Hilfe von Schlaufen unter schwere Tragebalken gebunden, die bis weit über Vorder- und Hinterachse hinausreichten. Für die Steinarbeiter hatte man Hütten und geräumige, offene Schutzdächer aufgestellt, damit sie vom Wetter unabhängig arbeiten konnten. Bauholz lag, in Reihen zu gewaltigen Stapeln aufgeschichtet, unter eigens für diesen Zweck errichteten Bedachungen. Was dort nicht untergebracht werden konnte, war mit Zeltplanen abgedeckt worden. Kleine Berge der Grundbestandteile für die Herstellung von Mörtel türmten sich verstreut um das gesamte Fundament und sahen aus wie Ameisenhügel, eine Illusion, die durch die zahllosen dunklen Punkte der Arbeiter noch unterstrichen wurde.

Die Schmiedewerkstatt lag ein wenig abseits der eigentlichen Baustelle, an einer Straße, die sich ihren Weg an einem Hang entlang und mitten durch eine kleine Ansiedlung aus frisch errichteten, die gesamte Baustelle überblickenden Werkstätten bahnte. Verglichen mit ähnlichen Betrieben, die Richard bereits früher gesehen hatte, war sie ziemlich groß. Natürlich hatte Richard noch nie bei der Errichtung eines Gebäudes dieser Größenordnung zugeschaut. Er hatte prachtvolle, bereits fertig gestellte Bauwerke gesehen, das schon, doch der Anblick eines solchen Gebäudes in seinem Entstehungsstadium war zugleich überraschend und verwunderlich; allein die schieren Ausmaße konnten einem die Orientierung rauben.

Jori setzte sein Gespann gekonnt zurück und stellte den Wagen mit der Rückseite genau vor die offen stehende Doppeltür, hinter der sich ein schwarzes Loch auftat.

»Da wären wir«, lautete Joris Kommentar. Für den schlaksigen Fahrer kam das geradezu einer längeren Ansprache gleich. Er holte einen Laib Brot und einen mit Bier gefüllten Wasserschlauch hervor und kletterte vom Wagen, um sich ein Stück den Hang hinunter ein Plätzchen zu suchen, wo er sich hinsetzen und die Bauarbeiten verfolgen konnte, während Richard das Eisen ablud.

In der Schmiedewerkstatt war es dunkel und drückend heiß,

selbst in dem vorderen, zugestellten Lagerraum. Wie in allen Schmieden, waren die Wände im eigentlichen Arbeitsraum schwarz von Ruß. Die Anzahl der Fenster hatte man auf ein Minimum beschränkt; meist waren sie über Kopf angebracht und mit Läden versehen, um den Raum abzudunkeln, damit man den Zustand des glühenden Metalls besser beurteilen konnte.

Obwohl erst vor kurzem für die Arbeit am Palast gebaut, wirkte die Schmiedewerkstatt bereits jetzt, als wäre sie einhundert Jahre alt. Auf fast jedem freien Platz waren Werkzeuge in Schwindel erregender Anordnung und Vielfalt angebracht; es gab reihenweise Werkzeuge, ganze Berge davon. Von den Dachsparren hingen Zangen und Feuerauffangschüsseln, Schmelztiegel, Winkelmaße und Stechzirkel, sowie an große Insekten erinnernde Apparate herab, die aussahen, als könne man damit Gegenstände aneinander klemmen. Niedrige, anscheinend in großer Eile zusammengeschusterte Werkbänke waren rundherum mit langgriffigen Gussformen jeglicher Art behängt. An einigen Bänken waren kleinere Mühlsteine befestigt. Einige Tische hatte man rundherum mit Schlitzen versehen, in denen hunderte von Feilen und Raspeln steckten. Einige dieser niedrigen Tische verschwanden fast unter einem Durcheinander von Hämmern in einer solchen Vielfalt, wie Richard sie noch nie gesehen hatte; ihre Griffe ragten alle nach oben, sodass die Tischplatten riesigen Nadelkissen ähnelten.

Der Fußboden war mit Gerümpel übersät: Kisten, aus denen alle möglichen Einzelteile hervorquollen, Stangen und Nieten, Keile, Roheisenstücke, Reste, Stemmeisen, Holzhaken, verbeulte Töpfe, hölzerne Spannvorrichtungen, Blechscheren, Kettenstücke, Rollen sowie ein Sortiment von Spezialaufsätzen für die Ambosse. Alles war mit einer Schicht aus Ruß, Staub oder Metallspänen überzogen.

Breite, niedrige Wannen standen rings um die Ambosse, an denen Männer auf glühendes, mit Zangen gehaltenes Eisen hämmerten, um es abzuflachen oder breit zu schlagen, einzukerben, vierkantig zu formen oder mit kurzen, heftigen Schlägen zu bearbeiten. Das glühende Metall protestierte zischend und qualmend, sobald es in die Flüssigkeit getaucht wurde. Andere Männer benutzten das Ambosshorn, um mit Zangen gehaltenes, kleinen Stücken eines Sonnenaufgangs ähnelndes Metall zu biegen. Sie hielten diese faszinierenden Werkstücke in die Höhe, verglichen sie mit einer Vorlage, behämmerten das Metall noch ein wenig länger und prüften es erneut.

In all dem Lärm konnte Richard kaum einen klaren Gedanken fassen.

Inmitten der Dunkelheit betätigte ein Mann einen riesigen Blasebalg, indem er sich beim Leerhub mit seinem ganzen Gewicht auf ihn stützte. Der Luftstoß brachte das Feuer zum Tosen. Holzkohle quoll aus Körben hervor, die überall dort standen, wo Platz für sie war. In den Ecken standen Rohre und einzelne Metallreste. Metallreifen lehnten an Bänken und Bohlen; manche dieser Reifen waren für Fässer vorgesehen, die größeren für Wagenräder. Da und dort lagen Zangen und Hämmer auf dem Fußboden herum.

Die gesamte Werkstatt bot das reizvollste Durcheinander, das Richard je gesehen hatte.

Nicht weit entfernt, in der Nähe einer in eine weitere Werkstatt führenden Tür, stand ein Mann in einer Lederschürze. Er hielt eine mit einem Gewirr aus Linien bedeckte Schiefertafel vor sich, während er einen großen, aus Metallstangen bestehenden Apparat in dem dahinterliegenden Raum betrachtete. Richard wartete, da er den Mann nicht in seiner Konzentration stören wollte. Die deutlich hervortretenden Muskeln seiner rußigen Arme glänzten vor Schweiß. Der Mann tippte mit dem Kreidestück gegen seine Lippen, während er sich über irgendetwas den Kopf zerbrach, dann wischte er eine Linie auf der Schiefertafel aus und zeichnete sie, ihre Verbindungspunkte versetzend, wieder ein.

Richard betrachtete die Zeichnung stirnrunzelnd. Irgendwie erschien sie ihm vertraut, obwohl der Gegenstand darauf nicht klar zu erkennen war.

»Seid Ihr möglicherweise der Schmiedemeister?«, erkundigte sich

Richard, als der Mann kurz innehielt und über seine Schulter schaute.

Sein einschüchternder, finsterer Blick schien sich für immer in seine Stirn gegraben zu haben. Sein Haar trug er bis dicht über den Schädel gestutzt, eine in der Nähe von so viel offenem Feuer und weißglühendem Metall durchaus sinnvolle Angewohnheit, die sein bedrohliches Auftreten noch unterstrich. Er war von durchschnittlicher Größe und kräftig gebaut, aber sein Gesichtsausdruck besagte, dass er jedem Ärger, der seinen Weg kreuzen mochte, gewachsen war. Den Bewegungen und Blicken der anderen Männer nach zu urteilen, fürchteten sie diesen Mann.

Von einem unerklärlichen Zwang ergriffen, deutete Richard auf die Linie, die der Mann soeben eingezeichnet hatte. »Das ist nicht richtig. Was Ihr da gerade eingezeichnet habt, ist nicht korrekt. Das obere Ende stimmt, aber das untere gehört eigentlich dorthin, und nicht dahin, wo Ihr es eingetragen habt.«

Er zuckte nicht einmal mit der Wimper. »Weißt du überhaupt, was das ist?«

»Na ja, nicht genau, aber ich …«

»Wie kannst du dich dann erdreisten, mir erklären zu wollen, wo diese Strebe hingehört?«

Der Mann machte ein Gesicht, als wollte er Richard in die Esse stopfen und einschmelzen.

»Das weiß ich auf Anhieb auch nicht so genau, aber irgendetwas sagt mir einfach …«

»Ich kann nur hoffen, dass du derjenige bist, der das Eisen bringt.«

»Bin ich«, erwiderte Richard, der froh war, das Thema wechseln zu können, und sich insgeheim wünschte, er hätte gar nicht erst den Mund aufgemacht. Er hatte doch nur helfen wollen. »Wo wollt Ihr, dass ich das …«

»Wo hast du eigentlich den ganzen Tag gesteckt? Man hat mir fest zugesagt, dass es gleich heute früh als erstes geliefert wird. Was hast du gemacht? Bis mittags geschlafen?«

»Äh, nein, Sir. Wir sind heute Morgen gleich als Erstes zur Gießerei gefahren. Ishaq hat mich sofort nach Tagesanbruch dorthin geschickt. Aber der Mann in der Gießerei hatte Schwierigkeiten, weil er …«

»Interessiert mich nicht. Du hast gesagt, du hast das Eisen dabei. Es ist ohnehin schon spät genug. Sieh zu, dass du es abgeladen kriegst.«

Richard sah sich um. Jedes Fleckchen schien besetzt.

»Wohin wollt Ihr es haben?«

Der Schmiedemeister sah sich wütend in dem drangvoll engen Raum um, so als erwartete er, einige der Stapel würden sich von ihren Plätzen erheben und sich ihm zuliebe entfernen. Den Gefallen taten sie ihm nicht.

»Wärst du zum vereinbarten Zeitpunkt hier gewesen, hättest du es dort drüben, unmittelbar hinter der Tür zum vorderen Vorratsraum, ablegen können. Aber inzwischen haben sie diese riesige Steinschleife gebracht, die geschweißt werden muss, also wirst du das Eisen draußen im Hinterhof abladen müssen. Das nächste Mal stehst du ein bisschen früher auf.«

Richard gab sich Mühe, höflich zu bleiben, aber langsam war er es Leid, heruntergeputzt zu werden, nur weil der Schmied einen schlechten Tag hatte.

»Ishaq gab mir in aller Deutlichkeit zu verstehen, dass Ihr das Eisen unbedingt heute braucht, und erteilte mir den Auftrag, mich darum zu kümmern. Ich habe Euer Eisen dabei, im Übrigen wüsste ich nicht, wer Euch sonst so kurzfristig hätte beliefern können.« Die Hand mit der Schiefertafel senkte sich. Zum allerersten Mal widmete der Mann die ganze Aufmerksamkeit seines zornigen Funkelns Richard. Wer von den Arbeitern Richards Worte mitbekommen hatte, entfernte sich eilends, um sich mit anderen wichtigen und vor allem weiter entfernten Dingen zu befassen.

»Wie viel Eisen hast du mitgebracht?«

»Fünfzig Barren zu je acht Fuß.«

Der Mann atmete hörbar verärgert aus. »Bestellt habe ich einhundert. Ich weiß nicht, wieso man mir einen Idioten mit einem Wagen schickt, wenn ...«

»Wollt Ihr hören, wie es war, oder wollt Ihr nur jemanden anbrüllen? Wenn Ihr einfach nur blindwütig und sinnlos herumtoben wollt, bitte, nur zu, es kränkt mich nicht besonders, angeschrien zu werden. Solltet Ihr irgendwann wissen wollen, wie sich die Dinge in Wahrheit verhalten, dann sagt mir Bescheid, und ich erkläre es Euch.«

Der Schmied musterte ihn einen Augenblick lang schweigend, ein Bulle, von einer Biene aus dem Konzept gebracht. »Wie heißt du?«

»Richard Cypher.«

»Und wie verhalten sich die Dinge nun in Wahrheit, Richard Cypher?«

»Die Gießerei wollte den Auftrag ausführen, ihr Vorrat an Eisenbarren reicht bis unters Dach, nur bekommen sie es nicht ausgeliefert. Sie wollten mir den Auftrag in vollem Umfang mitgeben, doch ein dort stationierter Transportaufseher weigerte sich, uns die vollen einhundert Barren zu bewilligen, weil dann die anderen Fuhrunternehmen, deren Wagen jedoch nicht einsatzfähig sind, dieselben Fuhren bekommen müssten.«

»Aha, deshalb dürfen Ishaqs Wagen nicht mehr als den ihm zustehenden Anteil befördern; und diese Zuteilung belief sich eben auf fünfzig Barren.«

»Ganz genau«, bestätigte Richard. »Zumindest, bis die übrigen Betriebe wieder im Stande sind, mehr Fracht zu transportieren.«

Der Schmied nickte. »In der Gießerei ist man ganz versessen darauf, mir alles Eisen zu verkaufen, das ich gebrauchen kann, nur bekomme ich es nicht hierhergeschafft. Selbst darf ich es nicht befördern – um Transportarbeiter wie dich nicht um ihre Arbeit zu bringen.«

»Hätte ich zu entscheiden«, erwiderte Richard, »ich würde noch heute eine weitere Fuhre abholen, aber man erklärte mir, man könne mir frühestens nächste Woche wieder etwas überlassen. Ich schlage vor, Ihr bringt jedes Fuhrunternehmen, das Ihr finden könnt dazu, Euch eine Wagenladung zu liefern. Auf diese Weise habt Ihr bessere Chancen, zu bekommen, was Ihr braucht.«

Zum ersten Mal ging ein Lächeln über das Gesicht des Schmieds; er machte sich über die Torheit von Richards Einfall lustig. »Glaubst du vielleicht, darauf wäre ich nicht längst selbst gekommen? Sie alle haben Bestellungen von mir vorliegen. Ishaq ist zurzeit der Einzige mit einem einsatzfähigen Fuhrpark. Alle anderen haben entweder Probleme mit ihren Wagen, mit den Zugtieren oder ihren Arbeitern.«

»Immerhin habe ich fünfzig Barren für Euch.«

»Damit lange ich gerade für den Rest des Tages und den nächsten Vormittag hin.« Der Schmied drehte sich um. »Hier entlang. Ich zeige dir, wo du sie stapeln kannst.«

Er führte Richard durch die völlig zugestellte Werkstatt, mitten durch das Durcheinander aus Arbeit und Material. Sie gingen, den Lärm hinter sich zurücklassend, durch eine Tür und einen kurzen Verbindungsgang und betraten ein ruhiges, an den rückwärtigen Teil angebautes, aber separates Gebäude. Der Schmied löste einen an einer Querleiste befestigten Strick und ließ eine Klappe herunter, mit der eines der Dachfenster abgedeckt war.

Licht flutete in die Mitte des großen Raumes, in dem ein riesiger Marmorblock stand. Richard starrte das überwältigende steinerne Herzstück eines Berges an.

In einer Schmiedewerkstatt wirkte es völlig fehl am Platz. Am fernen Ende gab es eine hohe Doppeltür, durch die man den Monolithen auf Rollen hereingeschoben hatte. Den übrigen Raum rund um den hoch aufragenden Stein hatte man freigelassen. Meißel aller Art und Holzschlägel in unterschiedlichen Größen ragten aus den Schlitzen in den pechschwarzen Wänden.

»Du kannst die Barren hier auf dieser Seite absetzen. Und nimm dich beim Hereintragen in Acht.«

Richard kniff die Augen halb zu, fast hätte er vergessen, dass der Mann dort neben ihm stand. Die glänzende Beschaffenheit des Steins vor ihm hielt ihn noch immer gefangen. »Ich werde aufpassen«, sagte er, ohne den Schmied anzusehen. »Ich werde nicht gegen den Stein stoßen.«

Der Mann wollte gerade gehen, als Richard fragte: »Meinen Namen habe ich Euch verraten. Wie lautet Eurer?«

»Cascella.«

»Weiter nichts?«

»Doch. Mister. Und sieh zu, dass du nichts davon vergisst.«

Lächelnd folgte Richard dem Mann nach draußen. »Geht in Ordnung, Sir. Mr. Cascella. Dürfte ich fragen, was das ist?«

Der Schmied wurde langsamer, blieb stehen und wandte sich um. Er starrte den in Licht gebadeten Marmorblock an, als wäre er eine geliebte Frau.

»Nichts, was dich etwas anginge, genügt dir das?«

Richard nickte. »Ich frage nur deshalb, weil es ein so wunderschöner Stein ist. Sonst habe ich Marmor immer erst gesehen, nachdem man eine Statue oder etwas anderes daraus gemacht hatte.«

Mr. Cascella betrachtete Richard, wie dieser den Stein bewunderte. »Hier auf der Baustelle liegt überall Marmor herum, tausende von Tonnen. Das hier ist nur ein kleines Stück. Und jetzt sieh zu, dass du meine zusammengestrichene Lieferung Eisen abladst.«

Nach getaner Arbeit war Richard schweißgebadet und verdreckt, nicht nur von den Eisenbarren, sondern auch vom Ruß aus der Schmiedewerkstatt. Er erkundigte sich, ob er etwas Wasser aus der Regentonne benutzen dürfe, in der die Männer sich wuschen, wenn sie sich für den Feierabend fertig machten. Man erklärte ihm, er solle sich einfach bedienen.

Nachdem er sich gewaschen hatte, traf Richard Mr. Cascella allein in der plötzlich stillen Werkstatt an, wo er wieder an seiner Schiefertafel stand, Korrekturen an der Zeichnung vornahm und Zahlen am Rand notierte.

»Ich bin fertig, Mr. Cascella. Die Barren habe ich ein gutes Stück seitlich vom Marmorblock abgeladen.«

»Danke«, brummte dieser.

»Was dagegen, wenn ich frage, wie viel Ihr für diese fünfzig Eisenbarren bezahlen müsst?«

Das wütende Funkeln kehrte zurück. »Was geht dich das an?«

»Nach dem, was ich in der Gießerei gehört habe, hoffte der Mann dort, den Auftrag in vollem Umfang auszuführen, um dreieinhalb Goldtaler kassieren zu können, und da Ihr die halbe Lieferung erhalten habt, werdet Ihr vermutlich eindreiviertel Goldtaler für die fünfzig Eisenbarren bezahlen müssen. Ist meine Rechnung korrekt?«

Das Funkeln wurde finsterer. »Wie ich schon sagte, was geht dich das an?«

Richard stopfte seine Hände in die Gesäßtaschen. »Nun, ich habe mich gefragt, ob Ihr möglicherweise gewillt wärt, mir weitere fünfzig Barren für anderthalb Goldtaler abzukaufen.«

»Dann bist du also obendrein auch noch ein Dieb.«

»Nein, Mr. Cascella, ein Dieb bin ich nicht.«

»Wie willst du mir dann Eisen für einen um einen Vierteltaler geringeren Preis verkaufen als die Gießerei? Verhüttest du nebenbei nachts auf deinem Zimmer ein wenig Eisenerz, Richard Cypher?«

»Wollt Ihr mein Angebot nun hören oder nicht?«

Er verzog verdrießlich den Mund. »Also red schon.«

»Der Mann in der Gießerei war außer sich, weil man ihm nicht gestattete, Eure volle Lieferung zu befördern. Er besitzt mehr Eisen, als er losschlagen kann, weil man ihm nicht erlaubt, es selber auszuliefern, und die Fuhrunternehmen sitzen in der Klemme, weshalb sie sich gar nicht erst blicken lassen. Er meinte, er sei bereit, es mir für einen geringeren Preis zu überlassen.«

»Wieso das?«

»Weil er das Geld braucht. Er hat mir seine Kaltwindöfen gezeigt; mit den Lohnzahlungen ist er im Rückstand und benötigt unter anderem Holzkohle, Eisenerz und Quecksilber, hat aber nicht genug Geld, um alles einzukaufen. Das Einzige, was er im Überfluss besitzt, ist verhüttetes Metall. Sein Geschäft wird abgewürgt, weil er sein Erzeugnis nicht an den Mann bringen kann. Ich fragte ihn, für welchen Preis er bereit wäre, mir sein Eisen zu verkaufen, wenn er sich nicht um den Abtransport kümmern müsste und ich es selbst abholen würde. Daraufhin meinte er, wenn ich nach Einbruch der Dunkelheit käme, würde er mir fünfzig Barren für eineinviertel Goldtaler überlassen. Wenn Ihr bereit seid, es mir für anderthalb Goldtaler abzukaufen, besorge ich Euch bis morgen früh, wenn Ihr es, wie Ihr vorhin sagtet, braucht, weitere fünfzig Barren.«

Der Mann starrte Richard offenen Mundes an, so als wäre er ein vor seinen Augen zum Leben erwachter Eisenbarren, der zu sprechen angefangen hätte.

»Du weißt doch, dass ich bereit bin, eindreiviertel Goldtaler zu bezahlen, wieso bietest du es mir dann für eineinhalb an?«

»Weil«, erläuterte Richard, »ich den Preis des Fuhrunternehmens unterbieten möchte, damit Ihr stattdessen bei mir einkauft, und weil ich darauf angewiesen bin, dass Ihr mir zuvor eineinviertel Goldtaler leiht, damit ich die Barren überhaupt erst kaufen und zu Euch schaffen kann. Die Gießerei verkauft sie mir nur, wenn ich sofort bei Abholung bezahle.«

»Und was sollte dich daran hindern, dich mit meinen eineinviertel Goldtalern aus dem Staub zu machen?«

»Mein Wort.«

Der Mann lachte schallend. »Dein Wort? Ich kenne dich nicht mal.«

»Wie schon gesagt, mein Name ist Richard Cypher. Ishaq hat eine Heidenangst vor Euch, und er vertraut darauf, dass ich Euch das Eisen liefere, damit Ihr nicht bei ihm erscheint, um ihm den Kopf abzureißen.«

Mr. Cascella lächelte wieder. »Ich würde Ishaq niemals den Kopf abreißen, ich mag den Burschen. Er sitzt in der Klemme – aber erzähl ihm nicht, dass ich das gesagt habe. Ich will, dass er auch weiterhin ein wenig schwitzt.«

Richard zuckte mit den Achseln. »Wenn Ihr es wünscht, werde ich ihm nicht einmal erzählen, dass Ihr auch lächeln könnt. Ich weiß allerdings, dass Ihr in einer tieferen Klemme sitzt als Ishaq. Ihr müsst Waren an den Orden liefern, deshalb seid Ihr dessen Methoden auf Gedeih und Verderb ausgeliefert.«

Wieder ging ein Lächeln über sein Gesicht. »Wann also wirst du mit deinem Wagen hier sein, Richard Cypher?«

»Ich besitze keinen Wagen. Aber wenn Ihr einverstanden seid, werden Eure fünfzig Barren bis zum Morgengrauen dort drüben« – Richard zeigte auf eine Stelle draußen vor der Doppeltür, wo Jori den Wagen abgestellt hatte – »fein säuberlich gestapelt liegen.«

Mr. Cascella runzelte die Stirn. »Wie willst du die Barren herschaffen, wenn du keinen Wagen besitzt? Etwa zu Fuß?«

»Genau.«

»Hast du den Verstand verloren?«

»Ich besitze keinen Wagen, aber ich will mir das Geld verdienen. So weit ist es auch wieder nicht. Ich schätze, dass ich fünf auf einmal tragen kann. Das ergibt gerade mal zehn Gänge; das ist bis zum Morgengrauen zu schaffen. Ich bin es gewöhnt, zu Fuß zu gehen.«

»Jetzt erzähl mir die ganze Geschichte – warum du das machen willst. Und zwar die Wahrheit.«

»Meine Frau hat nicht genug zu essen. Weil ich arbeitstauglich bin, behält das Arbeiterkollektiv den größten Teil meines Lohns ein und gibt ihn an jene weiter, die nicht arbeiten. Meine Arbeitstauglichkeit macht mich zum Sklaven derer, die entweder nicht arbeiten können oder wollen. Diese Vorgehensweise ermutigt die Menschen, eine Rechtfertigung dafür zu suchen, dass andere für sie sorgen. Das Sklavendasein ist mir abgrundtief zuwider. Indem ich Euch einen günstigeren Preis biete, rechne ich mir aus, Euch dazu verleiten zu können, auf den Handel einzugehen. Davon profitieren wir beide. Eine Hand wäscht die andere.«

»Angenommen, ich lasse mich darauf ein, was hast du mit all dem Geld vor – willst du eine Weile davon leben? Es vertrinken?«

»Ich brauche das Geld, um einen Wagen und ein Pferdegespann zu kaufen.«

Seine Stirn zog sich noch mehr zusammen. »Wozu in aller Welt brauchst du einen Wagen?«

»Ich brauche einen Wagen, um Euch all das Eisen zu liefern, das Ihr mir abkaufen werdet, weil ich es Euch zu einem günstigeren Preis besorgen und Euch liefern kann, wann Ihr es braucht.«

»Willst du etwa im Himmel begraben werden?« Richard schmunzelte. »Ganz und gar nicht. Ich bin nur zufällig der Meinung, dass der Kaiser es gerne sähe, wenn sein Palast möglichst schnell fertig würde. Nach allem, was ich gehört habe, arbeiten dort unten eine Menge Sklaven – alles Menschen, die gefangen genommen wurden. Aber Sklavenarbeit allein genügt nicht, um ihnen alle Arbeiten abzunehmen, sie brauchen Leute wie Euch und wie in den Gießereien.

Falls die Beamten des Ordens der Imperialen Ordnung tatsächlich daran interessiert sind, dass es mit der Arbeit vorangeht – und sie nicht gezwungen sein wollen, dem Kaiser erklären zu müssen, warum nicht – werden sie bereit sein, ein Auge zuzudrücken. Zwischen diesen beiden Bedürfnissen tut sich ein schmaler Spielraum voller Möglichkeiten auf. Vermutlich werde ich ein paar Beamte bestechen müssen, damit sie anderweitig beschäftigt sind, wenn ich komme, um meine Fuhren abzuholen, aber diese Kosten habe ich bereits einkalkuliert.

Ich werde auf eigene Rechnung arbeiten, nicht für ein Fuhrunternehmen, daher werden sie eher geneigt sein, darin eine Möglichkeit zu sehen, ihre Bedürfnisse erfüllt zu bekommen, ohne dass ihr riesiger Wust von Beschränkungen vorübergehend außer Kraft gesetzt werden müsste.

Ihr werdet Euer Eisen zu einem günstigeren Preis als jetzt bekommen, und ich bin in der Lage zu liefern. Zurzeit könnt Ihr Euern

Bedarf nicht einmal für einen höheren Preis decken. Außerdem werdet Ihr mehr verdienen. Wir profitieren beide.«

Der Schmied starrte ihn einen Augenblick lang an, während er den Haken in Richards Plan zu finden versuchte.

»Entweder bist du der dümmste Schurke, der mir je untergekommen ist, oder der … ich weiß nicht einmal, was. Aber Bruder Narev sitzt mir im Nacken, und das ist nicht angenehm, ganz und gar nicht angenehm. Wahrscheinlich sollte ich dir das nicht erzählen, aber du weißt ja, wie sehr Ishaq wegen mir ins Schwitzen gerät. Ich würde zehnmal so viel schwitzen, wenn Bruder Narev hier auftaucht und nachfragt, wieso die Werkzeuge nicht fertig sind. Die Ordensbrüder haben kein Ohr für meine Schwierigkeiten, sie wollen bloß haben, was sie haben wollen.«

»Verstehe, Mr. Cascella.«

Er seufzte. »Also schön, Richard Cypher, eineinhalb Goldtaler für fünfzig Eisenbarren, geliefert bis Tagesanbruch morgen früh – aber jetzt gebe ich dir nur eineinviertel Goldtaler. Das andere Viertel bekommst du morgen früh, wenn mein Eisen hier ist.«

»Abgemacht. Übrigens, wer ist eigentlich dieser Bruder Narev?«

»Bruder Narev? Er ist der Hohepriester …«

»Habe ich jemand meinen Namen erwähnen hören?« Die Stimme war so tief, dass sie fast die Werkzeuge von der Wand der Schmiede gerüttelt hätte.

Richard und der Schmied fuhren herum und erblickten einen Mann, der, um die Ecke der Werkstatt biegend, näher kam. Sein schweres Gewand ließ seinen großen, knochigen Körperbau an mehreren Stellen erahnen. Die tiefen Falten seines Gesichts schienen die aufziehende Dunkelheit geradezu in sich hineinzusaugen. Dunkle Augen schimmerten unter der von einem Gewirr aus weißen und schwarzen Haaren verdeckten Stirn hervor. Die Locken seines drahtigen Haars kräuselten sich über den Ohren um den Rand einer dunklen, geknifften Kappe, die er tief in die Stirn gezogen trug. Er sah aus wie ein zum Leben erwachtes Gespenst.

Mr. Cascella verbeugte sich, Richard folgte seinem Beispiel.

»Wir sprachen gerade über die Schwierigkeiten, Eisen in ausreichender Menge zu beschaffen, Bruder Narev.«

»Wo sind all die neuen Meißel, die ich geordert habe, Schmied?«

»Ich muss erst noch …«

»Ich habe dort unten Steine liegen, aber keine Meißel, um sie zu behauen. Ich habe Steinmetze, die dringend neue Werkzeuge benötigen. Ihr verzögert die Erbauung des Palastes.«

Der Schmied deutete auf Richard. »Das ist Richard Cypher, Bruder Narev. Er war gerade dabei mir zu schildern, wie er mir das Eisen, das ich brauche, möglicherweise beschaffen kann und …«

Der Hohepriester hob eine Hand und bat sich Ruhe aus, dann sah er zu Richard.

»Du kannst dem Schmied besorgen, was er braucht?«, fuhr Bruder Narev Richard an.

»Es wäre zu schaffen.«

»Dann fang augenblicklich damit an.«

Richard verneigte den Kopf. »Zu Befehl, Bruder Narev.«

Die Schattengestalt drehte sich zur Werkstatt um. »Zeig es mir, Schmied.«

Der Schmied schien zu wissen, was der Hohepriester wollte, und folgte ihm, Richard ein Zeichen gebend, er solle mitkommen. Richard verstand; er konnte das Geld für den Ankauf des Eisens nicht bekommen, bevor sich der Schmied nicht um diesen wichtigen Mann gekümmert hatte, der soeben in der düsteren Werkstatt verschwunden war.

Als der Schmied mit den Fingern schnippte und im Vorübergehen auf eine Lampe deutete, schnappte Richard sie sich, entzündete einen langen Span an der Glut der Esse und zündete anschließend die Lampe an. Er hielt sie hinter den beiden Männern in die Höhe, die unmittelbar hinter der Tür des Raumes stehen geblieben waren, in dem der komplizierte Apparat aus Metallgestänge stand.

Mr. Cascella hielt die Schiefertafel ins Licht. Bruder Narev betrachtete erst die Zeichnung auf der Tafel, dann das Geflecht aus Eisendrähten auf dem Boden, und verglich beides miteinander.

Richard spürte ein eiskaltes Kribbeln an seinem Haaransatz, als ihm schlagartig klar wurde, was dieses Ding auf dem Boden war.

Bruder Narev zeigte auf die Zeichnung, auf eben jene Linie, von der Richard behauptet hatte, sie sei verkehrt.

»Die Linie hier stimmt nicht«, knurrte Bruder Narev.

Der Schmied fuchtelte mit seinem Finger über der Kreidezeichnung. »Aber ich muss doch die Masse hier drüben stabilisieren.«

»Ich habe dir gesagt, du sollst Streben anbringen, ich habe dich nicht gebeten, den Grundriss zu verpfuschen. Das obere Ende der Stützstrebe kannst du lassen, wo du sie eingezeichnet hast, das untere Ende sollte ... hier befestigt werden.«

Bruder Narev zeigte auf die Stelle, die Richard ebenfalls vorgeschlagen hatte.

Seinen kurz geschorenen Schädel kratzend, warf Mr. Cascella einen verstohlenen Blick über die Schulter auf Richard, gerade lange genug, um ihm sein Missfallen zu bekunden.

»Das könnte funktionieren«, räumte der Schmied ein. »Es wird nicht ganz so einfach werden, aber es wird funktionieren.«

»Wie einfach es wird, ist für mich nicht von Interesse«, erwiderte Bruder Narev mit bedrohlichem Unterton. »Ich will nicht, dass in diesem Bereich etwas befestigt wird.«

»Nein, Sir.«

»Es darf keinerlei Nähte aufweisen, damit sich die Verbindungen und Fugen nicht abzeichnen, wenn es mit Gold überzogen wird. Aber erst einmal lasst meine Werkzeuge herstellen.«

»Jawohl, Bruder Narev.«

Der Hohepriester betrachtete Richard mit unangenehm forschendem Blick. »Irgendetwas an dir ... Kenne ich dich?«

»Nein, Bruder Narev. Ich bin Euch noch nie begegnet, daran würde ich mich erinnern. Einem so bedeutenden Mann wie Euch zu begegnen, meine ich.«

Er funkelte Richard misstrauisch an. »Ja, das würdest du vermutlich. Sieh zu, dass du dem Schmied sein Eisen beschaffst.«

»Das sagte ich doch bereits.«

Der Ordensbruder brummte gereizt. »Das stimmt, richtig.«

Als der hochgewachsene, gespenstische Mann Richard unverwandt in die Augen starrte, griff Richard geistesabwesend nach seinem Schwert, um sich durch ein kurzes Anheben zu vergewissern, dass es ungehindert in der Scheide steckte. Das Schwert war nicht da.

Bruder Narev öffnete den Mund und wollte etwas sagen, doch seine Aufmerksamkeit wurde auf die beiden jungen Männer gelenkt, die soeben die Werkstatt betraten.

Sie trugen ebensolche Gewänder wie der Hohepriester, allerdings ohne Kappe; stattdessen hatten sie schlichte Kapuzen über ihren Kopf gezogen.

»Bruder Narev«, rief der eine.

»Was gibt's, Neal?«

»Das Buch, nach dem Ihr geschickt habt, ist eingetroffen. Ihr hattet uns gebeten, Euch unverzüglich Bescheid zu geben.«

Bruder Narev nickte dem jungen Mann zu, dann bedachte er Mr. Cascella und Richard mit einem verdrießlichen Blick.

»Seht zu, dass es erledigt wird«, meinte er an beide gewandt.

Sowohl Richard als auch der Schmied verneigten das Haupt, als der Hohepriester zur Werkstatt hinausrauschte.

Es war, als wäre soeben eine Gewitterwolke hinter dem Horizont verschwunden.

»Komm mit«, sagte Mr. Cascella. »Ich gehe dein Gold holen.«

Richard folgte ihm in ein winziges Büro, wo der Schmiedemeister eine mit einer massiven Kette an einem im Boden eingelassenen Stift befestigte Geldkassette unter dem Brett hervorzog, das ihm als Schreibtisch diente. Er schloss die Geldkassette auf, griff hinein und drückte Richard dann einen Goldtaler in die Hand.

»Victor.«

Richard hob den Blick von der Goldmünze und runzelte die Stirn. »Was?«

»Victor. Du wolltest wissen, ob zu meinem Namen noch etwas hinzukommt.« Er legte noch einige Silbermünzen zu dem Goldtaler in Richards Hand, um den Betrag von einem Vierteltaler voll zu machen. »Victor.«

16. Kapitel

Nachdem er von Ishaq fortgegangen war, und bevor er sich auf den Weg machte, das Eisen für Victor abzuholen, lief Richard noch einmal rasch zu seinem Zimmer. Nicht etwa, um dort zu Abend zu essen, sondern um Nicci Bescheid zu sagen, dass er noch einmal zu seiner Arbeitsstelle zurück musste. Sie hatte ihm in der Vergangenheit deutlich zu verstehen gegeben, dass sie Mann und Frau waren, und sie es sehr missbilligen würde, wenn er sich aus dem Staub machte. Er musste in Altur'Rang bleiben und arbeiten, genau wie jeder andere ganz normale Mann.

Kamil und einer seiner Freunde erwarteten ihn bereits; beide trugen Hemden.

Richard blieb am Fuß der Treppe stehen. »Tut mir Leid, Kamil, aber ich muss zurück zu meiner Arbeit …«

»Dann bist du ein weitaus größerer Dummkopf, als ich dachte – auch noch nachts Arbeit zu übernehmen. Hör doch einfach auf damit, dich so abzustrampeln. Die ganze Schufterei führt zu nichts. Nimm dir einfach, was du kriegen kannst. Ich wusste, dass du eine Ausrede parat haben würdest, damit du dein Versprechen nicht erfüllen musst. Fast hattest du mich so weit, dass ich dachte, du wärst vielleicht anders als die …«

»Ich wollte gerade sagen, ich muss zurück zur Arbeit, deswegen müssen wir gleich anfangen.«

Kamil verzog den Mund, wie es seine Angewohnheit war, wenn er Menschen, die er für älter und dümmer hielt, sein Missfallen bekunden wollte.

»Das hier ist Nabbi. Er will dir ebenfalls bei deiner sinnlosen Plackerei zuschauen.«

Richard nickte und ließ sich nicht anmerken, dass ihn Kamils arrogantes Verhalten ärgerte. »Freut mich, dich kennen zu lernen, Nabbi.« Der dritte junge Mann schaute hasserfüllt aus den Schatten im hinteren Teil des Flurs bei der Treppe zu ihnen herüber; er war der größte der drei und hatte sich kein Hemd übergezogen.

Zum Auseinandernehmen der Treppenstufen benutzte Richard sein Messer sowie eine Metallstange, die Kamil für ihn aufgetrieben hatte. Es war nicht schwierig – sie fielen fast von allein auseinander. Während die beiden jungen Burschen zuschauten, reinigte Richard die Nuten in den Stützbalken. Da sie, weil sie schon so lange locker saßen, ausgeleiert waren, höhlte er sie an der Unterseite noch weiter aus; dabei zeigte er den beiden, wie er vorging, und erklärte ihnen, wie er die Trittflächen an den Enden abzuschrägen beabsichtigte, damit sie sich fest in die ausgefräste Nut einpassen ließen. Richard beobachtete Kamil und Nabbi, wie sie nach der Vorlage des einen, den er als Muster für sie angefertigt hatte, Keile schnitzten. Geradezu begeistert zeigten sie ihm, wie sie mit dem Messer umzugehen verstanden, und auch Richard war froh, denn auf diese Weise ging ihnen die Arbeit schneller von der Hand.

Nachdem er sie wieder zusammengesetzt hatte, rannten sowohl Kamil als auch Nabbi die reparierte Treppe auf und ab, offenkundig überrascht, dass sie nicht mehr unter ihren Füßen nachgab, und froh, dass sie wenigstens zum Teil für ihre Reparatur verantwortlich waren.

»Ihr beide habt gute Arbeit geleistet«, lobte Richard sie, denn es stimmte. Sie enthielten sich aller geistreichen Bemerkungen und lächelten sogar.

Richards Abendessen bestand aus wässrigem Hirsebrei, der im Schein eines brennenden, auf Leinsamenöl schwimmenden Dochts verzehrt wurde. Der ölige Geruch der primitiven Lampe wollte nicht recht zum Abendessen passen, das mehr aus Wasser denn aus Hirse bestand. Nicci sagte, sie habe bereits gegessen und wolle nichts mehr. Sie ermunterte ihn, alles aufzuessen.

Er verschonte Nicci mit Einzelheiten über seine zweite Tätigkeit. Sie bestand lediglich darauf, dass er überhaupt arbeitete; die Arbeit selbst war für sie nebensächlich. Sie kümmerte sich um ihre Hausarbeit und erwartete von ihm, dass er für ihren Lebensunterhalt sorgte.

Sie schien sich offenbar damit zufrieden zu geben, dass er lernte, wie normale Menschen sich krank schuften mussten, um sich gerade eben durchschlagen zu können. Die Aussicht auf mehr Geld, das es ihnen ermöglichen würde, zusätzliche Lebensmittel einzukaufen, schien in ihren Augen eine gewisse Begierde auszulösen, die ihr ansonsten aber nicht über die Lippen kam. Ihm fiel auf, dass der schwarze Stoff über ihrem vormals so fülligen Busen jetzt schlaff und halb leer schlackerte. Ihre Ellbogen und Hände waren knochig geworden.

Während er einen weiteren Löffel Hirse verspeiste, erwähnte Nicci ganz nebenbei, dass der Wirt, Kamils Vater, vorbeigeschaut habe.

Richard blickte von seiner Suppe auf. »Was hat er gesagt?«

»Er meinte, da du jetzt Arbeit hättest, habe der Bezirksgebäudeausschuss einen höheren Mietzins für uns festgelegt, um damit die Mietzahlungen der nicht Arbeitsfähigen in den Häusern dieses Bezirks zu unterstützen. Siehst du jetzt, Richard, wie das Leben nach den Methoden des Ordens das Gefühl gegenseitiger Anteilnahme unter den Menschen fördert, auf dass wir alle gemeinsam auf das Wohl aller hinarbeiten?«

Nahezu alles, was ihnen nicht vom Arbeiterkollektiv genommen wurde, wurde ihnen vom Bezirksgebäudeausschuss oder irgendeinem anderen Ausschuss abgenommen, und stets mit dem gleichen Ziel: um die Menschen innerhalb des Ordens zu edleren Geschöpfen zu machen. Für Lebensmittel blieb Richard und Nicci so gut wie nichts übrig. Mit der Zeit saßen Richards Kleidungsstücke immer lockerer, wenn auch nicht ganz so locker wie die Niccis.

Die Tatsache, dass ihr Mietzins längst überfällig war, schien sie nicht weiter zu beschäftigen. Wenigstens waren Grundnahrungsmittel verhältnismäßig billig – vorausgesetzt, sie waren überhaupt erhältlich. Es hieß, man habe es allein dem Wohlwollen des Schöpfers und der Weisheit des Ordens zu verdanken, dass man sich überhaupt etwas zu essen kaufen konnte. In Ishaqs Betrieb hatte Richard Gerüchte aufgeschnappt, denen zufolge es durchaus möglich war, die vielfältigsten Lebensmittel in beliebiger Menge zu erstehen, allerdings um einen Preis. Einen Preis, den Richard nicht bezahlen konnte.

Auf seiner Fahrt mit Jori zur Gießerei und dem Schmied hatte Richard etwas abseits stehende Häuser gesehen, die dem Anschein nach recht eindrucksvoll waren. Gut gekleidete Menschen ergingen sich in diesen Straßen, gelegentlich sah er sie sogar in Kutschen sitzen. Es waren Menschen, die weder ihre Hände noch ihre Moral mit Dingen des Geschäftslebens beschmutzten. Es waren Menschen mit Prinzipien. Es waren die Beamten des Ordens, die dafür Sorge trugen, dass, wer immer die Möglichkeit dazu hatte, Opfer für die Ziele des Ordens brachte.

»Selbstaufopferung ist die moralische Pflicht aller«, verkündete Nicci als Kampfansage an seine fest zusammengebissenen Zähne.

Richard brachte es nicht über sich, den Mund zu halten. »Selbstaufopferung ist der widerliche und sinnlose Selbstmord von Sklaven.«

Nicci starrte ihn offenen Mundes an. Es war, als hätte er soeben behauptet, die Milch einer Mutter sei Gift für ihr Neugeborenes.

»Ich glaube, das ist wirklich das Grausamste, was ich je aus deinem Mund gehört habe, Richard.«

»Ist es etwa grausam, wenn ich sage, dass ich nicht bereit bin, mich frohen Herzens für diesen brutalen Burschen, Gadi, aufzuopfern? Oder für irgendwelche anderen Rohlinge, die ich nicht mal kenne? Ist es etwa grausam, das, was mir gehört, nicht bereitwillig jedem habgierigen Schurken in den Rachen zu werfen, den es selbst um den Preis des Blutes seiner Opfer danach gelüstet, Kriegsbeute und anderes, nicht durch seiner Hände Arbeit verdientes Gut zu besitzen?

Selbstaufopferung ist nur dann sinnvoll und vertretbar, wenn es um Werte geht, die einem lieb und teuer sind; um das Leben eines geliebten Menschen, um die eigene Freiheit und die all derer, die man respektiert – so wie ich mich für Kahlans Leben opfere. Selbstaufgabe dagegen bedeutet, dass man sich zu einem Sklaven macht, der sein allerhöchstes Gut – sein Leben – jedem feixenden Dieb ausliefert, der gerade Anspruch darauf erhebt.

Selbstmord durch Selbstaufopferung ist nichts weiter als die Forderung von Herren an ihre Sklaven. Da man mir ein Messer an die Kehle hält, ist es keineswegs zu meinem Vorteil, wenn man mir alles nimmt, was ich mir mit Händen und Verstand erarbeitet habe. Es ist nur zum Vorteil dessen, der das Messer hält, und derer, die allein kraft ihrer zahlenmäßigen – und nicht etwa vernunftmäßigen – Überlegenheit bestimmen, was für alle das Beste ist, und die einen noch antreiben, um jeden Tropfen Blut, den ihre Herren übersehen, auflecken zu können.

Das Leben ist kostbar; deswegen ist es vernünftig, für die Freiheit Opfer zu bringen. Man setzt sich für das Leben selbst ein, und dafür, dass man es leben kann, denn ein Leben ohne Freiheit bedeutet den sicheren, schleichenden Tod durch Selbstaufopferung zum ›Wohl‹ der Menschheit – und das sind stets die anderen. Die Menschheit ist nichts weiter als eine Gemeinschaft von Einzelwesen. Warum sollte jedes andere Leben wichtiger, kostbarer und wertvoller sein als das eigene? Gedankenlose, erzwungene Selbstaufopferung ist unsinnig.«

Sie starrte nicht etwa auf ihn, sondern auf die Flamme, die auf der Leinsamenöllache schwamm. »Das glaubst du doch nicht wirklich, Richard. Du bist nur müde und verärgert, weil du jetzt auch noch nachts arbeiten musst, um über die Runden zu kommen. Du solltest dir klarmachen, dass all die anderen, denen du hilfst, dazu da sind, die Gesellschaft zu unterstützen, und dazu gehörst auch du, falls du einmal derjenige bist, der in tiefe Not gerät.«

Richard machte sich gar nicht erst die Mühe, ihr zu widersprechen, sondern sagte nur: »Du tust mir Leid, Nicci. Du kennst nicht mal den Wert deines eigenen Lebens. Es kann dir unmöglich etwas bedeuten, Opfer zu bringen.«

»Das ist nicht wahr, Richard«, erwiderte sie leise. »Ich bringe dir zuliebe Opfer ... was wir an Hirse übrig hatten, habe für dich aufbewahrt, damit du bei Kräften bleibst.«

»Damit ich kräftig genug bin, um mein Leben erhobenen Hauptes wegzuwerfen? Warum hast du dein Abendessen geopfert, Nicci?«

»Weil es das Richtige war – es diente dem Wohl anderer.«

Nickend betrachtete er sie im dämmrigen Licht. »Du bringst es fertig und verhungerst anderen Menschen zuliebe – irgendwelchen beliebigen anderen Menschen.« Er deutete mit dem Daumen über seine Schulter. »Was ist mit diesem Rohling, Gadi? Würdest du verhungern, damit er essen kann? Dein Opfer hätte einen Sinn, Nicci, wenn es jemandem gälte, den du achtest, aber das ist nicht der Fall; du opferst dich irgendeinem dunklen Ideal des Ordens.«

Als sie nichts erwiderte, schob Richard den Rest seines Abendessens vor sie hin. »Ich will dein sinnloses Opfer nicht.«

Sie tat Richard Leid, wie sie, völlig unfähig zu verstehen, in ihre Schale starrte. Er musste daran denken, was aus Kahlan werden würde, falls Nicci erkrankte, weil sie nicht genug zu essen bekam.

»Iss, Nicci«, drängte er sie sanft.

Schließlich nahm sie ihren Löffel auf und tat, was er verlangte.

Als sie aufgegessen hatte, sah sie mit ihren blauen Augen hoch, jenen blauen Augen, aus denen eine Sehnsucht sprach, die er ihr nicht erfüllen konnte. Sie schob die leere Schale in die Mitte des Tisches.

»Danke für die Mahlzeit, Richard.«

»Wieso bedankst du dich bei mir? Ich bin nichts weiter als ein selbstloser Sklave, von dem man erwartet, dass er jedem wertlosen Menschen Opfer bringt, der ihm seine Not klagt.«

Er ging entschlossenen Schritts zur Tür; die Hand bereits am losen Türknauf, drehte er sich noch einmal um. »Ich muss gehen, sonst verliere ich meine Stelle.«

Ihre großen, blauen Augen waren voller Tränen, als sie nickte.

Auf dem ersten Gang von der Gießerei durch die dunklen Straßen bis zu Victors Werkstatt schleppte Richard fünf Barren. Einige Leute schauten aus Fenstern am Weg auf den Mann hinab, der eine Last vorüberschleppte, und versuchten verständnislos blinzelnd zu ergründen, was er dort tat. Er arbeitete für nichts anderes als seinen eigenen Nutzen.

Gebeugt unter dem Gewicht, redete Richard sich immer wieder ein, dass er, wenn er jedesmal fünf Barren schleppte, nur zehn Gänge zu machen brauchte, und je weniger Gänge er machen musste, desto besser. Beim zweiten Gang schleppte er abermals fünf, wie auch auf dem dritten. Als er das vierte Mal zur Gießerei zurückkehrte, entschied er, dass er einen zusätzlichen Gang einlegen musste, um sich selbst eine Verschnaufpause zu gönnen und auf einigen Gängen nur vier Barren schleppen zu müssen. Er verlor den Überblick, wie oft er bereits durch die menschenleere Nacht hin und her gegangen war. Beim vorletzten Gang hatte er Mühe, auch nur zwei Barren hochzuheben. Blieben noch drei. Er zwang sich, beim letzten Mal alle drei zu schleppen und die größere Anstrengung gegen den kürzeren Weg einzutauschen.

Es gelang ihm, die drei letzten Barren noch vor Tagesanbruch zu Victors Werkstatt zu schaffen; seine Schultern waren voller blauer Flecken und schmerzten. Er musste den weiten Weg zu seiner Arbeit in Ishaqs Betrieb zu Fuß zurücklegen, daher konnte er nicht warten, bis Victor eintraf, um ihm den noch ausstehenden Rest von einem Viertel Goldtaler auszuzahlen.

Die Arbeit des folgenden Tages war eine Erholung, verglichen mit der nächtlichen Schlepperei der Eisenbarren. Jori sagte kein Wort, es sei denn, man sprach ihn an, also legte Richard sich zu einer Fuhre Holzkohle auf die Ladefläche des Wagens und schloss ab und zu für ein paar Minuten die Augen, während der Wagen dahinrumpelte. Sein einziger Trost war, dass er sein Versprechen gehalten hatte.

Als Richard nach einem endlos langen Tag nach Hause kam, sah er Kamil und Nabbi am oberen Treppenende stehen. Beide hatten Hemden an.

»Wir haben schon darauf gewartet, dass du nach Hause kommst und deine Arbeit fertig machst«, begrüßte ihn Kamil.

Richard konnte sich kaum noch auf den Beinen halten. »Welche Arbeit?«

»Die Treppe.«

»Das haben wir doch gestern Abend schon erledigt.«

»Du hast nur die Vordertreppe repariert. Die Hintertreppe ist doppelt so lang und in viel schlimmerem Zustand als die vordere. Oder willst du etwa, dass deine Frau oder die anderen Frauen im Haus stürzen und sich das Genick brechen, wenn sie durch die Hintertür zur Feuerstelle oder auf den Abort gehen?«

Ganz offensichtlich wollten sie ihm ein wenig auf den Zahn fühlen. Richard war sich bewusst, dass er sich eine günstige Gelegenheit entgehen lassen würde, wenn er sie fortschickte. Er war so müde, dass er nicht mehr klar denken konnte.

Nicci steckte den Kopf zur Vordertür heraus. »Ich dachte, ich hätte deine Stimme gehört. Komm rein und iss zu Abend. Deine Suppe wartet schon.«

»Hast du Tee?«

Nicci warf einen verstohlenen Seitenblick auf die beiden in ihren Hemden. »Ich kann Tee aufsetzen. Komm rein, dann brühe ich ihn dir auf, während du deine Suppe isst.«

»Bitte bring sie mir hinters Haus«, antwortete Richard. »Ich habe versprochen, die Treppe zu reparieren.«

»Jetzt?«

»Es ist noch ein paar Stunden hell. Ich kann essen, während ich arbeite.«

Kamil und Nabbi stellten noch mehr Fragen als am Abend zuvor. Der dritte der jungen Burschen, Gadi, schaute ab und zu vorbei, als Richard und die beiden anderen arbeiteten. Gadi, noch immer ohne

Hemd, ließ es sich nicht entgehen, Nicci von Kopf bis Fuß zu mustern, als sie Richard seine Suppe und seinen Tee brachte.

Als Richard endlich fertig war, ging er aufs Zimmer, zog sein Hemd aus und spritzte sich Wasser aus der Waschschüssel ins Gesicht. Ihm dröhnte der Kopf.

»Wasch dir die Haare«, sagte Nicci. »Du bist schmutzig. Ich will hier keine Läuse.«

Statt zu protestieren, er habe keine Läuse, tauchte Richard sein Gesicht kurz unter Wasser und säuberte seinen Kopf gründlich mit einem Stück derber Seife. Das war einfacher, als es ihr auszureden, um endlich schlafen gehen zu können. Nicci konnte Läuse nicht ausstehen.

Vermutlich, überlegte er, sollte er dankbar sein, dass sie in ihrem betrügerischen Arrangement wenigstens eine reinliche Ehefrau war. Sie sorgte dafür, dass Zimmer, Bettzeug und seine Kleider sauber waren, obwohl das Wasser erst mühsam vom die Straße hinunter gelegenen Brunnen herbeigeschleppt werden musste. Nie beklagte sie sich über irgendwelche Arbeiten, die nötig waren, um den Anschein eines Lebens von ganz normalen Leuten aufrecht zu erhalten. Offenbar war ihre unbestimmte Sehnsucht so groß, dass sie oft voll und ganz in ihrer Rolle aufging und, im Gegensatz zu ihm, gelegentlich sogar vergaß, dass sie eine Schwester der Finsternis war. Er tauchte seinen Kopf abermals unter, ließ Wasser über seinen Kopf laufen und spülte die Seife heraus.

Ein Wasserrinnsal lief von seinem Kinn zurück in die Schüssel, als er fragte: »Wer ist eigentlich Bruder Narev?«

Nicci, die mit einer Näharbeit beschäftigt auf ihrer Pritsche saß, hob den Kopf. Plötzlich wirkte ihre Näherei fehl am Platz, so als hätte ihre Parodie häuslichen Lebens für sie allen Glanz verloren.

»Warum fragst du?«

»Ich bin ihm gestern begegnet, draußen in der Werkstatt des Schmieds.«

»Auf der großen Baustelle?«

Richard nickte. »Ich musste Eisen dorthin liefern.«

Sie widmete sich wieder ihrer Nadelarbeit. Im Schein der Leinsamenöllampe, die neben ihr stand, sah Richard zu, wie sie noch ein paar Stiche am Flicken auf den Knien einer seiner Hosen nähte. Schließlich hielt sie inne und ließ ihre Arme, einen davon in sein Hosenbein gehüllt, auf ihren Schoß sinken.

»Bruder Narev ist der Hohepriester der Bruderschaft der Ordnung – einer sehr alten Sekte, die sich die Durchsetzung des Willens des Schöpfers in dieser Welt zum Ziel gesetzt hat. Er ist sozusagen Herz und Seele des Ordens – sein moralischer Führer. Seine Jünger und er führen die Mitglieder des Ordens in das ewige Licht des Schöpfers. Er ist ein Berater Kaiser Jagangs.«

Richard war verblüfft. Er hatte nicht erwartet, dass sie mit dem Thema so vertraut war. Seine Vorsicht wuchs im gleichen Maße, wie sich seine Nackenhaare sträubten.

»Was für ein Berater?«

Sie nähte einen weiteren Stich und zog den langen Faden durch. »Bruder Narev war Jagangs Erzieher – sein Lehrer, Berater und Tutor. Bruder Narev hat das Feuer in Jagangs Bauch entflammt.«

»Er ist ein Zauberer, nicht wahr?« Es war eher eine Feststellung als eine Frage.

Sie sah von ihrer Näharbeit auf. Er konnte ihren blauen Augen ansehen, dass sie abwog, ob sie es ihm erzählen sollte oder nicht, oder vielleicht auch, wie viel sie ihm zu verraten bereit war. Sein unnachgiebiger Blick sagte ihr, dass er die volle Wahrheit erwartete.

»In der Sprache des gemeinen Volkes könnte man ihn so bezeichnen.«

»Was soll das heißen?«

»Gewöhnliche Menschen, die nur sehr wenig von Magie verstehen, würden ihn einen Zauberer nennen. Genau genommen ist er aber keiner.«

»Was ist er dann? Genau genommen?«

»Tatsächlich ist er ein Hexenmeister.«

Richard konnte sie nur anstarren. Er war immer davon ausgegangen, dass Zauberer und Hexenmeister ein und dasselbe waren. Als er darüber nachdachte, fiel ihm auf, dass Personen, die sich mit Magie auskannten, ausnahmslos mit der Gabe gesegnete Männer als Zauberer bezeichneten. Nie hatte er eine dieser Personen von einem Hexenmeister sprechen hören.

»Willst du damit sagen, er ist wie du, wie eine Hexenmeisterin, nur eben ein Mann?«

Die Frage schien sie einen Augenblick zu lähmen. »Vermutlich könnte man es so sehen, aber tatsächlich stimmt es nicht ganz. Wenn man schon einen Vergleich bemühen möchte, müsste man sagen, er hat mit einem Zauberer mehr gemein, weil beide männlich sind. Der Begriff Hexenmeisterin bringt unnötige Probleme mit sich.«

Richard wischte sich das Wasser aus dem Gesicht. »Bitte, Nicci, ich war gestern die ganze Nacht auf den Beinen und habe gearbeitet; ich schlafe fast im Stehen ein. Komm mir jetzt nicht mit diesen abstrakten und komplizierten Gedanken. Erklär mir einfach, was es bedeutet.«

Sie legte ihr Nähzeug beiseite und bedeutete ihm, er solle sich auf seine Pritsche setzen, zu ihr, ins Licht. Richard zog sein Hemd wieder an und ließ sich gähnend im Schneidersitz auf seiner Pritsche nieder.

»Bruder Narev ist ein Hexenmeister«, begann sie. »Tut mir Leid, aber der Unterschied lässt sich nicht so ohne Weiteres erklären; die Angelegenheit ist überaus kompliziert. Ich werde versuchen, mich so klar wie möglich auszudrücken, aber du solltest Verständnis dafür haben, dass ich sie nicht zu sehr raffen kann, da ihr sonst jeder echte Beigeschmack von Wahrheit abhanden gehen könnte.

Hexenmeister und Zauberer gleichen sich weitestgehend, und doch unterscheiden sie sich – ganz so, könnte man sagen, wie Wasser und Öl beides Flüssigkeiten sind. Beide lassen sich gießen, in beiden kann man Dinge auflösen, doch sie lassen sich nicht vermischen, und es sind unterschiedliche Dinge, die man in ihnen auflösen kann. Ebensowenig vertragen sich die magischen Kräfte von Zauberer und Hexenmeister, und sie funktionieren bei unterschiedlichen Dingen.

Was immer ein Hexenmeister gegen die Gabe eines Zauberers unternimmt und umgekehrt, würde nicht funktionieren. Zwar handelt es sich in beiden Fällen um die Gabe, allerdings um ganz unterschiedliche, miteinander nicht vereinbare Gesichtspunkte. Beider Magie hebt die jeweils andere auf, lässt sie gewissermaßen ... verpuffen.«

»Du meinst, so wie additive und subtraktive Magie Gegensätze sind?«

»Nein. Oberflächlich betrachtet scheint das ein ganz brauchbarer Denkansatz zu sein, dennoch liegt ihm eine völlig falsche Vorstellung zugrunde.« Sie hob ihre Hände, als wollte sie erneut ansetzen, ließ sie dann aber in ihren Schoß zurücksinken. »Es ist sehr schwierig, den Unterschied jemandem wie dir zu erklären, der nur sehr wenig über das Funktionieren seiner eigenen Gabe weiß; du besitzt keinerlei Grundlage, auf der du das, was ich dir sage, aufbauen könntest. Es gibt keine Worte, die zugleich zutreffend und für dich verständlich wären; es übersteigt dein Begriffsvermögen.«

»Nun ... willst du vielleicht darauf hinaus, dass ganz so, wie ein Wolf und ein Puma zwar beides Raubtiere sind, sie dennoch nicht derselben Art angehören?«

»Das kommt der Sache schon etwas näher.«

»Wie häufig kommen diese Hexenmeister vor?«

»Etwa so häufig wie Traumwandler ...«, antwortete sie, ihm einen vielsagenden Blick zuwerfend, »oder wie Kriegszauberer.«

Obwohl er es nicht verstand und sie es ihm nicht erklären konnte, empfand Richard diese Information als beunruhigend.

»Aber was macht er denn nun anders?«

Nicci seufzte. »Ich bin weder Expertin, noch bin ich mir vollkommen sicher, aber ich glaube, im Grunde tut er dasselbe, was auch ein Zauberer tut, nur eben auf die außergewöhnliche Art eines Hexenmeisters – Schnaps und Bier: beides macht dich betrunken, und doch handelt es sich um vollkommen andersartige Getränke, die aus ganz unterschiedlichen Zutaten hergestellt werden.«

»Das eine ist stärker.«

»Bei Zauberern und Hexenmeistern ist das nicht so. Siehst du jetzt ein, warum Worte und Vergleiche dieser Art so unzureichend sind? Die Stärke der Gabe eines Zauberers oder Hexenmeisters ist individuell bestimmt und hat nichts mit dem grundsätzlichen Wesen seiner Magie zu tun.«

Richard kratzte sich seine Bartstoppeln, während er sich ihre Worte durch den Kopf gehen ließ. Angesichts der Tatsache, dass beide Magie bewirken konnten, fiel ihm kein Unterschied ein, der in praktischer Hinsicht von Bedeutung war.

»Kann er etwas tun, zu was ein Zauberer nicht fähig wäre?« Er wartete. Sie machte nicht den Eindruck, als ob sie über seine Frage nachdachte, eher schien sie zu überlegen, ob sie überhaupt antworten wollte. »Bei meiner Gefangennahme hast du versprochen, du würdest mir die Wahrheit sagen. Du sagtest, du hättest keinen Grund, mich zu täuschen.«

Sie sah ihm in die Augen, aber dann strich sie sich das blonde Haar aus dem Gesicht und wandte schließlich ihren Blick ab. Die Geste erinnerte ihn auf unerwartete und schmerzliche Weise an Kahlan.

»Mag sein. Ich könnte mir denken, dass er gelernt hat, wie man den Bann nachbildet, der einst den Palast der Propheten umgab. Um diesen Bann zu erzeugen, waren vor tausenden von Jahren Zauberer erforderlich, die über beide Seiten der Magie verfügten. Ich glaube, ein Punkt, in dem Hexenmeister anders sind, hat damit zu tun, dass sich ihre Kraft nicht in ihre einzelnen Bestandteile zerlegen lässt, wie dies bei Zauberern möglich ist. Obwohl seine Magie anders funktioniert, könnte er also dennoch genug darüber in Erfahrung gebracht haben, wie die Zauberer – die damals, genau wie du, über beide Seiten der Magie verfügten – den Bann rings um den Palast der Propheten erzeugt haben, um ihn auf ganz eigene Weise nachbilden zu können.«

»Du meinst den Bann, der den Alterungsprozess verlangsamt? Du glaubst, er ist im Stande, ein solches Netz zu werfen?«

»Ja. Jagang hat es mir gegenüber praktisch durchblicken lassen. Ich kannte Bruder Narev, als ich noch ein kleines Mädchen war. Schon damals war er ein erwachsener Mann, ein Visionär, der die Lehren des Ordens predigte. Nachdenklich sprach er davon, er wolle lange genug leben, um mitzuerleben, wie seine Vision des Ordens in Erfüllung geht. Als man mich abholte, um im Palast in Tanimura zu leben, könnte ihn das möglicherweise auf die Idee gebracht haben, denn kurz darauf zog es auch ihn dorthin.

Die Schwestern wussten nichts über ihn, sie hielten ihn für einen einfachen Arbeiter. Da sich seine Gabe von der eines Zauberers unterscheidet, haben sie sein Talent nicht erkannt. Jetzt glaube ich, dass er aus dem alleinigen Grund dorthin gegangen ist, den Bann rings um den Palast der Propheten zu studieren, um einen ebensolchen Bann zu seinem eigenen Nutzen neu zu erschaffen.«

»Warum hat er den Palast nicht einfach gestürmt, ihn erobert? Dann hätte er den Bann doch für seine Pläne nutzen können?«

»Möglicherweise glaubte er anfangs, er würde den Palast eines Tages für seine Zwecke erobern – tatsächlich war das genau der Plan Kaiser Jagangs. Ebenso gut ist es aber auch möglich, dass er den Bann von Anfang an nur deswegen studierte, weil er ihn nicht einfach nur wiedererschaffen, sondern sogar verbessern wollte.«

Richard rieb sich die Stirn, um seine Kopfschmerzen zu vertreiben. »Soll das heißen, dass er jetzt möglicherweise glaubt, den Ruhesitz – den neuen Palast des Kaisers – mit dem gleichen Bann wie damals den Palast der Propheten belegen zu können, nur eben in einer besseren Version, sodass der Alterungsprozess weiter verlangsamt wird und er und seine Auserwählten noch länger leben können?«

»Ja. Vergiss nicht, Alter ist relativ. Für jemanden, der eintausend Jahre alt werden kann, wäre eine Lebenszeit von weniger als hundert Jahren viel zu kurz bemessen. Wer allerdings viele tausend Jahre alt werden kann, für den ist eine Lebensspanne von gerade mal einem Jahrtausend wenig mehr als ein flüchtiger Augenblick.

Ich vermute, Bruder Narev ist es gelungen, den Alterungsprozess so weit zu verlangsamen, dass er nahezu unsterblich ist. Jagang hatte geplant, den Palast der Propheten zu erobern. Möglicherweise hätte Bruder Narev nach der Eroberung des Palastes den Bann dann seinen Zwecken entsprechend verstärkt.«

»Aber diesen Plan habe ich durchkreuzt.«

Nicci nickte. »Wie wir alle, die einst im Palast der Propheten gelebt haben, altert Bruder Narev zurzeit wie jeder andere auch. Hat man den Einflussbereich des Banns einmal verlassen, hat man das Gefühl, Hals über Kopf auf sein Grab zuzustürzen. Bruder Narev ist zweifellos bestrebt, sich alle Jugendlichkeit, die noch in ihm steckt, zu bewahren. Auf ewig verhältnismäßig jung zu bleiben, das hat vieles für sich; ewiges Alter wäre weitaus weniger attraktiv. Dadurch, dass du den Palast der Propheten zerstört hast, wo er reichlich Zeit gehabt hätte, seinen Plan zu verwirklichen, ist er gezwungen worden, früher zu handeln statt später.«

Richard ließ sich auf seine Matte sinken und legte seinen Handrücken auf die Stirn. »Er lässt sich vom Schmied eine Bannform aus Eisen anfertigen. Der Schmied hat nicht die leiseste Ahnung, was er dort baut. Später soll die Bannform dann mit Gold überzogen werden.«

»Aus Gründen der Reinheit. Sehr wahrscheinlich ist das nur Teil des Herstellungsverfahrens. Es wäre sogar möglich, dass die goldüberzogene Bannform nichts weiter ist als ein Gussmodell, mit dessen Hilfe die eigentliche Bannform in purem Gold gegossen werden soll.«

Richard kniff nachdenklich die Augen zusammen. »Wenn es tatsächlich ein Gussmodell ist, dann beabsichtigt Narev wahrscheinlich, eine ganze Reihe dieser Bannformen zu gießen – die dann zusammenwirken sollen.«

Nicci sah auf und runzelte die Stirn. »Ja, das wäre eine Möglichkeit.«

»Könnte der Schmied durch die Herstellung eines solchen Apparates zu Schaden kommen?«

»Nein. Es handelt sich um einen den Menschen zuträglichen Zauber. Lässt man den beabsichtigten Verwendungszweck erst einmal außer Acht, dann ist ein solcher Bann grundsätzlich vorteilhaft; er verlangsamt das Altern und verlängert so das Leben.«

»Und Bruder Narevs Jünger?«

»Junge Zauberer aus dem Palast der Propheten.«

Richard setzte sich beunruhigt auf. »Ich war auch im Palast der Propheten, sie werden mich wiedererkennen.«

»Nein. Sie waren als junge Zauberer zur Ausbildung dort, haben den Palast jedoch verlassen, um Bruder Narev zu folgen, bevor du dort eintrafst. Wenn sie dich sehen, werden sie dich nicht erkennen.«

»Wenn sie Zauberer sind, werden sie dann nicht spüren, dass ich Magie besitze?«

Ein verächtliches Lächeln ging über ihre Züge. »So talentiert sind sie nicht. Verglichen mit dir sind sie nichts als übereifrige Wirrköpfe.«

Richard empfand den Vergleich als nicht gerade tröstlich. »Wird nicht Bruder Narev oder einer seiner Jünger dich erkennen?«

Ihr Gesicht wurde wieder ernst. »Oh, mich würden sie schon erkennen.«

»Das klingt, als sei die Gabe in Bruder Narev sehr stark ausgeprägt. Wird er nicht erkennen können, dass ich die Gabe besitze? Er hat mich seltsam angeschaut und gefragt, ob er mich kennt. Irgendwas hat er gespürt.«

»Wie bist du darauf gekommen, er könnte ein Zauberer sein?«

Richard zupfte an der Strohfüllung, die aus dem Polster auf seiner Pritsche hervorquoll, und dachte über die Frage nach.

»Es gab nichts, was eindeutig darauf hingewiesen hätte, aber eine Reihe von Kleinigkeiten haben geradezu zwingend meinen Verdacht erregt: seine Körperhaltung, die Art, wie er die Menschen ansah, seine Art zu sprechen – eigentlich alles. Erst nachdem ich auf den Gedanken gekommen war, Narev könnte ein Zauberer sein, wurde mir bewusst, dass der Apparat, den der Schmied für ihn baute, wie eine Bannform aussieht.«

»Aus ganz ähnlichen Gründen wird er argwöhnen, dass du die Gabe besitzt. Kannst du feststellen, wer die Gabe hat?«

»Ja. Ich habe gelernt, diesen zeitlosen Blick in den Augen der Menschen zu erkennen. In gewisser Weise kann ich die Aura der Gabe sehen, vorausgesetzt, sie ist sehr stark ausgeprägt – bei dir zum Beispiel. Manchmal knistert die Luft in deiner Umgebung.«

Sie starrte ihn fasziniert an. »So etwas habe ich noch nie gehört. Das muss etwas damit zu tun haben, dass du beide Seiten der Magie besitzt.«

»Du doch auch, und du siehst es nicht?«

»Nein. Aber ich habe mir die subtraktive Seite auf andere Weise erworben.«

Sie hatte ihre Seele dem Hüter der Unterwelt verschrieben.

»Aber bei Bruder Narev erkennst du nichts dergleichen, oder?« Als Richard daraufhin den Kopf schüttelte, fuhr sie mit ihrer Erklärung fort. »Wie ich schon sagte, liegt das daran, dass du über unterschiedliche Aspekte der Gabe verfügst. Außer deiner Anlage zu vernünftigem Denken besitzt du keinerlei zauberische Fähigkeiten, um die Gabe bei ihm zu entdecken; und er wiederum besitzt keine hexenmeisterischen Fähigkeiten, um die Gabe bei dir zu erkennen. Eure Gabe funktioniert beim jeweils anderen nicht. Allein deine Fähigkeit zu vernunftmäßigem Denken hat dir verraten, dass er die Gabe hat.«

Richard merkte, dass sie ihm, ohne es unmittelbar auszusprechen, zu verstehen gab, er solle sich in Narevs Nähe besser in Acht nehmen, wenn er nicht wollte, dass der von seiner Gabe erfuhr.

Manchmal glaubte er, ihr endlich auf die Schliche gekommen zu sein. Dann wieder, so wie jetzt, schien sich seine gesamte Wahrnehmung dessen, was sie plante, zu verschieben. Manchmal kam es ihm fast so vor, als schleuderte sie ihm ihre Überzeugungen geradewegs ins Gesicht, nicht etwa, weil sie an sie glaubte, sondern weil sie verzweifelt darauf hoffte, einen Grund zu finden, es nicht tun zu müssen, und weil sie hoffte, er werde sie in ihrer einsamen, finsteren Welt aufspüren und ihr den Weg nach draußen zeigen. Richard seufzte innerlich; er hatte ihr erklärt, warum er ihre Überzeugungen für falsch hielt, doch statt sie umzustimmen, hatte sie das bestenfalls verärgert, oder schlimmer, in ihren Überzeugungen noch bestärkt.

Müde wie er war, lag er auf seinem Bett, die Augen zu schmalen Schlitzen geschlossen, und sah Nicci im Schein des einen Dochtes zu, wie sie sich mit ihrer ganzen Energie ihrer Näharbeit widmete – eine der stärksten Frauen, die je auf Erden wandelte – offenkundig vollkommen zufrieden damit, einen Flicken auf das Knie seiner Hose zu nähen.

Sie stach sich aus Versehen mit der Nadel. Als sie, ihre Hand schüttelnd, vor Schmerz zusammenzuckte, überkam Richard die bedrückende Erinnerung an die Verbindung zwischen ihr und Kahlan; seine geliebte Frau würde diesen Stich ebenfalls spüren.

17. Kapitel

Richard nahm die schneeweiße Scheibe entgegen, als Victor sie ihm reichte.

»Was ist das?«

»Probier doch einfach«, drängte Victor ihn hartnäckig mit der Hand fuchtelnd. »Iss und dann sag mir, was du davon hältst. Es stammt aus meiner Heimat. Hier, rote Zwiebeln passen gut dazu.«

Die weiße Scheibe war zart und dennoch fest, und kräftig gewürzt mit Salz und Kräutern. Richard stieß ein verzücktes Stöhnen aus und verdrehte die Augen.

»Das Beste, was ich je gegessen habe, Victor, Was ist es?«

»Lardo.«

Sie saßen auf der Schwelle der Doppeltür jenes Raumes, in dem der Marmormonolith stand, und sahen zu, wie der Morgen langsam über der Baustelle dämmerte, wo die Mauern des Ruhesitzes allmählich zu wachsen begonnen hatten. Unten rührten sich nur wenige Menschen. In Kürze würden die Arbeiter in Scharen eintreffen und ihre Arbeit am Ruhesitz des Kaisers wieder aufnehmen. So ging das, ob Regen oder Sonne, ohne Unterlass jeden Tag. Jetzt, gegen Ende des Frühlings, herrschte nahezu jeden Tag schönes Wetter; alle paar Tage gab es nachmittags einen Schauer, aber der hatte nichts Trostloses oder Bedrückendes an sich und war gerade heftig genug, dass man sich hinterher sauber und erfrischt fühlte.

Wäre nicht der allgegenwärtige Schmerz über Kahlans Abwesenheit gewesen, seine Sorgen wegen des Krieges hoch oben im Norden, sein Abscheu darüber, dass man ihn gefangen hielt, über die Sklavenarbeit auf der Baustelle, die Misshandlung der Menschen und deren spurloses Verschwinden, über die Folter, mit denen man ihnen

Geständnisse abpresste, und über das quälend unterdrückerische Leben in Altur'Rang ganz allgemein hätte er möglicherweise den Frühling als ganz angenehm empfunden.

Hinzu kam, dass seine Sorge, Kahlan könnte in Kürze ihr Heim in den Bergen verlassen, mit jedem Tag wuchs. Er hatte Angst, sie könnte von einem Krieg eingeholt werden, der schon bald lichterloh entbrennen würde.

Nachdem er von der milden Zwiebel gekostet hatte, machte Richard sich wieder über den köstlichen Lardo her. Er stöhnte abermals vor Entzücken.

»Ich habe noch nie etwas Vergleichbares probiert, Victor. Was ist Lardo?«

Victor reichte ihm eine weitere dünne Scheibe, die Richard mit Freuden entgegennahm. Die herzhafte Köstlichkeit war genau das Richtige nach einer langen Arbeitsnacht.

Victor deutete mit seinem Messer auf die Blechbüchse neben sich, in der der makellos weiße Klumpen lag. »Lardo ist der Bauchspeck des Ebers.«

»Und diese Blechdose stammt aus deiner Heimat?«

»Nein, nein – ich stelle ihn selber her. Ich stamme aus einem Landstrich, der weit südlich von hier liegt – in der Nähe des Meeres. Dort wird Lardo hergestellt. Als ich hierher kam, habe ich ihn eben hier gemacht.

Ich lege den Bauchspeck in Bottiche ein, die ich aus Marmor, weiß wie Lardo, gemeißelt habe.« Victor gestikulierte beim Sprechen mit den Händen, wobei er die Luft ebenso kraftvoll bearbeitete wie das Eisen. »Das Fett wird mit grobem Salz, Rosmarin und anderen Gewürzen in den Bottichen eingelegt. Ab und zu wälze ich es in Meerwasser. Es muss ein Jahr in dem Steingefäß ruhen, bis es gepökelt ist und zu Lardo wird.«

»Ein ganzes Jahr?«

Victor nickte nachdrücklich. »Dieses hier, das wir gerade essen, habe ich letzten Frühling gemacht; Lardo wird ausschließlich von

Männern hergestellt. Mein Vater war Arbeiter im Steinbruch, und Lardo verleiht den Männern, die im Steinbruch arbeiten, das nötige Durchhaltevermögen, um stundenlang Quader aus dem Marmor zu sägen oder die Spitzhacke zu schwingen. Auch als Schmied erhält man durch Lardo die nötige Kraft, den ganzen Tag mit dem Hammer zu arbeiten.«

»Dann gibt es dort, wo du gelebt hast, also Steinbrüche?«

Er deutete mit seiner massigen Hand auf den Quader, der hinter ihnen emporragte. »Das dort, das ist Cavaturamarmor – aus meiner Heimat.« Er zeigte hinunter auf mehrere Flächen, auf denen Baumaterialien gelagert wurden. »Das dort, und da drüben, das ist auch Cavaturamarmor.«

»Dann stammst du also aus Cavatura?«

Victor grinste wie ein Wolf und nickte. »Aus ebenjener Gegend, aus der all dieser wunderbare Marmor stammt. Unsere Stadt wurde nach den Marmorsteinbrüchen benannt. In meiner Familie sind alle entweder Bildhauer oder Arbeiter in den Steinbrüchen. Und ich? Nun, ich bin schließlich Schmied geworden und habe das Werkzeug für sie hergestellt.«

»Auch ein Schmied hat etwas von einem Bildhauer.«

Er lachte brummig, nicht ganz überzeugt. »Und du? Woher kommst du?«

»Ich? Von weit her. Marmor gibt es dort nicht, nur Granit.« Richard wechselte das Thema, um sich keine Lügen ausdenken zu müssen, außerdem wurde es allmählich hell. »Also, Victor, wann brauchst mehr von dem Spezialstahl?«

»Morgen. Wirst du das schaffen?«

Der Stahl, den Victor benötigte, kam von weiter her, aus einer Gießerei von außerhalb, in der Nähe der Köhler, die die Holzkohle herstellten. Um hochwertigen Stahl zu gewinnen, mussten bei der Verhüttung des Eisens große Mengen Holzkohle eingesetzt werden. Das Erz wurde auf Lastkähnen von nicht weit her angeliefert. Für den Hin- und Rückweg würde Richard fast die ganze Nacht benötigen.

»Aber ja. Ich werde heute krank feiern und mich ein wenig ausschlafen.«

Während der letzten Monate war er recht häufig krank geworden; darin hatte er sich der Arbeitsweise der meisten anderen angepasst. Man arbeitete ein wenig, wurde krank und erklärte dem Arbeiterkollektiv, man sei unpässlich. Manche kamen angehumpelt und hatten sich eine Ausrede zurecht gelegt, was vollkommen unnötig war. Im Arbeiterkollektiv stellte man keine Fragen.

Einzig auf den Versammlungen, auf denen diejenigen mit mangelhafter Einstellung namentlich genannt wurden, fehlte er kaum jemals. Es geschah oft, dass Leute auf Versammlungen namentlich genannt wurden, allerdings war die Wahrscheinlichkeit, die Aufmerksamkeit auf sich zu lenken, größer, wenn man gar nicht erst erschien. Oft wurden die Genannten in der Folge festgenommen und erhielten Gelegenheit, ein Geständnis abzulegen. Mehr als einmal war es vorgekommen, dass sich jemand umgebracht hatte, der auf einer Versammlung einer mangelhaften Einstellung bezichtigt worden war.

»Gestern Abend kam Neal, einer von Bruder Narevs Jüngern, vorbei, und hat neue Anordnungen ausgegeben.« Victors Stimme hatte einen gereizten, angespannten Unterton angenommen. »Mit dem, was du gerade gebracht hast, komme ich für heute hin, aber morgen brauche ich diesen Stahl unbedingt.«

»Du wirst ihn bekommen.«

»Ganz bestimmt?«

»Habe ich dich je im Stich gelassen, Victor?«

Victors angespanntes Gesicht zerschmolz zu einem leicht hilflosen Lächeln. Er reichte Richard noch eine Scheibe Lardo. »Nein, das hast du nicht, Richard. Nicht ein einziges Mal. Ich hatte die Hoffnung schon aufgegeben, jemals wieder einem Mann zu begegnen, der sein Wort hält.«

»Tja, am besten mache ich mich auf den Weg und kümmere mich um meine Pferde. Sie haben eine anstrengende Nacht hinter sich, und heute Abend müssen sie ausgeruht sein. Wie viel Stahl brauchst du?«

»Zweihundert Barren. Die eine Hälfte Vierkant, die andere rund.«

Richard gab ein gequältes Stöhnen zum Besten. »Entweder werde ich durch dich zum Muskelprotz, oder es bringt mich um, Victor.«

Victor lächelte anerkennend. »Soll ich dir das Gold geben?«

»Nein, du kannst mich bei Lieferung bezahlen.«

Richard brauchte das Geld nicht mehr im Voraus. Mittlerweile war er im Besitz eines schweren Wagens sowie eines kräftigen Pferdegespanns. Er bezahlte Ishaq dafür, dass dieser sie zusammen mit den Gespannen des Fuhrunternehmens in den Stallungen des Betriebs versorgte. Ishaq wiederum half Richard bei den zahlreichen Sondervereinbarungen, die er hatte treffen müssen. Ishaq wusste, welche Beamte in den schönen Häusern wohnten. Allein von ihrer Bezahlung als Beamte des Ordens konnten sie sich diese Häuser auf keinen Fall leisten.

»Nimm dich vor Neal in Acht«, meinte Richard.

»Warum?«

»Aus irgend einem Grund scheint er zu glauben, man müsse mir unbedingt eine Lektion erteilen. Er glaubt tatsächlich, der Orden der Imperialen Ordnung sei der Retter der Menschheit. Er stellt das Wohl der Bruderschaft des Ordens über das der Menschheit.«

Victor erhob sich seufzend und band sich seine Lederschürze um. »Ich denke über ihn genauso.«

Als sie das Gebäude betraten, fiel die Sonne gerade auf den dort stehenden Marmorquader. Richard verweilte einen Augenblick und legte, wie immer, wenn er daran vorüberkam, seine Hand auf den kalten Stein. Fast schien es ihm, als wäre er lebendig. Lebendig und voller Möglichkeiten.

»Ich habe dich schon einmal gefragt, was das ist. Macht es dir was aus, es mir jetzt zu verraten?«

Der Schmied blieb neben Richard stehen und schaute an dem makellosen Stein hinauf. Er streckte die Hand vor, berührte ihn leicht und ließ die Fingerspitzen prüfend, beinahe zärtlich, über die Oberfläche gleiten.

»Das ist meine Statue.«

»Was für eine Statue?«

»Die, die ich eines Tages meißeln möchte. Viele in meiner Familie sind Bildhauer. Solange ich zurückdenken kann, wollte ich auch immer in Stein meißeln. Ich wollte ein großer Bildhauer werden und bedeutende Kunstwerke erschaffen.

Stattdessen musste ich für den Schmiedemeister im Steinbruch arbeiten. Meine Familie musste essen, und ich war der älteste noch lebende Sohn. Mein Vater und der Schmied waren Freunde, also bat er ihn, mich einzustellen ... er wollte nicht noch einen Sohn an den Stein verlieren. Es ist ein hartes und gefährliches Leben, Stein aus dem Berg zu schneiden.«

»Hast du schon mit anderen Materialien gearbeitet, mit Holz zum Beispiel, oder etwas Ähnlichem?«

Victor, den Blick noch immer auf den Stein gerichtet, schüttelte den Kopf. »Ich wollte immer nur in Stein meißeln. Diesen Quader habe ich von meinen Ersparnissen gekauft. Er gehört mir. Nur wenige Menschen können von sich behaupten, dass ihnen das Stück eines Berges gehört. Ein Stück, so rein und wunderschön wie dieses.«

Richard konnte seine Empfindungen nachvollziehen. »Und was wirst du aus dem Quader meißeln?«

Er kniff die Augen halb zusammen, so als versuchte er hinter die Oberfläche zu schauen. »Ich weiß es nicht. Es heißt, der Stein wird irgendwann zu einem sprechen und sagen, was er sein möchte.«

»Glaubst du daran?«

Victor lachte sein eigentümlich tiefes Lachen. »Nein – eigentlich nicht. Aber die Sache ist die, das hier ist ein wunderschöner Stein. Für Statuen gibt es nichts Besseres als Cavaturamarmor, und nur wenige Quader Cavaturamarmor weisen eine so schöne Maserung auf wie dieses spezielle Stück. Ich könnte es nicht ertragen, wenn man etwas Hässliches, wie diese Sachen, die man heutzutage macht, aus ihm herausmeißeln würde.

Früher einmal, vor langer Zeit, war es so, dass aus einem so schönen Stück nur wieder etwas besonders Schönes gearbeitet werden durfte. Aber das ist vorbei«, meinte er leise, erfüllt von kalter Bitterkeit. »Heutzutage muss der Mensch mit verdorbenem Wesen dargestellt werden – als Objekt seiner eigenen Schande.«

Richard hatte in Victors Auftrag Werkzeuge hinunter zur Baustelle geliefert, dorthin, wo die Steinmetzarbeiten vorgenommen wurden, dabei hatte er Gelegenheit gehabt, sich die dort in Arbeit befindlichen Werke genauer anzusehen. Die Außenseite der steinernen Mauern sollten mit bombastischen Darstellungen versehen werden, in einer Größenordnung, die einen schwindeln machen konnte. Die Mauern, die einst den Palast umgeben würden, erstreckten sich über Meilen. Die für den Ruhesitz angefertigten Bildhauerarbeiten glichen denen, die Richard allenthalben in der Alten Welt gesehen hatte, nur dass sie in ihrer nackten, alles in den Schatten stellenden Gigantomanie ihresgleichen suchten. Der gesamte Palast sollte zu einer heroischen Darstellung der Ansicht des Ordens über das Wesen des Lebens und die Erlösung im Leben nach dem Tod in der Unterwelt gestaltet werden.

Die in den Stein gehauenen Figuren wirkten steif und ungelenk und hatten Gliedmaßen, die unmöglich ihren Zweck erfüllen konnten. Die als Relief gemeißelten Figuren waren für immer im Stein gefangen, aus dem sie nur zögernd hervorzutreten schienen. Ihre Körperhaltung gab eine Sicht des Menschen wieder, die ihn als unzulänglich, oberflächlich und bedeutungslos charakterisierte.

Die einzelnen Bestandteile der verhassten menschlichen Anatomie, Muskeln, Knochen und Fleisch, verschmolzen zu Gliedmaßen, denen jede Lebendigkeit abging und deren verzerrte Proportionen den Figuren alles Menschliche nahm. Gesichter waren entweder teilnahmslos, wenn die Gestalt Tugendhaftigkeit darstellen sollte, oder erfüllt von Entsetzen, Seelenqual und Schmerz, sollte sie das Schicksal von Missetätern illustrieren. Anständige Männer und Frauen, gebeugt unter der Last ihrer harten Arbeit, waren stets so porträtiert, dass sie mit dem leeren, stumpfen Blick der Entsagung in die Welt hinausblickten.

In den allermeisten Fällen war es schwierig, Männer und Frauen zu unterscheiden; ihre sterbliche Hülle, ein nie versiegender Quell der Schande, war unter formlosen, weiten Gewändern verborgen, wie sie die Priester des Ordens trugen. Als weiteres Spiegelbild der Ordenslehren wurden nur die Sünder hüllenlos gezeigt, damit ein jeder ihre verabscheuungswürdigen, von Geschwüren zerfressenen Körper sehen konnte.

Die bildhauerischen Arbeiten zeigten den Menschen als hilfloses Geschöpf, durch die Unzulänglichkeit seines Geistes dazu verdammt, jeden Schlag des Schicksals klaglos hinzunehmen.

Die meisten Bildhauer, vermutete Richard, hatten Angst, verhört oder gar gefoltert zu werden, und wiederholten daher nimmermüde die Auffassung, der Mensch müsse in Übereinstimmung mit seinem verruchten Wesen in Stein gehauen werden, da er sich nur so mit dem Tod seinen gerechten Lohn verdienen konnte. Die Bildnisse hatten den Zweck, den Massen vor Augen zu führen, dass dies das einzig schickliche Ziel war, auf das der Mensch hoffen durfte. Richard wusste, dass einige der Bildhauer geradezu inbrünstig von der Richtigkeit dieser Lehren überzeugt waren. Er nahm sich stets in Acht, was er in ihrer Gegenwart sagte.

»Wirklich, Richard, ich wünschte, du könntest die wirklich schönen Statuen sehen, statt dieses bedrückenden Mists, den man heute produziert.«

»Ich habe bereits Statuen von großer Schönheit gesehen«, versicherte Richard dem Mann mit leiser Stimme.

»Tatsächlich? Das freut mich. Das ist es, was die Menschen sehen sollten, und nicht diese, diese« – er deutete auf die stetig in die Höhe wachsenden Mauern des Ruhesitzes – »Gottlosigkeit im Gewand der Güte.«

»Und, wirst du auch eines Tages ein solches Werk der Schönheit bildhauern?«

»Ich weiß es nicht, Richard«, gestand er schließlich. »Der Orden reißt alles an sich. Dort heißt es, der Einzelne sei ohne Bedeutung, es sei denn, er kann zum Wohle aller beitragen. Sie nehmen das, was Kunst sein kann – das Herzblut der Seele – und verwandeln es in ein tödliches Gift.«

Victor lächelte versonnen. »Wie die Dinge derzeit stehen, kann ich mich nur an der Statue im Innern des Steins erfreuen.«

»Ich verstehe, Victor – wirklich. Wie du sie jetzt beschreibst, sehe ich sie ebenfalls vor mir.«

»Dann werden wir uns beide an meiner Statue erfreuen, so wie sie jetzt ist.« Victor löste seine Hand vom Stein und deutete auf den Sockel. »Übrigens, siehst du das, da unten? Dort hat der Stein einen Fehler; er zieht sich der Länge nach hindurch. Nur deswegen habe ich mir dieses Stück Marmor überhaupt leisten können – weil es diesen Makel aufweist. Die meisten, die versuchen würden, den Stein zu behauen, würden ihn gefährden. Wenn man es nicht genau richtig macht und den Fehler berücksichtigt, kann der ganze Quader zersplittern. Ich habe mir nie recht vorstellen können, wie ich diesen Stein behauen muss, um seine Schönheit voll zur Geltung zu bringen und seinen Makel gleichzeitig zu umgehen.«

»Vielleicht fällt dir eines Tages noch ein, wie du den Stein behauen musst, um etwas wirklich Erhabenes zu schaffen.«

»Erhabenheit. Ach, das wäre doch etwas – die höchste Form der Schönheit.« Er schüttelte den Kopf. »Aber ich werde es nicht tun. Jedenfalls nicht, bevor die Rebellion kommt.«

»Die Rebellion?«

Victors Blick glitt vorsichtig durch die offene Tür und über den Hang. »Die Rebellion, eines Tages wird sie kommen. Die Imperiale Ordnung kann sich unmöglich halten – das Böse kann sich nicht halten, jedenfalls nicht für immer. Als ich noch klein war, gab es in meiner Heimat so etwas wie Schönheit, und es existierte Freiheit.

Durch Täuschung und Betrug wurden die Menschen dort dazu getrieben, ihr Leben und ihre Freiheit Stück für Stück zugunsten der Idee von der Gerechtigkeit für alle aufzugeben. Sie wussten nicht, was sie an ihr hatten, und ließen sich ihre Freiheit immer mehr beschneiden, und das für nichts anderes als das hohle Versprechen auf eine bessere Welt, eine Welt ohne Mühen, ohne Leistungsdruck und ohne Lohnarbeit. Stets war es ein anderer, der diese Dinge tun würde, der für sie sorgen und ihnen ein leichtes Leben bescheren würde.

Früher waren wir ein Land, wo es alles in Hülle und Fülle gab, jetzt dagegen verfaulen die wenigen Lebensmittel, die noch angebaut werden, während sie darauf warten, dass irgendein Komitee festlegt, wer sie bekommen soll, wer sie transportieren darf und was sie kosten müssen. Und in der Zwischenzeit verhungern die Menschen.

Man macht die Aufständischen, diejenigen, die sich dem Orden gegenüber illoyal verhalten, für all den Hunger und Streit verantwortlich, der uns langsam zu zerstören droht, daher werden immer mehr Menschen eingesperrt und hingerichtet. Wir sind ein Land des Todes. Der Orden wird nicht müde, lauthals seine Empfindungen für die Menschheit zu verkünden, aber mit ihren Methoden züchten sie nichts als den Tod heran. Auf meinem Weg hierher sah ich abertausende von Leichen, die man weder gezählt noch begraben hat. Der Neuen Welt schiebt man die Schuld für jedes Übel und für jedes Versagen zu, und junge Männer, die es kaum erwarten können, ihre Unterdrücker zu vernichten, ziehen in den Krieg.

Aber inzwischen haben viele Menschen die Wahrheit erkannt. Sie und ihre Kinder – ich und andere wie ich – dürsten danach, ihr eigenes Leben in Freiheit leben zu können, statt Sklaven des Ordens und ihrer Herrschaft des Todes zu sein. In meiner Heimat kam es zu Unruhen, genau wie hier. Eine Rebellion steht unmittelbar bevor.«

»Unruhe? Hier? Ich habe nichts dergleichen bemerkt.«

Victor lächelte geheimnisvoll. »Wer die Rebellion im Herzen trägt, zeigt seine wahren Gefühle nicht. Stets in Angst vor Aufruhr, erzwingt der Orden mittels Folter Geständnisse von denen, die sie ungerechterweise verhaftet haben. Jeden Tag werden mehr hingerichtet. Die, die wollen, dass sich die Dinge ändern, sind nicht so unklug, sich offen zu erkennen zu geben, bevor die Zeit gekommen ist. Eines Tages, Richard, wird es eine Rebellion geben.«

Richard schüttelte den Kopf. »Ich weiß nicht, Victor, für eine Rebellion benötigt man unbedingte Entschlossenheit. Ich glaube nicht, dass diese Entschlossenheit existiert.«

»Du hast Menschen gesehen, die mit den gegenwärtigen Verhältnissen unzufrieden waren. Alle, mit denen du zu tun hast, von den Beamten, die du bestichst, einmal abgesehen, dürsten nach Veränderung.« Victor zog eine Braue hoch und schaute Richard an. »Keiner von ihnen hat sich je bei irgendeinem Ausschuss oder Komitee über das beschwert, was du hier treibst. Vielleicht willst du ja nichts damit zu schaffen haben, was meiner Meinung nach dein gutes Recht ist, trotzdem gibt es Menschen, die darauf hören, was man sich hinter vorgehaltener Hand über die Freiheit oben im Norden erzählt.«

Richard straffte sich. »Freiheit, oben im Norden?«

Victor nickte ernst. »Das Wort von einem Erretter macht die Runde: Richard Rahl. Er führt die Menschen in den Kampf um die Freiheit. Es heißt, dieser Richard Rahl wird uns die Rebellion bringen.«

Wäre dies alles nicht von einer so überwältigenden Tragik gewesen, Richard wäre in schallendes Gelächter ausgebrochen.

»Woher willst du wissen, dass dieser Rahl es wert ist, ihm zu folgen?«

Victor heftete seine Augen mit einem Blick auf Richard, den dieser noch von seiner ersten Begegnung mit dem Schmied kannte.

»Man kann einen Mann nach seinen Feinden beurteilen. Richard Rahl wird wie kein anderer vom Kaiser, von Bruder Narev und dessen Jüngern gehasst. Er ist es. Er trägt die Fackel der Revolution.«

Richard brachte nur ein trauriges Lächeln zu Stande. »Aber er ist nur ein Mensch, mein Freund. Du solltest keinem Menschen huldigen. Huldige seinen Zielen, aber nicht ihm selbst.«

Victors funkelnder, so emotionsgeladener Blick, sein brennendes Verlangen nach Freiheit, wich wieder seinem wölfischen Grinsen.

»Aber das ist genau das, was auch Richard Rahl sagen würde. Deswegen ist er auch der Richtige.«

Richard hielt es für das Beste, das Thema zu wechseln. Er sah, dass es inzwischen fast hellichter Tag war.

»Nun, ich muss mich auf den Weg machen. Irgendwann wird dir ganz sicher einfallen, was du mit dem Stein machen willst, Victor. Wenn die Zeit gekommen ist, wirst du es wissen.«

Der Schmied versuchte eine finstere Miene aufzusetzen, aber es wurde eine viel zu schwache Imitation des überaus realen bösen Blicks, der gerade erloschen war. »Das war auch immer mein Gedanke.«

Richard kratzte sich am Kopf. »Hast du jemals etwas gemeißelt oder geschnitzt, Victor?«

»Nein, noch nie.«

»Bist du sicher, dass du überhaupt bildhauern kannst? Dass du Talent dafür hast?«

Victor tippte sich an die Schläfe, als wollte er einen Zweifler besänftigen. »Das Talent habe ich hier drinnen. Hier drinnen habe ich Schönheit. Das allein zählt für mich. Selbst wenn ich diesen Stein niemals mit einem Stück Stahl anrühren sollte, wird die Schönheit dessen, was aus ihm werden könnte, immer mir gehören, und das kann der Orden mir nicht nehmen.«

18. Kapitel

Sich den Schweiß aus der Stirn wischend, ging Nicci an der Wäscheleine entlang und prüfte, ob ihre Sachen trocken waren; der Sommer stand vor der Tür, und es war bereits sehr warm. Die anderen Frauen standen schwatzend in der warmen Sonne, ab und zu kicherten sie über irgendeine Verschrobenheit, die eine von ihnen auf das nette Drängen der anderen hin über ihren Ehemann ausgeplaudert hatte. Sämtliche Hausbewohner, so schien es, waren mit dem Werden des jungen Frühlings zu neuem Leben erwacht.

Nicci wusste, der Frühling hatte nichts damit zu tun.

Und dieses Wissen ließ im abgeschiedensten Winkel ihres Wesens ein Gefühl der Enttäuschung aufkommen. Sie begriff einfach nicht, wie Richard es anstellte. So sehr sie sich auch mühte, es gelang ihr nicht, jenen Knoten zu entwirren, mit dem er alles zu fesseln schien. Allmählich begann sie zu glauben, selbst wenn sie ihn in die tiefste Höhle verschleppte, die sie finden konnte, würde sich die Sonne einen Weg bis in den finstersten Winkel bahnen, um auf ihn herabzuscheinen. Normalerweise hätte sie dies für eine Art magischen Glücks gehalten, nur wusste sie jenseits allen Zweifels, dass er gar keine Magie angewendet hatte.

Der Hof hinter dem Haus, früher ein schmutziger, von Gestrüpp überwucherter, chaotischer Flecken voller Schrott und Bergen von Müll, hatte sich in einen Garten verwandelt, denn die im Haus wohnenden Männer hatten eines Tages den Hinterhof nach der Arbeit vom Abfall gesäubert. Selbst einige von denen, die keiner Arbeit nachgingen, waren aus ihren Zimmern hervorgekommen, um den einen oder anderen Gegenstand fortzukarren. Nachdem man den

Hof freigeräumt hatte, hatten die Frauen aus dem Wohnhaus die Erde umgegraben und einen Garten angelegt. Sie würden Gemüse essen können. Gemüse! Es war sogar die Rede davon, ein paar Hühner anzuschaffen.

Aus der einen überbeanspruchten und übel riechenden Latrine hinten in einer Ecke waren jetzt zwei Aborte geworden, die gut in Schuss und sauber waren. Jetzt brauchte man kaum noch zu warten, wenn man den Abort benutzen wollte, und auch mit den flehentlichen Bitten und gereizten Stimmungen hatte es ein Ende. Kamil und Nabbi hatten Richard beim Bauen geholfen – teils aus Holzresten, die man aus den Abfallhaufen im Hinterhof gerettet hatte, bevor diese abtransportiert wurden, teils aus ein paar anderen Resten, die sie von anderen Müllhaufen zusammengetragen hatten.

Nicci hatte geglaubt, ihren Augen nicht zu trauen, als sie Kamil und Nabbi – mit Hemden bekleidet – die Gruben für die neuen Aborte ausheben sah. Alle bedankten sich überschwänglich bei ihnen, und die beiden Rabauken strahlten vor Stolz.

Die unter freiem Himmel liegende Kochstelle war repariert worden, sodass die Frauen dort eine größere Zahl von Töpfen einstellen und gleichzeitig kochen konnten, und man weniger Feuerholz herbeischleppen musste. Gemeinsam mit einigen anderen Männern aus dem Wohnhaus hatte Richard Gestelle für die Waschzuber gebaut, damit die Frauen sich nicht mehr so tief bücken oder sich die Knie wundscheuern mussten. Aus einem Stück Zeltleinwand, das man aus dem Müll gerettet hatte, errichteten die Männer ein einfaches Dach, damit die Frauen auch bei Regen kochen und waschen konnten, ohne nass zu werden.

Die Bewohner der angrenzenden Häuser zu beiden Seiten, die diese Emsigkeit anfangs verdrießlich und voller Argwohn verfolgt hatten, begannen erste knappe Fragen zu stellen, woraufhin Richard, Kamil und Nabbi hinübergingen und ihnen erklärten, was sie gemacht hatten, und wie auch sie ihr Wohnhaus auf Vordermann bringen konnten; sie halfen ihnen sogar bei den ersten Schritten.

Nicci hatte Richard lautstarke Vorhaltungen gemacht, er vergeude seine freie Zeit bei anderen Leuten, woraufhin er erwiderte, sie selbst habe ihm doch erklärt, es sei seine Pflicht, anderen zu helfen. Darauf wusste Nicci keine Antwort – zumindest keine, die so vernünftig geklungen hätte, dass sie sie aussprechen konnte, ohne sich wie eine Närrin vorzukommen.

Wenn Richard den Leuten zeigte, wie sie ihr Zuhause verschönern konnten, hielt er ihnen nicht etwa Vorträge oder versuchte sie zu belehren, sondern irgendwie gelang es ihm – wie, blieb Nicci völlig rätselhaft –, sie mit seiner Begeisterung anzustecken. Statt ihnen zu erklären, was sie tun mussten, weckte er in ihnen den Wunsch, sich selbstständig zu überlegen, wie sich die Dinge verbessern ließen. Ein jeder fasste Zuneigung zu Richard, was sie zu stillem Groll veranlasste.

Nicci sammelte ihre Wäsche in einem geflochtenen Korb, den aus dünnen Holzstreifen herzustellen Richard den Frauen aus dem Haus beigebracht hatte. Nicci musste zugeben, dass diese Körbe wirklich nicht schwer herzustellen waren und sich die Wäsche in ihnen leichter transportieren ließ.

Sie stieg die stabilen Stufen hinauf – jene Stufen, von denen sie einst geglaubt hatte, sie würden sie noch ins Grab bringen. Der Flur drinnen war makellos sauber, der Fußboden war geschrubbt worden. Irgendwo hatte Richard die Zutaten für die Herstellung von Anstrichfarbe auftreiben können, und die Männer hatten grandiosen Spaß dabei gehabt, sie zusammenzumischen und die fleckigen Wände damit zu überstreichen. Einer der Bewohner kannte sich mit Dächern aus, also reparierte er das Hausdach, damit es nicht leckte und die Wände nicht gleich wieder stockig wurden.

Als Nicci den Flur entlangging, sah sie den hemdlosen Gadi ein paar Stufen weiter oben im Dunkeln auf der Treppe sitzen. Er schnitzte mit seinem großen Messer an einem Stück Holz herum, wohl um auf diese Weise seine Gefährlichkeit unter Beweis zu stellen. Gewöhnlich räumten die im Haus wohnenden Frauen seinen

Abfall später unter empörtem Zungenschnalzen fort. Gadi, alles andere als erfreut, dass die Leute in letzter Zeit an ihm herumnörgelten, warf ihr von oben einen lüsternen Blick zu. Jetzt, da sie wieder zugenommen hatte, hatte sie seinen lüsternen Blicken etwas zu bieten.

Richards zweite Arbeitsstelle am Abend versetzte ihn in die Lage, sich mehr Lebensmittel leisten zu können. Er brachte Dinge mit nach Hause, auf die sie monatelang hatte verzichten müssen – Hühner, Öl, Gewürze, Speck, Käse und Eier, Dinge, die sie in den Geschäften in der Stadt niemals zu Gesicht bekam. Nicci hatte immer geglaubt, in allen Geschäften der Stadt würden die gleichen Lebensmittel verkauft, Richards Fahrten beim Ausliefern seiner Fuhren, erzählte er, führten ihn jedoch an Orte, wo eine breitere Vielfalt von Lebensmitteln feilgeboten wurde.

Kamil und Nabbi, die auf der Vordertreppe hockten, sahen sie durch die offene Tür. Sie standen auf und verbeugten sich höflich, als sie ihnen im Flur entgegenkam.

»Guten Abend, Mrs. Cypher«, begrüßte Kamil sie.

»Können wir Euch das vielleicht abnehmen?«, fragte Nabbi.

Sie fand dies alles umso ärgerlicher, als sie ganz genau wusste, dass es ihnen Ernst damit war; sie mochten sie, weil sie Richards Frau war.

»Danke nein, ich bin ja schon zu Hause.«

Sie hielten ihr die Tür auf und schlossen sie wieder hinter ihr, nachdem sie ins Zimmer gegangen war.

In ihren Augen waren sie Richards Soldaten. Er schien über eine ganze Privatarmee von Menschen zu verfügen, die sofort über das ganze Gesicht zu strahlen begannen, sobald sie ihn erblickten. Die meisten schienen geradezu erfreut zu tun, was immer Richard in ihren Augen erledigt haben wollte. Kamil und Nabbi hätten Windeln ausgewaschen, wenn er sie darum gebeten hätte, nur um nachts vielleicht auf seinem Wagen mitfahren zu können, wenn er seine Fuhren rings um Altur'Rang abholte und auslieferte. Mit der Begründung, er könne Ärger mit dem Arbeiterkollektiv bekommen, nahm er sie jedoch nur selten mit. Die jungen Burschen wollten nicht, dass Richard Ärger bekam und seine Stelle verlor, also harrten sie geduldig einer jener seltenen Augenblicke, wenn er ihnen mit schräg gelegtem Kopf bedeutete, sie dürften ihn begleiten.

Ihr Zimmer hatte ebenfalls eine Verwandlung durchgemacht. Die Decke war gereinigt und frisch getüncht worden, die mit Fliegendreck übersäten Wände waren abgeschrubbt worden und hatten einen lachsfarbenen Anstrich bekommen – eine Farbe, die sie in der festen Annahme ausgesucht hatte, Richard würde die dafür erforderlichen Zutaten niemals beschaffen können. Wie zum Hohn erstrahlten die Wände jetzt lachsfarben.

Eines Tages erschien ein Mann mit einem Arm voller Werkzeuge. Kamil behauptete, Richard habe ihn vorbeigeschickt, um ihr Zimmer in Ordnung zu bringen. Der Mann sprach eine Sprache, die Nicci nicht verstand. Ausgiebig mit den Armen fuchtelnd, plapperte er drauflos und lachte nett und freundlich, so als müsste sie doch wenigstens ein bisschen von dem verstehen, was er ihr erzählte. Er deutete auf die Wände ringsum und stellte Fragen. Sie hatte nicht die verschwommenste Vorstellung, in welcher Absicht er gekommen war.

Vermutlich war er gekommen, um den wackeligen Tisch zu reparieren. Sie klopfte zweimal mit der flachen Hand auf dessen Platte, dann demonstrierte sie ihm, wie er wackelte. Er grinste, nickte, plapperte munter weiter. Schließlich überließ sie ihn seiner Arbeit, während sie zum Geschäft in der Stadt ging, um sich für Brot anzustellen. Sie verbrachte den ganzen Vormittag dort; nachmittags stand sie für Hirse Schlange.

Als Nicci schließlich nach Hause zurückkehrte, war der Mann bereits gegangen. Das alte, kaputte und nicht nur überstrichene, sondern vollkommen zugemalte Fenster hatte eine neue Scheibe und war vergrößert worden. Außerdem hatten sie jetzt ein neues Fenster in der Wand gegenüber. Die beiden Fenster standen einen Spalt weit offen, und ein kühler Durchzug sorgte in dem sonst muffigen Zimmer für frische Luft.

Nicci stand mitten im Zimmer und blickte staunend durch das Fenster auf das Haus nebenan, dann schaute sie durch das Fenster in der Wand, in der zuvor kein Fenster gewesen war; sie konnte bis auf die Straße gucken. Gerade eben hatte ihr Mrs. Sha'Rim von nebenan im Vorübergehen zugelächelt und gewinkt.

Nicci setzte den Wäschekorb ab, öffnete das Seitenfenster ein wenig weiter, um noch mehr Luft ins Zimmer hereinzulassen, und zog die Vorhänge zurück. Wenn man Fenster hatte, durch die man sehen konnte, so hatte sie entschieden, waren Vorhänge durchaus angemessen. Irgendwo hatte Richard ihr Stoff besorgt. Als sie fertig war, lobte er ihr Werk in den höchsten Tönen. Nicci musste feststellen, dass sie wie alle anderen strahlte, wenn Richard ihr sagte, sie habe gute Arbeit geleistet.

Sie hatte Richard an den schlimmsten Ort in der Alten Welt gebracht, in das heruntergekommenste Haus, das sie hatte finden können, und am Ende hatte er irgendwie alles schöner gemacht – genau wie sie es immer wieder als seine Pflicht bezeichnet hatte.

Aber dass die Dinge sich so entwickelten, hatte sie niemals gewollt.

Sie wusste mittlerweile nicht mehr, was sie gewollt hatte. Sie wusste nur, dass sie für die Augenblicke lebte, in denen Richard bei ihr war. Obwohl sie sich darüber im Klaren war, dass er sie hasste und nichts lieber tun würde, als sie zu verlassen und zu seiner Kahlan zurückzukehren, konnte Nicci nichts dagegen tun, dass ihr Herz jedesmal bis zum Hals hinauf schlug, sobald er nach Hause kam. Über ihre Verbindung zu Kahlan glaubte sie gelegentlich die Sehnsucht dieser Frau nach ihm zu spüren. Sie konnte Kahlans Sehnsucht mit jedem Zoll ihres Körpers nachvollziehen.

Während sie wartete, wurde es im Zimmer dunkler. Das Leben begann erst, wenn Richard nach Hause kam. Schließlich wurde das Tageslicht immer schwächer, und der Schein der Lampe trat an seine Stelle. Sie besaßen jetzt eine richtige Lampe, und nicht mehr nur einen durch einen hölzernen Knopf gezogenen, auf Leinsamenöl schwimmenden Docht.

Die Tür ging auf. Richard setzte einen Fuß ins Zimmer und sagte noch etwas zu Kamil, als der junge Mann sich bereits verabschiedete, um zu seiner Familie nach oben zu gehen. Es war schon spät. Schließlich kam Richard, noch immer lächelnd, ganz herein und schloss die Tür. Wie immer erlosch sein Lächeln.

Er zeigte ihr einen groben Leinensack. »Ich konnte zufällig ein paar Zwiebeln, Möhren und etwas Schweinefleisch auftreiben. Vielleicht hast du Lust, uns einen Eintopf zu kochen.«

Mit matter Hand deutete Nicci auf die Hirse, für die sie den ganzen Nachmittag angestanden hatte; sie war voller Motten und verschimmelt.

»Ich habe Hirse eingekauft. Ich dachte, ich mache uns daraus eine Suppe.«

Richard zuckte mit den Achseln. »Wenn dir das lieber ist. Deine Hirsesuppe hat uns über reichlich magere Zeiten hinweggeholfen.«

Nicci verspürte jenes kurze Aufflackern von Stolz, wie immer, wenn er zugab, dass sie etwas Nützliches getan hatte.

Sie schloss die Fenster, denn draußen war es inzwischen dunkel. Mit dem Rücken zum Fenster stehend, zog sie die Vorhänge zu, ohne ihn aus den Augen zu lassen.

Richard stand mitten im Zimmer und betrachtete sie, ein verwundertes Stirnrunzeln im Gesicht. Nicci ging zu ihm, sich der entblößten Haut ihres Busens bewusst, der sich im Ausschnitt ihres schwarzen Kleides hob und senkte. Eben noch hatte Gadi ihren Busen angestarrt, jetzt wollte sie, dass Richard sie ebenso ansah, doch Richard schaute ihr nur in die Augen.

Ihre Finger schlossen sich um seine muskulösen Arme.

»Liebe mich«, hauchte sie.

Seine Stirn legte sich in Falten. »Was?«

»Ich will, dass du mich liebst, Richard. Jetzt, auf der Stelle.«

Eine Ewigkeit lang betrachtete er abschätzend ihre Augen. Ihr Herz schlug ihr bis in die Ohren, mit jeder Faser ihres Seins sehnte sie sich danach, dass er sie nahm. Schwankend stand sie da und wartete, ihr ganzes Leben angesichts der köstlich quälenden Erwartung in der Schwebe.

Dann war seine Stimme zu vernehmen, und sie klang alles andere als schroff. Vielmehr klang sie zärtlich, dabei aber fest und entschlossen. »Nein.«

Es war, als ob ihr ein Kribbeln wie von tausend eiskalten Nadeln die Arme hinaufkroch. Seine Weigerung war ein Schock. Noch nie war sie von einem Mann zurückgewiesen worden!

Es tat ihr in der Seele weh – es war schlimmer als alles, was Jagang oder irgendein anderer Mann ihr jemals angetan hatte. Sie hatte fest geglaubt …

Das Blut schoss ihr ins Gesicht und ließ das Eis in einem Hitzeblitz zerschmelzen. Nicci riss die Tür auf. »Geh nach draußen auf den Flur und warte da«, befahl sie mit bebender Stimme.

Er stand mitten in ihrem Zimmer und sah ihr in die Augen, die Lampe auf dem Tisch warf harte Schatten über sein Gesicht. Seine Schultern wirkten so breit und verjüngten sich zu den Hüften hin, Hüften, die zu umschlingen sie sich sehnte. Am liebsten hätte sie aus vollem Hals geschrien. Stattdessen sprach sie mit sanfter Stimme, allerdings mit einer Autorität, die er nicht missverstehen konnte.

»Du wirst jetzt nach draußen in den Flur gehen und dort warten, sonst …«

Nicci schnippte mit den Fingern.

Der Blick in ihren Augen sagte ihm, dass sie nicht bluffte. Kahlans Leben hing an einem seidenen Faden, und wenn er nicht tat, was sie von ihm verlangte, würde sie nicht zögern, diesen Faden zu durchtrennen.

Ohne seine grauen Augen auch nur einen Moment von ihr abzuwenden, trat Richard hinaus auf den Flur. Sie bohrte ihm einen Finger in die Brust und drängte ihn zurück, bis er mit dem Rücken an der Wand neben der Tür stand.

»Du wirst jetzt hier an dieser Stelle warten, bis ich dir sage, dass du dich entfernen darfst.« Sie biss die Zähne aufeinander. »Wenn nicht, stirbt Kahlan. Hast du verstanden?«

»Erniedrige dich nicht so, Nicci. Denk daran, was du …«

»Sonst stirbt Kahlan. Hast du das verstanden?«

Er atmete hörbar aus. »Ja.«

Entschlossen ging Nicci zum Treppenschacht. Gadi stand auf halber Treppe, die dunklen Augen wachsam. Hochmütig stieg er herunter zu ihr, bis er am Fuß der Treppe neben ihr stand. Er hatte zweifellos einen prachtvollen Körper, so wie er sich ganz ohne Hemd zur Schau stellte. Er stand so dicht bei ihr, dass sie seine Wärme spüren konnte.

Nicci sah ihm in die Augen. Er war genauso groß wie sie.

»Ich will, dass du mit mir ins Bett gehst.«

»Was?«

»Mein Mann ist nicht im Stande, meine Bedürfnisse angemessen zu befriedigen. Ich möchte, dass du das übernimmst.«

Ein Feixen ging über sein Gesicht, als sein Blick zu Richard hinüberglitt. Dann starrte er wieder auf ihren Busen, dessen Besitz so greifbar nahe war.

Gadi war jung, dreist und dumm genug, sich für unwiderstehlich zu halten, zu glauben, sein kindisch gockelhaftes Gehabe hätte all ihre Zurückhaltung soweit fortgewischt, dass nur noch ihre Lust auf das, was er zu bieten hatte, zählte.

Er zog sie mit einem Arm an sich. Mit seiner anderen Hand strich er ihr das Haar aus dem Gesicht und küsste mit schmalen Lippen ihren Nacken. Als seine Zähne über ihre Haut kratzten, ermutigte sie ihn mit leisem Stöhnen, grob zu sein. Zärtlichkeit war das Letzte, was sie wollte; das wäre keine Strafe gewesen. Zärtlichkeit vermochte Richards Seele nicht in quälendem Kummer zu zerreißen und würde ihn nicht genug verletzen.

Gadi knetete ihr Hinterteil und zog sie hart gegen seine Lenden, rieb sich lüstern an ihr. Ihm ins Ohr keuchend ermunterte sie ihn, sich seiner Herrschaft über ihren Körper sicher zu fühlen.

»Sag mir, warum.«

»Ich bin seine Sanftmütigkeit leid, seine Zärtlichkeit, seine fürsorgliche Art. Eine richtige Frau braucht etwas anderes. Ich will, dass er erfährt, zu was ein richtiger Mann im Stande ist – ich will, was er mir nicht geben kann.«

Fast hätte sie vor Schmerzen aufgeschrien, als er ihr die Brustwarzen verdrehte.

»Tatsächlich?«

»Ja. Ich will das, was ein richtiger Kerl wie du einer Frau geben kann.«

Mit seinen derben Händen knetete er ihre Brüste. Abermals spielte sie ihm ein lustvolles Stöhnen vor. Er grinste.

»Soll mir ein Vergnügen sein.«

Sein Feixen verursachte ihr Übelkeit. »Nein, mir«, hauchte sie in gespielter Unterwerfung.

Er blickte noch einmal hasserfüllt zu Richard hinüber, dann beugte er sich vor und schob ihr seine Hand unter das Vorderteil ihres Kleides, um festzustellen, ob es ihr tatsächlich ernst war, ob sie sich ihm tatsächlich hingeben würde. Seine Hand glitt, Hingabe fordernd, an der Innenseite ihres Oberschenkels hoch. Gehorsam machte sie die Beine für ihn breit.

Nicci klammerte sich an seine Schultern, während er sie befingerte. Seine Oberlippe verzog sich zu einem hochmütig arroganten Grinsen. Seine Finger kannten kein Erbarmen. Tränen traten ihr in die Augen, und zitternd biss sie sich auf die Innenseite ihrer Wange, um einen Schrei zu unterdrücken. Qual mit Sinneslust verwechselnd, geriet er über ihr Wimmern immer mehr in Wallung.

Jagang und sein Kumpan Kadar Kardeef, nur um ein paar wenige zu nennen, hatten sie gegen ihren Willen genommen, doch bei keinem hatte sie sich nur annähernd so misshandelt gefühlt wie in diesem Augenblick, da sie im Flur stand und diesen feixenden, lächerlichen Rohling mit ihr tun ließ, was immer ihm beliebte.

Sie schob ihre Hand zwischen ihre Körper und packte ihn.

»Hast du etwa Angst vor Richard, Gadi? Oder bist du Manns genug, mich zu nehmen, während er draußen vor dem Zimmer steht und zuhört, und dabei ganz genau weiß, dass du ihm überlegen bist?«

»Angst? Vor dem da?« Seine Stimme war ein heiseres Knurren. »Sag mir einfach, wann.«

»Jetzt auf der Stelle. Ich will es jetzt sofort, und zwar von dir, Gadi.«

»Dachte ich mir.«

Innerlich musste Nicci über seinen ernsten lüsternen Blick schmunzeln.

»Sag erst ›bitte‹, du kleine Hure.«

»Bitte.« Dabei brannte sie einzig darauf, ihm seinen nichtsnutzigen Schädel einzuschlagen. »Ich flehe dich an, Gadi.«

Den Arm um ihre Hüfte geschlungen, bedachte Gadi Richard im Vorüberwanken mit einem höhnischen Grinsen. Mit der Hand auf seinem Rücken drängte Nicci ihn weiterzugehen, in ihr Zimmer hinein, und dort zu warten. Über seine Schulter grinsend, tat er, was sie von ihm verlangte. Nicci blieb kurz stehen, um Richard hasserfüllt in die Augen zu sehen.

»Wir sind miteinander verbunden. Was mir widerfährt, widerfährt auch ihr. Ich hoffe, du bist nicht so töricht anzunehmen, ich würde nicht dafür sorgen, dass du es für den Rest deiner Tage bedauerst, wenn du nicht genau auf dieser Stelle stehen bleibst. Ich schwöre dir, wenn du dich von der Stelle rührst, stirbt sie noch heute Nacht.«

»Nicci, bitte, tu es nicht. Du quälst dich doch bloß selbst.«

Seine Stimme war so zärtlich, so voller Leidenschaft. Um ein Haar hätte sie ihm die Arme um den Hals geschlungen und ihn gebeten, sie zurückzuhalten … aber die Flamme seiner Verweigerung brannte noch immer schmachvoll in ihrem Herzen.

In der Tür drehte Nicci sich noch einmal um und bedachte Richard mit einem boshaften Grinsen. »Ich kann nur hoffen, Kahlan hat ebenso viel Spaß dabei wie ich. Nach der heutigen Nacht wird sie dir nie wieder vertrauen.«

Kahlan stockte der Atem. Sie schlug die Augen auf. Außer den dunklen Schatten in der sich um sie drehenden Dunkelheit vermochte sich nichts zu erkennen; wieder blieb ihr die Luft weg.

Ein Gefühl, das sie weder beschreiben noch deuten noch irgendetwas zuordnen konnte, stieg in ihr empor. Es war ihr völlig fremd und gleichzeitig berückend vertraut; etwas Ungehöriges, nach dem sie sich dennoch sehnte. Es erfüllte sie mit einer Art leidenschaftlichem Entsetzen, das sich, ein Gefühl unbestimmter Angst vor sich hertreibend, in stetem Auf und Ab verführerisch zu einem unzüchtigen Vergnügen steigerte.

Sie spürte eine schattenhafte Schwere auf ihrem Körper.

Gefühle und Empfindungen, die sie weder begriff noch steuern konnte, überwältigten sie, als sie sich gegen sie zu wehren versuchte. Nichts schien wirklich. Das derbe Gefühl verschlug ihr abermals den Atem. Es war verwirrend. Es tat weh, trotzdem spürte sie gleichzeitig das Erwachen eines zügellosen Verlangens. Es war, als läge Richard neben ihr im Bett. Welch herrliches Gefühl das endlich wieder war. Ihr Atem wurde schneller. Ihr Mund war staubtrocken.

Die Gewissheit, dass ihre schamlose Lust niemals vollständig gestillt werden konnte, hatte bei ihr in Richards inniger Umarmung stets einen Zustand freudiger Erwartung hervorgerufen – immer blieb eine Spur von etwas übrig, das es noch zu erkunden, zu erreichen, zu erklären galt. Die Vorstellung, dass diese Suche nach dem Unerreichbaren endlos war, hatte sie stets in eine leidenschaftliche Erregung versetzt.

Sie sog scharf den Atem ein, fühlte sich dem Gefühl ausgeliefert, kopfüber in die Tiefe zu stürzen.

Aber was sie jetzt empfand, hatte nichts mit ihrer Vorstellung gemein. Mit den Händen krallte sie sich ins Laken, ihr Mund öffnete sich zu einem stummen Schrei gegen dieses schmerzhafte Stoßen, das sie zu zerreißen drohte.

Das war unmenschlich, ergab keinen Sinn. Wieder keuchte sie von Panik erfüllt, als ein überaus Grauen erregendes Gefühl in ihr aufkeimte. Sie stöhnte, als ihr das Entsetzen darüber und der damit verbundene leise Anflug von Vergnügen bewusst wurde, die Verwirrung, dieses Gefühl beinahe zu genießen.

Dann traf sie die Erkenntnis wie ein Schlag. Sie wusste, was dies zu bedeuten hatte.

Tränen brannten ihr in den Augen. Sie wälzte sich auf die Seite, hin und hergerissen zwischen der Freude, Richard in sich zu spüren, und dem quälenden Schmerz zu wissen, dass Nicci ihn in diesem Augenblick genauso spürte. Sie wurde auf den Rücken geworfen.

Erneut blieb ihr die Luft weg; sie riss die Augen auf und erstarrte am ganzen Körper.

Der Schmerz ließ sie aufschreien. Sie wand und wehrte sich, bedeckte ihre Brüste mit den Armen. Vor Schmerzen, die sie weder beschreiben noch erklären konnte, schossen ihr die Tränen in die Augen.

Sie vermisste Richard so sehr, sie sehnte sich so sehr nach ihm, dass es schmerzte.

Dann gab sie nach, selbst in diesem Augenblick gab sie sich ihm hin. Ein leiser Klagelaut entwich ihrer Kehle.

Ihre Muskeln verknoteten sich so fest wie Eichenwurzeln. Woge auf Woge erschreckender Schmerzen schüttelten ihren Körper, durchmengt mit einem unbefriedigten Verlangen, das längst in Ekel umgeschlagen war. Sie bekam keine Luft.

Als es vorüber war, brach sie in Tränen aus; endlich konnte sie ihren Körper wieder frei bewegen, auch wenn sie viel zu erschöpft dafür war. Jede einzelne grausame, widerwärtige, brutale Sekunde war ihr verhasst gewesen, gleichzeitig grämte sie sich, dass es zu Ende war, weil sie ihn endlich wieder gespürt hatte.

Freude empfand sie, weil sie ihn so unerwartet gespürt hatte, doch blinde Wut darüber, was es bedeutete. Sie krallte sich in ihre Laken und überließ sich untröstlich ihren Tränen.

»Mutter Konfessor?« Eine dunkle Gestalt schlüpfte in ihr Zelt. »Mutter Konfessor?«

Es war Cara, die da flüsterte und eine Kerze auf den Tisch stellte. Das Licht erschien ihr gleißend hell, als Cara zu ihr herunterblickte. »Geht es Euch gut, Mutter Konfessor?«

Kahlan holte stockend Luft. Sie lag auf dem Rücken in ihrem Bett, in ihr Laken verheddert, das sich um und zwischen ihre Beine geschlungen hatte.

Vielleicht war es nur ein Traum? Sie wünschte sich, es wäre so; und doch wusste sie, dass es nicht so war.

Kahlan fuhr sich mit den Fingern durchs Haar und richtete sich auf. »Cara ...« Es kam als unterdrücktes Schluchzen heraus.

Cara kniete sich neben sie auf den Boden und fasste Kahlan bei den Schultern. »Was ist denn nur?«

Kahlan hatte Mühe, wieder zu Atem zu kommen.

»Was stimmt nicht? Was kann ich tun? Seid Ihr verletzt? Oder vielleicht krank?«

»Ach, Cara ... er war mit Nicci zusammen.«

Cara hielt sie auf Armeslänge von sich, ihr Gesicht ein Bild der Besorgnis.

»Was redet Ihr da? Wer war mit ...«

Sie unterbrach sich selbst, als ihr bewusst wurde, was Kahlan meinte.

Kahlan versuchte sich aus Caras Griff zu winden. »Wie konnte er nur ...«

»Sie hat ihn ganz bestimmt dazu gezwungen«, beharrte Cara. »Bestimmt hat er es nur getan, um Euch das Leben zu retten. Sie muss ihm gedroht haben.«

Kahlan schüttelte den Kopf. »Nein, nein. Dafür hat er es viel zu sehr genossen. Er hat sich wie ein Tier gebärdet. So hat er mich noch nie genommen. Ach, Cara, er ist auf sie hereingefallen. Er konnte ihr nicht länger widerstehen. Er hat ...«

Cara rüttelte sie, bis Kahlan glaubte, ihre Zähne würden sich lockern.

»So wacht doch auf! Macht endlich die Augen auf! Wacht auf, Mutter Konfessor. Ihr schlaft ja noch halb, träumt ja beinahe noch.«

Cara hatte Recht. Es war passiert, daran hatte Kahlan nicht den geringsten Zweifel, aber es war passiert, während sie geschlafen hatte, und es hatte sie im Schlaf überrascht, als sie es gar nicht richtig mitbekommen hatte. Ihre Reaktion war unvernünftig gewesen.

»Ihr habt Recht«, sagte Kahlan mit vom Weinen heiserer Stimme. Ihre Nase war verstopft, sodass sie nur durch den Mund atmen konnte.

»So«, forderte Cara sie mit ruhiger Stimme auf, »und jetzt erzählt mir, was geschehen ist.«

Als sie spürte, wie ihr Gesicht errötete, wünschte sich Kahlan nach der Dunkelheit zurück. Wie konnte sie jemandem erzählen, was geschehen war? Sie wünschte, Cara hätte sie nicht gehört.

»Na ja, ich konnte über« – Kahlan musste schlucken – »über die Verbindung spüren, dass, na ja, dass Richard mit Nicci geschlafen hat.«

Cara machte ein skeptisches Gesicht. »Hat es sich genauso angefühlt wie, na ja, ich meine, seid Ihr wirklich sicher? Konntet Ihr genau spüren, dass er es war?«

Kahlan fühlte, wie ihr Gesicht noch eine Schattierung dunkler errötete. »Ganz genau wohl nicht. Ich weiß nicht recht.« Sie bedeckte ihre Brüste. »Ich habe seine ... seine Zähne auf mir gespürt. Er hat mich gebissen ...«

Cara kratzte sich am Kopf und wandte, unsicher, wie sie ihre Frage formulieren sollte, den Blick ab. Kahlan beantwortete sie ihr trotzdem.

»Richard hat mir noch nie so weh getan.«

»Oh. Also, dann war er es auch nicht.«

»Was soll das heißen, dann war er es nicht? Es muss Richard gewesen sein.«

»Tatsächlich? Würde Richard mit Nicci ins Bett gehen wollen?«

»Sie könnte ihn dazu zwingen, Cara. Ihm drohen.«

»Haltet Ihr Nicci für eine ehrenhafte Person?«

Kahlan runzelte die Stirn. »Nicci? Habt Ihr den Verstand verloren?«

»Na also, da habt Ihr es. Warum muss es Richard sein? Möglicherweise ist Nicci einfach irgendeinem Kerl begegnet, den sie unbedingt haben musste – irgendeinen gut aussehenden Farmerburschen. Gut möglich, dass es nichts anderes war als das.«

»Meint Ihr wirklich?«

»Ihr habt doch selbst gesagt, Ihr wärt nicht sicher gewesen, ob es tatsächlich Richard war. Schließlich wart Ihr noch halb im Schlaf ... und hattet einen Schock erlitten. Ihr habt selbst gesagt, er hätte noch nie ...«

Kahlan wandte den Blick ab. »Tut mir Leid, Cara. Danke, dass Ihr mir Gesellschaft leistet. Wäre Zedd oder irgendein anderer gekommen, wäre mir das gar nicht Recht gewesen. Danke.«

Cara lächelte. »Ich denke, das behalten wir am besten für uns.«

Kahlan nickte dankbar. »Sollte Zedd jemals auf die Idee kommen, mich hierzu ausführlich zu befragen, ich glaube, ich würde vor Verlegenheit sterben.«

Erst jetzt bemerkte Kahlan, dass die Decke, in die Cara gehüllt war, vorne so weit offen war, dass man darunter ihre Nacktheit sehen konnte. Auf der oberen Hälfte ihrer Brust befand sich eine dunkle Stelle. Es gab noch ein paar andere, doch die waren kaum zu erkennen. Kahlan hatte Cara ja bereits nackt gesehen, konnte sich an eine solche Stelle aber nicht erinnern. Tatsächlich war ihr Körper, wenn man von ihren Narben absah, von geradezu aufreizender Vollkommenheit.

Stirnrunzelnd machte Kahlan sie darauf aufmerksam. »Was ist das dort, Cara?«

Cara schaute an sich herab und schloss rasch die Decke. »Das ist, also, na ja, es ist einfach nur ein blauer Fleck.«

Ein Knutschfleck – vom Mund eines Mannes.

»Ist Benjamin drüben im Zelt bei Euch?«

Cara erhob sich, barfüßig, wie sie war. »Mutter Konfessor, Ihr schlaft noch halb und träumt ganz sicher noch. Legt Euch wieder hin und schlaft weiter.«

Lächelnd sah Kahlan ihr nach, als sie ging. Das Lächeln erlosch jedoch, als sie sich wieder auf ihr Bett zurücksinken ließ. In der Einsamkeit der Stille kamen ihr erneut Zweifel.

Sie legte ihre Hände auf ihre Brüste. Ihre Brustwarzen pochten schmerzhaft. Erst als sie daraufhin leicht ihre Lage im Bett veränderte und zusammenzuckte, wurde ihr so recht bewusst, wie stark ihre Schmerzen waren und woher sie stammten.

Sie konnte kaum glauben, dass ein Teil davon sogar im Schlaf ... sie spürte, wie ihr abermals das Blut ins Gesicht schoss. Was sie getan hatte, erfüllte sie mit einem überwältigenden Gefühl der Scham.

Nein, sie hatte überhaupt nichts getan. Sie hatte lediglich etwas über ihre Verbindung zu Nicci gespürt. Nicht sie selbst hatte es erlebt – sondern Nicci. Und doch hatte Kahlan dieselben Verletzungen erlitten.

Wie auch früher schon gelegentlich, verspürte Kahlan über die Verbindung auch jetzt noch eine gewisse Verbundenheit mit Nicci, sowie eine beinahe schmerzliche Anteilnahme für diese Frau. Deutlich spürte sie, dass die Frau verzweifelt etwas ... gewollt hatte.

Kahlan ließ ihre Hand zwischen ihre Beine gleiten. Sie zuckte vor Schmerz zusammen, als sie sich berührte. Dann hielt sie ihre Finger in den Schein der Kerze – sie glänzten vor Blut.

Trotz der brennenden Schmerzen, innerlich zerrissen zu werden, bei aller Verwirrung und Verlegenheit und einem unbestimmten Gefühl der Scham, empfand sie vor allem eins: Erleichterung.

Eins wusste sie jetzt ohne jeden Zweifel: Es war nicht Richard gewesen.

19. Kapitel

Ann spähte in den kleinen Hain aus Birken, die sich in den tiefen Schatten jenes rötlich schimmernden Felsenkliffs drängten, nach dem der Ort benannt war. Der dichte Wald war reich an Bäumen, deren sich schälende, mit dunklen Flecken gesprenkelte weiße Rinde einen verwirrte und die Orientierung erschwerte. Hier die Orientierung zu verlieren und sich ungeladen am falschen Ort zu zeigen, wäre der letzte Fehler, den man je begehen würde.

Das letzte Mal war sie in ihrer Jugendzeit hierher, zu den Heilern von Redcliff gekommen. Sie hatte sich fest vorgenommen, niemals zurückzukehren, und dasselbe den Heilern versprochen, doch hoffte sie, dass sie es in den nahezu eintausend Jahren, die seitdem verstrichen waren, vergessen hatten.

Nur wenigen war dieser Ort bekannt, noch weniger trauten sich jemals hierher – und das aus gutem Grund.

Der Begriff »Heiler« war eine etwas seltsame und irreführende Bezeichnung für einen derart gefährlichen Menschenschlag, und doch war er nicht völlig unzutreffend. Die Heiler von Redcliff befassten sich nicht etwa mit den körperlichen Leiden der Menschen, sondern mit dem Wohlergehen von Dingen, die für sie selber von Bedeutung waren – und das waren in der Tat bemerkenswerte Dinge. Um die Wahrheit zu sagen: Nach all dieser Zeit festzustellen, dass sie überhaupt noch existierten, hätte sie überrascht.

Sosehr sie hoffte, ihre Fähigkeiten könnten ihr eine Hilfe sein, und so dringend sie Hilfe benötigte, hoffte sie im Grunde, dass die Heiler nicht mehr die Redcliff-Wälder unsicher machten.

»Bessssucher …«, zischelte eine lockende Stimme aus den trüben Schatten in den Spalten des Felsenkliffs jenseits der Bäume.

Ann blieb stehen und rührte sich nicht, kalter Schweiß stand ihr auf der Stirn. Im Gewirr der von den Bäumen erzeugten Linien und Punkte vermochte sie die Bewegung, die sie dort gesehen hatte, nicht eindeutig zuzuordnen. Im Grunde brauchte sie sie nicht zu sehen; sie hatte die Stimme gehört, und die war unverwechselbar. Sie schluckte und versuchte, gefasst zu klingen.

»Richtig, ich bin ein Besucher. Freut mich zu sehen, dass ihr wohlauf seid.«

»Wir sind nur noch wenige«, erwiderte die Stimme, deren Echo von den Felswänden widerhallte. »Die meisten von uns haben die Chiiiimären geraubt.«

Genau das hatte Ann befürchtet … und gleichzeitig gehofft.

»Tut mir Leid«, log sie.

»Wir haben es versucht«, erwiderte die Stimme, die sich zwischen den Bäumen zu bewegen schien. »Aber durch Heilen waren die Chiiiimären nicht zu beseitigen.«

Sie fragte sich, ob sie des Heilens überhaupt noch fähig waren, und wie lange sie noch überdauern würden.

»Kommt sieee wegen einer Heilung?«, erkundigte sich die Stimme neckisch aus den Tiefen der schroffen Einschnitte auf der gegenüberliegenden Seite.

»Ich bin gekommen, um euch einen Blick zu gewähren«, erwiderte sie, um klar zu stellen, dass auch sie Bedingungen stellte. Man durfte ihnen keinesfalls in jedem Punkt ihren Willen lassen.

»Dasss hat seinen Preisss, musst du wissen.«

Ann nickte. »Ist mir bekannt.«

Sie hatte bereits alles versucht; nichts hatte etwas genützt. Ihr blieb keine andere Wahl, jedenfalls keine, die ihr eingefallen wäre. Sie war sich längst nicht mehr sicher, ob es sie kümmerte, was geschah, ob es ihr etwas ausmachte, ob sie jemals aus dem Redcliff-Wald wiederkehrte.

Längst war sie nicht mehr sicher, ob sie in ihrem ganzen Leben jemals etwas Gutes bewirkt hatte.

»Nun?«, fragte sie in die lautlosen Schatten hinein.

Irgendwo blitzte etwas auf, hinten, jenseits der Bäume, im Schatten unter den niedrigen Felsvorsprüngen, wie um sie aufzufordern, den Pfad weiterzugehen, tiefer hinein in die verschlungene Bergschlucht. Sich die von den längst verheilten Verbrennungen noch immer schmerzenden Knöchel reibend, folgte sie dem Pfad und dem Geraschel im Unterholz. Kurz darauf gelangte sie an eine Stelle, wo sich eine Lücke zwischen den Bäumen auftat. Durch diese Lücke konnte sie die Öffnung einer Höhle erkennen.

Augen beobachteten sie aus diesem dunklen Schlund.

»So trete sssie doch ein«, zischelte die Stimme.

Sich in das Unabänderliche fügend, verließ Ann seufzend den Pfad und trat ein in einen Ort, den sie niemals aus ihrer Erinnerung hatte streichen können, sosehr sie es auch versucht hatte.

Kahlans Haar peitschte nach vorn und klatschte ihr ins Gesicht. Es mit einer Hand vor ihrer gepanzerten Schulter raffend, bahnte sie sich einen Weg durch das hektische Feldlager. An der Ostseite des Tales stießen die Unwetter heftig mit den Bergen zusammen, schleuderten Blitz und Donner und bescherten ihnen immer wieder aufs Neue einsetzende Regengüsse. Vereinzelte Böen beugten die Bäume, deren Blätter schimmerten, so als zitterten sie aus Angst vor diesen wütenden Naturgewalten.

Gewöhnlich ging es im Lager vergleichsweise ruhig zu, damit man dem Feind nicht ungewollt irgendwelche Informationen lieferte. Verglichen damit herrschte jetzt, da das Lager abgebrochen wurde, ein geradezu Nerven aufreibender Lärm. Der Krach allein genügte, ihren Puls zu beschleunigen. Wenn das nur alles wäre.

Während Kahlan durch das Chaos eilte, das dem ungeübten Auge wie eine Massenpanik erscheinen musste, stieß Cara in ihrer roten Lederkleidung Soldaten beiseite, um der Mutter Konfessor einen deutlich erkennbaren Pfad zu bahnen. Kahlan war klug genug, die Mord-Sith nicht davon abhalten zu wollen. Die meisten Soldaten gingen ihr auch ohne Caras Zutun aus dem Weg, wenn sie die Mutter Konfessor in ihrer Lederrüstung mit dem d'Haranischen Schwert an ihrer Seite und dem Heft des Schwertes der Wahrheit, das hinter ihrer Schulter hervorlugte, erblickten.

Ganz in der Nähe bäumten sich Pferde auf, die vor einen Wagen gespannt werden sollten. Unter wüstem Gerufe und Gefluche versuchten Soldaten, das Gespann unter Kontrolle zu bekommen, doch die Tiere protestierten mit heftigem Gebrüll. Andere Soldaten rannten, über Lagerfeuer und Gerät hinwegsetzend, quer durchs Lager, um Nachrichten zu überbringen. Männer sprangen aus dem Weg, als Wagen, Schlamm und Wasser spritzend, vorüberrasten. Eine lange, fünf Mann starke Kolonne aus Lanzenträgern marschierte bereits aus dem Lager und verschwand in der Unheil verkündenden Düsterkeit. Die Bogenschützen, die ihnen Schützenhilfe leisten sollten, waren hektisch bemüht, mit ihnen Schritt zu halten.

Der Pfad hinauf zur Hütte war mit Steinen ausgelegt, sodass niemand, der sich dorthin begab, durch Schlamm waten musste, der Spießrutenlauf durch die Mückenplage jedoch blieb niemandem erspart. Sie waren gerade bei der Tür angelangt, als sie ein peitschender Regenguss überraschte. Zedd war dort, zusammen mit Adie, General Meiffert und verschiedenen seiner Offiziere, sowie Verna und Warren. Alle hatten sich zwanglos um den in die Mitte des Raumes geschobenen Tisch versammelt; ein halbes Dutzend Karten lag kunterbunt übereinander auf dem Tisch.

Die Stimmung im Raum war angespannt.

»Wie lange ist das her?«, erkundigte sich Kahlan, auf jede Begrüßung verzichtend.

»Vielleicht ein paar Minuten«, antwortete General Meiffert. »Sie lassen sich mit dem Abbruch des Lagers Zeit. Sie ordnen sich nicht etwa für einen Angriff, sondern formieren sich für einen Abzug.«

Kahlan rieb sich mit den Fingerspitzen über die Stirn. »Liegen irgendwelche Informationen vor, was ihre Marschrichtung anbelangt?«

Der General veränderte seine Körperhaltung und verriet dadurch seine Verzweiflung. »Die Kundschafter behaupten, alles deute darauf hin, dass sie Richtung Süden marschieren werden, aber etwas Genaueres wissen wir zurzeit noch nicht.«

»Dann haben sie also nicht vor, uns hinterherzumarschieren?«

»Sie können ihre Marschrichtung natürlich jederzeit ändern oder eine Armee herschicken, im Augenblick aber deutet alles darauf hin, dass sie nicht die Absicht haben, uns bis hierher zu verfolgen.«

»Jagang hat es nicht nötig, uns nachzulaufen«, warf Warren ein. Kahlan fand, dass er ein wenig blass aussah, was kaum verwundern konnte; vermutlich wirkten sie alle ein wenig blass. »Jagang muss wissen, dass wir ihn angreifen werden. Er wird sich nicht die Mühe machen, uns bis hierher entgegenzukommen.«

Seiner Logik vermochte Kahlan nicht zu widersprechen. »Wenn er Richtung Norden marschiert, muss er wissen, dass wir hier nicht still sitzen bleiben und ihm zum Abschied nachwinken werden.«

Der Kaiser hatte seine Taktik geändert – wieder einmal. Noch nie war Kahlan einem Befehlshaber seines Schlages begegnet. Die meisten Militärs hatten ihre bevorzugten Methoden; hatten sie einmal auf eine bestimmte Weise eine Schlacht gewonnen, nahmen sie – in der festen Überzeugung, was einmal geklappt hatte, müsse wieder funktionieren – gewöhnlich ein Dutzend Niederlagen nach derselben Taktik in Kauf. Manchen waren auf Grund ihres Denkvermögens Grenzen gesetzt; diese waren leicht auszurechnen. Für gewöhnlich unternahmen sie einen stümperhaften Feldzug und gaben sich damit zufrieden, ihre Männer in den großen Fleischwolf zu schicken, in der Hoffnung, ihn durch schiere Masse zu verstopfen. Andere Heerführer waren gerissen und entwickelten ihre Taktik aus dem Stegreif; diese wiederum überschätzten sich oft selbst und endeten an der Spitze einer schlichten Lanze. Wieder andere hielten sich sklavisch an die Taktiken aus dem Kriegshandbuch; für sie war der Krieg eine Art Spiel, in der jede Seite der jeweils anderen verpflichtet war, sich an die Regeln zu halten.

Jagang war anders. Er hatte gelernt, den Feind auszurechnen. Er besaß keine bevorzugte Methode. Nachdem Kahlan ihm mit schnell vorgetragenen, begrenzten Überfällen mitten in sein Feldlager zugesetzt hatte, hatte er sich eben diese Taktik zu eigen gemacht und, statt sich auf seine überwältigende Übermacht zu verlassen, die d'Haranische Armee mit derselben Art von überfallartigen Attacken angegriffen – mit durchschlagendem Erfolg. Manche Männer ließen sich durch eine Schmach zu törichten Fehlern verleiten; Jagang dagegen machte denselben Fehler nie zweimal. Er hatte seinen Stolz im Griff, wechselte abermals die Taktik und tat Kahlan nicht den Gefallen, sich zu unsinnigen Gegenangriffen hinreißen zu lassen.

Trotzdem war es den D'Haranern gelungen, Breschen in seine Reihen zu schlagen und Truppen der Imperialen Ordnung in nicht vorhersehbarer Zahl auszuschalten. Ihre eigenen Verluste, obschon schmerzlich, waren, verglichen mit den erreichten Zielen, bemerkenswert gering.

Allerdings waren sehr viel mehr Feinde dem Winter zum Opfer gefallen als allen Einfällen Kahlans oder ihrer Männer. Da die Imperiale Ordnung weit unten aus dem Süden stammte, war sie mit dem Winter in der neuen Welt nicht vertraut und ungenügend auf ihn vorbereitet. Weit mehr als eine halbe Million Soldaten waren erfroren, mehrere hunderttausend waren Fieberanfällen und anderen durch das harte Leben an der Front hervorgerufenen Krankheiten erlegen.

Allein der Winter hatte Jagang nahezu eine Dreiviertel Million Mann gekostet. Es überstieg fast jedes Vorstellungsvermögen.

Kahlan befehligte in den südlichen Gebieten der Midlands derzeit ungefähr dreihunderttausend Mann. Unter normalen Umständen hätte eine solche Streitmacht jeden Feind vernichtend schlagen können.

Die Männer, die in Massen aus der Alten Welt heraufströmten, hatten die feindlichen Verluste jedoch um ein Vielfaches wettgemacht. Jagangs Armee bestand jetzt aus weit mehr als zweieinhalb Millionen Soldaten und wurde mit jedem Tag größer.

Jagang hatte sich damit begnügt, sich den Winter über nicht von der Stelle zu rühren. Kämpfen war unter solchen Bedingungen meist unmöglich. Klugerweise hatte er das Ende der ungünstigen Witterungsverhältnisse abgewartet, und als der Frühling kam, hielt er noch immer seine Stellung. Offenbar war er klug genug zu wissen, dass Krieg im Frühling ein tödliches Unterfangen war, denn in der morastigen Jahreszeit schwollen kleine Bäche zu unpassierbaren Fluten an. Man konnte seine Vorratskarren verlieren, wenn sie eine Kolonne bildeten, und der Verlust von Vorratskarren hatte einen langsamen Tod durch Verhungern zur Folge. Kavallerie war im Morast nahezu nutzlos, Stürze während eines Kavallerieangriffs kosteten wertvolle Reittiere, von den Männern ganz zu schweigen. Natürlich konnte die Infanterie einen Angriff durchführen, doch ohne die Unterstützung der nicht kämpfenden Einheiten drohte ein solcher Angriff in ein Blutbad ohne echten Nutzen auszuarten.

Jagang hatte den Morast des Frühlings ausgesessen. Seine Günstlinge hatten die Zeit genutzt und derweil die Kunde von »Jagang, dem Gerechten« verbreitet. Kahlan geriet außer sich, als Wochen später Berichte von so genannten »Gesandten des Friedens« sie erreichten, die in verschiedenen Städten überall in den Midlands aufgetaucht waren und Reden darüber gehalten hatten, sie wollten die Welt zum Wohle der gesamten Menschheit vereinen. Sie versprachen Frieden und Wohlstand, wenn man sie in den Städten willkommen hieß.

Jetzt, da der Sommer sie endlich eingeholt hatte, ließ Jagang seinen Feldzug erneut anlaufen. Offenbar beabsichtigte er jetzt, seine Truppen in jene Städte einmarschieren zu lassen, die seine Gesandten bereits aufgesucht hatten.

Die Tür flog auf, und es war nicht der Wind, sondern Rikka. Die Mord-Sith sah aus, als hätte sie seit Tagen nicht geschlafen. Rikka trat Kahlan gegenüber an den Tisch und warf zwei Strafer auf die dort liegende Karte.

Kahlan schloss für einen Moment die Augen, dann blickte sie hoch in Rikkas wütende blaue Augen. »Was ist passiert?«

»Ich weiß es nicht, Mutter Konfessor. Ich fand ihre Köpfe auf Lanzen aufgespießt. Die Strafer waren an den Lanzen festgebunden.«

Kahlan hielt ihren Zorn im Zaum. »Seid Ihr jetzt zufrieden, Rikka?«

»Galina und Solvig sind einen Tod gestorben, wie ihn Mord-Sith sich wünschen.«

»Galina und Solvig sind für nichts gestorben, Rikka. Nach den ersten vier wussten wir, dass es nicht funktionieren würde. Solange der Traumwandler in ihrem Verstand weilt, sind die mit der Gabe für Mord-Sith nicht so verwundbar, wie dies sonst der Fall wäre.«

»Es hätte auch etwas anderes sein können. Wenn wir ihre mit der Gabe Gesegneten dort aufgreifen, wo die Mord-Sith an sie herankommen, gelingt es uns vielleicht, sie auszuschalten. Das Risiko lohnt sich. Die mit der Gabe können mit einer einzigen Handbewegung tausende von Soldaten niederstrecken.«

»Ich habe Verständnis für Euren Wunsch, Rikka, aber der Wunsch allein macht es nicht möglich. Wir haben bereits sechs tote Mord-Sith zu beklagen, was uns zeigt, wie die Wirklichkeit aussieht. Wir werden nicht auch noch das Leben von weiteren fortwerfen, nur weil wir die Realität nicht wahrhaben wollen.«

»Ich bin trotzdem der Meinung …«

»Wir haben wichtige Entscheidungen zu treffen; für so etwas habe ich jetzt keine Zeit.« Kahlan stemmte ihre Fäuste auf den Tisch und beugte sich hinüber zu der Frau. »Ich bin die Mutter Konfessor und die Gemahlin des Lord Rahl. Entweder Ihr tut, was ich sage, oder Ihr verlasst die Truppe. Habt Ihr verstanden?«

Rikkas blaue Augen wechselten zu Cara. Schließlich sah Rikka Kahlan wieder an und seufzte schwer.

»Ich möchte bei unseren Streitkräften bleiben und weiter meine Pflicht erfüllen.«

»Ausgezeichnet. Und jetzt besorgt Euch etwas zu essen, solange Ihr noch Gelegenheit dazu habt. Ihr müsst bei Kräften bleiben.«

Für eine Mord-Sith kam Rikkas knappes Nicken einem förmlichen Salut so nahe, wie dies möglich schien. Als sie gegangen war, machte Kahlan der Moskitoplage mit ein paar gezielten Schlägen ein Ende und richtete ihr Augenmerk wieder auf die Karte.

»Also«, begann sie, die beiden Strafer von der Karte nehmend, »wer hat irgendwelche Vorschläge?«

»Ich würde sagen, wir müssen sie weiter am äußeren Rand attackieren«, meinte Zedd. »Einer direkten Auseinandersetzung mit ihnen können wir uns ganz offensichtlich nicht stellen. Wir haben keine andere Wahl, als sie auf dieselbe Weise zu bekämpfen wie bisher.«

»Derselben Ansicht bin ich auch«, meinte Verna.

Sich das Kinn reibend, blickte General Meiffert angestrengt auf die Karte, die ausgebreitet vor ihnen auf dem Tisch lag. »Wir werden uns über ihre Größe Gedanken machen müssen.«

»Nun, natürlich müssen wir uns über die Größe der Armee der Imperialen Ordnung Gedanken machen«, erwiderte Kahlan. »Sie ist groß genug, um sich aufteilen zu können und immer noch zu gewaltig zu sein, als dass man sich ihr entgegenstellen könnte. Davon spreche ich ja gerade – was tun wir, wenn er sie teilt? Ich an seiner Stelle würde es tun. Er weiß genau, dass er uns damit das Leben erschweren würde.«

Ein dringliches Klopfen an der Tür. Mit einem flüchtigen Faustschlag auf sein Herz salutierend, trat Captain Zimmer ein und schleppte, völlig außer Atem, beim Hereinkommen einen warmen, nach Pferd riechenden Luftschwall mit herein.

»Er teilt seine Truppen«, verkündete Captain Zimmer, so als hätten ihre Befürchtungen diese Entwicklung erst möglich gemacht.

Die meisten im Raum Anwesenden nahmen die Nachricht mit einem unglücklichen Seufzen auf.

»Kennen wir schon ihre Marschrichtung?«, erkundigte sich Kahlan.

Captain Zimmer nickte. »Allem Anschein nach lässt er etwa ein Drittel, vielleicht auch ein paar mehr, das Tal des Callisidrin hinauf nach Galea marschieren. Die Hauptstreitmacht hält nach Nordosten zu, wahrscheinlich, um das Tal des Kern zu erreichen und dann weiter nach Norden zu marschieren.«

Alle kannten sein mögliches späteres Ziel.

Zedd ballte eine Hand zur Faust. »Es macht keinen Spaß, Recht zu behalten, aber genau davon sprachen Kahlan und ich gerade. Genau das war unsere Vermutung.«

Captain Meiffert studierte, sich noch immer das Kinn reibend, die Karte. »Es ist ein offensichtlicher Schachzug, aber bei der Größe seiner Streitmacht ist das Offensichtliche keineswegs zwingend.«

Da offenbar niemand auf den Punkt zu sprechen kommen wollte, entschied Kahlan die Angelegenheit. »Galea steht völlig allein. Wir werden keine Truppen dorthin entsenden, um ihnen zu helfen.«

Schließlich deutete Captain Zimmer mit einer fuchtelnden Bewegung auf die Karte. »Wir müssen unsere Truppen vor ihre Hauptstreitmacht verlegen, wenn wir sie aufhalten wollen. Bleiben wir ihnen stattdessen auf den Fersen, können wir bestenfalls das Chaos aufräumen, das sie hinterlassen.«

»Da muss ich zustimmen.« Der General verlagerte das Gewicht auf seinen anderen Fuß. »Uns bleibt nichts weiter übrig, als zu versuchen, sie aufzuhalten. Wir werden immer wieder zurückweichen müssen, aber zumindest können wir ihren Vormarsch ein wenig verzögern. Tun wir das nicht, werden sie mit der Geschwindigkeit und Wucht einer Springflut bis ins Zentrum der Midlands vordringen.«

Zedd beobachtete den jungen Zauberer, der ein wenig abseits für sich am Fenster stand. »Wie denkst du darüber, Warren?«

Als er seinen Namen hörte, sah Warren auf, als hätte er überhaupt nicht zugehört; irgendetwas stimmte mit ihm nicht.

Er holte Luft und drückte den Rücken durch, während sich seine Miene aufhellte, sodass Kahlan schon glaubte, sie hätte sich getäuscht. Die Hände hinter dem Rücken verschränkt, trat er mit großen Schritten an den Tisch.

Er blickte über Vernas Schulter auf die Karte. »Vergesst Galea –

der Fall ist verloren. Wir können den Menschen dort nicht helfen. Sie werden die Strafe verbüßen müssen, die ihnen die Mutter Konfessor auferlegt hat – nicht etwa, weil sie die Worte ausgesprochen hat, sondern weil ihre Worte schlicht die Wahrheit waren. Alle Truppen, die wir zur Hilfe dorthin entsenden würden, wären verloren.«

Zedd bedachte seinen Zaubererkollegen mit einem versteckten Seitenblick. »Und weiter?«

Endlich trat Warren näher an den Tisch heran und zwängte sich zwischen Verna und den General. Mit Nachdruck legte er einen Finger hoch oben im Norden auf die Karte – von ihrem gegenwärtigen Feldlager aus fast drei Viertel der Strecke bis nach Aydindril.

»Dorthin müsst Ihr marschieren.«

General Meiffert runzelte die Stirn. »So weit nach Norden? Warum?«

»Weil Ihr«, erklärte Warren, »Jagangs Armee nicht aufhalten könnt – nicht seine Hauptstreitmacht. Bestenfalls könnt Ihr darauf hoffen, sie auf ihrem Marsch nach Norden im Tal des Kern zu bremsen. An der Stelle müsst Ihr ihnen Widerstand leisten, wenn Ihr sie bis zum nächsten Winter aufhalten wollt. Haben sie Euch erst einmal überrannt, stehen sie vor den Toren Aydindrils.«

»Uns überrannt?«, fragte General Meiffert missgelaunt.

Warren hob den Kopf und sah ihn an. »Glaubt Ihr etwa, Ihr wärt in der Lage, ihnen Einhalt zu gebieten? Ich wäre nicht überrascht, wenn sie bis dahin dreieinhalb bis vier Millionen Mann zählen würden.«

Der General schnaufte übellaunig. »Wieso glaubt Ihr dann, dass wir uns an dieser Stelle einfinden sollen – mitten auf ihrer Marschroute?«

»Aufhalten könnt Ihr sie nicht, aber wenn Ihr ihnen auf ihrem Marsch nach Norden schwer genug zusetzt, könnt Ihr vielleicht verhindern, dass sie Aydindril noch in diesem Jahr erreichen. Mit einer gehörigen Portion verbissenen Widerstandes könnt Ihr ihren Vormarsch bis zum Wintereinbruch zum Stillstand bringen und damit Aydindril einen weiteren Winter in Freiheit erkaufen.«

Warren hob den Kopf und sah Kahlan in die Augen. »Im Sommer darauf, von jetzt an gerechnet also in einem Jahr, wird Aydindril fallen. Bereitet Euch darauf in jeder Euch möglichen Weise vor, aber macht Euch keine Illusionen: Die Stadt wird an die Imperiale Ordnung fallen.«

Kahlan gefror das Blut in den Adern. Es war erschütternd, diese Worte aus seinem Mund zu hören. Am liebsten hätte sie ihn geohrfeigt.

Die Vorstellung, die Imperiale Ordnung könnte ihren Angriff bis ins Herz der Midlands tragen, war entsetzlich; dass die Imperiale Ordnung den Mittelpunkt der Neuen Welt erobern könnte, war absolut nicht hinnehmbar. Kahlan wurde schlecht, als sie sich vorstellte, wie Jagang und seine blutrünstige Mörderbande durch die Korridore des Palastes der Konfessoren schlenderten.

Warren beugte sich um den General herum und sah Zedd an. »Die Burg der Zauberer muss unbedingt gesichert werden – das weißt du besser als ich. Wenn die mit der Gabe in ihren Reihen die Burg und die dort aufbewahrten gefährlichen Gegenstände der Magie in ihre Gewalt bringen, bedeutet dies das Ende aller Hoffnungen. Ich glaube, der Zeitpunkt ist gekommen, dass wir diesem Gedanken oberste Dringlichkeit einräumen müssen. Die Burg zu halten ist von entscheidender Bedeutung.«

Zedd strich sich sein widerspenstiges weißes Haar aus dem Gesicht. »Falls nötig, könnte ich die Burg ganz allein halten.«

Warren wich Zedds haselbraunen Augen aus. »Das wirst du vielleicht auch müssen«, sagte er leise. »Sobald wir diesen Ort erreicht haben« – er tippte abermals auf die Karte –, »kannst du nichts mehr für die Armee tun, Zedd, und musst dich um die Sicherung der Burg der Zauberer und der dort aufbewahrten magischen Gegenstände kümmern.«

Kahlan spürte, wie ihr das Blut heiß ins Gesicht schoss. »Du redest darüber, als sei das alles längst besiegelt – als sei dies alles vom Schicksal entschieden und wir hätten keinerlei Einfluss mehr darauf. Mit einer derart defätistischen Einstellung können wir unmöglich siegen.«

Warren lächelte, plötzlich trat seine Schüchternheit wieder zutage. »Es tut mir Leid, Mutter Konfessor, es war nicht meine Absicht, diesen Eindruck bei Euch zu erwecken. Ich trage lediglich meine Analyse der bekannten Tatsachen vor. Es wird uns nicht möglich sein, ihnen Einhalt zu gebieten – es hat keinen Sinn, uns diesbezüglich irgendwelchen Selbsttäuschungen hinzugeben. Ihre Zahl wächst mit jedem Tag. Zumal wir in Betracht ziehen müssen, dass Länder wie Anderith und Galea die Imperiale Ordnung fürchten und sich ihr eher anschließen werden, als das brutale Schicksal derer zu erleiden, die ihr eine Kapitulation verweigern.

Ich habe in der Alten Welt gelebt, als sie Stück für Stück an die Imperiale Ordnung fiel. Ich habe Jagangs Methoden genau studiert und weiß, wie geduldig dieser Mann sein kann. Er hat die gesamte Alte Welt zu einem Zeitpunkt erobert, als ein solches Kunststück völlig unvorstellbar schien. Viele Jahre lang ließ er Straßen errichten, nur um seine Pläne ausführen zu können. Wenn er sich einmal etwas vorgenommen hat, lässt er nie wieder davon ab. Manchmal lässt er sich durch eine Provokation oder Demütigung zu übereilten Handlungen verleiten, aber er kommt stets schnell wieder zur Besinnung. Und zwar deswegen, weil er ein Ziel hat, das ihm wichtiger ist als seine eigene Person.

Über einen entscheidenden Punkt müsst Ihr Euch, was Jagang betrifft, im Klaren sein; es ist das Wichtigste, das ich Euch über diesen Mann erzählen kann: Er ist von ganzem Herzen überzeugt, das Richtige zu tun. Er sonnt sich im Ruhm des Sieges und der Eroberung, ganz ohne Frage, aber seine inbrünstigste Freude ist es, derjenige zu sein, der den Menschen, die in seinen Augen Heiden sind, das zu bringen, was er für Gerechtigkeit hält. Seiner Ansicht nach können sich die Menschen nur dann ethisch weiterentwickeln, wenn man sie samt und sonders der moralischen Autorität der Imperialen Ordnung unterstellt.«

»Das ist doch Unsinn«, protestierte Kahlan.

»So denkt Ihr vielleicht, er dagegen ist ehrlich davon überzeugt, dem höheren Wohl der Menschheit zu dienen. Das ist sein frommer Glaube. Für ihn und seinesgleichen ist das eine heilige, naturgegebene Wahrheit.«

»Er glaubt allen Ernstes, dass Mord, Vergewaltigung und Sklaverei etwas mit Gerechtigkeit zu tun haben?«, fragte General Meiffert. »Dann muss er den Verstand verloren haben.«

»Er ist unter den Priestern der Bruderschaft des Ordens aufgewachsen.« Warren hob einen Finger, um sicher zu gehen, dass alle verstanden, was er sagen wollte. »Er ist der festen Überzeugung, dass all diese Dinge, und sogar noch mehr, völlig gerechtfertigt sind. Er ist überzeugt, dass nur die nächste Welt zählt, weil wir dort im ewigen Licht des Schöpfers stehen werden. Es ist der Glaube des Ordens, dass man sich diesen Lohn in der nächsten Welt verdient, indem man seinen Mitmenschen in dieser Welt Opfer bringt. Alle, die sich dieser Erkenntnis verweigern – also wir –, müssen entweder gezwungen werden, sich den Methoden des Ordens zu unterwerfen, oder eben sterben.«

»Dann betrachtet er es also als seine heilige Pflicht«, sagte General Meiffert, »uns zu vernichten. Er ist nicht in erster Linie auf Kriegsbeute aus, sondern will seine abwegige Vision von der Errettung der Menschheit verwirklichen.«

»So ist es.«

»Also schön«, seufzte Kahlan. »Was wird dieser heilige Mann der Gerechtigkeit deiner Meinung nach also tun?«

»Ich denke, im Wesentlichen hat er zwei Möglichkeiten. Wenn er die Neue Welt erobern und die gesamte Menschheit unter der Herrschaft des Ordens vereinen will, muss er unbedingt zwei entscheidende Orte einnehmen: Aydindril, weil es der Sitz der Macht in den Midlands ist, und den Palast des Volkes in D'Hara, weil das d'Haranische Volk von dort aus regiert wird. Fallen diese beiden Orte, bricht alles andere in sich zusammen. Beide Möglichkeiten standen ihm offen; jetzt hat Kaiser Jagang seine Entscheidung getroffen, was als erstes fallen soll.

Die Imperiale Ordnung hat es auf Aydindril abgesehen, um die Midlands zu spalten. Warum sonst sollte sie nach Norden marschieren? Wie ließe sich ein Feind besser besiegen, als ihn in zwei Hälften aufzuspalten? Hat sie Aydindril erst eingenommen, wird sie ihr Schwert gegen das isolierte D'Hara erheben. Wie ließe sich ein Feind besser demoralisieren, als ihm zuerst sein Herz herauszureißen?

Ich will damit nicht behaupten, dies ist schicksalhaft vorherbestimmt, ich erkläre Euch nur, wie die Imperiale Ordnung ihr schauerliches Werk versieht. Zu denselben Schlüssen war auch Richard bereits gekommen. Wenn man davon ausgeht, dass wir realistischerweise nicht darauf hoffen können, ihnen Einhalt zu gebieten, halte ich es nur für klug, der Wirklichkeit ins Auge zu sehen, so wie sie ist, meint Ihr nicht auch?«

Kahlan ließ den Blick auf die Karte sinken. »Ich denke, in der finstersten Stunde dürfen wir nicht den Glauben an uns selbst verlieren. Ich habe nicht die Absicht, das D'Haranische Reich der Imperialen Ordnung kampflos abzutreten. Wir müssen ihnen so wirkungsvoll wie möglich zusetzen, bis wir den Spieß herumdrehen können.«

»Die Mutter Konfessor hat Recht«, beharrte Zedd mit leisem Nachdruck. »Der letzte große Krieg, in dem ich in meiner Jugendzeit kämpfte, schien eine Zeit lang gleichermaßen aussichtslos. Und doch haben wir gesiegt und die Eindringlinge wieder dorthin zurückgejagt, woher sie gekommen waren.«

Keiner der d'Haranischen Offiziere sprach ein Wort, denn damals waren diese Eindringlinge D'Haraner gewesen.

»Aber jetzt liegen die Dinge anders. Der Krieg damals war uns von einem böswilligen Herrscher aufgezwungen worden.« Zedd sah General Meiffert, Captain Zimmer und den anderen d'Haranischen

Offizieren in die Augen. »In jedem Krieg gibt es auf beiden Seiten sowohl gute als auch schlechte Menschen.

Als der frisch ernannte Lord Rahl hat Richard diesen guten Menschen Gelegenheit gegeben sich zu bewähren.

Wir müssen uns in dieser Auseinandersetzung unbedingt durchsetzen. So schwer es zurzeit auch sein mag, das zu glauben, auch in der Alten Welt gibt es rechtschaffene Menschen, die weder unter die Stiefel der Imperialen Ordnung geraten noch einen Krieg um die Ziele des Ordens vom Zaun brechen wollen. Nichtsdestoweniger müssen wir ihnen Einhalt gebieten.«

»Und wie«, wandte Kahlan ein und zeigte dabei auf die vor Warren liegende Karte, »wird Jagang deiner Meinung nach diesen Krieg vom Zaun brechen wollen?«

Warren tippte abermals auf die Karte, auf die Gegend südlich von Aydindril. »Da ich Jagang und seine Methoden kenne, mit denen er seine Widersacher unterwirft, glaube ich, dass er im Großen und Ganzen an seinem Plan festhalten wird. Er hat ein Ziel, und das wird er auch weiterhin mit aller Verbissenheit verfolgen. Bislang haben wir ihm nichts entgegengesetzt, das er nicht sein ganzes Leben lang auch schon von anderen Gegnern kennt. In Anbetracht dieser Erfahrung wird er diesen Krieg, da bin ich ganz sicher, für wenig außergewöhnlich halten. Ich will unsere Leistung nicht schmälern – jeder Krieg hat seine Überraschungen, und wir haben ihm ein paar überaus unangenehme beschert. Aber ich möchte behaupten, dass er im Großen und Ganzen so verläuft wie von ihm erwartet.

Ausgehend von ihrem üblichen Marschtempo sowie der Tatsache, dass Ihr der Imperialen Ordnung zusetzt, wird sie den ganzen Sommer benötigen, um bis zu jener Stelle vorzurücken, die ich Euch gezeigt habe. Normalerweise marschiert Jagang stets langsam, wenn auch mit unaufhaltsamer Macht. Er wird einfach genügend Soldaten einmarschieren lassen, um jeden Widerstand zerschlagen zu können, denn er spürt, je länger er sich Zeit lässt, bis zu seinen Feinden vorzudringen, desto mehr Zeit haben sie, aus Angst vor ihm zu zittern. Wenn er dann schließlich kommt, hat die quälend lange Wartezeit seine Feinde bereits zermürbt.

Wenn Ihr Eure Truppen dort, wo ich es Euch gezeigt habe, aufmarschieren lasst, werdet Ihr Aydindril den nächsten Winter über schützen können, da Jagang gewillt sein wird, einen günstigen Zeitpunkt abzuwarten. Er hat lernen müssen, wie beschwerlich die Winter in der Neuen Welt sind, und wird nicht ohne Not auf einen Winterfeldzug drängen. Im Sommer aber, wenn sie sich wie jetzt wieder in Marsch setzen, wird Aydindril fallen – ob Ihr Euch nun der Wucht der Hauptstreitmacht entgegenstellt oder nicht. Wenn sie gegen Aydindril marschieren, müssen wir die Burg der Zauberer unbedingt halten. Mehr können wir nicht tun.«

Im Raum herrschte Schweigen. Das Feuer war längst ausgegangen. Warren und Verna hatten bereits gepackt und waren aufbruchbereit, wie auch der größte Teil der übrigen Armee. Warren und Verna waren im Begriff, ihr Zuhause zu verlieren. Kahlan warf einen Blick zur Seite und verweilte kurz auf den Vorhängen, die sie vor langer Zeit für sie genäht hatte. Die Hochzeit war kaum noch mehr als eine blasse Erinnerung.

Ihre eigene Hochzeit dagegen schien nicht mehr zu sein als ein unwirklicher Traum. Jedesmal, wenn sie aufwachte, kam ihr Richard vor wie ein Gespenst. Außer diesem den Verstand betäubenden, unerbittlichen und endlosen Krieg schien nichts zu existieren. Manchmal, ein paar flüchtige Augenblicke lang, glaubte sie, dass er am Ende nur ein Traum war, in Wirklichkeit gar nicht existiert haben konnte und dass ihr glückliches Zuhause in jenem Sommer vor so langer Zeit nichts als Einbildung war. Diese Augenblicke des Zweifelns machten ihr mehr Angst als Jagangs Armee.

»Warren«, fragte Kahlan mit leiser Stimme, »was geschieht danach? Was wird deiner Meinung nach im nächsten Sommer passieren, wenn sie Aydindril erobert haben?«

Warren zuckte mit den Achseln. »Ich weiß es nicht. Vielleicht begnügt sich Jagang damit, Aydindril eine Weile zu verdauen, um die

Midlands ganz in seine Gewalt zu bringen. Er glaubt, es sei seine Pflicht dem Schöpfer gegenüber, die gesamte Menschheit unter der Imperialen Ordnung zu vereinen. Früher oder später wird er nach D'Hara weiterziehen.«

Schließlich richtete Kahlan ihre Aufmerksamkeit auf Captain Zimmer.

»Macht Eure Männer bereit, Captain. Während wir unsere Vorräte und alles andere auf den Weg bringen, könnt Ihr Jagang ebenso gut noch einmal daran erinnern, dass unsere Klingen nach wie vor gewetzt sind.«

Grinsend schlug der Capitain sich mit der Faust aufs Herz.

Kahlan ließ ihren Blick über alle im Raum Anwesenden wandern.

»Ich bin fest entschlossen, die Imperiale Ordnung für jeden Zoll Land, den sie erobert, bluten zu lassen. Wenn das alles ist, was ich tun kann, dann werde ich genau dies tun, bis zu meinem allerletzten Atemzug.«

20. Kapitel

Die vollkommen regungslose Luft war drückend heiß und stank nach abgestandener Kloake. Richard wischte sich den Schweiß von der Stirn; wenigstens konnte er sich, solange sein robuster Wagen durch die Straßen rollte, eines bescheidenen Luftzugs erfreuen.

Aus seinen sorgenvollen Gedanken über die Gewissheit gerissen, dass Kahlan und Cara längst die Sicherheit ihrer Hütte in den Bergen verlassen haben mussten, fiel Richard auf, dass für mitten in der Nacht ein ungewöhnliches Maß an Betriebsamkeit herrschte. Schattenhafte Gestalten huschten durch die düsteren Straßen, um hastig in abgedunkelten Gebäuden zu verschwinden. Für kurze Augenblicke fielen Lichtstreifen quer über die Straße, bis die Türen wieder zugezogen waren. Der Mond war aufgegangen, und in den dunkleren Gassen glaubte er Leute zu erkennen, die, ihn beobachtend, warteten, bis er vorüber war, bevor sie ihren Weg fortsetzten. Das Rattern seiner Wagenräder machte es ihm unmöglich, zu verstehen, was sie womöglich untereinander tuschelten.

Als er in die Straße einbog, die ihn hinaus zum Köhler bringen würde, musste er sein Gespann jäh anhalten, als einige Männer mit Langwaffen auf die Straße traten und ihm den Weg verstellten. Ein Gardist ergriff die Trensen seiner Pferde. Aus der Seitenstraße stürzten weitere Soldaten der Stadtwache hervor und richteten ihre Lanzen auf ihn.

»Was hast du hier draußen zu schaffen?«, fragte ihn eine Stimme seitlich neben seinem Wagen.

Seelenruhig zog Richard den Hebel an, um die Bremse festzuziehen.

»Ich bin im Besitz einer Sondererlaubnis, die es mir gestattet, nachts Güter zu befördern. Sie sind für den Palast des Kaisers bestimmt.«

Gewöhnlich genügten die Worte »Palast des Kaisers«, um ihn passieren zu lassen.

Der Gardist machte eine fordernde Handbewegung. »Wenn du eine Sondererlaubnis hast, dann lass mal sehen.«

In dieser Nacht wollten die Gardisten mehr, also nahm Richard des gefaltete Stück Papier aus einer ledernen Schutzhülle unter seinem Hemd und reichte es dem Gardisten hinunter. Man hörte das leise Kreischen von Metall, als der Gardist an seiner Blendlaterne eine winzige Klappe aufschob, sodass ein schmaler Lichtstrahl auf das Dokument fiel. Mehrere Köpfe beugten sich vor, um den Text zu entziffern und die offiziellen Siegel zu prüfen. Sie waren alle echt. Das sollten sie auch – sie hatten Richard schließlich ein kleines Vermögen gekostet.

»Hier, bitte.« Der Gardist gab Richard das Dokument zurück. »Hast du auf deiner Fahrt durch die Stadt irgendetwas Ungewöhnliches bemerkt?«

»Etwas Ungewöhnliches? Was meint Ihr damit?«

Der Gardist stöhnte genervt. »Hättest du etwas gesehen, müsstest du nicht fragen.« Er wedelte ungeduldig mit der Hand. »Fahr jetzt weiter.«

Richard machte keine Anstalten loszufahren. »Muss ich mir Sorgen machen?« Er tat, als sehe er sich um. »Sind etwa Straßenräuber unterwegs? Bin ich in Gefahr? Ist es für einen Bürger auch sicher, unterwegs zu sein? Ich fahre den Wagen zurück, wenn es gefährlich ist.«

Der Mann lachte spöttisch in sich hinein. »Du hast nichts zu befürchten. Es sind bloß ein paar Narren, die Ärger machen, weil sie nichts Besseres zu tun haben.«

»Das ist wirklich alles? Seid Ihr sicher?«

»Du hast Arbeiten für den Palast zu erledigen. Also mach schon.«

»Jawohl, Sir.« Richard schnalzte mit der Zunge und ließ die Zügel schnellen. Der schwere Wagen ruckte an.

Er hatte keine Ahnung, was im Gange war, vermutete aber, die Gardisten waren unterwegs, um weitere Rebellen aufzugreifen und diese anschließend zu verhören. Wahrscheinlich wünschten sie sich nichts sehnlicher, als auf ihren Posten zurückzukehren, daher würde vermutlich jeder, der ihnen in die Hände fiel, als Rebell enden. Einige Tage zuvor war ein Mann aus Ishaqs Betrieb festgenommen worden; er hatte sich mit selbst gebranntem Schnaps betrunken und eine Versammlung vorzeitig verlassen. Er kam nicht einmal mehr bis nach Hause. Wenige Tage darauf erhielt Ishaq Nachricht, der Mann habe sich der Verbrechen gegen den Orden für schuldig bekannt. Frau und Tochter des Mannes wurden ebenfalls verhaftet. Die Frau war wieder auf freien Fuß gesetzt worden, nachdem man ihr wegen Verleumdung des Ordens sowie hasserfüllter Gedanken über ihre Nachbarn eine festgelegte Anzahl von Peitschenhieben verabreicht hatte. Die Tochter hatte man noch nicht wieder freigelassen. Niemand wusste, wo man sie gefangen hielt.

Nach einer Weile erreichte er den Rand der Stadt, dort, wo sie in offene Felder überging. Richard sog den angenehmen Duft frisch umgepflügter Erde tief in seine Lungen. Die Lichter vereinzelter Farmen funkelten wie einsame Sterne. Schließlich sah Richard im Mondschein den unregelmäßigen Schattenriss des Waldes vor sich. Als er auf den Hof des Holzkohlenhändlers rollte, näherte sich der Köhler, ein nervöser Mann mit Namen Faval, dem Wagen hastig von der Seite her.

»Richard Cypher! Da bist du ja endlich! Ich dachte schon, du kämst überhaupt nicht mehr.«

»Wieso?«

Der Mann verfiel in ein schrilles Gekicher. Faval kicherte oft über Dinge, die alles andere als komisch waren. Mittlerweile hatte Richard eingesehen, dass es einfach seine Art war. Er war ein fahriger, nervöser Kerl, und sein Gekichere hatte nichts mit Respektlosigkeit zu tun, eher war es etwas, gegen das er einfach machtlos war. Eine Menge Leute mieden Faval jedoch wegen seiner eigenartigen Lache, denn sie befürchteten, er könnte vielleicht nicht ganz richtig im Kopf sein – eine Strafe, die der Schöpfer, so glaubten sie, Sündern auferlegte. Andere wurden wütend auf ihn, weil sie glaubten, er mache sich über sie lustig. Dadurch wurde Faval noch nervöser, was ihn wiederum dazu bewog, noch mehr zu kichern. Faval hatte keine Schneidezähne mehr, und seine Nase war nach mehreren Brüchen krumm und schief. Richard wusste, dass der Mann wirklich nichts dafür konnte, und machte ihm deswegen niemals Schwierigkeiten. Faval hatte Vertrauen zu ihm gefasst.

»Ich weiß nicht, ich dachte bloß, du kämst vielleicht nicht.«

Faval blinzelte aus seinen großen Augen ins Mondlicht. Richards Gesicht legte sich verwirrt in Falten.

»Ich habe dir versprochen zu kommen, Faval. Was bringt dich auf die Idee, ich würde es vielleicht doch nicht tun?«

Faval zupfte nervös an seinem Ohrläppchen. »Gar nichts.«

Richard kletterte herunter. »Die Stadtwache hat mich angehalten …«

»Nein!« Favals Gekicher hallte durch die dunkle Nacht. »Was wollten sie denn? Haben sie dich ausgefragt?«

»Sie wollten wissen, ob ich etwas Ungewöhnliches bemerkt hätte.«

»Aber das hast du nicht.« Er kicherte. »Sie haben dich fahren lassen. Du hast nichts gesehen.«

»Na ja«, meinte Richard gedehnt, »diesen Burschen mit den zwei Köpfen habe ich schon gesehen.«

Das Zirpen der Grillen füllte die Stille. Faval kniff erstaunt die Augen halb zusammen. Im Mondschein konnte Richard erkennen, dass sein Mund weit offen stand.

»Du hast einen Mann mit zwei Köpfen gesehen?«

Diesmal war es Richard, der lachen musste. »Nein, hab ich nicht, Faval. Es war bloß ein Scherz.«

»Wirklich? Aber der war nicht komisch.«

Richard seufzte. »Nein, vermutlich nicht. Hast du die Fuhre Holzkohle fertig? Ich habe eine lange Nacht vor mir. Victor braucht dringend eine Ladung Stahl, und Priska benötigt Holzkohle, sonst muss er den Laden dichtmachen, behauptet er. Er sagt, du hättest ihm die letzte Lieferung nicht geschickt.«

Faval kicherte. »Konnte ich doch nicht! Ich wollte ja, Richard Cypher, ich brauche das Geld dringend. Ich schulde den Holzfällern das Geld für die Stämme, aus denen ich die Kohle hier hergestellt habe. Sie meinten, wenn ich sie nicht bezahle, würden sie mir kein Holz mehr liefern. So sieht das aus.«

Faval lebte am Rand eines Waldgebietes und verfügte daher über eine greifbar nahe Holzquelle, allerdings war es ihm nicht gestattet, das Holz eigenhändig zu schlagen. Sämtliche Rohstoffe waren im Besitz des Ordens, deshalb wurden Bäume nur dann geschlagen, wenn die Holzarbeiter, die im Besitz von Lizenzen waren, Arbeit brauchten, nicht wenn jemand Holz benötigte. Größtenteils verfaulte das Holz ungenutzt auf dem Boden; wer aber beim Holzsammeln erwischt wurde, machte sich des Diebstahls an Ordensbesitz schuldig und wurde festgenommen.

Faval hob seine Hände, so als wollte er Richard um Verständnis anflehen. »Ich hab ja versucht, die Holzkohle zu Priska transportieren zu lassen, aber das Komitee hat mir die Fuhrerlaubnis verweigert. Sie meinten, ich brauche das Geld nicht. Ich brauche das Geld nicht! Kannst du dir das vorstellen?« Er lachte gequält. »Sie erklärten mir, ich sei ein reicher Mann, weil ich ein Unternehmen habe, und dass ich warten müsse, bis sie sich um die Bedürfnisse der einfachen Leute gekümmert hätten. Dabei versuche ich doch bloß zu überleben.«

»Das weiß ich doch, Faval. Ich habe Priska erklärt, dass du nichts dafür kannst. Er versteht das – er hat selbst ganz ähnliche Schwierigkeiten. Nur ist er verzweifelt, weil er die Holzkohle unbedingt braucht. Du kennst doch Priska: Er lässt seine Wut an Leuten aus, die überhaupt nichts mit dem Problem zu tun haben. Ich habe ihm für heute Abend eine Fuhre Holzkohle zugesagt, und zwei weitere für morgen Abend. Kann ich für zwei weitere Ladungen morgen auf dich zählen?«

Richard reichte ihm die Silbermünzen für die eine Fuhre.

Faval legte die Hände aneinander wie zum Gebet. »Ich danke dir, Richard Cypher. Du bist ein Erretter. Diese Holzarbeiter sind eine üble Bande. Ja, ja, und zwei weitere morgen. Ich lasse sie gerade abkühlen. Du bist wie ein Sohn für mich, Richard Cypher.« Kichernd deutete er mit einer Handbewegung irgendwo in die Dunkelheit. »Sie steht dort drüben und glimmt vor sich hin. Du wirst sie bekommen.«

Richard konnte Dutzende und Aberdutzende ein wenig an Heuschober erinnernde Erdhügel erkennen, die Meiler. Kleine Scheite gespaltenen Holzes wurden rings um einen mit leicht brennbarem Material gefüllten Feuerschacht in der Mitte geschichtet, sodass ein runder Hügel entstand, der anschließend mit einer Lage aus grünen Zweigen und Farnblättern abgedeckt und mit einer festen Erdschicht überkleidet wurde. Angezündet wurde er am unteren Ende des Feuerschachtes, anschließend wurde diese Öffnung geschlossen. Über einen Zeitraum von sechs bis acht Tagen entwichen Feuchtigkeit und Rauch durch kleine Löcher im oberen Teil. Ließ der Rauch nach, wurden die Belüftungsöffnungen luftdicht verschlossen, um das Feuer zu ersticken. Nach dem Abkühlen konnten die Meiler dann geöffnet und die Holzkohle entnommen werden – ein aufwändiges Verfahren, aber die Arbeit selbst war verhältnismäßig einfach.

»Lass mich dir helfen, den Wagen zu beladen«, bot Faval an.

Richard bekam ihn an den Schultern seines Hemdes zu fassen, als er sich entfernen wollte. »Was wird hier eigentlich gespielt, Faval?«

Faval legte einen Finger an die Lippen und musste lachen. Fast klang es so, als täte ihm das Lachen weh. Er zögerte erst, dann antwortete er flüsternd: »Die Rebellion. Sie hat begonnen.«

Richard hatte etwas Ähnliches schon vermutet. »Was weißt du darüber, Faval?«

»Nichts! Ich weiß überhaupt nichts!«

»Faval, ich bin es doch, Richard. Ich werde dich nicht verraten.«

Faval kicherte; diesmal klang es eher erleichtert.

»Natürlich nicht, natürlich nicht. Verzeih mir, Richard Cypher. Manchmal bin ich so nervös, dass ich nicht nachdenke.«

»Was ist nun mit dieser Rebellion?«

Faval breitete in einer Geste der Hilflosigkeit die Hände aus. »Der Orden, er unterdrückt die Menschen. So können wir nicht weiterleben. Wärst du nicht gewesen, Richard Cypher, ich wäre längst ... na ja, ich will gar nicht daran denken. Aber andere haben nicht so viel Glück, sie müssen hungern, denn der Orden nimmt ihnen die Lebensmittel fort, die sie anbauen. Fast jeder hat irgendwelche Verwandte oder Freunde, die verhaftet worden sind. Sie gestehen Dinge, die sie überhaupt nicht getan haben.

Wusstest du das, Richard Cypher? Dass sie Verbrechen gestehen, die sie gar nicht begangen haben? Ich habe es selbst nie glauben wollen, dachte immer, wer gesteht, der ist auch schuldig. Warum sollte man gestehen, wenn man unschuldig ist?« Er kicherte. »Warum? Ich dachte, das wären alles schlechte Menschen, die dem Orden schaden wollten. Ich fand, dass ihnen recht geschieht, und war froh, dass sie verhaftet und bestraft wurden.«

»Und wodurch hat deine Meinung sich geändert?«

»Durch meinen Bruder.« Favals glucksendes Gekicher war unvermittelt in Schluchzen umgeschlagen. »Er hat mir geholfen, Holzkohle zu machen. Wir haben sie zusammen hergestellt und unsere Familien davon ernährt. Von Sonnenaufgang bis Sonnenuntergang haben wir geschuftet. Wir schliefen sogar im selben Haus, in dem dort drüben. Es hat nur ein Zimmer; wir waren Tag und Nacht zusammen.

Letztes Jahr dann, auf einer Versammlung, auf der wir alle aufstehen und erklären mussten, wie der Orden unser aller Leben verbessert, wurde er, als wir gerade gehen wollten, verhaftet. Jemand hatte seinen Namen angegeben, weil er angeblich ein Rebell sein sollte, doch ich war völlig unbesorgt. Mein Bruder hatte sich nie etwas zu Schulden kommen lassen. Er war ja Köhler.«

Der Schweiß lief Richard in den Nacken, als er in der Dunkelheit wartete, während Faval starren Blicks die düsteren Bilder aus der Vergangenheit an sich vorüberziehen ließ.

»Eine ganze Woche lang bin ich jeden Tag zur Kaserne gelaufen und habe den Leuten dort erklärt, dass er niemals etwas gegen den Orden unternehmen würde. Irgendwann sagten die Gardisten, mein Bruder hätte endlich gestanden. Hochverrat, so nannten sie es – er soll eine Verschwörung zum Sturz des Ordens angezettelt haben. Sie behaupteten, er hätte gestanden.

Am nächsten Tag wollte ich irgendwelche anderen Leute aufsuchen, so wütend war ich; ich wollte den Beamten in der Kaserne erklären, was für brutale Unmenschen sie sind. Meine Frau hat geweint und mich angefleht, nicht noch einmal zur Kaserne zu gehen, aus Angst, ich könnte ebenfalls verhaftet werden. Ihr zuliebe, und wegen der Kinder, bin ich dann nicht hingegangen. Es hätte sowieso nichts genützt. Kein Mensch, der gesteht, ist unschuldig. Das weiß doch jeder.

Sie haben meinen Bruder hingerichtet. Seine Frau und seine Kinder wohnen immer noch bei uns. Wir können kaum genug …« Faval fing an zu kichern und biss sich auf die Knöchel seiner Hand.

Richard legte dem Mann eine Hand auf die Schulter. »Ich verstehe, Faval. Du hättest nichts dagegen machen können.«

Faval wischte sich über die Augen. »Und jetzt bin ich schuldig, weil ich hasserfüllte Gedanken denke. Das ist ein Verbrechen, musst du wissen, und ich bin dessen schuldig. Manchmal stelle ich mir vor, wie das Leben ohne den Orden aussähe. Ich träume davon, selbst einen Karren zu besitzen – bloß einen einfachen Karren –, damit meine Söhne und Neffen die Holzkohle ausfahren können, die wir herstellen. Wäre das nicht wundervoll, Richard Cypher? Ich könnte mir Sachen kaufen …« Er ließ den Satz unbeendet.

Verwirrt hob er den Kopf. »Aber der Orden sagt, diese Gedanken sind ein Verbrechen, weil ich meine Wünsche über die Bedürfnisse anderer stelle. Wieso sind deren Bedürfnisse wichtiger als meine? Wieso?

Ich bat um Erlaubnis, einen Karren anzuschaffen. Man sagte mir, ich dürfe keinen besitzen, weil ich den Karrenfahrern die Arbeit wegnehmen würde. Es hieß, ich sei habgierig, weil ich anderen die Arbeit wegnehmen wolle. Sie nannten mich eigensüchtig, weil ich auf solche Gedanken käme.«

»Das stimmt nicht«, versicherte ihm Richard ruhig. »Deine Gedanken sind weder ein Verbrechen, noch sind sie schlecht. Es ist dein Leben, Faval – und das solltest du so leben können, wie du es für richtig hältst. Du solltest die Möglichkeit haben, dir deinen Karren anzuschaffen, hart zu arbeiten und für dich und deine Familie das Beste aus deinem Leben zu machen.«

Faval kicherte frohlockend. »Jetzt hörst du dich an wie ein Revolutionär, Richard Cypher.«

Richard seufzte, als er darüber nachdachte, wie sinnlos das Ganze war. »Nein, Faval.«

Faval musterte ihn eine Weile abschätzend im Licht des Mondes. »Sie hat bereits angefangen, Richard Cypher. Die Rebellion, sie hat angefangen.«

»Ich muss Holzkohle ausliefern.« Richard ging um den hinteren Teil des Wagens herum und hievte einen Korb auf die Ladefläche.

Beim nächsten Korb ging ihm Faval zur Hand. »Du solltest dich ihnen anschließen, Richard Cypher. Du bist ein kluger Mann. Sie könnten deine Hilfe gut gebrauchen.«

»Warum?« Richard fragte sich, ob er es wagen durfte, sich Hoffnungen zu machen. »Was haben sie geplant? Was werden sie mit dieser Rebellion anfangen?«

Faval kicherte. »Nun, sie werden morgen durch die Straßen marschieren und Veränderungen fordern.«

»Was für Veränderungen denn?«

»Ich nehme an, sie wollen die Möglichkeit bekommen zu arbeiten.

Sie werden fordern, das tun zu können, was sie wollen.« Er kicherte. »Vielleicht komme ich dadurch sogar zu einem Karren. Was meinst du, Richard Cypher? Glaubst du, wenn es zu dieser Rebellion kommt, kann ich mir einen Karren anschaffen und meine Holzkohle selbst ausliefern? Ich könnte dann mehr Holzkohle herstellen.«

»Aber was wollen sie tun? Wie wollen sie irgendetwas verändern, wenn der Orden sich weigert – was er ganz sicher tun wird.«

»Tun? Na ja, ich denke, sie werden ziemlich wütend sein, wenn der Orden sich weigert. Vielleicht gehen sie nicht wieder zurück an ihre Arbeit. Einige haben gesagt, sie wollen in die Geschäfte einbrechen und das Brot stehlen.«

Richards Hoffnungen versanken wieder in den Schatten des Zweifels.

Der Mann packte Richards Ärmel und hielt ihn fest. »Was soll ich tun, Richard Cypher? Soll ich mich der Rebellion anschließen? Sag du es mir.«

»Du solltest keinen anderen fragen, wie du dich in einer solchen Angelegenheit verhalten sollst, Faval. Wie kannst du dein Leben und das deiner Familie aufgrund dessen, was ein Mann mit einem Wagen sagt, in Gefahr bringen?«

»Aber du bist ein kluger Mann, Richard Cypher. Ich bin nicht so klug wie du.«

Richard tippte mit dem Finger gegen die Stirn des Mannes. »Da drinnen, Faval, in deinem Kopf, bist du klug genug zu wissen, was du tun musst. Du hast mir doch eben selbst erklärt, warum der Orden, indem er ihnen vorschreibt, wie sie zu leben haben, den Menschen niemals zu einem besseren Leben verhelfen kann. Darauf bist du ganz allein gekommen. Du, Faval der Köhler, bist klüger als der Orden.«

Faval strahlte. »Glaubst du wirklich, Richard Cypher? Mir hat noch nie jemand gesagt, ich wäre klug.«

»Du bist klug genug, selbst zu entscheiden, wie viel es dir bedeutet und wie du dich dabei verhalten willst.«

»Ich habe Angst um meine Frau, um die Frau meines Bruders und um unsere Kinder. Ich bin gegen den Orden, aber ich habe Angst um sie, falls ich verhaftet werde. Wovon sollen sie dann leben?«

Richard wuchtete einen weiteren Korb auf den Wagen. »Hör zu, Faval. Eine Rebellion ist eine Sache, der man sich vollkommen sicher sein muss. Sie ist ein gefährliches Geschäft. Wenn du dich einer Rebellion anschließen willst, musst du dir ganz sicher sein, was du zu tun bereit bist, um dein Leben für die Freiheit zu opfern.«

»Tatsächlich? Glaubst du das wirklich, Richard Cypher?«

Der Funken Hoffnung war erloschen.

»Bleib hier und stelle weiter deine Holzkohle her, Faval. Priska braucht sie dringend. Der Orden wird diese Leute verhaften, und damit wird die Geschichte ein Ende haben. Du bist ein rechtschaffener Mann, ich möchte nicht mit ansehen müssen, dass man dich verhaftet.«

Faval grinste. »In Ordnung, Richard Cypher. Wenn du es sagst, werde ich hier bleiben und Holzkohle machen.«

»Gut. Morgen Abend bin ich wieder zurück. Aber falls die Unruhen sich bis dahin nicht gelegt haben, Faval, schaffe ich es vielleicht nicht bis morgen Abend. Wenn die Menschen dann immer noch umherziehen und Straßen und Wege blockiert sind, gelingt es mir vielleicht nicht, bis hierher durchzukommen.«

»Verstehe. Du kommst zurück, so schnell du kannst. Ich vertraue dir, Richard Cypher. Du hast mich noch nie im Stich gelassen.«

Richard lächelte. »Hör zu, hier ist das Geld für die nächste Fuhre, falls es morgen tatsächlich zu dieser Rebellion kommt und ich nicht sofort hierher zurückkehren kann.« Er gab dem Mann einen weiteren Silbertaler. »Ich möchte nicht, dass diese Holzarbeiter kein Holz mehr für dich schlagen. Die Gießereien sind auf die Holzkohle angewiesen.«

Faval kicherte aufrichtig erfreut. Er küsste den Silbertaler und ließ ihn in seinen Stiefel gleiten. »Die Holzkohle wird fertig sein. Und jetzt lass mich dir helfen, deinen Wagen zu beladen.«

Faval war nur einer der Köhler, mit denen Richard zu tun hatte. Er beschäftigte eine ganze Reihe von ihnen, damit die Gießereien die dringend benötigte Holzkohle erhielten. Es waren durch die Bank bescheidene Menschen, die sich lediglich durchzuschlagen versuchten. Sie alle gaben unter dem Joch des Ordens ihr Möglichstes.

Mit dem Verkauf der Holzkohle an die Gießereien verdiente sich Richard ein wenig nebenbei, wesentlich mehr Gewinn machte er allerdings mit dem Verkauf des Eisens und des Stahls, die er ihnen abkaufte. Holzkohle war nur ein kleiner Nebenerwerb, der ihm half, seine Nächte auszufüllen, wenn er ohnehin mit dem Wagen unterwegs war. Die Einnahmen aus dem Holzkohleverkauf deckten immerhin den größten Teil der Bestechungsgelder. Eine ganze Menge mehr brachten ihm die gelegentlichen Fuhren mit Eisenerz, Lehm, Blei, Quecksilber, Spießglanz, Salz, Presspulver und einer Vielzahl anderer Dinge ein, die in den Gießereien benötigt wurden, für die diese jedoch entweder keine Lizenzen erhielten oder die sie nicht ihrem Bedarf entsprechend angeliefert bekommen konnten. Von dieser Art von Geschäften gab es so viele, wie Richard sich nur wünschen konnte. Es reichte für die Unterbringung und Versorgung seines Gespanns, und es blieb sogar ein kleiner Gewinn übrig. Eisen und Stahl waren reine Gewinngeschäfte.

Als er endlich mit der Fuhre Holzkohle bei der Gießerei anlangte, lief Priska, der ungeschlachte Gießereimeister, bereits unruhig auf und ab. Mit seinen kräftigen Händen packte er die Seitenwand des Wagens und spähte hinein.

»Wird auch langsam Zeit.«

»Nachdem ich bei Faval losgefahren war, musste ich eine Stunde warten, bis die Stadtwache die Ladung überprüft hatte.«

Priska fuchtelte mit seinen muskulösen Armen. »Diese Bastarde!«

»Es ist schon in Ordnung – beruhige dich. Sie haben nichts einbehalten. Ich habe alles mitgebracht.«

Der Mann seufzte. »Eins sag ich dir, Richard, es ist geradezu ein Wunder, dass ich meine Schmelzöfen in Betrieb halten kann.«

Richard riskierte eine gefährliche Frage. »Du hast mit diesem … Ärger in der Stadt doch nichts zu tun, oder?«

Im Licht, das aus dem Fenster seines Büros fiel – das eigentlich nicht mehr als ein Schuppen war –, betrachtete Priska ihn eine Weile abschätzend. »Es stehen Veränderungen bevor, Richard. Veränderungen zum Besseren.«

»Was soll sich denn ändern?«

»Eine Rebellion hat begonnen.«

Abermals fühlte Richard seine Hoffnung aufkeimen, allerdings stärker diesmal – nicht so sehr für sich selbst, dafür war er viel zu sehr in seinen Ketten gefangen, eher für die Menschen, die sich nach Freiheit sehnten. Faval war ein netter Kerl, aber er war kein so gerissener und findiger Fuchs wie Priska, denn Priska war besser informiert, als es für einen Mann seines Schlages möglich schien. Priska hatte Richard die Namen sämtlicher Beamten gegeben, die man wegen offizieller Papiere bestechen konnte, und hatte ihm obendrein geraten, wie viel er ihnen anbieten sollte.

»Eine Rebellion?«, fragte Richard. »Eine Rebellion für was?«

»Für uns – für die Menschen, die ihr Leben so leben wollen, wie sie es für richtig halten. Der Neuanfang steht unmittelbar bevor. Noch heute Abend. Tatsächlich hat er schon begonnen.« Er drehte sich um, ging zu seinem Gebäude und riss die Türen auf. »Wenn du zu Victors Werkstatt kommst, musst du auf ihn warten. Er muss unbedingt mit dir reden.«

»Worüber?«

Priska winkte ab. »Los, mach schon, gib mir deine Holzkohle, und dann lade deinen Stahl auf. Victor reißt mir den Kopf ab, wenn ich dich aufhalte.«

Richard zog den ersten Korb vom Wagen und schleppte ihn zur Seite, wo Priska gleich daneben einen weiteren abstellte.

»Was haben diese Leute getan, um die Rebellion auszulösen? Wie lauten ihre Pläne?«

Als Richard den nächsten Korb zur hinteren Ladekante schleppte, beugte Priska sich ganz nah zu ihm. »Sie haben mehrere Beamte des Ordens gefangen genommen. Hohe Beamte.«

»Haben sie sie umgebracht?«

»Sie umgebracht! Hast du den Verstand verloren? Sie werden ihnen kein Härchen krümmen. Man wird sie festhalten, bis sie sich bereit erklären, die Bestimmungen zu lockern und die Forderungen der Bevölkerung zu erfüllen.«

Richard starrte den Mann offenen Mundes an. »Die Bestimmungen lockern? Was fordern sie denn überhaupt?«

»Alles muss anders werden. Die Menschen wollen, dass man ihnen bei ihren Geschäften, im alltäglichen Leben und bei ihrer Arbeit mehr Mitspracherecht einräumt.« Er nahm einen Korb mit Holzkohle auf. »Weniger Versammlungen. Die Menschen fordern, dass man ihren Bedürfnissen mehr Bedeutung beimisst.«

Diesmal verblasste Richards Hoffnungsfunke nicht, sondern er erlosch, als hätte man ihn in eiskaltes Wasser getaucht.

Er hörte Priska kaum noch zu, während sie erst den Wagen ab- und anschließend den Stahl aufluden. Im Grunde verspürte er nicht die geringste Lust, sich die Pläne für diese Rebellion anzuhören, konnte aber nicht verhindern, trotzdem die wesentlichen Punkte aufzuschnappen.

Die Revolutionäre hatten sich alles ganz genau zurechtgelegt. Sie verlangten öffentliche Verhandlungen für die vom Orden verhafteten Personen sowie die Möglichkeit, Gefangene zu besuchen. Sie wollten den Orden dazu bewegen, ihnen eine Liste auszuhändigen, auf der stand, was mit einer Reihe von verhafteten Personen geschehen war, von denen man nie wieder etwas gehört hatte. Es folgten noch weitere Details und Forderungen, doch Richard war in Gedanken längst woanders.

Als Richard auf seinen Wagen kletterte und losfahren wollte, packte Priska seinen Arm mit eisenhartem Griff. »Der Augenblick ist gekommen, Richard, dass alle Interessierten sich der Rebellion anschließen.«

Die beiden sahen sich lange in die Augen. »Victor wartet.«

Priska ließ Richards Arm los und grinste. »Das tut er allerdings. Ich sehe dich nachher, Richard. Vielleicht hat der Orden vor deiner nächsten Fahrt hierher die Forderungen schon erfüllt, und du kannst am hellichten Tag herkommen, ohne Papiere.«

»Das wäre großartig, Priska.«

Als Richard schließlich bei Victors Werkstatt anlangte, plagten ihn Kopfschmerzen. Ihm war schlecht von dem, was er bereits gehört hatte und was er fürchtete, sich noch anhören zu müssen.

Victor erwartete ihn bereits. Es war ein wenig früh für ihn; gewöhnlich traf er knapp vor dem Hellwerden ein. Der Schmied stieß das Tor zu seinem vorderen Lagerraum auf und stellte eine Laterne in ein Regal, damit Richard etwas sah, während er den Wagen bis dicht davor zurücksetzte.

Victor hatte ein wölfisches Grinsen im Gesicht, als Richard vom Wagen hinunterkletterte.

»Komm, Richard, lade deinen Wagen ab, dann essen wir eine Scheibe Lardo und reden miteinander.«

Richard, der sich eigentlich nicht unterhalten wollte, machte sich methodisch an die Arbeit. Er hatte eine ziemlich klare Vorstellung, worüber Victor mit ihm sprechen wollte.

Wie es seine Art war, ließ Victor Richard allein abladen. Er war der Käufer des Stahls und genoss den Service, diesen dorthin geliefert zu bekommen, wo er ihn haben wollte. Es war ein Service, den ihm ein Fuhrunternehmen trotz des höheren Preises in den seltensten Fällen bieten konnte.

Richard hatte nichts dagegen, allein gelassen zu werden. So weit unten im Süden war der Sommer eine erbärmliche Jahreszeit. Die Luftfeuchtigkeit war erdrückend, und die Nächte waren kaum besser als die Tage.

Während er vor sich hin arbeitete, musste er an die strahlend sonnigen Tage denken, die er mit Kahlan am Ufer des Baches in der

Nähe ihrer Hütte in den Bergen verbracht hatte. Es schien eine Ewigkeit her zu sein. Die Hoffnung auf ein Wiedersehen mit ihr am Leben zu erhalten war nicht einfach, seine Sorge um sie dagegen, jetzt, da es Sommer war, ließ niemals nach. Manchmal war es so schmerzlich, an sie zu denken, sie zu vermissen und sich um sie zu sorgen, dass er sie aus seinen Gedanken verbannen musste. Dann wieder war der Gedanke an sie alles, was ihn noch aufrecht hielt.

Als er fertig war, hellte der Himmel bereits auf. Er traf Victor im Raum am anderen Ende, dessen Türen offen standen, damit das Licht der Morgendämmerung auf Victors Marmormonolithen scheinen konnte. Der Schmied betrachtete die in seinem Stein verborgene Schönheit, jene Statue in seinem Innern, die nur er zu sehen vermochte.

Es dauerte eine ganze Weile, bis er den nicht weit entfernt stehenden Richard bemerkte.

»Komm, Richard, iss etwas Lardo mit mir.«

Sie hockten auf der Schwelle, von wo aus man einen Ausblick auf die Baustelle des Ruhesitzes hatte, und schauten zu, wie die meilenlangen steinernen Mauern sich im Dunst der morgendlichen Dämmerung rosig verfärbten. Selbst aus der Entfernung konnte Richard die abstoßenden, die Schlechtigkeit der Menschheit darstellenden Figuren erkennen, die sich auf dem Oberrand einer der Mauern aufreihten.

Victor reichte Richard eine makellos weiße Scheibe Lardo. »Die Rebellion, von der ich dir erzählt habe, hat begonnen, Richard. Aber das weißt du wahrscheinlich schon.«

»Nein, das hat sie nicht«, erwiderte Richard.

Victor starrte ihn verblüfft an. »Aber ja doch.«

»Eine Menge Ärger hat begonnen, aber das ist nicht die Rebellion, von der du und ich gesprochen haben.«

»Aber sie wird es werden, du wirst sehen. Viele Menschen werden heute auf die Straße gehen.« Victor gestikulierte überschwänglich. »Wir wollen, dass du uns anführst, Richard.«

Richard hatte diese Bitte erwartet. »Kommt nicht in Frage.«

»Ich weiß, ich weiß, du glaubst, die Männer kennen dich nicht und werden dir nicht folgen, aber da täuschst du dich, Richard. Sehr viele kennen dich, viel mehr, als du denkst. Ich habe vielen Leuten von dir erzählt. Priska und andere haben über dich gesprochen. Du kannst das, Richard.«

Richard starrte zu den Mauern hinüber, zu den Reliefschnitzereien geduckter, gebeugter Menschen.

»Nein.«

Diesmal reagierte Victor fassungslos. »Aber warum denn nicht?«

»Weil dann eine Menge Menschen sterben werden.«

Victor lachte amüsiert in sich hinein. »Nein, nein, Richard. Du verstehst nicht. Diese Art von Rebellion wird das nicht. Dies wird eine Rebellion zum besseren Wohl der Menschheit. Das ist doch genau das, was der Orden immerzu predigt. Wir sind das Volk. Sie behaupten, zum Wohl des Volkes zu handeln, und jetzt, da wir ihnen die Forderungen des Volkes vorlegen, werden sie uns ganz einfach anhören und nachgeben müssen.«

Richard schüttelte traurig versunken den Kopf.

»Du willst, dass ich euch anführe?«

»Aber ja.«

»Dann möchte ich, dass du etwas für mich tust, Victor.«

»Aber ja doch, Richard. Raus mit der Sprache.«

»Halte dich aus allem raus, was mit diesem Aufstand zu tun hat. So lautet mein Befehl an dich als dein Anführer. Du bleibst heute hier und gehst ganz normal deiner Arbeit nach. Halte dich aus allem raus.«

Victor sah ihn an, als ob er glaubte, Richard wolle einen Scherz machen. Kurz darauf wurde ihm klar, dass Richard keinesfalls scherzte.

»Aber warum? Willst du nicht, das alles besser wird? Möchtest du dein ganzes Leben so verbringen? Möchtest du nicht, dass sich alles zum Besseren wendet?«

»Bist du bereit, die Männer des Ordens zu töten, die man gefangen genommen hat?«

»Sie zu töten? Wieso willst du ständig übers Töten reden, Richard? Hier geht es um das Leben. Darum, dass die Dinge besser werden.«

»Hör zu, Victor. Diese Männer, gegen die ihr euch erhebt, werden sich nicht an eure Spielregeln halten.«

»Aber sie wollen doch sicher auch, dass ...«

»Bleib hier und mach deine Arbeit, sonst wirst du zusammen mit vielen anderen Männern ums Leben kommen. Der Orden wird diesen Aufstand in ein oder zwei Tagen niedergeschlagen haben, und anschließend werden sie jeden verfolgen, der auch nur in den Verdacht gerät, er könnte seine Hände dabei im Spiel gehabt haben. Eine Menge Menschen werden sterben.«

»Aber wenn du uns anführst, könntest du doch unsere Forderungen vortragen. Gerade deswegen wollen wir doch, dass du uns anführst – um eine solch heikle Situation zu vermeiden. Du weißt, wie man Menschen überzeugt, und du weißt, wie man Dinge tut – du brauchst dir doch nur anzusehen, wie du all den Menschen in Altur'Rang geholfen hast: Faval, Priska, mir und all den anderen. Wir sind auf dich angewiesen, Richard. Wir brauchen dich, damit die Menschen einen Grund haben, sich der Rebellion anzuschließen.«

»Wenn sie nicht von allein wissen, wofür sie eintreten und was sie wollen, dann kann ihnen auch niemand einen Grund geben. Sie werden nur dann Erfolg haben, wenn sie vor Freiheitswillen brennen und nicht nur bereit sind, für diesen Willen zu töten, sondern auch zu sterben.« Richard erhob sich und klopfte sich den Staub von der Hose. »Halte dich raus, Victor, oder du wirst mit ihnen sterben.«

Victor folgte ihm zu seinem Wagen. In der Ferne trafen die ersten Männer ein, um am Palast des Kaisers zu arbeiten.

Der Schmied nestelte am Holz der Seitenverkleidung, offenbar lag ihm noch etwas auf der Seele.

»Ich weiß, wie du dich fühlst, Richard, ich weiß es wirklich. Ich glaube auch, dass diese Männer keinen so unbändigen Freiheitswillen verspüren wie ich, aber sie stammen auch nicht wie ich aus Cavatura und wissen vielleicht gar nicht, was wahre Freiheit bedeutet, doch im Augenblick ist das alles, was wir tun können. Willst du es nicht wenigstens versuchen, Richard? Dein Namensvetter Richard Rahl aus dem D'Haranischen Reich hoch oben im Norden hätte Verständnis für unseren leidenschaftlichen Freiheitswillen, er würde es versuchen.«

Richard kletterte auf seinen Wagenbock. Er fragte sich, wo die Menschen solche Dinge aufschnappten, und staunte, dass diese Ideen so weite Kreise zogen. Nachdem er Zügel und Peitsche aufgenommen hatte, wechselte er einen langen Blick mit dem ernsten Schmied, einem Mann, der völlig berauscht war vom Hauch der Freiheit in der Luft.

»Würdest du versuchen, kalten Stahl zu einem Werkzeug zu schmieden, Victor?«

»Natürlich nicht. Der Stahl muss weiß glühend sein, bevor aus ihm etwas werden kann.«

»Dasselbe gilt für Menschen, Victor. Diese Männer sind wie kalter Stahl. Schone deinen Hammer. Ich bin sicher, dieser Richard Rahl würde dir genau dasselbe sagen.«

21. Kapitel

Der Aufstand währte genau einen Tag. Richard blieb zu Hause und bat auch Nicci, das Haus nicht zu verlassen. Er erklärte ihr, ihm seien Gerüchte zu Ohren gekommen, dass es Ärger geben könnte, und fügte hinzu, er wolle nicht, dass ihr etwas zustieß.

Die Säuberungen des Ordens unter den Aufständischen dagegen nahmen eine ganze Woche in Anspruch. Wer an den Umzügen teilgenommen hatte, wurde entweder gleich auf offener Straße erschlagen oder von den Gardisten der Stadtwache gefangen genommen. Die Gefangenen wurden verhört, bis sie schließlich die Namen anderer preisgaben. Wer vom Orden verhört wurde, gab stets etwas preis.

Die Wellen von Verhaftungen, Geständnissen und weiteren Verhaftungen zogen ihre Kreise durch die ganze Stadt und erstreckten sich über etliche Tage. Hunderte von Männern wurden im Himmel begraben. Nach und nach wurden die Unruheherde einer nach dem anderen ausgetreten. Die Asche von Trauer und Reue legte sich auf jede Zunge, während die Menschen versuchten, das Ganze zu vergessen. Die Umzüge fanden kaum noch Erwähnung, ganz so, als hätten sie niemals stattgefunden.

Am Ende kehrte Richard wieder auf seine Arbeitsstelle in dem Fuhrunternehmen zurück, statt zu riskieren, des Nachts mit seinem Wagen herumzufahren. Jori war überaus wortkarg, während sie durch die Straßen rollten, vorbei an den Pfählen, an denen die im Himmel beerdigten Leichen vor sich hin faulten.

Jori und Richard machten Fahrten hinaus zu den Minen, um Erz für die Gießereien abzuholen. Sie unternahmen eine Tour zu einem etwas östlich der Stadt gelegenen Sandsteinbruch. Hin- und Rückweg nahmen einen vollen Tag in Anspruch. Am darauf folgenden Tag lieferten sie die Steine zur Westseite des Ruhesitzes, wo sie für ein Strebewerk benötigt wurden. Auf der anderen Seite der Mauer, drüben in der Nähe jenes Bereiches, wo die Steine behauen wurden, stand eine Reihe von Pfählen, vielleicht fünfzig oder sechzig an der Zahl. Offenbar hatte es auch unter den Arbeitern Säuberungen gegeben.

Auf dem Weg von der Baustelle nahmen sie die Straße, die weiter oben an der Schmiedewerkstatt vorüberführte. Richard sprang vom Wagen ab und rief Jori zu, er wolle den Hang zu Fuß hinauflaufen und werde wieder zu ihm stoßen, sobald der Wagen sich seinen Weg über die kurvenreiche Straße gebahnt hatte. Er sagte, er müsse den Schmied über ihre nächste Lieferung unterrichten.

Victor stand in seiner düsteren Werkstatt und hämmerte auf ein längliches Stück Stahl ein, dessen rot glühendes Endstück er über das Horn seines Ambosses bog. Er sah auf und tauchte das heiße Metall, als er sah, dass es Richard war, in die neben seinem Amboss stehende Flüssigkeit, in der es brodelte und zischte.

»Richard! Was bin ich froh, dich zu sehen.«

Richard fiel auf, dass mehrere von Victors Leuten fehlten. »Sind sie krank?«

Victor schüttelte verbittert den Kopf.

Richard nahm die traurige Kunde mit einem knappen Nicken zur Kenntnis. »Es freut mich, zu sehen, dass du wohlauf bist, Victor. Ich wollte nur kurz vorbeischauen und mich überzeugen, dass dir nichts zugestoßen ist.«

»Mir geht es gut, Richard.« Er ließ den Kopf hängen. »Vielen Dank für deinen Rat. Ich könnte jetzt im Himmel begraben sein.« Er deutete hinüber zum Ruhesitz. »Hast du gesehen? Viele der Steinmetze … sie hängen alle an den Pfählen dort unten.«

Richard hatte die Toten gesehen, aber nicht bemerkt, dass viele von ihnen Steinmetze waren. Er wusste, wie einige von ihnen über die Dinge dachten, die sie in Stein meißelten – und wie sehr sie es verabscheuten, Abbilder des Todes zu schaffen.

»Priska?«

Victor bedachte ihn mit einem verzweifelten Kopfschütteln, zu ergriffen, um sich in Worten auszudrücken.

»Und Faval?«

»Den hab ich gestern noch gesehen.« Victor atmete befreit durch. »Er meinte, du hättest ihm gesagt, er soll zu Hause bleiben und Holzkohle herstellen. Ich glaube, er wird eines seiner Kinder nach dir umbenennen.«

»Falls Priska … was ist mit deinem Spezialstahl?«

Victor gestikulierte mit der Stange, die er mit einer Zange hielt. »Sein Vorarbeiter wird den Betrieb weiterführen. Könntest du vielleicht eine Fuhre Eisen holen fahren? Seit Beginn des Schlamassels habe ich keine Lieferung mehr bekommen. Bruder Narev ist denkbar schlecht gelaunt; er will unbedingt ein paar eiserne Aufleger für die Landungsbrücke. Er ließ durchblicken, dass ein dem Orden der Imperialen Ordnung und dem Schöpfer treu ergebener Schmied es schaffen würde, sie herzustellen.«

Richard nickte. »Ich denke, die Lage hat sich wieder genug beruhigt. Wann?«

»Gebrauchen könnte ich sie jetzt sofort, aber bis übermorgen komme ich noch hin. Ich muss einige dieser Meißel für die Feinarbeiten machen, die so umständlich herzustellen sind, außerdem fehlen mir Leute; allzu lange kann es also nicht warten.«

»Also dann übermorgen. Bis dahin müsste es wieder ausreichend sicher sein.«

Es war bereits nach Sonnenuntergang, als Richard die Straße entlang zu seinem Zimmer ging, das er mit Nicci teilte, im Zwielicht konnte er seinen Weg jedoch noch gut genug erkennen. Er war mit seinen Gedanken gerade bei Victor, als ein halbes Dutzend Männer hinter einem Gebäude hervortrat.

»Richard Cypher?«

Sie waren nicht wie reguläre Truppen der Stadtwache gekleidet, aber das hatte in letzter Zeit nicht übermäßig viel zu bedeuten. Es gab eine Reihe von Spezialagenten in Zivil, die, so erzählte man sich, Jagd auf Unruhestifter machten.

»Das ist richtig. Was wünscht Ihr?«

Er sah, dass jeder der Männer ein Schwert unter seiner leichten Pelerine trug. Alle hatten eine Hand an dem langen Messer, das sie im Gürtel trugen.

»Als vereidigte Beamte des Ordens der Imperialen Ordnung ist es unsere Pflicht, dich wegen des Verdachts auf aufrührerische Umtriebe festzunehmen.«

Als Nicci aufwachte, war Richard noch immer nicht nach Hause gekommen. Missmutig brummend wälzte sie sich auf den Rücken und sah, dass durch die Vorhänge Licht ins Zimmer fiel. Nach dem Winkel der Sonnenstrahlen zu urteilen, musste es kurz nach Sonnenaufgang sein.

Sie gähnte und räkelte sich im Bett, ließ die Arme wieder fallen und starrte gegen die Decke, die saubere, frisch getünchte Decke. Sie spürte, wie ihr Zorn hochkochte. Es brachte sie ganz durcheinander, wenn er über Nacht nicht nach Hause kam, andererseits kam sie sich wie eine Betrügerin vor, wenn sie ihm Vorwürfe machte, weil er so schwer arbeitete. Sie hatte ihm vor Augen führen wollen, wie schwer gewöhnliche Menschen schuften mussten, um sich durchzuschlagen, ihm zeigen wollen, dass der Orden die einzige Hoffnung war, die den ganz normalen Menschen ein besseres Leben zu bescheren vermochte.

Sie hatte ihn gewarnt, sich nicht in die jüngsten Aufstände verwickeln zu lassen, und war froh, als er gar nicht erst versuchte, ihr in diesem Punkt zu widersprechen; überhaupt schien er eher gegen sie eingestellt zu sein. Überrascht war sie, dass er, solange die Menschen durch die Straßen zogen, sogar seine Arbeit schwänzte. Er hatte Kamil und Nabbi schärfstens davon abgeraten, sich an dem Aufstand zu beteiligen.

Jetzt, da die Rebellion niedergeschlagen war und die Behörden viele der Unruhestifter verhaftet hatten, war die Lage wieder sicher, und Richard hatte an seinen Arbeitsplatz zurückkehren können. Der Orden musste größere Anstrengungen unternehmen, um den Menschen ihre Pflicht begreiflich zu machen, den weniger vom Glück Gesegneten das Leben erträglicher zu gestalten, dann würde es auch nicht zu diesen Störungen und heiklen Situationen in den Straßen kommen. Somit hatte auch dies noch sein Gutes.

Nicci spritzte sich Wasser aus der Schüssel ins Gesicht, die Richard eines Tages mit nach Hause gebracht hatte. Das Blumenmuster an ihrem Rand passte zu den lachsfarbenen Wänden und der Brücke, die er von ihrem Ersparten gekauft hatte. Er war zweifellos fleißig, wenn es ihm sogar gelang, von seinem mageren Lohn noch etwas zurückzulegen.

Sie zog ihr verschwitztes Nachthemd aus und wusch sich, so gut es ging, mit einem feuchten Waschlappen. Das war erfrischend. Sie konnte es nicht ausstehen, in Richards Gegenwart verschwitzt und schmutzig zu sein.

Dann sah sie, dass die Schale mit Eintopf, die sie für das Nachtmahl am Abend zuvor gekocht hatte, noch immer auf dem Tisch stand. Er hatte ihr gegenüber nichts davon erwähnt, dass er über Nacht arbeiten musste, manchmal jedoch hatte er keine Zeit, vorher noch zum Essen nach Hause zu kommen. Wenn er nachts arbeitete, kam er gewöhnlich kurz nach Sonnenaufgang heim, sie erwartete ihn also jeden Augenblick zu sehen.

Vermutlich würde er hungrig sein. Vielleicht sollte sie ihm Eier braten; Richard aß gern Eier. Sie merkte, dass sie schmunzelte. Unmittelbar nach dem Aufwachen war sie noch wütend gewesen, und jetzt, da sie darüber nachdachte, was Richard gerne mochte, lächelte sie. Sie fuhr sich mit dem Fingerkamm durchs Haar und konnte es schon jetzt kaum noch erwarten, ihn hereinspazieren zu sehen und zu fragen, ob sie ihm Eier braten solle. Natürlich würde er bejahen, und sie hätte das Vergnügen, etwas zu tun, von dem sie wusste, dass er es gerne mochte.

Sie verabscheute es, Dinge zu tun, von denen sie wusste, dass er sie nicht guthieß.

Mittlerweile lag die schreckliche Nacht mit Gadi mehrere Monate zurück. Es war ein Fehler gewesen, das war ihr im Nachhinein klar geworden. Anfangs hatte sie ihre Freude daran gehabt, nicht etwa, weil sie Sex mit diesem widerwärtigen Rohling wollte, sondern weil Richards Weigerung, sie zu lieben, so demütigend für sie gewesen war, dass sie sich an ihm hatte rächen wollen. Anfangs hatte sie sich ergötzt an dem, was Gadi ihr antat, und sich an den Schmerzen geweidet, die er ihr zufügte, weil Kahlan sie ebenfalls empfand. Nicci hatte es ausschließlich in dem Sinn genossen, dass es eine Strafe dafür war, was er ihr angetan hatte. Nichts schmerzte Richard mehr, als Kahlan wehzutun.

Gadi hasste Richard. Dadurch, dass er Nicci nahm, glaubte er sich an Richard zu rächen und selbst wieder der Größte zu werden. So sehr es ihn nach ihr verlangte, sein Bedürfnis, es Richard heimzuzahlen, war stärker. Richard hatte Gadis Reich erobert und zu seinem eigenen gemacht.

Nicci war nur zu froh, dem kleinen Drangsalierer wieder zu seiner alten Macht zu verhelfen. Sie wusste, jeder aufrichtige Schrei, den Richard hörte, würde ihn daran erinnern, dass Kahlan denselben Schmerz erlitt.

Als Gadi dann aber in wilder Hemmungslosigkeit über sie herfiel, versuchte sie sich einzureden, es sei Richard, versuchte sie, Richard zu bekommen, und sei es mittels eines Stellvertreters. Aber sie konnte sich nicht überwinden, daran zu glauben, nicht einmal um der Wonnen willen, die ihr eine solche Fantasie bereitete. Nicht eine einzige Sekunde konnte sie so tun, als sei es Richard.

Schlimmer noch, Nicci dämmerte, dass Richard mit seinen Worten nicht etwa Kahlan diese Schmerzen hatte ersparen wollen, sondern ihr, Nicci. So sehr er sie auch hassen musste, Richard hatte sich um sie besorgt gezeigt. So sehr er sie hassen musste, er hatte nicht mitansehen wollen, wie sie litt.

Keine andere Bemerkung Richards hätte ihr mehr zu Herzen gehen können. Eine größere Grausamkeit als diese Freundlichkeit hätte er ihr nicht antun können.

Ihre Strafe folgte mit den Schmerzen danach. Nicci schämte sich so sehr über ihre Tat, dass sie Richard gegenüber vortäuschte, sie habe bei diesem Zwischenfall nicht gelitten. Sie wollte ihm die quälende Gewissheit ersparen, dass Kahlan mit ihr litt. Am nächsten Morgen gestand sie Richard, dass sie einen Fehler gemacht hatte. Sie erwartete nicht, dass er ihr verzieh; er sollte nur wissen, dass sie sich über ihren Fehltritt im Klaren war und er ihr Leid tat.

Richard erwiderte nichts; er betrachtete sie nur aus seinen grauen Augen, während er ihr, kurz bevor er zur Arbeit ging, zuhörte.

Sie blutete drei Tage lang.

Gadi hatte vor seinen Freunden damit geprahlt, dass er sie gehabt hatte. Um ihre Demütigung noch zu verschlimmern, hatte er sämtliche Einzelheiten ausgeplaudert. Zu Gadis Überraschung waren Kamil und Nabbi außer sich vor Wut über ihn gewesen. Sie waren fest entschlossen, ihm heißes Wachs in die Augen zu träufeln und ihm noch so manch anderes anzutun – was, wusste Nicci nicht genau, aber sie konnte es sich vorstellen. Die Drohung war so todernst gewesen, dass Gadi noch am selben Tag die Flucht ergriffen hatte und in die Armee der Imperialen Ordnung eingetreten war. Er war gerade noch rechtzeitig Soldat geworden, um mit einem frischen Trupp nach Norden in den Krieg zu ziehen. An jenem Tag hatte Gadi sich über Kamil und Nabbi mit der Bemerkung lustig gemacht, er ziehe jetzt in den Krieg, um ein Held zu werden.

Nicci hörte Schritte den Flur entlangkommen. Lächelnd nahm sie drei Eier aus dem Küchenschrank. Statt, wie erwartet, Richard die Tür öffnen zu sehen, hörte sie jemanden anklopfen.

Nicci trat in die Zimmermitte. »Wer ist da?«

»Ich bin es, Nicci, Kamil.«

Der eindringliche Tonfall seiner Stimme bewirkte, dass sich ihre feinen Härchen auf den Armen sträubten.

»Ich bin angezogen. Komm herein.«

Völlig außer Atem platzte der junge Mann zur Tür herein.

Sein Gesicht war genauso kreidebleich wie seine Knöchel auf dem Türgriff; seine Wangen waren tränenverschmiert.

»Richard ist verhaftet worden. Gestern Abend. Sie haben ihn eingesperrt.«

Nicci gewahrte nur am Rande, wie die Eier zu Boden fielen.

22. Kapitel

Mit Kamil an ihrer Seite stieg Nicci das Dutzend Stufen zur Kaserne der Stadtwache hinauf. Es war eine mächtige Festung, deren hohe Mauern sich den gesamten Block entlang erstreckten. Nicci hatte Kamil nicht bitten müssen, sie zu begleiten; sie bezweifelte, dass etwas Geringeres als der Tod ihn davon hätte abhalten können. Sie vermochte wirklich nicht genau zu enträtseln, wie es Richard gelang, Menschen zu derartigen Reaktionen zu veranlassen.

Bei ihrem Aufbruch hatte sich Nicci in einem Zustand schockierter Aufgebrachtheit befunden, trotzdem war ihr nicht entgangen, dass die Menschen im ganzen Haus angespannt und auf der Hut zu sein schienen. Starre Gesichter in den Fenstern hatten ihnen nachgeschaut, als sie und Kamil aus dem Haus und die Straße hinuntergestürzt waren. Alle hatten hart und finster ausgesehen.

Was war es nur, das die Menschen dazu brachte, so viel Zuneigung für diesen einen Mann zu empfinden?

Was war es, das sie so besorgt machte?

Im Inneren der völlig verdreckten Kaserne herrschte drangvolle Enge. Hohlwangige, unrasierte alte Männer standen verstört herum, den starren Blick ins Leere gerichtet. Pausbäckige Frauen mit einem Tuch um den Kopf weinten still vor sich hin, während schreiende Kinder sich an ihre Röcke klammerten. Andere Frauen standen einfach mit ausdrucksloser Miene da, so als warteten sie darauf, Brot oder Hirse einzukaufen. Ein kleines, nur mit einem Hemdchen bekleidetes und von der Hüfte an abwärts nacktes Kind stand einsam und verlassen da, hielt sich die winzigen Fäustchen vor den Mund und brüllte.

Der Raum strahlte die Atmosphäre einer Totenwache aus.

Gardisten der Stadtwache, meist groß gewachsene junge Männer mit gleichgültigem Gesichtsausdruck, zwängten sich auf ihrem Weg in düstere, von ihren Kameraden bewachte Flure durch das Gedränge. Eine niedrige, schlampig errichtete Trennwand hielt die Masse der Menschen zurück und beschränkte das tumultartige Chaos auf die eine Hälfte des Raumes. Jenseits der niedrigen Trennwand standen weitere Gardisten der Stadtwache, ganz zwanglos miteinander plaudernd. Andere trugen Berichte zu Männern an einem primitiven Tisch, scherzten oder empfingen im Vorübergehen Befehle.

Nicci schob sich mitten durch die Menge und bahnte sich gewaltsam einen Weg bis vor die niedrige Trennwand, wo eng aneinander gedrängt kauernde Frauen darauf hofften, aufgerufen zu werden, darauf hofften, etwas zu erfahren, oder sich gar auf die Fürsprache des Schöpfers selbst Hoffnungen machten. Was sie sich stattdessen an die derben Planken der Trennwand gepresst einfingen, waren Splitter.

Nicci hielt einen vorübergehenden Gardisten am Ärmel fest. Er blieb mitten im Schritt stehen. Sein wütend funkelnder Blick wanderte von ihrer Hand bis hoch zu ihren Augen. Sie ermahnte sich, dass sie nicht über ihre Kraft verfügte, und ließ den Ärmel wieder los.

»Dürfte ich bitte erfahren, wer hier das Sagen hat?«

Er musterte sie von Kopf bis Fuß, eine Frau, die seiner Einschätzung nach offenbar bald ohne Ehemann und daher Freiwild sein würde. Sein Gesicht verzog sich zu einem affektierten Grinsen. Er gestikulierte.

»Dort drüben, am Tisch. Volksprotektor Muksin.«

Der ältliche Mann hatte sich hinter seinen höchst wichtigen Papierstapeln verschanzt. Sein umfangreicher Körper unter dem bis auf die Brust reichenden Kinn schien in der sommerlichen Hitze dahinzuschmelzen. Das weite weiße Hemd wies dunkle Schweißringe auf und trug mit seinem Gestank zum üblen Mief in dem stickigen Raum bei.

Gardisten beugten sich vor, um ihm etwas ins Ohr zu flüstern, während sein stumpfer Blick ruhelos umherwanderte. Andere rechts und links von ihm am Tisch waren entweder in emsiger Geschäftigkeit mit ihren eigenen Stapeln von Papieren befasst, unterhielten sich miteinander oder beschäftigten sich mit dem Strom der anderen Beamten und Gardisten, die in dem Raum ein und aus gingen.

Protektor Muksin, dessen glänzende Schädeldecke ungefähr so unauffällig war wie eine alternde, unter ein paar Grashalmen schlummernde Schildkröte, behielt den Raum im Auge. Seine dunklen, nie zur Ruhe kommenden Augen wanderten über die Gardisten, die Beamten und das Geschiebe der Menschenmenge hinweg. Als sie Niccis Gesicht streiften, verrieten sie nicht mehr Interesse als bei irgendeinem der anderen Anwesenden. Sie alle waren Bürger der Imperialen Ordnung, identisch und austauschbar, und jeder Einzelne an und für sich bedeutungslos.

»Könnte ich ihn vielleicht sprechen?«, bat Nicci. »Es ist sehr wichtig.«

Das lüsterne Feixen des Gardisten schlug um in Spott. »Davon bin ich überzeugt.« Lässig deutete er mit dem Finger auf die dicht gedrängte Menschenmenge neben ihnen. »Stell dich hinten an und warte, bis du an der Reihe bist.«

Nicci und Kamil blieb nichts anderes übrig, als zu warten. Nicci waren diese niedrigen Chargen vertraut genug, um zu wissen, dass es wenig Sinn hatte, eine Szene zu machen. Sie lebten geradezu für die Augenblicke, wenn jemand eine Szene machte, also lehnte sie sich mit der Schulter an die verputzte, von den fettigen Flecken unzähliger anderer Schultern übersäte Wand. Kamil nahm seinen Platz hinter ihr ein.

Die Schlange kam nicht voran, weil die Beamten niemanden empfingen. Nicci wusste nicht, ob nur zu bestimmten Zeiten Bürger vorgelassen wurden. Sie hatten keine andere Wahl, als ihren Platz in der Schlange zu behaupten. Der Vormittag schleppte sich dahin, ohne dass sich in der Schlange vor ihr irgendwas bewegte. Hinter ihnen nahm das Geschiebe immer mehr zu.

»Kamil«, sagte sie mit leiser Stimme mehrere Stunden später, »du brauchst nicht mit mir zu warten. Geh wieder nach Hause.«

Seine Augen waren rot und geschwollen. »Ich will aber warten.« Er klang überraschend misstrauisch. »Ich mache mir Sorgen um Richard«, fügte er mit leicht vorwurfsvollem Unterton hinzu.

»Ich mache mir auch Sorgen um ihn. Was meinst du wohl, warum ich hier bin?«

»Ich bin Euch bloß holen gekommen, weil ich solche Angst um Richard hatte und nicht wusste, was ich sonst hätte tun sollen. Alle anderen waren fort, entweder bei der Arbeit oder um Brot zu kaufen.« Kamil wandte sich ab und lehnte sich mit dem Rücken gegen die Wand. »Ich glaube nicht, dass Ihr Euch um ihn sorgt, aber ich wusste nicht, was ich sonst hätte tun sollen.«

Nicci strich sich eine verschwitzte Haarsträhne aus dem Gesicht. »Du kannst mich nicht leiden, stimmt's?«

Er sah sie noch immer nicht an. »Nein.«

»Dürfte ich vielleicht erfahren, warum?«

Kamil blickte sich rasch verstohlen um, um zu sehen, ob jemand sie belauschte, doch jeder schien mit seinen eigenen Problemen beschäftigt.

»Ihr seid Richards Frau, und trotzdem hintergeht Ihr ihn. Ihr habt Gadi mit auf Euer Zimmer genommen. Ihr seid eine Hure.«

Seine Worte ließen Nicci überrascht blinzeln. Kamil sah sich abermals um, bevor er weiterredete.

»Uns allen ist schleierhaft, warum ein Mann wie Richard sich mit Euch abgibt. Alle Frauen ohne Ehemann in unserem Haus und auch im Haus nebenan haben mir gesagt, sie wären gerne seine Ehefrau und würden ihr Lebtag nicht mit einem anderen ins Bett gehen. Sie alle meinten, sie verstehen nicht, wie Ihr das Richard antun könnt. Alle waren traurig wegen ihm, aber als wir ihm das sagen wollten, wollte er nichts davon hören.«

Nicci wandte sich ab. Die Schande, einem jungen Mann ins Gesicht zu sehen, der sie soeben übel beschimpft hatte, und das auch noch zu Recht, war für sie auf einmal unerträglich geworden.

»Du verstehst doch gar nicht, wie das damals war«, erwiderte sie leise.

Sie sah Kamil aus den Augenwinkeln mit den Achseln zucken. »Da habt Ihr allerdings Recht. Ich verstehe es nicht. Ich verstehe nicht, wie eine Frau einem Ehemann wie Richard etwas so Schlimmes antun kann, einem Mann, der schwer arbeitet und gut für Euch sorgt. Um so etwas zu tun, müsst Ihr eine schlechte Frau sein, die sich kein bisschen um ihren Ehemann schert.«

Sie spürte, wie sich Tränen unter den Schweiß auf ihrem Gesicht mischten. »Ich bin Richard mehr zugetan, als du jemals begreifen wirst.«

Er antwortete nicht. Sie wandte sich um und sah ihn an. Sachte federnd drückte er sich ein ums andere Mal von der Wand ab. Offenbar schämte er sich zu sehr für sie, oder aber er war zu wütend auf sie, um ihr in die Augen zu blicken.

»Kamil, erinnerst du dich noch, wie wir in das Zimmer in deinem Haus eingezogen sind?«

Er nickte, noch immer, ohne sie anzusehen.

»Weißt du noch, wie grausam du und Nabbi zu Richard gewesen seid, all die gemeinen Dinge, die ihr zu ihm gesagt, all die kränkenden Schimpfworte, die ihr ihm nachgerufen habt? Und wie ihr ihn mit euren Messern bedroht habt?«

»Ich habe einen Fehler gemacht«, erwiderte er, und es klang, als meinte er es ernst.

»Kamil, auch ich habe einen Fehler begangen.« Sie machte sich nicht die Mühe, ihre Tränen zu verbergen – die Hälfte aller Frauen im Raum weinte. »Ich kann es dir nicht erklären, aber Richard und ich hatten Streit. Ich war wütend auf ihn und wollte ihn verletzen. Das war verkehrt; es war töricht, so etwas zu tun. Ich habe einen schrecklichen Fehler gemacht.«

Schniefend tupfte sie ihre Nase mit einem kleinen Taschentuch ab. Kamil beobachtete sie aus den Augenwinkeln.

»Ich gebe zu, es war nicht dieselbe Art von Fehler wie damals von dir und Nabbi, als ihr euch bei eurer ersten Begegnung mit Richard so schlimm aufgeführt habt, aber ein Fehler war es trotzdem. Ich habe mich auch schlimm benommen.«

»Ihr wolltet gar nichts von Gadi?«

»Mir wird schlecht, wenn ich Gadi nur sehe. Ich habe ihn nur benutzt, weil ich wütend auf Richard war.«

»Und tut es Euch Leid?«

Niccis Kinn bebte. »Natürlich tut es mir Leid.«

»Ihr werdet nicht noch einmal wütend werden und es wieder tun? Mit einem anderen Mann?«

»Nein. Ich habe Richard gestanden, dass ich einen Fehler gemacht habe, dass es mir Leid tut und ich ihm so etwas nie wieder antun werde. Und das war mein voller Ernst.«

Kamil ließ sich das durch den Kopf gehen, während er beobachtete, wie eine Frau ein Kind am Arm rüttelte. Das Kind hörte nicht auf zu weinen, weil es auf den Arm genommen werden wollte. Sie flüsterte ihm etwas zu, woraufhin das Kind sich schmollend an ihr Bein schmiegte, aber wenigstens das Geheul einstellte.

»Wenn Richard Euch verzeihen kann, sollte ich auch nicht auf Euch wütend sein. Schließlich ist er Euer Mann. Das müsst Ihr beide unter Euch ausmachen, damit habe ich nichts zu tun.« Er berührte sie am Arm. »Ihr habt einen dummen Fehler gemacht, aber das ist jetzt vorbei. Weint nicht mehr deswegen, im Augenblick gibt es wichtigere Dinge.«

Nicci lächelte verheult und nickte.

Er gestattete sich ein kleines Schmunzeln. »Nabbi und ich haben Gadi erklärt, wir würden ihm seinen – wir würden ihm für das, was er Richard angetan hat, ein Messer in den Leib stoßen. Daraufhin zeigte Gadi uns sein Messer, damit wir ihn durchlassen. Der Bursche ist ganz vernarrt in das Ding, er hat schon früher Männer damit verletzt, und zwar ziemlich übel. Er meinte, wir sollten ihn durchlassen, damit er sich zur Armee melden kann; dort wollte er sein Messer benutzen, um den Feinden die Eingeweide aus dem Leib zu schneiden, damit er ein Kriegsheld wird und viele Frauen kriegt, die besser sind als Richards Ehefrau.«

»Ich werde ganz sicher nicht die einzige Frau sein, die es bedauert, jemals Gadis Bekanntschaft gemacht zu haben.«

Am späten Nachmittag begann Volksprotektor Muksin Leute zu empfangen. Niccis Rücken schmerzte, doch das war nichts, verglichen mit ihrer Angst um Richard. Die Leute wurden einer nach dem anderen von zwei Gardisten gepackt und dem Protektor Muksin vorgeführt.

Die Schlange bewegte sich jetzt ziemlich rasch vorwärts, weil der Protektor keine langen Diskussionen duldete. Äußerstenfalls schob er einige seiner Dokumente durcheinander, bevor er dem Bittsteller irgendeine Auskunft erteilte. Wegen all des Jammerns und Weinens im Raum bekam Nicci von alldem nichts mit.

Als sie an der Reihe war, stieß einer der Gardisten Kamil zurück. »Den Protektor darf immer nur ein Bürger sprechen.«

Nicci bedeutete ihm, zurückzubleiben und keine Szene zu machen. Die Gardisten packten je einen ihrer Arme und trugen sie mühelos zu der Stelle vor dem Platz des Protektors. Nicci war über eine dermaßen grobe Behandlung empört – so als wäre sie irgendeine beliebige, gewöhnliche Bürgerin.

Stets hatte sie sich einer gewissen, manchmal ausgesprochenen, manchmal unausgesprochenen Machtbefugnis erfreut, ohne jemals wirklich viel darüber nachzudenken. Sie hatte Richard zwingen wollen, zu erkennen, wie es sich als gewöhnlicher Arbeiter lebte, doch Richard schien geradezu aufzublühen.

Die beiden Gardisten blieben – für den Fall, dass sie Ärger machen sollte – unmittelbar rechts und links hinter ihr stehen; offenbar hatten sie das schon oft genug erlebt. Sie spürte, wie ihr das Blut ob dieser Behandlung ins Gesicht schoss.

»Protektor Muksin, mein Ehemann wurde …«

»Name.« Mit dem Blick seiner dunklen Augen zählte er die Leute, die noch in der Schlange warteten, zweifellos, um abzuschätzen, wie lange es noch bis zum Abendessen dauern würde.

»Richard.«

Er hob abrupt den Kopf. »Den vollen Namen.«

»Sein voller Name lautet Richard Cypher. Er wurde gestern Abend eingeliefert.«

Aus Angst, einer ernsthaften Beschuldigung zusätzliches Gewicht zu verleihen, vermied Nicci den Begriff »verhaftet«.

Suchend schob er seine Papiere hin und her, wobei er ganz offensichtlich nicht das geringste Interesse an den Tag legte, sie auch nur eines Blicks zu würdigen. Nicci empfand es als ein wenig verwirrend, dass der Mann sie nicht auf die berechnende Art anschaute, die allen Männern eigen war, wenn sie in Gedanken ihre Maße abschätzten und sich vorzustellen versuchten, was ihren Augen verborgen blieb – ganz so, als wüssten sie nicht, was sie taten. Die beiden Gardisten dagegen ließen ihre Blicke an der nicht minder verlockenden Rückseite ihres Kleides entlangwandern.

»Aha.« Protektor Muksin schwenkte ein Blatt Papier. »Ihr habt Glück.«

»Dann wurde er bereits freigelassen?«

Er sah auf, als wäre sie nicht ganz bei Trost. »Wir haben ihn hier; seine Name steht auf diesem Dokument. Es gibt eine Vielzahl von Orten, wohin die Leute verbracht werden. Kein Mensch kann von den Volksprotektoren erwarten, dass sie den Aufenthaltsort eines jedes Einzelnen von ihnen kennen.«

»Vielen Dank«, sagte Nicci, ohne recht zu wissen, wofür sie sich bei ihm bedankte. »Warum wird er festgehalten? Wie lautet die Anklage?«

Der Mann runzelte die Stirn. »Woher sollen wir wissen, wie die Anklage lautet, schließlich hat er noch nicht gestanden.«

Nicci wurde schwindelig; mehrere andere Frauen waren bereits während ihres jeweiligen Gesprächs mit dem Protektor in Ohnmacht gefallen. Die Hände der Gardisten an ihren Armen packten fester zu, und der Protektor wollte bereits die Hand zum Zeichen heben, man möge sie fortschaffen, als Nicci ihm zuvorkam und ihm, mit so ruhiger Stimme wie nur eben möglich, zuredete.

»Bitte, Protektor Muksin, mein Ehemann ist kein Unruhestifter. Er arbeitet von früh bis spät und verliert nie ein schlechtes Wort über jemanden. Er ist ein unbescholtener Mann, der immer tut, was man ihm sagt.«

Während sie beobachtete, wie ein Schweißtropfen über seine Wange rollte, schien er den Bruchteil einer Sekunde lang über etwas nachzudenken.

»Versteht er sich auf irgendein Handwerk?«

»Er ist ein guter Arbeiter, der dem Orden dient. Er belädt Wagen.«

Noch ehe sie ganz ausgesprochen hatte, wusste sie, dass ihre Antwort ein Fehler war. Die Hand ging hoch, zuckte kurz und scheuchte sie fort wie eine lästige Mücke. Mit einem mächtigen Ruck hoben die Gardisten sie von den Füßen und entfernten sie aus der Gegenwart dieses wichtigen Mannes.

»Aber mein Ehemann ist ein rechtschaffener Bürger! Ich flehe Euch an, Protektor Muksin, Richard war an keiner dieser Unruhen beteiligt! Er war zu Hause!«

Ihre Worte waren aufrichtig und größtenteils die gleichen wie die der Frauen vor ihr. Sie war außer sich, weil sie ihn nicht davon überzeugen konnte, dass sie anders war – und Richard ebenfalls. Die anderen, das wusste sie jetzt, hatten alle dasselbe versucht.

Kamil lief den Gardisten hinterher, als sie sie durch einen kurzen, dunklen Flur zu einem Seitenausgang der Festung schleppten. Abendliches Licht stahl sich herein, als sie die Tür öffneten. Sie versetzten ihr einen Stoß, und Nicci stolperte die Stufen hinunter. Kamil wurde unmittelbar hinter ihr hinausgestoßen. Er landete mit dem Gesicht voran im Staub. Nicci ließ sich auf die Knie sinken, um ihm aufzuhelfen.

Kniend schaute sie hinauf zur Türöffnung. »Was ist mit meinem Ehemann?«, presste sie hervor.

»Du kannst an einem anderen Tag noch einmal wiederkommen«, meinte ein Gardist. »Sobald er gesteht, kann dir der Protektor sämtliche Anklagepunkte nennen.«

Nicci wusste, dass er niemals gestehen würde. Eher würde er sterben.

Doch das war, so weit es diese Männer anbelangte, kein Problem.

»Kann ich ihn sehen?« Nicci faltete flehend die Hände, während sie neben Kamil kniete. »Bitte, kann ich ihn wenigstens besuchen?«

Der eine Gardist raunte dem anderen etwas zu.

»Hast du Geld?«, fragte er sie.

»Nein«, entfuhr es ihr mit einem traurigen Schluchzer.

Sie machten Anstalten, ins Gebäude zurückzugehen.

»Wartet!«, rief Kamil.

Als sie daraufhin innehielten, rannte er die Stufen hinauf, schob sein Hosenbein hoch und zog einen Stiefel aus. Diesen drehte er herum, bis eine Silbermünze in seine Hand fiel, die er ohne großes Aufhebens dem Gardisten überreichte.

Der Mann machte ein unzufriedenes Gesicht, als er die Münze betrachtete. »Das ist nicht genug für einen Besuch.«

Als er sich daraufhin abwenden wollte, hielt Kamil den Mann am Handgelenk fest. »Zu Hause habe ich noch eine. Bitte, lasst sie mich holen gehen. Wenn ich renne, kann ich in einer Stunde wieder hier sein.«

Der Mann schüttelte den Kopf. »Heute Abend nicht mehr. Die Besuchszeit für diejenigen, die die Gebühr entrichten können, ist übermorgen bei Sonnenuntergang. Aber es ist nur ein Besucher erlaubt.«

Kamil deutete auf Nicci. »Seine Ehefrau. Sie wird ihn besuchen.«

Der Gardist musterte Nicci feixend von Kopf bis Fuß, so als dächte er darüber nach, was sie sonst noch dafür bieten könnte, um ihren Mann zu sehen.

»Und bring ja das Geld mit.«

Die Tür fiel krachend ins Schloss.

Kamil rannte, Tränen in den Augen, die Stufen hinunter und ergriff ihren Arm. »Was sollen wir bloß tun? Sie werden ihn noch zwei weitere Tage dort behalten! Zwei Tage!«

Seine Panik drohte ihn zu ersticken. Er hatte es nicht ausgesprochen, trotzdem wusste sie, was er meinte. Dies bedeutete zwei weitere Tage, um ein Geständnis aus ihm herauszufoltern. Anschließend würden sie Richard im Himmel begraben.

Nicci packte den Arm des Jungen mit festem Griff und zog ihn fort. »Hör zu, Kamil. Richard ist stark. Ich bin sicher, er steht das durch. Er hat schon früher allerhand durchgemacht. Er ist stark, das weißt du doch?«

Nickend biss Kamil sich auf die Unterlippe und begann hemmungslos zu weinen; die Angst um seinen Freund hatte ihn wieder in ein kleines Kind verwandelt.

Nicci lag die ganze Nacht wach und starrte an die Decke. Am nächsten Tag stand sie für Brot an. Als sie dort inmitten all der anderen Frauen wartete, wurde ihr klar, dass sie den gleichen hohlwangigen Gesichtsausdruck haben musste wie sie.

Sie fühlte sich verwirrt und gelähmt und wusste nicht mehr, was sie noch tun sollte; alles schien auseinander zu brechen.

In jener Nacht schlief sie nur wenige Stunden; sie befand sich in einem Zustand ruheloser Sorge und zählte die Minuten bis zum Sonnenaufgang. Als es endlich so weit war, saß sie am Tisch, den Laib Brot, den sie Richard mitbringen würde, fest umklammert, und wartete darauf, dass der sich ewig dahinschleppende Tag verstrich. Die Nachbarin, Mrs. Sha'Rim, brachte Nicci eine Schale Kohlsuppe. Verständnisvoll lächelnd ließ sie Nicci nicht aus den Augen, bis sie die Suppe aufgegessen hatte. Nicci bedankte sich bei Mrs. Sha'Rim und sagte, die Suppe sei köstlich, dabei konnte sie sich nicht einmal erinnern, wie sie geschmeckt hatte.

Am frühen Nachmittag beschloss Nicci, vor der Festung zu warten, bis sie eingelassen wurde. Sie wollte auf keinen Fall zu spät kommen; Kamil hockte auf der Treppe und erwartete sie bereits. Eine kleine Menschenmenge lief unruhig auf und ab.

Kamil sprang sofort auf. »Ich habe den Silbertaler dabei.«

Nicci hätte ihm am liebsten erklärt, dass er ihn nicht zu bezahlen brauchte, dass sie das übernehmen würde, doch sie hatte keinen Silbertaler; alles, was sie besaß, waren ein paar Silberpfennige.

»Danke, Kamil. Irgendwie werde ich das Geld auftreiben und es dir zurückzahlen.«

»Ich will es nicht wiederhaben; es ist doch für Richard. Es ist mein Entschluss, es für Richard zu tun. Das ist er mir wert.«

Nicci nickte. Sie wusste, sie konnte schwarz werden, bevor jemand ihr einen Pfennig schenkte, dabei hatte sie ihr ganzes Leben aufgeopfert, um anderen zu helfen. Ihre Mutter hatte ihr einmal erklärt, es sei falsch, auf Dank zu hoffen; sie sei diesen Menschen allein deshalb ihre Hilfe schuldig, weil sie dazu im Stande war.

Als Nicci die Stufen hinunterstieg, gingen Leute auf sie zu und wünschten ihr Glück. Sie baten sie, Richard auszurichten, er solle stark sein und auf keinen Fall nachgeben, und boten ihr an, sich an sie zu wenden, falls sie irgendetwas für sie tun konnten oder sie Geld benötigte.

Der wortlose Weg bis zur Gefängnisfestung war ein einziger Alptraum, denn sie fürchtete, herausfinden zu müssen, dass man ihn hingerichtet hatte, oder ihn zu sehen und zu wissen, dass er im Anschluss an sein Verhör eines langsamen, qualvollen Todes sterben würde. Nicci wusste nur zu gut, wie geschickt sich der Orden auf das Verhören von Personen verstand.

Am Seiteneingang warteten ein halbes Dutzend anderer Frauen sowie ein paar ältere Männer in der drückend heißen Sonne. Sämtliche Frauen hatten beutelweise Lebensmittel dabei. Niemand sprach. Auf allen lastete das Gewicht derselben Angst.

Nicci ließ die Tür nicht aus den Augen, bis die Sonne schließlich unterging. In der aufziehenden Dämmerung hängte ihr Kamil seinen Wasserschlauch über die Schulter.

»Wahrscheinlich möchte Richard zu seinem Brot einen Schluck trinken.«

»Danke«, erwiderte sie leise.

Die eisenbeschlagene Tür öffnete sich kreischend. Alles schaute hoch zu dem Gardisten, der in der Tür erschien und alle zu sich winkte. Er warf einen flüchtigen Blick auf ein Stück Papier. Als die erste Frau die Stufen hinaufhastete, hielt er sie an und fragte sie nach ihrem Namen. Sie nannte ihn, woraufhin er ihn mit seiner Liste verglich und sie passieren ließ. Die zweite Frau wies er ab; sich heftig beklagend rief sie, sie habe für den Besuch bezahlt, woraufhin er ihr mitteilte, ihr Mann habe das Verbrechen des Verrats gestanden und dürfe keinen Besuch bekommen.

Wimmernd brach sie unter den entsetzten Blicken der anderen zusammen, die das gleiche Schicksal fürchteten. Die nächste Frau gab ihren Namen an und wurde eingelassen, ihr folgte eine weitere. Der nächsten wurde mitgeteilt, ihr Mann sei verschieden.

Benommen machte Nicci Anstalten, die Stufen hinaufzusteigen. Kamil hielt sie am Arm fest und drückte ihr eine Münze in die Hand.

»Danke, Kamil.«

Er nickte. »Richtet Richard aus, ich hätte gesagt ... Sagt ihm einfach, er soll wieder nach Hause kommen.«

»Richard Cypher«, antwortete sie dem Gardisten klopfenden Herzens.

Er schaute kurz auf das Papier, dann winkte er sie herein. »Dieser Mann hier wird dich zu ihm bringen.«

Ein Woge der Erleichterung durchflutete sie: Er lebte noch.

Im Innern des dunklen Korridors wartete ein anderer Soldat. Gebieterisch legte er den Kopf leicht schräg. »Folge mir.« Eine Laterne in jeder Hand, tauchte er in die Dunkelheit ein. Sie folgte ihm dicht auf den Fersen, als er über zwei lange, schmale Treppenfluchten in die feuchte, dunkle unterirdische Welt hinunterstieg.

In einer winzigen Kammer mit einer zischenden Fackel saß Volksprotektor Muksin schwitzend auf einer Bank und redete auf zwei Männer ein – untergeordnete Beamte, nach der Unterwürfigkeit zu urteilen, die sie gegenüber dem fetten Protektor an den Tag legten.

Nach einem kurzen Blick in die Papiere, die ihm der Gardist reichte, erhob sich der Protektor. »Ihr habt die Gebühr bei Euch?«

»Ja, Protektor Muksin.« Nicci gab ihm das Geld.

Nach einem kurzen prüfenden Blick ließ er das Silberstück in seine Tasche gleiten. »Die Strafen für bürgerlichen Ungehorsam sind überaus streng«, erklärte er gebieterisch, während seine düsteren Augen kurz innehielten, um zu sehen, wie sie darauf reagierte.

Nicci benetzte ihre Lippen; plötzlich hatte ihre Hoffnung Auftrieb bekommen. Mit dem Zahlen der Gebühr hatte sie die erste Hürde genommen; jetzt verlangte der geldgierige Bastard Geld für Richards Leben.

Nicci antwortete behutsam, aus Angst, sie könnte einen Fehler machen. »Wenn ich die Strafe wüsste, Protektor, könnte ich die Summe, glaube ich, zusammenbringen.«

Der Protektor betrachtete sie mit einem durchdringenden Blick, der ihr den Schweiß auf die Stirn treten ließ. »Ein Mann muss beweisen, dass er Reue empfindet. Die sicherste Methode, seine Reue über einen Bruch des Bürgerrechtes nachzuweisen, ist eine überaus empfindliche Geldstrafe; alles Geringere wäre lediglich ein Beweis für die Unaufrichtigkeit seiner Reumut. Übermorgen um dieselbe Tageszeit werden mir alle, die sich derartiger Übertretungen für schuldig bekannt haben und die jemanden haben, der für ihre Strafe aufkommen kann, zur Entscheidung vorgeführt werden.«

Er hatte den Preis genannt: alles. Er hatte ihr zu verstehen gegeben, was Richard tun musste. Am liebsten hätte sie dem Kerl die feiste Kehle herausgerissen.

»Ich danke Euch für Euer freundliches Verständnis für die Verfehlungen meines Ehemannes. Wenn ich ihn sehen könnte, würde ich dafür Sorge tragen, dass ihn die Reue bis ins Mark trifft.«

Er lächelte ein dünnes, verschwitztes Lächeln. »Tut das, junge Frau. Wer hier unten zu lange mit seiner Schuld allein gelassen wird, gesteht am Ende die entsetzlichsten Verbrechen.«

Nicci musste schlucken. »Verstehe, Protektor Muksin.«

Die Folter würde erst ein Ende haben, wenn der Mann sein Geld bekommen hatte.

Unvermittelt packte sie der Gardist am Arm und zerrte sie, die beiden Laternen in der anderen Hand, in einen völlig dunklen Korridor. Abermals ging es eine Treppenflucht hinab, bis in den untersten Bereich der Festung. Der enge Gang bohrte sich einen gewundenen Weg durch den Fels des Fundaments, vorbei an eigens für die Verwahrung von Verbrechern gebauten Kammern. Wegen seiner Lage unweit des Flusses war Wasser in das Gebäude hineingesickert und hatte es auf Dauer in ein schleimiges, feuchtes, nach Verwesung stinkendes Gemäuer verwandelt. Sie erblickte irgendwelches Getier, das vor ihr in die Dunkelheit huschte.

Der Klang ihrer durch das knöcheltiefe Wasser patschenden Schritte hallte aus der Ferne wider. Dieser Ort erinnerte Nicci an ihre Albträume von der Unterwelt aus ihrer Kindheit, ein Schicksal, das, so hatte ihre Mutter ihr versichert, all jene erwartete, die in ihrer Pflicht ihren Mitmenschen gegenüber versagt hatten.

Die niedrigen Türen zu beiden Seiten wiesen eine winzige, etwa handgroße Öffnung auf – vermutlich damit die Gardisten hineinspähen konnten. Es gab kein Licht außer dem, das die Gardisten mitbrachten, daher hatten die Insassen auch nichts, auf das sie draußen hätten schauen können. In mehreren dieser Türen hatten sich Finger in den Rand der Öffnungen gekrallt. Im Vorübergehen konnte Nicci im Schein der Lampe weit aufgerissene Augen erkennen, die aus den schwarzen Löchern hervorlugten. Aus etlichen der Öffnungen drang ein angst- oder schmerzerfülltes Wimmern.

Der Gardist blieb stehen. »Hier ist es.«

Nicci wartete mit heftig klopfendem Herzen. Statt die Tür zu öffnen, drehte sich der Gardist zu ihr herum und begrabschte ihre

Brüste. Aus Angst, sich zu bewegen, verharrte sie völlig regungslos. Er betatschte sie, als ob er Melonen auf dem Markt prüfte. Sie war viel zu verängstigt, um ein Wort hervorzubringen, da er sie sonst womöglich nicht zu Richard hineinlassen würde. Sie immer mehr bedrängend, schob er ihr seine fleischige Hand in den Ausschnitt ihres Kleides und begann ihre Brustwarzen zu befingern.

Nicci wusste natürlich, dass Männer wie er nötig waren, wenn der Orden alle in seinen Lehren unterweisen wollte. Man musste akzeptieren, dass die Menschheit von Natur aus böse war. Es mussten Opfer gebracht werden. Rohlinge waren nötig, um den Massen sittliches Verhalten einzuschärfen. Sie unterdrückte einen Aufschrei, als er sie in ihr zartes Fleisch kniff.

Der Gardist, zufrieden mit seinem Gegrabsche, lachte amüsiert in sich hinein und wandte sich zur Tür um. Nach anfänglichen Schwierigkeiten mit dem verrosteten Schloss gelang es ihm endlich, den Schlüssel herumzudrehen; er packte die Tür am Guckloch und zog einmal kräftig daran.

Knirschend öffnete sich die Tür gerade weit genug, dass man sich hindurchzwängen konnte. Unmittelbar hinter der Tür hängte er eine Laterne an die Wand.

»Ich komme zurück, sobald ich mich um ein paar andere Dinge gekümmert habe; dann ist dein Besuch vorbei.« Wieder lachte er frohlockend. »Verschwende also keine Zeit, wenn du den Rock für ihn hebst – falls sein Zustand das überhaupt zulässt.«

Er stieß sie in die Zelle. »Hier, Cypher. Ich hab sie schon ganz ordentlich für dich aufgegeilt.« Die Tür fiel mit einem metallischen Scheppern ins Schloss, das nach beiden Seiten durch den krummen Gang hallte. Nicci hörte, wie sich der Schlüssel drehte, anschließend die platschenden Schritte des sich entfernenden Gardisten.

Der quadratische Raum war so winzig, dass sie mit ausgestreckten Armen beide Seitenwände gleichzeitig hätte berühren können. Ihr Kopf stieß an die Decke. Die entsetzliche Enge drohte sie unter sich zu begraben. Sie wollte nichts als raus hier.

Sie hatte Angst, der Körper zu ihren Füßen könnte tot sein.

»Richard?«

Sie vernahm ein leises Ächzen. Er hatte die Arme auf dem Rücken; man hatte sie mit einer Art hölzernem Bindeblock gefesselt. Sie hatte Angst, er könnte ertrinken.

Tränen brannten ihr in den Augen. Sie ließ sich auf die Knie sinken. Das schleimige Wasser, das in ihre Stiefel geschwappt war, wurde jetzt von ihrem Kleid aufgesogen.

»Richard?«

Sie zerrte an seiner Schulter, um ihn herumzudrehen. Er stieß einen Schrei aus und schreckte vor ihrer Hand zurück.

Als sie ihn sah, schlug sie beide Hände vor dem Mund zusammen, um ihren Aufschrei zu unterdrücken. Sie spürte, wie ihr die Tränen übers Gesicht strömten, während sie keuchend wieder zu Atem zu kommen versuchte.

»Oh, Richard.«

Nicci stand auf und riss einen Streifen von ihrem Unterhemd ab, das sie unter ihrem Kleid trug. Abermals neben ihm niederkniend, wischte sie ihm das Blut mit dem Stofffetzen behutsam aus dem Gesicht.

»Kannst du mich hören, Richard? Ich bin es, Nicci.«

Er nickte. »Nicci.«

Ein Auge war völlig zugeschwollen. Sein Haar war verfilzt von dem Morast und dem Schlamm aus der fauligen Lache, in der er lag, seine Kleider völlig zerrissen. Im grellen Schein der kleinen Lampe sah sie, dass seine Haut mit roten, geschwollenen Striemen übersät war.

Er merkte, dass sie auf seine Wunden starrte. »Ich fürchte, das Hemd wirst du nicht mehr flicken können.«

Angesichts seines bitteren Humors zeigte sie ihm ein mattes Lächeln. Sie wusste nicht, warum sie so reagierte; sie hatte schon Schlimmeres gesehen.

Richard zog den Kopf zurück, als sie versuchte, ihm zu helfen.

»Tue ich dir weh?«

»Ja.«

»Entschuldige. Ich habe Wasser mitgebracht.«

Er nickte ungeduldig. Nicci goss ihm Wasser aus dem Schlauch in den Mund. Er trank gierig.

Während er verschnaufte, sagte sie: »Kamil hat das Geld für die Gebühr beigebracht, damit ich kommen und dich besuchen kann.«

Richard lächelte bloß.

»Kamil möchte, dass du hier rauskommst.«

»Ich möchte selber hier raus.« Er klang nicht wie er selbst; seine Stimme war heiser und kaum noch zu verstehen.

»Richard, der Protektor …«

»Wer?«

»Der Beamte, der für dieses Gefängnis hier verantwortlich ist. Er meinte zu mir, es gäbe einen Weg, dich freizubekommen. Er sagte, du müsstest dich eines Verstoßes gegen das Bügerrecht für schuldig bekennen und eine Geldstrafe bezahlen.«

Richard hörte nickend zu. »Darauf war ich auch schon gekommen. Er fragte mich, ob ich Geld hätte. Ich antwortete, ja, hätte ich.«

»Wirklich? Du hast etwas gespart?«

Er nickte. »Ich besitze etwas Geld.«

Verzweifelt packte Nicci seinen Kragen mit einer Hand. »Ich kann die Strafe, um dich hier rauszuholen, frühestens in zwei Tagen bezahlen. Schaffst du das? Hältst du bis dahin durch?«

Er grinste im matten Schein der Lampe. »Ich habe nicht die Absicht, woanders hinzugehen.«

In diesem Augenblick fiel es Nicci ein, und sie nahm das Brot aus dem Beutel. »Ich habe dir etwas zu essen mitgebracht. Brot und etwas Brathuhn.«

»Huhn. Brot hält kaum vor. Ich bekomme hier nichts zu essen.«

Sie riss das Huhn mit den Fingern auseinander und hielt ihm ein Stück vor den Mund. Sie ertrug es nicht, Richard so hilflos zu sehen; es machte sie wütend. Ganz schlecht wurde ihr davon.

»Iss, Richard«, drängte sie ihn, als sein Kinn auf die Brust sackte. Er schüttelte den Kopf, so als wollte er den Schlaf vertreiben. »Hier, nimm noch etwas.«

Sie sah ihm beim Kauen zu. »Kannst du in diesem Wasser überhaupt schlafen?«

»Sie lassen einen hier nicht schlafen. Sie …«

Sie stopfte ihm ein großes Stück Hühnerfleisch in den Mund. Die Methoden des Ordens waren ihr bis ins Detail vertraut, deshalb wollte sie gar nicht wissen, welche man für ihn ausgewählt hatte.

»Ich hole dich hier raus. Gib nicht auf. Ich hole dich raus.«

Er zuckte mit den Achseln, so als wollte er sagen, es spiele ohnehin keine Rolle.

»Warum? Vermisst du deinen Gefangenen? Bist du eifersüchtig, weil andere mich an deiner Stelle misshandeln? Hast du Angst, sie könnten mich brechen, bevor es dir gelingt?«

»Richard, das ist nicht …«

»Ich bin nur ein einzelner Mann. Das Einzige, was zählt, ist das allgemeine Wohl. Dass ich unschuldig bin, ist nebensächlich, weil das Leben eines einzelnen Mannes wertlos ist. Wenn ich auf diese Weise leiden und sterben muss, um dazu beizutragen, andere auf den rechten Weg des Schöpfers und deines Ordens zu führen, wie kannst du es dann wagen, ihnen die Tugendhaftigkeit ihrer Ziele abzusprechen? Was zählen deine Wünsche? Wie kannst du dein Leben oder meines über das Wohl von anderen stellen?«

Wie oft hatte sie ihm über ebendiese Lehren Vorträge gehalten – und wie verächtlich, wie gehässig und wie trügerisch klangen sie aus seinem Mund.

In diesem Augenblick empfand sie nichts als Hass auf sich selbst. Irgendwie gelang es ihm, alles, wofür der Orden stand, alles, wofür sie ihr Leben aufgeopfert hatte, Lügen zu strafen. Irgendwie gelang es ihm, Wohltätigkeit als … böse erscheinen zu lassen. Deswegen war er so gefährlich. Schon die Tatsache seiner Existenz bedrohte alles, wofür der Orden stand.

Sie war so dicht davor, so dicht davor, zu erfahren, was sie unbedingt wissen musste. Bereits die Tatsache, dass ihr die Tränen über die Wangen strömten, sagte ihr, dass es tatsächlich etwas gab, dass diese Qual all die Mühen wert war – sie geradezu unverzichtbar machte. Der unerklärliche Funke, den sie vom ersten Moment an in seinen Augen gesehen hatte, war echt.

Wenn sie nur jenes kleine bisschen mehr begreifen könnte, dann endlich könnte sie tun, was am besten war. Es wäre besser für ihn. Was für ein Leben erwartete ihn denn noch? Wie viel konnte er ertragen? Dazu verdammt zu sein, dem Schöpfer auf diese Weise zu dienen, erfüllte sie mit Hass.

»Sieh dich um, Nicci. Du wolltest mir die überlegene Lebensweise des Ordens vor Augen führen. Sieh dich um. Ist es nicht eine Pracht?«

Sie konnte es nicht ertragen, eines seiner wunderschönen Augen zugeschwollen zu sehen.

»Ich brauche das Geld, das du gespart hast, Richard, und zwar alles, wenn ich dich hier heraushoIen soll. Der Beamte meinte zu mir, es müsse alles sein, was du besitzt.«

Er brachte nicht mehr als ein heiseres Flüstern zu Stande. »Es befindet sich in unserem Zimmer.«

»In unserem Zimmer? Wo? Sag mir, wo genau.«

Er schüttelte den Kopf. »Du würdest nie dahinter kommen. Man muss den Trick kennen, um das Versteck zu öffnen. Geh zu Ishaq.«

»Ishaq? In dem Fuhrunternehmen? Warum?«

»Es war früher einmal sein Wohnzimmer. Im Fußboden gibt es ein Geheimfach. Erkläre ihm, wozu du das Geld brauchst. Er wird es für dich öffnen.«

Sie hielt ihm den nächsten Brocken Hühnerfleisch vor den Mund. »Also gut, ich werde zu Ishaq gehen.« Sie zögerte, als sie ihm beim Kauen zusah. »Tut mir Leid, dass du dein Erspartes hergeben musst. Ich weiß, wie hart du arbeitest. Es ist nicht richtig, dass man es dir wegnimmt.«

Er zuckte abermals mit den Schultern. »Es ist nur Geld. Mein Leben ist mir wichtiger.«

Nicci lächelte und wischte sich die Tränen von den Wangen. Eine bessere Antwort hätte sie sich nicht erhoffen können.

Die Tür ging auf. »Zieh deinen Rock runter. Die Zeit ist um.«

Er war bereits dabei, sie am Arm nach draußen zu zerren, als sie Richard noch schnell das letzte Stück Huhn in den Mund stopfte.

»Verstoß gegen das Bürgerrecht!«, rief sie ihm zu. »Vergiss das nicht.«

Sie streckte den Arm nach hinten zu ihm aus, während sie aus der Zelle gezerrt wurde. »Ich komme dich holen, Richard! Ich schwöre es!«

23. Kapitel

Nicci lief nervös auf und ab, während Ishaq sich an der Falltür in der Zimmerecke zu schaffen machte; er war schon seit einer ganzen Weile mit ihr beschäftigt. Um an das im Fußboden eingelassene Geheimfach heranzukommen, hatte er den Kleiderschrank beiseite geschoben. Gelegentlich Unverständliches vor sich hin murmelnd, verwünschte er sich selbst, weil er es so schwer zugänglich gemacht hatte.

»Endlich!« Ishaq rappelte sich mühsam auf.

Nicci hoffte, dass der bescheidene Geldbetrag, den Richard bestenfalls angespart haben konnte, reichen würde, um Protektor Muksin zufrieden zu stellen. In Gedanken ging sie eine Liste mit Personen durch, die ihr als Hilfe für Richard Geld angeboten hatten.

»Hier ist es.«

Hektisch drückte Ishaq ihr den Lederbeutel in die Hand. Das Gewicht ließ sie erschrecken, denn der Geldbeutel nahm ihre gesamte Handfläche ein; es war einfach nicht nachvollziehbar.

Sie überlegte, dass Richard seinen Ersparnissen einige Metallgegenstände beigefügt haben musste – nur so ließe sich das Gewicht erklären. Sie zog den Beutel an der Oberseite auseinander und schüttete den Inhalt in ihre Hand.

Nicci stockte der Atem. Dort lagen nahezu zwei Dutzend Goldmünzen. Silber war gar nicht dabei, nur Gold.

»Gütiger Schöpfer …«, entfuhr es ihr leise, mit aufgerissenen Augen. »Wo mag Richard dieses viele Geld herhaben?«

Es war mehr, als die meisten Reichen in ihrem Leben zu Gesicht bekamen. Sie hob den Blick und sah Ishaq in die Augen.

»Wo kann Richard dieses viele Geld herhaben?«

Er riss sich seine rote Mütze vom Kopf und deutete ungeduldig fuchtelnd auf das viele Gold in ihrer Hand. »Richard hat es verdient.«

Sie merkte, wie ihre Miene sich verfinsterte. »Es verdient? Womit? Kein Mensch kann diese Menge Geld verdienen – jedenfalls nicht auf ehrliche Weise.« Sie spürte, wie ihr Zorn hochkochte. »Richard hat dieses Gold gestohlen, nicht wahr?«

»Redet keinen Unsinn.« Ishaq gestikulierte gereizt. »Richard hat es sich verdient. Er hat Waren gekauft und wieder verkauft.«

Sie biss die Zähne aufeinander. »Wie ist er an dieses Geld gekommen?«

Der Mann warf die Arme in die Luft. »Das erkläre ich Euch doch gerade. Eigenhändig verdient hat er es – ganz allein. Er hat Dinge gekauft und an Leute verkauft, die einen Bedarf dafür hatten.«

»Dinge? Was für Dinge? Schmuggelware?«

»Ach was! Dinge wie Eisen und Stahl ...«

»Unfug. Wie hätte er es denn transportieren sollen? Etwa auf seinem Rücken?«

»Anfangs ja. Aber dann hat er sich einen Wagen gekauft, um ...«

»Einen Wagen!«

»Ganz recht. Und dazu Pferde. Er hat Holzkohle und Erz eingekauft und es an die Gießereien wieder verkauft. Meistens hat er den Gießereien Metall abgekauft, das er dann an den Schmied weiterverkaufte. Der Schmied hat einen außergewöhnlich großen Bedarf an Metall, und den hat er sich über Richard beschafft. Auf diese Weise hat er sich das Geld verdient.«

Nicci packte Ishaq am Kragen. »Bringt mich zu diesem Schmied.«

Nicci war außer sich. Die ganze Zeit über hatte sie Richard für einen ehrlichen, hart arbeitenden Menschen gehalten, und nun musste sie feststellen, dass man ihn zu Recht ins Gefängnis gesteckt hatte. Er war schuldig, von ehrlichen Arbeitern Geld erschwindelt zu haben. Er war ein Wucherer!

In diesem Augenblick tat ihr nicht im Geringsten Leid, was man ihm im Gefängis antat. Er hatte das alles verdient, und noch weit mehr. Er war ein Verbrecher, der arme, hart arbeitende Menschen um ihr Gold betrogen hatte. Die Demütigung, das Wissen, dass er sie getäuscht hatte, brannte heiß in ihrem Körper.

Nicci hatte die Baustelle des Palastes bereits gesehen, allerdings nur aus der Ferne, als sie in der Stadt zu tun gehabt hatte, doch so nah wie jetzt war sie noch nie gewesen. Der Palast würde genau so werden, wie Jagang ihn ihr geschildert hatte. Er erfüllte sie mit ehrfurchtsvollem Staunen. Die anspornenden Worte Bruder Narevs aus ihrer Jugendzeit erklangen aus den Tiefen ihrer Erinnerung wie ein heiliger Chor, als sie die imposante Kulisse betrachtete.

Die Mauern reichten bereits bis über die Fensteröffnungen im ersten Stock. In einigen Abschnitten wurden gerade Deckenbalken zwischen den Innenwänden eingezogen, die das nächste Stockwerk stützen sollten.

Aber es war das Äußere, das ihr den Atem raubte. Die steinernen Mauern waren mit einem Fries aus Schnitzereien versehen, in einem Maßstab, wie sie ihn sich niemals vorzustellen vermocht hätte. Genau wie Bruder Narev es angeordnet hätte, besaßen die Schnitzereien eine anspornende und überzeugende Wirkung. Nicci sah, wie Menschen diese Kunstwerke betrachteten und in Tränen ausbrachen ob der in Stein nacherzählten Geschehnisse, ob jenes jammervollen Geschöpfes, das der Mensch darstellte, und der unerreichbaren Herrlichkeit, die der Vollkommenheit des Schöpfers innewohnte. Angesichts dieser bewegenden Einblicke konnte kein Zweifel daran bestehen, dass der Orden die einzige Chance der Menschheit auf Erlösung war. Genau wie Jagang es verheißen hatte, würde dieser Palast die Menschen zu überwältigenden Gefühlen rühren.

»Warum stehen diese Pfähle dort?«, fragte sie Ishaq, während sie schnellen Schritts über den gepflasterten Fußweg gingen, auf dem die Menschen verweilten, um bei der Entstehung des Baus zuzusehen, während andere niederknieten, um vor verschiedenen grauenhaften an den Wänden dargestellten Szenen zu beten.

»Das sind Bildhauer.« Ishaq nahm seine rote Mütze ab, während er den Anblick auf sich wirken ließ. »Sie waren angeblich an der Rebellion beteiligt.«

Niccis Blick wanderte von einem verwesenden Leichnam an der Spitze der Pfähle zum nächsten. »Warum hätten sich ausgerechnet Bildhauer an der Rebellion beteiligen sollen? Sie haben doch Arbeit.« Mehr noch, sie durften an den Darstellungen zum Ruhme des Ordens arbeiten. Gerade sie hätten doch wissen müssen, dass allein das Leiden in diesem Leben ihnen Hoffnung auf eine Belohnung im nächsten bot.

»Ich habe nicht gesagt, sie haben sich beteiligt. Ich sagte, sie hätten sich angeblich beteiligt.«

Nicci unterließ es, den Mann zurechtzuweisen. Die Menschen waren korrupt. Es gab niemanden, den man nicht hätte hinrichten können, ohne dass dies gerechtfertigt gewesen wäre. Richard eingeschlossen.

Viele der Steine unter den Schutzdächern, wo die Männer gearbeitet hatten, lagen jetzt unnütz herum. Rampen und Arbeitsgerüste wurden errichtet, damit die Steinmetze ihre Arbeit an den Palastmauern wieder aufnehmen konnten. Während diese ihre Steine einfügten, waren andere Männer – ausnahmslos Sklavenarbeiter – damit beschäftigt, gewaltige Quader über die Rampen zu ihnen hinaufzuhieven, körbeweise Mörtel oder Erde und Gestein herbeizuschleppen oder in Gräben an der Errichtung jener unterirdischen Zellen zu arbeiten, in denen der Orden die Welt von den übelsten Sündern säubern würde und wo Verbrecher auch in Zukunft ihre Vergehen gestehen sollten.

Es war eine entsetzliche Angelegenheit, andererseits war es unmöglich, einen Garten anzulegen, ohne sich dabei die Hände schmutzig zu machen.

Die Werkstatt des Schmieds oben am Hang eines Hügels, der einen Ausblick über das gewaltige Bauvorhaben gewährte, war die größte, die sie je zu Gesicht bekommen hatte. Bei einem Vorhaben dieses Ausmaßes war das allerdings durchaus nachvollziehbar. Sie wartete draußen, während Ishaq flugs hineinging, um den Schmied für sie zu holen.

Das Geräusch der auf Stahl erklingenden Hämmer, die Gerüche der Esse, des Rauches, der Öle und Säuren sowie der Salzlake, all das rief eine Flut von Erinnerungen an die Werkstatt ihres Vaters hervor. Einen winzigen Augenblick lang schlug Niccis Herz schneller – und sie war wieder ein kleines Mädchen. Fast erwartete sie, ihren Vater herauskommen und sie mit jener wundersamen Energie anlächeln zu sehen, die sich in seinen blauen Augen zeigte.

Stattdessen trat ein stämmiger Mann aus den Schatten ins Tageslicht. Und er hatte kein Lächeln, sondern ein bedrohliches Funkeln im Gesicht. Zuerst dachte sie, er sei kahl, doch dann sah sie, dass sein voller Haarschopf einfach bis dicht über die Kopfhaut geschoren worden war. Einige Arbeiter ihres Vaters, die glühendes Eisen bearbeiteten, hatten es ebenso gemacht. Jede andere Frau wäre beim Anblick seiner finsteren Miene drei Schritte zurückgewichen.

Er wischte sich die Hände an einem Lappen ab und kam ihr, ihre Augen sorgfältiger abschätzend als die meisten Männer, und ganz anders als Richard, im fahlen Sonnenschein entgegen. Seine dicke Lederschürze war mit hunderten winziger Brandflecken übersät.

»Mrs. Cypher?«

Ishaq trat ein kleines Stück zurück und begnügte sich mit seiner Rolle als Begleiter.

»Ganz recht. Ich bin Richards Frau.«

»Komisch, Richard hat eigentlich nie von Euch gesprochen. Vermutlich bin ich einfach davon ausgegangen, dass er eine Frau hat, aber erwähnt hat er nie etwas …«

»Man hat Richard in Gewahrsam genommen.«

Der finstere Gesichtsausdruck schlug sofort in entgeisterte Besorgnis um. »Richard wurde verhaftet? Weswegen?«

»Offenbar wegen des abscheulichsten Verbrechens, das es gibt: Betrug.«

»Betrug? Richard? Die müssen den Verstand verloren haben.«

»Ich fürchte, nein. Er ist schuldig. Ich habe Beweise.«

»Was denn für Beweise?«

Ishaq, außer Stande, sich länger zurückzuhalten, war mit einem Schritt bei ihnen. »Richards Geld, das Geld, das er verdient hat.«

»Verdient!« Niccis empörter Aufschrei ließ Ishaq einen Schritt zurückweichen. »Ihr meint das Geld, das er gestohlen hat!«

Der finstere Ausdruck des Schmieds kehrte zurück. »Gestohlen? Wem soll er denn Eurer Meinung nach dieses Geld gestohlen haben? Wer wirft ihm etwas vor? Wo sind seine Opfer?«

»Nun, eines davon seid Ihr.«

»Ich?«

»Ja, ich fürchte, Ihr seid eines seiner Opfer. Ich bin hier, um Euch Euer Geld zurückzugeben. Ich kann kein gestohlenes Geld dafür verwenden, einen Verbrecher vor seiner gerechten Strafe zu bewahren. Richard wird für sein Verbrechen bezahlen müssen; dafür wird der Orden schon sorgen.«

Der Schmied schleuderte sein Handtuch fort und stemmte seine Fäuste in die Hüften. »Richard hat niemandem jemals auch nur einen Silberpfennig gestohlen – und schon gar nicht mir! Er hat sich sein Geld verdient.«

»Er hat Euch betrogen.«

»Er hat mir Eisen und Stahl verkauft. Beides brauche ich, um Dinge für den Ruhesitz des Kaisers herzustellen. Ständig taucht Bruder Narev hier auf und fährt mich an, ich soll zusehen, dass irgendwelche Dinge fertig werden, allerdings ohne mir das Eisen zu liefern, das ich für ihre Herstellung dringend benötige. Das tut Richard. Bevor er hier hereinschneite, wurde ich um ein Haar selbst im Himmel begraben, weil Ishaq hier mir nicht genug Eisen und Stahl liefern konnte.«

»Wie hätte ich das tun sollen! Das Komitee hat mir lediglich die

Menge bewilligt, die ich geliefert habe. Hätte ich mehr geliefert, als man mir genehmigt, wäre ich im Himmel begraben worden. Jeder im Betrieb hält ein Auge auf mich. Die melden mich ja schon beim Arbeiterkollektiv, wenn ich auf die falsche Stelle spucke.«

»Verstehe«, meinte Nicci, ihre Arme verschränkend. »Richard hatte Euch also völlig in der Hand. Er beliefert Euch des Nachts mit Eisen, und Ihr habt keine andere Wahl, als ihm seinen Preis zu zahlen, und das weiß er auch. Er scheffelt all dieses Gold, indem er Euch betrügt; auf diese Weise ist er reich geworden – indem er von Euch einen überhöhten Preis verlangt. Das ist die schlimmste Form des Diebstahls.«

Der Schmied sah sie stirnrunzelnd an, als wäre sie nicht ganz bei Verstand.

»Richard verkauft mir Eisen und Stahl zu einem viel niedrigeren Preis, als wenn ich es über die normalen Fuhrunternehmen – wie zum Beispiel von Ishaq – beziehen würde.«

»Ich berechne genau das, was mir das Preisfestsetzungskomitee vorschreibt! Darauf habe ich keinen Einfluss!«

»Das ist doch einfach verrückt«, meinte Nicci, Ishaq ignorierend, an den Schmied gewandt.

»Nein, es ist geschickt. Seht Ihr, die Gießereien produzieren mehr, als sie verkaufen können, weil sie es nicht abtransportiert bekommen. Ihre Schmelzöfen müssen befeuert werden, ob sie nun eine Tonne herstellen oder zehn. Sie müssen Eisen in ausreichend großen Mengen herstellen, damit sich die Befeuerung lohnt, damit sie ihre Arbeiter bezahlen und ihre Schmelzöfen unterhalten können. Kaufen sie nicht genügend Erz ein, müssen die Minen schließen, und die Gießerei erhält überhaupt kein Erz mehr. Ohne Rohmaterial können sie nicht existieren. Der Orden erlaubt aber weder Ishaq noch den anderen wie ihm, so viel zu befördern, wie die Gießereien benötigen. Es dauert Wochen, bis der Orden auch nur über die einfachste Anfrage entschieden hat. Jede erdenkliche Person wird in Betracht gezogen, die sich in ihrer Einbildung möglicherweise gekränkt fühlen könnte, sollte Ishaq die Fuhre übernehmen. Die Gießereien waren in einer verzweifelten Lage und boten Richard an, ihm ihre Überschüsse zu einem günstigeren Preis zu überlassen ...«

»Dann haben sie also auch bei Richards Betrug mitgespielt!«

»Nein, denn da Richard ihnen das Eisen abnimmt, können sie mehr davon verkaufen, was wiederum die Herstellungskosten senkt. Auf diese Weise verdienen sie mehr Geld, als sie es sonst getan hätten. Richard verkauft es wiederum mir zu einem geringeren Preis, als ich den normalen Fuhrunternehmen zahlen müsste, da er es günstiger einkaufen kann.«

Angewidert warf Nicci ihre Hände in die Luft. »Und um dem Ganzen noch die Krone aufzusetzen, nimmt er arbeitenden Menschen auch noch ihre Arbeit weg. Das ist die übelste Sorte von Verbrechern – die ihren Profit auf Kosten der Armen, der Bedürftigen und der Werktätigen machen!«

»Was?«, protestierte Ishaq. »Ich bekomme weder genügend Leute für die Arbeit noch genügend Bewilligungen, um die Güter zu befördern, die die Menschen dringend benötigen. Richard nimmt niemandem seinen Arbeitsplatz weg – im Gegenteil, er trägt dazu bei, dass alle mehr zu tun haben. Die Gießereien, für die er fährt, haben durch die Bank mehr Leute eingestellt, seit sie über Richard verkaufen können.«

»Das stimmt«, bestätigte der Schmied.

»Ihr begreift es einfach nicht«, beharrte Nicci, sich die Haare raufend. »Er hat Euch hinters Licht geführt. Er betrügt Euch – und nimmt Euch aus bis auf die Knochen. Ihr werdet immer ärmer, nur weil Richard ...«

»Aber versteht Ihr denn nicht, Mrs. Cypher? Richard hat einem halben Dutzend Gießereien Verdienstmöglichkeiten geschaffen. Zurzeit sind sie überhaupt nur wegen Richard in Betrieb. Er transportiert ihre Erzeugnisse dann, wenn es für sie sinnvoll ist, nicht wenn sie irgendeine blödsinnige, mit lauter Siegeln überklebte Bewilligung erhalten. Ganz auf sich allein gestellt, hat Richard es einer ganzen Reihe von Köhlern sowie einer Reihe von Bergleuten und jeder Menge anderer Leute ermöglicht, sich durch die Belieferung dieser Gießereien ihren Lebensunterhalt zu verdienen. Und ich? Durch Richard habe ich mehr Geld verdient, als ich je für möglich gehalten hätte.

Richard hat uns alle reich gemacht, indem er etwas dringend Erforderliches getan hat und indem er es besser gemacht hat, als andere dies konnten. Er hat uns allen Arbeit verschafft. Nicht der Orden mit all seinen Komitees, Ausschüssen oder Kollektiven – sondern Richard.

Wegen Richard brauchte ich niemanden zu entlassen. Nie hört man von ihm, etwas sei unmöglich; stattdessen überlegt er, wie es zu schaffen wäre. Damit hat er sich das Vertrauen jedes Einzelnen, mit dem er zu tun hatte, erworben. Sein Wort ist Gold wert.

Ja, selbst Bruder Narev trug Richard auf, alles Erforderliche in die Wege zu leiten, damit ich mein dringend benötigtes Eisen bekomme. Richard hat es ihm versprochen. Der Palast wäre längst nicht so weit fortgeschritten, hätte Richard uns nicht alle über Wasser gehalten, indem er lieferte, was wir brauchen und wann wir es brauchen.

Der Orden schuldet Richard Dank, nicht Folter und Bestrafung. Er hat den Orden unterstützt, indem er getan hat, was getan werden musste. Diese Landungsbrücken dort draußen wären längst noch nicht gebaut, hätte Richard nicht das Eisen für die Befestigungsklammern für mich aufgetrieben. Die Bildhauerarbeiten an den Palastmauern dort unten wären noch nicht fertig, hätte er mir nicht den Stahl geliefert, den ich brauchte, um die Werkzeuge herzustellen, mit denen sie gemeißelt wurden. Alle Güter dort unten rollen ausnahmslos auf Rädern herbei, die ich mit Eisenreifen repariert habe, weil Richard mir den Stahl besorgen konnte. Richard hat mehr dafür getan, dass dieser Palast aus dem Boden gestampft wurde, als jeder andere einzelne Mann. Und dabei hat er sich auch noch Freunde gemacht.«

Nicci konnte es einfach nicht fassen. Dabei musste es stimmen; sie erinnerte sich, dass Richard Bruder Narev begegnet war. Wie konnte jemand so viel Geld verdienen, den Orden unterstützen und gleichzeitig das Vertrauen der Menschen gewinnen, mit denen er Geschäfte machte?

»Aber trotzdem hatte er doch all diesen Profit erzielt ...«

Der Schmied schüttelte den Kopf, so, als wäre sie eine heimtückische Person, die sich mitten unter sie geschlichen hatte. »Profit! Das ist nur für die Blutsauger dieser Welt ein schmutziges Wort. Sie wollen, dass man darin etwas Böses sieht, damit sie sich das unverdiente Geld noch leichter unter den Nagel reißen können.«

Das Stirnrunzeln kehrte zurück, als er sich zu ihr beugte. Seine Stimme wurde so glutvoll wie das Eisen, das er bearbeitete.

»Was mich interessieren würde, Mrs. Cypher, ist, wieso Richard in einem stinkenden Gefängnis hockt, wo man versucht, ein Geständnis aus ihm herauszufoltern, während seine Frau sich hier wie eine Närrin aufführt, weil er Geld verdient und uns alle dabei auch noch reich und glücklich gemacht hat.«

Nicci spürte, wie sich ihr die Kehle zuschnürte. »Ich kann die Strafe nicht vor morgen Abend bezahlen.«

»Bevor ich Euch kennen lernte, dachte ich immer, Richard könnte niemals einen Fehler machen.« Der Mann zog seine Lederschürze über den Kopf und hängte sie in der Werkstatt an die Wand. »Mit einer solchen Summe können wir ihn bestimmt eher freikaufen. Ich hoffe, es ist noch nicht zu spät. Begleitest du mich, Ishaq?«

»Natürlich. Dort kennt man mich und vertraut mir. Ich komme mit.«

»Gebt mir das Geld«, befahl der Schmied.

Nicci ließ es in seine geöffnete Hand fallen, ohne auch nur einen Gedanken daran zu verschwenden. In Wirklichkeit war Richard also gar kein Dieb; es grenzte an ein Wunder. Sie wusste nicht warum, aber diese Menschen waren alle glücklich wegen ihm, er hatte sie alle wohlhabend gemacht. Für sie ergab das alles keinen Sinn.

»Bitte, wenn Ihr mir helfen könntet, stünde ich tief in Eurer Schuld.«

»Ich tue das nicht für Euch, Mrs. Cypher. Ich helfe einem Freund, den ich schätze und der es wert ist, dass man ihm hilft.«

»Nicci. Ich heiße Nicci.«

»Und mein Name ist Mr. Cascella«, brummte er und stapfte davon.

Mr. Cascella schmiss vier Goldmünzen vor Volksprotektor Muksin auf den Tisch. Nicci und Ishaq hatte er erklärt, er wolle etwas als Reserve zurückbehalten, damit sie »die Esse treten« konnten, falls diese »mehr Hitze benötigte«.

Der Schmied baute sich vor dem am Tisch sitzenden Mann auf. Verschiedene Beamte vergruben ihre Nase in ihrer Arbeit, nur die Gardisten im Raum verfolgten das Geschehen.

»Richard Cypher. Ihr haltet ihn hier gefangen. Wir sind gekommen, um die Strafe zu bezahlen.«

Einem fetten Karpfen gleich – zu voll gefressen, um einen Wurm zu verspeisen – betrachtete Protektor Muksin die Münzen aus halb zugekniffenen Augen.

»Vor morgen Abend werden keine Strafen festgesetzt. Kommt dann noch einmal her. Sollte sich dieser Cypher bis dahin zu keiner Beteiligung an einem ernsthafteren Vergehen bekannt haben, könnt Ihr dann bezahlen.«

»Ich arbeite draußen an dem neuen Palast«, entgegnete Mr. Cascella. »Bruder Narev hält mich ganz schön auf Trab; könnten wir diese Angelegenheit nicht jetzt gleich zum Abschluss bringen, wo wir gerade alle hier sind? Bruder Narev würde es sicherlich zu schätzen wissen, wenn sein Schmied morgen nicht noch einmal den weiten Weg bis hierher machen muss, wo ich doch einmal hier bin.«

Protektor Muksin ließ seine dunklen Augen, von einer Seite zur anderen schwenkend, durch den mit klagenden und weinenden Menschen voll gepferchten Saal wandern. Sein Stuhl quietschte, als er ihn näher an den Tisch heranrollte. Er faltete seine fetten, kurzen Finger über einem Stapel zerfledderter Papiere.

»Ich möchte Bruder Narev keinesfalls Unannehmlichkeiten bereiten.«

Der Schmied feixte. »Das dachte ich mir.«

»Andererseits würde Bruder Narev auch nicht wollen, dass ich meine Pflicht gegenüber dem Volk vernachlässige.«

»Selbstverständlich nicht!«, warf Ishaq ein. Er riss sich seine rote Mütze vom Kopf, als die dunklen Augen in seine Richtung schwenkten. »Das wollten wir damit auch gar nicht andeuten. Wir vertrauen darauf, dass Ihr Eure Pflicht verseht.«

»Wer seid Ihr?«, fragte der Protektor an Nicci gewandt.

»Ich bin Richard Cyphers Frau, Protektor Muksin. Ich war schon einmal hier und habe eine Gebühr entrichtet, um ihn besuchen zu können. Ihr habt mir die Strafe erläutert.«

Er nickte. »Ich empfange so viele.«

»Seht doch«, sagte Mr. Cascella. »Wir haben eine Menge Geld für die Strafe. Das heißt, nur wenn wir sie heute bezahlen und Richard Cypher auslösen können. Ein Teil des Geldes gehört Leuten, die zu der Spende morgen vielleicht schon nicht mehr bereit sind.«

Der Schmied schob ihm vier weitere Goldmünzen über den Tisch. Die dunklen Augen des Protektors schienen nicht beeindruckt.

»Das Geld gehört dem Volk. Es gibt viel Bedürftigkeit.«

Nicci nahm an, dass sich diese Bedürftigkeit im Wesentlichen auf seine eigene Tasche bezog und dass er sich nur deshalb zierte, weil er ein noch besseres Angebot rausschinden wollte. Als wollte er den unausgesprochenen Vorwurf entkräften, schob Volksprotektor Muksin die acht Goldmünzen – ein Vermögen nach jedem normalen Maßstab – zurück über den Tisch.

»Der Betrag wird nicht hier entrichtet; wir haben dafür keine Verwendung. Wir sind bescheidene Diener des Ordens. Für gewöhnlich wird die Höhe der Strafe im Hauptbuch vermerkt, doch dafür müsstet Ihr es einem Bürgerkomitee für die Verteilung an die Bedürftigen aushändigen.«

Nicci war überrascht, dass sie sich in dem Mann getäuscht hatte.

Er war tatsächlich ein ehrlicher Beamter. Das verlieh dem Handel einen völlig anderen Charakter. Sie schöpfte neue Hoffnung. Vielleicht würde es doch gar nicht so schwierig werden, Richard freizubekommen.

Hinter ihr, auf der anderen Seite der niedrigen Trennwand, drängten sich wehklagende Frauen, weinende Kinder und betende Bürger. Nicci bekam in dem von Gestank erfüllten, stickig heißen Saal kaum Luft. Sie hoffte, der Beamte ließe sich dazu bewegen, den Fall schnell abzuwickeln, damit er sich der kleinen Gruppe aus Gardisten annehmen konnte, die in den Nebenräumen auf Papiere und Anweisungen warteten.

»Ihr macht jedoch einen Fehler«, fügte der Protektor hinzu, »wenn Ihr glaubt, Ihr könntet die Freilassung dieses Mannes mit Geld erkaufen. Das Leben eines Einzelnen interessiert den Orden nicht, denn kein einziges Menschenleben ist wirklich von Bedeutung. Ich bin geneigt, Euch zu raten: Behaltet das Geld – bis wir Gelegenheit hatten, zu prüfen, wie es möglich ist, dass jemand über einen derart hohen Geldbetrag verfügt. Meiner Ansicht nach muss dieser Mann eine zerstörerische Wirkung auf die bürgerliche Ordnung haben, wenn er so viel Unterstützung weckt. Kein einzelner Mann ist besser als die anderen. Dass er so viel Geld beschaffen kann, um sich durch Bestechung von seiner gerechten Strafe freizukaufen, bestätigt meinen Verdacht, dass er etwas zu gestehen hat.«

Sein Stuhl knarrte, als er sich zurücklehnte, um sie genau in Augenschein zu nehmen. »Wie es scheint, seid Ihr drei nicht dieser Meinung – und haltet ihn für besser als andere.«

»Ach was«, meinte der Schmied ganz beiläufig, »er ist bloß unser Freund.«

»Der Orden ist Euer Freund. Eure Sorge sind die Bedürftigen. Es steht Euch nicht an, einen Menschen anderen vorzuziehen. Ein derart unziemliches Verhalten kommt einer Gotteslästerung gleich.«

Die drei vor dem Schreibtisch verstummten. Das Wehklagen in ihrem Rücken, das Jammern und das von Panik erfüllte Beten um diejenigen, die tief unten in der Dunkelheit einsaßen, hielt unvermindert an. Was immer sie vorbrachten, es schien den Mann nur noch mehr gegen sie aufzubringen.

»Wenn er etwas gelernt hätte, lägen die Dinge vielleicht anders. Es besteht ein großer Bedarf an gelernten Arbeitskräften, die den Orden unterstützen. Viele zögern, statt alles daranzusetzen, ihren Beitrag zu leisten. Wer etwas kann, hat auch die Pflicht –«

Dann wurde es Nicci in einem einzigen gleißenden Augenblick schlagartig klar.

Sie trat näher an den Tisch heran. »Er ist der größte …«

»Größe ist eine Selbsttäuschung der Sündhaften. Alle Menschen sind gleich, sie sind von Natur aus böse und müssen daher alles daransetzen, ihre minderwertige Natur zu überwinden, indem sie ihr Leben selbstlos in den Dienst der guten Sache stellen und ihren Mitmenschen helfen. Allein völlige Selbstlosigkeit befähigt den Menschen, sich den Lohn im Leben nach dem Tode zu verdienen.«

Mr. Cascella ballte die Fäuste und war bereits im Begriff, sich vorzubeugen. Wenn er jetzt, in diesem Augenblick, widersprach, wäre ihre Sache unrettbar verloren. Nicci verpasste ihm einen kräftigen Tritt mit der Seite ihres Fußes, in der Hoffnung, ihn zu überzeugen, den Mund zu halten und das Reden ihr zu überlassen, bevor alles zu spät war. Gesenkten Hauptes trat Nicci einen Schritt zurück, womit sie den Schmied zwang, beiseite zu treten, ohne dass es allzu offensichtlich aussah.

»Ihr seid weise, Protektor Muksin. Wir können Wertvolles von Euch lernen. Bitte verzeiht die unziemlichen Worte einer bedauernswerten Gemahlin. Ich bin eine einfache Frau, erfüllt von Demut und verwirrt in Gegenwart eines Vertreters der Bruderschaft des Ordens.«

Verdutzt enthielt sich der Protektor einer Antwort. Mehr als ein Jahrhundert lang hatte Nicci sich derartiger Formulierungen bedient und war sich ihrer Nützlichkeit bewusst. Sie hatte diesem Mann, der nicht mehr war als ein kleiner Beamter, einen Rang im

Zentrum des Ordens – in der eigentlichen Bruderschaft – zugestanden, den er niemals würde erlangen können. Er war genau jene Sorte Mann, die danach strebte, sich mit gesellschaftlichen Verdiensten zu schmücken. Ihm einen solchen intellektuellen Rang zuzuschreiben, das war für einen Mann wie ihn dasselbe, wie ihn tatsächlich zu erlangen; der äußere Schein war für diese Männer Wirklichkeit. Der äußere Schein war es, der zählte, nicht die tatsächliche Leistung. »Und worin besteht nun das Können dieses Mannes?«

Nicci neigte abermals ihr Haupt. »Richard Cypher ist ein noch unbekannter Bildhauer, Protektor Muksin.«

Die beiden Männer rechts und links von ihr machten ein ungläubiges Gesicht.

»Ein Bildhauer?«, wiederholte der Protektor, in Gedanken bei dem Wort verweilend.

»Ein namenloser Künstler, der nur eine einzige Hoffnung im Leben hegt: Er möchte eines Tages mit Stein arbeiten können, um die Schlechtigkeit der Menschen aufzuzeigen und ihnen auf diese Weise vielleicht zu der Erkenntnis zu verhelfen, dass sie anderen und dem Orden Opfer bringen müssen; dadurch hofft er, sich seinen Lohn im Leben nach dem Tode zu verdienen.«

Der Schmied hatte sich rasch erholt und setzte noch eins drauf: »Wie Ihr vielleicht wisst, waren viele der Bildhauer am Ruhesitz Verräter – dem Schöpfer sei Dank hat man sie entdeckt –, daher ist noch viel zum Ruhme des Ordens in Stein zu meißeln. Das kann Euch Bruder Narev bestätigen, Protektor Muksin.«

Der Protektor betrachtete die drei nacheinander aus seinen dunklen Augen. »Wie viel Geld habt Ihr dabei?«

»Zweiundzwanzig Goldtaler«, antwortete Nicci.

Er runzelte tadelnd die Stirn, während er das Hauptbuch heranzog und seine Feder in ein aus Stein geschliffenes Tintenfass tauchte. Der Protektor beugte sich vor und trug die Strafe in sein Buch ein. Als Nächstes notierte er eine Anweisung auf ein Stück Papier, das er dem Schmied reichte.

»Bringt dies zum Versammlungssaal der Arbeiter bei den Docks« – er deutete mit seiner Tintenfeder hinter sie –, «diese Straße hinunter. Ich werde den Gefangenen freilassen, sobald Ihr mir ein Siegel des Arbeiterkollektivs vorlegt, welches beweist, dass die Strafe an jene Personen ausbezahlt wurde, denen das Geld am ehesten zusteht – den Bedürftigen. Richard Cypher muss seines gesamten unrechtmäßig erworbenen Besitzes entledigt werden.«

Richard war es, dem es am ehesten zustand, fand Nicci voller Bitterkeit. Er hatte es verdient, nicht diese anderen Kerle. Nicci musste an all die Nächte denken, die er ohne Schlaf und ohne etwas zu essen durchgearbeitet hatte. Sie erinnerte sich, wie er stöhnend zu Bett gegangen war, weil ihm der Rücken von der Plackerei schmerzte. Richard hatte dieses Geld verdient – das war ihr jetzt klar geworden. Die Männer, die es jetzt bekommen würden, hatten nichts dafür getan, außer es zu begehren und daraus ihr Recht abzuleiten.

»Sehr wohl, Protektor Muksin«, erwiderte Nicci und verbeugte sich. »Ich danke Euch für Euren weisen Entschluss.«

Mr. Cascella stieß einen leisen Seufzer aus, derweil Nicci sich noch einmal vertraulich an den Protektor wandte.

»Wir werden Eure gerechten Anweisungen umgehend ausführen.« Sie setzte ein unterwürfiges Lächeln auf. »Dürfte ich Euch, da Ihr uns in dieser Angelegenheit so wohlwollend behandelt habt, um eine weitere unbedeutende Gefälligkeit bitten?« Es war eine Menge Gold, die man ihm für seine Bemühungen zugunsten des Ordens gutschreiben würde; sie wusste, dass er in diesem Augenblick großzügiger Laune sein würde. »Im Grunde frage ich mehr aus Neugier.«

Ihm entfuhr ein genervtes Stöhnen. »Was wollt Ihr wissen?«

Nicci beugte sich noch näher zu ihm, so nahe, dass sie seinen schalen Schweiß riechen konnte. »Den Namen der Person, die meinen Ehemann angezeigt hat; den Namen dessen, der Richard vor den Richter gebracht hat.«

Nicci wusste, im Augenblick ging ihm nur ein Gedanke durch den

Kopf: dass Männer eher in die Bruderschaft aufgenommen wurden, wenn sie halfen, große Summen für die Bedürftigen einzutreiben. Die Frage des Namens wäre nicht mehr als eine lästige Mücke, die ihn in seinen wohligen Gedanken störte. Er zog einige Papiere heran, die er überflog und nach der Durchsicht hektisch beiseite legte.

»Hier steht es«, verkündete Protektor Muksin schließlich. »Richard Cypher wurde von einem jungen Soldaten angezeigt, der sich freiwillig zur Armee der Imperialen Ordnung gemeldet hat. Sein Name lautet Gadi. Der Bericht ist einige Monate alt; es hat eine Weile gedauert, dafür zu sorgen, dass der Gerechtigkeit Genüge getan wird, doch am Ende ist der Orden darin stets erfolgreich. Aus diesem Grunde nennen wir unseren Großen Kaiser auch ›Jagang den Gerechten‹.«

Nicci richtete sich auf. »Ich danke Euch, Protektor Muksin.«

Ihr ruhiges Gesicht ließ ihre innere Aufgewühltheit darüber, dass dieser kleine Schurke für sie unerreichbar war, nicht erahnen. Gadi hatte es verdient, zu leiden.

Während der Protektor seine Strafe für einen Verstoß gegen das Zivilrecht notierte, erklärte er: »Bringt den Strafbefehl, den ich Euch gegeben habe, zum Arbeiterkollektiv bei den Docks, und kehrt hierher zurück, sobald Ihr im Besitz der Siegel seid, die nachweisen, dass seine Strafe von zweiundzwanzig Goldtalern voll entrichtet wurde. Des Weiteren erhält Richard Cypher die Auflage, sich beim Kollektiv der Bildhauer zu melden, wo man ihm eine Aufgabe zuteilen wird.« Er überreichte ihr das Schreiben mit den Anweisungen. »Ab sofort ist Richard Cypher Bildhauer des Ordens.«

Die Sonne war bereits im Begriff unterzugehen, als sie mit sämtlichen Dokumenten und Siegeln wiederkamen. Die Art, wie Nicci nach dem Scheitern des Bestechungsversuchs mit den Goldmünzen mit dem Beamten umgesprungen war, hatte den Schmied sichtlich beeindruckt. Ishaq wurde nicht müde, ihr zu danken. Für sie zählte nur, dass man Richard freilassen würde.

Sie war erleichtert, dass sie sich getäuscht hatte und Richard schließlich doch kein Betrüger und Dieb war.

Mr. Cascella, Ishaq und Nicci warteten vor dem Seiteneingang der Festung. Die Schatten wurden dunkler; schließlich öffnete sich die Tür. Zwei Gardisten traten, Richard zwischen sich, heraus auf den Treppenabsatz. Als die drei Richard erblickten, als sie sahen, in welchem Zustand er sich befand, entfuhr Mr. Cascella ein leiser Fluch; Ishaq sprach ein stilles Gebet.

Die Gardisten ließen Richard los und versetzten ihm einen Stoß, sodass er nach vorn stolperte. Ishaq und der Schmied eilten zur Treppe, um ihn zu stützen.

Richard fing sich und richtete sich auf, eine dunkle, aufrechte Gestalt im letzten Tageslicht, die den langen Schatten ringsum trotzte. Mit ausgestreckter Hand befahl er den beiden Männern, zu bleiben, wo sie waren. Die beiden verharrten, einen Fuß auf der untersten Stufe, trotz allem bereit, ihm zu Hilfe zu eilen, sollte er sie brauchen. Nicci vermochte sich nicht vorzustellen, welche Schmerzen es Richard bereiten musste, so sicher, aufrecht und elegant die Stufen hinunterzusteigen, ganz ohne Hilfe, so als wäre er ein freier Mann.

Noch wusste er nicht, was sie ihm angetan hatte.

Nicci war sich darüber im Klaren, dass sie Richard in keine schlimmere Lage hätte bringen können. Selbst die Foltern in den Tiefen der Festung waren nicht so furchtbar wie jene Strafe, zu der sie ihn soeben verurteilt hatte.

Sie war überzeugt, dadurch endlich jene Antwort erzwingen zu können, die sie suchte – sofern es tatsächlich eine Antwort zu finden gab.

24. Kapitel

Bruder Narev blieb hinter Richards Schulter stehen, ein Geist, gekommen, um ihn heimzusuchen. Er trieb sich häufiger ganz in der Nähe herum, um sich zu vergewissern, dass es mit den Bildhauerarbeiten seinen Anweisungen gemäß voranging. Dies war das erste Mal, dass der große Mann persönlich bei Richard Halt machte, um ihm bei der Arbeit zuzusehen.

»Kenne ich dich nicht?« Die Stimme erinnerte an das mahlende Geräusch von Stein auf Stein.

Richard ließ den Arm sinken, mit dem er den Hammer hielt, und sah auf. Mit seiner Linken, in der er noch immer den gespleißten Meißel hatte, wischte er sich den staubigen Schweiß von der Stirn.

»Aber ja, Bruder Narev. Damals habe ich beim Eisentransport gearbeitet. Eines Tages brachte ich dem Schmied eine Fuhre, und da hatte ich die Ehre, Eure Bekanntschaft zu machen.«

Bruder Narev runzelte misstrauisch die Stirn. Richard gestattete sich nicht den geringsten Riss in seiner Fassade unbekümmerter Gelassenheit.

»Erst einfacher Arbeiter und jetzt Bildhauer?«

»Ich besitze Fähigkeiten, die ich mit Freude in den Dienst meiner Mitmenschen stelle. Ich bin überaus dankbar, dass mir der Orden die Gelegenheit gibt, mir durch dieses Opfer meinen Lohn im Leben nach dem Tode zu verdienen.«

»Mit Freude.« Neal, der Schatten des Geistes, trat vor. »Es erfüllt dich mit Freude, als Bildhauer zu arbeiten, ja?«

»Ganz recht, Bruder Neal.«

Dass Kahlan lebte, erfüllte ihn mit Freude; alles andere kümmerte ihn nicht. Er war ein Gefangener, und was er tun musste, um Kahlans Leben zu erhalten, würde er tun, mehr nicht. Richards unterwürfige Haltung veranlasste Bruder Neal zu einem überlegenen Feixen. Der Mann erschien des Öfteren, um den Bildhauern Vorträge zu halten, und Richard hatte den Mann nur zu gut kennen gelernt. Da die Arbeit der Bildhauer das überaus einflussreiche Gesicht war, das der Palast den Menschen präsentieren würde, war sie für die Bruderschaft des Ordens von entscheidender Bedeutung. Richard war schon häufiger zum Ziel der leidenschaftlichen Ansprachen Neals geworden. Neal, ein Zauberer und kein Hexenmeister wie Bruder Narev, schien das stete Bedürfnis zu verspüren, in Richards Nähe seine moralische Autorität unter Beweis zu stellen. Richard bot ihm keinen Angriffspunkt, trotzdem fuhr Neal unbeirrt damit fort, mit allen Mitteln danach zu suchen.

Bruder Narev war bis zur Verbohrtheit von seinen Worten überzeugt: die Menschheit war schlecht; nur wer seinen Mitmenschen selbstlos Opfer brachte, konnte je auf Erlösung nach dem Tode hoffen. Dieser Glaube hatte nichts Freudiges, sondern unbarmherzige Pflichterfüllung zum Inhalt.

Neal dagegen schäumte geradezu über vor Empfindsamkeit. Er glaubte mit einem Gefühl leidenschaftlichen, glühenden, fast schon arroganten Stolzes an die Lehren des Ordens und war von der freudigen Überzeugung erfüllt, die Welt bedürfe einer eisenharten Führung, zu der nur Intellektuelle seines Schlages fähig waren – selbstverständlich in widerwilliger Hochachtung vor Bruder Narev.

Mehr als einmal hatte Richard mitgehört, wie Neal im Brustton der Überzeugung verkündete, wenn er Befehl geben müsste, einer Million Unschuldiger die Zunge herauszuschneiden, so sei dies allemal besser, als einem Einzigen zu erlauben, wider die selbstverständliche Redlichkeit der Methoden des Ordens zu lästern.

Bruder Neal, ein junger Mann mit jugendlich unverbrauchtem Gesicht – was aber in Anbetracht von Niccis Bemerkung, er habe früher im Palast der Propheten gelebt, zweifellos eine Täuschung war – begleitete Bruder Narev oft und sonnte sich in der Gunst seines Mentors. Neal war Bruder Narevs Erster Stellvertreter. Sein Gesicht mochte jugendlich und unverbraucht sein, seine Gedanken waren es nicht. Tyrannei gab es schon seit Menschengedenken, auch wenn Neal der Selbsttäuschung erlegen war, darin, vorausgesetzt, er und seine Kumpane bedienten sich ihrer, die strahlend neue Errettung der Menschheit zu sehen. Seine Vorstellungen waren wie eine Geliebte, der er sich mit grenzenloser, blinder Leidenschaft in die Arme warf – eine Wahrheit, die sich einzig der Lust des Liebenden offenbarte.

Nichts erregte schneller seinen Zorn als der leiseste Anflug von Diskussion und Widerspruch, ganz gleich wie wohl begründet. In der Hitze seiner Leidenschaft war Neal absolut bereit, jeden Widerspruch im Keim zu ersticken, jeden Widerstand auszumerzen und jede beliebige Zahl von Menschen umzubringen, die es versäumten, das Haupt vor dem Podest zu neigen, auf das er seine unwiderlegbaren, großmütigen Ideale gehoben hatte.

Kein Elend, kein Versagen, kein noch so großes Ausmaß an Wehklagen, Seelenpein und Tod vermochte seine glühende Überzeugung abzuschwächen, die Methoden des Ordens seien für die Menschheit der einzig richtige Weg.

Die übrigen Jünger, die wie Neal sämtlich braune Kapuzengewänder trugen, waren ein bunt zusammengewürfelter Haufen aus grausamen, aufgeblasenen Idealisten, bis zur Verbitterung Habgierigen, Rachsüchtigen, Neidischen, Gehässigen, Ängstlichen und vor allem aus gefährlich Verblendeten. Ihnen allen war ein ätzender, tief empfundener Ekel vor der Menschheit eigen, der in der Überzeugung gipfelte, dass alles für die Menschen Erfreuliche ausschließlich böse und demzufolge nur die Selbstaufopferung gut sein konnte.

Sie alle waren, mit Ausnahme Neals, blinde Gefolgsleute, die völlig unter dem Bann Bruder Narevs standen. Überzeugt, dass Bruder Narev dem Schöpfer näher stand als den Menschen, klammerten sie sich an jedes seiner Worte in dem festen Glauben, es sei göttlicher Eingebung entsprungen. Würde er von ihnen verlangen, sie müssten sich alle für ihre Sache selbst entleiben, sie würden sich, da war Richard sicher, ein Bein ausreißen, um das nächstbeste Messer in die Finger zu bekommen.

Neal bildete insofern eine Ausnahme, als er nicht nur die Worte Bruder Narevs, sondern auch seine eigenen für gottgegeben hielt. Jeder Führer brauchte einen Nachfolger. Richard war ziemlich sicher, dass Neal bereits entschieden hatte, wer als nächste Wiedergeburt des Ordens am besten geeignet war.

»Eine eigentümliche Wortwahl, ›mit Freude‹.« Bruder Narev deutete mit einer kreisenden Bewegung seines knotigen Fingers auf die geduckten, missgestalteten und verängstigten Figuren, an denen Richard gerade arbeitete. »Dies erfüllt dich mit … Freude?«

Richard deutete auf den Lichtstrahl, den er soeben gemeißelt hatte, damit er auf die bedauernswerten Gestalten herniederscheine. »Das, Bruder Narev, ist es, was mich mit Freude erfüllt – dass ich im Stande bin, zu zeigen, wie die Menschen vor der Vollkommenheit des Lichtes des Schöpfers niederkauern. Es erfüllt mich mit Freude, allen die Sündhaftigkeit der Menschen vor Augen zu führen, denn nur so werden sie erkennen, dass ihre allererste Pflicht dem Orden gilt.«

Bruder Narev entfuhr tief in seiner Kehle ein Laut des Misstrauens. Das Sonnenlicht ließ die Schattenringe um seine Augen noch düsterer als sonst erscheinen, und selbst die Falten rings um seinen Mund wirkten tiefer, als er Richard mit einem Blick musterte, in dem sich, durchsetzt von einem Hauch Besorgnis, Argwohn und Angewidertsein die Waage hielten. Nur die Besorgnis unterschied ihn von dem Blick, mit dem er alle anderen bedachte. Richard zeigte ihm ein völlig ausdrucksloses, unverfängliches Gesicht. Schließlich verzog sich Bruder Narevs Mund, als er seine stillen Überlegungen abtat.

»Da gebe ich dir Recht … deinen Namen habe ich vergessen. Aber Namen sind unwichtig, Menschen sind unwichtig. Für sich betrachtet, ist jeder Mensch nichts weiter als ein bedeutungsloses Rädchen im großen Gefüge der Menschheit. Wichtig ist, wie gut dieses Gefüge ineinander greift, nicht die einzelnen Räder.«

»Richard Cypher.«

Eine verfilzte Braue aus schwarzen und weißen Haaren wurde hochgezogen.

»Richtig … Richard Cypher. Nun, deine Bildhauerei findet meine Zustimmung, Richard Cypher. Du scheinst eine klarere Vorstellung als die meisten anderen davon zu haben, wie der Mensch korrekt dargestellt werden muss.«

Richard verneigte sich. »Dies ist nicht das Werk meiner Hand, sondern das des Schöpfers, der sie führt, auf dass sie dazu beiträgt, dass der Orden den Weg weisen kann.«

Der argwöhnische Blick kehrte zurück, doch schließlich bewog Richards Gesichtsausdruck Bruder Narev, ihm seine Worte abzunehmen. Bruder Narev, die Hände hinter dem Rücken verschränkt, entfernte sich mit leisen Schritten, um anderen Dingen nachzugehen. Einem Kind gleich, das sich an die Rockschöße seiner Mutter klammert, beeilte sich Neal, in der Nähe von Bruder Narevs Gewand zu bleiben. Er warf einen finsteren Blick über seine Schulter. Fast erwartete Richard, dass er ihm die Zunge rausstreckte.

Nach Richards Schätzung gab es etwa fünfzig dieser braun gewandeten Jünger. Er lief ihnen oft genug über den Weg, um ihre Eigenarten mittlerweile zu kennen. Victor hatte Richard gegenüber erwähnt, eine der Gießereien habe nach der vom Schmied angefertigten Musterform nahezu die gleiche Anzahl von Bannformen in Gold gegossen. Victor hielt sie lediglich für Zierrat. Richard hatte beobachtet, wie mehrere dieser goldenen Bannformen auf gewaltigen verzierten Steinsäulen montiert wurden, die über das gesamte Gelände des Ruhesitzes verteilt standen. Man hatte die Säulen aus poliertem Marmor so entworfen und platziert, als ob sie den prachtvollen Zierrat eines großartigen Gebäudes darstellen sollten. Richard vermutete jedoch, dass sie mehr als das waren.

Richard ging wieder daran, ein unförmiges, starres Glied herauszumeißeln. Wenigstens konnte er jetzt seine eigenen Glieder wieder benutzen. Es hatte eine Weile gedauert, aber jetzt war er genesen; allerdings schien ihm das eine kaum geringere Tortur zu sein.

Jeden Tag versammelten sich Menschen, um die flachen Steinreliefs zu begutachten, die bereits auf dem oberen Mauerfries zu sehen waren. Manche knieten vor den Bilderszenen auf den gepflasterten Gehwegen nieder und beteten, bis ihre Knie blutig waren. Andere brachten Lumpen mit, die sie sich beim Beten unter die Knie legten. Viele starrten einfach mit verlorenen Blicken auf die in Stein gehauene Natur des Menschen.

Richard konnte vielen Besuchern im Gesicht ansehen, dass sie mit einem vagen, nicht näher zu beschreibenden Gefühl der Hoffnung hergekommen waren und es sie nach einer absoluten Antwort auf eine Frage dürstete, die sie nicht zu formulieren vermochten. Ihre leeren Blicke, wenn sie wieder gingen, waren herzzerreißend. Es waren Menschen, denen man ebenso alle Lebendigkeit genommen hatte wie denen, die in den Verliesen des Ordens verbluteten.

Einige dieser Menschen scharten sich um die Bildhauer, um ihnen bei der Arbeit zuzuschauen. In den zwei Monaten, die Richard jetzt als Bildhauer auf dem Ruhesitz arbeitete, hatte er nach und nach die Feinheiten seines Handwerks zu unterscheiden gelernt. Was er in den Stein meißelte, war entmutigend, doch der Vorgang des Bildhauerns selbst glich dies teilweise wieder aus. Richard schwelgte in den technischen Aspekten des von einer bestimmten Absicht gelenkten Bearbeitens von Stein mit Stahl.

So sehr er die Dinge verabscheute, die er bildhauern musste, das Bearbeiten von Stein mit einem Meißel hatte er lieb gewonnen. Fast war es, als ob der Marmor unter seinen Händen zum Leben erwachte. Oft arbeitete er ein winziges Detail mit einer dem Thema angemessenen Ehrfurcht heraus – einen elegant erhobenen Finger, ein Auge mit wissendem Blick, eine Brust, hinter der sich ein rechtschaffenes Herz verbarg.

War diese Anmut erreicht, machte er sie wieder zunichte, um den

Anforderungen des Ordens gerecht zu werden. Meistens waren es diese Momente, in denen die Menschen in Tränen ausbrachen.

Richard ersann unfassbar steife, gestelzte und missgestaltete Figuren, die unter der Schwere ihrer Schuld und Schande erdrückt zu werden schienen. Wenn dies seine Möglichkeit war, Kahlan am Leben zu erhalten, dann würde er jeden, der diese Werke erblickte, dazu bringen, dass er sich die Augen ausweinte. In gewisser Weise weinten sie stellvertretend für ihn, litten sie für ihn beim Anblick dieser Machwerke und wurden durch das, was sie sahen, an seiner Stelle vernichtet.

So wurde es ihm möglich, diese Tortur zu ertragen.

Wenn die Schatten mit der Abenddämmerung länger wurden und der Tag zur Neige ging, begannen die Bildhauer, ihre Werkzeuge in kleinen Holzkisten zu verstauen, bevor sie sich für den Abend auf den Heimweg machten. Sie alle würden bereits kurz nach Tagesanbruch wiederkommen. Der Baumeister gab ihnen die Anweisungen, welche Flächen und Formen mit Reliefs verziert werden sollten, damit sie die Steine auf die richtige Größe schlagen konnten. Bruder Narevs Jünger schauten vorbei, um ihnen die Einzelheiten der Geschichten mitzuteilen, die in Stein gehauen erzählt werden sollten.

Der Stein, den Richard derzeit bearbeitete, war für den prächtigen Haupteingang des Ruhesitzes bestimmt. In weitem Schwung zu einem Halbkreis angeordnete Marmorstufen führten hinauf auf den riesigen, runden Zentralplatz. Ein halbkreisförmiger Säulengang umgab als Widerspiegelung der Treppe den rückwärtigen Teil des Platzes. Richards Aufgabe bestand darin, jenes weite Halbrund aus Bilderszenen zu erschaffen, das oberhalb dieses Säulenganges angebracht werden sollte.

Es sollte ein Eingangsbereich entstehen, der den Ton für den gesamten Palast vorgab. In der Platzmitte sollte sich, so hatte Bruder Neal Richard mitgeteilt, Bruder Narevs Vision gemäß ebenjene Statue erheben, die den Palasteingang beherrschte; es sollte dies ein Kunstwerk sein, das jeden Betrachter mit dem überwältigenden Gefühl seiner eigenen Schuld und Schande angesichts der boshaften Natur des Menschen geradezu erschlug. Die Statue stellte in ihrer vollendeten Grausamkeit einen Appell zur Selbstaufopferung dar und sollte in Gestalt einer Sonnenuhr errichtet werden; sie sollte Menschen zeigen, die sich unter dem Licht des Schöpfers duckten.

Neal hatte sie ihm mit einer derartigen Begeisterung geschildert, dass Richard bereits von der Vorstellung schlecht geworden war.

Richard verließ die Baustelle als Letzter. Wie so oft begab er sich entlang der gewundenen Straße den Hügel hinauf zu den Werkstätten. Victor befand sich in seiner Werkstatt, wo er die Kohle für die Nacht aufschüttete. Da der Herbst nahte, waren die Tage nicht mehr unerträglich heiß, und auch die Schmiede war nicht mehr jener unerquickliche Ort wie noch im Hochsommer. So weit südlich in der Alten Welt gab es keine harten Winter; stattdessen wurde die Schmiede im Winter zum geeigneten Ort, um sich die Kälte, die sich gelegentlich an kühlen Regentagen einstellte, auszutreiben.

»Richard! Wie schön, dich zu sehen!« Der Schmied wusste, warum Richard gekommen war. »Geh schon nach hinten durch. Ich setze mich gleich ein wenig zu dir, sobald ich hier fertig bin.«

Richard bedachte seinen Freund mit einem Lächeln und sagte: »Das wäre mir sehr recht.«

Richard öffnete die Doppeltür im rückwärtigen Teil und ließ die letzten Sonnenstrahlen in den Raum, in dem der Marmorquader stand. Er kam oft hierher, um sich den Monolithen anzusehen. Manchmal, wenn er den ganzen Tag nichts als Hässlichkeit in Stein gehauen hatte, musste er einfach herkommen, den Stein anschauen und sich dabei ausmalen, welche Schönheit sich in seinem Innern verbarg. Manchmal schien es, als erhalte ihn allein dieser Ausgleich aufrecht.

Richard streckte seine vom Behauen des Steins staubigen Finger vor, um den weißen Cavaturamarmor zu berühren. Er unterschied sich geringfügig von dem Gestein, das er unten auf der Baustelle bearbeitete. Mittlerweile besaß er genug Erfahrung, um die feinen Unterschiede zu erkennen. Das Gefüge in Victors Stein war feiner, härter; er würde Einzelheiten besser aufnehmen und wiedergeben.

Unter Richards Fingern fühlte sich der Stein kühl wie das Mondlicht an, und ebenso rein und unbefleckt.

Als er den Blick hob, stand Victor ganz in der Nähe und betrachtete versonnen lächelnd sowohl ihn als auch den Stein.

»Wenn man so viel Hässlichkeit geschaffen hat, tut es vermutlich gut, die Schönheit meiner Statue zu bewundern.«

Als Antwort lachte Richard nur amüsiert.

Victor schritt gestikulierend quer durch den Raum.

»Komm, setz dich zu mir und iss eine Scheibe Lardo.«

Sie saßen, große Scheiben der Köstlichkeit verspeisend, im schwindenden Licht auf der Schwelle und genossen die kühle Brise, die den Hang heraufwehte.

»Weißt du, eigentlich brauchst du doch gar nicht herzukommen, um dir meine wunderschöne Statue anzusehen«, meinte Victor. »Du hast doch eine wunderschöne Frau, die du bewundern kannst.«

Richard erwiderte nichts.

»Ich kann mich nicht erinnern, dass du deine Frau jemals erwähnt hättest. Ich wusste überhaupt nichts von ihr, bis sie mich an jenem Tag aufsuchte. Aus irgendeinem Grund war ich immer überzeugt, du hättest eine gute Frau ...«

Victor schaute stirnrunzelnd hinüber zu dem unfertigen Gemäuer des Ruhesitzes in der Ferne. »Warum hast du nie von ihr erzählt?«

Richard zuckte mit den Achseln.

»Ich hoffe, du hältst mich nicht für einen schrecklichen Menschen, Richard, aber sie passt einfach nicht zu dem Bild der Frau an deiner Seite, wie ich es mir vorgestellt habe.«

»Ich halte dich nicht für einen schrecklichen Menschen, Victor. Jeder sollte das Recht haben, sich seine eigenen Gedanken zu machen.«

»Hättest du was dagegen, wenn ich dir ein paar Fragen über sie stelle?«

Richard seufzte. »Ich bin müde, Victor. Ich würde mich wirklich lieber nicht über meine Frau unterhalten. Außerdem gibt es da nichts zu erzählen. Sie ist meine Frau. Es ist so, wie es ist.«

Brummend kaute Victor einen großen Bissen seiner roten Zwiebel. Als er ihn hinuntergeschluckt hatte, gestikulierte er mit der noch übrig gebliebenen Hälfte. »Es tut einem Mann nicht gut, wenn er tagsüber diese Dinge meißelt und abends nach Hause gehen muss zu einer – Was rede ich da! Was ist nur über mich gekommen? Verzeih mir, Richard. Nicci ist eine wunderschöne Frau.«

»Ja, vermutlich.«

»Und sie sorgt sich um dich.«

Richard erwiderte nichts.

»Ishaq und ich haben versucht, dich mit deinem Gold aus diesem Verlies freizukaufen. Es hat nicht gereicht. Der Mann war ein aufgeblasener Beamter. Nicci wusste genau, wie sie ihn ködern konnte; sie hat es verstanden, den Schlüssel zu deiner Gefängnistür mit Worten herumzudrehen. Wäre Nicci nicht gewesen, wärst du im Himmel begraben worden.«

»Deswegen hat sie ihnen also erzählt, ich könnte bildhauern – um mir das Leben zu retten.«

»So ist es. Sie war es, die dir die Stelle als Bildhauer verschafft hat.«

Victor wartete, ob noch etwas folgte, und seufzte schließlich resigniert, als nichts mehr kam.

»Wie sind die Meißel, die ich euch geliefert habe?«

»Gut. Es lässt sich ausgezeichnet mit ihnen arbeiten. Allerdings könnte ich einen gespleißten Meißel mit kleineren Zinken gebrauchen.«

Victor reichte Richard noch eine dünne Scheibe Lardo. »Den sollst du bekommen.«

»Was ist mit dem Stahl?«

Victor gestikulierte mit seiner Zwiebel. »Mach dir deswegen keine Sorgen; Ishaq macht sich ganz ordentlich in deiner Rolle. Nicht so gut wie du, aber er kommt ganz gut zurecht. Was ich brauche, beschafft er mir. Ishaq ist überall beliebt; die Leute sind froh, dass er sich dazu durchgerungen hat, für dich einzuspringen. Der Orden achtet dermaßen auf einen reibungslosen und schnellen Ablauf der Bauarbeiten, dass sie bei seiner Arbeit ein Auge zudrücken. Faval, der Köhler, hat nach dir gefragt. Er mag Ishaq, aber trotzdem vermisst er dich.«

Richard lächelte, als er an den nervösen Burschen denken musste. »Ich bin froh, dass Ishaq ihm seine Holzkohle abkauft.«

Es gab eine Menge rechtschaffener, freundlicher Menschen in der Alten Welt. Richard hatte in ihnen immer nur den Feind gesehen, und jetzt war er mit einer ganzen Reihe von ihnen befreundet. So war es ihm schon oft ergangen, und stets auf die gleiche Weise; wenn man sie erst einmal näher kennen gelernt hatte, ähnelten sich die Menschen im Großen und Ganzen überall.

Es gab solche, die die Freiheit liebten und sich lautstark dafür einsetzten, ihr Leben selbst in die Hand zu nehmen, sich anzustrengen, voranzukommen und etwas zu erreichen, und dann gab es andere, die ganz versessen darauf schienen, sich der geistlosen Gleichmacherei des Stillstands hinzugeben, die man erzwang, indem man eine aufgesetzte, willkürliche und graue Uniformität durchsetzte – die einen wollten aus eigener Kraft aus der Menge herausragen, die anderen wollten, dass man ihnen das Denken abnahm, und dafür waren sie bereit, den höchsten Preis zu zahlen.

Kamil und Nabbi empfingen Richard mit grinsendem Gesicht, als er die Treppe heraufkam.

»Nabbi und ich haben an unserer Schnitzerei gearbeitet, Richard. Kommst du und siehst sie dir an?«

Lächelnd legte Richard Kamil einen Arm um die Schultern.

»Selbstverständlich. Dann lasst mal sehen, was ihr heute gemacht habt.«

Richard folgte ihnen durch den sauberen Hausflur nach draußen hinters Haus, wo Kamil und Nabbi Gesichter in einen alten Holzklotz geschnitzt hatten. Die Schnitzereien waren grauenhaft.

»Na ja, Kamil, das sieht schon ganz ordentlich aus. Deine auch, Nabbi.«

Die Gesichter in den Schnitzereien lächelten; und das allein war für Richard von unschätzbarem Wert. So unvollkommen sie auch ausgeführt waren, sie wirkten lebendiger als alles, was Richard tagein, tagaus Meisterbildhauer in kostbaren Marmor meißeln sah.

»Wirklich, Richard?«, wollte Nabbi wissen. »Glaubst du, Kamil und ich könnten Bildhauer werden?«

»Eines Tages vielleicht. Ihr braucht mehr Übung und müsst noch sehr viel lernen – aber alle Bildhauer brauchen praktische Erfahrung, wenn sie es zur Meisterschaft bringen wollen. Hier, seht euch diese hier an, zum Beispiel. Was fällt euch dazu ein? Was stimmt damit nicht?«

Die Arme verschränkt und die Stirn in Falten gezogen, betrachtete Kamil konzentriert das Gesicht, das er geschnitzt hatte. »Ich weiß nicht.«

»Nabbi?«

Nabbi zog verlegen die Schultern hoch. »Es sieht nicht wie ein richtiges Gesicht aus. Aber warum, kann ich nicht sagen.«

»Seht euch mein Gesicht an, meine Augen. Was ist dort anders?«

»Na ja, ich glaube, deine Augen haben eine etwas andere Form«, antwortete Kamil.

»Und sie stehen enger beieinander – nicht so sehr seitlich am Kopf«, fügte Nabbi hinzu.

»Sehr gut.« Richard glättete ein Stück des Bodens, dort, wo man die Karotten geerntet hatte, und formte das feuchte Erdreich dann zu einem kleinen Haufen. »Seht ihr, hier. Wenn man die Augen näher beieinander setzt, so, dann sieht es eher aus wie ein wirkliches Gesicht.«

Nickend betrachteten die beiden jungen Burschen sein Werk.

»Verstehe«, meinte Kamil. »Ich fange gleich ein neues an; und diesmal werde ich es besser machen.«

Richard gab ihm einen Klaps auf den Rücken. »So ist es recht.«

»Vielleicht können wir eines Tages auch Bildhauer werden«, fing Nabbi noch einmal an.

»Vielleicht«, war alles, was Richard darauf erwiderte.

Nicci hatte das Abendessen fertig; auf dem Tisch wartete es bereits auf ihn. Unmittelbar neben der brennenden Lampe stand eine Schale mit Suppe, der Rest des Zimmers versank in abendlicher Dunkelheit. Nicci saß am Tisch und wartete ebenfalls.

»Wie war das Bildhauern heute?«, erkundigte sie sich, als Richard an die Waschschüssel trat, um sich den Schmutz von den Händen zu waschen.

Er spritzte sich das Seifenwasser ins Gesicht und spülte den Gesteinsstaub herunter.

»Bildhauern ist Bildhauern.«

Nicci fuhr mit dem Daumen über den Lampenfuß.

»Wirst du es durchstehen?«

Richard wischte sich die Hände ab. »Was bleibt mir anderes übrig? Entweder ich stehe es durch, oder ich kann mit allem Schluss machen. Was für eine Wahl ist das? Oder möchtest du wissen, ob ich schon so weit bin, mich selbst umzubringen?«

Sie hob den Blick. »Das habe ich nicht gemeint.«

Er warf das Handtuch neben die Waschschüssel. »Außerdem, wie könnte ich für eine Stelle, die du mir besorgt hast, nicht dankbar sein?«

Niccis blaue Augen senkten sich wieder auf den Tisch. »Victor hat es dir erzählt?«

»Es war nicht übermäßig schwer, dahinter zu kommen. Victor meinte bloß, du seist wunderschön und hättest mir das Leben gerettet.«

»Ich hatte keine andere Wahl, Richard. Sie wollten dich nur freilassen, sofern du über eine Fertigkeit verfügst. Ich musste es ihnen sagen.«

Mehr als an den meisten anderen Tagen spürte er, worum es bei ihrer Verbindung, dem Spiel, das sie beide spielten, wirklich ging. Sie fühlte sich hinter ihrem Schutzschild des »Ich musste es ihnen sagen« sicher. Und doch erlaubte es ihr, ihn zu beobachten und zu sehen, wie er reagierte.

Die Mühen des Tages, das Herumschleppen der schweren Steinquader und das ständige Heben des Hammers hatten an seinen Kräften gezehrt. Ihm kribbelten die Hände von den Nachwirkungen der klirrenden Schläge. Und jetzt hatte er auch noch einen Streit mit Nicci vom Zaun gebrochen. Als die Erschöpfung ihn übermannte, ließ er sich auf sein Strohlager fallen.

Ermattung war eine Begleiterscheinung jedes Kampfes. So deutlich er sie spürte, wann immer er eine Klinge in Händen hielt, so spürte er sie auch jetzt, in diesem Tanz um Leben und Tod. Dieser war nicht weniger ein Kampf als all die anderen, die Richard ausgefochten hatte. Nicci stand gegen die Freiheit und das Leben selbst. Dies war ein Tanz mit dem Tod. »Eins würde mich interessieren, Nicci.«

Sie sah ihn erwartungsvoll an. »Und das wäre?«

»Kannst du mir sagen, ob Kahlan noch lebt?«

»Selbstverständlich. Ich spüre ständig die Verbindung mit ihr.«

Nicci lächelte auf die beschwichtigende Weise, die ihr eigen war. »Kahlan geht es ausgezeichnet, Richard. Das braucht dich nicht zu belasten.«

Richard schaute Nicci eine Weile unverwandt an. Schließlich löste er seinen Blick von ihr und ließ sich auf seine Gefängnispritsche nieder. Er wälzte sich herum und kehrte Nicci und dem Tanz mit dem Tod den Rücken zu.

»Richard … ich habe Suppe gekocht. Komm und iss.«

»Ich habe keinen Hunger.«

Er verbannte sie aus seinen Gedanken, und noch während er versuchte, sich Kahlans grüne Augen in Erinnerung zu rufen, übermannte ihn die Müdigkeit.

25. Kapitel

Richard konnte Neals Atem im Nacken spüren. Der junge Ordensbruder schaute Richard über die Schulter, während er mit leichten, rhythmischen Schlägen den Kopf des Meißels bearbeitete, um den weit aufgerissenen Mund eines gequält aufschreienden Sünders zu modellieren, dessen Leib soeben vom Hüter der Unterwelt in Stücke gerissen wurde.

»Das ist ziemlich gut«, murmelte Neal, übermannt von der Freude über das, was er sah.

Sich mit seiner Meißelhand auf dem Steinquader abstützend, stemmte Richard sich hoch. »Danke, Bruder Neal.«

Neal starrte ihn hochmütig und herausfordernd aus seinen braunen Augen an, die von derselben Farbe waren wie sein graubraunes, freudloses Gewand. Richard tat nichts, um diese Provokation zu erwidern.

»Du weißt, dass ich dich nicht mag, Richard.«

»Niemand ist es wert, gemocht zu werden, Bruder Neal.«

»Du weißt auf alles eine Antwort, was, Richard?« Daraufhin lächelte der junge Zauberer, langte unter seine Kapuze und kratzte sich sein kurz geschorenes graubraunes Haar. »Weißt du, warum du diese Arbeit bekommen hast?«

»Weil mir der Orden Gelegenheit geben wollte, dazu beizutragen …«

»Nein, nein«, unterbrach Neal, plötzlich voller Ungeduld. »Ich meinte, ob du weißt, weshalb die Stelle überhaupt frei war? Weißt du, warum wir Bildhauer benötigten, wodurch sich dir die ausgezeichnete Möglichkeit auf eine Anstellung bot?«

Richard wusste nur zu gut, warum sie Bildhauer gebraucht hatten.

»Nein, Bruder Neal. Ich war damals noch ein einfacher Arbeiter.«

»Viele von ihnen wurden hingerichtet.«

»Dann müssen sie Verrat an unserer Sache begangen haben. Ich bin froh, dass der Orden sie gefasst hat.«

Neals verschlagenes Lächeln kehrte zurück, und er zuckte mit den Achseln. »Mag sein. Ich habe gleich gesehen, dass ihre Einstellung mangelhaft war. Sie dachten viel zu sehr an sich selbst, an das, was sie in ihrem Eigensinn … für ihre Begabung hielten. Eine recht altmodische Vorstellung, findest du nicht auch, Richard?«

»Davon weiß ich nichts, Bruder Neal. Ich weiß nur, dass ich bildhauern kann und dankbar bin für die Gelegenheit, meine Pflicht gegenüber meinen Mitmenschen zu erfüllen, indem ich mein Bemühen in ihren Dienst stelle.«

Neal trat einen Schritt zurück und bedachte Richard mit einem abschätzenden Blick, so als wollte er ergründen, ob seine Bemerkung spöttisch gewesen war oder nicht. Richard weigerte sich, Neal die gewünschte Eröffnung zu liefern, also sagte er einfach rundheraus, was er meinte.

»Ich hatte den Eindruck, einige von ihnen hatten es womöglich darauf abgesehen, den Orden durch ihre Arbeit zu verhöhnen. Ich dachte, möglicherweise benutzen sie ihre Bildhauerei dazu, unsere gute Sache zu verspotten und der Lächerlichkeit preiszugeben.«

»Tatsächlich, Bruder Neal? Auf den Gedanken wäre ich nie gekommen.«

»Deswegen bist du auch ein Niemand und wirst immer ein Niemand bleiben. Du bist ein Nichts. Genau wie all diese anderen Bildhauer.«

»Ich weiß durchaus, dass ich nicht wichtig bin, Bruder Neal. Es wäre falsch zu glauben, ich hätte einen anderen Wert als den meiner Arbeit für das allgemeine Wohl. Ich habe kein anderes Ziel, als hart im Dienste des Schöpfers zu arbeiten, um mir meinen Lohn im nächsten Leben zu verdienen.«

Das Lächeln war erloschen und wich einem leidenschaftlich finsteren Blick. »Ich befahl, sie hinzurichten – nachdem ich aus jedem von ihnen ein Geständnis herausgefoltert hatte.«

Richards Faust ballte sich fester um den Meißel. Obwohl er äußerlich ruhig war, spielte er mit dem Gedanken, Neal den Meißel durch den Schädel zu treiben. Er wusste, dass er es schaffen konnte, bevor der Mann Gelegenheit hatte zu reagieren. Aber was wäre damit gewonnen? Nichts.

»Ich bin froh, dass Ihr die Verräter unter uns aufgespürt habt, Bruder Neal.«

Einen kurzen Augenblick lang kniff Neal argwöhnisch die Augen zusammen. Schließlich schürzte er die Lippen, ließ den Gedanken fallen und wandte sich unvermittelt wehenden Gewandes herum.

»Komm mit«, befahl der Glaubensbruder mit ernster Stimme, während er davonmarschierte.

Richard folgte ihm über das von den kreuz und quer laufenden Arbeitern und dem Material, das auf die Baustelle geschleppt, getragen oder gerollt wurde, zu Morast zerwühlte Feld. Sie schritten an der scheinbar endlosen Fassade des Palastes entlang. Die steinernen Mauern mit ihren unzähligen Fensterreihen wuchsen immer mehr in den Himmel, ihre Anordnung schien endlich Gestalt anzunehmen. Viele der Balken für das zweite Stockwerk waren bereits in die Wandhalterungen eingelassen worden. Das Labyrinth aus Innenmauern wuchs, Innenräume und Gänge festlegend, ebenfalls in die Höhe. Die Gänge im Palast würden sich über Meilen erstrecken, und es gab Dutzende von Treppenhäusern in den unterschiedlichsten Phasen ihrer Entstehung.

Nicht mehr lange, und einige der Räume im Kellergeschoss würden mit Eichendielen abgedeckt und damit verschlossen werden. Zuvor allerdings musste das Dach über diesen Abschnitten fertig gestellt werden, damit der Regen die Fußböden nicht ruinierte. Für einige der weiter außen gelegenen Räumlichkeiten waren Dächer vorgesehen, die niedriger waren als das sich zu schwindelnder Höhe aufschwingende Hauptgebäude. Richard erwartete, dass man diese niedrigeren Gebäudeteile noch vor den winterlichen Regenfällen mit Schiefer- und Bleidächern versehen würde. Er hielt sich dicht hinter Bruder Neal, während sie auf den Haupteingang des Palastes zuschritten. Dort waren die Mauern höher; sie befanden sich in einem weiter fortgeschrittenen Stadium ihrer Entstehung, und viele der Verzierungen waren bereits angebracht worden. Neal sprang, zwei Stufen auf einmal nehmend, die halbkreisförmige, auf den Vorplatz führende Marmortreppe hinauf. Die weißen Marmorsäulen bildeten einen eindrucksvollen Bogen; auf ihren Kapitellen waren bereits zahlreiche Statuen aufgestellt worden. Es war, dank der zahllosen gequälten, zu Stein erstarrten Gestalten, ein einschüchternder Anblick, genau wie beabsichtigt.

Der Boden des Platzes bestand aus grau geädertem Cavaturamarmor. Wenn die Sonne auf den Marmor schien, erstrahlte der von einem Halbkreis aus hoch aufragenden Säulen umstandene Vorplatz in prächtigem Glanz. Die gebrochenen, in Stein gehauenen Gestalten, die den Vorplatz säumten, schienen beim Anblick des Lichts gequält aufzuschreien – was exakt dem von Bruder Narev gewünschten Effekt entsprach.

Neal machte eine ausladende Armbewegung. »Hier wird die große Statue stehen – die Statue, die den Eingang zum Ruhesitz des Kaisers schmücken wird.« Er drehte sich mit erhobenen Armen einmal ganz im Kreis. »An dieser Stelle werden die Menschen in den prunkvollen Palast eintreten. Hier werden die Menschen sich auf dem Weg zu den Beamten des Ordens einfinden. Hier werden sie dem Schöpfer näher sein.«

Richard sagte nichts. Neal betrachtete ihn einen Augenblick lang, dann baute er sich in der Platzmitte auf und reckte die Arme der Sonne entgegen.

»Hier, genau an dieser Stelle, wird die Statue zum Ruhm des Schöpfers stehen und Sein Licht in einer Sonnenuhr verwenden. Das Licht wird die Verabscheuungswürdigkeit der Geschöpfe in den Statuen – der Menschheit – offenbaren. Es wird ein Denkmal der boshaften Natur des Menschen werden, der, zu seiner jämmerlichen Existenz in dieser Welt verdammt, von Natur aus sündig ist und sich in Demut niederwirft, sobald das Licht des Schöpfers seinen hassenswerten Körper und seine hassenswerte Seele als das offenbart, was sie sind – hoffnungslos verdorben.«

Richard überlegte. Wenn der Wahnsinn seinen Meister gefunden hatte, dann im Orden der Imperialen Ordnung und in den Menschen, die ebenso dachten wie sie.

Neal senkte seine Arme wieder, ein Dirigent, der einen triumphalen Auftritt beendet.

»Und du, Richard, wirst diese Statue in Stein meißeln.«

Richard war sich des Hammers in seiner angespannten Faust überdeutlich bewusst. »Jawohl, Bruder Neal.«

Neal fuchtelte mit einem Finger dicht vor seiner Nase und grinste in teuflischem Entzücken. »Ich glaube, du begreifst nicht ganz, Richard.« Gebieterisch hob er seine Hand. »Warte. Warte genau hier.«

Er entfernte sich mit großen Schritten, wobei sein braunes Gewand hinter ihm wirbelte wie schlammiges Wasser in einer gewaltigen Flut. Neal holte einen Gegenstand, der hinter den Marmorsäulen stand, und kam, ihn in einer Hand tragend, zurück.

Es war eine kleine Statue. Er stellte sie an der Stelle ab, wo die strahlenförmigen Linien im Marmorboden in einem Punkt der Platzmitte zusammenliefen. Es war ein Gipsmodell dessen, was Bruder Neal Richard soeben enthüllt hatte. Wenn überhaupt, so war sie eher noch scheußlicher, als Neal sie ihm beschrieben hatte. Am liebsten hätte Richard sie auf der Stelle mit seinem Hammer in Stücke geschlagen. Die Vernichtung einer solchen Widerwärtigkeit wäre es fast wert gewesen, dafür zu sterben.

Fast.

»Das ist sie«, erklärte Neal. »Bruder Narev hat einen Bildhauermeister ein Modell der Sonnenuhr nach seinen Anweisungen anfertigen lassen. Bruder Narevs Vision ist wahrlich bemerkenswert. Sie ist vollkommen, findest du nicht?«

»Sie ist exakt so Grauen erregend, wie Ihr sie beschrieben habt, Bruder Neal.«

»Und du wirst sie in Stein hauen. Vergrößere sie einfach maßstabgetreu zu einer großen Statue aus weißem Marmor.«

Richard nickte benommen. »Jawohl, Bruder Narev.«

Abermals wedelte er geradezu entzückt mit seinem Finger. »Nein, nein, du verstehst noch immer nicht ganz, Richard.« Er grinste wie ein Waschweib, das mit einem ganzen Korb voll schmutzigen Tratsches am Gartenzaun steht. »Ich habe ein paar Nachforschungen über dich angestellt, musst du wissen. Bruder Narev und ich haben dir nie über den Weg getraut, Richard Cypher. Keine Minute. Jetzt wissen wir alles über dich. Ich bin hinter dein Geheimnis gekommen.«

Ein kalter Schauer überlief Richard. Seine Muskeln wurden hart wie Stein. Er machte sich bereit, sich in den Kampf zu stürzen. Jetzt schien es keinen anderen Ausweg mehr zu geben, als zu kämpfen. Neal war kurz davor zu sterben.

»Ich habe mit Volksprotektor Muksin gesprochen, musst du wissen.«

Richard war bestürzt. »Mit wem?«

Neal zeigte ihm ein siegessicheres Lächeln. »Dem Mann, der dich dazu verurteilt hat, als Bildhauer zu arbeiten. Er wusste deinen Namen noch. Er zeigte mir die deinen Fall betreffende Verfügung; du hast einen Verstoß gegen das Bürgerrecht gestanden. Auch die Strafe nannte er mir – zweiundzwanzig Goldtaler. Ein ansehnlicher Betrag.« Neal drohte abermals mit seinem Finger. »Das war ein Fehlurteil, Richard, und das weißt du. Niemand kann durch einen bloßen Verstoß gegen das Bürgerrecht in den Besitz eines solchen Vermögens gelangen. Ein solcher Gewinn kann nur unrechtmäßig erworben sein.«

Richards Anspannung löste sich ein wenig. Seine Finger schmerzten, weil er den Hammer so fest umklammert hielt.

»Nein«, fuhr Neal fort, »um ein Vermögen von zweiundzwanzig

Goldtalern anzuhäufen, musst du eine sehr viel schwerwiegendere Tat begangen haben. Offensichtlich hast du dich eines sehr schwerwiegenden Verbrechens schuldig gemacht.«

Neal breitete die Hände aus wie der Schöpfer über eines seiner Schafe. »Ich werde mich deiner erbarmen, Richard.«

»Ist Bruder Narev denn einverstanden, dass Ihr Euch meiner erbarmt?«

»Aber gewiss. Siehst du, die Statue wird deine Buße an den Orden sein – deine Art der Wiedergutmachung für deine verruchte Tat. Du wirst diese Statue erschaffen, wenn du nicht gerade deinen anderen Arbeiten als Bildhauer für den Palast nachgehst. Du wirst keinerlei Bezahlung für sie erhalten. Gemäß Verfügung darfst du keinen Marmor aus den Beständen entwenden, die der Orden für den Ruhesitz des Kaisers angeschafft hat, sondern musst dir den Marmor aus deinen eigenen Mitteln beschaffen. Und wenn du ein Jahrzehnt arbeiten musst, um diese Summe zu verdienen, umso besser.«

»Soll das heißen, ich soll tagsüber hier auf meiner Arbeitsstelle als Bildhauer arbeiten und die Statue des Nachts, in meiner freien Zeit herstellen?«

»In deiner freien Zeit? Was für ein unredlicher Begriff.«

»Aber wann soll ich denn schlafen?«

»Schlaf interessiert den Orden nicht – wohl aber Gerechtigkeit.«

Richard atmete tief durch, um sich zu beruhigen. Er deutete mit dem Hammer auf das auf dem Boden stehende Ding.

»Und das hier soll ich in Stein meißeln?«

»So ist es. Den Stein wirst du dir auf eigene Kosten besorgen, und deine Arbeit wird dein Beitrag zum Wohl deiner Mitmenschen sein. Das Ganze wird dein Geschenk an die Menschen des Ordens sein, als Buße für deine ruchlosen Taten. Männer wie du, die über eine gewisse Begabung verfügen, müssen frohen Herzens mit allen ihnen zur Verfügung stehenden Mitteln zur Unterstützung des Ordens beitragen.«

Bruder Neal machte eine ausladende Armbewegung. »In diesem

Winter soll eine Weihung des Palastes stattfinden. Die Menschen benötigen einen greifbaren Beweis dafür, dass der Orden im Stande ist, ein so anspruchsvolles Vorhaben wie diesen herrlichen Palast in die Tat umzusetzen. Sie haben die Lektionen, die ihnen der Palast erteilen wird, dringend nötig.

Bruder Narev kann es kaum erwarten, den Palast zu weihen. Er wünscht noch diesen Winter eine gewaltige Zeremonie abzuhalten, an der zahlreiche Würdenträger des Ordens teilnehmen werden. Der Krieg schreitet voran; die Menschen müssen sehen, dass auch ihr Palast Fortschritte macht. Sie müssen die Ergebnisse ihrer Opfer sehen.«

»Ich fühle mich geehrt, Bruder Neal.«

Neal feixte. »Das solltest du auch.«

»Was, wenn ich … der Aufgabe nicht gewachsen bin?«

Neals Feixen weitete sich zu einem breiten Grinsen. »Dann wirst du wieder in Gewahrsam genommen und den Inquisitoren des Protektors Muksin übergeben werden, bis du gestehst. Hast du dann endlich gestanden, wird man dich an einem Pfahl aufhängen, und die Vögel werden sich an deinem Fleische gütlich tun.«

Bruder Neal deutete hinunter auf das groteske, lächerliche Modell.

»Heb es auf. Ihm wirst du dein gesamtes Leben widmen.«

Nicci sah auf, als sie Richards Stimme hörte; er sprach mit Kamil und Nabbi. Sie hörte ihn sagen, er sei müde und könne sich ihre Schnitzerei nicht ansehen, werde es aber morgen nachholen. Nicci wusste, dass sie enttäuscht sein würden. Das sah Richard überhaupt nicht ähnlich.

Sie löffelte Buchweizenbrei und Erbsen aus einem zerbeulten Topf in eine Schale, die sie zusammen mit einem Holzlöffel auf den Tisch stellte. Brot gab es keins.

Gerne hätte sie ihm etwas Besseres gekocht, doch nach Abzug ihrer freiwilligen Spende blieb ihnen kein Geld mehr übrig. Wäre der

Garten nicht gewesen, den die Frauen des Hauses hinter dem Gebäude angelegt hatten, sie wären ernsthaft in Schwierigkeiten gewesen. Nicci hatte gelernt, Gemüse anzubauen, um ihm etwas zu essen kochen zu können.

Seine Schultern waren gebeugt, sein Blick leer. Er hielt etwas in der Hand.

»Dein Abendessen ist fertig. Komm und iss.«

Richard stellte den Gegenstand auf den Tisch, neben die Öllampe. Es war eine kleine, äußerst fein gearbeitete Statue aus lauter vor Entsetzen gebückten Figuren; zum Teil waren sie von einer ringförmigen Konstruktion umgeben. Ein riesiger Blitz, der mehrere offenkundig gottlose Männer und Frauen durchbohrte, spießte sie im Erdboden fest. Es war eine erschütternde Darstellung der boshaften Natur des Menschen und von des Schöpfers Zorn ob ihrer Zügellosigkeit.

»Was ist das?«, fragte sie.

Richard ließ sich auf einen Stuhl sinken. Er vergrub sein Gesicht in den Händen, fuhr sich mit den Fingern ins Haar. Nach einer Weile hob er den Kopf.

»Was du immer wolltest«, erwiderte er ruhig.

»Was ich immer wollte?«

»Meine Strafe.«

»Strafe?«

Richard nickte. »Bruder Narev hat von der Geldstrafe über zweiundzwanzig Goldtaler erfahren. Er sagte, ich müsse ein Verbrechen begangen haben, um an so viel Geld zu kommen, und verurteilte mich dazu, eine Statue für den Haupteingang des Kaiserpalastes zu schaffen.«

Niccis Blick fiel auf das kleine Ding auf dem Tisch. »Was ist das?«

»Eine Sonnenuhr. Dies ist der Ring, auf dem die Stundenangaben eingeätzt werden. Der Blitz wirft einen Schatten des Lichts des Schöpfers auf den Ring, damit man die Tageszeit ablesen kann.«

»Ich verstehe noch immer nicht. Wieso ist das eine Strafe? Du bist Bildhauer, das ist doch deine Arbeit.«

Richard schüttelte den Kopf. »Ich soll den Stein von meinem eigenen Geld kaufen, und ich soll diese Statue nachts, in meiner freien Zeit, bildhauern, als mein Geschenk an den Orden.«

»Und wieso siehst du darin eine Erfüllung dessen, was ich mir gewünscht habe?«

Richard ließ seinen Finger an dem Blitz hinabgleiten, während er die Statue genau betrachtete. »Du hast mich hierher, in die Alte Welt verschleppt, weil du wolltest, dass ich meinen Irrweg erkenne. Das habe ich getan. Ich hätte mich irgendeines Verbrechens für schuldig bekennen und es denen überlassen sollen, allem ein Ende zu machen.«

Ohne nachzudenken, langte Nicci über den Tisch und ergriff seine Hand. »Nein, Richard, das war es nicht, was ich wollte.«

Er zog seine Hand fort.

Nicci schob die Schale näher zu ihm hin. »Iss, Richard. Du musst bei Kräften bleiben.«

Klaglos tat er, was sie von ihm verlangte, ein Gefangener, der auf Befehl gehorchte. Sie ertrug es nicht, ihn so zu sehen.

Das Funkeln in seinen Augen war erloschen, genauso wie damals in den Augen ihres Vaters.

Seine Augen wirkten leblos, als er die Statue auf dem Tisch anschaute. Es war, als wäre alle Lebendigkeit, alle Kraft und Hoffnung von ihm gewichen. Nachdem er zu Ende gegessen hatte, ging er wortlos zu seinem Bett, legte sich nieder und kehrte ihr den Rücken zu.

Nicci saß am Tisch, lauschte auf das leise Knistern der Flamme in der Lampe und schaute zu, wie Richard gleichmäßig atmend allmählich in den Schlaf hinüberglitt.

Es war, als wäre seine Seele zerschmettert worden. Lange Zeit hatte sie fest daran geglaubt, sie könnte eine wertvolle Erfahrung machen, wenn er zum Äußersten getrieben wurde. Doch offenbar hatte sie sich getäuscht, und schließlich hatte er aufgegeben. Jetzt konnte sie nichts mehr von ihm lernen.

Viel blieb ihr nicht mehr zu tun. Es hatte wenig Sinn, das Unternehmen fortzusetzen. Für einen kurzen Augenblick schien das Gewicht ihrer Enttäuschung sie zu erdrücken, dann war sogar das vorbei.

Innerlich leer und bar jeden Gefühls nahm Nicci Schale und Löffel und trug beides hinüber zu dem Eimer mit Spülwasser. Sie arbeitete leise, um ihn nicht aufzuwecken, und fand sich damit ab, zu Jagang zurückkehren zu müssen.

Es war nicht Richards Schuld, dass sie nichts von ihm lernen konnte, das Leben hatte keine weiteren Erkenntnisse zu bieten. Das war alles, mehr gab es nicht. Ihre Mutter hatte Recht behalten.

Nicci holte das Metzgermesser hervor und legte es leise auf den Tisch.

Richard hatte genug gelitten.

Es wäre nur zum Besten so.

26. Kapitel

Eine Ewigkeit saß Nicci, ihre Hand auf dem Messer, so am Tisch und betrachtete seinen Rücken. Seine Brust wölbte sich langsam mit seinem Atem, sank wieder in sich zusammen. Es gab Zeit genug, ihm das Messer in den Rücken zu stoßen – zwischen seine Rippen – und sein Herz zu durchbohren.

Bis zum Morgengrauen war noch reichlich Zeit.

Der Tod hatte etwas so Endgültiges. Sie wollte ihn noch eine Weile betrachten. Nicci wurde niemals müde, Richard anzusehen.

Wenn sie es erst getan hatte, würde sie ihn niemals mehr so anschauen können. Er wäre fort, für immer. Jetzt, angesichts des Schadens, den die Chimären den Welten und der Verbindung zwischen ihnen zugefügt hatten, war sie nicht einmal mehr sicher, ob die Seele eines Menschen noch in das Reich der Seelen würde eintreten können. Sie wusste nicht einmal mehr, ob die Unterwelt überhaupt noch existierte, und ob Richards Seele dorthin wandern oder ob er für immer … verloren sein würde – ob er und das, was sein innerstes Wesen ausmachte, einfach zu existieren aufhören würden.

In ihrer Benommenheit war ihr jegliches Zeitgefühl abhanden gekommen.

Als ihr Blick zufällig aus dem Fenster fiel, das Richard von seinem selbst verdienten Geld hatte einbauen lassen, bemerkte sie, dass der Himmel die Farbe eines eine Woche alten Blutergusses angenommen hatte.

Wegen ihrer Verbindung mit Kahlan konnte sie die Tat nicht mit Hilfe ihrer Magie ausführen. So sehr ihr die Vorstellung zuwider war, und obwohl sie genau wusste, wie schauderhaft es werden würde, sie war gezwungen, die scharfe Klinge zu benutzen.

Nicci schloss ihre Finger um den Holzgriff des stabilen Messers. Schnell sollte es gehen; den Gedanken, dass er leiden könnte, fand sie unerträglich. Er hatte genug gelitten in seinem Leben, sie wollte ihm nicht auch noch einen qualvollen Tod bereiten.

Ein kurzer Todeskampf, dann würde es vorbei sein.

Unvermittelt wälzte Richard sich auf den Rücken und richtete sich anschließend auf. Nicci, noch immer auf ihrem Stuhl sitzend, erstarrte. Er rieb sich den Schlaf aus den Augen. Würde sie es fertig bringen, ihn zu töten, wenn er wach war? Würde sie ihm in diese Augen sehen können, wenn sie ihm das Messer in die Brust stieß?

Ihr würde gar nichts anderes übrig bleiben.

Es wäre nur zum Besten so.

Richard gähnte und räkelte sich, sprang aus dem Bett.

»Nicci, was tust du da? Bist du gar nicht schlafen gegangen?«

»Ich ... ich glaube, ich bin auf dem Stuhl eingenickt.«

Er nahm ihr das Messer aus der Hand. »Was dagegen, wenn ich es mir kurz ausleihe? Ich muss dringend etwas damit machen. Ich fürchte, ich werde es nachher für dich schleifen müssen, doch bevor ich gehe, werde ich wohl keine Zeit mehr dafür haben. Könntest du mir etwas zu essen machen, ich bin ziemlich in Eile. Ich muss vor der Arbeit noch bei Victor vorbei.«

Nicci war wie vom Donner gerührt. Er war schlagartig zu neuem Leben erwacht; im Licht der durch die Fenster hereinfallenden Morgendämmerung konnte sie sehen, dass er wieder diesen Blick in seinen Augen hatte. Er wirkte ... entschlossen, unbeirrbar.

»Ja, in Ordnung«, antwortete sie.

»Danke«, rief er über die Schulter, bereits auf dem Weg zur Tür.

»Wo willst du denn ...?«

Aber er war längst fort. Sie kam zu dem Schluss, dass er auf dem Weg hinters Haus sein musste, um etwas Gemüse zu holen. Aber wieso brauchte er dafür das große Messer? Sie war verwirrt, aber auch sie war erfüllt mit neuem Leben. Richard schien wieder ganz der Alte zu sein.

Nicci holte ein paar Eier, die sie aufgehoben hatte, aus der Speisekammer, dazu eine eiserne Bratpfanne, und lief hinters Haus zur Kochstelle. Die Scheite glühten noch vom Abend zuvor und spendeten ein wenig Licht. Behutsam legte sie ein paar kleine Zweige und Anmachholz nach, dann schichtete sie eine Lage fingerdicker Äste darüber. Statt sie auf den Rost zu setzen, stellte sie die Eisenpfanne einfach direkt aufs Holz, als dieses Feuer fing; Eier brauchten nicht lange.

Während sie darauf wartete, dass die Pfanne heiß wurde, vernahm sie ein eigenartiges Kratzgeräusch. Im flackernden Schein des Feuers konnte sie nicht erkennen, ob Richard im Garten war. Sie hatte nicht die leiseste Ahnung, wohin er gegangen sein konnte oder was er im Schilde führen mochte.

Sie schlug die Eier in die heiße Pfanne und verrührte sie mit einem Holzlöffel, während sie brieten.

Nicci stand am Herd, den Pfannengriff mit einem Zipfel ihres Rocks festhaltend, als Richard zu ihrer Überraschung hinter der breiten Kochstelle zum Vorschein kam.

»Was tust du, Richard?«

»Hier hinten sind ein paar Ziegelsteine locker, ich wollte mich vor der Arbeit noch rasch darum kümmern. Die Fugen habe ich schon ausgekratzt, heute Abend, wenn ich von der Arbeit komme, bringe ich etwas Mörtel mit und repariere es.«

Er holte eine Hand voll breithalmiger Gräser hervor, die er, als er ihr die Pfanne abnahm, als Topflappen benutzte. Mit der anderen Hand warf er das Messer in die Luft, fing es an der Spitze wieder auf und reichte es ihr mit dem Griff voran. Nicci nahm das schwere Messer entgegen, das jetzt vom Säubern der Ziegel zerkratzt und stumpf war. Er aß im Stehen, mit dem Holzlöffel.

»Geht es dir gut?«, erkundigte sie sich.

»Ausgezeichnet«, antwortete er, den Mund voll Ei. »Wieso?«

Nicci deutete auf das Haus. »Na ja, gestern Abend … hast du einen … ziemlich niedergeschlagenen Eindruck gemacht.«

Er sah sie stirnrunzelnd an. »Ich habe also kein Recht, mich ab und zu selbst zu bemitleiden?«

»Doch, doch, vermutlich schon. Aber jetzt …?«

»Jetzt habe ich mir das alles noch mal durch den Kopf gehen lassen.«

»Und …?«

»Es soll doch mein Geschenk an das Volk sein, oder? Ich werde dem Volk ein Geschenk machen, das es dringend nötig hat.«

»Wovon redest du überhaupt?«

Richard fuchtelte aufgeregt mit dem Holzlöffel. »Die Brüder Narev und Neal sagten, sie soll mein Geschenk an das Volk sein, und genau das wird sie auch werden.« Er schaufelte sich noch mehr Ei in den Mund.

»Dann wirst du also diese Statue bildhauern, die sie verlangen?«

Sie hatte die Frage noch nicht ganz beendet, da war er bereits auf der Treppe.

»Ich muss noch rasch das Modell der Statue holen und dann sofort zur Arbeit.«

Nicci lief ihm hinterher, die Treppe hinauf. Selbst im Laufen verspeiste er noch sein Rührei. Dann stand er in ihrem Zimmer und besah sich die kleine Statue ganz genau. Nicci wurde aus ihm einfach nicht klug – er lächelte.

Er stellte die Pfanne auf dem Tisch ab und nahm das Modell an sich. »Wahrscheinlich wird es heute Abend spät werden; wenn möglich, möchte ich mit meiner Buße für den Orden anfangen. Vielleicht muss ich die Nacht durcharbeiten.«

Erstaunt sah sie ihm nach, wie er zur Arbeit eilte.

Sie konnte kaum glauben, dass es ihm irgendwie gelungen war, dem Tod ein weiteres Mal zu entgehen. Nicci wusste nicht mehr, wann sie zuletzt so dankbar über irgendetwas gewesen war.

Richard traf bei der Schmiedewerkstatt ein, kurz nachdem Victor aufgeschlossen hatte; seine Arbeiter waren noch nicht da. Victor war nicht überrascht, ihn zu sehen, denn Richard erschien des Öfteren sehr früh, und gewöhnlich setzten sich die beiden dann hin und sahen sich den Sonnenaufgang über der Baustelle an.

»Richard! Freut mich, dich zu sehen.«

»Mich auch, Victor. Ich muss mit dir reden.«

Er gab ein mürrisches Brummen von sich. »Über die Statue?«

»Ja, genau«, antwortete Richard leicht verblüfft. »Über die Statue. Du weißt es schon?«

Gefolgt von Richard schlängelte sich Victor durch die dunkle Werkstatt, durch ein wüstes Chaos aus Werkbänken, Werkstücken und Werkzeugen. »O ja, ich habe davon gehört.« Gelegentlich blieb er unterwegs stehen und bückte sich, um hier einen Hammer, dort einen Eisenbarren aufzuheben und sie auf einen Tisch zu legen oder in einem Behälter zu verstauen, so als könnte man Ordnung in eine Landschaft bringen, indem man hier ein paar Kieselsteine umarrangierte und dort einen toten Ast aufsammelte.

»Und was hast du gehört?«

»Gestern Abend war Bruder Narev bei mir. Er teilte mir mit, dass eine offizielle Weihung des Ruhesitzes stattfinden wird, um unserem Schöpfer unsere Ehrerbietung zu bezeugen für all die Dinge, mit denen er uns beschenkt.« Als er an seinem riesigen Quader aus Cavaturamarmor vorüberkam, schaute er kurz über seine Schulter. »Er erklärte mir, dass du eine Statue für den Vorplatz schaffen sollst – eine monumentale Statue. Er sagte, sie sei für die Weihungsfeier bestimmt.

Nach allem, was ich so von den Leuten höre, von Ishaq und auch von anderen, schreibt der Orden den Aufstand der übergroßen Belastung zu, die die gleichzeitige Durchführung eines so gewaltigen Bauvorhabens wie dem Palast und das Führen eines Krieges mit sich bringen. Ganze Heerscharen von Arbeitern sind mit dem Bau beschäftigt – nicht nur hier, sondern auch überall in den Steinbrüchen, in den Gold- und Silberminen sowie in den Wäldern, wo das Bauholz geschlagen wird. Doch selbst Sklaven müssen mit Nahrung versorgt werden. Die Säuberungsaktionen unter den Beamten, Führungskadern und gelernten Arbeitern im Anschluss an den Aufstand waren überaus umfassend. Ich glaube, Bruder Narev möchte mit der Weihungszeremonie dem Volk vor Augen führen, dass es vorangeht, und ihm neuen Mut machen, darüber hinaus möchte er die abseits gelegenen Länder in die Feierlichkeiten einbeziehen, weil er glaubt, damit zukünftigen Schwierigkeiten zuvorkommen zu können.«

Nur das in der hohen Decke eingelassene Oberlicht ließ in das Dunkel des Raumes Licht hinein, das sich über den Steinquader ergoss. Der Marmor schien das Licht tief in seine feine kristalline Struktur zu saugen und es als ein Geschenk der Liebe zurückzugeben.

Victor öffnete die Doppeltür, von der aus man den gesamten Ruhesitz überblicken konnte. »Bruder Narev erklärte mir, dass deine Statue gleichzeitig als Sonnenuhr dienen soll, wobei das Licht des Schöpfers auf die Qualen der Menschheit herniederscheint. Er erklärte mir, ich soll die Herstellung des Sonnenuhrzeigers und des Zifferblatts überwachen, auf das der Schatten fällt. Er erwähnte etwas von einem Blitz …«

Victor wandte sich um und verfolgte mit dem Blick, wie Richard das Modell der Statue auf einem schmalen Werkzeugbord abstellte, das den Raum der Länge nach durchlief.

»Gütige Seelen …«, entfuhr es Victor leise. »Das ist doch lächerlich.«

»Man will, dass ich das hier in Stein haue. Die Statue soll eine so starke Ausstrahlung haben, dass sie in der Lage ist, den Haupteingang zu beherrschen.«

Victor nickte. »Bruder Narev erwähnte etwas in der Art. Er erklärte mir, wie groß das Metallstück für das Zifferblatt werden würde. Er hätte es gerne in Bronze.«

»Kannst du Bronze gießen?«

»Nein.« Victor tippte Richard mit dem Fingerrücken an. »Und

jetzt kommt das Beste: Überhaupt nur wenige können ein solches Werkstück gießen. Bruder Narev hat Priskas Freilassung angeordnet, damit er das Gießen übernimmt.«

Richard blinzelte erstaunt. »Priska lebt?«

Victor nickte. »Offenbar wollte man an hoher Stelle nicht, dass er im Himmel begraben wird, weil man auf seine Fachkenntnisse angewiesen ist. Im Orden weiß man ganz genau, dass man auf die Leute mit handwerklichen Fertigkeiten angewiesen ist, deswegen hat man ihn für diesen Auftrag auf freien Fuß gesetzt. Wenn er am Leben bleiben und das Verlies verlassen will, muss er die Bronze gießen, und zwar auf eigene Kosten, als Geschenk an das Volk. Es heißt, das sei seine Buße. Ich soll ihm einen Plan mit genauen Angaben erstellen, mich um ihren Zusammenbau sowie die Montage an der Statue kümmern.«

»Victor, ich möchte deinen Stein kaufen.«

Der Schmied legte missbilligend die Stirn in Falten.

»Kommt nicht in Frage.«

»Narev und Neal haben von meiner Geldstrafe erfahren und sind der Meinung, ich sei zu billig davongekommen. Sie haben verfügt, ich soll als Buße ihre Statue bildhauern – ganz so, wie Priska den Bronzeguss liefern soll. Ich muss den Stein aus eigener Tasche bezahlen und ihn nach meiner täglichen Arbeit auf der Baustelle bearbeiten. Sie wollen ihn für die Weihung des Ruhesitzes in diesem Winter.«

Victors Blick schwenkte zu dem Modell auf dem Regal hinüber, so als wäre es ein Ungeheuer, das ihn in den Untergang treiben wollte. »Du weißt, was mir dieser Stein bedeutet, Richard. Ich werde niemals zulassen …«

»Victor, hör mir zu.«

»Nein.« Er hob abwehrend eine Hand. »Das kannst du unmöglich von mir verlangen. Ich möchte nicht, dass dieser Stein so hässlich wird wie alles, was der Orden anfasst. Das lasse ich nicht zu.«

»Ich ebenso wenig.«

Victor deutete verärgert gestikulierend auf das Modell. »Das sollst du in Stein meißeln. Wie kannst du auch nur mit dem Gedanken spielen, meinen jungfräulichen Marmor mit dieser Hässlichkeit zu strafen?«

»Aber das tue ich doch gar nicht.«

Richard stellte das Gipsmodell auf den Fußboden, schnappte sich einen großen Hammer, der mit dem Stiel an der Wand lehnte, und zertrümmerte die Scheußlichkeit mit einem wuchtigen Hieb in tausend Stücke. Der weiße Staub wallte, gleichsam ein Geist des Bösen auf seiner Rückkehr in die Unterwelt, langsam über die Schwelle, zur Tür hinaus und kroch den Hang hinunter zum Palast.

»Verkauf mir deinen Stein, Victor. Gib mir die Chance, die Schönheit in seinem Inneren zu befreien.«

Victor kniff argwöhnisch die Augen zusammen. »Der Stein hat einen Fehler. Man kann ihn nicht behauen.«

»Darüber habe ich schon nachgedacht. Ich habe eine Möglichkeit gefunden und weiß, wie ich es anfangen kann.«

Victor berührte den Stein mit seiner Hand, fast als wollte er einen lieben, in Not geratenen Menschen trösten.

»Du kennst mich, Victor. Habe ich dich jemals auf irgendeine Weise hintergangen? Dir Schaden zugefügt?«

Er antwortete mit leiser Stimme: »Nein, Richard, hast du nicht.«

»Ich brauche diesen Stein, Victor. So wie er das Licht aufnimmt und wieder abgibt, kann ich mir kein besseres Stück Marmor vorstellen. Er weist eine Körnung auf, in der sich feinste Einzelheiten wiedergeben lassen. Für diese Statue brauche ich das allerbeste Material. Ich schwöre dir, Victor, wenn du ihn mir anvertraust, wird er deinen Vorstellungen gerecht werden. Ich werde deine Liebe zu diesem Stein nicht verraten, das schwöre ich dir.«

Sanft glitt die kräftige, schwielige Hand des Schmieds an dem weißen Marmorquader hinauf, der ihn fast um eine Körperlänge überragte.

»Und wenn du dich weigerst, ihnen ihre Statue zu meißeln?«

»Neal meinte, dann würden sie mich wieder ins Gefängnis werfen, solange, bis sie entweder ein Geständnis von mir bekommen oder ich an den Verhören zugrunde gehe. Ich würde für nichts im Himmel begraben werden.«

»Und wenn du stattdessen deinen Plan verwirklichst und« – Victor deutete auf die Trümmer des Modells – »nicht das bildhauerst, was sie wollen?«

»Vielleicht will ich vor meinem Tod wenigstens noch einmal wahre Schönheit zu Gesicht bekommen.«

»Pah. Was willst du denn in Stein meißeln? Was möchtest du vor deinem Tod noch einmal sehen? Was könnte das sein, das es wert ist, dein Leben dafür herzugeben?«

»Die Würde des Menschen – Schönheit in ihrer erhabensten Form.«

Die Hand des Mannes auf dem Stein zögerte; er suchte Richards Augen, sagte aber nichts.

»Victor, du musst mir helfen. Ich bitte dich nicht, mir etwas zu schenken. Ich bin bereit zu zahlen, was immer du verlangst. Nenn mir deinen Preis.«

Victors liebevoller Blick wanderte zu seinem Stein zurück.

»Zehn Goldtaler«, antwortete er mit einer Mischung aus Dreistigkeit und Zuversicht, da er ganz genau wusste, dass Richard kein Geld besaß.

Richard langte in seine Tasche, zählte zehn Goldtaler ab und reichte Victor das kleine Vermögen. Der Schmied runzelte die Stirn.

»Woher hast du so viel Geld?«

»Ich habe gearbeitet und es gespart. Ich habe es mir verdient, indem ich dem Orden beim Bau seines Palastes geholfen habe. Schon vergessen?«

»Aber man hat dir dein ganzes Geld abgenommen. Nicci hat ihnen verraten, wie viel du besitzt, und sie haben dir alles weggenommen.«

Richard neigte seinen Kopf viel sagend zur Seite. »Du hast doch nicht etwa geglaubt, ich wäre so töricht, mein ganzes Geld an einem einzigen Ort zu verstecken, oder? Ich habe überall Gold verborgen. Sollte das nicht reichen, werde ich dir eben zahlen, was immer du verlangst.«

Richard wusste, dass der Stein kostbar war – wenn auch ganz sicher keine zehn Goldtaler –, aber das Geld ging an Victor, daher wollte er über den Preis nicht verhandeln. Er würde bezahlen, was immer der Mann verlangte.

»Ich kann dein Geld nicht annehmen, Richard.« Er winkte, sich geschlagen gebend, ab. »Ich kann nicht bildhauern; es war doch nur ein Traum. Solange ich den Stein nicht bearbeite, kann ich von der Schönheit träumen, die sich in ihm verbirgt. Er stammt aus meiner Heimat, wo früher einmal so etwas wie Freiheit existierte.« Blind ertasteten seine Finger die Marmorfläche. »Der Stein besitzt Würde. Ich würde gerne sehen, wie die Menschenwürde in diesem Stück Cavaturamarmor Gestalt annimmt. Du sollst den Stein haben, mein Freund.«

»Nein, Victor, ich möchte dir deinen Traum nicht abkaufen; ich möchte ihn, wenn man so will, erfüllen. Als Geschenk kann ich ihn nicht annehmen. Ich will ihn kaufen.«

»Aber warum?«

»Weil ich gezwungen sein werde, ihn dem Orden zum Geschenk zu machen. Ich möchte nicht, dass du ihn dem Orden überlässt, das möchte ich selber tun müssen. Zweifellos werden sie ihn aber sehr viel lieber zerstört sehen wollen. Wenn es dazu kommt, muss er mir gehören; und in diesem Fall möchte ich, dass er bezahlt ist.«

Victor hielt ihm seine Hand hin. »Also dann zehn Goldtaler.«

Richard zählte ihm die zehn Goldtaler in die Hand.

»Danke, Victor«, sagte Richard leise.

Victor musste grinsen. »Wohin möchtest du ihn geliefert haben?«

Richard reichte ihm einen weiteren Goldtaler. »Könnte ich diesen Raum mieten? Ich würde ihn gerne hier bearbeiten. Von hier aus kann er, wenn ich fertig bin, auf einem Schlitten zum Vorplatz hinuntertransportiert werden.«

Victor zuckte mit den Achseln. »Abgemacht.«

Richard gab ihm einen zwölften Goldtaler. »Außerdem möchte ich, dass du die Werkzeuge schmiedest, mit denen ich diesen Stein bearbeiten werde – die besten, die du je hergestellt hast, die Sorte von Werkzeugen, die man in deiner Heimat benutzt, um wahre Schönheit in Stein zu meißeln. Dieser Marmor erfordert das Allerbeste; fertige die Werkzeuge aus dem allerbesten Stahl.«

»Stecheisen, gespleißte Meißel und Meißel für die Feinarbeit – die kann ich dir machen. Außerdem liegen hier genügend Hämmer herum, die du benutzen kannst.«

»Darüber hinaus benötige ich Feilen, ein ganzes Sortiment unterschiedlicher Formen, sowie Raspeln; des Weiteren eine große Auswahl der feinsten Abziehfeilen, gerade und gebogene. Du musst mir Bimssteine besorgen, den feinkörnigen weißen Bimsstein, zurechtgeschliffen zu den gleichen Formen wie die Raspeln und Feilen, und dazu einen ordentlichen Vorrat an pulverisiertem Bimsstein.«

Victor hatte staunend die Augen aufgerissen. Der Schmied stammte aus einer Gegend, wo einst auf diese Art gebildhauert wurde, deshalb wusste er nur zu gut, was Richard vorhatte.

»Du willst nacktes Fleisch in Stein wiedergeben.«

»Allerdings.«

»Weißt du denn, wie man das macht?«

Von den Statuen, die er in D'Hara und Aydindril gesehen hatte, von dem, was einige der anderen Bildhauer ihm erzählt hatten, sowie von den Dingen, die er während seiner Arbeit am Palast des Ordens ausprobiert hatte, wusste Richard, dass hochwertiger Marmor, entsprechend bearbeitet, anschließend geschliffen und auf Hochglanz poliert, das Licht aufzunehmen und auf eine Weise wieder von sich zu geben vermochte, die den Stein von aller Härte zu befreien und weich zu machen schien, sodass er das Aussehen nackter Haut annahm. Bei entsprechender Ausführung schien der Marmor beinahe lebendig zu werden.

»Ich habe gesehen, wie es gemacht wird, Victor. Ich habe schon früher als Bildhauer gearbeitet und gelernt, wie man so etwas macht. Monatelang habe ich darüber nachgedacht. Seit ich angefangen habe, für den Orden zu bildhauern, hat dieses Vorhaben meinen Geist lebendig erhalten. Ich habe meine Arbeiten für den Orden dazu verwendet, auszuprobieren, was ich gesehen habe, was ich gelernt und was ich mir selbst überlegt habe. Sogar vorher schon, während der Verhöre … habe ich immer nur an diesen Stein gedacht und an die Statue, von der ich weiß, dass sie sich in ihm verbirgt, um meine Gedanken von dem abzulenken, was man mir antat.«

»Willst du damit sagen, es hat dir geholfen, ihre Foltern zu ertragen?«

Richard nickte. »Ich kann es schaffen, Victor.« Er ballte fest entschlossen seine Faust. »Ich kann den nackten menschlichen Körper in Stein wiedergeben. Ich brauche dafür nichts weiter als die richtigen Werkzeuge.«

Victor ließ das Gold in seiner Faust klingeln. »Abgemacht. Für das, was du vorhast, kann ich die richtigen Werkzeuge herstellen. Wie man bildhauert, weiß ich nicht, das aber wird mein Beitrag dazu sein, die verborgene Schönheit ans Licht zu bringen.«

Zur Besiegelung ihres Abkommens ergriffen sich Richard und Victor an den Unterarmen.

»Um eins möchte ich dich allerdings bitten – um einen Gefallen.«

Victor lachte sein tief aus dem Bauch kommendes Lachen. »Muss ich dich mit Lardo füttern, damit du kräftig genug bist, um diesen würdigen Stein behauen zu können?«

Richard lächelte. »Nein. Obwohl ich Lardo niemals ablehnen würde.«

»Was ist es dann?«, wollte Victor wissen. Richard berührte den Stein, seinen Stein, fast zärtlich mit den Fingern.

»Niemand darf sie sehen, bevor sie fertig ist. Das gilt auch für dich. Ich hätte gern eine Plane, um sie abzudecken. Und ich möchte dich bitten, sie dir nicht anzusehen, bevor sie vollendet ist.«

»Warum?«

»Weil sie, solange ich sie bearbeite, allein mir gehören muss. Ich brauche dieses Alleinsein mit ihr, während ich sie gestalte. Wenn ich fertig bin, kann die Welt sie haben, aber solange ich noch an ihr arbeite, soll sie allein mein Wunschbild sein. Ich möchte, dass niemand sie zu Gesicht bekommt, bevor sie fertig ist.

Vor allem aber möchte ich nicht, dass du sie siehst, denn ich will dich für den Fall, dass etwas schief geht, nicht mit hineinziehen. Du sollst nicht wissen, was ich tue.

Wenn du sie nicht siehst, kann man dich dafür, dass du es ihnen nicht verrätst, nicht im Himmel begraben.«

Victor gab sich achselzuckend geschlagen. »Wenn das dein ausdrücklicher Wunsch ist, dann soll es so geschehen. Ich werde meinen Leuten erklären, dass der hintere Werkstattraum vermietet ist und niemand dort Zutritt hat. Außerdem werde ich ein Schloss an der Innentür anbringen und eine Kette vor die äußere Doppeltür hier legen und dir den Schlüssel geben.«

»Danke. Du weißt nicht, wie viel mir das bedeutet.«

»Wann brauchst du die Meißel?«

»Zuerst benötige ich den schweren Meißel, um die groben Umrisse herauszuarbeiten. Könntest du ihn bis heute Abend fertig haben? Ich habe nicht viel Zeit.«

Victor tat Richards Sorge mit einer Handbewegung ab. »Der schwere Meißel ist kein Problem, den kann ich kurzfristig herstellen. Er wird fertig sein, wenn du von deiner Arbeit dort unten zurückkommst – von deiner Arbeit an der Hässlichkeit. Die anderen Meißel, mit denen du die Schönheit schaffen wirst, werden lange fertig sein, bevor du sie brauchst.«

»Danke, Victor.«

»Was soll dieses Danke-schön-Gerede? Das ist ein Geschäft. Du hast mich im Voraus bezahlt – Ware gegen Geld, unter ehrlichen Männern. Ich kann dir gar nicht sagen, wie gut es tut, einen Kunden zu haben, der nicht dem Orden angehört.«

Victor kratzte sich am Kopf und wurde ernster. »Sie werden dein

Werk sehen wollen, Richard, meinst du nicht? Sie werden sehen wollen, wie du mit ihrer Statue vorankommst.«

»Nein, glaube ich nicht. Sie vertrauen auf meine Arbeit. Außerdem haben sie mir ein Modell gegeben, das sie maßstabgerecht vergrößert haben wollen und das bereits genehmigt ist. Man hat mir erklärt, dass mein Leben davon abhängt. Neal war geradezu entzückt, als er mir erzählte, wie er den Befehl gab, die anderen Bildhauer zu foltern und hinzurichten. Er wollte mir Angst machen. Ich bezweifle, dass sie noch einen weiteren Gedanken daran verschwenden werden.«

»Aber was ist, wenn doch ein Ordensbruder erscheint und sie sehen will?«

»Dann werde ich ihm einen Eisenbarren um den Hals wickeln und ihn in einem Fass mit Salzlake einlegen müssen.«

27. Kapitel

Richard hielt sich das Stecheisen der Länge nach an die Stirn, wie er es schon so oft mit dem Schwert der Wahrheit getan hatte. Dies war nicht weniger ein Kampf; auch hier ging es um Leben oder Tod.

Leise sprach er: »Sei mir an diesem Tag treu, Klinge.«

Der Meißel war achtkantig, um einer verschwitzten Hand genügend Halt zu bieten. Victor hatte ihn mit einer zweckmäßig schweren, stumpfen Spitze versehen und darüber hinaus auf einer der Seiten in winzigen Buchstaben seine Initialen – V C – eingestanzt.

Mit einem solchen schweren Meißel konnte man Gestein zertrümmern und in kurzer Zeit eine große Menge überschüssiges Material entfernen, es war ein Werkzeug, das großen Schaden anzurichten und drei Finger tief in das Gefüge des Marmors einzudringen vermochte. Setzte man einen solchen Meißel gedankenlos an einem unbemerkt gebliebenen Fehler im Gestein an, konnte man damit den gesamten Block zerstören.

Feinere Spitzen erzeugten weniger tiefe Brüche, trugen allerdings auch weniger Material ab. Richard war sich darüber im Klaren, dass er sich selbst mit den feinsten Stecheisen nur bis auf eine halbe Fingerbreite der endgültigen Oberfläche nähern konnte. Das spinnwebartige Netz aus feinen Rissen, das ein Meißel hinterließ, bestand aus Brüchen in der kristallinen Struktur des Marmors selbst. Diese Beschädigungen nahmen dem Stein sowohl seine Transparenz als auch seine Fähigkeit, sich auf Hochglanz polieren zu lassen.

Um den nackten Körper in Stein wiedergeben zu können, musste man sich den endgültigen Oberflächen, die von keinem Werkzeug beschädigt werden durften, mit äußerster Behutsamkeit nähern.

Sobald er mit dem schweren Meißel einen Großteil des Überschusses abgetragen hatte, wollte Richard sich mit feineren Meißeln der eigentlichen Form weiter annähern und sie feiner herausarbeiten können. Hatte er sich dann der endgültigen Oberfläche bis auf eine halbe Fingerbreite genähert, würde er zu Kammeisen übergehen – Meißeln, die einfach Kerben in ihrer Schneide aufwiesen –, um damit das Gestein abzuschlagen, ohne die Struktur des darunter liegenden Marmors zu zerstören. Die derben Kerben entfernten den größten Teil des Steins und hinterließen dabei grobe Rillen. Anschließend würde er zur Verfeinerung des Werkes zu immer feineren Meißeln übergehen und ganz zum Schluss glattkantige Meißel einsetzen, von denen manche gerade mal halb so breit wie sein kleiner Finger waren.

Unten auf der Baustelle, wo er Szenen für den Fries meißelte, war die Arbeit der Bildhauer in diesem Stadium beendet. Zurück blieb eine unansehnliche, plumpe und derbe Oberfläche, die die nackte Haut leblos erscheinen ließ und nicht im Stande war, Muskeln und Körperbau Genauigkeit und Feinheit zu verleihen; die in den Werken dargestellten Menschen waren aller Menschlichkeit beraubt.

Bei dieser Statue dagegen würde Richard erst dort richtig beginnen, wo die Werke für den Orden endeten. Er würde Raspeln benutzen, um Knochen, Muskeln und sogar die Adern der Unterarme herauszuarbeiten. Mit Hilfe von feinen Feilen würde er die von den Raspeln hinterlassenen Spuren entfernen und äußerst feine Konturen herausarbeiten. Der Bimsstein wiederum würde die Feilenspuren entfernen und die Oberfläche für das Polieren mit auf Leder, Tuch und schließlich Stroh aufgetragener Bimssteinpaste vorbereiten.

Wenn er alles richtig machte, würde er seine Vision in Stein gehauen erhalten. Nacktes Fleisch, wiedergegeben in Stein. Würde.

Den schweren Spitzmeißel mit dem Daumen in die Handfläche drückend, berührte Richard den Stein mit der Hand und fühlte seine kühle Oberfläche. Er wusste, was sich im Inneren befand – nicht nur im Inneren des Steins, sondern auch in seinem eigenen.

Er empfand keinerlei Zweifel, nur von Herzklopfen unterlegte leidenschaftliche Erwartung.

Wie so oft musste Richard auch jetzt an Kahlan denken. Fast ein Jahr war es her, dass er in ihre grünen Augen geblickt, ihre Wange gestreift, sie in den Armen gehalten hatte. Längst würde sie die Sicherheit ihres Zuhauses gegen Gefahren eingetauscht haben, die er sich nur allzu lebhaft vorstellen konnte. Einen kurzen Augenblick überwältigte ihn die Last der Verzweiflung, schnürte die Traurigkeit darüber, wie sehr er sie vermisste, ihm die Kehle zu, demütigte ihn seine Liebe zu ihr. Jetzt wurde ihm klar, dass er sie aus seinen Gedanken verbannen musste, um sich voll und ganz der Aufgabe widmen zu können, die er sich vorgenommen hatte.

Wie so oft wünschte er Kahlan im Stillen eine gute Nacht.

Dann setzte er die Meißelspitze in einem Winkel von neunzig Grad auf die Oberfläche des Steins und führte mit dem stählernen Hammer einen mächtigen Schlag aus. Steinsplitter flogen explosionsartig davon.

Seine Atemzüge wurden tiefer und gingen schneller. Der Anfang war gemacht.

Richard machte sich mit großer Heftigkeit über den Stein her.

Im Schein der Lampen, die Victor ihm nach Beendigung des Tagewerks dagelassen hatte, verlor Richard sich in der Arbeit und ließ einen Hammerschlag nach dem anderen niedersausen. Spitze Gesteinssplitter prasselten von den Holzwänden ab und stachen, wenn sie ihn an Armen oder Brust trafen. Das deutliche Bild dessen vor Augen, was er schaffen wollte, brach er das überflüssige Gestein fort.

Seine Ohren klangen vom Geräusch von Stahl auf Stahl und Stahl auf Stein; es war wie Musik. Scharfkantige Splitter und Gesteinsbrocken fielen zu Boden, sie waren der gefallene Feind; die Luft war gesättigt vom weißen Staub des Kampfgeschehens.

Richard wusste ganz genau, was er erreichen wollte. Er wusste, was er dafür tun musste und wie er dabei vorzugehen hatte. Er war erfüllt von der Klarheit seines Zieles und von dem Weg, dem es zu folgen galt. Jetzt, da der Anfang gemacht war, ging er vollkommen in seiner Arbeit auf.

Staubwolken wallten um ihn herum, bis seine dunkle Kleidung weiß aussah, so als nähme der Stein ihn in sich auf, als verwandelte er sich mit ihm, bis sie zu einer Einheit wurden. Scharfe Bruchstücke ritzten im Davonfliegen seine Haut. Seine entblößten Arme, weiß wie der Marmor selbst, wiesen von diesem Kampf bald an mehreren Stellen blutig rote Striemen auf.

Von Zeit zu Zeit öffnete er die Tür, um das knöcheltiefe Geröll hinauszuschaufeln; mit einem Geräusch wie von tausend winzigen Glöckchen glitt der Schutt wie eine Lawine den Hang hinunter. Der weiße Staub, der ihn bedeckte, war durchzogen von Rinnsalen aus dunklem Schweiß und roten Kratzern. Die kühle Luft fühlte sich erfrischend an auf seiner schweißnassen Haut. Dann aber schloss er die Nacht, und mit ihr die Welt, wieder aus, um allein zu sein.

Zum allerersten Mal seit nahezu einem Jahr fühlte Richard sich frei. Bei dieser Arbeit unterlag alles seiner Kontrolle, niemand schaute ihm über die Schulter, niemand erklärte ihm, was er zu tun hatte.

Diese Arbeit war sein einziges Ziel, bei dem er nach Vollkommenheit trachtete. Es gab weder Ketten noch Einschränkungen, keine Wünsche anderer, denen er sich beugen musste. In diesem Kampf um das Erreichen des Bestmöglichen war er vollkommen frei.

Was er beabsichtigte, stand in unnachgiebigem Widerspruch zu allem, was den Orden ausmachte. Er beabsichtigte, ihnen das Leben selbst vor Augen zu führen.

Richard wusste, sobald die Ordensbrüder die Statue zu Gesicht bekamen, würden sie ihn zum Tod verurteilen.

Steinsplitter sprangen davon und brachten ihn seinem Ziel mit jedem Hieb näher. Um an den Oberrand des Marmorquaders heranreichen zu können, musste er sich auf einen Hocker stellen, den er um den Monolithen herumrückte, während er diesen von allen Seiten allmählich seiner späteren Gestalt annäherte.

Richard schwang den stählernen Hammer mit dem Ungestüm des Kampfes. Die Hand, die den Meißel hielt, brannte unter den klingenden Schlägen. So heftig seine Attacke war, so kontrolliert war sie. Für diese groben Arbeiten hätte man auch eine Hammerspitzhaue, Spitzhacke genannt, benutzen können. Mit ihr ließe sich das überflüssige Geröll schneller entfernen als mit einem schweren Meißel, aber sie wurde mit weitem Schwung geführt; wegen des Fehlers hatte Richard jedoch Angst, diesen Stein so großen Kräften auszusetzen. Anfangs besaß der Quader allein durch seine schiere Masse Kraft, doch selbst da erachtete er eine solche Spitzhacke als zu gefährlich für diesen Stein.

Richard würde sich von Victor einen Satz Bohrspitzen für einen Bogenbohrer anfertigen lassen. Wenn man die Bogensehne um den Schaft des Bohrers wickelte, konnte man diesen drehen und in den Marmor bohren. Richard hatte lange und ausgiebig über das Problem des Gesteinsfehlers nachgedacht und beschlossen, ihn weitgehend herauszumeißeln. Um zu verhindern, dass sich zusätzliche Risse im Gestein bildeten, würde er als Erstes Löcher durch den Riss hindurchbohren, um dem Stein die Spannung zu nehmen. Mit einer weiteren Reihe eng gesetzter Löcher wollte er das Gestein im Bereich rings um den Fehler, der weggeschlagen werden würde, porös machen und das meiste davon einfach herausmeißeln.

Somit würden zwei Figuren entstehen: ein Mann und eine Frau. Nach Fertigstellung würde der Raum zwischen ihnen sich genau dort befinden, wo Richard die heikelsten Stellen des Fehlers herausgeschlagen hatte. War das poröseste Gestein erst einmal entfernt, würde der restliche Stein stabil genug sein, um der Belastung des Bearbeitens standzuhalten. Da der Fehler am Sockel ansetzte, konnte er ihn nicht restlos beseitigen, aber er konnte das Problem, das er darstellte, auf ein handhabbares Maß vermindern. Das war das Geheimnis dieses Quaders: man musste erst seine Schwächen beseitigen, bevor man seine Stärken herausarbeiten konnte.

Richard hielt den Fehler für einen Glücksfall, vor allem deswegen, weil er den Wert des Steins minderte, weswegen Victor ihn überhaupt erst hatte kaufen können. In Richards Augen hatte der Fehler auch sein Gutes, denn er hatte ihn auf die Idee gebracht, sich über den Stein und seine Bearbeitung Gedanken zu machen, und diese Gedanken hatten schließlich zu seinem Vorhaben geführt. Ohne den Fehler wäre er womöglich nicht auf den gleichen Plan verfallen.

Während der Arbeit war er ganz erfüllt von der Energie des Kampfes, trieb ihn die Hitze des Gefechts voran. Gestein stand zwischen ihm und dem, was er schaffen wollte, und es verlangte ihn danach, dieses Zuviel an Material zu beseitigen, um zum Wesen der Figuren vorzudringen. Eine große Ecke Gesteinsabfall löste sich und glitt herunter, langsam erst, um schließlich krachend auf dem Boden zu landen. Während er weiterarbeitete, regneten Splitter und Bruchstücke hernieder und begruben den gefallenen Widersacher unter sich.

Mehrere Male noch musste er die Türen öffnen, um den Gesteinsabfall nach draußen zu schaufeln. Zu sehen, wie der vormals unregelmäßig geformte Quader erste Konturen annahm, verlieh ihm neue Kräfte. Noch waren die Figuren völlig eingeschlossen, Arme und Beine noch weit davon entfernt, frei zu sein, und ihre Beine noch nicht getrennt, doch sie begannen sich abzuzeichnen. Er würde behutsam vorgehen und Löcher in die Zwischenräume bohren müssen, um zu verhindern, dass die Arme abbrachen.

Zu Richards Überraschung sah er Licht durch die Dachluken fallen. Ohne es zu merken, hatte er die ganze Nacht durchgearbeitet.

Er trat zurück und betrachtete prüfend die Statue, die jetzt mehr oder weniger einem groben Kegel glich. Zurzeit befanden sich dort, wo sich einmal die Arme aus den Körpern lösen würden, noch unförmige Gesteinsmassen. Er wollte, dass die Arme frei schwebten, die Körper Eleganz und Bewegung vermittelten: Leben. Was er bislang für den Orden bildhauerte, wirkte niemals befreit, sondern blieb stets fest im Stein gefangen, für immer starr und bewegungsunfähig wie bei einem Toten.

Richard brannte darauf, zu bleiben und weiterzuarbeiten, aber er wusste, dass er das nicht konnte. Aus der Ecke grub er die Zelttuchplane hervor, die Victor ihm dagelassen hatte, und deckte die Statue damit ab.

Als er die Türen aufstieß, wallte der weiße Staub nach draußen. Victor saß inmitten der Trümmer seines steinernen Monolithen.

Der Schmied blinzelte fassungslos. »Du warst die ganze Nacht dort drinnen, Richard!«

»Schätze schon.«

Victor fuchtelte mit den Armen, während ein breites Grinsen sein Gesicht teilte. »Du siehst aus wie eine Gütige Seele. Wie geht der Kampf mit dem Stein voran?«

Richard wusste nicht recht, was er darauf antworten sollte. Er brachte nur ein freudiges Lächeln zu Stande.

Victor lachte sein aus dem Bauch kommendes Lachen. »Dein Gesicht sagt alles. Du musst müde und hungrig sein, komm, setz dich hin und ruh dich ein wenig aus – und iss ein Stück Lardo.«

Nicci hörte, wie Kamil und Nabbi Richard lauthals begrüßten, als er die Straße heraufkam, anschließend das Getrappel ihrer Schritte, als sie die Vordertreppe hinunterstürmten. Sie warf einen Blick zum vorderen Fenster hinaus und sah im schwindenden Licht der Abenddämmerung, wie sie ihm entgegenliefen, als er die Straße heraufkam. Auch sie war froh, ihn so zeitig nach Hause kommen zu sehen.

In den Wochen, seit er sich darauf eingelassen hatte, die Statue für Bruder Narev zu bildhauern, hatte Nicci herzlich wenig von Richard zu sehen bekommen. Sie konnte sich nicht vorstellen, wie Richard es ertrug, eine Statue zu meißeln, die für ihn einer einzigen Qual gleichkam – nicht so sehr wegen ihrer Größe, sondern wegen ihrer Beschaffenheit.

Doch wenn überhaupt, so wirkte Richard geradezu beseelt. Oft arbeitete er, nachdem er den ganzen Tag damit beschäftigt gewesen war, die Moralpredigten für die Fassade des Palastes in Stein zu hauen, anschließend noch bis spät in die Nacht an der großen Statue für den Vorplatz. Obwohl er beim Nachhausekommen müde sein musste, lief er manchmal unruhig auf und ab; es gab Nächte, in denen er nur ein, zwei Stunden schlief, aufstand und loszog, um noch mehrere Stunden vor Beginn seines eigentlichen Arbeitstages auf der Baustelle an seiner Statue zu arbeiten; mehrmals schon hatte er die ganze Nacht durchgearbeitet.

Richard schien wie von einer inneren Kraft getrieben. Nicci wusste nicht, wie er es schaffte. Manchmal kam er nach Hause, um etwas zu essen und sich für eine Stunde aufs Ohr zu legen, um gleich darauf wieder zurückzueilen. Sie drängte ihn, zu bleiben und sich auszuschlafen, woraufhin er gewöhnlich erwiderte, er müsse seine Buße ableisten, da man ihn sonst wieder ins Gefängnis stecken würde. Auch Nicci machte diese Möglichkeit Angst, weswegen sie nicht darauf bestand, dass er zum Schlafen blieb. Immer noch besser, er verlor seinen Schlaf als gleich sein Leben.

Muskulös und kräftig war er schon immer gewesen, seit er jedoch in die Alte Welt gekommen war, waren seine Muskeln noch schlanker und ausgeprägter geworden. Die schwere Arbeit, erst beim Transport von Eisen und jetzt beim Schleppen von Steinen und beim Hammerschwingen, hatte seine Kräfte zusätzlich gestärkt. Wenn er nach draußen zu den Waschschüsseln ging und sein Hemd auszog, um sich den Gesteinsstaub abzuspülen, bekam sie bei seinem Anblick weiche Knie.

Nicci hörte Schritte den Flur entlangkommen, sowie die aufgeregt fragenden Stimmen von Kamil und Nabbi. Was Richard sagte, konnte sie nicht verstehen, hatte aber keine Mühe, das Timbre seiner Stimme zu erkennen, als er die Fragen der beiden ruhig beantwortete.

So müde er war, so oft er fort auf seiner Arbeitsstelle weilte, immer nahm er sich noch Zeit, mit Kamil und Nabbi und den anderen Hausbewohnern zu sprechen. Bestimmt war er jetzt auf dem Weg hinters Haus, um den beiden Tipps für ihre Schnitzerei zu geben.

Tagsüber werkelten sie am und um das Haus, machten sauber und kümmerten sich um alles. Sie gruben die Gartenerde um und mischten, wenn es so weit war, Kompost darunter. Die Frauen wussten es zu schätzen, dass ihnen jemand die schwere Arbeit mit dem Spaten abnahm. Die beiden putzten, strichen an und reparierten, in der Hoffnung, Richards Anerkennung zu finden, der ihnen daraufhin vielleicht etwas Neues zeigte. Stets boten Kamil und Nabbi Nicci ihre Hilfe an bei allem, was sie vielleicht benötigte – schließlich war sie Richards Ehefrau.

Nicci stand gerade am Tisch und schnitt Möhren und Zwiebeln in einen Kochtopf, als Richard zur Tür hereinkam. Er ließ sich ihr gegenüber auf einen Stuhl fallen. Nach seinem Arbeitstag – und nachdem er bereits Stunden vorher aufgestanden war, um an seiner Statue zu arbeiten – sah er erschöpft aus.

»Ich bin heimgekommen, um etwas zu essen. Ich muss wieder zurück und an der Statue weiterarbeiten.«

»Das ist für den Eintopf morgen. Ich habe dir Hirsebrei gekocht.«

»Ist sonst noch etwas drin?«

Sie schüttelte den Kopf. »Heute hatte ich gerade mal genug Geld für Hirse.«

Er nickte klaglos.

So erschöpft er auch aussah, in seinen Augen war eine bemerkenswerte Eigenschaft zu erkennen, eine innere Glut, die ihren Puls schneller schlagen ließ. Was immer es war, das sie vom ersten Augenblick an erkannt zu haben glaubte, es schien sich seit jener Nacht, als sie ihm fast das Messer ins Herz gestoßen hätte, noch verstärkt zu haben.

»Den Eintopf gibt es morgen«, erklärte sie noch einmal. Seine grauen Augen waren starr auf seine inneren Bilder und Visionen gerichtet. »Es stammt alles aus dem Garten.«

Nachdem sie eine Holzschale vor ihn auf den Tisch gestellt hatte, nahm sie den Kochtopf vom Feuer und löffelte Hirsebrei in seine Schale, bis sie voll war. Ein kleiner Rest blieb übrig, aber den brauchte er dringender als sie. Den ganzen Vormittag hatte sie damit zugebracht, sich für die Hirse anzustellen, und anschließend hatte sie den Nachmittag gebraucht, um all die Maden herauszupicken. Manche Frauen kochten ihn einfach, bis man es nicht mehr erkennen konnte. So etwas wollte Nicci Richard nicht vorsetzen.

Sie stand ganz nah am Tisch und schnitt Möhren klein, als sie es schließlich nicht länger aushielt. »Richard, ich möchte dich zur Baustelle begleiten und mir die Statue anschauen, die du für den Orden machst.«

Er schwieg einen Augenblick, kaute und schluckte. Als er schließlich sprach, tat er dies mit ebenjener Ruhe, die genau dem unerklärlichen Ausdruck seiner Augen entsprach.

»Ich möchte auch, dass du die Statue siehst, Nicci – ich will, dass alle sie sehen. Aber erst, wenn ich fertig bin.«

»Warum?«

Er rührte mit seinem Löffel in der Schale. »Bitte, Nicci, gesteh mir das eine zu. Lass sie mich vollenden, dann wirst du sie sehen.«

Ihr Herz schlug gegen ihre Rippen. Offenbar war ihm dies sehr wichtig.

»Du meißelst gar nicht das, was man dir aufgetragen hat, hab ich Recht?«

»Nein, das tue ich nicht. Ich bildhauere das, was ich machen muss und was die Menschen sehen müssen.«

Nicci schluckte. Ihr war klar: Das war es, worauf sie die ganze Zeit gewartet hatte. Erst war er bereit gewesen, alles hinzuschmeißen, dann war er zu neuem Leben erwacht, und nun war er bereit, dafür zu sterben.

Nicci nickte nur; sie konnte ihm nicht länger in seine grauen Augen schauen. »Ich werde warten, bis sie fertig ist.«

Jetzt wusste sie, warum er in letzter Zeit so gehetzt wirkte. Irgendwie hatte diese Eigenart damit zu tun, die sich auch damals in den Augen ihres Vaters angedeutet hatte und die nun in Richards Augen lichterloh brannte. Schon die Vorstellung war berauschend.

Dies war in mehr als einer Hinsicht eine Frage auf Leben und Tod.

»Bist du dir sicher, Richard?«

»Bin ich.«

Sie nickte abermals. »Also gut. Ich werde dir deinen Wunsch erfüllen.«

Am nächsten Tag war Nicci früh auf den Beinen, um Brot zu kaufen. Sie wollte, dass Richard Brot zu dem Eintopf bekam, den sie gerade kochte. Kamil bot ihr an, ihr den Gang abzunehmen, aber sie wollte aus dem Haus herauskommen. Sie bat ihn, ein Auge auf Richards Eintopf zu halten, der auf frisch aufgelegten Kohlen vor sich hin köchelte.

Es war ein bedeckter und kühler Tag – ein erster Vorbote des rasch nahenden Winters. Auf den Straßen wimmelte es von Menschen, die auf Arbeitssuche waren, von Karren, die alles, von Düngemitteln bis hin zu Ballen derben dunklen Tuches, transportierten, und von Wagen, die meist Baumaterialien für den Palast beförderten. Als sie sich ihren Weg durch die Stadt bahnte, musste sie darauf achten, wohin sie die Füße setzte, um dem Straßenkot auszuweichen und sich durch den Menschenstrom zu zwängen, der sich ebenso langsam fortbewegte wie der Schlamm der offenen Kanalisation.

Scharen von Bedürftigen verstopften die Straßen; viele von ihnen waren zweifellos auf Arbeitssuche nach Altur'Rang gekommen, auch wenn der Saal des Arbeiterkollektivs nur spärlich besucht war. Die Schlangen vor den Bäckereien waren lang, doch immerhin sorgte der Orden dafür, dass die Menschen Brot bekamen, auch wenn es graues, hartes Brot war. Man musste allerdings früh hingehen, bevor es ausverkauft war. Da die Zahl der Menschen ständig wuchs, ging es den Geschäften jede Woche früher aus.

Eins Tages, so gingen die Gerüchte, würde der Orden im Stande sein, mehr als eine Brotsorte bereitzustellen. Sie hoffte, wenigstens heute auch etwas Butter ergattern zu können. Manchmal wurde Butter angeboten. Brot und Butter waren billig, sie wusste also, dass sie es sich würde leisten können, ein kleines Stück für Richard einzukaufen – vorausgesetzt, es gab überhaupt welche. Das kam jedoch so gut wie nie vor.

Einhundertundachtzig Jahre hatte Nicci damit zugebracht, anderen Menschen zu helfen, und doch schien es den Menschen nicht besser zu gehen als zuvor. Wer allerdings in der Neuen Welt lebte, der war durchaus wohlhabend. Eines Tages, wenn der Orden die Welt beherrschte und man diejenigen, die über die entsprechenden Mittel verfügten, dazu zwingen konnte, ihren Mitmenschen den ihnen zustehenden Anteil abzugeben, dann würde sich endlich alles fügen, und die gesamte Menschheit würde zu guter Letzt in jener Würde leben können, die ihr gebührte. Dafür würde der Orden schon sorgen.

Das Brotgeschäft befand sich an der Kreuzung zweier Straßen, daher reichte die Warteschlange bis um die Ecke. Hinter dieser Ecke stand Nicci, eine Schulter an die Wand gelehnt, und beobachtete die vorüberziehenden Menschenströme, als ein Gesicht in der Menge ihre Aufmerksamkeit erregte.

Ihre Augen weiteten sich, und sie richtete sich auf, traute kaum ihren Augen. Was tat *sie* in Altur'Rang?

Eigentlich verspürte Nicci gar nicht den Wunsch, es herauszufinden – nicht jetzt, da alles darauf hindeutete, dass sie kurz davor stand, ihre Antworten zu bekommen. Was Richard betraf, schienen sich die Dinge in ihrer entscheidenden Phase zu befinden. Sie war sicher, dass sich bald alles klären würde.

Nicci warf den dunklen Schal über ihren blonden Haarschopf und verknotete ihn fest unterm Kinn. Sich hinter den breiten Rücken einer Frau schiebend, drückte sie sich an die Mauer und spähte zwischen den Schlange stehenden Menschen hindurch.

Nicci beobachtete Schwester Alessandra, die, ihre Nase emporgereckt, ihren berechnenden Blick über die Gesichter der Menschen in der Straße gleiten ließ. Sie sah aus wie ein Berglöwe auf Beutefang.

Nicci wusste, auf wen Alessandra es abgesehen hatte.

Unter normalen Umständen wäre Nicci überaus erfreut gewesen, dass sich ihr Weg mit dem dieser Frau kreuzte, nicht jedoch jetzt.

Nicci ließ sich gegen die groben Schindeln sinken und duckte sich hinter die vor ihr Stehenden, bis Schwester Alessandra in dem endlosen Meer aus Menschen untergetaucht war, die sich durch die Straßen schoben.

28. Kapitel

Als Kahlan zum letzten Mal aus ihrer Heimatstadt Aydindril herausritt, zog sie ihren Wolfspelzüberwurf als Schutz gegen den bitterkalten Wind bis über ihre Schultern. Sie musste daran denken, dass sie das letzte Mal, als der Winter mit einem Wetterumschwung hereinzubrechen drohte, auch Richard zum letzten Mal gesehen hatte. Ihre Gedanken schienen – seit die Welt unablässig in Aufruhr und die kriegerische Auseinandersetzung in ihre heiße Phase eingetreten war – zwangsläufig stets um drängende Probleme zu kreisen. Die unerwartete Erinnerung an Richard war eine willkommene, wenn auch bittersüße Unterbrechung ihrer Sorge um den Krieg.

Bevor sie die Hügelkuppe überquerte, sah sie sich ein allerletztes Mal um und betrachtete die Pracht des Palastes der Konfessoren auf seinem fernen Hügel. Jedes Mal, wenn sie die hoch aufragenden weißen Marmorsäulen und die Reihen hoher Fenster sah, verspürte sie ein schmerzlich sehnsuchtsvolles Gefühl von Heimat. Andere Menschen wurden beim Anblick des Palastes von Ehrfurcht oder Angst ergriffen, Kahlan dagegen wurde es stets warm ums Herz. Sie war dort aufgewachsen, und er war für sie ein Ort zahlloser glücklicher Erinnerungen.

»Es ist nicht für immer, Kahlan.«

Kahlan schaute zu Verna hinüber. »Nein, das ist es nicht.«

Wie gerne hätte sie es geglaubt.

»Außerdem«, fuhr Verna ihr zulächelnd fort, »werden wir verhindern, dass der Imperialen Ordnung die Bevölkerung in die Hände fällt, denn die ist es, worauf sie es in Wahrheit abgesehen haben. Alles Übrige ist nicht mehr als ein bisschen Holz und ein paar Steine. Was zählen Steine und Holz, wenn die Menschen in Sicherheit sind?«

Trotz ihrer verzweifelten Tränen wurde Kahlan von einem Lächeln übermannt. »Ihr habt ganz Recht, Verna. In Wirklichkeit zählt allein das. Danke, dass Ihr mich daran erinnert habt.«

»Seid unbesorgt, Mutter Konfessor«, meinte Cara, »Berdine und die übrigen Mord-Sith werden gemeinsam mit den Truppen über die Bevölkerung wachen und sie sicher nach D'Hara führen.«

Kahlans Lächeln wurde breiter. »Ich wünschte, ich könnte Jagangs Gesicht sehen, wenn er im nächsten Frühjahr endlich hier eintrifft und nur von Gespenstern begrüßt wird.«

Die kriegerische Jahreszeit neigte sich dem Ende zu. Wenn der Sommer mit Richard in ihrem Zuhause in den Bergen ein wunderbarer Traum gewesen war, dann war dieser Sommer mit seinen niemals endenden kriegerischen Auseinandersetzungen ein einziger Albtraum gewesen.

Die Kämpfe waren voller Verzweiflung und mit aller Heftigkeit geführt worden und hatten einen hohen Blutzoll gefordert. Es hatte Zeiten gegeben, da Kahlan geglaubt hatte, dass weder sie noch die Armee im Stande wären weiterzumachen und sie am Ende seien. Es hatte Augenblicke gegeben, in denen sie den Tod fast willkommen geheißen hätte, nur um den Albtraum zu beenden und nicht mehr mit ansehen zu müssen, wie die Menschen qualvoll litten, nicht mehr mitansehen zu müssen, wie all diese kostbaren Menschenleben zugrunde gingen.

Trotz der scheinbar unbezwingbaren Millionen der Imperialen Ordnung war es den d'Haranischen Streitkräften gelungen, den Vormarsch des Feindes aufzuhalten und so zu verhindern, dass er Aydindril noch in diesem Jahr einnahm. Um den Preis von tausenden im Kampf verlorener Menschenleben hatten sie hunderttausenden von Menschen in Aydindril und anderen Städten, die an der Vormarschroute der Imperialen Ordnung lagen, jene Zeit erkauft, die sie zur Flucht benötigten.

Als das Herbstwetter allmählich unfreundlich wurde, hatte das gewaltige Heer der Imperialen Ordnung ein weites Tal am Zusammenfluss des Kern und eines seiner großen Nebenflüsse erreicht, wo die örtlichen Gegebenheiten ihnen genügend Platz für die Unterbringung ihrer gesamten Streitmacht boten. Jetzt, da der Winter unmittelbar bevorstand, war Jagang nicht so unklug, sich unvorbereitet ertappen zu lassen. Sie hatten sich, solange noch Gelegenheit dazu war, eingegraben. Die d'Haranischen Streitkräfte hatten nach Norden hin ihre Verteidigungslinien eingerichtet und den Weg nach Aydindril mit Bollwerken befestigt.

Wie von Warren vorhergesehen, war Aydindril in dieser Kriegssaison noch ein zu großer Happen für Jagangs Armee. Wieder einmal hatte Jagang einen Beweis seiner klugen Geduld geliefert: Er hatte sich entschieden, die Lebensfähigkeit seiner Armee zu erhalten, um erfolgreich weitermarschieren zu können, sobald die Witterungsbedingungen dies zuließen. Kurzfristig gab das Kahlan und ihren Streitkräften Raum zum Atmen, langfristig aber war ihr Schicksal damit besiegelt.

Kahlan empfand wohltuende Erleichterung darüber, dass sich Warrens Ankündigung, Aydindril werde im folgenden Jahr fallen, wenigstens nicht um den Preis des Abschlachtens der Bürger der Stadt erfüllen würde. Sie wusste nicht, welche Mühsal die Menschen auf ihrer Flucht nach D'Hara würden erleiden müssen, aber alles war besser als die sichere Versklavung und das massenhafte Sterben, die sie erwarteten, wenn sie in Aydindril blieben.

Einige Menschen, das wusste sie, würden sich weigern, die Stadt zu verlassen. In manchen Städten entlang der Vormarschroute des Ordens der Imperialen Ordnung durch die Midlands setzten einige Menschen ihre ganze Hoffnung auf »Jagang den Gerechten«. Wieder andere glaubten, die Gütigen Seelen oder der Schöpfer würden, was immer auch geschah, über sie wachen. Kahlan war sich darüber im Klaren, dass sie nicht alle Menschen vor sich selbst retten konnte. Wer überleben wollte und gewillt war, sich der Vernunft zu beugen, hatte eine Chance. Wer nur das sah, was er sehen wollte, über den würde sich letztendlich das Leichentuch der Herrschaft des Ordens legen.

Kahlan langte nach hinten und berührte das Heft des Schwertes der Wahrheit, das hinter ihrer Schulter in die Höhe ragte. Manchmal war ihr seine Berührung ein Trost, denn der Palast der Konfessoren war längst nicht mehr ihr Zuhause. Zu Hause, das war dort, wo immer Richard und sie zusammen sein konnten.

Oft waren die Kämpfe so heftig, die Angst so sehr mit Händen greifbar, dass es Zeiten gab – manchmal Tage hintereinander –, in denen sie überhaupt nicht an ihn dachte; manchmal musste sie alle ihre körperlichen und geistigen Kräften aufbieten, nur um den Tag zu überstehen.

Einige Männer waren aus dem Gefühl der Aussichtslosigkeit dieses Krieges desertiert. Kahlan konnte es ihnen nicht verdenken. Nie, so schien es, taten sie etwas anderes, als ihr Leben gegen eine überwältigende Übermacht zu verteidigen, während sie sich quer durch die gesamten Midlands zurückzogen.

Galea war gefallen. Dass es aus keiner Stadt in Galea Nachricht gab, besagte alles.

Auch Kelton hatten sie verloren. Vielen Keltoniern aus Winstead, Penverro und anderen Städten war vorher jedoch die Flucht gelungen. Der größte Teil der keltonischen Armee befand sich noch bei ihnen, obwohl manche sich auch aus Verzweiflung überstürzt in ihre Heimat abgesetzt hatten.

Um den Mut nicht zu verlieren, versuchte Kahlan nicht zu lange über all das nachzudenken, was schief gegangen war. Sie hatten eine große Zahl von Menschen gerettet – und sie aus dem Weg der Imperialen Ordnung geschafft, wenigstens vorerst. Mehr hatten sie nicht tun können.

Auf ihrem Rückzug in Richtung Norden hatten zehntausende ihrer vereinten Streitkräfte bei heftigen Kämpfen ihr Leben gelassen, der Orden aber hatte ein Vielfaches dieser Zahl verloren. Auf dem Höhepunkt der sommerlichen Hitze hatte der Orden allein durch

Fieber nahezu eine Viertelmillion Mann verloren. Es machte allerdings kaum einen Unterschied; während sie vorwärts marschierten, wuchs ihre Zahl unablässig weiter. Kahlan musste daran denken, was Richard ihr erklärt hatte: dass sie nicht siegen konnten, dass die Neue Welt unter die Herrschaft der Imperialen Ordnung fallen und ihr Widerstand lediglich noch größeres Blutvergießen zur Folge haben würde. Widerstrebend begann sie diese hoffnungslose Sicht der Dinge zu verstehen. Sie hatte Angst, immer mehr Menschen sinnlos in den Tod zu ziehen. Aber nach wie vor kam für sie Aufgeben nicht in Frage.

Kahlan sah über ihre Schulter, vorbei an der Kolonne der sie eskortierenden Soldaten, zwischen den Bäumen hindurch und hinauf zu den Bergen und der gewaltigen dunklen Masse der Burg der Zauberer, die sich auf jenem Berg erhob, der Aussicht über ganz Aydindril gewährte.

Dorthin würde Zedd sich begeben müssen; dass die Imperiale Ordnung Aydindril einnahm, konnten sie nicht verhindern, aber die Burg durften sie ihnen niemals überlassen.

Es dämmerte bereits, als Kahlan zehn Tage später mit ihrem Begleittrupp wieder in das d'Haranische Feldlager einritt. Vom ersten Augenblick an war klar, dass etwas nicht stimmte. Männer liefen mit gezückten Schwertern im Lager umher, andere eilten mit Langwaffen zu den Barrikaden. Soldaten rannten, Leder- und Kettenrüstungen anlegend, in ihre Stellungen. Es herrschte eine allgemeine Anspannung, doch das hatte Kahlan schon so oft gesehen, dass es ihr fast wie Routine vorkam.

»Ich frage mich, was das alles zu bedeuten hat«, meinte Verna stirnrunzelnd. »Es würde mir gar nicht gefallen, wenn Jagang mir mein Abendessen verdirbt.«

Kahlan, die ihre Lederrüstung nicht angelegt hatte, fühlte sich auf einmal nackt. Auf langen Ritten war sie unbequem, daher hatte sie sie, da sie durch befreundetes Gebiet ritten, an ihrem Sattel festgebunden. Beim Absteigen rückte Cara ganz nahe an sie heran. Sie übergaben Soldaten die Zügel, während eine Abteilung sie zum Schutz in ihre Mitte nahm.

Kahlan konnte sich nicht erinnern, welche Farbwimpel derzeit für die Kennzeichnung der Zelte der Befehlshaber verwendet wurden. Sie hatte die genaue Anzahl von Tagen, die sie unterwegs gewesen war, aus dem Blick verloren. Es war etwas mehr als ein Monat gewesen. Sie fasste einen der Offiziere unter den Männern, die sie umzingelt hatten, am Arm.

»Wo befinden sich die befehlshabenden Offiziere?«

Er deutete mit seinem Schwert. »Dort entlang, Mutter Konfessor.«

»Wisst Ihr, was hier los ist?«

»Nein, Mutter Konfessor. Es wurde Alarm gegeben. Ich hörte eine der Schwestern im Vorüberlaufen rufen, er sei echt.«

»Wisst Ihr, wo sich meine Schwestern oder Warren befinden?«, fragte Verna den Offizier.

»Schwestern habe ich überall herumlaufen sehen, Prälatin, aber Zauberer Warren habe ich nicht gesehen.«

Die Dunkelheit setzte bereits ein, sodass sie sich auf ihrem Weg durchs Lager nur an den Feuern orientieren konnten. Die meisten Lagerfeuer waren jedoch bei dem Alarm gelöscht worden, und das Lager war im Begriff, sich in ein düsteres Labyrinth zu verwandeln.

Pferde mit d'Haranischen Reitern huschten vorbei, eine Patrouille auf dem Weg aus dem Lager. Infanteristen verließen eilig das Feldlager, um auf Erkundungsgang zu gehen. Niemand schien zu wissen, worin die Gefahr bestand, doch das war nichts Ungewöhnliches. Abgesehen davon, dass sie häufig und sehr unterschiedlich waren, stifteten Angriffe stets Angst und Verwirrung.

Es dauerte mehr als eine Stunde, bis Kahlan, Verna, Cara und ihr schwer bewaffneter Schutzring aus Gardisten das ausgedehnte Lager, das fast die Größe einer Stadt hatte, bis zu den Zelten der Offiziere durchquert hatten. Keiner der Offiziere war anwesend.

»So macht das alles keinen Sinn«, murmelte Kahlan. Sie fand ihr Zelt, mit *Seele* auf dem Tisch darin, und warf ihre Satteltaschen mitsamt ihrer Rüstung hinein. »Lasst uns hier warten, damit sie uns finden können.«

»Einverstanden«, meinte Verna.

Mit einer Handbewegung erfasste Kahlan eine Anzahl von Männern aus der Gruppe von Soldaten, die einen Schutzring um sie gebildet hatten. »Schwärmt aus und sucht die Offiziere. Erklärt ihnen, die Mutter Konfessor und die Prälatin befänden sich bei den Kommandozelten. Wir werden hier auf die Berichte warten.«

»Sagt das auch allen Schwestern, denen Ihr begegnet«, fügte Verna hinzu. »Und solltet Ihr Warren oder Zedd über den Weg laufen, dann teilt ihnen ebenfalls mit, dass wir zurück sind.«

Die Männer entfernten sich in die Nacht, um ihren Auftrag auszuführen.

»Das gefällt mir nicht«, murmelte Cara.

»Mir auch nicht«, sagte Kahlan, als sie in ihr Zelt trat.

Cara hielt mit einem kleinen Trupp Gardisten Wache, während Kahlan ihren Pelzüberwurf von den Schultern gleiten ließ und ihre Lederrüstung überstreifte. Diese hatte sie schon so oft vor Verwundungen bewahrt, dass sie keine Sekunde zögerte, sie anzulegen. Das Leder war äußerst zäh, und obschon nicht vollkommen undurchdringlich für Klingen, Speere oder Pfeile, bot es ein ausreichendes Maß an Schutz und dabei gleichzeitig genügend Bewegungsfreiheit für den Kampf. Ein Klingenhieb musste genau im richtigen Winkel treffen, um nicht wirkungslos vom Leder abzugleiten. Viele der Soldaten trugen Kettenpanzer, die zwar einen besseren Schutz boten, für Kahlan aber zu schwer und unpraktisch waren. Im Kampf Mann gegen Mann bedeuteten Schnelligkeit und Beweglichkeit Überleben.

Kahlan war klug genug, ihr Leben nicht unnötig aufs Spiel zu setzen. In ihrer Eigenschaft als Anführerin war sie für ihre Sache wertvoller denn als Angehörige der kämpfenden Truppe. Obwohl sie selten unmittelbar am Kampf teilnahm, hatten sie die Gefechte dennoch oft genug eingeholt.

Endlich erschien ein Sergeant, um ihr Bericht zu geben.

»Meuchelmörder«, war alles, was er hervorbrachte.

Dieses eine, einen frösteln machende Wort genügte. Es entsprach dem, was sie selbst bereits vermutet hatte, und erklärte die chaotischen Zustände im Lager.

»Wie hoch sind die Verluste?«

»Mit Sicherheit weiß ich nur, dass einer über Captain Zimmer hergefallen ist. Er saß gerade mit seinen Männern am Lagerfeuer und aß zu Abend. Es gelang dem Captain, dem tödlichen Hieb auszuweichen, aber er hat eine äußerst unangenehme Beinverletzung davongetragen und eine Menge Blut verloren. Die Ärzte sind gerade dabei, ihn zu versorgen.«

»Und der Meuchelmörder?«, wollte Verna wissen.

Die Frage schien den Sergeant zu überraschen. »Captain Zimmer hat ihn getötet.« Der Abscheu über das Übrige, was er noch hinzuzufügen hatte, ließ ihn das Gesicht verziehen. »Der Meuchelmörder war mit einer d'Haranischen Uniform bekleidet. Er spazierte unbemerkt durch das Lager, bis er ein lohnendes Ziel fand – Captain Zimmer – und ihn attackierte.«

Verna entfuhr ein besorgtes Seufzen. »Vielleicht könnte eine Schwester dem Captain helfen.«

Kahlan entließ ihn mit einem Nicken. Der Sergeant salutierte mit einem Faustschlag auf sein Herz, bevor er sich schnell wieder entfernte, um auf seinen Posten zu gehen.

In diesem Augenblick sah Kahlan, wie Zedd sich näherte. Die Vorderseite seines Gewandes war feucht und dunkel – zweifellos von Blut. Sein Gesicht war tränenüberströmt. Kahlan spürte, wie sie eine Gänsehaut an Armen und Beinen überlief.

Verna erschrak, als Zedd sie plötzlich gewahrte und einen Augenblick innehielt, bevor er hastigen Schritts auf sie zukam. Verna umklammerte Kahlans Arm.

Zedd ergriff Vernas Hand. »Beeilt euch«, war alles, was er sagte. Mehr brauchte er nicht zu sagen – alle hatten verstanden.

Verna stieß einen angstvollen Schrei aus, als der alte Zauberer sie hinter sich herzog. Kahlan und Cara hasteten hinterher, während Zedd sie in wilder Hast auf einem verschlungenem Pfad durch das Chaos aus brüllenden Soldaten, galoppierenden Pferden, sich formierenden, in alle Himmelsrichtungen davonstürmenden Trupps und Namenslisten verlesenden Unteroffizieren führte.

Das Aufrufen der Namen war erforderlich geworden, weil die Meuchelmörder in d'Haranischen Uniformen steckten, um sich ganz nah an ihre Opfer heranschleichen zu können. Es war nötig, über jeden einzelnen Mann Rechenschaft abzulegen, um diejenigen aussondern zu können, die nicht dazugehörten – eine mühselige und schwierige Arbeit, aber unbedingt erforderlich.

Sie stürzten sich mitten in den Aufruhr, der rings um die Zelte herrschte, in denen die Verwundeten behandelt wurden. Soldaten brüllten Kommandos, andere schleppten vor Schmerz schreiende Kameraden herbei oder Soldaten, deren Glieder schlaff über den Boden schleiften. Jedes der Zelte fasste bis zu zehn oder zwölf Personen.

Zedds innere Erregung machte ihm das Sprechen schwer, als er berichtete: »Ein Mann hat auf Holly eingestochen. Warren stand in der Nähe und hat versucht, das Mädchen zu beschützen. Ich schwöre dir bei der Seele meiner verstorbenen Frau, Verna ... ich habe alles in meiner Macht Stehende getan. Die Gütigen Seelen mögen mir verzeihen, aber ich musste es dir persönlich sagen ... ihm zu helfen geht über meine Kräfte. Er hat nach dir und Kahlan gefragt.«

Kahlan stand da wie erstarrt; das Herz schlug ihr bis zum Hals. Mit einer Hand auf ihrem Rücken drängte Zedd sie zum raschen Weitergehen. Sie folgte Verna, bückte sich und trat ins Zelt.

Ein halbes Dutzend Toter lag, verborgen unter Decken, am anderen Ende des Zeltes. Einem Soldaten fehlte ein Stiefel. Kahlan starrte ihn an, unfähig, ihren Verstand zu aktivieren, unfähig zu begreifen, wie dieser Soldat seinen Stiefel verloren haben konnte. Es erschien ihr so dumm – zu sterben und gleichzeitig seinen Stiefel zu verlieren. Tragödie und Komödie, dicht nebeneinander unter ein und demselben Leichentuch.

Warren lag auf einer Pritsche auf dem Boden. Schwester Philippa kniete auf seiner anderen Seite, ihren hoch gewachsenen Körper über den jugendlichen Zauberer gebeugt, und hielt seine Hand. Schwester Phoebe kniete auf dieser Seite, seine andere Hand festhaltend. Beide Frauen sahen sich mit tränenverschmierten Gesichtern um und erblickten Verna hinter sich.

»Warren«, sagte Schwester Philippa, »es ist Verna. Sie ist hier. Und Kahlan auch.«

Die beiden Schwestern gingen rasch aus dem Weg, damit Verna und Kahlan ihre Plätze einnehmen konnten. Sich die Hand vor den Mund haltend, um ihr Weinen zu unterdrücken, verließen sie fluchtartig das Zelt.

Warren war so weiß wie das saubere Verbandsmaterial, das gleich neben ihm gestapelt lag. Er starrte aus weit aufgerissenen Augen nach oben ... so als könnte er nichts mehr erkennen. Sein lockiges blondes Haar war verklebt von Schweiß, sein Gewand blutdurchtränkt.

»Warren«, stöhnte Verna. »Oh, Warren.«

»Verna? Kahlan?«, stieß er in atemlosem Flüsterton hervor.

»Ja, mein Liebster.« Verna überhäufte seine Hand mit einem Dutzend Küssen.

Kahlan drückte seine andere erschlaffte Hand. »Ich bin auch hier, Warren.«

»Ich musste durchhalten ... bis ihr beide zurück wart. Um es euch beiden zu erzählen.«

»Erzählen, was denn, Warren?«, fragte Verna unter Tränen.

»Kahlan ...«, hauchte er.

Sie beugte sich vor. »Hier bin ich, Warren. Versuch nicht zu sprechen, bleib einfach ...«

»Hör mir zu.«

Kahlan drückte seine Hand an ihre Wange. »Ich höre dir zu, Warren.«

»Richard hatte Recht. Mit seiner Vision. Ich musste es dir sagen.«

Kahlan wusste nicht, was sie antworten sollte.

Ein Lächeln ging über sein aschfahles Gesicht. »Verna ...«

»Was ist, mein Liebster?«

»Ich liebe dich. Schon immer.«

Vernas Tränen schnürten ihr die Kehle zu, sie bekam kaum ein Wort heraus. »Stirb nicht, Warren. Bitte stirb nicht. Bitte.«

»Gib mir einen Kuss«, sagte Warren leise, »solange ich noch lebe. Und trauere nicht um das, was endet, sondern freue dich über das gute Leben, das wir zusammen hatten. Küss mich, meine Liebste.«

Verna beugte sich über ihn, legte ihre Lippen auf seine und gab ihm einen zarten, liebevollen Kuss, während ihre Tränen auf sein Gesicht fielen.

Unfähig, den Anblick länger zu ertragen, verließ Kahlan wankend das Zelt, wo Zedds schützende Arme sie in Empfang nahmen. Sie verbarg ihre Tränen an seiner Schulter.

»Was tun wir nur?«, weinte sie. »Wozu ist das alles gut? Was nützt uns irgendwas davon? Wir sind im Begriff, alles zu verlieren.«

Auf ihre Tränen und die Sinnlosigkeit all dessen wusste auch Zedd keine Antwort.

Die Minuten schleppten sich dahin. Kahlan zwang sich, stark zu sein, ihrer Rolle als Mutter Konfessor gerecht zu werden. Sie durfte den Männern nicht zeigen, wie sie sich gehen ließ.

Ganz in der Nähe standen stumm einige Soldaten; sie vermieden jeden Blick in Richtung auf das Zelt, in dem Warren im Sterben lag.

Als General Meiffert unvermutet aus der Dunkelheit auftauchte, war die Erleichterung in Caras Gesicht nicht zu übersehen. Hastigen Schritts ging er zu Cara hin, vermied es aber, sie zu berühren.

»Ich bin froh, dass Ihr sicher zurückgekehrt seid«, sagte er an Kahlan gerichtet. »Wie geht es Warren?«

Kahlan brachte kein Wort hervor.

Zedd schüttelte den Kopf. »Ich dachte nicht, dass er so lange überleben würde. Ich glaube, er hat nur durchgehalten, um seine Frau noch einmal sehen zu können.«

Der General nickte betrübt. »Wir haben den Mann gefasst, der das getan hat.«

Kahlan war sofort hellwach. »Bringt Ihn zu mir«, knurrte sie.

Der General entfernte sich augenblicklich schnellen Schritts, um den Meuchelmörder beizubringen; auf ein entsprechendes Zeichen von Kahlan begleitete ihn Cara.

»Was hat er zu dir gesagt?«, erkundigte sich Zedd leise, damit die anderen es nicht mitbekamen. »Er wollte dir doch noch etwas sagen.«

Kahlan holte tief Luft. »Er sagte: ›Richard hatte Recht.‹«

Zedd wandte voller Verzweiflung und Elend den Blick ab. Warren war sein Freund. Kahlan hatte gar nicht gewusst, dass Zedd zu jemandem Zuneigung fassen konnte, so wie er dies bei Warren getan hatte. Sie teilten Dinge, die sie, dessen war sie sich bewusst, niemals würde verstehen können. Trotz seiner jugendlichen Erscheinung war Warren über einhundertfünfzig Jahre alt und damit fast so alt wie Verna. Für Zedd, der stets als der weise, alte Zauberer bewundert wurde, musste es ein besonderer Trost gewesen sein, zauberische Dinge mit jemandem teilen zu können, der sich auf diese Dinge verstand, statt immer nur darauf angewiesen zu sein, Erklärungen und Belehrungen von sich zu geben.

»Genau dasselbe hat er auch zu mir gesagt«, erwiderte Zedd leise, unter Tränen.

»Wieso hat Warren seine Gabe nicht benutzt?«, fragte Kahlan.

Zedd wischte sich über die Wange. »Er kam gerade des Wegs, als der Mann Holly packte und auf sie einstach. Vielleicht konnte der Meuchelmörder sein Opfer nicht finden, oder vielleicht hatte er sich verlaufen und war verwirrt, vielleicht geriet er auch einfach nur in Panik und beschloss, irgendjemanden zu erstechen, und Holly war in diesem Augenblick gerade zur Hand.«

Kahlan wischte sich die Tränen aus dem Gesicht. »Vielleicht hatte er den Auftrag, nach einem Zauberer in einem solchen Gewand Ausschau zu halten, und als er Warren erblickte, stach er auf Holly ein, um Verwirrung zu stiften und an Warren heranzukommen.«

»Das wäre denkbar. Warren weiß es wirklich nicht; es geschah alles viel zu schnell. Er stand unmittelbar daneben und hat einfach reagiert. Ich habe ihn gefragt, aber er wusste selbst nicht, warum er seine Kraft nicht benutzt hat. Vielleicht hatte er in diesem entsetzlichen Augenblick, als er das Messer aufblitzen sah, Angst, dabei auch Holly zu töten, schließlich hatte der Mann sie gepackt und war im Begriff, sie zu erstechen. Um sie zu retten, griff er instinktiv nach dem Messer; das war ein tödlicher Fehler.«

»Vielleicht hat Warren ganz einfach zu lange gezögert, bevor er seine Kraft benutzte.«

Zedd zuckte gequält mit den Achseln. »Schon so mancher Zauberer musste sterben, weil er Sekundenbruchteile gezögert hat.«

»Wenn ich damals nicht gezögert hätte«, sagte Kahlan, den leeren Blick auf eine bittere Erinnerung gerichtet, »hätte Nicci mich niemals überwältigen können und hätte jetzt auch Richard nicht in ihrer Gewalt.«

»Du solltest nicht versuchen, die Vergangenheit ungeschehen zu machen – das ist nicht möglich.«

»Und was ist mit der Zukunft?«

Zedds Augen suchten ihre. »Was meinst du?«

»Erinnerst du dich noch, wie wir Ende vergangenen Winters aus dem Feldlager abzogen – und die Truppen der Imperialen Ordnung vorzurücken begannen?« Auf Zedds Nicken fuhr sie fort. »Warren deutete auf diesen Ort auf der Karte und meinte, hier müssten wir stehen, um den Orden aufzuhalten.«

»Willst du damit andeuten, er hat gewusst, dass er hier sterben würde?«

»Sag du es mir.«

»Ich bin Zauberer, kein Prophet.«

»Aber Warren ist einer.« Als er darauf nichts erwiderte, erkundigte sich Kahlan leise: »Wie geht es Holly?«

»Ich weiß nicht. Als ich eintraf, um mit Warren zu sprechen, war es eben erst passiert. Soldaten waren dabei, den Mann zu überwältigen. Warren befahl ihnen laut brüllend, ihn nicht zu töten. Vermutlich dachte er, der Meuchelmörder sei im Besitz wertvoller Informationen. Dann sah ich Holly, die aus ihren Wunden blutete und einen Schock erlitten hatte. Schwestern eilten herbei und brachten Holly in ein anderes Zelt.«

Zedd ließ seinen verzweifelten Blick zu Boden sinken. »Ich habe alles getan, was ich konnte. Es hat nicht gereicht.«

Kahlan legte ihm schützend den Arm um die Schultern. »Es lag von Anfang an nicht in deiner Hand, Zedd.«

Es war verstörend, die Quelle ihrer Kraft in einem Zustand so quälenden Unvermögens zu erleben. Von ihm zu erwarten, unter diesen Umständen emotionslos und stark zu sein, wäre sicherlich unsinnig gewesen, verstörend war es trotzdem. In diesem Augenblick wurde Kahlan von dem Gefühl für all die Verluste überwältigt, die Zedd in seinem Leben erlitten hatte; das alles war in seinen tränenfeuchten haselbraunen Augen abzulesen.

Männer bahnten einen Weg für die Rückkehr von General Meiffert und Cara. Hinter ihnen hielten zwei kräftige Soldaten einen drahtigen jungen Mann – eigentlich kaum mehr als einen jungen Burschen – gepackt. Er war kräftig, aber mit den Männern, die ihn festhielten, konnte er es nicht aufnehmen. Sein Haar hing ihm über seinem düsteren, von Verachtung erfüllten Blick wirr in die Stirn. Er hatte ein stolzes Grinsen im Gesicht.

»Tja«, meinte der junge Bursche, bemüht, sich den Anschein von Härte zu geben, »schätze, da habe ich im Dienst für den Orden tatsächlich einen wichtigen Mann getötet. Das macht mich zu einem Helden des Ordens.«

»Zwingt ihn, vor der Mutter Konfessor niederzuknien«, befahl General Meiffert ruhig.

Die beiden Soldaten traten dem jungen Mann in die Kniekehlen, um ihn zu Boden zu zwingen. Hämisch kichernd kniete er vor ihr.

»Du bist also diese große, wichtigtuerische Hure, von der ich so viel gehört habe. Wirklich schade, dass du nicht in der Nähe warst – ich hätte dich nur zu gerne mit dem Messer durchbohrt. Schätze, ich hab einigen Leuten gezeigt, dass ich mit dem Messer ziemlich gut umgehen kann.«

»Und so hast du, da ich nicht zugegen war«, sagte Kahlan, »stattdessen ein kleines Kind erstochen.«

»Nur zur Übung. Ich hätte noch viel mehr abgestochen, hätten sich diese beiden blöden Ochsen nicht durch puren Zufall auf mich geworfen. Ich habe trotzdem meine Pflicht gegenüber dem Orden und dem Schöpfer getan.«

Es war das prahlerische Gehabe eines Menschen, der kurz davor stand, den höchsten Preis für seine Taten zu bezahlen. Er versuchte sich selbst einzureden, er habe irgendeine sinnvolle Pflicht erfüllt, denn er wollte als Held sterben, um gleich darauf vor seinen Schöpfer treten und sich seinen Lohn im Leben nach dem Tode abholen zu können.

Verna kam aus dem Zelt hervor. Ihre Bewegungen hatten nichts Hastiges, ihr Gesicht war aschfahl und gramverzerrt. Kahlan nahm ihren Arm, bereit zu helfen, sollte Verna Hilfe nötig haben.

Verna blieb stehen, als sie den knienden jungen Mann sah.

»Ist er das?«, fragte sie.

Verna ihre andere Hand sachte auf den Rücken legend, bot Kahlan ihr stumm ihre Unterstützung an.

»Das ist er«, bestätigte sie.

»Ganz recht.« Der Bursche sah höhnisch hoch zu Verna. »Ich war das, der den gegnerischen Zauberer erstochen hat. Ich bin ein Held. Der Orden wird den Menschen Trost und Gerechtigkeit bringen, und ich habe dabei geholfen. Leute euresgleichen haben immer nur versucht, uns zu unterdrücken.«

»Euch zu unterdrücken«, wiederholte Verna tonlos.

»Wer von Geburt an alles Glück und alle Vorteile auf seiner Seite hat, wird nie etwas davon abgeben wollen. Ich habe lange gewartet, aber nie hat mir jemand eine Chance im Leben geboten, bis es der Orden tat. Ich habe den Unterdrückern der Menschheit einen Schlag versetzt. Ich habe geholfen, denen Gerechtigkeit zu bringen, die niemals eine Chance erhalten. Ich habe einen gottlosen Menschen getötet. Ich bin ein Held!«

Vor dem hektischen Treiben der Männer, die das Feldlager nach weiteren Meuchelmördern absuchten, wirkte das Schweigen der Umstehenden nur noch unbarmherziger. Offiziere riefen Namen auf, erhielten prompt Antwort. Truppen, deren Kettenpanzer und Waffen wie tausende winzige Glöckchen klangen, trabten auf der Suche nach Eindringlingen durch die Nacht.

Der auf den Knien liegende Mann sah grinsend hoch zu Verna. »Der Schöpfer wird mir meinen Lohn im nächsten Leben geben. Ich habe keine Angst vor dem Tod. Ich habe mir das ewige Leben in seinem ewig währenden Licht verdient.«

Verna ließ ihren Blick über die Augen der Umstehenden schweifen.

»Was ihr mit ihm anstellt, ist mir gleich«, sagte sie, »aber ich will die ganze Nacht sein Schreien hören. Ich möchte, dass das gesamte Feldlager die Nacht hindurch seine Schreie hört. Ich will, dass die Kundschafter des Ordens seine Schreie hören. Das wird mein Zeichen des Respekts für Warren sein.«

Der junge Mann benetzte sich die Lippen, als er erkannte, dass die Dinge nicht den erwarteten Verlauf nahmen.

»Das ist ungerecht!«, schrie der junge Meuchelmörder lauthals protestierend.

Panikartige Angst ließ ihn am ganzen Körper zittern. Er war auf einen Märtyrertod vorbereitet gewesen, auf ein schnelles Ende. Damit hatte er nicht gerechnet.

»Er ist schnell gestorben. Das Gleiche sollte auch für mich gelten.«

»Ungerecht? Ungerecht ist«, erwiderte Verna geradezu beängstigend ruhig, »dass deine Mutter jemals für deinen Vater die Beine breit gemacht hat. Wir werden ihren Fehler, wenn auch verspätet, jetzt berichtigen. Ungerecht ist, dass ein rechtschaffener, gütiger Mann durch die Hand eines weinerlichen, miesen Feiglings gestorben ist, der so wenig Verstand besitzt, dass er nicht einmal im Stande ist, die Lügen zu erkennen, die er uns auftischt.

Du willst dein Leben gegen das eintauschen, das du genommen hast? Du willst für eine Sache sterben, die du in deiner Dummheit für erhaben hältst? Dein Wunsch sei dir erfüllt, junger Mann. Doch bevor du stirbst, wirst du erst noch in seiner ganzen Tragweite begreifen, was du aufgegeben hast, wie kostbar dein Leben ist und wie gänzlich vergeudet; und am Ende wirst du den Zeugungsakt deiner Mutter ebenso bedauern wie wir.«

Verna ließ einen zum Letzten entschlossenen Blick über die Gruppe der Umstehenden wandern. »Das ist mein Wunsch. Bitte sorgt dafür, dass ihm Genüge getan wird.«

Cara trat einen Schritt vor. »Dann überlasst es mir.« Nichts in ihrer unbarmherzigen Miene verriet, dass sie Gefallen daran fand. »Ich bin wohl am besten geeignet, Euren Wunsch Euern Absichten gemäß zu erfüllen, Verna.«

Der Junge verfiel in hysterisches Gelächter. »Eine Frau? Glaubt ihr etwa, ihr könnt mir von einem großen blonden Weibsbild eine Lektion erteilen lassen? Ihr seid alle genauso verrückt, wie man mir berichtet hat.«

Verna nickte. »Ich stehe tief in Eurer Schuld, Cara.« Sie machte Anstalten, sich zu entfernen, hielt aber noch einmal inne. »Lasst ihn nicht vor dem Morgen sterben, wenn ich komme, um Zeuge seines Todes zu werden. Ich möchte ihm in die Augen schauen und sehen, ob dieser junge Mann das Wesen der Wirklichkeit und ihren Mangel an Gerechtigkeit begriffen hat, bevor er sein Leben für etwas völlig Wertloses sowie seine Teilnahme an einer gewaltigen Sünde opfert.«

»Ich verspreche Euch«, sagte Cara leise an Verna gewandt, »diese Nacht, die Euch in Eurem Kummer endlos erscheinen wird, wird ihm noch unendlich viel länger werden.«

Verna legte Cara als Zeichen ihrer Anerkennung einfach im Vorübergehen die Hand auf die Schulter.

Nachdem die Dunkelheit Verna geschluckt hatte, wandte Cara sich an Kahlan. »Ich bitte darum, ein Zelt benutzen zu dürfen. Niemand soll mit ansehen müssen, was ich mit ihm mache. Seine Schreie werden Zeugnis genug sein.«

»Ganz wie Ihr wollt.«

»Mutter Konfessor!« Der junge Mann wehrte sich heftig, doch die Soldaten hatten ihn fest im Griff. »Wenn Ihr so gütig seid, wie Ihr behauptet, dann gewährt mir Gnade!«

Speichel troff ihm aus dem Mundwinkel und baumelte im Rhythmus seines keuchenden Atems.

»Genau das habe ich soeben getan«, erwiderte Kahlan.

»Ich gestatte dir, die von Verna ausgesprochene Strafe zu erleiden, und nicht jene, die ich verhängt hätte.«

Mit den Fingern schnippend deutete Cara im Davonmarschieren auf den Gefangenen. Die Soldaten schleiften den kreischenden Jungen hinter ihr her.

»Und die anderen, die wir aufgegriffen haben?«, wollte der General von Kahlan wissen.

Kahlan war bereits auf dem Weg zu ihrem Zelt. »Schneidet ihnen die Kehle durch.«

29. Kapitel

Als sie merkte, dass sie die entfernten Schreie nicht mehr hörte, setzte Kahlan sich auf. Bis zur Morgendämmerung waren es noch mehrere Stunden; vielleicht hatte sein Herz unerwartet ausgesetzt.

Nein, Cara war eine Mord-Sith und bestens ausgebildet in dem, was Mord-Sith taten.

Manchmal – während sie, auf die schauderhaften Schreie lauschend, in voller Kleidung auf ihrem Bett gelegen, sich nach Verna gesehnt und Warren vermisst hatte – war ihr, immer wenn sie daran dachte, dass auch Richard einst dem Strafer einer Mord-Sith ausgesetzt gewesen war, der Schweiß auf die Stirn getreten.

Um die ungeladenen schauderhaften Bilder zu verbannen, die sich immer wieder in ihre Gedanken drängten, hob sie den Blick und betrachtete *Seele.* Die an der Firststange des Zeltes hängende Lampe tauchte die Schnitzerei in ein warmes Licht und betonte die anmutigen Linien ihres fließenden Gewandes, die zu Fäusten geballten Hände, den zurückgeworfenen Kopf. Wie oft Kahlan die Statue auch betrachtete, sie wurde ihrer niemals überdrüssig; stets war sie aufs Neue begeistert.

Richard hatte diese Betrachtungsweise des Lebens der grauenhaften Verbitterung vorgezogen, der er leicht hätte verfallen können. Wenn er an dieser Verbitterung festgehalten hätte, hätte ihn das lediglich der Fähigkeit beraubt, Glück zu empfinden.

Kahlan vernahm draußen einen Tumult. Sie wollte gerade aufspringen, als Cara ihren Kopf zur Zeltöffnung hereinsteckte, die Kahlan offen gelassen hatte. Die blauen Augen der Mord-Sith waren erfüllt von tödlichem Zorn. Sie trat, den jungen Burschen an den

Haaren hinter sich herschleifend, ins Zelt. Vom Blut in seinen Augen geblendet, schüttelte er sich wild blinzelnd.

Cara versetzte ihm zähneknirschend einen Stoß, woraufhin er in den Staub zu Kahlans Füßen fiel.

»Was hat das zu bedeuten?«, fragte Kahlan.

Der Blick in Caras Augen offenbarte eine Frau, die kurz davor stand, ihrem Zorn freien Lauf zu lassen, die Beherrschung zu verlieren und die Grenze dessen zu überschreiten, was gerade noch als menschlich galt. Sie war im Begriff, in eine andere Welt hinüberzugleiten: in die Welt wahnsinniger Raserei.

Cara ließ sich auf die Knie hinunter und packte den jungen Kerl bei den Haaren. Sie riss ihn wieder auf die Füße, hielt ihn gegen ihren Körper und presste ihm ihren Strafer an den Hals. Er würgte und hustete. Aus seinem Mund quoll blutiger Schaum.

»Sag es ihr«, knurrte Cara.

Er breitete kapitulierend die Arme aus. »Ich kenne ihn! Ich kenne ihn!«

Stirnrunzelnd blickte Kahlan auf Caras verängstigtes Opfer hinab. »Wen kennst du?«

»Richard Cypher! Ich kenne Richard Cypher! – Und seine Frau, Nicci.«

Kahlan war, als ob die Welt um sie herum einstürzte. Das Gewicht dieser Welt ließ sie auf die Knie sinken.

»Wie heißt du?«

»Gadi! Ich heiße Gadi!«

Cara presste ihm den Strafer in den Rücken, was ihn veranlasste, einen unkontrollierten Schrei auszustoßen. Sie schmetterte ihn mit dem Gesicht auf den Boden.

Kahlan hob abwehrend die Hand. »So wartet doch, Cara … wir müssen mit ihm sprechen.«

»Ich weiß. Ich wollte nur sichergehen, dass er das auch wirklich möchte.«

So wie jetzt, so vollkommen enthemmt, hatte Kahlan Cara noch nie erlebt. Es ging bei weitem über das hinaus, worum Verna sie gebeten hatte; für Cara war dies etwas Persönliches. Warren war ein Mensch gewesen, den sie mochte, Richard aber war ihr Leben, und das war Gadis Pech.

Die Mord-Sith riss ihn abermals in eine aufrechte Haltung. Um seine gebrochene Nase bildeten sich rötliche Blasen. Wenn das Licht genau im richtigen Winkel auf Cara fiel, konnte Kahlan das Blut auf ihrem roten Lederanzug glänzen sehen.

»So. Und jetzt will ich, dass du der Mutter Konfessor alles erzählst.«

Cara hatte den Befehl noch nicht ganz ausgesprochen, da nickte er bereits tränenüberströmt.

»Ich hab dort gewohnt – da, wo sie eingezogen sind. Ich hab dort gewohnt, wo Richard und seine Frau …«

»Nicci«, verbesserte Kahlan.

»Ja, Nicci.« Er begriff nicht, was sie meinte. »Sie sind in ein Zimmer in unserem Wohnhaus gezogen. Meine Freunde und ich mochten ihn nicht. Dann fingen Kamil und Nabbi an, sich mit ihm zu unterhalten. Schließlich begannen sie ihn zu mögen. Ich war wütend …«

Er verfiel in ein derartiges Geplärr, dass er nicht zu Ende sprechen konnte. Kahlan packte sein blutverschmiertes Kinn und rüttelte sein Gesicht.

»Red schon! Oder ich sage Cara, dass sie ihre Arbeit wieder aufnehmen soll!«

»Ich weiß doch nicht, was ich sagen soll, was Ihr hören wollt«, schluchzte er.

»Alles, was du über ihn und Nicci weißt. Alles!«, schrie Kahlan wenige Zoll vor seinem Gesicht.

»Erzähl ihr die ganze Geschichte«, sagte Cara ihm ins Ohr, als sie ihn wieder auf die Füße zog.

Kahlan folgte seiner Bewegung, aus Angst, eines seiner kostbaren Worte könnte ihr entgehen.

»Richard brachte die Leute dazu, das Haus in Ordnung zu bringen. Er arbeitet für Ishaq, in dessen Fuhrunternehmen. Wenn er abends nach Hause kam, hat er meist irgendwas repariert. Er hat Kamil und Nabbi gezeigt, wie man das macht. Ich konnte ihn nicht ausstehen.«

»Du konntest ihn nicht ausstehen, weil er alles zum Besseren gewendet hat?«

»Er machte Kamil und die anderen glauben, sie könnten die Dinge selbst in die Hand nehmen, aber das können sie nicht – niemand kann die Dinge selbst in die Hand nehmen. Das ist ein schrecklicher Irrtum. Die Menschen brauchen die Hilfe derer, die die Fähigkeit dazu besitzen. Dazu sind sie verpflichtet. Richard hätte manches zum Besseren wenden sollen, denn er war dazu im Stande – aber er hätte Kamil und Nabbi und den anderen nicht einreden dürfen, dass sie ihr Leben aus eigener Kraft ändern können. Das kann niemand. Was die Menschen brauchen, ist Hilfe, nicht dass ihnen jemand diese herzlosen und gefühllosen Hoffnungen macht.

Ich fand heraus, dass Richard nachts arbeitete. Er unternahm zusätzliche Fuhren für irgendwelche habgierigen Kerle und verdiente damit Geld, das er nicht hätte verdienen dürfen.

Dann, eines Abends, saß ich auf der Treppe und bekam mit, wie Nicci wütend auf Richard wurde. Sie kam heraus zu mir an die Treppe und bat mich, mit ihr ins Bett zu steigen. Frauen sind immer scharf auf mich. Sie war eine Nutte – nicht besser als all die anderen –, trotz ihres ganzen Gehabes. Sie meinte zu mir, Richard sei nicht Manns genug, sie flachzulegen, und wollte, dass ich es mit ihr mache, weil er sich weigerte.

Da hab ich es ihr richtig besorgt – genau wie sie es wollte. Ich hab's der Hure richtig besorgt und ihr dabei ordentlich wehgetan, wie sie es nicht anders verdient …«

Kahlan rammte ihm ihr Knie mit all ihrer Kraft in den Unterleib. Gadi klappte zusammen und bekam keine Luft mehr. Er verdrehte die Augen und schlug hart auf den Boden.

Cara lächelte. »Dachte ich mir schon, dass Euch der Teil besonders gut gefallen würde.«

Kahlan wischte sich die Tränen aus dem Gesicht. »Es war nicht Richard. Ich wusste, dass es nicht Richard war. Es war dieses Schwein hier.«

Als er wieder zu sich kam, trat Kahlan ihm in die Rippen, und er stieß einen Schrei aus. Auf einen ungeduldigen Wink von ihr packte Cara ihn bei den Haaren und riss ihn auf die Füße.

»Erzähl deine Geschichte zu Ende«, befahl Kahlan in eiskaltem Zorn.

Er hustete und keuchte und sabberte. Cara musste ihn stützen. Sie bog ihm die Arme auf den Rücken, damit er sich nicht den Unterleib halten konnte. Die Schmerzen standen ihm deutlich in sein verzerrtes Gesicht geschrieben.

»Rede, oder ich mache das noch mal!«

»Bitte! Ich wollte es Euch ja gerade sagen, als Ihr mich daran gehindert habt.«

»Red endlich weiter!«

Er nickte wie von Sinnen. »Als ich fertig war mit dieser Hure … also, als ich von Nicci fortging, haben Kamil und Nabbi vollkommen verrückt gespielt.«

Kahlan bog sein Kinn nach oben. »Was soll das heißen, sie haben verrückt gespielt?«

»Sie waren verrückt vor Wut, weil ich mit Richards Frau zusammen gewesen war. Sie wollten mir etwas antun, mich verletzen. Also beschloss ich, mich zur Armee zu melden und für den Orden gegen die Heiden zu kämpfen, und …«

Kahlan wartete. Sie sah kurz hoch zu Cara. Die Mord-Sith tat etwas hinter Gadis Rücken, das ihn aufschreien ließ.

»Und dann habe ich Richards Namen gemeldet!«

»Was hast du getan?«

»Bevor ich die Stadt verließ, hab ich seinen Namen gemeldet. Ich hab den Stadtwachen im Büro von Protektor Muksin erzählt, dass

Richard irgendwelche krummen Sachen macht, dass er den Werktätigen die Arbeit stiehlt – und mehr Geld verdient, als ihm von Rechts wegen zusteht.«

Kahlan runzelte die Stirn. »Was bedeutet das? Was geschieht, wenn man einen Namen meldet?«

Gadi zitterte vor Angst, er wollte ganz offensichtlich nicht darauf antworten. Cara presste ihm den Strafer in die Seite. Blut sickerte an seinem durchgeschwitzten Hemd herab. Er versuchte es, bekam aber keine Luft. Sein aschfahles Gesicht begann sich bläulich zu verfärben.

»Sag es ihr«, kommandierte Cara kalt.

Gadi schnappte einmal kurz nach Luft, als sie den Druck verminderte. »Man wird verhaftet. Und ... gezwungen ... ein Geständnis abzulegen.«

»Geständnis?«, fragte Kahlan, die Angst davor hatte, die Antwort zu hören.

Widerwillig nickte Gadi. »Höchstwahrscheinlich wird man ein Geständnis aus ihm herausfoltern. Vielleicht – wenn er etwas wirkliches Schlimmes gesteht – hängt man seine Leiche auch an einen Pfahl und lässt seine Knochen von den Vögeln sauber picken.«

Kahlan konnte sich kaum noch auf den Beinen halten und glaubte, sich übergeben zu müssen. Die Welt drehte sich um sie herum.

Sie trat den Korb mit den Karten um und wühlte hastig in den Kartenrollen, bis sie gefunden hatte, was sie suchte. Dann nahm sie einen Federkiel und ein Tintenfass aus ihrem Futteral, stellte die Figur der *Seele* auf den Boden und breitete die kleine Karte über den Tisch.

»Komm her«, befahl Kahlan und deutete dabei Finger schnippend vor dem Tisch auf den Boden. Nachdem er herangerutscht war, drückte sie ihm die Feder in seine zitternden Finger.

»Wir befinden uns hier. Zeig mir, wo du mit der Armee des Ordens entlangmarschiert bist.«

Er zeigte auf die Karte. »An diesem Fluss entlang. Nach einer kurzen Ausbildung kam ich mit Truppenverstärkungen aus der Alten Welt hierher. Wir stießen zur Streitmacht des Kaisers und rückten dann den ganzen Sommer über an diesem Fluss entlang weiter vor.«

Kahlan zeigte auf die Alte Welt. »Und jetzt möchte ich, dass du die Stelle einzeichnest, wo du gewohnt hast.«

»In Altur'Rang. Da ist es, hier.«

Sie beobachtete ihn, wie er die Feder eintauchte und den Punkt sowie den Namen Altur'Rang tief unten im Süden einkreiste – mitten im Herzen der Alten Welt.

»So«, sagte sie, »und jetzt zeichnest du die Straßen ein, auf denen du die Alte Welt durchquert hast – mitsamt allen Städten und Ortschaften, durch die du dabei gekommen bist.«

Cara und Kahlan sahen zu, wie Gadi Straßen markierte und eine Reihe von Städten und Ortschaften mit einem Kreis versah. Warren und die Schwestern stammten aus der Alten Welt; sie waren mit den örtlichen Gegebenheiten recht gut vertraut, was es ihnen ermöglicht hatte, detaillierte Karten zu erstellen.

Als er fertig war, sah Gadi auf.

Kahlan drehte die Karte um. »Zeichne einen Plan von der Stadt Altur'Rang. Ich möchte sehen, wie die Hauptverkehrsstraßen verlaufen – alles, was du darüber weißt.«

Gadi machte sich augenblicklich daran, die Karte für sie zu zeichnen. Als er fertig war, hob er abermals den Kopf.

»Und jetzt zeig mir, wo sich dieses Zimmer befindet, in dem Richard wohnt.«

Gadi markierte die Stelle mit einem Kreuz auf der Karte. »Aber ich weiß nicht, ob er noch dort sein wird. Eine Menge Leute melden die Namen von Personen, die der Vergehen gegen ihre Mitmenschen verdächtigt werden. Wenn sie seinen Namen aufgenommen und ihn verhaftet haben … die Ordensbrüder könnten eine Buße verhängen oder ihn vielleicht sogar verhören und anschließend seine Hinrichtung anordnen.«

»Die Ordensbrüder?«, unterbrach ihn Kahlan.

Gadi nickte. »Bruder Narev und seine Jünger. Sie stehen an der Spitze der Bruderschaft des Ordens. Bruder Narev ist unser geistiger Führer. Er und die Ordensbrüder bilden das Herz des Ordens.«

»Wie sehen sie aus?«, fragte Kahlan, deren Gedanken bereits weit vorauseilten.

»Die Brüder tragen dunkle Gewänder mit Kapuzen. Es sind ganz einfache Männer, die den Annehmlichkeiten des Lebens abgeschworen haben, um dem Willen des Schöpfers und den Bedürfnissen der Menschheit zu dienen. Bruder Narev steht dem Schöpfer näher als jeder andere lebende Mensch. Er ist der Retter der Menschheit.«

Es war nicht zu übersehen, dass Gadi eine heilige Ehrfurcht vor diesem Mann empfand. Kahlan hörte zu, während Gadi ihr alles, was er wusste, über die Bruderschaft des Ordens, über die Ordensbrüder und insbesondere über Bruder Narev erzählte.

Zitternd hockte Gadi in der Stille, nachdem er geendet hatte. Kahlan schaute nicht ihn an, sondern hatte den Blick starr in die Ferne gerichtet.

»Wie sah Richard aus?«, fragte sie ihn mit entrückter Stimme. »Ging es ihm gut? Machte er einen gesunden Eindruck?«

»Ja. Er ist wohl genährt und kräftig. Bei einigen Narren ist er ziemlich beliebt.«

Kahlan wirbelte herum und schlug ihm den Handballen so fest ins Gesicht, dass es ihn von den Füßen riss.

»Schafft ihn hier raus«, sagte sie an Cara gewandt.

»Aber jetzt müsst Ihr mir Gnade erweisen! Ich habe Euch alles erzählt, was Ihr wissen wolltet!« Er brach in Tränen aus. »Ihr müsst mir Gnade erweisen!«

»Ihr habt noch eine Arbeit, die Ihr zu Ende bringen müsst«, war alles was Kahlan zu Cara sagte.

Kahlan schlug die Zeltöffnung zurück und spähte hinein. Schwester Dulcinia schnarchte leise, doch Holly hob den Kopf.

Dem Mädchen kamen die Tränen, als es flehentlich die Arme ausstreckte. Kahlan ließ sich neben der Kleinen auf die Knie hinunter, beugte sich über sie und nahm sie in die Arme. Holly fing an zu weinen.

Schwester Dulcinia schreckte mit einem Schnaufen aus dem Schlaf. »Mutter Konfessor!«

Kahlan legte der Schwester eine Hand auf den Arm. »Es ist spät. Warum geht Ihr nicht ein wenig schlafen, Schwester?«

Schwester Dulcinia erklärte sich lächelnd einverstanden und erhob sich dann vor Anstrengung stöhnend in dem niedrigen Zelt. In der Ferne, auf der anderen Seite des Feldlagers, konnte Kahlan Gadis schauderhafte Schreie hören.

Kahlan strich Holly das Haar aus der Stirn und gab ihr auf die Stelle einen Kuss. »Wie geht es dir, mein Kleines?«

»Ach, es war fürchterlich, Mutter Konfessor. Zauberer Warren wurde verletzt. Ich habe es selbst gesehen.«

Kahlan nahm sie in die Arme, als sie abermals zu weinen anfing. »Ich weiß. Ich weiß.«

»Ist er wieder gesund? Ist er geheilt, so wie man mich geheilt hat?«

Kahlan legte ihr die Hand auf ihre kleine Wange und wischte ihr mit dem Daumen eine Träne ab. »Es tut mir Leid, Holly, aber Warren ist gestorben.«

»Er hätte nicht versuchen dürfen, mich zu retten. Ich bin schuld, dass er tot ist!«, schluchzte Holly.

»Nein«, versuchte Kahlan sie zu besänftigen. »So war das ganz und gar nicht. Warren hat sein Leben für uns alle hergegeben. Was er getan hat, tat er aus seiner Liebe zum Leben. Er wollte nicht, dass das Böse frei unter den Menschen umgeht, die er liebt.«

»Meinst du wirklich?«

»Selbstverständlich tue ich das. Behalte ihn für seine Liebe zum Leben im Gedächtnis, und dafür, wie sehr er sich gewünscht hat, dass seine Lieben ein selbstbestimmtes Leben in Freiheit leben können.«

»Er hat auf seiner Hochzeit mit mir getanzt. Ich fand, er war der bestaussehende Bräutigam, den man sich nur vorstellen kann.«

»Er war wirklich ein sehr gut aussehender Bräutigam«, bestätigte Kahlan lächelnd, als sie sich daran erinnerte. »Er war einer der rechtschaffensten Männer, die ich je kannte, und er hat sein Leben dafür geopfert, unsere Freiheit zu bewahren. Und wir werden sein Opfer würdigen, indem wir unser Leben so erfüllt wie möglich leben.«

Kahlan machte Anstalten, sich zu erheben, aber Holly drückte sie nur umso fester an sich, sodass Kahlan sich neben sie legte. Sie strich Holly über die Stirn und gab ihr einen Kuss auf die Wange.

»Werdet Ihr bei mir bleiben, Mutter Konfessor? Bitte?«

»Ein Weilchen noch, Liebes.«

Eng an Kahlan geschmiegt schlief Holly ein. Kahlan weinte bittere Tränen der Verzweiflung über dem schlafenden Mädchen, einem Mädchen, das ein Recht auf ein eigenes Leben hatte. Aber andere trachteten danach, es ihr mit vorgehaltener Klinge zu rauben.

Nachdem sie endlich einen Entschluss gefasst hatte, was sie tun musste, schlüpfte Kahlan lautlos aus dem Zelt und ging ihre Sachen packen.

Es wurde gerade hell, als Kahlan aus ihrem Zelt hervorkam, ihr Bettzeug, die Satteltaschen, das d'Haranische Schwert, das Schwert der Wahrheit, die Lederrüstung und den Rucksack mit ihren übrigen Sachen in den Händen. *Seele* lag sicher eingewickelt in ihrem Schlafzeug.

Gerade setzte ein leichter Schneefall ein, so als wollte er dem stillen Lager verkünden, dass der Winter in den nördlichen Midlands angekommen sei.

Alles schien sich dem Ende zuzuneigen. Es war nicht allein Warrens Tod, der ihr diese Gewissheit gab, eher noch die Vergeblichkeit, zu dessen Symbol er geworden war. Sie vermochte sich nicht länger selbst zu täuschen: Die Wahrheit war die Wahrheit, Richard hatte Recht.

Alles würde an die Imperiale Ordnung fallen. Früher oder später würde man sie gefangen nehmen und töten, zusammen mit all den Menschen, die an ihrer Seite kämpften. Es war nur eine Frage der Zeit, bis sie die gesamte Neue Welt unterjocht haben würden; und ein großer Teil der Midlands befand sich bereits in ihrer Hand. Manche Länder hatten sich freiwillig aufgegeben. Es war unmöglich, einer Streitmacht von ihren überwältigenden Ausmaßen, mit ihren erschreckenden Drohungen oder ihren verlockenden Versprechungen zu widerstehen.

Das hatte sogar Warren mit seinen letzten Worten bis zu einem gewissen Grad bestätigt: Richard hatte Recht.

Sie hatte geglaubt, etwas bewirken zu können, sie hatte geglaubt, die heranstürmenden Horden zurücktreiben zu können – falls nötig, allein kraft ihres Willens. Doch das war nichts als Hochmut ihrerseits gewesen. Die Streitkräfte des Friedens waren zum Untergang verdammt.

Viele Menschen in den gefallenen Ländern hatten dem Orden der Imperialen Ordnung Glauben geschenkt – um den Preis ihrer Freiheit.

Was blieb ihr noch? Flucht. Rückzug. Schreckensherrschaft. Tod.

Im Grunde hatte sie nichts mehr zu verlieren. Längst war nahezu alles verloren oder würde es zumindest bald sein. Solange sie noch am Leben war, würde sie Gebrauch davon machen.

Sie würde bis in das Herz der Imperialen Ordnung vordringen.

»Was tut Ihr da?«

Kahlan wirbelte herum und sah, wie Cara sie stirnrunzelnd musterte.

»Cara, ich … ich gehe fort.«

Cara nickte einmal knapp. »Gut. Ich denke auch, es ist an der Zeit. Ich werde nicht lange brauchen, um meine Sachen zusammenzupacken. Holt Ihr die Pferde, dann treffe ich Euch …«

»Nein. Ich gehe allein fort. Ihr werdet hier bleiben.«

Cara strich sich über den langen blonden Zopf, der vorne über ihre Schulter hing. »Warum wollt Ihr fortgehen?«

»Hier gibt es für mich nichts mehr zu tun – ich kann nichts mehr bewirken. Ich werde mein Schwert ins Herz des Ordens stoßen: in Bruder Narev und seine Jünger. Das ist meine einzige Möglichkeit, mich gegen sie zur Wehr zu setzen.«

Cara lächelte. »Und Ihr glaubt wirklich, ich will hier zurückbleiben?«

»Ihr werdet hier bleiben, wo Ihr hingehört … zu Benjamin.«

»Tut mir Leid, Mutter Konfessor«, erwiderte Cara liebevoll, »aber einen solchen Befehl kann ich unmöglich befolgen. Ich bin eine Mord-Sith. Ich habe bei meinem Leben geschworen, Lord Rahl zu beschützen, und ich habe Lord Rahl versprochen, Euch zu beschützen – und nicht, hier zu bleiben und mit Benjamin herumzuknutschen.«

»Cara, ich möchte, dass Ihr hier bleibt …«

»Mein Leben gehört mir. Wenn dies das Ende ist und nichts weiter folgen soll, dann möchte ich mit dem Rest meines Lebens das tun, was immer ich tun will. Ich muss mein Leben selbst in die Hand nehmen, das könnt Ihr mir nicht abnehmen. Ich komme mit, und das ist mein letztes Wort.«

Kahlan konnte es Cara an den Augen ablesen. Sie glaubte nicht, dass sie Cara jemals so gefühlsgeladen über ihre Wünsche hatte sprechen hören. Es war in der Tat ihr Leben, zumal Cara wusste, wohin es Kahlan zog. Ginge Kahlan ohne sie fort, würde Cara ihr einfach folgen. Eine Mord-Sith zum Befolgen von Befehlen zu bewegen – das war oft schwieriger, als einen Sack Flöhe zu hüten.

»Ihr habt Recht, Cara; es ist Euer Leben. Aber sobald wir in die Alte Welt gelangen, werdet Ihr Euch anders kleiden müssen, um zu verbergen, wer Ihr seid. Ein roter Lederanzug wäre in der Alten Welt unser Ende.«

»Ich werde tun, was immer ich tun muss, um Euch und Lord Rahl zu beschützen.«

Endlich konnte Kahlan sich ein Lächeln abringen. »Das glaube ich Euch, Cara.«

Cara gelang dies jedoch nicht, woraufhin auch Kahlans Lächeln erlosch.

»Es tut mir Leid, dass ich versucht habe, ohne Euch fortzugehen, Cara. Ich hätte es nicht auf diese Weise tun sollen. Ihr seid eine Schwester des Strafers, ich hätte mit Euch darüber sprechen sollen. Das wäre die richtige Art gewesen, jemanden zu behandeln, den man respektiert.«

Schließlich lächelte auch Cara. »Endlich kommt Ihr zur Vernunft.«

»Es ist möglich, dass wir nicht lebend wiederkommen.«

Cara zuckte mit den Achseln. »Glaubt Ihr denn, wir könnten unseres Lebens froh werden, wenn wir hier blieben? Ich denke, wenn wir bleiben, erwartet uns der sichere Tod.«

Kahlan nickte. »Genau das denke ich auch. Deswegen muss ich fort.«

»Ich hatte nicht die Absicht, mit Euch zu streiten.«

Kahlan blickte hinaus in das Schneetreiben. Vor dem letzten Wintereinbruch hatten sie und Cara gerade noch rechtzeitig fliehen können.

Kahlan wappnete sich, bevor sie die Frage stellte: »Glaubt Ihr wirklich, dass Richard noch lebt, Cara?«

»Selbstverständlich lebt Lord Rahl noch.« Cara hielt ihren Strafer in die Höhe und ließ ihn durch die Finger rollen. »Habt Ihr schon vergessen?«

Und dann fiel es ihr wieder ein: Der Strafer funktionierte nur, wenn der Lord Rahl, dem sie verschworen war, noch lebte.

Kahlan übergab Cara einen Teil ihrer Last. »Gadi?«

»Er starb, wie Verna es gewünscht hat. Sie hat bei ihm keine Gnade walten lassen.«

»Gut. Gnade gegenüber den Schuldigen ist Verrat an den Unschuldigen.«

Es war kurz nach dem Hellwerden, als Kahlan bei Zedds Zelt anlangte. Cara war die Pferde holen und Vorräte besorgen gegangen.

Auf ihr Rufen hin bat Zedd Kahlan einzutreten. Er erhob sich von der Bank, auf der er neben Adie, der alten Hexenmeisterin, saß.

»Kahlan. Was gibt es?«

»Ich bin gekommen, um mich von dir zu verabschieden.«

Zedds Augen war keinerlei Überraschung anzumerken. »Warum bleibst du nicht und ruhst dich etwas aus? Und brichst erst morgen auf?«

»Es gibt kein Morgen mehr. Der Winter hat uns wieder einmal eingeholt. Wenn ich tun will, was ich tun muss, darf ich keinen Tag mehr vergeuden.«

Zedd fasste sie sachte bei den Schultern. »Warren wollte dich unbedingt sehen, Kahlan. Er hatte das Gefühl, dir sagen zu müssen, dass Richard Recht hat. Es bedeutete ihm viel, dass du das weißt. Richard hat uns erklärt, dass du das Herz des Ordens nicht angreifen darfst, bevor sich die Menschen ihm bewiesen haben, da sonst alles verloren wäre; das ist heute noch unwahrscheinlicher als an dem Tag, als er es sagte.«

»Vielleicht wollte Warren aber auch sagen, dass Richard Recht hat und wir die Neue Welt ohnehin an die Imperiale Ordnung verlieren werden, weshalb sollten wir dann noch hier ausharren? Vielleicht war es Warrens Art, mir zu sagen, dass ich Richard aufsuchen soll, bevor er oder ich sterben und es für jeden Versuch zu spät ist.«

»Und Nicci?«

»Das werde ich herausfinden, sobald ich dort eintreffe.«

»Aber du kannst doch unmöglich hoffen …«

»Was bleibt mir denn sonst noch, Zedd? Soll ich der Eroberung der Midlands tatenlos zusehen? Soll es mein größter Wunsch sein, den Rest meiner Tage auf der Flucht zu verbringen oder als Einsiedlerin zu leben, die sich jeden Tag vor dem Zugriff der Imperialen Ordnung verstecken muss?

Selbst wenn Warren es nicht gesagt hätte – und so sehr ich mir auch wünsche, es wäre anders –, mittlerweile ist mir klar geworden, dass Richard Recht hat. Die Imperiale Ordnung wird nur diesen einen Winter über festsitzen, während wir den Menschen helfen, Aydindril zu verlassen. Im Frühjahr wird der Feind in Massen in meine Stadt einfallen, um anschließend seine Hände nach D'Hara auszustrecken. Es wird keinen Ort mehr geben, wo man Zuflucht finden kann. Eine Zeit lang können die Menschen zwar flichen, letztendlich aber wird die Imperiale Ordnung sie unterjochen.

Ich habe keine Zukunft mehr. Richard hatte Recht. Das Mindeste, was ich tun kann, ist, den Rest meiner Tage für mich und Richard zu leben. Etwas anderes bleibt mir nicht mehr, Zedd.«

Ihm traten Tränen in die Augen. »Ich werde dich so vermissen. Du hast die guten Erinnerungen an meine Tochter zurückgebracht und mir so viele gute Zeiten beschert.«

Kahlan schlang ihre Arme um ihn. »Ach Zedd, ich liebe dich.«

Dann konnte sie ihre Tränen selber nicht mehr zurückhalten. Sie war alles, was er noch hatte, und jetzt würde er auch sie verlieren.

Nein – das stimmte nicht. Kahlan löste sich von ihm.

»Auch für dich ist der Zeitpunkt gekommen, von hier fortzugehen, Zedd. Du musst die Burg aufsuchen und sie beschützen.«

Er nickte unter größtem Widerwillen und mit tiefer Traurigkeit. »Ich weiß.«

Kahlan kniete vor der Hexenmeisterin nieder und ergriff ihre Hand. »Adie, wirst du ihn begleiten und ihm Gesellschaft leisten?«

Ein zauberhaftes Lächeln ging über das verwitterte Gesicht der alten Frau. »Nun, ich …« Sie schaute hoch. »Zedd?«

Zedd zog ein mürrisches Gesicht. »Verdammt, jetzt hast du mir die Überraschung verdorben, sie einzuladen.«

Kahlan versetzte ihm einen spielerischen Schlag gegen das Bein. »Hör auf, in Anwesenheit von Damen herumzufluchen – und sei nicht immer so griesgrämig. Ich wüsste einfach gerne, dass du dort oben nicht allein bist.«

Ein Lächeln stahl sich auf sein Gesicht.

»Selbstverständlich wird Adie mich auf die Burg begleiten.«

Jetzt war es an Adie, ein finsteres Gesicht zu ziehen. »Woher willst du das wissen, alter Mann? Du hast mich nie gefragt, ob ich einverstanden bin. Also, ich hätte nicht übel Lust …«

»Bitte, hört doch auf«, unterbrach Kahlan. »Alle beide. Die Sache ist zu wichtig, um sich deswegen zu streiten.«

»Ich kann mich doch wohl streiten, wenn mir danach ist«, protestierte Zedd.

»Das stimmt.« Adie drohte mit einem dürren Finger. »Wir sind alt genug, um uns zu streiten, wann immer wir wollen.«

Kahlan musste trotz ihrer Tränen lächeln. »Natürlich dürft ihr das. Es ist nur so, dass nach der Geschichte mit Warren … es erinnert mich einfach daran, wie ungern ich es sehe, wenn Menschen ihr Leben für Dinge verschwenden, die nicht wirklich wichtig sind.«

Jetzt wurde Zedds Miene wirklich ärgerlich. »Wenn du nicht weißt, wie wichtig Streiten ist, dann hast du noch einiges zu lernen, meine Liebe.«

»Das stimmt«, bestätigte Adie. »Streiten hält die Sinne wach. Wenn man alt wird, ist es wichtig, dass die Sinne wach bleiben.«

»Adie hat vollkommen Recht«, meinte Zedd. »Also, ich denke …«

Kahlan brachte ihn mit einer Umarmung zum Schweigen, der auch Adie sich anschloss.

»Bist du dir dessen wirklich sicher, meine Liebe?«, fragte Zedd, nachdem sie sich voneinander gelöst hatten.

»Bin ich. Ich werde mein Schwert in den Leib der Imperialen Ordnung bohren.«

Nickend zog Zedd ihren Kopf heran und gab ihr einen Kuss auf die Stirn.

»Wenn du unbedingt fortgehen willst, dann reite schneller und schlage fester zu.«

»Genau das war auch mein Gedanke«, sagte Cara, die soeben ins Zelt trat.

Kahlan fand, dass Caras blaue Augen ein wenig feuchter aussahen als sonst. »Geht es Euch gut, Cara?«

Cara runzelte die Stirn. »Was wollt Ihr damit sagen?«

»Ach, nichts«, erwiderte Kahlan.

»General Meiffert hat uns die sechs schnellsten Pferde besorgt, die er auftreiben konnte.« Die Aussicht ließ Cara freudig strahlen. »Wir werden frische Tiere mitführen und sehr schnell vorankommen. All unsere Vorräte sind aufgeladen.

Wenn wir jetzt sofort aufbrechen, sollten wir dem Winter knapp entgehen können. Wir haben die Karte, daher können wir uns von den Marschrouten, die die Ordenstruppen benutzen, und den am dichtesten besiedelten Gebieten fern halten. Dort unten gibt es gute Straßen, und das Gelände ist nicht schwierig. Wenn wir scharf reiten, können wir es meiner Meinung nach in wenigen Wochen schaffen. Längstenfalls in einem Monat.«

Zedds Gesicht legte sich besorgt in Falten. »Aber der Orden kontrolliert weite Teile der südlichen Midlands. Das ist jetzt gefährliches Gebiet.«

»Ich weiß einen besseren Weg.« Cara ließ ein listiges Lächeln sehen. »Wir werden dort entlangreiten, wo ich das Gelände kenne – durch D'Hara. Wir werden von hier aus nach Osten aufbrechen, das Gebirge überqueren und anschließend in südlicher Richtung quer durch D'Hara reiten – durch größtenteils völlig offenes Gelände, wo wir schnell vorankommen –, dann durch die Azrith-Ebene, um schließlich weit unten im Süden dem Lauf des Kern zu folgen. Sobald das Flusstal das Gebirge verlässt, biegen wir nach Südosten ab, in das Herz der Alten Welt.«

Nickend bekundete Zedd sein Einverständnis mit dem Plan. Kahlan legte liebevoll ihre Finger um den dürren Arm des alten Zauberers.

»Wann wirst du zur Burg hinaufgehen?«

»Adie und ich werden noch heute früh aufbrechen. Ich halte es für das Beste, wenn wir hier nicht länger unsere Zeit vergeuden. Wir werden die Angelegenheiten der Armee noch heute mit den Offizieren und den Schwestern klären. Ich denke, sobald die Bevölkerung Aydindril verlassen hat und die Schneefälle rasch genug zunehmen, um zu gewährleisten, dass die Imperiale Ordnung sich vor dem Frühling nicht von der Stelle rühren kann, sollten unsere Männer mit dem heimlichen Abmarsch von hier beginnen, das Gebirge überqueren und sich in das sichere D'Hara begeben. Im Winter werden sie nur langsam vorankommen, aber da sie unterwegs nicht zu kämpfen brauchen, wird es nicht so mühsam werden, wie es sonst der Fall wäre.«

»Das wäre das Beste«, stimmte Kahlan zu. »Damit wären unsere Männer erst einmal in Sicherheit.«

»Sie werden auf mich als ihre Magie gegen die Magie verzichten müssen, aber dafür stehen ihnen Verna und ihre Schwestern zur Verfügung. Mittlerweile sind ihre Kenntnisse groß genug, um die Armee auch weiter vor Magie zu schützen.«

Wenigstens eine Weile. Die Worte hingen unausgesprochen in der Luft.

»Ich möchte Verna noch sehen, bevor ich aufbreche«, sagte Kahlan. »Ich denke, es wird ihr gut tun, sich um andere Menschen sorgen zu müssen. Anschließend möchte ich General Meiffert aufsuchen, und danach brechen wir am besten sofort auf. Wir haben einen weiten Weg vor uns, und ich möchte im Süden sein, bevor uns der Schnee behindert.«

Voller Ungestüm umarmte Kahlan Zedd ein letztes Mal.

»Wenn du den Jungen siehst«, flüsterte Zedd ihr ins Ohr, »richte ihm aus, dass ich ihn von Herzen gern habe und ihn schrecklich vermisse.«

Den Kopf an seiner Schulter nickte Kahlan, dann erzählte sie ihm eine – wie sie meinte – ebenso tapfere wie dreiste Lüge.

»Du wirst uns beide wieder sehen, Zedd. Das verspreche ich dir.«

Kahlan trat hinaus in das frühmorgendliche Licht und die ersten Anzeichen des nahenden Winters. Alles war mit einer feinen Schicht aus Schnee bestäubt, so als bestünde die ganze Welt aus weißem Marmor.

30. Kapitel

Das vordere Ende der Feile geschickt mit den Fingerspitzen führend, ließ Richard das stählerne Werkzeug in einer einzigen fließenden Bewegung über den Faltenwurf des lebendig in weißem Marmor verewigten Stoffes gleiten. Ganz in seine Arbeit versunken, konzentrierte er sich darauf, einen gleichmäßigen Druck zu erzeugen, um eine präzise, hauchdünne Gesteinsschicht abzutragen.

Die Feile wies hunderte von Rillen auf, Reihe um Reihe winziger Klingen aus gehärtetem Stahl, die den edlen Stein abtrugen und ihm Gestalt verliehen. Es waren Klingen, die er mit derselben Hingabe und Entschlossenheit führte wie jede andere Klinge auch. Blindlings langte er hinter sich und legte die Feile auf die Holzbank, sorgfältig darauf bedacht, sie auf das Holz zu legen und nicht klirrend gegen eine der anderen Feilen zu stoßen, um sie nicht vorzeitig stumpf zu machen. Er tauschte die Feile gegen eine andere mit noch feineren Rillen aus und glättete die Rauheit, die die Korrektur mit der zuvor benutzten hinterlassen hatte.

Mit Fingern, ebenso staubig weiß wie die eines mit Mehl hantierenden Bäckers, untersuchte Richard die Oberfläche des Armes der männlichen Figur und prüfte sie auf Unebenheiten; vor der abschließenden Politur waren die kleineren Unebenheiten und Schleifflächen mit den Fingern oft leichter zu erkennen als mit dem Auge. Dort, wo er welche entdeckte, benutzte er eine kleinere, mit einer Hand geführte Feile, deren Bewegung er mit seiner anderen Hand über die Schwellung eines Muskels folgte, um den feinen Unterschied zu ertasten, den das Werkzeug auf dem Stein hinterließ. Mittlerweile entfernte er nur noch papierdünne Schichten Material.

Er hatte mehrere Monate gebraucht, um bis zu dieser allerletzten Schicht vorzudringen. Es war ein erregendes Gefühl, dem nackten Fleisch so nahe zu sein. In endloser Folge waren die mühevollen Arbeitstage einer nach dem anderen dahingegangen, während er unten auf der Baustelle tagsüber den Tod und des Nachts das Leben in Stein meißelte. Die Bildhauerei für den Orden fand ihr Gegengewicht in seiner Bildhauerei für sich selbst – ein Kontrast von Sklaverei und Freiheit.

Wann immer sich einer der Ordensbrüder nach der Statue erkundigte, war Richard sorgfältig darauf bedacht, sich seine Zufriedenheit mit dem, was er dort schuf, nicht anmerken zu lassen. Er tat dies, indem er sich jenes Modell ins Gedächtnis rief, das in Stein zu hauen man ihm aufgetragen hatte. Stets verneigte er respektvoll sein Haupt und erstattete über die Fortschritte bei seiner Buße Bericht, indem er versicherte, seine Arbeit liege im Plan und werde rechtzeitig fertig, um anlässlich der Weihung auf dem Vorplatz des Palastes aufgestellt zu werden.

Die Betonung des Begriffs »Buße« half, ihre Überlegungen auf diesen Punkt zu lenken und fort von der eigentlichen Statue. Stets zeigten sich die Ordensbrüder weitaus zufriedener über die durch seine Plackerei bei seiner Büßerarbeit hervorgerufene Müdigkeit, als dass sie sich für irgendeine weitere in Stein gehauene Statue interessierten. Statuen standen überall herum, und auch diese war nur ein weiterer Beweis für die hoffnungslose Unzulänglichkeit des Menschen. So wie in ihrem Kosmos kein einzelner Mensch von Bedeutung war, so zählte auch kein einzelnes Werk der Kunst. Es war die schiere Masse von Statuen, die als überwältigender Beweis des Ordens für die Unzulänglichkeit des Menschen herhalten musste. Die Schnitzereien waren nichts weiter als die Kulisse jener Bühne, auf der die Ordensbrüder ihre Predigten über Aufopferung und Erlösung sprachen.

Stets erstattete Richard artig Bericht über seine Nächte mit wenig Essen und ebenso wenig Schlaf, in denen er nach seiner täglichen

Arbeit als Bildhauer an seiner eigenen Kasteiung arbeitete. Da selbstlose Aufopferung das geeignete Mittel gegen Sündhaftigkeit war, zogen die Ordensbrüder stets erfreut wieder von dannen.

Richard ging zu einer noch kleineren, an den Seiten abgeflachten Feile über und bearbeitete den Muskel, dort, wo er sich zur Sehne verjüngte und, die Spannung des Armes wiedergebend, die darunter liegende Struktur sichtbar werden ließ. Über Tag beobachtete er andere Männer bei der Arbeit, um die vielschichtigen Formen der sich im lebenden Körper bewegenden Muskeln zu studieren. Nachts bediente er sich seiner eigenen Arme, die er in den Schein der Lampe hielt, um die sich stolz an der Oberfläche abzeichnenden Adern und Sehnen lebensnah wiedergeben zu können; manchmal griff er auch auf einen kleinen Spiegel zurück. Die von ihm in Stein gehauene Hautoberfläche glich einer vielgestaltigen Landschaft, die sich über Knochen und Muskeln zog, in den Winkeln Falten warf und sich straff über die Körperrundungen spannte.

Für den Körper der Frau war seine Erinnerung an Kahlan lebhaft genug, sodass kaum andere Bezüge nötig waren.

Man sollte seinem Werk die Fähigkeit, sich zu bewegen, zu absichtsvollem Handeln, zu Leistung ansehen können. Die Haltung der Figuren verhieß Bewusstheit. Der Ausdruck ihres Gesichts, insbesondere der Augen, würde die höchste Eigenschaft des Menschen offenbaren: die Fähigkeit zu denken.

Waren die Statuen, die er in der Alten Welt gesehen hatte, eine Verherrlichung des Elends und des Todes, so war diese eine Verherrlichung des Lebens.

In ihr sollte sich die unbändige Kraft des Willens offenbaren.

Der Mann und die Frau, die er in Stein meißelte, waren sein Schutz vor der Verzweiflung über seine Gefangennahme. Sie verkörperten die Freiheit des Geistes; sie verkörperten die sich im Triumph aufschwingende Vernunft.

Zu seinem großen Verdruss bemerkte Richard, dass Licht durch das Fenster über der Statue hereinfiel und die Lampen ablöste, die

die ganze Nacht über gebrannt hatten. Die ganze Nacht über; jetzt war es ihm schon wieder passiert.

Dabei war es nicht etwa die von ihm bei weitem bevorzugte Qualität des Lichtes, die ihn ärgerte, sondern die Tatsache, dass dies das Ende seiner Zeit mit der Statue bedeutete; nun musste er hinunter zur Baustelle und Hässlichkeit in Stein meißeln. Glücklicherweise erforderte diese Arbeit weder Konzentration noch Sorgfalt.

Er war gerade dabei, den Schwung des Schultermuskels des Mannes mit der Feinfeile zu bearbeiten, als es an der Tür klopfte. »Richard?«

Es war Victor. Richard seufzte, denn jetzt musste er wohl oder übel seine Arbeit unterbrechen.

Richard zog des rote um seinen Hals geschlungene Tuch von Nase und Mund, das verhinderte, dass er all den Marmorstaub einatmete. Es war ein kleiner Trick, von dem Victor ihm erzählt hatte und den die Marmorbildhauer aus seiner Heimat Cavatura anwendeten.

»Komme gleich.«

Richard stieg von der Kante des Sockels herunter, aus dem er die Beine in Wadenmitte herausgemeißelt hatte. Als er seinen Rücken streckte, merkte er, wie sehr dieser von der ständig gebückten Haltung und dem Schlafmangel schmerzte. Er holte die Zelttuchplane und schüttelte den Staub heraus.

Unmittelbar bevor er die Abdeckung über die Statue warf, nahm er die Figuren in ihrer Gesamtheit auf. Fußboden, Regale und Werkzeug waren mit einer feinen Schicht aus Marmorstaub bedeckt. Der Marmor selbst aber sprang einem in dem von oben einfallenden Licht vor der dunklen Wand in seiner Pracht geradezu ins Auge.

Richard warf die Plane über die unvollendeten Figuren, dann ging er die Tür öffnen.

»Du siehst aus wie ein Gespenst«, verkündete Victor, ein schiefes Grinsen im Gesicht.

Richard klopfte sich ab. »Ich habe die Zeit aus den Augen verloren.«

»Hast du gestern Abend mal einen Blick in die Werkstatt geworfen?«

»In die Werkstatt? Nein, warum?«

Victors Grinsen kehrte zurück, noch breiter diesmal. »Gestern hat Priska das Bronzezifferblatt geliefert. Ishaq hat es gebracht. Komm, sieh es dir an.«

Das Zifferblatt lag, in mehrere Einzelteile zerlegt, im Lagerraum auf der anderen Seite der Werkstatt. Es war zu groß, als dass Priska es in einem Stück hätte gießen können, daher hatte er mehrere Teile angefertigt, die Victor zusammensetzen und montieren sollte. Der Sockel für den Halbring, der als Zifferblatt dienen würde, war massiv. Wissend, dass er für eine Statue bestimmt war, die Richard schuf, hatte Priska eine Arbeit abgeliefert, auf die er stolz sein konnte.

»Es ist wunderschön«, meinte Richard.

»Nicht wahr? Ich habe auch früher schon ausgezeichnete Arbeiten von ihm gesehen, aber diesmal hat Priska sich selbst übertroffen.«

Victor ging in die Hocke und strich mit den Fingern über die eigenartigen, mit schwarzer Farbe ausgefüllten Symbole. »Priska meinte, einst, vor langer Zeit, habe in seiner Heimatstadt Altur'Rang Freiheit geherrscht, die sie aber, wie so viele andere Städte auch, verloren habe. Als Kompliment an jene Zeit hat er es mit Symbolen in seiner Muttersprache versehen. Bruder Narev hat es bereits gesehen und war erfreut, da er sie für eine Respektsbezeugung an den Kaiser hielt, der ebenfalls aus Altur'Rang stammt.«

Richard seufzte. »Priskas Zunge ist ebenso aalglatt und geschliffen wie seine Gussstücke.«

»Möchtest du ein Stück Lardo mit mir essen?«, fragte Victor, sich erhebend.

Die Sonne war längst aufgegangen. Richard streckte seinen Nacken und blickte hinunter zur Baustelle.

»Besser nicht. Ich muss zur Arbeit.« Richard ging in die Hocke und hob eine Seite des Sockels an. »Aber lass mich dir vorher noch zeigen, wo dies hinkommen soll.«

Victor schnappte sich das andere Ende, woraufhin sie den Bronzeguss gemeinsam um die Werkstatt herumtrugen. Als Richard die Flügeltür aufstieß, sah Victor die Statue zum allerersten Mal, wenn auch noch verborgen unter der Plane, die nur die Rundungen der beiden Köpfe erkennen ließ. Dennoch weideten sich Victors Augen an ihr, Augen, denen deutlich anzusehen war, wie seine lebhafte Fantasie manches von dem, was unsichtbar blieb, mit seinen hoffnungsvollsten Erwartungen ergänzte.

»Du kommst gut voran mit deiner Statue?« Victor stieß Richard mit dem Ellbogen an. »Wird sie eine Schönheit?«

Ein freudiges Lächeln überkam Richard. »Nun, Victor, du wirst es früh genug mit eigenen Augen sehen. Die Weihung ist ja nur noch wenige Wochen entfernt, und bis dahin werde ich fertig sein. Sie wird unsere Herzen mit Musik erfüllen … bis sie mich umbringen, jedenfalls.«

Victor tat dieses Gerede mit einer heftigen Handbewegung ab. »Ich hoffe doch, sie werden zu schätzen wissen, endlich wieder so viel Schönheit zu Gesicht zu bekommen, noch dazu in ihrem eigenen Palast.«

Richard gab sich diesbezüglich keinen Illusionen hin. In diesem Augenblick fiel es ihm ein, und er griff in eine Tasche, zog ein Blatt Papier hervor und reichte es dem Schmied.

»Priska sollte auf der Rückseite des Zifferblatts keinen Text anbringen, weil ich nicht wollte, dass die falschen Leute ihn zu Gesicht bekommen. Ich möchte dich bitten, diese Worte in die rückwärtige Fläche zu gravieren, ungefähr in derselben Höhe wie die Symbole auf der Vorderseite.«

Victor nahm das Blatt entgegen und faltete es auseinander. Sein Grinsen erlosch, er hob den Kopf und sah Richard mit unverhohlener Überraschung an.

»Das ist Verrat.«

Richard zuckte mit den Achseln. »Sie können mich nur einmal umbringen.«

»Aber davor können sie dich lange foltern. Zumal sie über äußerst unangenehme Methoden verfügen, um Menschen umzubringen, Richard. Hast du je gesehen, wie ein Mann im Himmel begraben wird, während er noch lebt, aus tausenden von kleinen Wunden blutet und seine Hände gefesselt sind, damit die Geier sich an seinem lebendigen Fleisch weiden können?«

»Der Orden hat mir schon lange die Hände gebunden, Victor. Wenn ich dort unten arbeite und um mich herum nichts als Tod sehe, blute ich aus tausend Wunden. Die Geier des Ordens weiden sich längst an meinem Fleisch.« Entschlossen hielt Richard Victors Blick stand. »Wirst du es tun?«

Victor schaute abermals auf das Blatt Papier. Er atmete tief durch und langsam wieder aus, während er den Zettel in seiner Hand betrachtete. »Diese Worte mögen Verrat sein, aber sie gefallen mir. Ich werde es tun.«

Richard versetzte ihm einen Schlag gegen die Schulter und bedachte ihn mit einem zuversichtlichen Lächeln. »So ist es recht. Und jetzt pass auf, wo der Sockel angebracht werden soll.«

Richard hob die Plane gerade so weit an, dass man den Sockel sehen konnte. »Hier habe ich dir eine ebene Fläche gemeißelt, die genau im richtigen Winkel geneigt ist. Da ich nicht wusste, wo sich die Befestigungslöcher im Guss befinden werden, habe ich es dir überlassen, die Löcher zu bohren und für die Bolzen mit Blei zu füllen. Sobald du den Sockel angebracht hast, kann ich den Winkel der Fassung ausrechnen, die ich für den Zeiger bohren muss.«

Victor nickte. »Die Stange für den Sonnenuhrzeiger wird bald fertig sein. Ich werde dir für sie eine Bohrspitze in der passenden Größe anfertigen.«

»Gut. Und dazu eine Rundraspel für den Feinschliff der Fassung?«

»Sollst du bekommen«, sagte Victor, während sich beide erhoben.

Er deutete mit der Hand auf die abgedeckte Statue. »Du vertraust mir, dass ich keinen Blick riskiere, während du fort bist, um deine hässlichen Figuren zu meißeln?«

Richard lachte amüsiert. »Ich weiß, dass du dir nichts sehnlicher wünschst, als die Erhabenheit dieser Statue zu sehen, wenn sie erst einmal fertiggestellt ist, Victor. Dieses Erlebnis würdest du dir um keinen Preis nehmen lassen.«

Victor stimmte sein polterndes, aus dem Bauch kommendes Lachen an. »Vermutlich hast du Recht. Komm nach der Arbeit vorbei, dann essen wir zusammen ein Stück Lardo und unterhalten uns über in Stein gemeißelte Schönheit und über frühere Zeiten.«

Richard bekam kaum mit, was Victor sagte. Er starrte auf den Gegenstand, der ihm mittlerweile so vertraut war. Seinen Blicken war er verborgen, aber seiner Seele konnte er sich nicht entziehen.

Er war so weit, dass er mit dem Vorgang des Polierens beginnen konnte, um nacktes Fleisch in Stein wiederzugeben.

Den Kopf gesenkt, vor dem eisigen winterlichen Wind durch ihren Schal geschützt, eilte Nicci durch die schmale, enge Gasse. Ein ihr entgegenkommender Mann rempelte gegen ihre Schulter, nicht weil er es eilig hatte, sondern weil er einfach nicht darauf zu achten schien, wohin er lief. Nicci schleuderte einen zornentbrannten Blick in Richtung seiner leeren Augen, doch ihr wütender Blick versank in einem bodenlosen Abgrund aus Gleichgültigkeit.

Den Beutel mit Sonnenblumenkernen fester an ihren Körper gedrückt, setzte sie ihren Weg durch die morastige Gasse fort. Um nicht von anderen entgegenkommenden Passanten angerempelt zu werden, hielt sie sich dicht an die hölzernen Wände der Gebäude. Gegen die kurze Kälteperiode in wärmende Kleider gehüllte Menschen schoben sich auf der Suche nach einem Zimmer, nach etwas zu essen, nach Kleidung oder Arbeit durch die enge Gasse auf die dahinter liegende Straße. Jenseits der Gasse konnte sie Männer sehen, die, an die Häuserwände der gegenüberliegenden Straßenseite gelehnt, auf dem Boden hockten und leeren Blicks verfolgten, wie Wagen durch die Straßen ratterten, um Nachschub für den Palast des Kaisers zur Baustelle zu liefern.

Nicci war auf dem Weg zum Brotladen. Sie wollte Butter für Richards Brot besorgen. Er würde zum Abendessen nach Hause kommen – das hatte er fest versprochen. Sie wollte ihm eine ordentliche Mahlzeit vorsetzen, er musste schließlich essen. Er hatte ein wenig abgenommen, auch wenn dies lediglich dazu beitrug, dass sich sein muskulöser Körperbau auf verwirrende Weise noch deutlicher abzeichnete. Er glich einer Fleisch gewordenen Statue – ganz ähnlich den Statuen, die sie früher, vor langer Zeit, stets gesehen hatte.

Sie erinnerte sich, wie die Dienerinnen ihrer Mutter, als sie noch klein war, kleine Kuchen aus Sonnenblumenmehl gebacken hatten. Glücklicherweise hatte sie genug davon ergattern können, um ihm ein paar dieser Kuchen zu backen, und vielleicht würde sie sogar Butter bekommen, um sie damit zu bestreichen.

Niccis Besorgnis wuchs zusehends. Die Weihung sollte in wenigen Tagen stattfinden. Richard behauptete, seine Statue würde fertig sein; er schien diesbezüglich vollkommen ruhig, als hätte er so etwas wie seinen inneren Frieden gefunden.

Fast wirkte er wie ein Mann, der sich mit seiner bevorstehenden Hinrichtung abgefunden hatte.

Wann immer Richard mit ihr sprach, schien er trotz der Unterhaltung mit seinen Gedanken ganz woanders zu sein, und in seinen Augen war jene Eigenschaft abzulesen, die sie so schätzte. In der Trostlosigkeit des Lebens, im Elend des Daseins, war dies die einzige Hoffnung, die ihr noch blieb. Die Menschen um sie herum warteten bloß noch auf den Tod. Allein in den Augen ihres Vaters, als sie noch klein war, und deutlicher noch jetzt in Richards Augen vermochte sie einen Beweis dafür zu erkennen, dass all dies die Mühe lohnte, dass das Dasein einen Sinn hatte.

Das leise Klackern von Kieselsteinen in einer Blechtasse ließ Nicci ihre Schritte bremsen und schließlich ganz stehen bleiben. Das

Geräusch war das unverkennbare Rasseln ihrer eigenen Ketten. Ihr Leben lang war sie eine Dienerin der Bedürftigkeit gewesen, und so sehr sie sich auch mühte, hier war sie wieder, die Blechtasse eines armen Bettlers, die noch immer rasselnd um ihre Hilfe bat.

Sie brachte es nicht über sich, sie ihm zu verwehren.

Tränen traten ihr in die Augen. Sie hatte sich so sehr gewünscht, Richard Butter zu seinem Brot vorsetzen zu können, aber sie besaß nur einen einzigen Silberpfennig, und dieser Bettler hatte nichts. Wenigstens hatte sie ein wenig Brot und ein bisschen Sonnenblumenmehl. Wie konnte sie sich Butter für Richards Brot und Kuchen wünschen, solange dieser arme Schlucker völlig mittellos war?

Sie war sich bewusst, dass sie böse war, weil sie diesen Silberpfennig behalten wollte, jenen Silberpfennig, den Richard im Schweiße seines Angesichts mit harter Arbeit verdient hatte. Sie war böse, weil sie Butter für Richard damit kaufen wollte. Wer war Richard, dass er Butter verdient hatte? Er war kräftig. Er war arbeitsfähig. Warum sollte er mehr bekommen, während andere gar nichts hatten?

Nicci konnte fast sehen, wie ihre Mutter bitter enttäuscht den Kopf schüttelte, weil der Pfennig noch immer in Niccis Hand lag und nicht längst dem Mann aus seiner Not half.

Wie kam es, dass es ihr nie gelang, dem moralischen Vorbild ihrer Mutter gerecht zu werden? Wie kam es, dass es ihr nie gelang, ihre böse Natur zu überwinden?

Langsam drehte Nicci sich herum und ließ den Silberpfennig in den Becher des Bettlers fallen.

Die Menschen machten einen großen Bogen um den Bettler. Ohne ihn wirklich wahrzunehmen, vermieden sie es, in seine Nähe zu geraten, und waren taub für das Rasseln seines Bechers. Wie war es möglich, dass diese Menschen die Lehren des Ordens noch nicht begriffen hatten? Wie brachten sie es nur über sich, den Bedürftigen nicht beizustehen? Immer blieb ihr dies überlassen.

Schließlich schaute sie ihn an und schreckte vor dem Anblick dieses abscheulich aussehenden, in schmutzige Lumpen gehüllten

Mannes zurück. Noch weiter zog sie sich zurück, als sie die Läuse durch seinen verfilzten, fettigen Haarwald springen sah. Durch einen Schlitz in den um sein Gesicht gewickelten Lumpen blinzelte er zu ihr hoch.

Das, was sie durch diesen Schlitz erblickte, war es schließlich, das ihr den Atem stocken ließ. Die Narben waren fürchterlich, gewiss, so als wäre sein Fleisch in den Feuern des Hüters selbst verschmort, aber es waren seine Augen, die sie packten, während er sich langsam erhob.

Die verdreckten Finger des Mannes legten sich wie ein Schraubstock um ihren Arm. »Nicci«, zischte er in einer Mischung aus Verdutztheit und Triumph, während er sie an sich zog.

Gefangen im Zugriff seiner kräftigen Finger und seines glühenden Funkelns, war sie unfähig, sich zu bewegen. Sie stand so nah, dass sie sehen konnte, wie seine Läuse auf sie übersprangen.

»Kadar Kardeef.«

»Ihr erkennt mich also wieder? Selbst in diesem Zustand?«

Weiter sagte sie nichts, doch offenbar war ihren Augen anzusehen, dass sie ihn für tot gehalten hatte, denn er beantwortete ihre unausgesprochene Frage.

»Erinnert Ihr Euch noch an das kleine Gör? Um das Ihr Euch scheinbar so fürsorglich gekümmert habt? Sie bedrängte die Bewohner der Stadt, mich zu retten. Sie weigerte sich, mir zu erlauben, über dem Feuer dort zu sterben, wo Ihr mich habt festbinden lassen. Sie hasste Euch so sehr, dass sie fest entschlossen war, mich zu retten. Ganz uneigennützig kümmerte sie sich aufopfernd um mich, um einen ihrer Mitmenschen, genau wie Ihr es den Stadtbewohnern befohlen habt.

Oh, ich wollte sterben. Nie hatte ich geahnt, dass ein Mensch so viele Schmerzen erleiden und trotzdem weiterleben kann. Aber so sehr ich meinen Tod auch herbeisehnte, ich habe überlebt, weil mein Wunsch nach Eurem Tod noch stärker war. Ihr habt mir das angetan. Ich möchte, dass der Hüter seine Fänge in Eure Seele schlägt.«

Nicci betrachtete ruhig seine bizarren Narben. »Und deshalb seid Ihr gekommen und sinnt auf Rache.«

»Nein, nicht deswegen. Sondern dafür, dass Ihr mich habt betteln lassen, als meine Männer es hören konnten. Dafür, dass Ihr zugelassen habt, dass andere Menschen hören, wie ich um mein Leben flehe. Aus diesem Grund haben sie mich gerettet – und aus Hass auf Euch. Dafür trachte ich nach Rache – dafür, dass Ihr mich nicht habt sterben lassen, dass Ihr mich zu diesem Leben als Monster verdammt habt, dem Frauen im Vorübergehen Pfennige in seinen Becher werfen.«

Nicci sah ihn aalglatt lächelnd an. »Nun, Kadar, falls Ihr sterben wollt, den Wunsch kann ich Euch zweifellos erfüllen.«

Er ließ ihren Arm los, als hätte er seine Finger daran verbrannt. Seine Fantasie verlieh ihr Kräfte, die sie nicht besaß.

Er spie sie an.

»Dann tötet mich doch, dreckige Hure. Schlagt mich tot.«

Nicci ließ ihr Handgelenk vorschnellen und brachte ihren Dacra zum Vorschein, eine messerähnliche Waffe, die die Schwestern bei sich trugen. Sobald der zugespitzte Stab in den Körper eines Opfers gebohrt wurde, ganz gleich an welcher Stelle, wurde dieses durch die Entfesselung ihrer Kräfte augenblicklich getötet. Kadar Kardeef wusste nicht, dass sie über keinerlei Kräfte verfügte; aber auch ohne ihre Kraft war der Dacra immer noch eine tödliche Waffe.

Klugerweise wich er einen Schritt zurück; er sehnte sich zwar nach dem Tod, fürchtete sich aber auch vor ihm.

»Warum geht Ihr nicht zu Jagang? Er hätte niemals zugelassen, dass Ihr zum Bettler werdet. Jagang war früher Euer Freund, er hätte sich um Euch gekümmert. Ihr hättet nicht betteln müssen.«

Kadar Kardeef lachte. »Das hätte Euch gefallen, was? Zu sehen, wie ich mich von den Resten von Jagangs Tafel ernähre. Wie gerne hättet Ihr an seiner Seite gesessen, die Königin der Sklaven, und hättet dabei zugeschaut, wie er mich so tief gesunken sieht und ich mit ansehen muss, wie Ihr mir Eure Krumen zuwerft.«

»Tief gesunken? Weil Ihr verwundet wurdet? Ihr seid beide schon früher verwundet worden.«

Er packte abermals ihr Handgelenk. »Für Jagang bin ich als Held gestorben. Er soll nicht erfahren, dass ich bettle wie einer jener schwächlichen Narren, die wir unter unseren Stiefeln zertreten haben.«

Nicci presste ihm den Dacra gegen den Bauch und drängte ihn damit zurück.

»Nur zu, tötet mich, Nicci.« Er breitete die Arme aus. »Bringt es zu Ende, wie Ihr es längst hättet tun sollen. Ihr habt doch noch nie ein Werk unvollendet gelassen. Schlagt mich tot, wie ich es schon lange hätte sein sollen.«

Wieder lächelte Nicci. »Der Tod ist keine Strafe. Jeder Tag, den Ihr lebt, kommt tausend Toden gleich. Aber das wisst Ihr doch inzwischen selbst, Kadar, oder etwa nicht?«

»War ich tatsächlich so ekelhaft zu Euch, Nicci? Hab ich mich so grausam gegen Euch benommen?«

Wie konnte sie ihm nur erklären, dass er genau dies getan hatte und wie sehr sie ihn dafür gehasst hatte, dass sie ihm als Leibeigene für sein Vergnügen zur Verfügung stehen musste? Es diente dem Wohl aller, wenn der Orden sich Männern wie Kadar Kardeef bediente. Wie konnte sie es wagen, sich selbst und ihre eigensüchtigen Interessen über das Wohl der Menschheit zu stellen?

Nicci machte kehrt und hastete die Gasse hinunter.

»Danke für den Pfennig!«, rief er ihr spöttisch nach. »Ihr hättet mir meine Bitte erfüllen sollen! Das hättet Ihr wirklich, Nicci!«

Nicci wollte nichts weiter als nach Hause und sich die Läuse aus den Haaren schrubben, denn sie spürte bereits, wie sie sich in ihre Kopfhaut gruben.

31. Kapitel

Richard zog die Hand, in der er das Stroh hielt, zurück und klopfte sich die Gräserreste von seiner Lederschürze. Seine Arme schmerzten von der mühseligen Arbeit, das leicht mit feinen Schleifschlämmen versetzte Stroh über den Stein zu reiben.

Doch als er den Glanz des Steins erblickte, den Charakter der Hochglanzpolitur, die Art, wie der Marmor leuchtete, empfand er nichts als Freude.

Die Figuren erhoben sich über einem glitzernden Steinfundament aus grob behauenem Marmor. An den Unterschenkeln, dort, wo die Beine aus dem Stein herauszuwachsen schienen, waren noch immer die gegenläufigen Riffelungen der gezackten Meißel zu erkennen, mit deren Hilfe dünne Gesteinsschichten abgetragen worden waren – er wollte, dass die Statue Zeugnis von der Hand des Menschen und der Herkunft der Figuren aus dem Stein ablegte.

Sie erhoben sich zu fast seiner doppelten Körpergröße. Teils war die Statue eine Verkörperung seiner Liebe zu Kahlan – er hatte Kahlan nicht aus dem Werk heraushalten können, da sie seinem Ideal der Frau entsprach –, und doch war die Frau in der Statue keineswegs sie. Man sah einen tugendhaften Mann und eine tugendhafte Frau, in Entschlossenheit vereint. Sie ergänzten einander, die beiden alles in sich vereinenden Teile dessen, was es hieß, ein Mensch zu sein.

Der geschwungene Teil der Sonnenuhr war von Victor und seinen Leuten mehrere Tage zuvor montiert worden, als Richard unten auf seinem Arbeitsplatz auf der Baustelle des kaiserlichen Palastes gearbeitet hatte. Während der Arbeit hatten sie die Plane über der Statue gelassen. Im Anschluss an die Montage des Rings hatte Richard den als Sonnenuhrzeiger dienenden Stab angebracht und die Hand vollendet, die ihn hielt. Das untere Ende des Stabes war mit einer goldenen Kugel versehen.

Victor hatte die Statue noch immer nicht gesehen; er war ganz außer sich vor freudiger Erwartung.

Als Richard die Figuren betrachtete, drang einzig das Licht des Fensters oben in den abgedunkelten Raum. Man hatte ihm den Tag von seiner Arbeit unten auf der Baustelle freigegeben, um den Transport der Statue hinunter auf den Palastvorplatz an diesem Abend vorzubereiten. In den Räumen hinter der Doppeltür, in denen Victors Leute an Aufträgen für den Palast arbeiteten, erklangen unermüdlich die Schmiedehämmer.

In nahezu völliger Dunkelheit stand Richard, lauschte auf die Geräusche aus der Schmiedewerkstatt und bestaunte die Kraft seiner eigenen Schöpfung. Sie war genau so geworden, wie er es beabsichtigt hatte.

Die Figuren von Mann und Frau wirkten, als könnten sie jeden Augenblick Atem holen und von ihrem steinernen Sockel heruntersteigen. Sie besaßen Knochen und Muskeln, Sehnen und Fleisch.

In Stein wiedergegebenes Fleisch.

Nur eine Kleinigkeit fehlte noch – etwas blieb noch zu tun.

Richard nahm seinen Schlägel und einen scharfkantigen Meißel zur Hand.

Manchmal, wenn er die vollendeten Figuren betrachtete, gab es Augenblicke, in denen er fast zu glauben geneigt war, dass er, wie Kahlan immer wieder behauptet hatte, bei seiner Bildhauerei Magie benutzte, doch er wusste es besser. Sie war das Ergebnis einer bewussten Handlung des menschlichen Geistes, weiter nichts.

Als er dort stand, Meißel und Schlägel in der Hand, und die Statue, seine zu Stein gewordene Vision, betrachtete, konnte Richard einen Augenblick lang seine überragende Leistung genießen, dass seine Schöpfung genau so Wirklichkeit geworden war, wie ursprünglich von ihm ersonnen.

Diesen einen Augenblick war sie vollkommen und gehörte ganz allein ihm.

Sie war, diesen einen Augenblick lang, in ihrem Wesen rein und unbefleckt von den Gedanken anderer. In diesem Augenblick war sie seine Leistung, und er war sich ihres Wertes und ihrer Bedeutung mit Herz und Verstand bewusst.

Richard ging vor den Figuren auf ein Knie, legte den kalten Stahl des Meißels an seine Stirn und schloss die Augen, während er sich darauf konzentrierte, was ihm jetzt noch zu tun blieb.

»Klinge, sei mir an diesem Tage treu.«

Er zog das um seinen Hals geschlungene rote Tuch über seine Nase, um den Gesteinsstaub nicht einatmen zu müssen, dann setzte er den Meißel an den Markierungen auf jener ebenen Stelle an, die er bereits, unmittelbar über der entscheidenden Stelle des Makels, vorbereitet hatte. Richard ließ den Schlägel niedersinken und begann den Titel der Statue dort, wo ihn jeder sehen konnte, in den Sockel zu meißeln.

Jenseits einer Straßenbiegung hinter einer Häuserecke stehend, beobachtete Nicci, wie Richard ein Stück hangabwärts die Werkstatt verließ, in der er seine Statue geschaffen hatte. Vermutlich wollte er sich um die Beschaffung des Pferdegespanns kümmern, mit dessen Hilfe der Stein abtransportiert werden sollte. Er schloss die Tür, die Kette aber legte er nicht vor. Zweifellos hatte er nicht die Absicht, lange fortzubleiben.

Auf dem gesamten Hügelhang arbeiteten Männer in einer Vielzahl unterschiedlicher Werkstätten. Handwerker, von Lederarbeitern bis hin zu Goldschmieden, trugen zu einer niemals nachlassenden Geräuschkulisse aus Sägen, Mahlen und Hämmern bei; der unablässige Lärm harter körperlicher Arbeit war nervenaufreibend. Viele der ein und aus gehenden Männer bedachten Nicci mit einem langen, interessierten Blick, doch Niccis zorniges Funkeln warnte sie, ihr ja nicht zu nahe zu kommen.

Unmittelbar nachdem sie Richard hinter der Werkstatt des Schmieds hatte verschwinden sehen, begann Nicci die Straße hinunterzugehen. Sie hatte ihm versprochen, zu warten, bis sein Werk vollendet war, ehe sie käme, um es in Augenschein zu nehmen. Sie hatte Wort gehalten.

Trotzdem war ihr nicht ganz wohl dabei zumute. Warum vermochte sie nicht zu sagen, aber es kam ihr fast so vor, als würde sie gleich in eine heilige Stätte eindringen. Richard hatte sie nicht eingeladen, seine Statue zu besichtigen, sondern sie gebeten abzuwarten, bis sie fertig war; und da sie fertig war, würde sie nicht länger warten.

Nicci wollte sie nicht gemeinsam mit all den anderen Menschen auf dem Vorplatz des Palastes sehen. Sie wollte mit ihr allein sein; der Orden und sein Interesse an der Statue waren ihr gleichgültig. Sie wollte nicht inmitten all der anderen Menschen stehen, mitten unter Menschen, die sie überhaupt nicht als etwas Bedeutungsvolles erkennen würden. Dies hatte für sie etwas Persönliches, und sie wollte sie in aller Ruhe betrachten können.

Sie erreichte die Tür, ohne dass sie jemand angesprochen oder auch nur beachtet hätte, und schaute sich in dem gleißenden, dunstigen Nachmittagslicht um. Als sie aber nur Männer sah, die sich ganz ihrer Arbeit widmeten, öffnete sie die Tür und schlüpfte hinein.

Im Raum war es dunkel; seine Wände waren schwarz, die Statue in seinem Inneren aber wurde von dem durch das Oberlicht in der hohen Decke einfallende Licht gut beleuchtet. Nicci vermied es, die Statue unmittelbar anzusehen, sondern hielt die Augen auf den Boden gerichtet, während sie den mächtigen Monolithen eiligen Schritts umrundete, um die Figur beim allerersten Mal von vorne betrachten zu können.

Nachdem sie ihre Position eingenommen hatte, drehte sie sich klopfenden Herzens um.

Niccis Blick wanderte an den Beinen hinauf, an den Gewändern, den Armen und Leibern der beiden Menschen, bis hinauf zu ihren Gesichtern. Ihr war, als schlösse sich eine gewaltige Faust um ihr Herz, bis dieses nicht mehr schlug.

Es war das, was man in Richards Augen sah, in leuchtend weißem Marmor zum Leben erweckt. Es in seiner endgültigen Gestalt vor sich zu sehen war, als würde man vom Blitz getroffen.

In diesem Augenblick schien sich ihr gesamtes Leben, alles, was ihr jemals widerfahren war, alles, was sie jemals gesehen, gehört oder getan hatte, mit einem einzigen gewaltsamen Aufblitzen in einem Punkt zu vereinen. Angesichts ihrer Schönheit, und mehr noch angesichts der Schönheit dessen, wofür sie stand, entfuhr Nicci ein schmerzgequältes Stöhnen.

Ihr Blick fiel auf den Titel, der dort in den steinernen Sockel gemeißelt stand.

LEBEN

Nicci brach unter Tränen auf dem Boden zusammen, zutiefst beschämt, entsetzt, angewidert und geradezu geblendet von der plötzlichen Erkenntnis.

… und ergriffen von reiner, unverfälschter Freude.

32. Kapitel

Nachdem Richard mit dem feinen weißen Leinenstoff zurückgekehrt war, den er gekauft hatte, um die Statue bis zur Feier am darauf folgenden Tag abzudecken, half er Ishaq und mehreren anderen Männern, die er von der Baustelle unten kannte, mit den Vorbereitungen für das mühselige Vorhaben, den schweren Stein mittels eines Schlittens hinunter auf den Palastvorplatz zu transportieren. Zum Glück hatte es seit einiger Zeit nicht mehr geregnet, deshalb war der Untergrund fest genug.

Ishaq, der sich in diesen Dingen auskannte, hatte eingefettete Rollwalzen aus Holz mitgebracht, die vor die die Holzplattform unter der Statue tragenden schweren Holzkufen gelegt wurden, damit die Pferdegespanne die gewaltige Last leichter über den Boden ziehen konnten. Sobald man die Statue auf den zweiten Satz eingefetteter Rollwalzen gezogen hatte, trugen die Männer die hinten liegen gebliebenen nach vorn, sodass die Statue in wechselnden Schüben vorwärts bewegt wurde.

Der Hang war weiß vom Geröll aus Gesteinsabfall, sodass die Statue beträchtlich weniger wog als noch zu Beginn. Ursprünglich hatte Victor spezielle Karren zum Transport von Gesteinsquadern angemietet, doch die waren jetzt nicht zu verwenden, weil das fertige Stück weder auf die Seite gelegt werden konnte, noch überhaupt eine so grobe Behandlung vertrug.

Unter wildem Gefuchtel mit seiner roten Mütze hatte Ishaq Befehle gebrüllt, Warnungen ausgestoßen und Stoßgebete zum Himmel gesandt, während sie sich langsam voranarbeiteten. Richard wusste, dass die Statue in keinen besseren Händen hätte sein können. Ishaqs nervöse Anspannung schien sich auf die Männer, die ihnen zur Hand gingen, zu übertragen. Sie spürten, dass es um etwas Wichtiges ging, und obwohl die Arbeit schwierig war, schien ihnen die Teilnahme daran mehr Freude zu bereiten als ihre tägliche Plackerei auf der Baustelle. Es dauerte bis in den späten Nachmittag, die Statue über die Strecke von der Werkstatt bis zum Fuß der auf den Vorplatz führenden Treppe zu schleppen.

Männer schaufelten Erde vor den Fuß der Treppe und stampften diese fest, um den Übergang auf die Steigung zu erleichtern. Dann führte man ein Gespann aus zehn Pferden zur Rückseite des Säulengangs. Um den Schlitten über die Stufen nach oben zu ziehen, führte man lange Taue durch die offenen Fenster- und Türöffnungen und band sie anschließend am steinernen Sockel fest. Die restlichen Rollwalzen wurden in den vorderen Winkel der Erdrampe gelegt, um später, wenn die Statue im weiteren Verlauf die Treppe hinaufrückte, weiter oben auf den Stufen platziert zu werden: Zoll um Zoll kletterte die Statue die Stufen hinauf.

Richard konnte kaum hinsehen. Wenn irgendetwas schief ginge, würde sein ganzes Werk nach hinten kippen und zerspringen; der Makel im Gestein würde alles zerstören. Er musste bei sich lächeln, als er merkte, wie töricht es war, sich darum zu sorgen, dass der Beweis seines Verbrechens gegen den Orden vernichtet werden könnte.

Als die Statue schließlich sicher auf dem Vorplatz angekommen war, wurde Sand unter die Plattform gepresst, um ihr Gewicht aufzufangen. Nun, da der Sand die hölzerne Plattform sicher trug, wurden die schweren Rollwalzen entfernt. Dann ließ man die Plattform ohne die Walzen von ihrem Sandhügel heruntergleiten. Von da an war es vergleichsweise einfach, die Statue mit viel Geduld und Behutsamkeit von ihrem hölzernen Unterbau herunter und auf den Vorplatz selbst zu ziehen. Zu guter Letzt stand Marmor auf Marmor. Kolonnen von Männern zogen die befreite Statue an um ihren Sockel befestigten Tauen auf ihren endgültigen Standort in der Platzmitte.

Als es vorbei war, stand Ishaq neben Richard und wischte sich mit seiner roten Mütze über die Stirn. Die gesamte Statue mitsamt Sonnenuhr war mit der weißen, von Stricken gesicherten Leinenplane verhüllt, sodass Ishaq nicht sehen konnte, was sie darstellte. Trotzdem spürte er, dass er etwas Bedeutendes vor sich hatte.

»Wann?«, war alles, was Ishaq fragte.

Richard wusste, was er meinte. »Ich glaube, das weiß ich gar nicht genau. Bruder Narev wird den Palast morgen dem Schöpfer weihen, vor den Augen all der Beamten, die angereist sind, um zu sehen, wofür das Geld, das sie von den Menschen ergaunert haben, ausgegeben wurde. Ich schätze, dass die Beamten morgen gemeinsam mit allen anderen, die der Zeremonie beiwohnen, sowohl die Statue als auch den Palast gezeigt bekommen sollen – ich glaube nicht, dass eine gesonderte Enthüllung oder dergleichen geplant ist.«

Nach allem, was Richard gehört hatte, war die Zeremonie für die Ordensbrüder eine Angelegenheit von größter Wichtigkeit. Der Aderlass, verursacht durch die Kosten für den Palast zusätzlich zu den Kriegskosten, verlangte nach einer Rechtfertigung gegenüber den Menschen, die diesen Preis nicht nur mit ihrem Schweiß, sondern auch mit ihrem Blut bezahlt hatten. Die Bruderschaft des Ordens herrschte durch die Imperiale Ordnung, notwendigerweise mit Unterstützung von brutalen Rohlingen, deren Vorgehen ihre moralische Billigung fand. Zwar hatten diese Rohlinge mühelos all jene physisch ausgemerzt, die aufbegehrt hatten, doch die Ordensbrüder wollten auch die Ideen ausmerzen, für die diese Revolte stand, bevor jene Schule machen konnten, denn besagtes Gedankengut bedeutete für sie die größte Gefahr.

Zu diesem Zweck war es erforderlich, auf die Beamten, die Günstlinge der Tyrannei, begeisternd einzuwirken. Richard vermutete, dass man der großen Schar von Beamten des Ordens, in Anbetracht der tausende von Fuß langen Steinmauern mit Darstellungen der Verdorbenheit der menschlichen Natur, geführte Besichtigungen zu sämtlichen Schwächen des Menschen anbieten und sie dadurch in die Pflicht nehmen würde, das bereits mit Waffengewalt konfiszierte Geld auszuhändigen – einer Gewalt, deren sie sich mit moralischer Billigung der Ordensbrüder durch die Bruderschaft der Imperialen Ordnung bedienten. Diesen kleinen Beamten gestand man für ihre Verdienste um den Orden ein Stück vom Kuchen zu, zweifellos aber beabsichtigten die Brüder ihnen, notfalls mit Gewalt, alle weiter führenden Ideen auszutreiben.

Unter der Führung der Brüder herrschte das Ordenskollektiv – jeder andere alleinige Herrscher auch – letzten Endes ausschließlich über die Unterwürfigkeit der Menschen, die entweder mittels moralischer Einschüchterung oder Androhung körperlicher Gewalt oder beidem kontrolliert wurden. Tyrannei verlangte, dass man sich unablässig um sie kümmerte, damit die Illusion gerechtfertigter Machtbefugnis nicht im Licht ihres unbarmherzigen Tributs verblasste und diese Rohlinge nicht von der ihnen zahlenmäßig weit überlegenen Bevölkerung überwältigt wurden.

Aus diesem Grund war Richard auch klar gewesen, dass er nicht zum Anführer taugte: Er konnte die Menschen nicht zu der Erkenntnis zwingen, dass aufgrund des hohen Wertes ihres Lebens Zwang verkehrt war, wohingegen der Orden sie durchaus zum Gehorsam zwingen konnte, indem er ihnen erst einmal einredete, ihr Leben sei wertlos. Freie Menschen ließen sich nicht beherrschen; man musste den Wert der Freiheit erst erkennen, bevor man sie fordern konnte.

»Nach allem, was ich gehört habe, soll es ein Großereignis werden«, sagte Ishaq. »Die Menschen kommen von überall her zur Weihung des Palastes des Kaisers. Die Stadt ist voller Besucher von nah und fern.«

Richard sah sich auf der Baustelle um, während die Arbeiter schweren Schritts wieder an ihre gewohnte Arbeit gingen.

»Ich bin überrascht, dass keiner der Beamten vorbeigeschaut hat, um den Palast vorab zu besichtigen.«

Ishaq schwenkte abtuend seine Mütze. »Sie sind alle auf der Versammlung der Bruderschaft des Ordens, im Stadtzentrum von Altur'Rang. Ganz große Sache. Es gibt zu essen und zu trinken, dazu Ansprachen von den Ordensbrüdern. Du weißt, wie beliebt Versammlungen beim Orden sind. Verdammt langweilig, könnte ich mir vorstellen. Nach allem, was ich von diesen Veranstaltungen weiß, wird man die Beamten damit auf Trab halten, dass man sie über die Nöte des Ordens sowie ihre Pflicht unterrichtet, die Menschen dazu zu bewegen, für diesen Zweck Opfer zu bringen. Die Brüder werden sie sämtlich straff am Zügel halten.«

Das bedeutete, dass die Ordensbrüder alle beschäftigt sein würden – zu beschäftigt, um für eine so unbedeutende Aufgabe wie die Überprüfung einer Statue, die einer ihrer Sklaven geschaffen hatte, zur Baustelle rauszukommen. Richards Statue war im großen Plan nicht von Belang. Sie bildete lediglich den Ausgangspunkt für den eindrucksvollen Rundgang vorbei an den meilenlangen Mauern, auf denen in ausgedehnten Szenen das große Anliegen des Ordens dargestellt wurde, so wie es die Ordensbrüder – unter Bruder Narevs Führung – vorschrieben.

Wenn die Beamten und Brüder zu beschäftigt waren, um an diesem Tag zu kommen – die Bewohner der Stadt waren es nicht. Vermutlich würden die meisten von ihnen den Feierlichkeiten des nächsten Tages beiwohnen, davor aber wollten sie sich, ganz für sich, selbst einen Eindruck von diesem Ort verschaffen, ohne die langweiligen Reden, die die Zeremonie in die Länge ziehen würden. Richard sah viele dieser Menschen von einer Szene auf den Mauern zur nächsten schreiten, die Gesichter erfüllt von der Trostlosigkeit dessen, was sie dort geboten bekamen.

Gardisten hielten die Menschen auf respektvolle Distanz und fern von dem Labyrinth der Räumlichkeiten und Korridore, die mittlerweile von Geschossdecken und, an einigen Stellen, Dächern nach oben hin abgeschlossen waren. Jetzt, da die Statue auf ihrem Platz stand, rückten die Gardisten an, um den Zugang zu dem Vorplatz freizuräumen.

In der vergangenen Woche hatte Richard nur wenige Stunden Schlaf gefunden. Nun, da die Statue endlich auf ihrem Platz stand, überwältigte ihn die Müdigkeit. Angesichts der vielen Mehrarbeit zusätzlich zu dem wenigen Schlaf und der schlechten Ernährung war er fast so weit, dass er sich auf der Stelle hätte niederlegen können.

Victor kam aus den langen Schatten hervor; einige Arbeiter waren schon dabei, aufzubrechen, andere wiederum würden noch stundenlang beschäftigt sein. Richard hatte nicht einmal mitbekommen, dass es den größten Teil des Tages gedauert hatte, die Statue umzusetzen. Jetzt, da die Hitze der Arbeit vorbei war, klebte ihm das schweißdurchtränkte Hemd eiskalt auf der Haut.

»Hier«, sagte Victor und reichte Richard eine Scheibe Lardo. »Iss. Um zu feiern, dass du es geschafft hast.«

Richard bedankte sich bei seinem Freund, bevor er den Lardo gierig verschlang. Er hatte alles in seiner Macht Stehende getan, um den Menschen vor Augen zu führen, was sie sehen mussten. Aber jetzt, da die Arbeit beendet war, fühlte Richard sich plötzlich verloren. Erst jetzt wurde ihm richtig bewusst, wie sehr er es verabscheute, fertig zu sein, auf die würdevolle Arbeit verzichten zu müssen. Sie war es gewesen, dic ihn aufrecht gehalten hatte.

»Ich schlafe im Stehen ein, Ishaq. Meinst du, du könntest mich auf dem Nachhauseweg ein Stück in deinem Wagen mitnehmen?«

Ishaq gab Richard einen Klaps auf den Rücken. »Komm, du kannst hintendrauf mitfahren. Ich bin sicher, Jori hat nichts dagegen. So kann er dir wenigstens einen Teil deines Fußmarsches ersparen. Ich muss hier bleiben und mich um die Gespanne und die Wagen kümmern.«

Richard bedankte sich bei dem strahlenden Victor. »Morgen früh, meine Freunde, werden wir bei vollem Tageslicht die Plane abnehmen und zum letzten Mal Schönheit erblicken. Danach … nun, wer weiß.«

»Also, dann bis morgen«, sagte Victor mit seinem listigen Lächeln. »Ich glaube, heute Nacht mache ich kein Auge zu«, rief er Richard hinterher.

All die Monate der Anstrengung schienen auf einmal über ihn hereinzubrechen. Er kletterte auf die Ladefläche von Ishaqs Wagen und wünschte dem Mann eine gute Nacht. Als Ishaq sich entfernte, rollte Richard sich, um sich gegen das Licht zu schützen, unter einer Plane zusammen und war eingeschlafen, bevor Jori zurückkehrte. Er bekam nicht das Geringste davon mit, dass der Wagen sich in Bewegung setzte.

Nicci beobachtete, wie Richard zusammen mit Ishaq aufbrach. Sie wollte es alleine tun; es sollte ihr Beitrag sein. Sie wollte etwas beisteuern, das von Wert war.

Erst dann konnte sie ihm wieder gegenübertreten.

Sie wusste ganz genau, wie der Orden auf die Statue reagieren würde; man würde sie als Gefahr ansehen und nicht zulassen, dass andere sie zu Gesicht bekamen. Der Orden würde sie demzufolge zerstören. Dann wäre sie dahin, und niemand würde je von ihrer Existenz erfahren.

Die Finger ineinander schlingend überlegte sie, wie sie weiter vorgehen sollte – was zuerst zu tun war. Dann kam ihr der rettende Gedanke. Sie hatte ihn schon einmal aufgesucht; und damals hatte er Richard auch geholfen. Mit hastigen Schritten lief Nicci über das weite Gelände der Palastbaustelle und den Hügel hinauf.

Sie war außer Atem, als sie bei der Schmiedewerkstatt anlangte. Der grimmig dreinblickende Schmied war gerade dabei, das Werkzeug fortzuräumen; das Feuer in seiner Esse hatte er bereits mit Asche zugedrückt. Einen winzigen Augenblick lang riefen die Gerüche und Bilder, ja sogar die feine Schicht aus Eisenstaub und Ruß in Nicci eine freudige Erinnerung an die Werkstatt ihres Vaters hervor. Jetzt begriff sie den Blick in den Augen ihres Vaters. Sie bezweifelte, dass er ihn selbst je ganz verstanden hatte, aber sie tat es jetzt. Der Schmied sah auf, ohne zu lächeln, als sie in seine Werkstatt stürmte.

»Mr. Cascella! Ich brauche Eure Hilfe!«

Sein Blick verfinsterte sich noch mehr. »Was ist denn los? Wieso weint Ihr? Ist es wegen Richard? Hat man ihn …«

»Nein, nichts dergleichen.« Sie ergriff seine fleischige Hand und zog. Es war, als wollte man einen Felsbrocken fortziehen. »Bitte, kommt mit. Es ist wichtig.«

Er deutete mit seiner freien Hand um sich, auf seine Werkstatt. »Aber ich muss für die Nacht aufräumen.«

Sie zerrte abermals an seiner Hand. Sie merkte, wie ihr die Tränen in den Augen stachen. »Bitte! Es ist wirklich wichtig!«

Er wischte sich mit seiner freien Hand übers Gesicht. »Also gut, geht Ihr voraus.«

Nicci kam sich ein wenig albern dabei vor, den stämmigen Schmied an der Hand hinter sich herzuziehen, als sie den Hang hinunterrannte. Er wollte wissen, wohin sie denn gingen, aber sie antwortete nicht. Sie wollte unten sein, bevor das Tageslicht ganz verschwunden war.

Als sie auf dem Vorplatz anlangten, patrouillierten Gardisten, jedem den Zutritt auf den Platz verwehrend, auf dem Oberrand der Treppe. Ganz in der Nähe erblickte Nicci Ishaq, der lange Holzbohlen auf einen Wagen lud. Sie rief ihm etwas zu, und als er sah, dass der Schmied bei ihr war, kam er herbeigeeilt.

»Was ist denn, Nicci? Ihr seht aus wie eine völlig verängstigte …«

»Ich muss Euch beiden die Statue zeigen. Jetzt gleich.« Victors Miene verfinsterte sich. »Sie wird morgen enthüllt werden, wenn Richard …«

»Nein! Ihr müsst sie unbedingt jetzt sofort sehen.« Die beiden verstummten. Ishaq beugte sich, verstohlen gestikulierend, zu ihr hin.

»Wir können dort nicht hinauf. Sie wird bewacht.«

»Ich kann schon.« Wütend wischte Nicci sich die Tränen aus den Augen. Ihre Stimme gewann jenen Ton feierlicher Machtbefugnis zurück, dessen sie sich so oft bedient hatte, jenen düsteren Tonfall, in dem sie das Urteil über so viele Menschenleben gefällt und diese in den Tod geschickt hatte. »Wartet hier.«

Nicci drückte den Rücken durch und reckte das Kinn empor. Sie war wieder eine Schwester der Finsternis.

Gemessenen Schritts, als ob der Palast ihr gehörte, stieg sie die Stufen hinauf. Und er gehörte tatsächlich ihr, denn sie war die Königin der Sklaven. Diese Männer unterstanden ihrem Kommando.

Sie war die Herrin des Todes.

Die Gardisten näherten sich ihr mit Bedacht; sie spürten, dass diese schwarz gekleidete Frau gefährlich war.

Sie sprach zuerst, noch bevor sie überhaupt den Mund aufmachen konnten.

»Was tut ihr hier?«, fauchte sie.

»Was wir hier tun?«, erwiderte einer. »Wir bewachen den Palast des Kaisers, das tun wir hier ...«

»Wie kannst du es wagen, mir eine ungehörige Antwort zu geben. Weißt du überhaupt, wer ich bin?«

»Nun ja ... ich glaube nicht, ich ...«

»Die Herrin des Todes. Vielleicht hast du schon von mir gehört?«

Ein Dutzend Männer nahm Haltung an. Sie merkte, wie sie das schwarze Kleid abermals musterten, danach ihr langes blondes Haar und ihre blauen Augen. Ihre Reaktion auf das, was sie sahen, ließ für Nicci keinen Zweifel daran, dass ihr Ruf ihr vorausgeeilt war. Bevor sie noch eine weitere Bemerkung hervorbrachten, ergriff sie abermals das Wort.

»Was, glaubt ihr, tut die Gesellschafterin des Kaisers hier? Glaubt ihr etwa, ich sei ohne meinen Herren hierher gekommen? Natürlich nicht, ihr Trottel!«

»Der Kaiser ...«, stammelten mehrere schockiert.

»Ganz recht, der Kaiser wird morgen zur Weihung hier eintreffen. Ich bin hergekommen, um mir vorab selbst ein Bild zu machen, und was muss ich sehen? Idioten! Ihr steht hier untätig herum, während ihr eigentlich Aufstellung nehmen solltet, um Seine Exzellenz zu begrüßen, wenn er in nur wenigen Stunden in der Stadt eintrifft!«

Die Gardisten bekamen große Augen. »Aber … davon hat uns niemand was gesagt. Wo kommt er überhaupt an?«

»Glaubt ihr vielleicht, ein so bedeutender Mann möchte, dass jeder Meuchelmörder weit und breit über seinen Aufenthaltsort informiert wird, damit der ihn aufspüren kann? Und was tut ihr, falls sich tatsächlich ein Meuchelmörder hier herumtreiben sollte? Ihr steht tatenlos herum!«

Sämtliche Soldaten verneigten sich beflissen.

»Wo?«, fragte ein Sergeant. »Wo wird Seine Exzellenz ankommen?«

»Er wird von Norden her eintreffen.«

Der Mann benetzte sich die Lippen. »Aber … aber über welche Straße von Norden her? Es gibt jede Menge Routen, die in Frage kommen …«

Nicci stemmte die Fäuste in die Hüften. »Glaubt ihr vielleicht, Seine Exzellenz kündigt den Reiseweg vorab an? Und auch noch euresgleichen? Würde nur eine einzige Straße bewacht werden, wüsste doch wohl jeder Attentäter sofort, wo er auf den Kaiser warten muss, oder? Sämtliche Straßen müssen bewacht werden! Und Ihr steht stattdessen hier herum!«

Die Männer nickten und verbeugten sich nervös; sie wollten fort, um ihre Pflicht zu tun, wussten aber nicht, wohin.

Die Zähne aufeinander beißend, beugte Nicci sich zu dem Sergeanten. »Bringt Eure Männer hinaus zu einer der von Norden kommenden Straßen. Sofort. Das ist Eure Pflicht und Schuldigkeit. Sämtliche Straßen müssen bewacht werden.«

Die Soldaten traten unter mehrfachen Verbeugungen ab und entfernten sich. Nach nur wenigen hastigen Schritten ergriffen sie die Flucht und fingen an zu rennen. Sie konnte sehen, wie unterwegs weitere Gardisten abkommandiert wurden.

Während sie den Vorplatz räumten, wandte Nicci sich den beiden verdutzten Männern zu. Sie stiegen, jetzt unbehelligt von den Gardisten, die Stufen hinauf. Einige Bürger, die über die gepflasterten

Fußwege schlenderten, um sich die Bildhauereien an den Mauern anzusehen, hatten das Geschrei vernommen und wandten sich neugierig um.

Als Victor und Ishaq die Ebene des Vorplatzes erreichten, löste Nicci die Stricke, packte das Leinentuch mit beiden Händen und riss den Schleier von der Statue.

Die beiden Männer erstarrten mitten im Schritt.

Im Halbkreis rings um den Vorplatz waren die Mauern mit der Geschichte der Unzulänglichkeit des Menschen bedeckt, rings um sie herum wurde der Mensch als klein, verdorben, missgestaltet, unfähig, verängstigt, grausam, geistlos, böse, habgierig, korrupt und sündhaft dargestellt. Er wurde gezeigt als auf ewig zerrissen zwischen jenseitigen Mächten, die jeden Aspekt seines jämmerlichen Daseins beherrschten, eines unfassbaren Daseins in einem von Sündhaftigkeit brodelnden Kessel, aus dem allein der Tod Erlösung bot. Wer im Diesseits unter dem Schutz des Lichts des Schöpfers zu Tugendhaftigkeit gelangt war, wirkte leblos, die Gesichter dieser Menschen waren bar jeder Empfindung und Bewusstheit, ihre Körper steif wie die von Toten. Aus leeren, geistlos abgestumpften Augen starrten sie hinaus in die Welt, während sich zwischen ihren Beinen Ratten tummelten, Schlangen sich um ihre Beine wanden und über ihren Köpfen Geier ihre Kreise zogen.

Inmitten dieses Strudels aus gequältem Leben, dieser Sintflut aus Korruptheit, Verdorbenheit und Laster, erhob sich in kühnem, strahlendem Widerspruch Richards Statue.

Sie war eine vernichtende Anklage gegen all das, was sie umgab.

Das Ausmaß und die Wucht der Hässlichkeit, die Richards Statue umringte, schien zur Bedeutungslosigkeit zu schrumpfen. Die Verderbtheit der Wandreliefs schien jetzt, angesichts dieser reinen, unverdorbenen Schönheit und Wahrhaftigkeit, ihre eigene Unaufrichtigkeit geradezu hinauszuschreien.

Die beiden Figuren in der Mitte standen da in einer Haltung harmonischer Ausgewogenheit. Der Körper des Mannes offenbarte eine stolze Männlichkeit. Obwohl die Frau bekleidet war, ließ sie an ihrer Weiblichkeit keinen Zweifel. In beiden spiegelte sich eine Liebe für den menschlichen Körper wider, die diesen als sinnlich, würdevoll und rein ansah. Die Verdorbenheit ringsum schien vor dieser Reinheit und Würde geradezu entsetzt zurückzuschrecken.

Mehr noch aber existierte Richards Statue ganz ohne Widerspruch; die Figuren legten Bewusstheit, Vernunft und Zielbewusstsein an den Tag. Es war eine Offenbarung der Stärke, der Fähigkeit und wahren Bestimmung des Menschen. Dies war das Leben, das man um seiner selbst willen lebte. Dies war die Menschheit, die sich aus freiem Willen stolz erhob.

Es entsprach genau dem einen Wort des Titels auf ihrem Sockel:

LEBEN

Ihre Existenz war der Beweis für die Gültigkeit dieser Idee.

Sie war das Leben, so wie es gelebt werden sollte – stolz, von Vernunft gelenkt und niemals als Sklave eines anderen. Sie war die gebührende Begeisterung des Individuums, die Feier der Erhabenheit des menschlichen Geistes.

Als Antwort hatte alles an den Mauern ringsum nichts als den Tod zu bieten.

Sie antwortete mit dem Leben.

Victor und Ishaq lagen weinend auf den Knien.

Der Schmied hob lachend seine Arme zu der vor ihm stehenden Statue, während ihm Freudentränen über das Gesicht strömten.

»Er hat es tatsächlich geschafft. Er hat sein Wort gehalten. In Stein wiedergegebenes Fleisch, Erhabenheit und Schönheit.«

Menschen, die gekommen waren, um die anderen Bildhauereien zu betrachten, begannen sich zu sammeln, um zu sehen, was sich dort mitten auf dem Platz erhob. Sie starrten mit weit aufgerissenen Augen, viele von ihnen zum allerersten Mal mit dem Gedanken konfrontiert, dass der Mensch von Geburt Würde besaß. Diese Aussage war so voller Kraft, dass sie allein alles an den Mauern ringsum zur Bedeutungslosigkeit verdammte.

Viele wurden beim Betrachten von derselben Erkenntnis ergriffen wie Nicci.

Die anderen Bildhauer verließen ihre Arbeitsstellen, um zu sehen, was dort mitten auf dem Vorplatz stand; die Steinmetze stiegen von ihren Arbeitsgerüsten herunter, die Zuarbeiter setzten ihre Mörteleimer ab, die Tischler kletterten von ihren Arbeitsplätzen beim Einpassen der Balken herunter, die Dachdecker legten ihre Meißel fort, die Gespannfahrer banden ihre Pferde an, Arbeiter, die mit Umgraben und Bepflanzen des umliegenden Geländes beschäftigt waren, ließen ihre Schaufeln fallen. Aus allen Himmelsrichtungen kamen sie herbei zu der mitten auf dem Vorplatz stehenden Statue.

Immer mehr Menschen strömten die Treppe hinauf und scharten sich, sie ehrfurchtsvoll bestaunend, in gewaltiger Zahl um die Figur. Viele sanken weinend auf die Knie, nicht aus Trübsal wie zuvor, sondern vor Freude. Viele, wie der Schmied, verfielen in Gelächter, während ihnen Freudentränen über ihre glücklichen Gesichter strömten. Einige wenige verhüllten ängstlich ihr Gesicht.

Während die Menschen sie mit den Augen aufnahmen, begannen sie fortzulaufen, um andere zu holen. Bald strömten die Arbeiter aus den Werkstätten am Hang herbei, um zu sehen, was dort auf dem Vorplatz stand. Männer und Frauen, die gekommen waren, um sich die Bauarbeiten anzusehen, liefen nach Hause, um ihre Lieben zu holen, um sie herzubringen, damit sie sahen, was hier vor dem Palast des Kaisers stand.

Es war etwas, das die meisten dieser Menschen in ihrem ganzen Leben noch niemals zu Gesicht bekommen hatten.

Es öffnete den Blinden die Augen.

Es war Wasser für die Dürstenden. Es war das Leben für all jene, die im Sterben lagen.

33. Kapitel

Kahlan holte ihre Karte hervor und warf einen kurzen Blick darauf dann blickte sie in beiden Richtungen die Straße hinunter, dabei fiel ihr auf, dass die anderen Wohnhäuser nicht ganz so gut in Schuss waren.

»Was meint Ihr?«, erkundigte sich Cara mit gesenkter Stimme.

Kahlan schob die Karte wieder unter ihren Überwurf. Sie zog das Fell ein wenig höher über ihre Schultern und vergewisserte sich, dass es das Heft von Richards Schwert verdeckte, das sie auf ihren Rücken geschnallt trug: ihr eigenes Schwert war unter ihrem Umhang verborgen.

»Ich weiß nicht. Uns bleibt nicht mehr viel Tageslicht. Ich schätze, es gibt nur eine Möglichkeit, ganz sicherzugehen.«

Cara betrachtete die Menschen, die in ihre Richtung blickten. Meistens machten die Menschen in dieser Stadt einen auffallend wenig neugierigen Eindruck. Da sie ihre Pferde vor den Toren der Stadt in einem Stall untergestellt hatten, hatten sie keine Möglichkeit, schnell zu fliehen, sollten sie sich unvermittelt aus dem Staub machen müssen. Die allgemein verbreitete Interesselosigkeit der Menschen linderte Kahlans Sorge ein wenig.

Sie hatten beschlossen, sich einfach so zurückhaltend und zwanglos zu verhalten wie möglich. Auch hatte sie angenommen, dass sie in ihrer Reisekleidung ziemlich unauffällig aussehen würden, doch an einem so trostlosen Ort wie Altur'Rang hatten die beiden große Mühe, nicht aufzufallen. Rückblickend wünschte sie sich, sie hätten die Zeit gehabt, irgendwelche schäbige Kleidung aufzutreiben. Kahlan fühlte sich etwa so unauffällig wie ein paar aufgetakelte Freudenmädchen auf einem Jahrmarkt auf dem Land.

Sie stieg die Treppe zu dem Wohnhaus hoch, als wüsste sie, wohin sie wollte, und gehörte dorthin. Der Flur drinnen war sauber, er roch nach frisch geschrubbtem Holzfußboden. Cara dicht auf den Fersen, ging Kahlan weiter bis zum ersten Flur auf der rechten Seite. Weiter hinten im Flur konnte sie den Treppenschacht erkennen. Wenn dies das richtige Gebäude war, dann musste es diese Tür sein.

Kahlan sah sich nach beiden Seiten um und klopfte. Niemand antwortete. Sie klopfte abermals, ein wenig lauter. Sie versuchte den Türknauf, es war jedoch abgeschlossen. Nach einem weiteren prüfenden Blick in den Hausflur zog sie ein Messer aus ihrem Gürtel, schob es unter die Türleiste und drückte es zur Seite, bis die Tür aufsprang. Sie packte Cara beim Ärmel und zog die Frau mit sich hinein.

Drinnen nahmen die beiden eine kampfbereite Haltung an, doch im Zimmer war niemand. Das Erste, was Kahlan im durch die beiden Fenster hereinfallenden Licht bemerkte, war, dass es zwei Schlaflager gab. Dann entdeckte sie Richards Rucksack.

Sie ließ sich in der hinteren Zimmerecke auf die Knie hinunter, schlug die Lasche zurück und sah seine Sachen darin – sein Kriegszaubereranzug lag ganz zuunterst. Den Tränen nahe, drückte sie den Rucksack an ihre Brust.

Über ein Jahr war es jetzt her, dass sie ihn zuletzt gesehen hatte. Fast die Hälfte der Zeit, die sie ihn kannte, war er von ihr getrennt gewesen. Es schien ihr, als könnte sie dies keinen Augenblick länger ertragen.

Plötzlich vernahm Kahlan ein Geräusch. Cara hatte einen jungen Mann am Handgelenk gepackt, als dieser, ein Messer schwingend, ins Zimmer gestürzt kam.

Kahlan warf abwehrend die Hände in die Luft. »Nicht, Cara!«

Einen verdrießlichen Ausdruck im Gesicht, nahm Cara ihren Strafer wieder vom Hals des jungen Mannes. Seine Augen waren, sowohl aus Angst als auch aus Empörung, weit aufgerissen.

»Diebe! Ihr seid Diebe! Das gehört Euch nicht! Legt das wieder hin!«

Kahlan stürzte auf den jungen Mann zu und bedeutete ihm, die Stimme zu senken.

»Lautet dein Name Kamil oder Nabbi?«

Überrascht kniff der junge Mann die Augen halb zu. Sich die Lippen benetzend, warf er einen Blick über die Schulter, hin zu der Frau, die ihn in Schach hielt.

»Ich bin Kamil. Wer seid Ihr? Woher kennt Ihr meinen Namen?«

»Ich bin ein Freund. Von Gadi weiß ich ...«

»Dann seid Ihr kein Freund!«

Bevor er um Hilfe schreien konnte, hielt ihm Cara die Hand über den Mund.

Kahlan brachte ihn zum Schweigen. »Gadi hat einen Freund von uns getötet. Nachdem wir ihn gefangen genommen hatten, verriet er mir deinen Namen.«

Als sie sah, dass ihn die Nachricht überraschte, bedeutete Kahlan Cara, ihre Hand zu senken.

»Gadi hat jemanden umgebracht?«

»So ist es«, bestätigte Cara.

Er warf einen verstohlenen Blick über seine Schulter. »Was habt Ihr mit ihm gemacht? Mit diesem Gadi?«

»Wir haben ihn hingerichtet«, antwortete Kahlan, ohne ihm das genaue Strafmaß zu verraten.

Der junge Mann lächelte. »Dann seid Ihr wirklich Freunde. Gadi ist ein schlechter Mensch. Er hat meinen Freund verletzt. Ich hoffe, er hat gelitten.«

»Es hat lange gedauert, bis er starb«, bestätigte Cara.

Der junge Mann schluckte, als er ihr Grinsen hinter seiner Schulter bemerkte. Kahlan gab Cara ein Zeichen, ihn loszulassen.

»Und wer seid Ihr beide?«, fragte er.

»Mein Name ist Kahlan, und das hier ist Cara.«

»Und was tut Ihr hier?«

»Das ist ein wenig kompliziert, aber wir sind auf der Suche nach Richard.«

Sein Misstrauen kehrte zurück. »Ach ja?«

Kahlan lächelte. Er war tatsächlich ein Freund von Richard. Sie legte ihm eine Hand auf die Schulter und schaute ihm in die Augen.

»Ich bin seine Gemahlin. Seine wirkliche Gemahlin.« Kamil blinzelte sprachlos. »Aber, aber …«

Kahlans Stimme wurde härter. »Nicci ist nicht seine Ehefrau.«

Seine Augen füllten sich mit Tränen, während ein Lächeln über sein Gesicht huschte. »Ich wusste es. Ich wusste, dass er sie nicht liebt. Ich habe nie verstanden, wie Richard sie heiraten konnte.«

Plötzlich schlang Kamil seine Arme um Kahlan und drückte sie aus einem Gefühl überbordender Glückseligkeit für Richard an sich. Leise lachend strich Kahlan dem jungen Mann übers Haar. Cara packte ihn am Kragen und zog ihn zurück, aber wenigstens tat sie es behutsam.

»Und Ihr?«, fragte Kamil an Cara gewandt.

»Ich bin eine Mord …«

»Cara ist eine gute Freundin von Richard.« Daraufhin schlang Kamil unerwartet auch Cara die Arme um den Hals. Kahlan befürchtete schon, die Mord-Sith könnte ihm den Schädel einschlagen, doch sie ließ es höflich über sich ergehen, auch wenn ihr nicht ganz wohl dabei zumute war. Kahlan glaubte, Cara sogar lächeln gesehen zu haben.

Kamil wandte sich wieder an Kahlan. »Aber was hat Richard dann mit Nicci zu schaffen?«

Kahlan atmete tief durch. »Das ist eine lange Geschichte.«

»Erzählt sie mir.«

Einen Augenblick lang sah Kahlan ihm abschätzend in seine dunklen Augen. Ihr gefiel, was sie dort sah. Trotzdem hielt sie es für das Beste, sich einfach auszudrücken.

»Nicci ist eine Hexenmeisterin. Sie hat Richard mit Hilfe von Magie gezwungen, sie zu begleiten.«

»Magie? Was für Magie?«, hakte er nach.

Kahlan atmete abermals tief durch. »Sie hätte ihre Magie dazu benutzen können, mich zu verletzen oder gar zu töten, wenn Richard nicht einverstanden gewesen wäre, sie zu begleiten.«

Den Blick gen Himmel gerichtet, dachte Kamil darüber nach; schließlich nickte er. »Klingt logisch. Das entspricht ganz Richards Art – er würde alles tun, um die Frau zu retten, die er liebt. Ich weiß, dass er Nicci nie geliebt hat.«

»Und woher weißt du das?«

Kamil deutete auf die beiden Nachtlager. »Er hat nicht bei ihr geschlafen. Ich wette, bei Euch hat er geschlafen, wenn Ihr zusammen wart.«

Kahlan spürte, wie seine Offenheit sie erröten ließ. »Woher weißt du das?«

»Ich weiß es nicht.« Er kratzte sich am Kopf. »Ihr seht einfach so aus, als würdet Ihr zu ihm gehören. Wenn Ihr seinen Namen aussprecht, spüre ich, wie viel Zuneigung Ihr für ihn empfindet.«

Kahlan konnte sich trotz ihrer Müdigkeit eines Lächelns nicht erwehren. Wochenlang waren sie in halsbrecherischem Tempo geritten, hatten unterwegs zwei Pferde verloren und andere erwerben müssen. Die letzte Woche waren sie mit sehr wenig Schlaf ausgekommen. Mittlerweile fiel es ihr bereits schwer, einen klaren Gedanken zu fassen.

»Dann weißt du also, wo Richard sich zurzeit befindet?«, fragte Kahlan.

»Bestimmt bei der Arbeit. Gewöhnlich kommt er ungefähr um diese Zeit nach Hause – wenn er nicht auch nachts arbeiten muss.«

Kahlan ließ den Blick kurz durchs Zimmer gehen. »Und Nicci?«

»Ich weiß nicht. Vielleicht ist sie aus dem Haus gegangen, um Brot einzukaufen oder so. Ein bisschen seltsam ist es schon – normalerweise ist sie um diese Zeit längst zu Hause. Sie hat fast immer das Abendessen für Richard fertig.«

Kahlans Blick wanderte durch das dunkler werdende Zimmer, vom Tisch über das Waschbecken zum Küchenschrank. Sie ginge jetzt nur ungern fort, nur um erleben zu müssen, dass er eine Minute nach ihrem Weggang erschien. Kamil fand es merkwürdig, dass Nicci nicht zu Hause war. Dass beide fort waren, war Besorgnis erregend.

»Wo arbeitet er?«, fragte Kahlan.

»Auf der Baustelle.«

»Baustelle? Auf welcher Baustelle?«

Kamil deutete die Richtung an. »Draußen beim neuen Palast des Kaisers, der gerade gebaut wird. Morgen findet die große Weihungsfeier statt.«

»Dann ist der neue Palast fertig?«

»Ach was. Es wird noch Jahre dauern, bis es so weit ist. Im Grunde haben die Arbeiten gerade erst begonnen. Aber er soll jetzt schon dem Schöpfer geweiht werden. Eine Menge Menschen sind wegen der Feierlichkeiten nach Altur'Rang gekommen.«

»Richard hilft als Arbeiter bei der Errichtung des Palastes?«

Kamil nickte. »Er ist Bildhauer, jedenfalls im Augenblick. Davor hat er für Ishaqs Fuhrunternehmen gearbeitet, aber nachdem man ihn dann verhaftet hatte ...«

Kahlan packte ihn bei seinem Hemd. »Er wurde verhaftet? Hat man ihn ... gefoltert?«

Kamil wandte den Blick von ihrem aufgebrachten Gesicht ab.

»Ich habe Nicci Geld gegeben, damit man sie hineinließ und sie ihn besuchen konnte. Sie, Ishaq und Victor, der Schmied, haben ihn freibekommen. Er war schlimm zugerichtet. Als es ihm wieder besser ging, haben die Beamten ihn gezwungen, als Bildhauer zu arbeiten.«

Kamils Worte wirbelten ihr durch den Kopf. Ganz zuoberst jene, die besagten, Richard sei wieder genesen.

»Und jetzt meißelt er Statuen?«

Wieder nickte Kamil. »Er meißelt Menschen in Stein, die die Mauern des Palastes zieren sollen. Er hilft mir bei meinen Schnitzereien. Ich kann sie Euch zeigen, gleich draußen hinter dem Haus.«

Wunder über Wunder. Richard, ein Bildhauer. Dabei waren sämtliche Bildhauerarbeiten, die sie in der Alten Welt gesehen hatten, von geradezu grotesker Scheußlichkeit. Richard konnte unmöglich Freude daran haben, solche Hässlichkeit in Stein zu meißeln, doch offenbar hatte er keine andere Wahl.

»Vielleicht später.« Sich mit den Fingern über die Stirn reibend, versuchte Kahlan zu überlegen, was sie tun sollte. »Kannst du mich dorthin bringen, jetzt gleich? Zu dieser Baustelle, auf der Richard arbeitet?«

»Ja, wenn Ihr möchtet. Aber wollt Ihr nicht erst einmal abwarten, ob er nicht vielleicht doch nach Hause kommt? Vielleicht kommt er ja schon gleich.«

»Du sagtest, manchmal arbeitet er auch nachts?«

»In den letzten paar Monaten hat er oft nachts gearbeitet. Er arbeitet an einer ganz besonderen Statue für den Orden.« Kamils Miene hellte sich auf. »Er hat gesagt, ich soll morgen hingehen und sie mir anschauen. Morgen ist die Weihung, es kann also sein, dass er immer noch an ihr arbeitet, um sie fertig zu bekommen. Ich habe seine Arbeitsstelle nie gesehen, aber Victor, der Schmied, kennt sie.«

»Dann sollten wir diesen Schmied aufsuchen.« Kamil kratzte sich abermals am Kopf, während sein Gesichtsausdruck in Enttäuschung umschlug. »Aber der Schmied wird schon für den Abend nach Hause gegangen sein.«

»Ist jetzt sonst noch jemand dort draußen?«

»Kann sein, dass dort eine Menge Betrieb herrscht. Die Menschen strömen in Massen herbei, um den Palast zu sehen – ich war selbst auch schon da –, und heute Abend sind es womöglich noch mehr als sonst, wegen der Feierlichkeiten morgen.«

»Wir werden ihm eine Stunde Zeit geben«, entschied Kahlan. »Ist er bis dahin nicht zurück, arbeitet er wahrscheinlich. Wenn er nicht nach Hause kommt, müssen wir eben hingehen und ihn suchen.«

»Und wenn Nicci auftaucht?«, wollte Cara wissen.

Kamil tat ihre Besorgnis mit einer Handbewegung ab. »Ich werde mich auf die Treppe am Eingang setzen und nach Nicci Ausschau halten. Ihr beide könnt hier drinnen warten, wo Euch niemand sieht. Sobald ich Nicci die Straße heraufkommen sehe, komme ich her und warne Euch. Ich kann Euch jederzeit zum Hintereingang hinausschaffen, wenn ich sie nach Hause kommen sehe.«

Kahlan legte ihm eine Hand auf die Schulter und drückte sie leicht.

»Hört sich gut an, Kamil. Wir werden hier im Zimmer warten.«

Kamil eilte nach draußen, um seinen Posten zu beziehen. Kahlan sah sich in dem aufgeräumten Zimmer um.

»Warum schlaft Ihr nicht ein wenig«, schlug Cara vor. »Ich werde Wache stehen. Ihr habt schon die letzte Wache übernommen.«

Kahlan war erschöpft. Ihr Blick fiel auf die Schlafstätte gleich neben Richards Sachen, dann nickte sie und legte sich auf sein Bett. Es wurde dunkel im Zimmer. Einfach nur dort zu liegen, wo er geschlafen hatte, war ein tröstliches Gefühl. Ihm so nahe zu sein, und doch so fern, machte es ihr allerdings unmöglich, einzuschlafen.

Nicci verzagte, als sie sah, dass Richard nicht in ihrem Zimmer war. Kamil war auch nirgends zu finden. Draußen auf der Baustelle, wo sie all die Menschen gesehen hatte, die gekommen waren, um Richards Statue zu bestaunen, hatte sie sich noch so gut gefühlt. Die Menschen waren in Scharen herbeigeströmt, um sie zu sehen und moralisch aufgerichtet zu werden.

Einige hatten sich wegen ihr verärgert gezeigt, und ausgerechnet sie hatte Verständnis dafür. Trotzdem konnte Nicci kaum glauben, wie hasserfüllt manche Menschen auf diese Schönheit reagiert hatten. Manche Menschen verabscheuten das Leben, auch das verstand sie. Es gab eben Menschen, die sich weigerten, die Augen aufzumachen – die sie gar nicht aufmachen wollten.

Andere wiederum hatten ganz ähnlich reagiert wie sie.

Jetzt war ihr alles klar; zum ersten Mal in ihrem Leben machte das Leben einen Sinn. Richard hatte es ihr zu erklären versucht, aber sie hatte nicht auf ihn gehört. Sie hatte die Wahrheit auch früher schon vernommen, aber andere – ihre Mutter, Bruder Narev, der Orden – hatten sie niedergeschrien und sie moralisch unter Druck gesetzt, nicht auf sie zu hören.

Ihre Mutter hatte sie gut abgerichtet, und vom ersten Tag ihrer Begegnung mit Bruder Narev an war Nicci eine Soldatin in der Armee des Ordens gewesen.

Beim Anblick der Statue hatte sich ihr endlich – ganz unvermittelt und in aller Klarheit – jene Wahrheit offenbart, die zu erkennen sie sich stets geweigert hatte. Dies war die gültige Vision des Lebens, nach der sie so gedürstet hatte und der sie ihr Leben lang aus dem Weg gegangen war.

Jetzt begriff sie, warum ihr das Leben so leer, so sinnlos erschienen war; sie selbst hatte es mit ihrer Weigerung nachzudenken dazu gemacht. Nicci war eine Sklavin aller Bedürftigen gewesen. Sie hatte ihren Herren und Meistern die einzig wirkliche Waffe gegen sie selbst an die Hand gegeben; sie hatte sich ihren verdrehten Lügen preisgegeben, indem sie sich die lähmenden Ketten ihrer Schuld eigenhändig um den Hals gelegt und sich aus freien Stücken den Launen und Begehrlichkeiten anderer sklavisch unterworfen hatte, statt ihr Leben so zu leben, wie sie es hätte tun sollen – für sich selbst. Nie hatte sie nachgefragt, wieso es für sie rechtens war, eine Sklavin der Wünsche anderer zu sein, aber keine Sünde, dass die anderen sie zur Sklavin machten. Sie trug nicht zur Besserung der Menschheit bei, sondern war nichts weiter als die Dienerin zahlloser kleiner, winselnder Tyrannen. Das Böse war kein großes, einheitliches Etwas, sondern zeigte sich in einer endlosen Flut aus kleinen Ungerechtigkeiten, denen man nichts entgegensetzte, bis sie schließlich zu Monstren anwuchsen.

Ihr ganzes Leben lang war sie auf trügerischem Treibsand gewandelt, wo man Vernunft und Intellekt nicht trauen konnte, wo nur der Glaube Gültigkeit hatte und blinder Glaube heilig war. Sie selbst hatte der geistlosen Anpassung an diese sündhafte Nichtigkeit Geltung verschafft.

Sie hatte geholfen, alle zusammenzubringen, sodass die schlimmsten aller Menschen ihnen im Namen der Rechtschaffenheit gewissermaßen ihre Leine um den gemeinsamen Hals legen konnten.

Richard hatte, für alle sichtbar, auf ihr Bollwerk aus dreisten Lügen mit einer einzigen aufrichtigen Aussage der Schönheit geantwortet und diese noch durch die schlichten Worte auf der Rückseite der Sonnenuhr unterstrichen.

Es stand ihr zu, ihr eigenes Leben zu leben. Sie gehörte niemandem.

Freiheit existierte zuerst und vor allem im Verstand des vernunftbegabten, denkenden Individuums – das war es, was Richards Statue ihr vor Augen geführt hatte. Dass er sie in Stein gehauen hatte, war der Beweis. Obwohl er ihr Gefangener und der des Ordens war, hatte er sich dank seiner Ideale über beides hinweggesetzt.

Erst jetzt erkannte Nicci, dass ihr Vater stets dieselben Werte hochgehalten hatte – sie hatte es ihm an den Augen angesehen –, auch wenn er sie nicht hatte rational begründen können. Seine Werte fanden ihren Ausdruck in der Redlichkeit seiner Arbeit; deswegen hatte sie, von klein auf, ein Waffenschmied wie er werden wollen. Es war seine Vision des Lebens, die sie stets geliebt und bewundert und dabei gleichzeitig, ihrer Mutter und ihren Konsorten zuliebe, unterdrückt hatte. Derselbe Blick in Richards Augen, dieselbe Liebe zum Leben war es gewesen, die sie zu ihm hingezogen hatte.

Nicci wusste jetzt, dass sie aus einer ebenso end- wie ziellosen Sehnsucht heraus nicht nur den Einfluss ihrer Mutter über sie, sondern, wichtiger noch, ihre sündhaften Ideale hatte vergessen wollen.

Es tat ihr so Leid, dass Richard nicht zu Hause war. Wie gerne hätte sie ihm erklärt, dass er ihr die lange ersehnte Antwort gegeben hatte. Aber um Verzeihung würde sie ihn niemals bitten können; was sie ihm angetan hatte, war unverzeihlich, das wurde ihr jetzt klar. Das Einzige, was sie jetzt noch tun konnte, war, das Unrecht wieder gutzumachen.

Sobald sie ihn gefunden hatte, würden sie fortgehen. Sie würden in die Neue Welt zurückkehren und Kahlan ausfindig machen. Anschließend würde Nicci alles wieder in Ordnung bringen. Sie musste Kahlan nahe sein, wenigstens in Sichtweite, um den Bann zurücknehmen zu können. Dann wäre Kahlan wieder frei, und Richard ebenfalls.

So sehr sie Richard liebte, jetzt begriff Nicci, dass er zu Kahlan gehörte, zu jener Frau, der er in Liebe verbunden war. Ihr Verlangen nach ihm rechtfertigte ihr Vorgehen keineswegs. Sie hatte ebenso wenig ein Recht auf das Leben anderer, wie diese ein Recht auf ihres hatten.

Nicci legte sich auf ihr Bett und musste weinen angesichts der Ungeheuerlichkeit dessen, was sie den beiden angetan hatte; die Scham überwältigte sie. Sie war so lange blind gewesen.

Sie war fassungslos, dass sie ihr ganzes Leben im Kampf für das Böse fortgeworfen hatte, nur weil es vorgab, gut zu sein. Sie war wahrhaftig eine Schwester der Finsternis gewesen.

Aber endlich konnte sie etwas dafür tun, den Schaden, den sie angerichtet hatte, wieder gutzumachen.

Kahlan konnte die Ausmaße der Menschenmenge kaum fassen. Im Licht des Mondes, der die dünne Schicht aus Wolkenschleiern in hellem Glanz erstrahlen ließ, und der vereinzelten Fackeln hier und da im Tal schien es, als ob die gesamte unbebaute Fläche, so weit das Auge reichte, dicht gedrängt voller Menschen stand.

Wie vom Donner gerührt, warf Kamil die Arme in die Luft. »Es ist mitten in der Nacht. Ich habe noch nie so viele Menschen hier draußen gesehen. Was tun sie alle hier?«

»Woher sollen wir das wissen?«, meinte Cara schnippisch. Ihre Stimmung war miserabel; sie war unzufrieden, weil sie Richard noch nicht gefunden hatten.

Auch in der Stadt hatte es von Menschen geradezu gewimmelt. Jetzt, da die Gardisten, wegen all dieser spätabendlichen Geschäftigkeit beunruhigt, in den Straßen Streife gingen, hatten sie ihren Eifer ein wenig zügeln und Vorsicht walten lassen müssen. Sie hatten Stunden gebraucht, um über Nebenstraßen, dunkle Gassen und mit Hilfe von Kamils Führung durch die Hinterhofsträßchen bis zur Baustelle hinauszugelangen.

Der junge Bursche deutete nach vorn. »Dort oben ist es.«

Sie folgten ihm eine von Werkstätten gesäumte Straße hinauf; die meisten von ihnen waren verschlossen und lagen im Dunkeln. In manchen konnte man Männer erkennen, die im Schein von Laternen oder Kerzen an Werkbänken arbeiteten.

Kahlan langte unter ihren Umhang und schloss die Finger um das Heft ihres Schwertes, als sie sah, wie ein Mann auf sie zugelaufen kam. Er bemerkte sie und blieb stehen.

»Habt Ihr sie schon gesehen?«

»Gesehen? Was denn?«, erkundigte sich Kahlan.

Er zeigte aufgeregt. »Unten, am Palast. Auf dem Vorplatz.« Wieder in seinen Laufschritt verfallend, rief er über die Schulter: »Ich muss meine Frau und meine Söhne holen; sie müssen sie unbedingt auch sehen.«

Kahlan und Cara sahen sich in der nahezu völligen Dunkelheit an.

Kamil lief hinüber zu einer der Werkstätten und rüttelte an einer Tür, doch sie war fest verriegelt. »Victor ist nicht da.« Er konnte die Enttäuschung in seiner Stimme nicht verbergen. »Es ist schon zu spät.«

»Weißt du, was sich dort unten auf dem Platz befindet?«, fragte ihn Kahlan.

Er überlegte einen Augenblick. »Auf dem Platz? Den Ort kenne ich, aber ... wartet, Richard sagte, dass ich dorthin gehen soll, auf den Vorplatz. Er meinte, ich soll morgen auf den Vorplatz des Palastes gehen.«

»Gehen wir doch jetzt gleich runter und sehen uns ein wenig um«, meinte Kahlan.

Kamil wies ihnen mit einer Handbewegung den Weg. »Hier entlang ist es am kürzesten, den Hang hinter der Schmiedewerkstatt hinunter.«

Es herrschte ein solches Gedränge, dass sie über eine Stunde brauchten, um bis zum Fuß des Hügels zu gelangen und sich einen Weg über das ausgedehnte Gelände zu bahnen, das den Palast umgab. Obwohl es mitten in der Nacht war, trafen ständig mehr Menschen ein.

Als sie den Palast erreicht hatten, musste Kahlan feststellen, dass es unmöglich war, bis auf den Vorplatz vorzudringen. Eine riesige, sich endlos entlang der vorderen Palastmauer nach hinten erstreckende Menschenmenge wartete darauf, den Platz betreten zu können. Als Kahlan, Cara und Kamil sie zu umgehen und nach oben zu gelangen versuchten, um herauszufinden, was sich dort tat, hätte dies um ein Haar einen Tumult ausgelöst. Die Menschen hatten lange gewartet, um bis zum Vorplatz vorzurücken, und waren ganz und gar nicht damit einverstanden, dass andere sich vorzudrängeln versuchten. Kahlan beobachtete, wie mehrere Männer sich vorzuschieben versuchten, indem sie die wartende Menge umgingen. Der Mob fiel über sie her.

Cara zog ihre Hand unter ihrem Umhang hervor und zeigte Kahlan ganz beiläufig ihren Strafer.

Kahlan schüttelte den Kopf. »Gegen die große Übermacht von Jagangs Armee vorzugehen ist eine Sache, aber wir drei gegen mehrere hunderttausend Menschen, das scheint mir keine gute Idee.«

»Ach nein?«, erwiderte Cara. »Ich dachte, die Chancen stünden ungefähr gleich.«

Kahlan lächelte nur. Selbst Cara war nicht so unvernünftig, eine riesige Menschenmenge gegen sich aufzubringen. Kamil runzelte verwundert die Stirn über Caras Art von Humor. Als sie das Ende der Schlange gefunden hatten, mischten sie sich unter die Wartenden.

Nicht lange, und die Schlange hinter ihnen nahm ein derartiges

Ausmaß an, dass sie das Ende, das sich bis hinaus auf das umliegende Gelände wand, nicht mehr sehen konnten; eine seltsam nervöse Anspannung schien sich all der Menschen ringsum bemächtigt zu haben.

Eine rundliche, in wenig mehr als Lumpen gehüllte Frau vor ihnen bedachte sie mit einem plumpen Lächeln. Sie bot ihnen etwas an, das wie ein Laib Brot aussah.

»Mögt Ihr etwas?«, fragte sie.

»Nein, vielen Dank«, antwortete Kahlan. »Aber das Angebot ist sehr freundlich.«

»Ich habe noch nie jemandem ein solches Angebot gemacht.« Die Frau kicherte. »Aber jetzt scheint es genau das Richtige zu sein, findet Ihr nicht?«

Kahlan hatte nicht die leiseste Ahnung, wovon die Frau redete, antwortete aber: »Ja, gewiss.«

Die ganze Nacht hindurch schob sich die Schlange Zoll um Zoll voran. Kahlan hatte quälende Rückenschmerzen. Sie sah sogar Cara das Gesicht verziehen, als diese sich streckte.

»Ich glaube noch immer, dass wir unsere Waffen ziehen und dort hinaufgehen sollten«, meinte Cara schließlich vorwurfsvoll.

Kahlan beugte sich nahe zu ihr. »Was für einen Unterschied würde das machen? Müssen wir vor morgen früh noch irgendwohin? Wenn es Morgen wird, können wir zur Schmiedewerkstatt hinaufgehen und werden dort hoffentlich Richard finden, aber heute Abend können wir nichts mehr tun.«

»Vielleicht ist er jetzt in seinem Zimmer.«

»Wollt Ihr Nicci noch einmal über den Weg laufen? Ihr wisst doch, zu was sie fähig ist. Beim nächsten Mal haben wir vielleicht nicht das Glück, fliehen zu können. Wir haben nicht den weiten Weg hierher gemacht, um uns mit ihr anzulegen – ich will nur Richard sehen. Selbst wenn Richard dorthin zurückkehren sollte – was wir nicht wissen –, so wissen wir doch, dass er auf jeden Fall morgen früh hierher zurückkehren muss.«

»Kann sein«, erwiderte Cara mürrisch.

Als sie bis zum Fuß der marmornen Stufen vorgerückt waren, begann der Himmel soeben einen schwach rötlichen Schimmer anzunehmen. Weiter vorne konnten sie Stöhnen und Klagelaute hören. Den Grund dafür vermochte Kahlan nicht zu erkennen, aber offenbar ließen die Menschen auf dem Vorplatz ihren Tränen freien Lauf. Merkwürdigerweise hörte man auch einige Menschen fröhlich lachen. Ein paar wenige fluchten, als hätte man ihnen gerade mit vorgehaltenem Messer ihre gesamten Ersparnisse geraubt.

Während sie sich langsam die Stufen hinaufbegaben, versuchten Kahlan und Cara hinter den Menschen in ihrer unmittelbaren Umgebung Deckung zu suchen, um die Aufmerksamkeit nicht auf sich zu lenken. Der Vorplatz oberhalb von ihnen war von Dutzenden von Fackeln erleuchtet, deren flackerndes Licht einen Eindruck von der Größe der Menschenmenge vermittelte. Der Geruch brennenden Pechs vermischte sich mit dem abgestandenen, säuerlichen Schweiß der dicht gedrängten Menschenmassen.

Als sich im Gedränge vor ihr vorübergehend eine Lücke auftat, erhaschte Kahlan einen kurzen Blick nach vorn. Was sie dort sah, versetzte sie in Erstaunen, aber beinahe ebenso schnell, wie sie es gesehen hatte, war es auch wieder hinter der Menschenmenge verschwunden. Die Menschen vor ihr weinten – einige, dem Klang nach zu urteilen, vor Freude.

Kahlan begann die höflichen Stimmen von Männern zu unterscheiden, die die Menge baten, nicht stehen zu bleiben, und sie geradezu beschworen, anderen ebenfalls eine Chance zu geben. Die bunt zusammengewürfelte Menschenansammlung schob sich auf die weiße Marmorfläche des Vorplatzes wie Bettler bei einer Krönungszeremonie. Schließlich, als die Sonne über dem Horizont aufging, wich der Schein der Fackeln dem Licht eines strahlend hellen Tages. Die Fassade des Palastes wurde in goldenes Sonnenlicht getaucht.

Die in Stein gemeißelten Szenen am oberen Mauerrand waren verstörend. Falls sie sich in irgendetwas von all den anderen unterschieden, die sie in der Alten Welt gesehen hatten, dann höchstens darin, dass sie noch grausamer und erschreckender, von einer noch verzweifelteren Hoffnungslosigkeit erfüllt und noch übertriebener waren.

Kahlan ließ ihre Gedanken über die Konturen ihrer Statuette *Seele* wandern. Die Vorstellung, dass man Richard zwang, Dinge in Stein zu meißeln, wie sie sie oben auf der Mauer gewahrte, erfüllte sie mit Abscheu.

Sie spürte, wie ein Gefühl der Hoffnungslosigkeit sie überkam. Das war es, wofür der Orden stand: Schmerzen, Leid und Tod. Das war es, was die Neue Welt durch die Hand dieser Barbaren zu erwarten hatte. Sie konnte ihre Augen nicht von den Szenerien an den Wänden lösen, von dem Schicksal, das die Menschen ihrer Heimat erwartete – jenes Schicksal, das so viele blinden Auges willkommen hießen.

Dann, als die Menschen um sie herum und an ihr vorüberschlurften, fiel ihr Blick völlig unvermittelt auf die weißen Marmorfiguren, die sich vor ihr erhoben. Der Anblick raubte ihr den Atem und ließ sie aufstöhnen. Die Strahlen der morgendlichen Dämmerung beschienen sie, so als wäre die Sonnen eigens aufgegangen, um ihre erhabenen Formen in ihrer ganzen Herrlichkeit zu umschmeicheln.

Caras Finger gruben sich schmerzhaft in Kahlans Arm, als auch sie von dem Anblick ergriffen wurde. Die Statue des Mannes und der Frau überwältigte mit ihrer geistigen Größe Kahlans Fantasie.

Sie fühlte, wie ihr die Tränen über die Wangen liefen, dann brach sie, wie die Menschen ringsherum, angesichts der Erhabenheit, Würde und Schönheit dessen, was dort vor ihr stand, ganz offen in Tränen aus. Die Statue war all das, was die Bildhauerarbeiten an den Wänden ringsum nicht waren. Großzügig und in aller Offenheit bot sie alles dar, was jene verwehrten.

LEBEN stand auf dem Sockel geschrieben.

Kahlan, unter Tränen, musste schwer nach Atem ringen, um wieder Luft zu bekommen. Sie klammerte sich an Caras Arm und Cara an ihren, und so hielten sie sich beide aneinander fest, um sich zu stützen, als sie von der Menge in einem Strom allgemeiner Gefühlsaufwallung mitgerissen wurden. Der Mann in der Statue war nicht Richard, hatte aber große Ähnlichkeit mit ihm. Die Frau war nicht Kahlan, aber sie war ihr ähnlich genug, dass Kahlan merkte, wie sie vor den anderen, die sie ebenfalls sahen, errötete.

»Bitte schaut sie Euch an und geht dann weiter, damit die anderen auch einen Blick auf sie werfen können«, wiederholten die etwas seitlich stehenden Männer ein ums andere Mal. Sie trugen keine Uniformen und sahen ebenso abgerissen aus wie alle anderen. Es schienen ganz gewöhnliche Bürger zu sein, die einfach eingeschritten waren, um zu helfen.

Die Frau, die ihnen das Brot angeboten hatte, fiel weinend auf die Knie. Respektvoll half man ihr wieder auf, damit sie weitergehen konnte. Wahrscheinlich hatte die Frau, da sie in der Alten Welt lebte, noch nie ein Ding von solcher Schönheit zu Gesicht bekommen.

Als Kahlan, unfähig, die Augen von ihr zu lösen, die Statue mit zögernden Schritten umrundete, streckte sie die Hand aus, um sie wie alle anderen zu berühren. Fortgerissen von der Menge, streifte sie mit den Fingern das in Stein wiedergegebene Fleisch und wusste, dass auch Richards Finger dort gelegen hatten. Und jetzt strömten ihre Tränen noch umso heftiger.

Dann sah Kahlan im Vorübergehen, dass auf der Rückseite des halbrunden Zifferblatts Worte standen:

»Dein Leben gehört allein dir. Steh auf und lebe es.«

Viele, die sie sahen, hatten ebendiese Worte auf den Lippen.

Die Menge drängte unablässig weiter über die Stufen nach oben und zwang die Menschen in unmittelbarer Nähe der Statue, weiterzugehen. Männer im hinteren Teil der Menge geleiteten Schaulustige durch die Säulen und den rückwärtigen Teil des noch nicht fertig gestellten Palastes nach draußen und schufen damit Platz für andere, die nachrückten, um die Statue in Augenschein zu nehmen.

»Ich wünschte, Benjamin könnte das sehen«, sagte Cara mit Tränen in ihren blauen Augen.

Ein Anfall unbändigen Gelächters überwältigte Kahlan. »Gerade wollte ich sagen: ›Ich wünschte, Richard könnte das sehen.‹«

Cara fiel in ihr Lachen ein, als sie von dem Menschenstrom fortgerissen wurden.

Kamil ergriff Kahlans Hand. Sie sah, dass er auch Cara bei der Hand nahm.

»Ja«, sagte er mit Nachdruck, »die hat Richard gemacht.«

»Und wohin jetzt?«, fragte Kahlan ihn. »Wo, glaubst du, können wir ihn finden?«

»Schätze, wir sollten uns wieder zurück zur Werkstatt des Schmieds durchschlagen. Ich hoffe doch, dass Richard dort auftauchen wird. Wenn nicht, wird Victor wissen, wo er sich befindet.«

Kamils Worte, »Die hat Richard gemacht«, klangen ihr noch immer freudig durch den Kopf.

34. Kapitel

Richard kletterte durch das hohe Fenster und sprang hinunter auf den Boden, wo seine Stiefel mit einem dumpfen Aufprall landeten. Er konnte kaum glauben, dass er die ganze Nacht unter einer Plane auf der Ladefläche eines Wagens geschlafen hatte; ebenso wenig wollte er glauben, dass Jori ihn nicht geweckt hatte, damit er nach Hause gehen konnte, als sie ganz in der Nähe vorbeigekommen waren. Vermutlich hatte der Mann gedacht, das sei nicht seine Aufgabe, und hatte es deshalb einfach nicht getan. Richard seufzte. Möglicherweise hatte Jori auch gar nicht gewusst, dass er hinten auf der Ladefläche lag.

Richard klopfte sich ab. Er stand draußen vor dem Gebäude des Fuhrunternehmens, wo er gleich nach seiner Ankunft in Altur'Rang gearbeitet hatte und in dem er die ganze Nacht über eingeschlossen gewesen war. Natürlich hatte er geschlafen und es deshalb nicht bemerkt, dass Jori ihn eingeschlossen hatte.

Richard wusste nicht wohin – nach Hause oder zum Ruhesitz. Der strahlende Sonnenaufgang ließ den Himmel orange und violett erglühen; vermutlich wäre es unsinnig, nach Hause zu gehen, er würde nur zu spät zur Arbeit kommen. Also beschloss er, dass es vernünftiger wäre, gleich dorthin zu gehen.

Arbeit. Welche Arbeit eigentlich? Dies war der Tag der Feierlichkeiten, der Weihung. Sobald Bruder Narev die Statue zu Gesicht bekäme, würde Richard sich keine Gedanken mehr um Arbeit zu machen brauchen.

Wenn er fortliefe und zu fliehen versuchte, würde dies, das wusste er, nur Niccis Zorn erregen, und Kahlans Leben wäre verwirkt. Über ein Jahr hatte er jetzt mit Nicci zusammen verbracht – ebenso lange, wie er mit Kahlan zusammen gewesen war –, und Nicci hatte ihm wiederholt seine Alternativen deutlich gemacht. Stets war Kahlans Leben der Preis, der das Zünglein an der Waage bildete.

Im Grunde hatte Richard keine Wahl. Wenigstens würde er Victors Gesicht zu sehen bekommen, wenn dieser die Statue erblickte. Die Vorstellung ließ ihn schmunzeln; es war die einzige angenehme Aussicht, die der Tag bereithielt.

Aller Wahrscheinlichkeit nach würde der Tag in jenem feuchten, dunklen Loch enden, in dem er schon einmal gesessen hatte. Der Gedanke ließ ihn mitten im Schritt innehalten: Er wollte nicht noch einmal an diesen Ort zurück. Richard ertrug es nicht, eingesperrt zu sein – schon gar nicht an einem so beklemmenden Ort. Keine dieser Aussichten behagte ihm, zusammen waren sie geradezu erschreckend.

So beängstigend die Aussicht auf ein solches Schicksal war, er hatte die Statue in bewusster Absicht und mit Vorbedacht geschaffen – und in Kenntnis des Preises, den er wahrscheinlich am Ende dafür würde zahlen müssen. Was er erreicht hatte, war diesen Preis wert, denn Sklaverei war kein Leben. Nicci hatte ihm damals versichert, dass ihre Frage mit seinem Tod oder seiner Entscheidung für den Tod an sich bereits beantwortet sei und sie Kahlan kein Leid zufügen würde. Nun hatte Richard keine andere Wahl, als auf dieses Versprechen zu vertrauen.

Die Statue existierte, das allein zählte. Das *Leben* existierte. Das war es, was die Menschen erkennen mussten. So viele Menschen in der Alten Welt sollten erkennen, dass das Leben existierte und gelebt werden musste.

Für diese frühe Morgenstunde herrschte in den Straßen von Altur'Rang ein ungewöhnliches Maß an Betriebsamkeit. Ab und zu eilten schwer bewaffnete Trupps der Stadtwache durch die Straßen. Eine große Anzahl von Menschen war anlässlich der Weihungsfeierlichkeiten in die Stadt gekommen; vermutlich war das der Grund, weshalb so viele Leute die Straßen bevölkerten.

Die Gardisten schenkten ihm keinerlei Beachtung, doch das würde sich, wie er wusste, bald ändern.

Als Richard beim Ruhesitz anlangte, bot sich ihm ein schockierender Anblick: Das sich über Meilen erstreckende offene Gelände wimmelte von Menschen. Wie Ameisen um ausgelaufenen Honig drängten sie sich von allen Seiten bis an die Palastmauern. Er vermochte nicht einmal ansatzweise abzuschätzen, wie viele Menschen die umliegenden Hügel bevölkerten. Das bunte Spiel der Farben zu beobachten, dort, wo er zuvor nur braune Erde und grünen Winterroggen gesehen hatte, war verwirrend. Er hatte gar nicht gewusst, dass so viele Menschen zur Weihung kommen wollten. Andererseits hatte er monatelang Tag und Nacht gearbeitet – wie hätte er erfahren sollen, was die Menschen vorhatten?

Richard umging das schlimmste Gedränge und begab sich die Straße hinauf zur Schmiedewerkstatt. Er wollte Victor abholen und mit ihm gemeinsam zur Baustelle hinuntergehen, um sich die Statue anzusehen, bevor der Orden in Erscheinung trat, um mit der Weihung zu beginnen. Zweifellos erwartete Victor ihn bereits voller Spannung.

Auf der Straße herrschte dichtes Geschiebe; die Menschen schienen aufgeregt, glücklich und voller Erwartung. Es war ein großer Unterschied zu dem üblichen Verhalten und Auftreten der Menschen in der Alten Welt. Vielleicht war ein Fest, sogar eines wie dieses, besser als all die anderen Tage ihres trostlosen Daseins.

Eine halbe Meile vor Victors Werkstatt sprang ein verstört aussehender Bruder Neal mitten auf die Straße und deutete mit ausgestrecktem Arm in Richards Richtung.

»Da ist er! Ergreift ihn!«

Gardisten, die die Menschenmassen in der Nähe durchkämmten, zogen auf Neals Kommando hin ihre Waffen. Als sie herbeistürmten, um ihn einzukreisen, war Richards erster Gedanke zu kämpfen. Blitzschnell hatte er den Feind eingeschätzt und sich seinen Gegenangriff überlegt. Er musste einem ungeschickten Gardisten lediglich das Schwert entreißen, und schon konnte er sie alle überwältigen. In Gedanken war diese schauerliche Tat bereits vollzogen; er brauchte sie nur noch auszuführen.

Die Gardisten kamen in vollem Tempo auf ihn zugerannt. Passanten sprangen aus dem Weg, manche vor Angst schreiend.

Allerdings war da noch immer Neal, und Neal war ein Zauberer. Doch auch diese Gefahr würde Richard meistern – Notlagen stärkten seine Fähigkeiten. Notlagen und Zorn – und zornig genug war er für diese Aufgabe allemal. Bereits jetzt toste in seinem Innern jenes Gefühl, jenes Toben düsterer Gewalt, dessen sich das Schwert der Wahrheit bediente.

Nur hatte Nicci ihm erklärt, dass Kahlan sterben würde, wenn er von seiner Magie Gebrauch machte. Würde sie davon erfahren?

Früher oder später ganz bestimmt.

Richard blieb artig stehen, als die Gardisten ihn derb bei den Armen packten, um ihn zu überwältigen.

Was spielte es im Grunde für eine Rolle? Wenn er Widerstand leistete, schadete er damit nur Kahlan. Wenn sie ihn hinrichteten, würde Nicci Kahlan ihr Leben leben lassen.

Aber er wollte nicht zurück in dieses finstere Loch!

Neal kam angerannt und fuchtelte ihm drohend vor dem Gesicht herum. »Was hat das zu bedeuten, Cypher! Was hast du geglaubt, damit erreichen zu können?«

»Dürfte ich fragen, wovon Ihr sprecht, Bruder Neal?«

Neals Gesicht war dunkelrot. »Von der Statue!«

»Was denn, gefällt sie Euch etwa nicht?«

Neal rammte Richard seine Faust mit voller Wucht in den Leib. Die ihn festhaltenden Gardisten lachten. Richard hatte es kommen sehen und seine Muskeln angespannt, trotzdem trieb es ihm den Atem aus den Lungen. Schließlich gelang es ihm, wieder Luft zu holen.

Neal merkte, dass er Geschmack am Austeilen gefunden hatte, und schlug abermals zu.

»Oh, du wirst für deine Gotteslästerung bezahlen, Cypher. Diesmal wirst du den Preis bezahlen. Du wirst alles gestehen, bevor wir mit dir fertig sind. Aber zuerst wirst du mit ansehen, wie das Ergebnis deiner sündhaften Verirrung vernichtet wird.« Neal, das Gesicht entstellt von sich überlegen dünkender, selbstgerechter Empörung, gab den stämmigen Gardisten ein Zeichen. »Schaffen wir ihn dort hinunter. Und seid nicht zu zimperlich, wenn ihr euch einen Weg durch die Menge bahnt.«

Gegen Mitte des Vormittags hatte Kahlan die Hoffnung nahezu aufgegeben, dass der Schmied erschien.

»Tut mir Leid«, meinte Kamil, der mit verdrießlicher Miene verfolgte, wie sie auf und ab lief. »Ich hab keine Ahnung, wieso Victor nicht hier ist. Ich dachte, er würde hier sein, wirklich.«

Schließlich blieb Kahlan stehen und tätschelte dem besorgten jungen Burschen die Schulter. »Das weiß ich doch, Kamil. Wegen der Feier heute und den Tumulten, die sich rings um die Statue abspielen, ist der heutige Tag gewiss alles andere als normal.«

»Schaut«, rief Cara. Kahlan sah, dass sie zum Palast hinunterspähte. »Mit Speeren bewaffnete Gardisten drängen die Menschenmenge vom Vorplatz.«

Kahlan spähte aus halb zugekniffenen Augen den Hang hinunter. »Ihr habt bessere Augen als ich. Ich kann nichts erkennen.« Verzweifelt und voller Wut blickte sie zu der verschlossenen Schmiedewerkstatt hinüber. »Aber wenn wir hier oben warten, nützt uns das auch nichts. Versuchen wir, ob wir uns nicht bis dort unten durchschlagen können, von wo wir einen besseren Blick haben.« Kahlan legte Cara eine Hand auf den Arm und bat sie, sich zurückzuhalten. »Aber wir werden uns nicht mit der Menschenmenge anlegen, einverstanden?«

Cara verzog empört den Mund. Kahlan wandte sich zu dem jungen Mann, der, erfüllt von Scham über das Scheitern seines Plans, ihnen beim Auffinden von Richard zu helfen, mit dem großen Zeh ein ums andere Mal in den Boden trat.

»Würdest du mir einen Gefallen tun, Kamil?«

»Klar. Was denn?«

»Würdest du hier oben warten, für den Fall, dass Richard oder der Schmied auftaucht? Vielleicht weiß der Schmied etwas, wenn er in seine Werkstatt kommt.«

Kamil reckte seinen Hals und schaute zum Palast hinunter. »Also gut, meinetwegen. Wenn Richard tatsächlich hier auftaucht, möchte ich nicht, dass er Euch verpasst. Was soll ich ihm sagen, wenn ich ihn sehe?«

Kahlan lächelte. *Dass ich ihn liebe,* dachte sie, sagte aber stattdessen: »Richte ihm aus, dass ich hier bin, zusammen mit Cara, und dass wir hinuntergegangen sind, um ihn zu suchen. Ich möchte ihn auf keinen Fall verfehlen, falls er tatsächlich erscheint. Sorge dafür, dass er hier wartet – wir kommen in jedem Fall hierher zurück.«

Kahlan hatte geglaubt, sie könnten einfach den Hang zum Vorplatz hinunterspazieren und sich dort umsehen, aber offenbar hatten alle anderen dieselbe Idee gehabt. Es dauerte eine Ewigkeit, nur den Hang hinunter und bis zum Palastgelände vorzudringen. Je näher sie kamen, desto dichter wurde das Gedränge, bis es schließlich überhaupt kein Weiterkommen mehr gab. Es war schon schwierig genug, Cara nicht aus den Augen zu verlieren. Jeder in der Menge schien fest entschlossen, sich bis zum Vorplatz durchzuzwängen. Die ganze Zeit über drängten immer mehr Menschen nach.

Kahlan erkannte bald, dass sie und Cara in dem dichten Geschiebe festsaßen.

Es gab nur ein einziges Thema, das in aller Munde war: die Statue.

Es war bereits später Nachmittag, als Nicci sich halbwegs bis zum Vorplatz vorgearbeitet hatte; jeder gewonnene Zoll war ein Kampf gewesen. Sie stand jetzt so nah, dass sie die Menschen oben bei der Statue sehen konnte, aber näher kam sie nicht heran. So sehr sie sich auch mühte, sie kam kein Stück mehr weiter. Wie sie, so wollten auch alle anderen ebenfalls näher heran. Man bedrängte sie von allen Seiten und presste ihr die Arme an den Körper. Manchmal war dieses Gefühl der Hilflosigkeit beängstigend. Es gelang ihr, einen Arm zu befreien, sodass sie sich selbst helfen konnte, um nicht das Gleichgewicht zu verlieren. Ihr dämmerte, dass ein Sturz unter diesen Umständen lebensgefährliche Folgen haben konnte.

Wenn sie nur ihre Kraft besäße.

In ihrer Überheblichkeit hatte sie sich dazu verleiten lassen, sie einfach zu verschachern. Allerdings hatte sie als Gegenleistung das Leben erhalten, was wiederum Richard und Kahlan die Freiheit gekostet hatte. Nicci konnte ihre Kraft nicht einfach aus der Verbindung zurückziehen, da Kahlan sonst sterben würde. Nicci wollte ihr Leben nicht auf Kosten eines anderen – das war, wie sie schließlich begriffen hatte, wahre Verderbtheit.

Nicci hatte Richard gesucht und nicht gefunden. Auch den Schmied, Mr. Cascella, oder Ishaq hatte sie nicht ausfindig machen können. Sobald sie Richard gefunden hatte, würde sie ihm erklären können, dass sie einem Irrtum erlegen war und sie nun endlich Altur'Rang verlassen konnten. Wie gerne sähe sie sein Gesicht, wenn sie ihm mitteilte, dass sie ihn zu Kahlan zurückbringen und den Bann aufheben werde. Ausgerechnet sie waren die Letzten, die für Niccis Einsichten büßen mussten.

Als letzter Ort, wo sie noch nach ihm suchen konnte, fiel ihr die Statue ein. Gut möglich, dass er sich dort befand. Aber sosehr sie sich auch bemühte, sie kam nicht näher heran. Jetzt dämmerte ihr auch, dass sie sich wahrscheinlich nicht einfach aus dem dichten Gewühl würde befreien können. Höchstwahrscheinlich waren es weit mehr als eine halbe Million Menschen, die sich in der gewaltigen Menge um den Palast drängten.

Und dann sah Nicci Bruder Narev und seine Jünger auf dem Vorplatz erscheinen, allesamt in ihren dunkelbraunen Gewändern, Bruder Narev in seiner geknifften Kappe, die übrigen Gesichter tief unter weiten Kapuzen verborgen. Auf dem rückwärtigen Teil des Vorplatzes drängten sich einige hundert Beamte des Ordens, die angereist waren, um der Weihung des Palastes beizuwohnen – wichtige Männer alle miteinander.

Wenn sie nur über ihre Kraft verfügte, dann hätte sie sie alle auf der Stelle töten können.

In diesem Augenblick erhaschte sie, im Rücken der Beamten, einen flüchtigen Blick auf Richard, umringt von Gardisten. Der gesamte zentrale Bereich rund um den Platz wimmelte nur so von den herrischen Soldaten der Stadtwache.

Bruder Narev trat bis an den Rand des Platzes vor, unter seiner geknifften Kappe und der unter einer Kapuze verborgenen Stirn hervor ließ er den Blick über die Versammlung schweifen. Die Menschen befanden sich in einem Zustand lärmiger, gefühlsgeladener Erregtheit. Bruder Narev schien alles andere als amüsiert zu sein, doch das war er ohnehin niemals. Amüsiertheit, so predigte er stets, war sündhaft. Er hob die Arme und bat sich Ruhe aus.

Als die Menge verstummt war, begann er mit der entsetzlichen schnarrenden Stimme zu sprechen, jener Stimme, die sie, als sie noch klein war, vom ersten Tag an in ihrem Heim verfolgt hatte, jener Stimme, der sie gestattet hatte, ihre Gedanken zu beherrschen, jener Stimme, die ihr, gemeinsam mit der Stimme ihrer Mutter, das Denken abgenommen hatte.

»Bürger des Ordens der Imperialen Ordnung, wir haben für euch ein ganz besonderes Ereignis vorgesehen. Heute werden wir euch das Schauspiel der Versuchung vorführen … und mehr noch.«

In einer gleitenden Bewegung deutete er mit dem Arm hinter sich, auf die Statue. Seine langen, dürren Finger öffneten sich, und seine Stimme polterte vor Abscheu. »Das Böse selbst.«

Ein unsicheres Murren ging durch die Menge. Bruder Narev lächelte; der dünne Spalt seines Mundes zog seine Wangen in Falten, als er wie der Schädel des Todes höchstpersönlich grinste; seine Augen waren ebenso düster wie sein Gewand. Die untergehende Sonne floh, alle Pracht mit sich nehmend, das Geschehen, und zurück blieb der flackernde Schein Dutzender von Fackeln, der sich orangefarben auf die massiven, sich im Hintergrund des Platzes erhebenden Säulen legte, sowie das schwache Licht des Mondes, das die grimmigen Gesichter der Beamten mit einem fahlen Glanz belegte. Die Luft, so überladen von den schweren Gerüchen der Menge, war kalt geworden.

»Mitbürger des Ordens der Imperialen Ordnung«, wiederholte Bruder Narev mit einer Stimme, die nach Niccis Dafürhalten geeignet war, die Mauern zerspringen zu lassen, »heute werdet ihr sehen, was dem Bösen widerfährt, wenn man es mit der Tugendhaftigkeit des Ordens konfrontiert.«

Mit einem knochendürren Finger gab er ein Zeichen hinter die Köpfe der Beamten. Gardisten drängten Richard gewaltsam nach vorn. Nicci entfuhr ein Schrei, der jedoch im Getöse von zehntausenden anderer Stimmen unterging.

Schließlich trat Bruder Neal, einen Vorschlaghammer mit sich schleppend, wankend vor.

Nicci schaute sich nach beiden Seiten um und sah, dass mehrere tausend bewaffnete Gardisten bereitstanden; weitere schirmten den Vorplatz vor der Bevölkerung ab – Bruder Narev war kein Risiko eingegangen. Mit höflichem Lächeln und einer unterwürfigen Verbeugung überreichte Neal Bruder Narev den Hammer.

Bruder Narev hob den Vorschlaghammer über seinen Kopf, so als wäre er ein im Triumph gen Himmel gerecktes Schwert.

»Das Böse muss vernichtet werden, wo immer man ihm begegnet.« Er deutete mit dem schwankenden Kopf des Vorschlaghammers auf die Statue. »Dies ist ein Werk des Bösen, geschaffen von einem seine Mitmenschen hassenden Fanatiker, um die Schwachen zu peinigen und zu quälen. Er trägt nichts bei zum Fortschritt seiner Mitmenschen, zum Schutz seiner Mitmenschen, zur Ausbildung und Unterstützung seiner Mitmenschen. Er hat nichts zu bieten als lüsterne und gotteslästerliche Bilder, die auf die Leichtgläubigen und Wankelmütigen abzielen.«

In ihrer Verwirrung und Enttäuschung war die Menge verstummt. Nach den Eindrücken, die Nicci im Laufe des Tages mitten unter ihnen gewonnen hatte, waren sie zu der Überzeugung gelangt, dass diese Statue eine neue Spende des Ordens an das Volk darstellte – ein prachtvolles Werk, das sie am Palast des Kaisers bewundern konnten, ein Werk, das eine strahlende, glänzende Hoffnung verhieß. Was sie jetzt hörten, verwirrte und bestürzte sie.

Bruder Narev hob den Vorschlaghammer in die Höhe. »Bevor die Leiche dieses Verbrechers für seine Verbrechen gegen den Orden an einen Pfahl gehängt wird, soll er mit ansehen müssen, wie sein abscheuliches Machwerk unter dem Jubel der unbescholtenen Bevölkerung zertrümmert wird!«

Als der allerletzte Sonnenstrahl hinter dem Horizont versank, reckte Bruder Narev den schweren Vorschlaghammer hoch in den flackernden Schein der qualmenden Fackeln. Unsicher schwankend verharrte der Vorschlaghammer einen kurzen Augenblick auf dem Scheitelpunkt seines Bogens, bevor er sich mit wuchtigem Schwung senkte. Ein Aufstöhnen wie aus einem Munde erhob sich über der Menge, als der stählerne Kopf beim Aufprall auf das Bein der männlichen Figur erklang. Einige wenige kleine Gesteinssplitter lösten sich, mehr nicht.

In der darauf folgenden vollkommenen Stille war zu hören, wie Richard Bruder Narevs kraftlosen Schlag voller Spott verlachte.

Selbst aus der Ferne vermochte Nicci zu erkennen, wie Bruder Narevs Gesicht sich dunkelrot verfärbte, während Richard ihn amüsiert in sich hineinlachend beobachtete. Ein Raunen ging durch die Menge; niemand konnte so recht glauben, dass ein Mann es wagte, einen Bruder des Ordens, noch dazu Bruder Narev höchstpersönlich, auszulachen.

Bruder Narev konnte es selbst kaum glauben.

Auch die vielen Gardisten, die ihre Speere auf Richard richteten, konnten es kaum glauben.

In der angespannten Stille hallte Richards Gelächter von dem

Halbkreis aus steinernen Mauern und hoch aufragenden Säulen hinter ihnen wider. Dann kehrte das Totenkopfgrinsen zurück. Bruder Narev nahm den Vorschlaghammer, dessen Gewicht er mit seiner knochigen Hand kaum halten konnte, an seinem Kopf auf und hielt Richard den Stiel hin.

»Du wirst dein sündiges Werk eigenhändig vernichten.« Die Worte »oder du stirbst auf der Stelle« wurden nicht laut ausgesprochen, und doch hörte jeder, dass sie stillschweigend mit inbegriffen waren.

Richard nahm den Stiel des Vorschlaghammers entgegen. Er hätte nicht würdevoller aussehen können, hätte er ein mit Juwelen besetztes Schwert in Empfang genommen.

Richards Raubtierblick löste sich von Bruder Narev und glitt, während er mehrere Schritte in Richtung Treppe zurücklegte, über die Menschenmenge hinweg. Mit dem Heben eines Fingers bedeutete Bruder Narev den Gardisten, ihre Speere zurückzuhalten. Nach dem spöttischen Feixen auf den Gesichtern der Brüder Narev und Neal waren sie nicht der Meinung, dass die Menge hören wollte, was ein Sünder zu verkünden hatte.

»Ihr werdet«, sprach Richard mit einer Stimme, die über die Menschenmassen hinweghallte, »von erbärmlichen, unbedeutenden Männern beherrscht.«

Wie aus einem Mund stöhnte die Menge auf. Das Wort gegen einen Ordensbruder zu erheben, das war höchstwahrscheinlich Verrat und ganz sicher Ketzerei.

»Worin besteht mein Verbrechen?«, fragte Richard laut. »Ich habe euch ein Stück Schönheit geschenkt, das ihr betrachten könnt, in der ebenso gewagten wie festen Überzeugung, dass ihr, so ihr denn wollt, ein Recht darauf habt, es zu betrachten. Schlimmer noch ... ich habe erklärt, dass es euch zusteht, euer Leben eigenmächtig zu bestimmen.«

Ein lautes Raunen wogte durch die Menge. Richards Stimme wurde kräftiger und verschaffte sich mit ihrer Klarheit über dem Getuschel Gehör.

»Das Böse ist nicht ein einziges, großes Ganzes, sondern eine Ansammlung zahlloser kleiner Schlechtigkeiten, aus dem Schmutz hervorgezerrt von unbedeutenden Männern. Da ihr unter dem Joch des Ordens lebt, habt ihr die Bereicherung der Fantasie gegen den grauen Dunst der Mittelmäßigkeit eingetauscht – die fruchtbare Inspiration von Streben und Wachstum gegen gedankenlosen Stillstand und allmählichen Verfall – das kühne Neuland des Bemühens gegen einen angstbesetzten Morast aus Interesselosigkeit.«

Die Menge lauschte mit starrem Blick und bewegungslosen Lippen. Richard deutete mit seinem Vorschlaghammer, den er erneut mit der mühelosen Eleganz eines königlichen Schwertes schwenkte, über ihre Köpfe hinweg.

»Nicht etwa gegen einen Teller Suppe habt ihr eure Freiheit eingetauscht, sondern schlimmer, gegen die leeren Versprechungen anderer, die behaupten, euch stehe ein Teller Suppe zu, den aber wieder andere für euch bereitstellen sollen.

Glück, Freude, Erfüllung, Leistung ... sind keine begrenzten Güter, die es zu verteilen gilt! Kann man das Lachen eines Kindes aufspalten und verteilen? Nein! Sorgt einfach dafür, dass mehr gelacht wird!«

Gelächter, freudiges Gelächter ging durch die Menge.

Bruder Narevs Miene verfinsterte sich. »Wir haben von dem unsinnigen Geplapper dieses Fanatikers genug gehört! Zerstöre deine gotteslästerliche Statue! Auf der Stelle!«

Richard legte seinen Kopf schräg. »Ach? Die vereinte Versammlung des Ordens und der Brüder fürchtet sich vor den Worten eines einzelnen Mannes? So viel Angst machen Euch bloße Worte, Bruder Narev?«

Seine dunklen Augen riskierten einen verstohlenen Blick in die Menge, als diese sich, gespannt auf seine Antwort, nach vorne beugte.

»Worte machen uns keine Angst. Die Tugendhaftigkeit steht auf unserer Seite und wird obsiegen. Sprich deine Gotteslästerungen, damit alle begreifen, warum sittenstrenge Menschen sich gegen dich zusammentun.«

Richard lächelte in die Menge, seine Worte aber waren von brutaler Aufrichtigkeit.

»Jeder Mensch hat das Recht auf ein eigenes Leben. Das Leben eines jeden Einzelnen kann und muss allein ihm gehören, nicht einer Gesellschaft oder Gemeinschaft, denn sonst wäre er nichts weiter als ein Sklave. Weder kann jemand einem anderen das Recht auf sein Leben verwehren noch ihm mit Gewalt das nehmen, was er geschaffen hat, denn damit würde er ihn der Mittel zum Bestreiten seines Lebensunterhalts berauben. Einem Mann das Messer an die Kehle zu halten und ihm vorzuschreiben, wie er sein Leben zu leben hat, ist Verrat an der Menschheit. Eine Gesellschaft kann niemals wichtiger sein als die Einzelwesen, aus denen sie besteht, denn sonst misst man nicht etwa dem Menschen die höchste Wichtigkeit bei, sondern, um den Preis eines niemals endenden Blutzolls, jeder beliebigen Idee, die dieser Gesellschaft plötzlich in den Sinn kommt. Allein Vernunft und Wirklichkeitssinn führen zu einer gerechten Gesetzgebung; geistloses Wunschdenken wird, wenn man es zur obersten Gewalt erklärt, zu einem tödlichen Gebieter.

Mit dem Verzicht auf die Vernunft zugunsten des Glaubens an diese Männer billigt ihr deren Gewaltanwendung zum Zwecke eurer eigenen Versklavung – und des Mordes an euch. Es steht in eurer Macht, selbst zu entscheiden, wie ihr euer Leben gestalten wollt. Ein Wort von euch, und diese erbärmlichen, nichtswürdigen Männer hier oben sind nichts weiter als Ungeziefer. Sie haben über euch keine andere Macht als die, die ihr ihnen gewährt!«

Richard deutete mit dem Vorschlaghammer auf die Statue hinter seinem Rücken. »Das ist das Leben, euer Leben, das ihr leben sollt, so wie es euch gefällt.« Den Kopf des Vorschlaghammers in weitem Bogen schwenkend, deutete er auf die Bildhauereien auf den Mauern. »Das ist es, was der Orden euch zu bieten hat: der Tod!«

»Wir haben genug von deinen Gotteslästerungen!«, kreischte

Bruder Narev. »Zerstöre auf der Stelle dein Werk des Bösen oder stirb!«

Die Speere wurden angehoben.

Seelenruhig erfasste Richard die Gardisten einen nach dem anderen mit unerschrockenem Blick, bevor er zu seiner Statue hinüberging. Niccis Herz schlug gegen ihre Rippen; sie wollte nicht, dass sie zerstört wurde. Sie war zu prachtvoll, um zerstört zu werden. Dies alles durfte nicht geschehen. Das durften sie den Menschen nicht wieder nehmen.

Richard legte den Vorschlaghammer über seine Schulter. Seine andere Hand zur Statue erhebend, richtete er ein letztes Mal das Wort an die Menschenmenge.

»Das ist es, was der Orden euch nehmen wird – eure Menschlichkeit, eure Eigenständigkeit, die Freiheit, euer Leben selbst zu gestalten.« Richard legte den Vorschlaghammer kurz an seine Stirn.

Dann sauste der stählerne Kopf in mächtigem Schwung herum. Nicci konnte die Luft sirren hören. Die gesamte Statue schien zu erzittern, als der Vorschlaghammer mit donnerndem Schlag gegen den Sockel prallte.

Es folgte ein Augenblick unerträglicher Stille, in dem sie ein kaum hörbares Geräusch vernahm: das Reißen, Knacken und Flüstern des Steins selbst.

Dann stürzte die gesamte Statue in einem Getöse aus Trümmerstücken und wallendem weißem Staub in sich zusammen.

Die Beamten auf der Rückseite des Platzes brachen in Jubel aus. Die Gardisten johlten und grölten und schwenkten ihre Waffen.

Sie waren die Einzigen. Als der Staub sich über den Vorplatz wälzte, war es in der Menge totenstill. All ihre Hoffnungen, die diese Statue verkörperte, waren soeben zunichte gemacht worden.

Nicci starrte benommen. Ein heftiger, quälender Schmerz schnürte ihr die Kehle zu, und sie bekam feuchte Augen. Alle schauten zu, so als wären sie soeben Zeugen eines tragischen, sinnlosen Todes geworden.

Die Gardisten rückten mit gesenkten Speeren gegen Richard vor und drängten ihn zurück gegen andere Gardisten, die ihn mit schweren Eisenfesseln erwarteten.

Unten, näher bei den Stufen, erhob sich klar und deutlich eine Stimme aus der gelähmten Menschenmenge. »Nein! Das lassen wir uns nicht gefallen!«

In der zunehmenden Dunkelheit erkannte Nicci den Mann, der gerufen hatte. Er stand ziemlich weit vorn und versuchte sich voller Ungestüm einen Weg durch das Gedränge zu bahnen, um auf den Vorplatz zu gelangen.

Es war der Schmied, Mr. Cascella.

»Das lassen wir uns nicht gefallen!«, brüllte er. »Ich lasse mich nicht länger von euch zum Sklaven machen! Hört ihr mich? Ich bin ein freier Mann! Ein freier Mann!«

Die gesamte Menschenmasse vor dem Platz brach in ohrenbetäubendes Gebrüll aus.

Und dann stürzte sie wie ein Mann nach vorn.

Die Fäuste in die Luft gereckt, die Stimmen zu wütendem Geschrei erhoben, brandete die menschliche Masse einer Lawine gleich auf den Platz. Schwer bewaffnete Soldaten marschierten die Stufen hinunter, um sich dem Vorstoß entgegenzustellen. Sie wurden von dem Ansturm fortgespült.

Nicci schrie aus Leibeskräften, um Richards Aufmerksamkeit auf sich zu lenken, doch ging ihre Stimme in dem mächtigen Getöse unter.

35. Kapitel

Richard wusste nicht, was ihn mehr verblüffte: seine Statue in Trümmern zu sehen oder die Menge, die die Stufen heraufstürmte, nachdem Victor sich zum freien Mann erklärt hatte.

Unaufhaltsam wälzte sich der Mob über die bewaffneten Gardisten hinweg, die die Stufen hinunterstiegen, um sich ihnen in den Weg zu stellen. Etliche Menschen stürzten verwundet oder tot zu Boden, ihre Körper wurden unter dem Ansturm der Massen zertrampelt. Wer vorne lief, konnte nicht mehr stehen bleiben, selbst wenn er gewollt hätte; der Druck der zehntausende in seinem Rücken trieb ihn unaufhaltsam weiter. Ohnehin hätte niemand stehen bleiben wollen. Es herrschte ein markerschütterndes Gebrüll.

Die Ordensbrüder wurden von Panik ergriffen, ebenso wie die Beamten auf dem rückwärtigen Teil des Platzes und auch die paar tausend bewaffneten Gardisten.

Richard hatte es auf Bruder Narev abgesehen. Stattdessen sah er, wie bewaffnete Soldaten in seine Richtung gestürmt kamen. Richard holte aus und versenkte den Kopf des Vorschlaghammers in der Brust eines Mannes, der sich mit erhobenem Schwert auf ihn stürzen wollte. Als der Mann, den Griff des Vorschlaghammers in der Brust, vorübersegelte, riss Richard ihm das Schwert aus der Faust und gab, die Klinge in der Hand, jegliche Zurückhaltung auf.

Eine kleine Gruppe von Gardisten hielt es für angebracht, die Ordensbrüder zu beschützen. Richard warf sich mitten unter sie und traf mit jedem Hieb. Jeder Hieb oder Stoß ließ einen Soldaten niedersinken.

Aber es waren nicht die Gardisten, denen Richards Hauptinteresse galt. Wenn er schon alles verlieren würde, dann wollte er zum Ausgleich wenigstens Bruder Narevs Kopf. Als er sich durch das Chaos der auf den Platz stürmenden Menschen wühlte, war Bruder Narev nirgends zu entdecken.

Victor löste sich aus dem Handgemenge, einen Ordensbruder an den Haaren zerrend. Der stämmige Schmied hatte eine so finstere Miene aufgesetzt, dass man Eisen damit hätte biegen können. Der Ordensbruder verdrehte die Augen, als wäre er auf den Kopf geschlagen worden und hätte Mühe, wieder zur Besinnung zu kommen.

»Richard!«, brüllte Victor.

Die Männer, von denen einige noch immer das braune Gewand des Bruders gepackt hielten, stürzten jetzt von allen Seiten auf Richard zu, einen zehn oder fünfzehn Mann starken Schutzring um ihn herum bildend.

»Was sollen wir mit ihm machen?«, wollte einer von ihnen wissen.

Richard erfasste die Menschen um ihn herum mit einem schnellen Blick. Er sah Arbeiter, die er von der Baustelle her kannte: Priska war unter ihnen, auch Ishaq.

»Wieso fragt ihr mich? Das ist eure Revolte.« Er blickte den Männern herausfordernd in die Augen. »Was meint ihr, solltet ihr mit ihm machen?«

»Sag du es uns, Richard«, rief einer der Bildhauer.

Richard schüttelte den Kopf. »Nein. Ihr werdet mir jetzt sagen, was ihr mit ihm zu tun beabsichtigt. Aber eins solltet ihr wissen: Dieser Mann ist ein Zauberer. Wenn er wieder zu sich kommt, wird er anfangen, Menschen umzubringen. Dies ist eine Frage auf Leben und Tod, und er weiß das. Wisst Ihr es auch? Ist euch das wirklich vollkommen klar? Hier geht es um euer Leben. Ihr müsst entscheiden, was ihr tun wollt, nicht ich.«

»Diesmal wollen wir dich auf unserer Seite haben, Richard«, rief Priska. »Aber wenn du dich uns immer noch nicht anschließen möchtest, dann werden wir uns unser Leben zurückholen und diese Revolte durchführen – auch ohne dich. Genau so wird es geschehen!«

Mit den geballten Fäusten drohend, pflichteten ihm die Männer lautstark bei.

Victor zog den benommenen Ordensbruder an seine Brust und verdrehte ihm mit einem Ruck den Kopf, bis sein Genick brach. Der erschlaffte Körper glitt zu Boden.

»Und das ist es, was wir mit denen hier zu tun beabsichtigen«, erklärte Victor.

Richard reichte ihm lächelnd die Hand. »Ich bin stets erfreut, einem freien Mann zu begegnen.« Sie fassten sich bei den Unterarmen, und Richard sah Victor in die Augen. »Ich bin Richard Rahl.«

Erst blinzelte Victor fassungslos, dann folgte sein dröhnendes, aus dem Bauch kommendes Lachen. Mit seiner freien Hand versetzte er Richard einen Klaps gegen die Schulter.

»Aber klar doch! Wir alle sind er. Einen Augenblick hattest du mich fast reingelegt, Richard. Ehrlich.«

Das Geschiebe der Menge drängte sie zurück, hinüber zu den Säulen. Richard langte nach unten, packte das Gewand des toten Ordensbruders und schleifte die Leiche mit. Die Ansammlung aus sich hoch auftürmenden Mauern und Marmorsäulen bot einen gewissen Schutz vor dem Ansturm der tobenden Masse.

Der Boden erzitterte. Eine Explosion aus dem Inneren des Palastes sprengte ein Loch in die Mauer, ein Lichtblitz zerriss die Dunkelheit, Steinsplitter segelten pfeifend durch die Luft. Dutzende blutüberströmter Menschen wurden zurückgeschleudert.

»Was war das?«, rief Victor über den Lärm aus Schreien und Gebrüll und dem Getöse der Explosion hinweg.

Die Gefahr ignorierend, setzte die Menge ihren Ansturm gegen die Männer fort, die sie zu Sklaven gemacht hatten. Scharen von Menschen drängten sich um die Stelle, wo die Statue gestanden hatte, und sammelten Marmortrümmer auf. Erst legten sie ihre Finger an die Lippen, dann ihre Finger auf die Worte auf der Rückseite des umgestürzten Bronzerings. Sie trafen damit eine Entscheidung für das Leben.

Horden von Menschen hatten mehrere Ordensbrüder und Beamte gefangen genommen und waren dabei, sie mit weißen Marmorbrocken aus den Trümmern der Statue zu lynchen.

»Bruder Narev ist ein Hexenmeister«, gab Richard zu bedenken. »Du musst einige dieser Männer organisieren und diesen Mob unter Kontrolle bringen. Narev ist im Stande, mächtige Magie einzusetzen. Ich finde es lobenswert, dass die Menschen ihrem Drang nach Freiheit nachgeben, aber wenn wir das hier nicht unter Kontrolle bekommen, werden wir mit ansehen müssen, wie eine große Zahl von ihnen verwundet oder getötet wird.«

»Verstehe«, sagte Victor, der Mühe hatte, nicht fortgerissen zu werden.

Eine Anzahl von Männern, die sich um Richard geschart hatten, um ihn zu beschützen, bekam seine Worte mit und pflichtete ihm nickend bei. Kommandos, sich zu organisieren, gingen durch die Menge. Die Menschen wollten mit aller Macht den Erfolg. Sie waren bereit, alles für das Erreichen ihres Zieles zu geben, und sahen den Sinn der Befehle ein, die jetzt immer häufiger laut wurden. Viele dieser Männer waren den Umgang mit großen Gruppen von Arbeitern gewohnt und wussten, wie man Menschen organisierte.

Richard begann dem toten Ordensbruder das Gewand auszuziehen. »Ihr Männer müsst verhindern, dass die Leute bis in den Palast vordringen. Narev hockt dort drinnen. Wer dort eindringt, kann leicht getötet werden. Ihr müsst dafür sorgen, dass die Leute draußen bleiben. Solange die Brüder sich dort drinnen befinden, ist das eine tödliche Falle.«

»Verstehe«, sagte Victor.

»Wir werden sie zurückhalten«, riefen ein paar Männer Richard zu.

Als Richard sich das Gewand des toten Bruders über den Kopf streifte, fasste Victor ihn am Arm. »Was tust du?«

Richard steckte den Kopf durch die Halsöffnung. »Ich werde hineingehen. Narev wird mich im Dunkeln für einen Ordensbruder halten, ich werde also ganz nahe an ihn herankommen können.« Er stieß das beschlagnahmte Schwert durch das Gewand, um die Klinge zu verstecken; das Heft verbarg er unter seinem Handgelenk. »Haltet die Leute draußen – Narev gebietet über mächtige Magie. Ich muss ihn aufhalten.«

»Gib auf dich Acht«, sagte Victor.

Die Männer, die das Kommando übernommen hatten, begannen auszuschwärmen und bedrängten die Menschen, ihren Befehlen Folge zu leisten. Die Ersten taten es, und als sie es taten, folgten andere ihrem Beispiel. Da sämtliche Beamte, die sie gefangen genommen hatten, mittlerweile tot waren, ließ sich der Mob allmählich in die Pflicht nehmen, und das keinen Augenblick zu früh. Der ungeheure Druck der auf den Vorplatz strömenden Massen war eine Gefahr für alle.

Weinende Menschen hoben im Vorübergehen Marmorbrocken von der Statue auf und drückten diese Zeichen der Freiheit und Schönheit an ihre Brust, während sie weitergingen, damit andere es ihnen gleichtun konnten. Dies waren Menschen, denen sich eine Chance auf das Leben geboten hatte, und sie hatten zugegriffen, sie hatten sich bewiesen.

Victor sah, was sie taten. »Es tut mir so Leid, Richard …«

Eine gewaltige Feuerexplosion fegte über den Platz hinweg und streckte weit über hundert Menschen nieder. Sie war so heftig, dass die Körper zerrissen wurden. Eine riesige Steinsäule kippte um und zerschmetterte die Menschen, die wegen des Geschiebes in der Menge nicht hatten ausweichen können.

»Später!«, brüllte Richard über den Höllenlärm hinweg. »Ich muss Narev aufhalten! Haltet diese Leute aus dem Palast fern – dort drinnen kommen sie bloß um!«

Victor nickte, dann eilte er zusammen mit den anderen Männern, die er kannte, davon, um die Lage in den Griff zu bekommen.

Richard ließ Tumult und Verwirrung hinter sich und trat durch einen weit offenen Durchgang zwischen den Säulen … in die Dunkelheit.

Es gab Meilen unvollendeter Korridore, manche davon verstopft mit Leichen. Während des ersten Ansturms, als die Menschen den Vorplatz stürmten, hatten sie Ordensbrüder und Beamte in das Labyrinth des Palastes hineingetrieben. Viele dieser Menschen hatten das Pech gehabt, dabei auf Bruder Narev zu stoßen. Der Gestank verbrannten Fleisches stieg Richard in die Nase, als er lautlos durch die Dunkelheit schlich.

Lange bevor er zum Sucher wurde, lange bevor er Lord Rahl wurde, war Richard – wie wir alle wissen – Waldführer gewesen; in der Dunkelheit war er in seinem Element. Im Geiste hüllte er sich in dieses Gewand aus Dunkelheit.

Zwischen den massiven Steinmauern, unter den schweren Deckenbalken, den teilweise fertig gestellten Holzfußböden und den Schieferdächern über seinem Kopf war der Tumult der Menge nur ein fernes, hallendes Gemurmel. Durch die klaffenden Öffnungen der unverkleideten Türen waren Räumlichkeiten ohne Dach oder Fußboden über ihnen zu erkennen, in die das Mondlicht schien. Dies alles erzeugte ein ineinander verschlungenes Durcheinander aus Schatten und fahlem Licht, das Gefahr in jeder Form verhieß.

Richard stieß auf eine ältere Frau, die, vor Schmerzen wimmernd, blutend in der Eingangshalle lag. Er ließ sich auf ein Knie herunter und legte ihr sanft eine Hand auf die Schulter, ohne die Augen von dem dunklen Korridor und den tiefschwarzen Höhlungen zu beiden Seiten zu lösen.

Er spürte, wie die Frau unter seinen Fingern zitterte. »Wo seid Ihr verletzt?«, erkundigte er sich leise. Er schob die Kapuze seines Gewandes zurück, sodass sie im durch das unfertige Deckengebälk hereinfallenden Mondlicht sein Gesicht erkennen konnte. »Ich heiße Richard.«

Ein Lächeln des Wiedererkennens ging über ihr Gesicht. »Mein Bein«, stieß sie hervor.

Sie schob ihr Kleid hoch. Im schwachen Licht erkannte er eine dunkle Wunde, unmittelbar oberhalb des Knies. Mit dem Schwert trennte er den Saum ihres Kleides ab, um ihn als Verband zu benutzen und die Wunde zu schließen.

»Ich will leben. Ich wollte helfen.« Sie nahm den Stoffstreifen und schob seine Hände zurück. »Danke, dass Ihr mir den Streifen herausgeschnitten habt. Jetzt komme ich allein zurecht.« Sie krallte eine Hand in sein Gewand und zog ihn näher heran. »Ihr habt uns mit Eurer Statue das Leben gezeigt; dafür möchte ich Euch danken.«

Lächelnd drückte Richard ihre Schulter.

»Ich habe versucht, diese Kakerlake zu erwischen. Werdet Ihr es für mich tun?«

Richard legte den Finger an die Lippen und drückte ihn ihr anschließend auf die Stirn. »Das werde ich. Verbindet Euer Bein und bleibt still liegen, bis wir die Lage unter Kontrolle haben. Dann schicken wir jemanden herein, der Euch hilft.«

Richard machte sich wieder auf den Weg und huschte weiter. Aus der Ferne drangen wutentbrannte, schmerzerfüllte Schreie. Gardisten, die in das Labyrinth des unvollendeten Palastes hatten fliehen können, prügelten auf Menschen ein, die ihnen nach drinnen gefolgt waren.

Hinter einer Ecke erblickte Richard einen zitternden Ordensbruder. Narev war es nicht, denn er trug eine Kapuze, keine Kappe. Die Rolle eines Ordensbruders spielend, zog Richard seine Kapuze wieder über und ging auf den Mann zu. Der Bruder schien erleichtert, auf einen seiner Kumpane zu stoßen.

»Wer bist du?«, flüsterte er in Richards Richtung und hob seine Hand, um mit Hilfe seiner Magie eine kleine Flamme über seiner Handfläche zu entzünden.

»Bruder Justizium«, antwortete Richard den weit aufgerissenen Augen, als er dem Mann das Schwert durchs Herz bohrte.

Richard zog sein Schwert wieder heraus und verbarg es wie zuvor unter seinem Gewand.

Nicci würde sich ganz sicher rächen; er schien nichts tun zu können, um das zu verhindern. Oft genug hatte sie ihm seine Entscheidungen abgenommen. Er war fest entschlossen, wenigstens den Orden zu vernichten. Wenn es nur eine Möglichkeit gäbe, Nicci zur Vernunft zu bringen, sie dazu zu bringen, ihm zu helfen. Manchmal, so schien es, kam der Ausdruck ihrer Augen dem Begreifen aufreizend nahe; er wusste, dass Nicci etwas für ihn empfand. Er wünschte nur, er könnte diese Gefühle dazu verwenden, sie zur Vernunft zu bringen, ihm zu helfen, ihre Fesseln abzuwerfen, nur wusste er nicht wie.

Als er Gardisten in seine Richtung laufen hörte, zog Richard sich in die völlige Dunkelheit eines Raumes zurück. Als sie in den Korridor einbogen, zog Richard abermals sein Schwert, und als sie schließlich ganz nahe waren, sprang er aus der Türöffnung hervor und schlug dem ersten Gardisten den Kopf ab. Der zweite holte mit seinem Schwert aus und verfehlte ihn, bevor er zu einem zweiten Hieb ansetzte; Richard bohrte dem Mann sein Schwert in den Bauch. Der verwundete Gardist wich zurück und rutschte von der Klinge ab. Bevor Richard ihm den Rest geben konnte, kamen weitere Gardisten in den Korridor gestürmt; Richard zog sich in die dunkle Türöffnung zurück, wodurch er die Männer dazu verleitete, ihm zu folgen. Vollkommen reglos stand er in der Dunkelheit; als sie schließlich keuchend hereingestürzt kamen und der Schutt beim Herumdrehen unter ihren Fußballen knirschte, ortete Richard sie allein aufgrund des Geräusches und streckte sie nieder. Ein halbes Dutzend Männer starb in dem vollkommen finsteren Raum, bevor die übrigen die Flucht ergriffen.

Richard rannte weiter in die Richtung, aus der die Geräusche der Explosionen kamen. Jedes Mal, wenn ein Feuerstoß durch das verwirrende Geflecht aus Gängen und Korridoren schoss, hielt er sich die Hand vor Augen, um sich seine Sehfähigkeit im Dunkeln zu bewahren. Waren die gleißend hellen Lichtblitze verblasst, lief er rasch weiter in die Richtung, aus der sie gekommen waren.

Es gab Meilen über Meilen von Fluren im Palast. Einige führten hinaus in offenes, noch unbebautes Gelände, andere verliefen zwischen oben offenen Mauern, wieder andere bohrten sich, abgedeckt durch darüber liegende Stockwerke oder Dächer, durch völlige Dunkelheit. Dem Tosen der durch Zauberei erzeugten Flammen folgend, stieg Richard über Treppen in völlige Finsternis hinunter in den unterirdisch gelegenen Teil des Palastes.

Unterhalb des Hauptgeschosses befanden sich ganze Systeme weit verzweigter und miteinander verbundener Räumlichkeiten, die aus einem verwirrenden Netzwerk von Kammern und engen Gängen bestanden. Durch dieses Labyrinth aus dunklen Räumen stürzte er, er stieg durch Löcher in nicht fertig gestellten Wänden und leere Türöffnungen, als er plötzlich auf einen mit einem Überwurf bekleideten Mann mit einem Schwert stieß. Er hielt es für äußerst unwahrscheinlich, dass jemand von der Bevölkerung bewaffnet war.

Der Mann wirbelte, das Schwert voran, herum, aber da Richard sich mit einem Ordensgewand verkleidet hatte, wusste er, dass der Mann nicht unbedingt ein Feind sein musste.

In einem Aufblitzen des Mondlichts erblickte Richard zu seiner völligen Verblüffung das Schwert der Wahrheit hinter der Schulter dieser Person. Es war Kahlan.

Vor lauter Schreck konnte er sich nicht rühren.

Sie dagegen sah nur eine Gestalt in einem braunen Gewand – einen Ordensbruder – in einem Strahl des Mondlichts stehen, da die Kapuze sein Gesicht im Schatten ließ.

Im selben Augenblick, noch bevor er ihren Namen rufen konnte, sah er über Kahlans Schulter, wie jemand auf sie zugelaufen kam – Nicci.

In diesem einen entsetzlichen, schwer fassbaren Augenblick erkannte Richard, was er tun musste. Es war seine – und Kahlans – einzige Chance freizukommen.

In diesem kristallklaren Augenblick des Begreifens durchfuhr ihn ein Gefühl entsetzlicher Angst. Er wusste nicht, ob es ihm gelingen würde.

Es musste.

Richard zog sein Schwert und wehrte Kahlans Stoß ab.

Und dann attackierte er.

Er trieb sie mit kontrollierter Gewalt vor sich her, sorgfältig darauf bedacht, sie nicht zu verletzen. Wie sie kämpfte, wusste er; er wusste es, weil er es ihr selbst beigebracht hatte. Er spielte die Rolle eines ungeschickten, aber vom Glück begünstigten Widersachers.

Nicci kam näher.

Richard konnte es unmöglich länger hinausziehen; er musste genau den richtigen Augenblick erwischen. Er wartete, bis Kahlan ein wenig aus dem Gleichgewicht geriet, um ihr Schwert dann mit einem wuchtigen Schlag in der Nähe des Handschutzes zu treffen. Erschrocken schrie sie auf, als ihr das Schwert aus der Hand flog und der Hieb sie, genau wie von ihm beabsichtigt, herumwirbeln ließ.

Sie zögerte keinen Moment. Ohne innezuhalten und noch in der Drehung langte sie mit der Hand nach oben und zog das Schwert der Wahrheit blank. Die Luft hallte wider von dem ihm so vertrauten, einzigartigen Klirren des Stahls.

Die Klinge voran, wirbelte Kahlan herum. Für den Bruchteil einer Sekunde gewahrte er den entsetzlichen, unbändigen Zorn in ihren Augen. Es schmerzte ihn, ihn in Kahlans wunderschönen Augen zu sehen, wusste er doch, was der Zorn aus einem Menschen machen konnte.

Richard trat ein in eine ganz eigene Welt der Empfindungslosigkeit; er wusste, was er zu tun hatte, spürte keinerlei Regung. Hoch abwehrend kontrollierte er ihren Angriff und bestimmte, wohin sie die Klinge richten sollte. Er musste sie dazu bringen, genau dorthin zu zielen, wo er es beabsichtigte, wenn er eine Chance haben wollte.

Mit zusammengebissenen Zähnen stieß Kahlan ihr Schwert in die Bresche, die er ihr absichtlich gelassen hatte.

Kahlan befand sich in einem Zustand unbeherrschbaren Zorns. Im selben Augenblick, da sie das Heft ergriff, durchflutete das Schwert der Wahrheit sie mit blinder Raserei. Nichts auf der Welt war süßer als die Gewissheit, dass sie mit ihm töten würde; auch die Waffe verlangte Blut.

Diese Leute hatten Richard in ihrer Gewalt. Diese Ordensbrüder hatten ihr Leben verdorben; sie hatten Mörder in ihre Heimat entsandt. Und sie hatten Meuchelmörder geschickt, um Warren niederzustechen.

Jetzt hatte sie einen von ihnen vor sich.

Mit einem Aufschrei wirbelte sie herum, sie schrie vor Zorn, schrie in ihrer Gier nach Blut. Es war ein herrliches Gefühl, das Opfer des eigenen vollkommenen Zorns so greifbar nahe vor sich zu haben.

Ihm unterlief ein Fehler – weil er sich eine Blöße gab. Ohne Zögern hielt sie, Klinge voran, in ihrer kalten Raserei darauf zu.

Er gehörte ihr.

Richard spürte, wie ihn die Klinge durchbohrte. Es war ein Schock; das Gefühl war völlig anders als erwartet. Es fühlte sich ungefähr so an, wie er sich vorstellte, dass sich der mächtige Hieb des Vorschlaghammers gegen die Statue angefühlt haben musste.

Sein Mund klappte auf. Der Augenblick war gekommen, da er ihr Einhalt gebieten, sie daran hindern musste, dass sie noch größeren Schaden anrichtete. Und zwar jetzt sofort. Wenn sie die Klinge in seinem Körper verdrehte und die Wunde weiter aufriss, würde Nicci ihn nicht mehr heilen können. Ihre Heilkraft war begrenzt.

Nicci würde Kahlan von dem Bann befreien müssen, um den Gebrauch ihrer Hexenmeisterinnenmagie wiederzuerlangen – und ihn heilen zu können.

Er kam zu dem Schluss, dass sie genug für ihn empfand, um das zu tun.

Offenen Mundes spürte Richard, wie die Klinge sich nach wie vor in seinen Leib bohrte; es war ein ekelhaftes, schockierendes Gefühl.

Obwohl er es erwartet hatte, erschien es ihm dennoch unwirklich. Er war trotz allem überrascht.

Er musste ihr schnellstens erklären, dass er es war, dass sie aufhören musste.

Zumindest musste er ihren Namen rufen, damit sie aufhörte, bevor sie zu großen Schaden angerichtet hatte.

Sein Mund stand noch immer offen.

Er bekam keine Luft.

Er brachte ihren Namen nicht über die Lippen.

Auf ihrer ungestümen, hektischen Suche nach Richard erblickte Nicci die beiden miteinander kämpfenden Gestalten. Eine von ihnen war ein Ordensbruder, die andere erkannte sie nicht, und doch hatte das Ganze etwas zutiefst Beunruhigendes. Nicci spürte eine eigenartige Regung, denn die Empfindung war seltsam vertraut, doch in all dem gefühlsmäßigen Durcheinander vermochte sie es nicht zuzuordnen.

Die beiden waren noch ein gutes Stück entfernt.

Der Mann im Überwurf verlor sein Schwert. Es schien, als ob der Bruder ihn überwältigt hätte. Nicci wollte helfen – aber wie? Sie musste Richard finden. Jemand hatte behauptet, er habe ihn in den Palast hineingehen sehen.

Sie hielt auf die beiden zu. Der Mann zog ein zweites Schwert, das er auf seinen Rücken geschnallt hatte. Das eigenartige Gefühl in Nicci gewann an Deutlichkeit. Irgendetwas war hier grauenhaft verkehrt, nur wusste sie nicht, was.

Dann sah sie, wie dem Ordensbruder ein Fehler unterlief. Nicci zögerte.

Mit einem Aufschrei tödlichen Zorns durchbohrte der Mann in dem Überwurf den Ordensbruder.

Als der Bruder unter der Wucht des Stoßes einen Schritt zurückwich, fiel ein Strahl des Mondlichts auf sein unter dem Saum der Kapuze verborgenes Gesicht.

In diesem Augenblick traf sie die Erkenntnis wie ein Schlag.

Niccis Augen weiteten sich, und sie fing an zu schreien.

»Kahlan, haltet ein.«

Erschrocken hob Kahlan ruckartig den Kopf und erblickte im Schein des Mondes sein Gesicht; im selben Augenblick hörte er Nicci schreien.

Kahlan prallte zurück und schleuderte das Schwert der Wahrheit von sich, als hätte sie ein Blitz getroffen.

Ein entsetztes Kreischen ausstoßend, wich sie zurück.

Richard packte die Klinge des Schwertes, seines Schwertes, um zu verhindern, dass er es mit seinem eigenen Gewicht noch tiefer in seinen Körper bohrte. Sie hatte es ihm fast bis zum Handschutz in den Leib gerammt. Warmes Blut rann an der Klinge entlang bis auf seine Finger.

»Richard!«, schrie Kahlan. »Neiiin! Neiiin!« Richard spürte, wie er mit den Knien auf den Steinfußboden schlug. Er war überrascht, dass es nicht stärker schmerzte, ein Schwert im Leib zu haben. Größtenteils war es der Schock, der ihm die Sinne verwirrte; das Denken fiel ihm schwer. Er bemühte sich, nicht nach vorn zu kippen, auf die Klinge, und sie dadurch noch tiefer in sich hineinzubohren. Der Raum schien sich zu drehen.

»Zieh es heraus«, sagte er leise.

Er wollte es los sein, er wollte das entsetzliche Etwas aus seinem Körper heraushaben. Er konnte die rasiermesserscharfe Klinge der ganzen Länge nach in seinem Körper spüren, konnte spüren, wie sie aus seinem Rücken ragte.

Kahlan, der Hysterie nahe, begann hektisch in die Tat umzusetzen, was er von ihr verlangte. Richard sah Cara aus der Dunkelheit heranhumpeln. Sie hielt ihn an den Schultern fest, während Kahlan die Klinge mit einem einzigen schnellen Ruck herauszog, als hoffte sie dadurch wieder gutzumachen, was sie angerichtet hatte.

»Was ist passiert?«, schrie Cara. »Was habt Ihr getan?«

Die Welt schien sich zu drehen. Richard spürte, wie die abscheulich feuchte Wärme seines Bluts an ihm herabsickerte. Er spürte sein Gewicht gegen Caras Körper. Ganz dicht über ihm erschien Kahlan.

»Richard! Oh, bei den Gütigen Seelen, nein. Das darf nicht sein. Das ist unmöglich.« Tränen der Panik strömten über ihr hübsches Gesicht. Er vermochte nicht zu begreifen, was sie hier tat. Wieso war sie in der Alten Welt? Was tat sie im Palast des Kaisers?

Er konnte nicht umhin, über das Wiedersehen zu lächeln.

Ob sie wohl seine Statue gesehen hatte, bevor er sie zerstören musste?

Womöglich war ihm ein entsetzlicher Fehler unterlaufen.

Nein, es war Kahlans einzige Chance, ihre Freiheit wiederzuerlangen. Seine einzige Chance, Niccis Bann zu brechen.

Nicci kam noch immer auf sie zugerannt.

»Hilf mir, Nicci«, rief Richard. Was herauskam, war wenig mehr als ein Flüstern. »Ich brauche dich, du musst mich retten, Nicci. Bitte.«

Auch wenn es nicht mehr war als ein Flüstern, Nicci erhörte seine flehentliche Bitte.

Nicci war noch nie so schnell gerannt; das Entsetzen hatte sie in seinem unerschütterlichen Griff. Es war ein entsetzlicher Fehler, es war ein so entsetzlicher Fehler gewesen. Nicci hatte ihnen beiden so viele Schmerzen zugefügt. Es war ihre Schuld.

Selbst in ihrem Schockzustand war ihr in aller Klarheit bewusst, was sie zu tun hatte.

Sie konnte ihn heilen. Kahlan war hier. Nicci vermochte nicht einmal ansatzweise zu begreifen, wieso oder aus welchem Grund, aber sie war hier. Jetzt, da Kahlan hier war, konnte sie den Bann aufheben. War der Bann erst einmal aufgehoben, konnte Nicci ihre Gabe einsetzen. Sie konnte Richard heilen. Alles war in Ordnung. Sie konnte ihn retten. Alles würde gut werden. Sie konnte es wieder gutmachen. Sie konnte es.

Sie konnte etwas Richtiges tun und ausnahmsweise einmal helfen – wirklich helfen.

Ein Arm schnellte aus dem Dunkel hervor, packte sie im Nacken und riss sie von den Füßen. Sie schrie auf, als sie in die Dunkelheit hineingezogen wurde. Sie spürte die Wölbung harter Muskeln, als sie an dem Arm zu reißen versuchte. Der Mann stank. Sie fühlte die feine Berührung seiner Läuse im Gesicht, als diese auf sie übersprangen.

Entsetzen packte sie. Ein so unvermitteltes und intensives Gefühl des Entsetzens war eine vollkommen neue Erfahrung für sie, die alle ihre Gedanken überlagerte.

Sie stemmte ihre Fersen in den Steinfußboden, als er sie nach hinten in das dunkle Labyrinth schleppte. Wie von Sinnen trat sie nach ihm und versuchte, ihren Dacra aus dem Ärmel zu ziehen, doch er packte ihren Arm und bog ihn auf den Rücken.

Sein Unterarm presste sich gegen ihre entblößte Kehle und schnürte ihr die Luft ab, während er sie von den Füßen hob.

Nicci konnte nicht atmen. Vor Wonne glucksend schleppte er sie in die dunkleren Winkel der Räumlichkeiten unter Kaiser Jagangs Palast.

Ihre Blicke trafen sich just in dem Moment, als sie völlig unvermittelt und gewaltsam in die Dunkelheit gerissen wurde. Richard erblickte etwas Bedeutendes in diesen Augen, er sah, dass Nicci die Absicht hatte, ihm zu helfen. Doch dann war sie verschwunden.

Cara umklammerte verzweifelt seine Schultern, als er sich nach hinten gegen sie sinken ließ. Ihm war kalt, und sie war so warm.

Kahlan wich, sich heftig wehrend, zurück in die Dunkelheit. Sie fasste sich an den Hals. Er konnte hören, wie sie würgte.

»Mutter Konfessor! Mutter Konfessor! Was ist?«

Richard langte nach oben, bekam Caras Hinterkopf zu fassen und zog ihr Gesicht zu sich herunter. »Kahlan wird sterben, und Nicci ist die Einzige, die mich heilen kann. Geht schon. Beeilt Euch.«

Er spürte Caras Nicken, bevor er ihren Kopf losließ.

»Verstehe«, war alles, was sie sagte, als sie ihn – behutsam, aber schnell – wieder auf den kalten Steinfußboden legte.

Dann war sie verschwunden.

Es war feucht. Er wusste nicht, ob es Blut war oder Wasser. Sie befanden sich unter der Erde, in den unteren Gefilden des Ruhesitzes. Durch die Lücken im Gebälk, dort, wo die Dielung oben noch nicht verlegt war, fiel das Mondlicht herein und beschien, nicht weit entfernt, Kahlans Versuche, sich zu wehren. In diesem Augenblick, während sie mit einem unsichtbaren Gegner rang, erkannte er, dass es Wasser war. Das war es, kein Blut, sondern Wasser. Der Palast lag unmittelbar am Fluss, daher die Feuchtigkeit in den winzigen Kammern und Fluren unten, im untersten Geschoss.

»Kahlan«, murmelte er, doch sie reagierte nicht. »Halt durch ...«

Seinen Unterleib fassend, um die Wunde zuzupressen, damit seine Eingeweide nicht hervorbrachen, schob er sich Zoll um Zoll durch das Wasser, über den kalten Steinboden. Die Schmerzen hatten schließlich mit aller Heftigkeit eingesetzt. Er konnte die entsetzlichen Verletzungen in seinem Innern spüren und versuchte die Tränen seiner heißen Qualen fortzublinzeln. Er musste durchhalten. Eiskalter Schweiß legte sich nass auf sein Gesicht. Auch Kahlan musste durchhalten.

Er streckte seine blutverschmierte Hand nach ihr aus. Seine Finger fanden ihre. Sie reagierte kaum, aber wenigstens bewegten sich ihre Finger noch; das machte ihn dankbarer, als er es hätte in Worte fassen können.

Der Plan war gut gewesen, dessen war er sich ganz sicher. Er hätte auch funktioniert, wenn nur nicht jemand Nicci entführt hätte.

Es schien ihm wirklich dumm, auf diese Art zu sterben.

Er fand, dass es ein wenig ... eindrucksvoller hätte geschehen können.

Nicht in dem dunklen, kalten, feuchten unterirdischen Palast.

Wie gerne hätte er Kahlan gesagt, dass er sie liebte und dass nicht sie ihn getötet hatte, sondern er sich selbst. Das war sein Tun, nicht ihres. Sie war nur Teil seines Plans gewesen. Es hätte funktioniert.

»Kahlan«, rief er leise, ohne zu wissen, ob sie ihn, reglos, wie sie war, überhaupt noch hören konnte. »Ich liebe dich, niemanden sonst, nur dich. Ich bin froh, dass uns unsere gemeinsame Zeit vergönnt war; ich wollte sie gegen nichts eintauschen.«

Richard schlug die Augen auf und stöhnte gequält. Er sehnte sich das Ende herbei, die Schmerzen waren zu groß. Es hatte nicht funktioniert, und er würde den Preis dafür bezahlen müssen. Vor allem aber wollte er, dass die abscheulichen, reißenden, entsetzlichen Schmerzen ein Ende hatten.

Er wusste nicht, wie viel Zeit vergangen war. Er öffnete die Augen und sah Kahlan ausgestreckt auf dem nassen Boden liegen. Sie rührte sich nicht.

Ein Schatten fiel über ihn.

»Sieh an, sieh an, Richard Cypher«, lachte Neal amüsiert. »Man stelle sich vor.« Ein weiteres amüsiertes Lachen, als sein Blick auf Kahlan fiel. »Wer ist diese Frau?«

Richard konnte das Schwert der Wahrheit spüren, seine Magie; es lag unweit seiner Finger.

»Weiß nicht. Sie hat mich tödlich verletzt. Muss eine von euch sein.«

Richards Finger ertasteten das Schwert und schlossen sich um das mit Draht umwickelte Heft.

Neal trat auf die Klinge. »Das kann ich nicht zulassen. Du hast schon genug angerichtet.« Ein Lichtschein leuchtete um Neals Finger auf. Er beschwor Magie herauf, tödliche Magie.

In seinem Zustand, nahe der Bewusstlosigkeit, war es Richard trotz seines Verlangens unmöglich, sich zu konzentrieren und seine Fähigkeiten auf den Plan zu rufen, um Neal irgendwie aufzuhalten. Wenigstens hätten die Schmerzen ein Ende. Wenigstens würde Kahlan nicht denken, sie sei es gewesen, die ihn getötet hatte.

Plötzlich hörte Richard ein überraschendes, entsetzliches Krachen wie von splitternden Knochen. Neal sackte schwer auf die Knie.

Richard, die Hand bereits am Heft, zog das Schwert unter den Beinen des Mannes hervor und bohrte es Neal mit einem einzigen, gewaltigen Stoß durchs Herz.

Überrascht hob Neal den Blick, die Augen glasig. Da erkannte Richard, dass der Mann bereits so gut wie tot gewesen war, als ihn die Klinge durchbohrte. Neal verdrehte die Augen und sackte auf die Seite, als Richard das Schwert herausriss.

Hinter Neal stand die Frau, der Richard geholfen hatte; ihr Bein war bandagiert. Die Marmorhand der Frau, die Richard in Stein gemeißelt hatte, mit beiden Händen haltend, hatte sie Neal mit ihrem Andenken an die Statue den Schädel eingeschlagen.

36. Kapitel

Richard hörte Schritte, die platschend durch den nassen Korridor näher kamen. Die Frau war Hilfe holen gegangen; vielleicht hatte sie jemanden gefunden.

Aus den fernen Kammern und Fluren vernahm Richard gelegentlich Schreie, wenn Detonationen von Magie durch die Nacht hallten, wenn Menschen verletzt und getötet wurden.

Eine Frau erschien im Mondlicht. »Richard? Richard?«

Richard blinzelte in die Dunkelheit. »Wer seid Ihr?«, brachte er leise hervor.

Sie eilte zu ihm hin und ließ sich auf die Knie fallen. Zu ihrem Entsetzen sah sie Kahlan unweit neben ihm ausgestreckt auf dem Boden liegen.

»Was ist mit der Mutter Konfessor passiert?«

Richard runzelte die Stirn. Sie kannte Kahlan.

»Wer seid Ihr?«

Sie sah wieder zu ihm. »Ich bin eine Schwester. Alessandra. Ich bin schon seit einer Weile in der Stadt und suche nach Nicci, und – ach, schon gut. Eine Frau hat mich gefunden – gleich hier, ein Stück den Flur entlang – und gesagt, du wärst verletzt. Der Mann, der die Statue geschaffen hat. Ich habe verzweifelt versucht, dich früher aufzusuchen, kam aber nicht an die – jetzt fange ich schon wieder damit an. Sag mir, wo du verletzt bist. Ich kann versuchen, dich zu heilen.«

»Ich wurde von einem Schwert durchbohrt.«

Sie erstarrte einen Augenblick lang und schwieg.

»Hier, unter meinen Händen.«

Dann sah sie hin und sprach kaum hörbar ein Gebet. »Ich denke, ich kann dir helfen. Ich befürchtete schon …«

»Nicci muss es tun.«

Schwester Alessandra sah sich um. »Nicci? Aber wo ist sie nur? Ich war auf der Suche nach ihr. Ann hat mich geschickt, sie ausfindig zu machen.«

Richards Blick fiel auf Kahlans reglose Gestalt. »Könnt Ihr ihr helfen?«

Er sah, dass die Frau den Blick abwandte. »Nein, das kann ich nicht. Sie ist mit Nicci über Magie verbunden. Ich bin ihr früher schon einmal begegnet, da erzählte sie mir davon. Durch den Schild der Verbindung zu Nicci hindurch kann ich nichts tun.«

»Ist sie … ist sie noch …«

Die Frau sah hin und beugte sich dann wieder über ihn. »Sie lebt, Richard.«

Er schloss erleichtert – und vor Schmerzen – die Augen.

»Beweg dich nicht«, sagte sie.

»Aber ich brauche Nicci, damit sie mir …«

»Du blutest stark. Es sieht schlimm aus, Richard. Noch ein wenig länger, und du wirst zu viel Blut verloren haben. Wenn ich warte, wird dich niemand mehr heilen können. Du wirst dieser Welt bereits zu weit entrückt sein, als dass dir irgendeine Gabe noch helfen könnte. Ich kann nicht länger warten.

Außerdem bin ich gekommen, um Nicci Einhalt zu gebieten, denn ich kenne sie besser als jede andere. Du darfst dein Leben nicht in ihre Hände legen; du darfst Ihr keinen Glauben schenken.«

»Das hat nichts mit Glauben zu tun. Ich weiß …«

»Sie ist eine Schwester der Finsternis; ich selbst habe sie auf diesen dunklen Weg gebracht. Jetzt bin ich gekommen, um sie wieder zurückzuholen. Bevor es nicht so weit ist, darfst du ihr auf keinen Fall trauen. Dir bleibt nicht mehr viel Zeit. Willst du nun weiterleben oder nicht?«

Alles war dahin, umsonst. Er fühlte, wie ihm eine Träne aus dem Augenwinkel und über seine Wange lief.

»Ich habe mich für das Leben entschieden«, sagte er.

»Ich weiß«, erwiderte sie leise, mit einem Lächeln. »Ich habe die Statue gesehen. Und jetzt nimm die Hände fort, ich muss meine dorthin legen.«

Richard ließ seine Hände seitlich herabgleiten, während sie ihre auf seine Wunde legte. Er kam sich hilflos vor und konnte sich auf nichts anderes konzentrieren als auf die brennenden Schmerzen.

Er spürte das Kribbeln der Magie, als diese in seinen Körper eindrang und den Verletzungen tief in seinem Innern folgte. Er biss die Zähne aufeinander, um einen Schrei zu unterdrücken.

»Halt durch«, redete sie leise auf ihn ein. »Es sieht schlimm aus. Es wird sehr wehtun, aber nach einer Weile wird es wieder in Ordnung kommen.«

»Verstehe«, stammelte er. Er sog scharf die Luft ein. »Versucht es also.«

Der Schmerz ihrer Magie brannte sich mit dem Gefühl weiß glühender Kohlen auf nackter Haut in seinen Leib. Beinahe hätte er lauthals aufgeschrien, doch dann ließ der Schmerz ganz plötzlich nach. Richard lag japsend mit geschlossenen Augen da und wartete, dass er von neuem einsetzte. Er spürte, wie ihre Hände sich behutsam von ihm lösten.

Richard schlug die Augen auf und sah, dass Schwester Alessandra die Augen weit aufgerissen hatte. Einen Augenblick fragte er sich, warum.

Dann sah er das einen Fuß lange Stück Stahl, das aus ihrer Brust ragte. Sie griff sich mit den Fingern an den Hals, als Blut aus ihrem geöffneten Mund hervorsprudelte. Ihre Lippen formten sich zu einem stummen Schrei.

Eine knochendürre Hand stieß sie beiseite.

Sie war mit jenem Schwert durchbohrt worden, mit dem Richard sich gegen Kahlan zur Wehr gesetzt hatte. Blind tastete seine Hand nach dem Heft, das, wie er wusste, noch dort liegen musste, doch ein Fuß trat das Schwert der Wahrheit fort.

Der Schädel des Todes persönlich grinste auf ihn herab.

»Du bist ein Mann, der einem sehr zur Last fallen kann, Richard Cypher«, ließ sich die schnarrende Stimme aus dem Dunkel über ihm vernehmen. »Aber wenigstens hat es jetzt ein Ende mit dieser Last.«

Die hoch gewachsene, kantige Gestalt in Ordensgewand und gekniffter Kappe türmte sich über ihm auf, während er hilflos auf dem kalten, feuchten Boden lag.

»Diese kleine Rebellion, die du angezettelt hast, wird noch vor deinem Tod niedergeschlagen sein, so viel kann ich dir versprechen. Man wird diesem törichten kleinen Zornesausbruch der Menschen ein Ende machen, sie werden schon sehr bald wieder zur Besinnung kommen. Männer wie du finden nur in äußerst fanatischen Kreisen Gehör. Die meisten Menschen sind sich der Pflicht bewusst, die sie gegenüber ihren Mitmenschen haben. Deine ganze Mühe war umsonst.«

Bruder Narev machte eine ausladende Handbewegung, als wollte er jemanden vorstellen.

»Ein durchaus angemessener Ort für deinen Tod, findest du nicht auch, Richard? Diese Kammern bilden die zukünftigen Verhörzellen. Du bist den Zellen einmal entkommen, diesmal wird es dir nicht gelingen. Du wirst in einer von ihnen sterben, so wie du es längst hättest tun sollen.

Ich dagegen werde hier ein langes, sehr langes Leben führen und dafür Sorge tragen, dass der Orden der Welt Moral beschert. Hier unten, in diesen Zellen, werden Radikale wie du ihre Sünden gestehen. Ich wollte nur, dass du das weißt, bevor dich der Hüter für alle Ewigkeit in seine Arme schließt.«

Bruders Narevs knochendürre Hände formten sich zu Krallen, als er seine Magie heraufbeschwor. Richard sah ein weiß gleißendes Licht rund um die Hände des Hohepriesters aufglühen und sich nach unten ausbreiten. Er drückte Kahlans Hand, während er zusah, wie das weiße Licht des Todes immer näher kam.

Das Fluoreszieren nahm eine Farbe wie von Honig an. Als ob sich die Luft verdichtet hätte, begann es an den Seiten herabzugleiten.

Ein wütendes Geheul entwich, immer lauter werdend, aus Narevs Kehle; wutentbrannt schüttelte er drohend seine Fäuste.

»Du hast die Gabe eines Zauberers. Wer bist du?«

»Ich bin Euer schlimmster Albtraum. Ich bin ein denkender Mensch, den Ihr weder mit Euren Lügen hinters Licht führen noch mit Eurer widerwärtigen Magie verbrennen könnt.«

Bruder Narev versuchte, Richard mit dem Fuß ins Gesicht zu treten, doch Richard konnte den Tritt ablenken und packte Narevs Knöchel. Der Mann fand sein Gleichgewicht wieder und zerrte wie von Sinnen, um sich zu befreien. Die Anstrengung des Festhaltens schien die Wunde in Richards Eingeweiden wieder aufzureißen. Er versuchte festzuhalten, aber seine Finger glitten am feuchten Leder ab.

Einmal befreit und außerhalb von Richards Reichweite, bückte Narev sich und packte das Heft des Schwertes, das in der Schwester Rücken steckte. Er riss daran, es ließ sich jedoch nicht vollständig herausziehen. Unter wütendem Geknurre zerrte er weiter an dem Schwert, während seine Stiefel auf dem glitschigen Boden wegrutschten.

Richard wusste, dass Narev, war er erst einmal bewaffnet, schnell bereit war, jemanden hinzurichten.

Mit letzter Kraft warf Richard sich auf die Beine des Mannes. Bruder Narev stürzte rücklings auf den nassen Boden. Richard, dessen Körpermitte von Qualen zerrissen wurde, warf sich auf Narevs Beine, um ihn am Boden festzuhalten. Knochige Finger krallten sich in Richards Gesicht und versuchten ihm die Augen auszuquetschen. Richard drehte den Kopf zur Seite, klammerte sich mit übermenschlicher Anstrengung in das schwere Gewand und zog sich, die ihn dabei ins Gesicht treffenden Schläge ignorierend, am Körper des Mannes hoch.

Er packte Bruder Narev an der Kehle, doch auch Bruder Narevs Finger schlossen sich brutal um Richards Hals. Beide Männer versuchten, vor Anstrengung grunzend, sich gegenseitig zu erwürgen.

Durch eine Drehung des Kopfes versuchte Richard zu verhindern, dass Narev einen tödlichen Griff anbringen konnte, während er gleichzeitig seine eigenen Daumen über Narevs Luftröhre zu schieben versuchte, um ihm die Luft abzudrücken.

Narev versuchte sich herumzuwälzen und Richard abzuwerfen, doch Richard breitete die Beine aus, um Narev das Herunterschleudern zu erschweren, und ließ nicht locker, während der Mann sich wand und wehrte. Er spürte ein Reißen in seinen Eingeweiden.

Monatelang hatte Richard Hammer und Meißel für den Orden geschwungen. Er war kräftiger, aber er verlor auch eine Menge Blut, und seine körperliche Überlegenheit schwand zusehends. Er drückte mit aller Kraft zu, und die Finger an seinem Hals lockerten sich ein wenig.

Die Augen des Mannes traten vor, als es Richard schließlich gelang, ihn zu würgen, bis er erschlaffte. Seine knochigen Hände fielen schwer gegen Richards Schultern.

Unvermittelt packten die Hände Richard ungestüm bei den Haaren.

Narev bekam ein Bein frei und rammte sein Knie in Richards Wunde.

Die Welt erlosch in einem weißen Blitz aus Schmerz.

Benommen erwachte Nicci durch das Geräusch eines leisen, boshaften Lachens. Die Stimme kannte sie, ebenso den Geruch. Kadar Kardeef.

Sie vernahm ein leises Knistern, Knacken und Zischen. Eine Fackel, wie sie erkannte. Er schwenkte sie heftig vor ihrem Gesicht hin und her, so nah, dass sie die entsetzliche Hitze auf ihrer Haut spüren konnte. Brennendes Pech troff herunter und landete auf ihrem Bein.

Nicci schrie vor Schmerz, als sich das Pech in die Haut ihres Oberschenkels brannte.

»Was lange währt, wird endlich gut«, sprach Kadar ihr ins Ohr.

»Es ist mir egal, was Ihr mir antut«, schrie Nicci wütend. »Ich bin froh, dass ich Euch verbrannt habe. Ich bin froh, dass Ihr habt betteln müssen.«

»Oh, nicht mehr lange, dann werdet Ihr ebenfalls betteln. Ihr glaubt es vielleicht nicht, aber Ihr werdet überrascht sein, zu was Feuer einen Menschen treiben kann. Ihr werdet noch erfahren, wie es war. Ihr werdet betteln, ganz bestimmt.«

Nicci versuchte sich mit aller Kraft gegen ihn zur Wehr zu setzen. Wäre Kahlan nur näher gewesen, dann hätte sie den Bann aufheben können. So nah, und doch so fern.

Das Feuer vor ihren Augen machte ihr eine Heidenangst. Aber sie brauchte doch bloß das Band zu kappen, das sie mit Kahlan verband; den Bann musste sie nicht aufheben, um ihre Kraft zurückzugewinnen. Dann konnte sie entkommen. Es würde Kahlan das Leben kosten, aber Nicci würde ihre Kraft zurückgewinnen und konnte daraufhin den Flammen entkommen.

Aber dafür würde sie Kahlan töten müssen.

»Soll ich Euch zuerst das Gesicht verbrennen, Nicci? Euer wunderhübsches Gesicht? Oder vielleicht sollte ich bei Euren Beinen beginnen? Was soll's denn sein? Die Wahl liegt ganz bei Euch.«

Sich windend, keuchend, versuchte Nicci vor der Hitze auf ihrer Haut zurückzuweichen. Die fauchende Fackel wurde vor ihrem Gesicht hin und her geschwenkt. Ihr war bewusst, dass sie dieses Schicksal verdient hatte, trotzdem versetzte sie die Angst davor in wilde Panik.

Weder wollte sie die Verbindung kappen, um Kahlan umzubringen, noch wollte sie auf diese Weise sterben. Sie wollte nicht, dass ihr Fleisch verbrannte.

»Ich schlage vor, wir fangen ganz unten an, damit wir dich schreien hören können.«

Kadar ließ die Fackel sinken und hielt sie an den Saum ihres Kleides. Nicci schrie auf, als der schwarze Stoff ihres Kleides Feuer fing. Eine solche Angst war für sie eine neuartige Empfindung; zum ersten Mal seit ihren frühen Kindertagen besaß sie etwas, das ihr wichtig war und das sie nicht verlieren wollte: ihr Leben.

In einem Moment blanken Entsetzens erkannte Nicci, dass sie, ganz gleich wie sehr es schmerzen würde, ganz gleich, wie beängstigend es sein würde, Kahlan niemals das Leben nehmen würde. Richard hatte ihr die Antwort gegeben, nach der sie gesucht hatte. Sie hatte bereits zu viel genommen; im Tausch für diese Lektion durfte sie ihr jetzt nicht zuwiderhandeln.

Zwar würde Kahlan wegen ihrer Verbindung zu Nicci dasselbe Schicksal erleiden und desselben qualvollen Todes sterben, aber es würde nicht Nicci sein, die ihn verhängte. Kadar würde ihnen den Tod bringen, nicht Nicci. Sie würde Kahlan niemals töten, um sich selbst zu retten.

Lachend verfolgte Kadar Kardeef, wie ihr Kleid in Flammen aufging. Er hielt Nicci in festem Griff gefangen; sie hatte keine Chance zu entkommen.

Genau in diesem Augenblick sprang ein dunkler Schatten die beiden mitten aus der Luft an und prallte krachend gegen sie. Sie taumelten nach hinten, die Luft ringsum eine einzige Flammenhölle. Als Nicci sich über den Boden wälzte, erlosch das brennende Kleid im Wasser.

Die sie angesprungen hatte, rappelte sich soeben wieder auf und schüttelte den Kopf, als ob sie ihn wieder klar bekommen wollte. Nicci erkannte sie wieder; es war die Mord-Sith, Cara.

Kadar fing sich, sah die Frau und ging mit der Fackel auf sie los.

Nicci warf sich auf Kadar, packte die Fackel mit beiden Händen und drückte sie dem kräftigen, großen Mann ins Gesicht. Das Pech spritzte auf seinen Gesichtsverband aus Lumpen. Nicci hatte gehört, dass Hitze auf bereits verbranntem Fleisch weit schlimmer war als die ursprüngliche Verbrennung. Dem Klang seiner Schreie nach zu urteilen, schien dies der Wahrheit zu entsprechen.

Nicci ergriff Caras Hand, als die Frau wieder auf die Füße kam. »Beeilt Euch! Ich muss unbedingt zu Richard!«

Draußen vor der Zelle, in der Kadars spitze Schreie – als die Flammen ihn allmählich erstickten – zu einem erstickten Wimmern verebbten, packte Cara Nicci bei den Haaren und hielt ihr den Strafer nur wenige Zoll vor das Gesicht.

»Nennt mir einen einzigen Grund, warum ich Euch Lord Rahls Leben anvertrauen sollte.«

Nicci sah Cara unverwandt in die Augen. »Weil ich seine Statue gesehen habe und jetzt begreife, wie sehr ich mich getäuscht habe. Habt Ihr Euch jemals getäuscht, Cara? Wirklich getäuscht? Könnt Ihr überhaupt ermessen, was es heißt, zu erkennen, dass man gedankenlos dem Bösen gedient und rechtschaffenen Menschen Leid zugefügt hat? Könnt Ihr verstehen, dass Richard mir gezeigt hat, dass es etwas gibt, für das es sich zu leben lohnt?«

Nicci fand Richard auf dem Rücken liegend, bewusstlos, oder wenigstens beinahe; sein Kopf lag auf eine marmorne Hand gebettet. Neben ihm lag Kahlan, die sich weinend an ihn klammerte, während er sein Leben aushauchte.

Nicci war schockiert, als sie die Toten sah, die um sie herum verstreut lagen: Schwester Alessandra, Bruder Neal, Bruder Narev. Richards Zustand verriet ihr sofort, dass nur wenig Zeit blieb – wenn es nicht bereits zu spät war.

Sie kniete neben Kahlan nieder. Die Frau, die sich, über dem Abgrund düsterer Ausweglosigkeit hängend, verzweifelt an die letzten Hoffnungsfäden klammerte, befand sich in einem Zustand tiefsten Elends. Bereit, jedes Leid auf sich zu nehmen, hatte sie diesen weiten Weg gemacht, weil sie bei ihm sein wollte, und nun lag er hier, der, den sie in ihrem Leben am meisten liebte, und vergoss sein Herzblut, und sie wusste, dass sie schuld daran war.

Nicci fasste Kahlan bei den Schultern und zog sie sanft fort. Kahlan blickte verwirrt auf, voller Selbsthass und Hoffnung.

»Ich muss den Bann von Euch nehmen, Kahlan, wenn ich ihm helfen soll. Es ist nicht viel Zeit.«

»Ich traue Euch nicht. Warum solltet Ihr ihm helfen?«

»Weil ich es ihm schuldig bin – Euch beiden.«

»Bisher habt Ihr nichts als Unheil und …«

Cara ergriff Kahlans Arm. »Ihr müsst Ihr nicht vertrauen, Mutter Konfessor. Vertraut mir. Ich sage Euch, dass Nicci möglicherweise im Stande ist, ihm zu helfen. Ich glaube, sie wird ihr Bestes geben. Bitte, lasst sie es versuchen.«

»Warum sollte ich ihr die letzten wenigen Minuten seines Lebens überlassen?«

»Bitte, gebt Nicci die Chance, die Lord Rahl einst auch mir gegeben hat.«

Kahlan schaute Cara einen Moment lang forschend in die Augen, dann wandte sie sich herum zu Nicci.

»Ich weiß, was es heißt, dort zu sein, wo er sich jetzt befindet; ich habe es selbst erlebt. Ich habe mich entschieden weiterzuleben; jetzt muss er dasselbe tun. Was muss ich machen?«

»Ihr und Richard habt bereits genug getan.« Nicci nahm Kahlans tränenfeuchtes Gesicht in die Hände. »Bleibt nur ganz ruhig und lasst mich machen.«

Die Frau fröstelte vor Elend, ihr langes Haar war verfilzt und triefend nass. Über und über war sie mit Richards Blut verschmiert; sie konnte nichts mehr für ihn tun, und das wusste sie.

Das musste Nicci übernehmen.

Während Kahlan in ihre Augen starrte, zündete Nicci, in der Hoffnung, dass ihr genug Zeit blieb, abermals das magische Band, das sie verknüpfte.

Der Schmerz, den es hervorrief, ließ Kahlan schockiert erstarren. Nicci kannte das Gefühl nur zu gut, denn sie empfand den gleichen Schmerz.

Ein milchig trübes Licht verband die beiden Frauen von Herz zu Herz. Sein schwankendes Leuchten wuchs zu gleißender Helligkeit an und beförderte den Schmerz in seiner Heftigkeit auf eine neue Ebene.

Kahlans Mund öffnete sich zu einem stummen Schrei. Ihre grünen Augen weiteten sich ob der Pein, die sie beide durchflutete – als die in jeder Faser ihrer beiden Existenzen verwurzelte Magie als Reaktion auf das Zeichen des Lichts zu vibrieren begann.

Nicci legte ihre Hände auf ihr Herz, in jenen weiß glühenden Lichtstrahl, und begann ihre Kraft zurückzuziehen.

37. Kapitel

Richard atmete stockend durch und schlug die Augen auf. Irgendwie lag er in einer Stellung, die ihm keine Schmerzen bereitete. Er fürchtete, sich zu bewegen, aus Angst, die überwältigenden Schmerzen könnten wiederkommen.

Wie war das möglich? Schließlich war er mit einem Schwert durchbohrt worden.

In der Dunkelheit um ihn herum war es still; nichts regte sich. Aus der Ferne hörte er das unverminderte Tosen der Schlacht. Ein gewaltiger Aufprall ließ den Boden unter ihm erzittern.

Um ihn herum waren Menschen; Leichen lagen auf dem nassen Boden. Er merkte, dass er auf einem Brett und damit im Trockenen lag. Er war mit einem warmen Umhang zugedeckt worden und konnte die dunklen Umrisse von Personen erkennen, die sich überall in dem winzigen Raum aneinanderkauerten.

Unter seinen Fingern lag das Heft des Schwertes der Wahrheit. Da das Tosen seiner Magie verebbt war, wusste er, dass es in seiner Scheide steckte.

Er hob den Blick und konnte durch die Lücken zwischen den Deckenbalken, durch geborstenes Gestein und gesplittertes Holz hindurch den rosa Hauch der Morgendämmerung erkennen.

»Kahlan?«, rief er leise.

Drei Gestalten in der Kammer sprangen auf, als wäre das Gestein plötzlich zum Leben erwacht.

Die, die am nächsten war, beugte sich über ihn. »Lord Rahl? Seid Ihr wach?«

»Was ist passiert?«

»Oh, Richard, es tut mir so Leid. Ich bin untröstlich. Ich habe dich niedergestochen; es war allein meine Schuld. Ich hätte mir einen Augenblick Zeit lassen sollen, um ganz sicher zu sein, bevor ich es tat. Es tut mir so Leid.«

Richard runzelte die Stirn. »Ich habe dich gewinnen lassen, Kahlan.«

Stille schlug ihm entgegen.

»Richard«, antwortete Kahlan schließlich, »du musst nicht versuchen, meine Schuld zu lindern. Ich weiß, dass es mein Fehler war. Ich habe dich mit einem Schwert durchbohrt.«

»Aber nein«, beharrte Richard. »Ich habe dich gewinnen lassen.«

Cara tätschelte seine Schulter. »Selbstverständlich habt Ihr das, Lord Rahl. Selbstverständlich habt Ihr das.«

»Nein, ich meine es ernst.«

Als sich die dritte Gestalt zu ihm herumwandte, umschlossen Richards Finger das Heft seines Schwertes fester.

»Wie fühlst du dich?«, erkundigte sich Nicci mit jener seidenweichen Stimme, die ihm so vertraut war.

»Hast du die Verbindung zu Kahlan aufgehoben?«

Nicci machte eine scherenartige Bewegung mit zwei Fingern. »Sie ist gekappt, endgültig.«

Richard atmete erleichtert auf. »In diesem Fall geht es mir ausgezeichnet.« Er versuchte, sich aufzusetzen, doch Nicci hielt ihn mit der Hand zurück.

»Ich werde dich niemals um Verzeihung bitten können, Richard, weil ich dir niemals zurückgeben kann, was ich dir genommen habe, aber du sollst wissen, dass ich jetzt begreife, wie sehr ich mich getäuscht habe. Mein Leben lang bin ich blind gewesen. Das soll keine Ausrede sein, ich möchte dir aber sagen, dass du mir die Augen geöffnet hast. Mit der Antwort, nach der ich gesucht habe, hast du mir mein Leben zurückgegeben. Du hast mir einen Grund gegeben, leben zu wollen.«

»Und was hast du nun gesehen, Nicci?«

»Das Leben. Du hast es so groß in Stein gehauen, dass selbst jemand, der in seiner Verblendung dem Bösen gedient hat, es nicht übersehen konnte. Du brauchst dich mir nicht länger zu beweisen. Jetzt ist es an mir und an denen, denen du neuen Mut gegeben hast, sich dir zu beweisen.«

»Damit haben du und diese Menschen längst begonnen, sonst wäre ich nicht mehr am Leben.«

»Dann … seid Ihr jetzt also wieder eine Schwester des Lichts?«, fragte Kahlan.

Nicci schüttelte den Kopf. »Nein, ich bin Nicci. Meine Begabung als Hexenmeisterin gehört mir allein; sie macht aus, was ich bin. Meine Begabung macht mich nicht zur Sklavin anderer, nur weil diese es so wollen. Sie ist mein Leben und gehört keinem anderem – außer vielleicht euch beiden.

Ihr beide habt mir den Wert des Lebens, das Prinzip der Freiheit, vor Augen geführt. Wenn ich jetzt anderen zur Seite stehen sollte, dann denen, die dieselben Werte in Ehren halten.«

Richard legte seine Hand über Niccis. »Danke, dass du mir das Leben gerettet hast. Eine Zeit lang dachte ich dort drinnen, es wäre ein Fehler gewesen, mich von Kahlan verwunden zu lassen.«

»Richard«, wandte Kahlan ein, »du brauchst nicht zu versuchen, meine Schuld zu lindern, indem du das sagst.«

Nicci schaute ihm in die Augen, als sie das Wort an Kahlan richtete. »Das tut er gar nicht. Er spricht die Wahrheit. Ich habe es mit eigenen Augen gesehen. Damit zwang er mich, die Entscheidung zu treffen, ihn zu retten, wofür ich den Bann brechen musste, der Euch gefangen hielt. Es tut mir Leid, dass du das über dich ergehen lassen musstest; ich hatte meine Entscheidung längst getroffen – in dem Augenblick, als ich deine Statue sah.«

Richard versuchte abermals, sich aufzusetzen, doch Nicci hielt ihn wiederum zurück.

»Es wird eine Weile dauern, bis du vollständig genesen bist, denn du leidest noch immer unter den Nachwirkungen der Verwundung. Dass du lebst, bedeutet noch lange nicht, dass du völlig wiederhergestellt bist. Du hast eine ungeheure Zerreißprobe überstanden, eine Menge Blut verloren und wirst erst einmal wieder zu Kräften kommen müssen. Du bist noch längst nicht außer Lebensgefahr, wenn du nicht auf dich Acht gibst.«

»Also gut«, gab Richard sich geschlagen. Mit Kahlans Hilfe setzte er sich vorsichtig auf. »Ich werde an deine Worte denken, aber trotzdem muss ich dorthin.« Er wandte sich zu Kahlan. »Übrigens, was tust du eigentlich hier unten? Woher wusstest du, wo ich mich befinde? Was tut sich oben im Norden, in der Neuen Welt?«

»Darüber werden wir uns später unterhalten«, erwiderte sie. »Ich musste einfach bei dir sein, deshalb habe ich mich entschieden, dass dieses Leben mir allein gehört – und dass ich bei dir sein will. Du hattest Recht, was den Krieg in der Neuen Welt anbelangt. Ich habe lange gebraucht, um das endlich zu begreifen, aber schließlich ist es mir gelungen. Ich bin hergekommen, um bei dir zu sein, weil das alles ist, was mir noch bleibt.«

Er sah Cara an. »Und Ihr?«

»Ich wollte schon immer etwas von der Welt sehen.«

Schmunzelnd erhob sich Richard mit Kahlans und Caras Hilfe. Ihm war ein wenig schwindelig zumute, aber das tauschte er mit Freuden gegen das Gefühl davor ein. Kahlan reichte ihm sein Schwert, er streifte den Waffengurt über seinen Kopf, legte den Lederriemen über seine Schulter und schob die Scheide an seine Hüfte. Jetzt, da er auf ein wenig vertrauterem Fuß mit der Waffe stand, hatte er neuen Respekt vor ihr gewonnen.

»Ich kann dir gar nicht sagen, wie gerne ich es dir zurückgebe«, sagte Kahlan. Verlegen lächelnd fügte sie hinzu: »Auf diese Weise, meinte ich.«

Ein Stück weiter unten im Flur wartete Kamil in der nur von ein paar Kerzen erhellten Dunkelheit. Bei ihm waren mehrere Leute; Richard kannte außer Kamil keinen von ihnen. Er legte dem grinsenden jungen Mann eine Hand auf die Schulter.

»Schön, dich zu sehen, Kamil.«

»Ich habe sie gesehen, Richard, ich habe die Statue gesehen.« Sein Lächeln erlosch. »Tut mir Leid, dass sie zerstört wurde.«

»Sie war nichts weiter als ein Brocken Stein. Ihre eigentliche Schönheit lag in den Ideen, für die sie stand.«

Die Leute in dem schwach beleuchteten Flur nickten. Da erblickte Richard die Frau mit dem verletzten Bein. Er lächelte ihr zu. Sie antwortete, indem sie ihre Fingerspitzen küsste und sie ihm auf die Stirn legte.

»Seid gesegnet für Euren Mut, diese Statue zu meißeln«, sagte sie. »Zu wissen, dass Ihr die Nacht überlebt habt, Richard, erfüllt uns alle mit großer Freude.«

Er bedankte sich bei ihnen allen für ihre Anteilnahme.

Der Boden erzitterte erneut.

»Was ist das?«, fragte Richard.

»Die Mauern«, antwortete einer der Männer. »Die Menschen reißen die Mauern mit den Bildwerken des Todes darauf ein.«

Während also einige die Mauern niederrissen, waren andere noch immer in eine offene Schlacht verwickelt. Richard konnte im fahlen Licht der Morgendämmerung erkennen, dass auf den fernen Hängen der Hügel nach wie vor gekämpft wurde. Dem Anschein nach waren viele mit den Ideen, für die Richards Statue gestanden hatte, nicht einverstanden. Es waren jene, die sich vor der Freiheit fürchteten und das abgestumpfte Dasein des Nicht-für-sich-selber-denken-Müssens vorzogen.

Das Palastgelände selbst dagegen war in sicheren Händen. Die Feuer der Freiheit breiteten sich von dort aus und entzündeten eine wahre Feuersbrunst der Veränderung.

Der Halbkreis aus Mauern auf dem Vorplatz stand noch, ebenso – bis auf eine – sämtliche Säulen; irgendwie herrschte hier eine andere Stimmung. Dies war der Ort, an dem die Menschen die Statue zum ersten Mal gesehen und sich für das Leben entschieden hatten. Dieser Teil des Palastes sollte nicht der Zerstörung anheim fallen.

Richard scharrte mit dem Stiefel durch den Marmorstaub. Die Schicht aus weißem Staub war alles, was in der Platzmitte übrig geblieben war. Jedes einzelne der kostbaren Trümmerstücke war als Erinnerung mitgenommen und aufbewahrt worden.

Von draußen auf dem Gelände, wo mehrere Männer zusammengekommen waren, erspähte Victor die vertrauten Gesichter von Richard, Kamil und Nicci. Rufend kamen er und Ishaq angelaufen.

»Richard!« Victor flog die Stufen hinauf. »Richard!«

Richard wurde von Cara unter dem einen und Kamil unter seinem anderen Arm gestützt. Er hatte nicht die Kraft zurückzurufen, also wartete er einfach ab, bis die beiden von ihrem Gerenne keuchenden Männer nahe genug waren.

»Wir stehen kurz vor dem Sieg, Richard!«, rief Victor auf die Hügel deutend. »All die Beamten sind erledigt, und wir …«

Der Schmied verstummte, als sein Blick auf Kahlan fiel. Auch Ishaq starrte sie an, dann riss er sich seine rote Mütze vom Kopf.

Victors Mund arbeitete einen Augenblick, bevor ihm die Worte schließlich mühsam über die Lippen kamen. Mit seiner sonst so ausdrucksstarken Hand deutete er schlicht auf sie, so als könnte sie unmöglich aus Fleisch und Blut sein.

»Ihr …«, sagte er an Kahlan gewandt, »Ihr seid Richards wahre Liebe.«

Kahlan lächelte. »Woher wisst Ihr das?«

»Ich habe die Statue gesehen.«

Richard bemerkte im Licht der morgendlichen Dämmerung, wie sie errötete.

»Sie hat nicht genau so ausgesehen wie ich«, protestierte sie.

»Nicht äußerlich, aber ihrem … Charakter nach. Ihr gleicht ihr vom Wesen her.«

Kahlan lächelte, seine Worte schmeichelten ihr.

»Victor, Ishaq, das ist Kahlan, meine Gemahlin.«

Die beiden Männer blinzelten sprachlos und wandten sich wie ein Mann herum zu Nicci.

»Wie ihr wisst«, erklärte Nicci, »bin ich kein besonders guter Mensch. Ich bin eine Hexenmeisterin und habe meine Kraft dazu missbraucht, Richard zu zwingen, mich hierher zu begleiten. Zusammen mit vielen anderen Menschen hat Richard mir die Würde des Lebens vor Augen geführt.«

»Dann seid Ihr es gewesen, die ihm das Leben gerettet hat?«, fragte Victor.

»Kamil erzählte uns, du seist verwundet, Richard«, erläuterte Ishaq, »und dass eine Hexenmeisterin im Begriff sei, dich zu heilen.«

»Nicci hat mich geheilt«, bestätigte Richard.

Victor gestikulierte ausladend – endlich. »Nun, ich schätze, es muss irgendetwas zu bedeuten haben, dass sie Richard Cypher gerettet hat.«

»Richard Rahl«, verbesserte Richard.

Victors volltönendes Lachen drang polternd tief aus seinem Innern. »Ja, richtig, an diesem Tag sind wir alle Richard Rahl.«

Nicci beugte sich vor. »Dies ist tatsächlich Richard Rahl, Mr. Cascella.«

»Lord Rahl«, verbesserte Cara übellaunig. »Erweist dem Sucher der Wahrheit, dem Herrscher über das D'Haranische Reich, dem Kriegszauberer und dem Gemahl der Mutter Konfessor höchstpersönlich die ihm gebührende Ehre.« Cara hob ihre Hand zu einer eleganten, königlichen Geste der Präsentation. »Lord Rahl.«

Richard zuckte mit den Achseln. Er hob das blinkende, mit Silberdraht umwickelte Heft des Schwertes der Wahrheit kurz an und zeigte ihnen das in Gold gehaltene Wort WAHRHEIT, bevor er es in seine Scheide zurückfallen ließ.

»Was für eine prachtvolle Waffe!«, entfuhr es Kamil.

Abermals blinzelten Victor und Ishaq fassungslos, dann ließen sie sich auf ein Knie herunter und verneigten tief ihren Kopf.

Richard verdrehte die Augen. »Werdet ihr zwei wohl sofort damit aufhören!« Er schickte einen finsteren Blick in Caras Richtung.

Victor spähte vorsichtig hoch. »Aber davon wussten wir ja gar nichts. Tut mir Leid. Ihr seid nicht wütend, weil ich mich über Euch lustig gemacht habe?«

»Victor, ich bin es, Richard. Wie oft haben wir zusammen Lardo gegessen?«

»Lardo?«, unterbrach Kahlan. »Ihr wisst, wie man Lardo herstellt, Victor?«

Victor erhob sich, und als er sie anschaute, wurde das Grinsen in seinem Gesicht noch breiter. »Ihr habt von Lardo gehört?«

»Aber ja. Die Männer, die damals kamen, um den weißen Marmor im Palast der Konfessoren zu bearbeiten, aßen gewöhnlich Lardo, den sie eigenhändig in großen Marmorbottichen hergestellt hatten. Als ich noch klein war, habe ich ihnen oft Gesellschaft geleistet und mit ihnen gegessen. Gewöhnlich behaupteten sie dann, ich würde eines Tages, wenn ich erwachsen sei, das Kleid der Mutter Konfessor tragen, weil ich ihr Lardo äße und davon groß und stark werden würde.«

Victor deutete sich mit seinem mächtigen Daumen auf die Brust. »Ich stelle Lardo auch in Marmorbottichen her.«

»Lasst Ihr ihn auch ein Jahr lang reifen?«, erkundigte sich Kahlan. »Richtigen Lardo muss man mindestens ein Jahr lang reifen lassen.«

»Aber ja, ein Jahr! Ich mache nur richtigen Lardo.«

Kahlan bedachte ihn mit ihrem bezauberndsten grünäugigen Lächeln. »Irgendwann würde ich gerne einmal davon probieren.«

Victor legte Kahlan seinen muskulösen Arm um die Schultern. »Kommt mit, Richards Gemahlin, ich werde Euch von meinem Lardo kosten lassen.«

Cara, einen finsteren Ausdruck im Gesicht, legte dem Schmied eine Hand auf die Brust, um ihn aufzuhalten, dann hob sie seinen Arm von Kahlans Schultern.

»Niemand außer dem Lord Rahl berührt die Mutter Konfessor.«

Victor warf ihr einen seltsamen Blick zu. »Habt Ihr jemals Lardo gekostet?«

»Nein.«

Daraufhin versetzte Victor ihr einen Schlag auf den Rücken und lachte. »Dann kommt, ich werde Euch auch ein Stück geben. Ihr werdet sehen – wer mit mir Lardo isst, der ist auf Lebenszeit mein Freund.«

Kahlan nahm Kamils Platz unter Richards einem Arm ein, Victor unter dem anderen, dann begaben sie sich quer über das soeben befreite Palastgelände hinauf zur Werkstatt des Schmieds, um ein Stück Lardo zu probieren.

38. Kapitel

Verna zog die Kerze heran. Einen Augenblick lang wärmte sie sich die Hände über ihr, dann legte sie das Reisebuch auf den Tisch. Die Geräusche des Armeelagers draußen vor ihrem kleinen Zelt waren ihr mittlerweile so vertraut, dass sie sie kaum noch wahrnahm.

Es war eine kalte d'Haranische Winternacht, aber wenigstens waren sie und all die Menschen, denen sie geholfen hatten, jenseits des Gebirges in Sicherheit. Verna hatte Verständnis für ihre stille Besorgnis: Dieses D'Hara war ein unbekanntes und rätselhaftes Land, ein Land, das einst nichts als eine Quelle von Albträumen war. Zumindest vorübergehend waren sie in Sicherheit. In der Ferne hallte das lang gezogene, wehmütige Geheul der Wölfe durch das frostkalte Gebirge, zurückgeworfen von dem mondbeschienenen Schnee, der die scheinbar endlosen, einsamen und gewaltigen Hänge bedeckte.

Der Mond stand in der richtigen Phase, selbst wenn es der Mond in einem neuen Land war, einem fremden und unbekannten Land. Monatelang hatte Verna immer wieder nachgesehen, doch nie war eine Nachricht da gewesen. Im Grunde erwartete sie auch keine mehr, schließlich hatte Kahlan Anns Reisebuch, das Gegenstück, ins Feuer geworfen. Aber trotzdem war es ein Reisebuch, ein uralter magischer Gegenstand, und Ann war eine Frau, die sich zu behelfen wusste.

Ohne sich wirklich Hoffnungen zu machen, klappte Verna das kleine Buch auf.

Dort, gleich auf der ersten Seite, stand eine Nachricht.

Ihr Text lautete schlicht: *Verna, ich warte, falls du da bist.*

Verna zog den Stift aus dem Buchrücken und begann sofort zu schreiben. *Prälatin! Ihr konntet das beschädigte Reisebuch reparieren? Das ist wunderbar. Wo seid Ihr? Habt Ihr Nathan gefunden?*

Verna wartete. Kurz darauf begann sich die Antwort abzuzeichnen.

Verna, es geht mir gut. Es ist mir gelungen, das Reisebuch mit Hilfe einiger … Leute wiederherzustellen, einiger seltsamer Leute. Das Wichtige ist jedoch, dass es überhaupt wiederhergestellt ist. Nach dem Propheten suche ich noch immer. Ich bin im Besitz einiger brauchbarer Hinweise bezüglich seines Aufenthaltsortes, denen ich zurzeit nachgehe. Aber wie geht es dir, Verna? Wie steht es um den Krieg? Was machen Warren und Kahlan? Bereitet dir Zedd viel Ärger? Der Mann kann die Geduld von Steinen auf die Probe stellen. Hast du Nachricht von Richard?«

Verna starrte auf die Worte auf der Seite; eine Träne fiel neben Warrens Namen. Sie nahm den Stift abermals zur Hand und setzte bedächtig zu ihrer Antwort an.

Ach, Prälatin, es haben sich einige entsetzliche Dinge zugetragen.

Das tut mir Leid, Verna, erfolgte die Antwort. *Ich bin hier, Verna. Ich habe nicht die Absicht, heute Abend noch fortzugehen. Nimm dir alle Zeit, die du benötigst, und erzähle mir, was geschehen ist. Aber zuerst sage mir, wie es dir geht. Ich mache mir solche Sorgen um dich. Ich liebe dich wie eine Tochter, Verna, das weißt du.*

Verna saß nickend über dem Buch. Das wusste sie tatsächlich.

Und ich liebe Euch, Prälatin, setzte Verna an. *Ich fürchte, es hat mir das Herz gebrochen.*

In der lauen mittäglichen Brise stand Kahlan schweigend neben ihm, während Richard über den Fluss hinausblickte, auf die dahinter liegende Stadt. Inzwischen war wieder Frieden in der Stadt eingekehrt. Wochenlang hatten die Kämpfe getobt, verschiedene Parteien, die es danach gelüstete, die neue örtliche Inkarnation des Ordens zu werden, hatten um die Macht gerungen, eine jede hatte feierlich versichert, nur das beste Wohl des Volkes im Sinn zu haben, hatte geschworen, in der Ausübung ihrer Herrschaft Mitgefühl walten zu lassen, hatte gelobt, das Leben werde unter ihrem Mandat leichter werden, da sie alle Begüterten auf einen Beitrag zum Wohl der Allgemeinheit verpflichten wolle.

Nach Jahrzehnten dieser altruistischen Tyrannei waren Verfall und Tod das einzige Ergebnis dieses Geschäfts mit dem Allgemeinwohl. Obwohl sich die Beweise auf den Friedhöfen häuften und das Volk völlig verarmt war, hatten diese Kandidaten für die Macht stets nur mehr des immer Gleichen zu bieten, und noch immer glaubten ihnen viele einfach deswegen, weil sie so hehre Absichten von sich gaben.

Es war zwar eine große Zahl von Ordensbrüdern und Beamten getötet worden, dennoch hatten einige fliehen können. Einige von denen, die nicht geflohen waren, glaubten, die allgemeine Verwirrung nutzen und, in der Annahme, sie könnten den Hunger nach Freiheit und den Ideen der Lockerung zügeln und die Dinge wieder so einrichten wie zuvor, die Macht an sich reißen zu können.

Die freien Bewohner von Altur'Rang, deren Zahl mit jedem Tag wuchs, machten jeder dieser Parteien ein Ende, sobald sie aus ihrem Loch hervorgekrochen kam. Nicci hatte sich in den blutigen Auseinandersetzungen als große Hilfe erwiesen. Sie war mit den Methoden dieser Leute vertraut, wusste, wo sie sich verkrochen, und fiel über sie her wie ein Wolf über widerwärtiges Kleingetier.

Schließlich begannen jene Kräfte, die es danach gelüstete, das Wohlergehen und die Besserung der Menschheit zu überwachen, ebenjene Frau zu fürchten, die sie im Grunde einst selbst erschaffen hatten: die Herrin des Todes.

Noch ließ sich unmöglich sagen, ob die einmal entzündete Flamme der Freiheit sich über die gesamte Alte Welt ausbreiten würde. Sie war noch ein sehr zartes Licht in einer weiten, dunklen Welt, doch Richard wusste, dass gerade eine solche Flamme oft umso heller strahlte.

Weiter oben im Norden standen die Dinge nicht so günstig. Jetzt, da Nicci ihre Magie zurückgezogen hatte, vermutete Richard, dass die D'Haraner wussten, wo er sich befand, und ihm Nachrichten schicken würden. Cara war ungemein erleichtert, dass sie seinen Aufenthaltsort wieder über ihre Bande spüren konnte.

Ruhig hatte er zugehört, als Kahlan und Cara ihm den Krieg in allen Einzelheiten geschildert hatten, und wie sie die Bevölkerung Aydindrils auf ihren langen und beschwerlichen Marsch nach D'Hara gebracht hatten, bevor Jagang im nächsten Frühjahr in die Stadt einmarschieren konnte. Zu wissen, dass Lord Rahl einen mächtigen Schlag gegen die Alte Welt geführt hatte, dass die Mutter Konfessor bei ihm weilte und sie beide wohlauf waren, würde ihnen neuen Mut machen. Mehrere Männer hatten darum ersucht, diese unschätzbaren Neuigkeiten in den Norden des Landes bringen zu dürfen.

Schon bald würden das D'Haranische Reich und die Menschen unter seinem Schutz, die aus ihren Heimen hatten fliehen müssen, von dem Sieg im Süden erfahren. Tatsächlich würden die Boten etwas weitaus Wertvolleres als diese Nachricht bei sich tragen: In Wirklichkeit waren sie Überbringer der Hoffnung.

Die gleiche Nachricht hatte Richard auch seinem Großvater zukommen lassen.

Er konnte kaum glauben, dass sein Freund Warren nicht mehr lebte. Der entsetzliche Schmerz, das wusste er, würde nur langsam abklingen.

Und Richard hatte noch etwas anderes nach Norden geschickt.

Nicci hatte ihm von Bruder Narevs Bedeutung für Jagang erzählt, von ihrer langen gemeinsamen Geschichte und von ihren gemeinsamen Visionen über die Zukunft der Menschheit. Im Frühjahr, wenn Jagang endlich im Triumph in den Palast der Konfessoren einzog, würde ihn dort, noch vor seinem sinnlosen Sieg, auf einer Lanze der Kopf seines Freundes und Ratgebers erwarten, gekrönt mit seiner geknifften Kappe.

Nicci hatte einen Bann um ihn herum geflochten, um ihn zu konservieren und Aasfresser fern zu halten. Richard wollte sichergehen, dass Jagang, wenn er ihn schließlich erblickte, keinem Irrtum bezüglich seiner Identität erlag.

In die übervolle Stadt Altur'Rang hatte wieder Frieden Einzug gehalten, und mit ihm die Freiheit. Das Leben war zurückgekehrt. Die Menschen hatten begonnen, neue Geschäfte zu eröffnen. Bereits innerhalb weniger Wochen war eine Vielfalt von Brotsorten erhältlich. Tag für Tag nahmen neue Unternehmen ihren Betrieb auf. Ishaq verdiente sich mit dem Transport von Gütern ein Vermögen, hatte aber bereits Konkurrenten, die mit ihm um Aufträge wetteiferten. Nabbi hatte bei ihm Arbeit gefunden.

Faval, der Köhler, hatte Ishaq gebeten, er möge Richard bitten, ihn zu besuchen und mit ihm und seiner Familie zu Abend zu speisen. Faval hatte einen Karren angeschafft, und seine Söhne lieferten nun Holzkohle aus.

Die Unterarme auf das Geländer am Ende des Piers gestützt, blickte Richard über den Rand hinunter in das strudelnde Wasser, so als versuchte er zu ergründen, was die Zukunft bergen mochte.

Die in den Fluss hineinreichenden Landungsbrücken, der Steg auf ihnen sowie der Vorplatz waren ungefähr alles, was von dem Palast geblieben war. Richard hatte veranlasst, die Bannformen überall auf dem Gelände von den Säulen zu entfernen, und sie von Priska einschmelzen lassen.

Richard hatte weitgehend wieder zu seiner alten Stärke zurückgefunden. Kahlan war stark und ebenso schön wie in seiner Erinnerung, aber sie hatte sich verändert. In dem einen Jahr, das sie getrennt gewesen waren, war sie reifer im Gesicht geworden. Wenn er sie ansah, spürte er das Verlangen nach einem Stück Marmor und Meißeln, um ihr Gesicht in Stein wiedergeben zu können.

Fleisch, in Stein wiedergegeben.

Er wandte sich herum und schaute den Pier entlang zurück zum Vorplatz mit dem dahinter liegenden Halbrund aus Säulen. Die umgestürzte Säule war wieder aufgerichtet worden; den Vorplatz hatte man in »Platz der Freiheit« umbenannt; es war Victors Idee gewesen. Richard hatte ihn gefragt, ob er nicht besser »Sternplatz der Freiheit« hieße, da dieser Begriff eher an einen runden Platz erinnere als der Oberbegriff »Platz«. Victor fand, einfach »Platz der Freiheit« klinge besser, und so hatte Richard ihn offiziell getauft. Schließlich war Victor der Erste gewesen, der sich dort zum freien Menschen erklärt hatte.

Kahlan schaute mit ihm zurück zum Vorplatz.

»Was denkst du?«, fragte Richard sie.

Sie schüttelte den Kopf und wirkte höchstens ein wenig so, als wäre ihr unbehaglich zumute. »Ich weiß nicht, Richard. Die Vorstellung, sie ... so groß zu sehen, erscheint mir seltsam. Und so ... weiß.«

»Gefällt sie dir nicht?«

Sie legte ihm rasch eine Hand auf den Arm, um diesen Eindruck zu zerstreuen. »Nein, das ist es nicht, es ist einfach, dass sie dann so ...« – ihr unsicherer Blick richtete sich wieder auf den Pier – »übergroß sein wird.«

In der Mitte des Vorplatzes, wo für kurze Zeit die von Richard erschaffene Statue gestanden hatte, erhob sich jetzt eine hohe Marmorstatue, an der mehrere Bildhauer arbeiteten, die früher auf der Baustelle damit beschäftigt gewesen waren, Elend und Tod in Stein zu schlagen. Kamil war ebenfalls dort unten und erlernte das Handwerk der Bildhauerei von Meistern; begonnen hatte er seine Ausbildung mit einem Besen in der Hand.

Richard hatte die Bildhauer persönlich eingestellt. Mit dem kleinen Vermögen, das er sich verdient hatte, als er dem Orden beim Errichten des Palastes half, konnte er sich das ohne Weiteres leisten. Die Bildhauer waren froh über diese Arbeit – endlich konnten sie für ihren Lohn einen Gegenwert schaffen.

Die Meisterbildhauer arbeiteten an der maßstabgetreuen Vergrößerung jener kleine Statuette mit dem Titel *Seele,* die Richard für

Kahlan in ihrem Heim in den Bergen angefertigt hatte, als sie so dringend den Anblick von Lebendigkeit, Tapferkeit und unbezwingbarem Lebensmut gebraucht hatte. Jetzt entstand sie ein zweites Mal – aus feinstem Cavaturamarmor.

Der Bronzering der Sonnenuhr hatte unbeschädigt überlebt und sollte dem Werk beigefügt werden. Die sich in der Mitte erhebende Statue würde ihren Schatten auf das geschwungene Zifferblatt werfen; die Worte, die so viele an jenem Tag berührt hatten, würden jetzt für alle sichtbar sein.

Kahlan war von der Idee begeistert gewesen, aber sie hatte so viele Monate mit der Schnitzerei, die Richard angefertigt hatte, zugebracht, dass es für sie verwirrend war, sie in dieser monumentalen Größe vor sich zu sehen. Sie konnte kaum den Tag erwarten, da die Bildhauer mit der maßstabgetreuen Vergrößerung fertig sein und sie ihre *Seele* zurückbekommen würde.

»Ich hoffe, es macht dir nichts aus, sie mit aller Welt zu teilen«, sagte er.

Kahlan lächelte versonnen. »Aber nein, überhaupt nicht.«

»Alle sind ganz begeistert von ihr«, versicherte er ihr.

Ihr wundervolles fröhliches Lachen wurde von der warmen nachmittäglichen Luft davongetragen. »Nur werde ich mich wohl daran gewöhnen müssen, mich mit Leib und Seele in aller Öffentlichkeit zur Schau zu stellen.«

Gemeinsam sahen sie zu, wie die an den fließenden Gewändern arbeitenden Bildhauer ihr Werk mit Hilfe von Greifzirkeln mit der von Richard geschnitzten Statuette und den Bezugspunkten auf den für die Vergrößerung benutzten hölzernen Verstrebungen verglichen.

Kahlan streichelte ihm den Rücken. »Wie fühlst du dich?«

»Ausgezeichnet. Jetzt, da du bei mir bist, könnte es mir nicht besser gehen.«

Kahlan lachte. »Solange ich dich nicht mit einem Schwert durchbohre?«

Richard stimmte ganz ungezwungen in ihr Lachen ein. »Weißt du, wenn wir unseren Kindern erzählen, wie ihre Mutter ihren Vater mit einem Schwert durchbohrte, wird das ein ziemlich schlechtes Licht auf dich werfen.«

»Werden wir Kinder haben, Richard?«

»Ja, das werden wir.«

»Dann werde ich es riskieren, die Geschichte zu erzählen.«

Als die warme Brise ihr Haar zauste, gab er ihr einen Kuss auf die Stirn.

Richard blickte an der Baumreihe entlang, deren Blätter im Sonnenschein flimmerten, und beobachtete die Vögel, die über dem Flussufer ihre Kapriolen schlugen, sich zu einer Schar zusammenfanden, um schließlich gemeinsam in großer Höhe über das Halbrund aus Marmorsäulen auf der weiten grünen Rasenfläche hinwegzusegeln.

Zufrieden lehnte Kahlan sich an seine Schulter, während sie den Handwerkern zusahen, die, erfüllt von Stolz, frohen Mutes an der Statue arbeiteten, die vor diesen Säulen entstehen sollte.

Altur'Rang würde eine neue Seele bekommen.

Im ehemaligen Herz des Ordens war jetzt endlich die Freiheit eingezogen.